실사구시의 한국학

임형택 지음

창비

책머리에

'실사구시의 한국학'이란 책의 표제는 우리 학계에 감히 제안하는 동의적(動議的) 의미로 붙여본 것이다. 21세기로 진입하고 있는 지금, 우리가 수행한 학문을 반성하고 다시 정립하는 책무는 자기정체성을 확인하는 필수요건이 됨은 물론, 주체의 세계화와 아울러 세계의 주체화에 있어 관건이기도 하다. 실은 나 스스로 '한국학'이란 개념을 주저하면서 쓰고 있다. 그렇다. 제 나라의 문화와 역사를 탐구하는 일이 우리로서 당연히 할 공부요, 그것이 곧 학문 아닌가. 그럼에도 굳이 거기에 국적을 표시하는 데는 부득이한 사정이 있는 것이다.

한국의 20세기는 당초 자주적 국민국가의 수립에 실패함으로써 식민지 단계를 거쳐 분단국가로 마감되었다. 일제의 식민지 지배방식은 동화정책을 특징으로 하고 있었던바 주권의 상실이 곧장 민족의 언어와 문화의 상실로 이어지는 판국이었다. 이런 엄중한 민족위기의 상황에서 학적 대응이 '조선학'으로 명명되기에 이르렀다. 그것은 일종의 생존전략이었으니 자기보호적 성격을 뚜렷이 드러낼 수밖에 없었다. 우리의 근대학문은 '조선학'으로 성립한 것이다.

8·15 이후 '조선학'은 당당히 '국학'이란 제 본명을 회복할 수 있었다. 더욱이 민족주의의 열기를 받아서 일시 국학의식은 고양되는 듯싶었다. 하지만 분단체제로 고착이 되면서 남북 어디에도 '국학'은 실존하지 못했다. 국학의식이 북쪽은 북쪽대로 부정되고 남쪽은 남쪽대로 실종되고 말았기 때

문이다.

그런데 지금에 와서 한국학이라니 무척 새삼스럽다는 느낌마저 들 것이다. 그러나 사실은 나 혼자 중뿔나게 한국학을 들고나선 것이 아니며 한국학에 대한 일반의 여론이 일어나는 추세다. 20세기가 저물어갈 무렵, 사회주의권의 몰락으로 인한 세계대국(大局)의 변화에 엇물려 한국적 현실이 불러일으킨 것이리라. 바야흐로 전지구를 석권하는 자본주의에 저항해서 인문학은 존립할 수 있을까? 도도한 세계화의 논리에 민족문화의 가치는 진정 어떻게 살려낼 수 있을까? 물론 전통보존의 차원에서 대책을 강구할 뿐 아니라, 문화상품으로도 개발을 서두르고들 있다. 한국학 또한 같은 문맥에서 고려되는 실정이다. 한국학이 보호대상처럼 지목되어야 하는 현실을 무작정 외면할 수만은 없다고 본다. 그렇다고 보호대상으로 안주하고 있다면 사망할 날을 기다리는 꼴이 아닌가.

지금 한국학의 문제제기는, 하필 '한국학'이란 이름으로 해야 하는 현실을 냉철하게 인지하되 이 현실을 변혁하고, 그 질곡을 해결하는 길을 모색하자는 것이다. 여기서 국학의 개념을 그대로 쓰지 않는 데 따른 해명이 필요할 것 같다. 국학이라 할 때 객관적이지 못하다는 점도 결격사유지만 이보다는 그 이념적 기초인 민족주의에 매이지 않으려는 의도가 포함되어 있다. 민족주의는 사실상 근대주의(서구중심주의)와 표리관계를 이루어왔다. 한국인의 뇌리에는 시계추가 있어 근대주의의 서편향과 민족주의의 동편향의 사이를 항시 왔다갔다한 것이다. 탈근대주의와 탈민족주의는 따로따로가 아니고 공통으로, 슬기롭게 달성해야 할 과제다(탈민족주의와는 다른 차원에서 역사·문화 공동체로서의 민족은 통일을 회복하고 연대를 살려나가야 할 터이다). 한국학의 방법론으로서 특히 '실사구시'를 표출한 뜻 또한 이에 있다.

이 책은 16편의 각기 독립적인 형태의 논문들을 편의상 4부로 나누어 수록한다. 제1부에서는 근대사에서 국학이 형성되어간 과정을 특히 실학에 대한 인식에 유의하여 추적하고, 한국문화에 대한 총체적 인식논리를 밝히며, 조선왕조의 주역으로 성장한 사대부들의 '자아'의 발견 문제를 다룬다.

'한국학의 정체성'을 해명하기 위한 내용이다. 다음 제2부는 실학사상의 역사적 의미를 세계사적 관점에서 해석하고자 한 것이다. 18,9세기 조선의 현실로부터 이웃의 중국과 일본, 그리고 서세동점의 신조류로 부딪친 서양에 시선이 돌려진 터이니 제목을 '실학, 안과 밖의 인식'이라고 붙인다. 제3부는 「유우춘전」이란 산문작품과, 김삿갓으로 대표되는 한시의 희작화(戲作化) 경향의 분석을 통해 문학예술사의 새로운 동향을 조명하는 시론적인 논문 2편, 연암의 미학이론과 다산의 민주적 정치사상을 해석한 논문 2편으로 엮고 있다. '문예사의 지평으로부터 사회·정치·미학'이란 3부의 제목이 떠벌리는 듯한 인상을 주지만, 요컨대 역사상 빛나는 창조적 기간으로 평가되는 실학시대를 분석하고자 한 것이다. 이어 제4부는 '교육과 학문의 길'이다. 여기에는 교육·학문에 직접 관련된 구체적 사실을 탐구한 논문 2편과 경학의 구체적 성과에 접근한 논문 1편이 먼저 실려 있다. 나 자신이 교육을 담당하면서도 학문연구와 연결하지 못했던 교육문제와, 전통학문의 중심위치에 있었으나 근대학문에서 소외시킨 경학의 축적에 관심을 돌려본 것이다. 그리고 내가 전공하는 국문학의 입장에서 학문의 방법론적 반성과 모색을 시도한 글로 이 책 전체를 끝맺음한다.

대략 이렇듯, 이 책은 한국학의 체계를 세워 서술한 성격이 아니다. 이 점은 처음부터 의도하지 않은 것이므로 양해될 수 있으리라 보지만 다룬 주제는 여러가지 분야로 펼쳐 있다. 관심이 문학에 그치지 않고 역사·철학으로 들어가는가 하면 정치학과 교육사에 관련된 문제까지 거론한다. 이곳저곳 파헤치고 여기저기 눈을 돌린 혐의가 없지 않다. 나로서 할 말은 있다. 문학연구자인 자신을 망각한 적은 없다. 다만 고기가 물을 떠나서 생존할 수 없는 것처럼 사회를 떠나서 존립할 수 없는 인간의 속성이 철학적 사고도 하고 문학적 창조도 한다는 점을 고려한 것이다. 동양적 개념을 빌려 말하자면 문·사·철은 원래 하나다. 근대학문의 분화가 전공의 세분을 재촉하여 마침내 쇄말화(瑣末化)로 떨어진 현황에 비추어 한국학은 종합적·유기적 지향이 절실히 요망되는바 이러한 방향으로의 정립에 다소나마 도움이 되기를 바란다.

대개 이 책을 읽어보면 저자의 학적 관심이 시종일관 실학에 머물러 있음을 알게 될 것이다. 실학의 분석에 바쳐진 논문이 다수를 점유하고 있거니와 실학에 관련된 담론이 거의 주조를 이루고 있다. 제목의 '실사구시'라는 명제 또한 다른 어디가 아니고 바로 실학의 전개과정에서 도출한 것이다. 나는 우리의 근대학문으로서의 한국학은 실학의 인식과정과 관계가 깊다고 보는바 앞으로 한국학이 뿌리내리고 자양분을 섭취해야 할 토양이 곧 실학이라고 생각하고 있다. 한국학의 방법론으로 제기한 '실사구시'는 그 사상사·학술사적 함의를 주목한 터이지만 나아가 그것의 현재적 의미를 부활시키고도 싶은 것이다. 다시 말하면 '실사구시'라는 개념으로 형성된 풍부한 의미를 되새겨, 세기전환이 문명의 전환 혹은 몰락으로 다가온 오늘의 현실을 실사구시로 대응하자는 그런 취지다.

끝으로, 이 책이 아무쪼록 많은 사람들에게 읽혀서 의미있게 받아들여지기를 기대해본다. 이는 변변치 못한 물건이나마 만든 자의 충정인 것이다. 하나의 책으로 나오기까지에는 선배·동학들의 학문상의 협조와 우의, 정성어린 노고가 깃들여 있다. 특히 성균관대학교 대학원에서 한문학을 연구하고 있는 정환국 군은 흩어진 논문들을 모아 정리하는 작업을 도와주었고 창작과비평사의 장철문·김미정 두 분은 표현에까지 신경을 쓰며 교열을 보아주었음을 밝혀 거듭 감사를 드린다.

2000년 2월 임형택

차 례

제1부

한국학의 정체성

국학의 성립과정과 실학에 대한 인식

　이 글에서 나는 자신의 전공이 소속한 국학(國學)[1]이 근대학문으로 성립하여 오늘에 이른 경위를 대략 살펴보고자 한다. 학문의 전환은 사고와 지식의 체계적 전환 그것이다. 그것은 예외없이 인간 두뇌의 소산이지만 또역시 사회제도 속에서 이루어지는 현상임이 물론이다. 따라서 그 과정을 단계적으로 파악할 필요가 있겠다.

　우리의 국학=한국학은 금세기의 민족사와 분리해서 생각할 수 없다. 국학의 성립과정은, 근대적 개혁과 주권수호라는 두 과제가 맞물린 1900년 전후 무렵을 발생기로, 일제가 파시즘으로 치닫던 1930년대를 그의 성립기로 잡아본다. 이러한 국학의 형성과정을 살펴보면 대략 실학(實學)에 대한 인식과 궤적을 같이하고 있었던 것으로 여겨진다. 여기서 나는 이 점을 중시하여 고찰해보려는 것이다.

　우리가 살아온 20세기는 지금 역사적 과거로 마감되고 있다. 이 20세기 민족위기의 상황에서 성립한 우리의 국학은 일제로부터의 해방을 맞아 약

---

1) '국학'이란 용어는 여기서 관행대로 썼으나 재고할 필요가 있다. 근본적으로 자기 나라의 언어·역사·문학·사상 등에 대한 학문을 특화시켜서 하나의 명칭을 부여하는 것은 바람직하지 못하다. 그렇긴 하지만, 서구주도의 근대세계에서 자기 정체성을 찾고 지키기 위한 학적 노력이 국학으로 모아졌으니 국학이란 개념이 성립한 불가피한 사정이 있었던 것이다. 지금 국제화를 지향하는 단계에서 역시 국학으로 일컬어지는 학문 내용은 포기할 수 없고 도리어 중요성이 제고되고 있는 것으로 판단된다. 다만 용어상에 있어서는 일반성을 띤 '한국학'으로 대치하는 것이 좋지 않을까 한다. 「지구화시대의 한국학」(『창작과비평』 1997 여름호)이란 제목으로 필자도 참석한 좌담에서 국학에 관련한 제반 문제를 논의한 바 있다.

동하는 듯싶었으나 이내 뒷전으로 밀리고 말았다. 더욱이 최근의 이른바 '세계화' 논리와 그 추세는 민족의 주체와 자주에 대해 다시 돌이켜 생각해 보도록 강박하고 있다. 21세기를 눈앞에 둔 시점에서 국학을 다시 어떻게 추스려나가야 할지 실로 난감한 심경이다. 다른 한편으로 현실사회주의권의 몰락은 이미 과거지사와 다름없이 되었지만 이제 정말 차분히 우리의 학적 사고를 가다듬을 때가 아닌가 한다. 우리의 역사와 문화를 연구하는 입장에서 과학성의 문제를 다시 따져 묻지 않을 수 없는 것이다. 이런 문제와 관련해서도 실학의 의미를 새겨볼 필요가 있겠다.

1. 1900년대 新舊學의 교체와 실학의 부활

신학문의 등장과 국학의식

19세기 말부터 20세기 초까지는 유사이래 최대의 전환기로 볼 수 있다. '동양적 세계'로부터 동서가 교통하고 관계하는 '지구적 세계'로 바뀌면서 정치제도·생활양식·학술문화·종교사상 전반에 걸쳐 변역(變易)이 일어나고 있었다. 한마디로 제구포신(除舊布新)의 시대였다. 그로부터 1세기를 경과한 지금 다시 또 큰 전환에 직면해 있다고들 하나 기본적으로는 위의 선상에서 진척된 국면이다.

그런데 당시 변역의 경로는 식민지적 예속으로 귀착이 되고 말았다. 때문에 변역 자체에 자주적 의미를 거의 인정하지 않거나 다분히 왜곡시켜 보는 경향이 있어왔다. 어떤 일이건 결과론으로 속단해버리는 태도는 시정되어 마땅하다. 그뿐 아니라, 식민지적 경로 또한 세계사적으로 하나의 근대 코스라는 사실을 유의해야 할 것이다. 지구상에서 식민지 혹은 반식민지를 경험하지 않은 민족국가가 과연 얼마나 되는가. 식민지적 경험을 두고 반세기가 흘러간 오늘에 이르러 더욱 과잉감정을 유발하는 그 자체(감상적 민족주의)가 열등의식이며, 이 열등의식의 저변에는 기실 제국주의적 논리의 잔재가 깔려 있다. 열등의식은 항용 자기 과거를 멸시하다가는 반대로 미화하려 들게 마련이다. 한 세기 전에 있었던 이땅에서의 변역을 위한 노력과 성과를 정직하게 파악하고 이해하려는 냉철한 자세가 한없이 아쉽게 여겨지는 터이다.

지금 천하는 과연 20(원문은 四十으로 나와 있는데 二十의 오기일 것임──인용자) 세기의 신천지가 아닌가. 정치·법률·학문·기예는 더할 나위 없거니와, 조수·초목·산천·강하를 막론하고 역시 신광채를 발하지 않는 것이 없다. 옛것은 날로 자꾸 소멸해가고 새것은 날로 자꾸 발생하여 문득 한 소기(小紀)를 지나고 보면 육주(六洲)의 대륙은 상전벽해(桑田碧海)의 변화가 일어나 눈이 두려워 대하기 어려울 정도로 극도에 이를 것이다. (『文章指南』[2] 自序, 1908)

자기 현실을 그야말로 '제구포신'의 급변하는 시대로 자각한 발언이다. 급변하는 상황에 대해 "신광채를 발하지 않는 것이 없다"고 찬란하게 느끼고 있다. 이는 안이한 낙관론으로 간주할 것이 아니라 전환기를 적극적으로 대응하는 의식의 반영으로 이해해야 할 것이다.

『주역(周易)』에 이르기를 '시(時)를 따라 변역하여 도를 좇는다〔隨時變易以從道〕'고 하였으니 이른바 시란 과연 무엇인가? 요순(堯舜)의 때에 처해서는 요순의 도를 행하고 탕무(湯武)의 때에 처해서는 탕무의 도를 행해야 하나니 각기 시대가 부동(不同)함을 따라서 각기 합당한 정치를 행하면 천변만역(千變萬易)을 하더라도 불가할 것이 없다. 이것이 이른바 시다. 그런 즉 지금의 세상에 처해서는 지금의 정치를 해야 한다는 것을 알 수 있다. (李鍾泰, 「進明彙論序」,[3] 1906)

---

2) 崔在學 編, 朴殷植·張志淵 校閱, 徽文書館 1908. 이 책의 편자 최재학은 『實地應用作文法』 및 『簡明物理敎科書』를 펴낸 바 있다. 그는 평양의 大成學校 교장을 역임한 인물로 1918년 무렵에는 독립운동 기지 건설을 위한 황무지 개간사업의 추진에 간여했다는 기록이 보인다.(鄭元澤, 『志山外遊日誌』, 탐구신서 1983, 168~70면)

* 인용할 때 원문이 국한문인 경우 알기 쉽게 국문 현대표기로 바꾸었으며 한문인 경우 번역하였다.

3) 李鍾泰, 『進明彙論』, 상·하 1책, 1905. 이 책은 일종의 문명발달사를 다룬 것인데, 중국에서

보수의 노선과는 확연히 구분되는 진보의 논리다. '진명휘론(進明彙論)'이란 책이름은 이를 대변하고 있다. 새로운 변역의 시대에 적응하기 위한 진보의 논리를 고전적인 '역'의 이치를 끌어와서 정당화하고 있는 점이 흥미롭다. 옛 논리에 의지해서 혁신의 논리를 편 셈이다. 인용문은 변역의 현실에 상응하는 '오늘의 정치'에 초점을 맞추었지만, 학술은 보다 원천적으로 진명(進明)을 선도하는 기능이 있다. 계몽지식인들은 이 점을 터득하고 있었다.

일찍이 듣건대 국지본(國之本)은 민(民)에게 있고 민지본(民之本)은 학술에 있다. 정치·종교·문학·경제·병비(兵備) 및 농목(農牧)·상고(商賈)·공예 등 위국지구(爲國之具)에 말할 나위 없이 학술이 정묘해야 바야흐로 위국지민(爲國之民)이라고 말할 수 있으니 이는 나라를 위하는 인민이 되는 〔爲國爲民〕 의무이다. (…) 2천만이 한 마음이 되어 나라를 위한 의무를 2천만의 어깨 위에 고루 짊어지고 자강불식(自强不息)하여 단합해서 힘을 쓰면 국권을 만회하고 나라의 기반을 공고히할 뿐 아니라, 또한 훌륭히 함께 향상하여 지구상의 열강들과 함께 행진하고 능가할 수도 있을 것이다. (金碩桓, 「大韓自强會 祝辭」, 『大韓自强會月報』 창간호, 1906)

대한자강회(大韓自强會)란 학회의 창립에 부친 축사의 한 대목이다. 『매천야록(梅泉野錄)』이 "이때 학교와 사회(社會, 단체를 의미하는 말로 여기서는 학회를 지칭함──인용자)가 국중에 가득했다"[4]고 표현할 정도로 그 무렵 신교육과 함께 학회운동이 자못 활발했던 것이다. 이 글에서는 유교의 고전적 정치이론인 민본(民本)의 개념을 끌어와서 논리를 펴고 있다. 그런데 "민의 근본은 학술에 있다"는 말은 전에는 전혀 들어보지 못한 논법이다. 민이 나라의 근본이긴 하나 '어리석은 백성'이기에 '애민'의 자세로 '인정(仁政)'을

발간된 몇종의 책을 간추린 것이라고 그 서문에서 밝히고 있다.
4) 黃玹, 『梅泉野錄』, 『한국사료총서』 제1집, 국사편찬위원회 1955, 395면.

14

베풀어야 한다는 유교적 정치학과는 스스로 구별지어지는 것이다. 2천만 동포가 다같이 각성해서 자강불식으로 힘써 나가는 거기에 '국권만회'로부터 '국가의 기반'이 다져지며, 나아가 '지구상의 열강'과 어깨를 나란히 할 수 있다고 전망한다. 여기서 우리는 민주적 사고를 엿볼 수 있는바 이에 비로소 '국민'이란 개념이 들어서고 있다. 이처럼 국민의 개념이 도입되면서 '위국지구로서의 학술', 말하자면 국민주의적 학술의 개념이 형성되고 있었다.

　무릇 어려서 배우는 뜻은 장성해서 실행하려는 것이다. 그런데 우리나라는 부사(父師)된 자 『천자문(千字文)』『동몽선습(童蒙先習)』으로 그 자제들을 가르치고 나아가서는 『통감(通鑑)』『사략(史略)』 등에 이르니 이런 따위의 교재로는 천부(天賦)의 자유를 방기하고 노예의 성질을 양성하는 것일 뿐이다. (玄采, 「幼年必讀釋義序」,[5] 1907)

　후세에 사장학(詞章學)이 일어나서 부화(浮華)를 숭상하고 실사(實事)를 방기하여 재주있는 부류들이 무용(無用)의 땅에다 총명·정력을 온통 소모해 버렸던 것이다. (李圭桓, 「大韓地誌序」,[6] 1899)

당시 국민주의적 학술은 요컨대 인간 자주의 확립, 기술문명의 개발, 애국심의 고취, 이 세 가지가 그 중심 내용이다. 따라서 구학술·구교육에 대해서는 전면적인 비판이 가해지고 반역이 행해지지 않을 수 없었다. 위의 인용문에 드러나듯, 계몽지식인으로서의 역할이 컸던 현채(玄采)는 구교육의 교과내용은 인간을 "천부의 자유를 방기하고 노예의 성질을 양성하는 것일 뿐이다"라고 여지없이 매도하였으며, 광무(光武)시기 교육개혁을 주

---

5) 『幼年必讀釋義』 4권 2책, 출판사 불명 1907. 玄采는 『幼年必讀』란 이름으로 종합적인 내용의 아동용 교재를 펴낸바, 이 『幼年必讀釋義』는 교사용 해석서인데 일반에게 계몽적인 역할이 컸던 것이다.
6) 『大韓地志』는 광무 3년에 玄采가 편역하여 2책으로 발간한 것이다. 출판사는 명기되어 있지 않은데 學部로 추정된다. 서문을 쓴 李圭桓은 광무시기에 외국어학교 교장, 학부 편집 국장, 학부 차관 등을 역임하여 교육개혁을 주도하는 역할을 한 인물이었다.

도한 인물 이규환(李圭桓)은 실사를 소홀히 하는 사장(詞章, 한문 문예) 중심의 구교육의 공허성을 비판했던 것이다.

여기서 제기된 중대한 사안의 하나는 문자 문제다. 1천년 이상 써오던 관습대로 한문으로 할 것이냐? 한문을 집어치우고 국문으로 할 것이냐? 그밖에 외국어를 어떻게 수용할 것이냐? 우리 근대사회에서 국문과 한자 사이의 교육과 표기법상의 해묵은 갈등은 벌써 이때 발단이 되었던 것이다.

천하의 사람들을 온통 한문에 종사하도록 만들 것인가? (…) 천하 대사는 한문에 그치지 않거늘 어찌해서 천하의 인재들을 몰아다가 여기(한문——인용자)에 가두어두려 하리오. 천하의 사람들을 온통 국문에 종사하도록 만들 것인가? 문견이 막히기 쉽고 영식(靈識, 마음속의 슬기와 지식——인용자)이 자라기 어려운지라, 오음(五音)을 두루 통하고 세 번 통역해야 하는 말도 전할 수 있다 하나 오호라! 천하의 문자가 국문에 그치지 않거늘 어찌 해서 천하의 인재들을 몰아다가 여기(국문——인용자)에 국한시켜두려 하리오.　(李圭桓,「東國歷史序」, 1899)

이규환이 보통학교 교과서로 편찬한 현채의『동국역사(東國歷史)』에 붙인 서문이다. 이규환은 학부(學部) 편집국장의 자격으로 이 서문을 썼으니 광무시기 교육개혁의 성격과 관련해서 유의할 대목이다. 위에 편 논조는 종래 해오던 한문 위주의 교육을 단호히 배격하는 주장이었다. 하지만 국문에 편향된 교육 역시 그는 반대하고 있다. 그의 결론은 "한문을 본으로 삼고서 국문으로 통하게 하여" 균형을 잡아가는 그런 식이었다. 이 결론의 이데올로기적 함의는 따져볼 필요가 없지 않겠으나, 지금은 놓아두고 국문 편향을 반대하는 논거를 주목해보기로 한다. 그는 국문의 문자로서의 편의성을 십분 인정하면서도 국문만 가지고는 "문견이 막히기 쉽고 영식이 자라기 어렵다"고 보았다. 오늘날도 귀담아들어야 할 긴요한 발언으로 생각된다. 때문에 천하의 문자가 국문만 있는 것이 아니므로 우리의 이목을 국문에 국한시켜두어서는 안된다는 논리가 도출되었던 것이다. 위의 글은 한문과 국문의 균형을 잡는 방향으로 결론이 내려지는 데 그쳤지만 그 논리는 개방의 여지가 무한한 것이었다. 서구의 근대학문에 대해서는 어떤 입장이었던가?

종래의 유교·한문──구학의 내용·형식의 한계를 벗어나 지식의 틀이 바뀌면서 여러 새로운 학술분야가 성립되기에 이르렀다. 예컨대 윤리학·법학·경제학·정치학, 그리고 수학·물리학·생물학·지문학(地文學) 등이 학교의 교과목으로 설정되었으며, 이들 분야의 서적들도 속속 출간되었다. 비록 외국의 학술을 번안한 수준을 넘어서지 못했지만 어쨌건 서구의 근대학문을 개방적으로 수용했음은 확실하다.

앞서 원용했던『진명휘론』이란 책을 보면 동서양 학술의 발전사에 관해서 적지 않은 지면을 할애해 서술하고 있다. 그러고 나서 최근 중국에 서양학술의 유입이 성행하는 사실을 두고 나름으로 진단을 내린다. 서구의 오늘의 문명은 십자군 전쟁 이래 이집트 및 인도 등의 학술과 고유한 희랍의 고전학이 어울려 융화·향상된 결과라고 결론내린 다음, 오늘의 중국 역시 수입된 서구의 신학(新學)과 본래의 고학(古學)이 만나는 데서 창조적 비약이 가능한 것으로 내다보았던 것이다.[7] 중국을 두고 말했으나 우리의 경우에도 그와같은 전망을 하지 않았겠는가.

이상에서 살펴본 바 신구학의 교체현상은 우리 근대학문의 발단이었던 셈이다. 그때 등장한 신학문이 과연 근대학문이란 이름에 값할 만큼 전문성·독창성을 갖춘 것이었던가? 이 물음에는 아직 유치한 단계였다고 답하지 않을 수 없다. 당시 어떤 논자는 "당초 학문이란 것이 무엇인지 근래 신학문이란 것은 외국 어학(語學)인 줄로만 아는 모양이다"[8]라고 사회 일반의 신교육·신학술에 대한 이해 부족의 정황을 개탄하기도 했다. 뿐만 아니라 신학술은 신식 학교제도에 기반하고 있었는데 그것은 극히 열악한 상태로 초보적 단계였다. 구래의 성균관(成均館)을 근대 대학의 체제로 개편하자는 논의가 나오기도 했고 다른 방향에서 대학 설립을 위한 운동도 일어나긴

---

7) 李鍾泰,『進明彙論』하, 289면.
8) 金大熙,『二十世紀朝鮮論』, 1907, 64면.

했으나[9] 모두 구현되지는 못했다. 당시 신학술의 수준은 기껏 중등과정을 넘어서기도 실상 어려운 여건에 처해 있었다.

그렇긴 하지만 전개되는 상황이 그때의 형편에 비추어 보면 오히려 대단했다고 말해야 옳을 것이다. 황현(黃玹, 1855~1910)은 1906년의 시점에서 "개화 10여년에 그 효과라야 바람을 잡은 것 같다"고 변역의 전반적 성과를 소극적으로 평가하면서도 "그러나 이목(耳目)이 자못 변하고 사상이 자못 새로워져서 학교나 사회(학회를 지칭함——인용자)는 반드시 그만둘 수 없는 줄 많이들 인식하게 되었다. 갑오년(1894) 이전에 비해 실로 뚜렷이 달라진 모습이다"[10]라고 교육 및 학술 분야의 성과에 대해서는 그런대로 긍정하고 있다. 실은 또 1906년 이후 애국계몽운동이 활발하게 일어나자 신교육은 더욱 중요시되었고, 신학문의 책자들이 다채롭게 쏟아져나왔다.

그런데 근대학문으로 탈바꿈하기 위해서는 **지식체계의 개편**과 함께 인간 정신의 혁명적 전환이 필시 수반되어야 할 터였다. 앞서 고학(古學) 내지 한문의 전통을 본(本)으로 사고한 논리는 그 자체에 의미가 주어지고 과도기적 의식의 반영이긴 하지만 동시에 청산해야 할 잔재가 내재되어 있었다. 구체제·구사상으로 향한 격렬한 반란이 한번 필요한 노릇이었다.

> 우리들은 공자(孔子)로 선생을 삼을까? 야소(耶蘇)로 선생을 삼을까? 마흡맥(麻哈麥)으로 선생을 삼을까? 왈(曰) '모두가 아니다. 오직 진리로 선생을 삼으리라.' 대저 파괴가 없으면 건설이 없으리니 구학설(舊學說)이 불파괴하면 신학설(新學說)이 불건설될지며 구사상이 불파괴하면 신사상이 불건설될지며, 구학설·구제도가 불파괴하면 신습속·신제도가 불건설될지라. (劍心, 「談叢」, 『大韓每日申報』 1910년 1월 6일)

---

9) "교육을 확장하랴 할진댄 成均館을 수리하고 대학교로 정하고 漢學科를 置하고 전국에 유명한 巨儒를 招集하야 상당한 爵位와 월봉을 與하고 5백년 治國하던 仁義禮智之術을 務하며, 新學問으로난 경제·농업·공업·법률학을 우선 설시하고……"(같은 책, 47면)
10) "是以開化十年, 其效如捕風, 然耳目稍變, 思想稍新, 往往知學校社會必不可已. 比諸甲午以前, 固逈然自別云."(黃玹, 앞의 책, 395면)

우리의 선생은 공자도 예수도 아니요 오직 진리다. 진리의 확립을 위해서는 구사상·구학설, 그리고 구사상·구학설과 연계된 구제도의 파괴가 없이는 되지 않는다. '진리'에 대한 신념은 대단히 파괴적이며, 혁명적이다. 1910년 국권상실 직전에 발표된 이 글의 필자 검심(劍心)은 신채호로 추정되고 있다.[11] 우리의 계몽사상이 극한의 시점에 도달한 최첨단의 정신이다. 여기서 근대학문으로의 혁명적 전환이 제기된 것이다.

국수(國粹)란 자(者)는 자국의 전래 종교·풍속·언어·역사·습관상의 일체 수미(粹美)한 유범(遺範)을 지칭한 것이다. (…) 고로 파괴라 함은 국수를 파괴함이 아니요 악습(惡習)을 파괴하야 국수를 부식(扶植)함이다. (같은 글, 1910년 1월 13일)

오늘날 '국수'란 말은 대개 국수주의와 결부되어 부정적 의미로 들린다. 그러나 여기서 '국수'는 글자 그대로 민족 전통의 우수한 부분을 뜻한다. 파괴하자는 것은 나쁜 요소를 청산해서 '국수'를 부식하자는 데 있었다. 자국의 언어·역사·종교사상·생활습속에 걸쳐 일체의 아름다운 전통을 밝히고 살려나가는 그것이 '국수의 부식'일 터이다. 여기에 자동적으로 국학의 개념이 내포되어 있다. 국민국가를 지향하는 역사 단계에서 제기된 신학술은 당초부터 민족 자아의 인식과 함께 본국학[12]——자국의 역사 및 실태에 대한 지식이 강조되었거니와, 이에 이르러 국학의식 또한 첨예하게 된 것이다.

실학의 부활

그 현실적용적 의미
실학은, 박지원(朴趾源)이 사물인식의 논리로 '변(變)'의 변증법에 착안

---

11) 林榮澤, 「'談叢'의 작자와 그 사상」, 丹齋先生紀念事業會, 『申采浩의 思想과 民族獨立運動』, 형설출판사 1986.
12) 李佑成·鄭昌烈, 「韓國學의 反省과 展望」, 『韓國學硏究入門』, 지식산업사 1981.

국학의 성립과정과 실학에 대한 인식 19

하고 정약용(丁若鏞)이 신아구방(新我舊邦)을 자기 학문의 목적으로 설정하였듯, 변역에 역점이 주어져 있었다. 그래서 실학의 성격을 규정할 때 '탈중세적'이라든지, '근대지향적'이라든지 하는 개념이 적용되었던 것이다. 1901년에 간행된『흠흠신서(欽欽新書)』에 붙인 발문을 보면 우리나라 학술사에 세 가지 부문의 대성자로 유가에서 이황, 병가(兵家)에서 이순신, 그리고 경제가(經濟家)에서 정약용을 손꼽고 있다.[13] 지금 우리가 실학으로 인지하는 대상에 대해 그 당시는 흔히 '경제학'이라 지칭하고 있었다. 이때 '경제'란 물론 경국제세(經國濟世)의 준말이다. 이는 유학적 개념이요, 기실 유학의 진수이니 유가와 경제가란 당초에 병칭할 성질이 아니다. 그런데 왜 유학의 대성자로 이황을, '경제학'의 대성자로 정약용을 손꼽았을까? 그 학문의 체제개혁적 성격이 의식되어 체제보수적인 유학과는 구별지어본 것으로 여겨진다. 실학을 사회과학의 발단으로 의식했던 것으로도 볼 수 있는 것 같다.

이러한 실학은 모든 것이 변역하는 전환기에 당해서는 어떻게 되었는가? 종래 학계에서 실학과 개화사상의 연계에 대해서는 관심이 비상했던 반면, 정작 이 문제는 간과해온 편이다.[14] 역시 시각이 불투명했기 때문에 중요한 사안 하나를 지나친 것이 아닌가 한다. 결론부터 밝히자면 바야흐로 신구학이 교체하는 이 시점에서 실학은 부활하는 모습이 역연히 드러나고 있었다.

우선 흥미로운 사실은 실학의 저작들이 그 무렵 속속 출판이 된 점이다. 정약용의 저서로는 1903년에『흠흠신서』『목민심서(牧民心書)』『대한강역고(大韓疆域考, 원제 我邦疆域考)』가 공간되고,『아학편(兒學編)』『경세유표

---

13) "宗兄觀變氏嘗語余曰: '我東五百年來, 群賢輩出, 而三大成焉. 儒家之成, 退溪李先生也: 兵家之成, 忠武李將軍也: 經濟家之成, 我從曾祖茶山公也.'"(丁文燮,『欽欽新書』跋文, 廣文社 1901)

14) 실학이 근대전환기의 시대상황에 대응책으로 수용된 국면을 고찰한 것으로 千寬宇의『韓國實學思想史』를 들 수 있다. 이런 방향으로 일찍 착안하였을 뿐 아니라 중요한 정보들을 담은 내용이다. 다만 논지가 "자주적 근대지향이 絶望되는 이 국면에서 실학사상은 이미 현재의 것이라기보다 과거의 것이 되어가고 있다. 이리하여 실학사상이 지녔던 현실의 대응책으로서의 역사적 사명은 끝난 것이다"(『한국문화사대계』제6권, 982면)고 규정하여, 필자의 이에 대한 견해와는 상반되고 있다.

(經世遺表)』 등이 이어 세상에 선을 보였다. 박지원의 『연암집(燕巖集)』과 『열하일기(熱河日記)』 역시 전후해서 간행을 보았다. 오늘날 크게 평가되는 저 '경제'의 포부와 학문의 노작들이 그때까지 공개될 기회마저 얻지 못한 채 완전히 사장되어 있었다. 그러던 것이 시대적 요구에 의해 비로소 햇빛을 보기에 이르렀던 것이다.[15]

이처럼 실학의 저작들이 한동안 잊혀져 있다가 비로소 각광을 받아 공간된 사실은 뜻깊은 일이 아닐 수 없다. 근대적 형태의 인쇄매체로 출판이 되게 된 표면적 사실 자체도 의의가 없지 않으나 그 사실의 이면에 내포된 의미가 자못 심상치 않은 바 있다. 우리가 '실학의 부활'로 판단한 근거는 바로 여기에 있다.

이때 당해서 실학의 저작들이 간행된 까닭은 어디에 있었던가? 첫째 의도는 현실적용에 있었던 것으로 생각된다. 일차로 출판이 된 『흠흠신서』와 『목민심서』에 잘 드러나 있는 바다. 『흠흠신서』의 경우 "이 책이 널리 보급되면 형정(刑政)에 도움됨이 있을 것이다", 『목민심서』의 경우 "이 책을 지방 정치가의 지침으로 보세장민자(輔世長民者, 세상을 보좌하고 백성을 다스리는 자—인용자)의 규범이 되어야 할 것이다"라고 각기 그 서문 및 일러두기에서 발간 취지를 분명하게 밝히고 있다. 『황성신문』은 특히 『목민심서』의 출간에 즈음하여 '논설'(지금 사설에 해당함)을 싣고 있는데 그 책 내용은 만국이

---

15) 이 시기에 공간된 실학서 목록은 대략 다음과 같다.

牧民心書 (4책)	廣文社	1902년
牧民心書正文(1책)	博文社	1904년
欽欽新書 (4책)	廣文社	1901년
經世遺表	朝鮮光文會	1908년 序(1914년에 1책만 간행된 것이 확인됨)
大韓疆域考(2책)	皇城新聞社	1904년
耳談續纂	徽文館	1908년(梁在謇 編)
雅言覺非	朝鮮光文會	1912년
兒學篇	廣學書館	1908년
燕巖集		1900년 續集 1901년(金澤榮 編)
熱河日記	朝鮮光文會	1911년

金泳鎬의 「茶山學研究序說」(『茶山學論叢』, 다산학연구원 1987)에서 다산 저작의 간행 목록이 정리된 바 있다.

교통하는 오늘에 당해서 시행하더라도 맞지 않아 삐걱거리는 폐단이 별로 없을 것이라 하면서 "실로 우리 대한제국의 정치학 가운데 제일 신서(新書)"라고 찬사를 아끼지 않았다.

그런데 당시 간행된 『목민심서』를 보면 원본에 있는 서로지칙조례(西路支勅條例, 평안도·황해도를 거쳐 오는 중국 사신을 영접하는 절차)와 공사노비(公私奴婢)를 다룬 부분이 삭제되어 있다. 이는 물론 세상이 변하고 이미 제도가 바뀌어 두 조항은 현실적으로 필요없이 된 때문이다. 전자의 경우에 탈사대(脫事大) 자주외교, 후자의 경우에 만민평등의 인권의식이 작용한 것으로 해석할 수 있겠다. 그러나 어쨌건 원전을 자의적으로 훼손한 셈이다. 지금 우리가 고전을 다루는 것과는 태도가 사뭇 다르다. 그 책들을 지나간 역사 속의 고전이 아니라 당장의 현실에 적용해야 할 것으로 보고 있다. 이 단계에서 실학은 학술연구의 대상물 이상의 의미, 시급히 부활시켜야 할 것으로 끌어들인 것이다.

이는 대한제국의 정책 방향과도 무관하지는 않았던 것 같다. 『흠흠신서』의 발문에서 "우리 성천자(聖天子, 고종 황제를 지칭함—인용자)가 문학을 권장하는 힘으로 광문사(廣文社)를 설치해서 서적을 인행(印行)하는데 이 책이 먼저 나오게 되었다"고 하였다.[16] 정약용의 저작을 간행한 광문사의 설립이 대한제국 황제의 의지를 반영한 것처럼 밝힌 것이다. 한편 『매천야록』의 증언에 따르면 고종 자신이 "부국강병에 뜻을 두어 분분히 제도를 변경(變更)할 즈음 여러 신하들 중에 신뢰할 만한 자가 없음을 한탄하더니 을유·병술년간(1885~86)에 『여유당집(與猶堂集)』을 들여오라는 명을 내렸던 바 개연히 정약용과 동시대 인물이 아님을 탄식했다"는 것이다. 그리고 "지금 정한 13부제(府制)는 또한 그의 의도(정약용의 『경세유표』의 구상을 가리키는 듯—인용자)를 연역한 것"이라고까지 언급하였다.[17] 이른바 온건개화파가

---

16) 閔致憲이 쓴 『欽欽新書』의 跋文. 『황성신문』은 1902년 5월 19일의 「廣文社 新刊 牧民心書」라는 논설에서, "近有白堂玄君采氏, 有志於書籍之廣佈하야 與同志諸公, 鳴寶捐金에 特設廣文一社하고 凡國內遺篇逸書之有補時務者와 與外國學問家新發明諸書를 將次第刊佈하야 以惠當世하나니"라고 하였다. 앞의 閔致憲의 말과 서로 다른데 상고해볼 문제다. 추정컨대 현채가 주도한 광문사는 황제의 뜻과 닿아 있었던 것이 아닌가 한다.

22

대한제국을 선포하고 개혁정치를 주도함에 있어 실학을 원용하고자 했던 것은 사실로 드러난다. 광무개혁의 노선인 '구본신참(舊本新參)'의 구체적 내용의 일부로 해석할 수 있겠다.

'구본신참'이란 개혁정치의 성과, 이를테면 실학의 현실적용이 얼마나 실효를 거두었을까? 이 물음에 대해서는 그 실태조사도 되어 있지 않은 지금 단언하긴 어렵지만 짐작컨대 성과라야 별 것이 없었을 터이다. 우선 실효를 거둘래야 거둘 만한 시간이 주어지지도 못했기 때문이다. 황현은 광무개혁의 시점에서 "반계는 일어나지 않고 다산도 떠나갔으매 손때 묻은 책을 대하여 수염이 희어진다〔磻溪不作茶山死, 十對塵編鬢欲絲〕"(「見量田」)고 깊이 한숨을 쉬고 있었다. 아마도 실학의 저작에 담긴 개혁의 근본 뜻이 제대로 구현되지 못하고 있는 것으로 판단했기 때문이리라. 어쨌건 황현 역시 실학의 계승에서 개혁의 방도를 찾고 있는 것이다. 실학의 진정한 계승, 오직 그것을 염원하고 있을 뿐이다.

방금 우리가 살펴보았듯 실학은 국정개혁이란 당대적 과제와 직결해서 중시되었다. 장지연(張志淵, 1864~1921)은 정약용의 학문이 '경장유신(更張維新)'의 뜻에서 모두 나온 것으로 파악하고 있는데 이것이 곧 자기 시대가 갈망하는 논리에 실학이 맞아떨어진 셈이다.

그 당시 실학의 가치를 인식하게 된 또 다른 측면이 있었다. 다름아닌 서구문명에 부딪치고 서양학술을 접해서 놀란 눈이 실학을 돌아보고 새롭게 발견한 것이다. 정약용의 저작들과 발맞추어 간행된 것은 박지원의『연암집』이었다. 김윤식(金允植, 1835~1922)은『연암집』의 간행을 위해 쓴 서문에서 "이 문집에 실린 내용을 살펴보건대 오늘날 가장 긴요하고 가장 중대한 시무(時務)의 제반 학문과 저절로 합치하고 있다"고 주장한 다음, 구체적 증거를『연암집』의 글과 신학문의 학설을 대비해서 10개조에 걸쳐 제시했다.[18]

---

17) "今上銳志富强, 紛紛變更, 恨群臣無可仗者. 乙酉丙戌間, 命進與猶堂集, 愾然有不同時之嘆. 已而擢其曾孫文變大科. 今所定十三府制, 亦推演其意也."(黃玹, 앞의 책, 32~33면)

무릇 이 10조의 학설은 모두 서양인들의 경우 힘을 다해 추구하고 정신을 집중해서 사고한 결과였으니 열강 제국이 실천을 거쳐서 1백년이나 2백년에 겨우 한두 가지씩 성취했던 것이다. 선생(박지원——인용자)은 조용히 앉아서 거기에 도달하여 담소하는 즈음에 들추어내고 글을 엮는 사이에서 발휘를 하였다. (『雲養集』권10)

요컨대 서양 근대학문과의 만남을 통해서 박지원의 학적 창조의 위대성이 부각된 것이다. 그것은 오로지 특출한 개인의 외로운 위대성으로 강조되어 있다. 위의 글에서 박지원에게 바쳐진 찬탄의 고도가 높을수록 오히려 애석히 여김의 심도가 깊어지는 것을 느끼게 된다. 이어서 이건방(李建芳, 1861~1939)이 1908년에 지은 『경세유표』의 서문을 들어보자.

들건대 서양의 선비로 『만법정리(萬法精理, 법의 정신——인용자)』를 지은 자 맹덕사구(孟德斯九, 몽떼스끼외——인용자)요 『민약론(民約論, 사회계약론——인용자)』을 지은 자 로사(盧梭, 루쏘——인용자)인데 (…) 오늘날 구주 제국이 날로 부강에 이른 것은 모두 이들 학술의 공이다. 지금 선생의 저서(『경세유표』——인용자)를 맹(孟)·로(盧)의 것들과 비교해 보면 진실로 그 사이에 우열을 쉽게 가릴 수 없을 것이다. 다만 저들은 드러내 말하고 직접 지적하여 아무런 거리낌이 없었기 때문에 흉중의 기결함을 능히 다 발휘할 수 있었거니와, 선생의 언설은 완곡하면서 바르고 깊으면서 치밀하여 예봉이 살짝 드러나면서 지극한 이치가 담겨 있다. (…) 만약 이런 점으로 드디어 선생이 저들에게 손색이 있다 한다면 지언(知言)은 아니다. 그런데 선생은 당시에 시행됨을 얻지 못했을 뿐 아니라 아울러 그 구구한 공언(空言)도 강구하게 됨을 얻지 못한 것이다. 맹·로 같은 이들의 도(道)와 말이 시행되고 공이 일세에 거룩

---

18) 金允植의 「燕巖集序」는 1902년에 씌어진 것으로 그의 문집인 『雲養集』(권10)에 수록되어 있다. 이 서문은 『연암집』의 간행을 전제하여 씌어졌을 터인데 이 서문이 실린 『연암집』은 보이지 않는다. 그 직전에 간행된 『연암집』은 선집이었으므로 전집을 계획했다가 성사되지 못한 것이 아닌가 한다.

하여 영광이 백대에 드리워진 경우와 비교할 때 과연 어떠한가? 이 점이 내가 더욱 선생의 불우를 슬퍼하고 동서의 서로 같지 않음을 깊이 한탄하는 바이다. (…) 무릇 선생의 저서로 정치에 채용되게 하여 서전질례(敍典秩禮)의 근본을 밝힌다면 일국의 법이 되는 데 그치지 않고 천하 후세의 법이 될 것임을 의심할 바 없다. 그런 즉 선생은 비록 당시에는 불우했으나 후세에 만남이 있게 될지는 쉽게 판단할 수 없는 노릇이다.

정약용의『경세유표』를 몽떼스끼외의『법의 정신』과 루쏘의『사회계약론』에 비견해서 논의를 펼치고 있다. 정약용의 사상사적 위상을 계몽주의의 단계로 상정하고 있는 셈이다. 다만, 저들과 달리 정치적 실천, 사회적 통용의 길이 봉쇄되었기 때문에 정약용의 위대한 저작은 한갓 '공언'으로 돌아갔다는 것이다.

앞의『연암집』서문은 연암의 학설이 1백년이 지난 오늘에 이르러 인지를 개발시켜 장차 원대한 효험을 거둘 것으로 전망하였다.『경세유표』에 대해서도 지금 이 저작의 정치적 실천이 이루어진다면 "일국의 법이 되는 데 그치지 않고 천하후세에 법이 될 것임"을 믿어 의심치 않는다.『경세유표』의 의미를 인류 보편의 차원으로까지 격상시키고 있는 것이다.

그 학적 계승의 모습

우리 역사상 근대계몽기에 있어서 실학의 존재는 과거로부터 현재로 되돌려서 당장 적용·실행해야 할 것처럼 인식되었다. 그렇다면 때마침 대두한 신학문 속에서 실학은 학문 자체로서도 다시 살아나고 있었던가? 실학이 신학문에 어떻게 접목되었던가 하는 문제다. 나는 이 문제를 사례의 하나로 지리학을 잡아서 살펴볼까 한다.

지리학은 구학문의 전통에 연원이 없었던 바 아니나 신학문에서 특히 각광을 받으며 등장한 분야다. 장지연은 지리학을 역사학과 표리의 관계로 보기도 했다.[19] 경(經)·사(史)·자(子)·집(集)이란 동양 전래의 지식체계 속

---

19) "以故地理學與歷史, 相爲表裏, 學問之所不得不講究者也."(張志淵,『新訂中等萬國新

에서 지리학은 역사학에 비해 존재가 분명치 않은 것이었다. 그런 지리학이 이제 역사학과 동렬에 서게 된 것이다.

무릇 씩씩한 청년들이 뜻을 세우고 학문을 추구해야 하는 이때에 당해서 전 지구의 지리를 널리 조사하고 만국의 정세를 정밀히 궁구해서 우리의 두뇌 역량과 지식을 증장(增長)시키지 않으면 안된다. 이 곧 만국지지(萬國地志)를 꼭 배워야 하는 이유다. (閔永徽, 「新訂中等萬國地志序」, 1907)

당시 지리학이 특히 중요시된 이유는 간명하다. '지구시대'에 대한 대응으로서 세계 각국의 정세에 대해 지식을 갖자, 그리하여 신세대들의 두뇌 역량을 증진시키자는 것이었다. 또한 이에 지피지기가 요망되었다. "우리나라에서 신학(新學)을 담론하는 자 열국의 방여(方輿, 지형——인용자)·물정에 대해서는 상세하게 이야기하면서도 오히려 본국의 지지(地志)에 대한 연구는 아주 드물다." 이는 장지연이 『대한신지지(大韓新地志)』의 서문에서 쓴 말인데 그는 이처럼 지리학의 필요성을 자각하고 『대한신지지』를 직접 저술한 것이다. 곧 '국학'의 각성이 구체화되는 모습이다. 장지연은 그 자신 어려서부터 '지학(地學)'을 몹시 좋아한 나머지 자료들을 널리 수집해서 한 전서(全書)를 편성할 뜻이 있었다고 술회한 바 있거니와, 당시 간행된 본국지리 및 세계지리의 여러 서책에 저술 혹은 교열로 참여했다. 그가 저술한 『대한신지지』, 그리고 『대한강역고』는 이 시기 지리학을 대표하는 성과로 가늠해볼 수 있다.

『대한강역고』는 정약용 원저를 장지연이 증보하여 내놓은 책이다. 장지연의 손에서 편차가 적절히 조정되었을 뿐 아니라 안설(案說)이 간간히 붙여졌다. 이 안설에는 격변한 시대 배경에서 새로운 식견이 반영되어 있으므

地志』 서문, 廣學書館 1907) 지리학을 經·史·子·集의 전통적 지식체계 밖의 신학문으로 일찍이 중시한 하나의 사례로 이 『新訂萬國新地志』에 붙인 安鍾和의 서문을 아울러 소개한다. "不佞, 少嘗受業于竹儕朴先生. 先生淹博冠世, 謂不佞曰: '經史子集之外, 復有新書, 勉君以讀. 欲廣其知識聞見.'"

로 우리로서 관심을 가질 필요가 있겠다. 그런데 더 주목을 요하는 부분은 원작에 없던 「임나고(任那考)」와 「백두산정계비고(白頭山定界碑考)」를 새로 써서 보충한 대목이다. 범례에서 밝힌 취지를 들어보자.

선생(정약용──인용자)의 시대에는 일본사 및 황초령비문(黃草嶺碑文)을 미처 얻어볼 수 없었다. 그래서 지금 따로 「임나고(任那考)」 한편을 두어 변진(弁辰)의 다음에 붙이고 또 황초령비문을 끼워넣어 보충을 한다.

백두산 정계비는 곧 근일 한청(韓淸) 양국의 외교에서 타협을 짓지 못한 문제다. 그래서 그 전말을 상세히 기재하되 별도로 「백두산정계비고」 및 지도 한편을 작성하여 후일의 참조·고증의 자료로 대비코자 한다.

여기 나타나듯 신발굴의 자료들을 놓치지 않고 챙겨 정리한 태도 자체부터 학구적이지만 거기에 민족의식이 실려 있다. 민족사의 통한으로 치부되는 백두산 정계비 문제, 한일간의 역사적 관계에서 민감한 사안인 임나 문제를 장지연은 일부러 증보 형식을 빌려 취급한 것이다. 『아방강역고』가 『대한강역고』로 부활이 되면서 시대정신과 민족적 요구를 대폭 반영하였던 것으로 결론이 내려진다. 때문에 장지연은 서문에서 이렇게 말하고 있다.

이 책은 한낱 지지(地志)로 말할 것이 아니요 곧 한 부의 동방의 일사(逸史)이니 강역의 신장하고 위축함을 따라 세도(世道)의 오르내림이 연계되어 있다. 아! 지금 강토가 다난하며 강한 이웃이 엿보는 날을 당하여 애국에 뜻을 둔 인사들은 의당 이 책에서 마음이 없을 수 없으리라.

『대한강역고』에 이어 저술한 것이 앞서 언급한 『대한신지지』이다. 장지연이 이 책을 또 따로 저술한 의도는 어디 있었던가?

나는 왕년에 정다산 선생의 『강역고(疆域考)』를 증보·교정해서 세상에 간행하였다. 그런데 지지(地志)로서는 완전하지 못해 마음에 유감이 있었던바 광무 10년(1906) 가을에 새로 편찬하기로 뜻을 정하고 국내외의 도서를 널리 수집하여 여러 달이 걸려서 탈고를 하였다. (…) 무릇 형세·물산·풍토·인정의 대개가 모두 수록되어 있으며, 정치 구획과 시세 변천의 긴요한 대목에 더욱 유의하여 한번 책을 펼쳐들면 명료해서 손바닥을 보는 것 같다. 오호라! 편자의 고심이여. 오직 4천년 조국정신을 이 한 부 지지의 가운데 쏟아서 우리 전국의 동포에게 양식이 되도록 하니 몽학(蒙學)의 학습에 자료로 쓰일 뿐 아니라 애국지사의 책상에 올려져야 할 것이다. (張志淵,「大韓新地志序」, 1907)

『대한강역고』는 지리서로서 완전치 못하다고 본 것이다. 『대한강역고』의 내용은 역사지리학에 속한다. 『대한강역고』의 체제는 장지연이 썼던 용어를 빌려서 말하자면 '지문지리(地文地理)'와 '인문지리'에 걸치는 지식의 영역을 당초에 충족시킬 수 없는 것이었다. 새로 집필하게 된 『대한신지지』는 두 가지 점에서 학적 평가를 할 수 있으리라 본다. 첫째, 국토의 현황에 대한 종합적이고도 객관적인 지식과 정보를 제공하고 있는 점이다. 이땅 곳곳의 상태며 물산, 이땅에서 운용되는 정치·행정의 제도, 이땅에 사는 인민들의 생활·문화의 양상 등등을 망라하는 데 바야흐로 전개되는 변화에 초점이 맞춰져 있다. 하나의 예를 들어보면 상업을 서술한 항목에서 외국인의 점포가 곳곳에 개설되는 사실을 들어 "상업의 이익도 일체 외국인의 수중에 귀(歸)하니라"라고 지적한 것이다. 둘째, 신구학을 적절히 절충한 점이다. 외국에서 들어온 지리학의 체제 및 방법론에 기초하고 있지만 구학의 내용을 수용한 것이다.

앞서 1899년에 현채의 손에서 『대한지지(大韓地誌)』 2책이 편찬된 바 있었다. 이 『대한신지지』는 『대한지지』의 신편인 셈이다. 양자를 대조해 보면 『대한신지지』에서 내용이 훨씬 풍부해졌을 뿐 아니라 민족의식이 강화되었음을 감지하기에 어렵지 않다. 8년 사이에 지리학은 그만큼 국학으로서의 성격이 증장되었던 것이다.

2. 1930년대 朝鮮學운동과 실학의 재조명

조선학운동

우리나라에서 근대학문은 대개 1930년대로 들어와서 수립된 것으로 보고 있다. 이때 지금 우리가 하는 형식의 논문이나 저서가 선을 보이기 시작하면서 학회들이 등장한 것이다. 앞서 1900년대에도 학회라는 이름을 붙인 모임들이 족출(簇出)하였지만 그때의 학회는 그야말로 애국계몽을 위한 운동단체이지 오늘날 뜻하는 학회는 아니었다. 이때 이르러 조선경제학회·철학회·조선어학회 등 학회들이 근대학문의 분화된 성격을 표방하고 나왔으며, 한편으로 국학을 종합한 성격의 진단학회(震檀學會)가 결성되었다. 근대학문이 하필 이 시기에 와서 수립된 배경은 어디에 있는가?

1900년대는 구학문으로부터 신학문으로 이행하는 초입이었다. 신학문은 근대학문의 발단이었는데 시대가 마침 국민 계몽을 요망하는 상황이었다. 그러므로 학문의 전문성·독창성에 깊이 유의하지 못했다. 더구나 국가민족의 존망적 위기에서, 그나마 아주 열악한 조건에서 진행되었던 당시의 사정을 감안해야 할 것이다. 그렇기에 근대학문의 내용 수준에는 미달할 수밖에 없었다. 하지만 오히려 신학문으로 급진하여 비분의 열혈이 끓고 뼛골에 기백이 있었다.

문제는 신학문이 제대로 성장하지 못하고 중동무이로 꺾여진 데 있었다. 1910년 우리의 주권을 강탈한 식민통치자들은 학술 부문에까지 통제를 강경하게 하여 신학문의 괜찮은 성과일수록 빠뜨리지 않고 금서목록에 집어넣었다. 근대학문의 싹은 짓밟히고 왜곡된 것이다. 이런 야수적 무단통치에 대한 인간적·민족적 저항이 3·1운동으로 폭발하였다. 주지하다시피 3·1운동은 정치적 목적 그 자체는 달성하지 못했으나 이땅에 신문화운동을 촉발시켰다. 신문화운동의 일환으로 문학사에서는 드디어 근대문학이 성립한 것이다.

학술사는 문학사에 비해 지각을 한 꼴이다. 이는 아마도 대중적 기반보다 제도에 의존해야 하는 학술의 특수성과 관련된 것이 아닌가 한다. 일제의 통제가 교육·학술 부문에는 더욱 강고하게 미칠 수 있었다. 그럼에도 1930년대로 와서 드디어 근대학문이 성립하게 된 요인을 찾아보자면 다음 몇가지를 들 수 있다.

첫째, **학적 역량의 성장·축적**. 근대학문의 산실은 대학이다. 그런만큼 대학의 설립은 애국계몽기 이래로 민족적 숙원의 하나였으니, 3·1운동 이후 민립(民立)대학 설립을 위한 움직임이 다시 일어났다. 그러나 일제 당국은 우리 손에 대학은 끝끝내 허용하지 않고 기껏 전문학교를 인가하는 데 그쳤다. 민립대학 설립운동이 폭넓은 호응을 받아 묵살하기 어렵게 되자 저들은 관립대학의 설치로 회유하였다. 경성제국대학이 그것이다. 일제하에서 학문은 우리의 대학 하나 갖지 못한 조건에서 이루어진 것이다. 형편이 이러했음에도 1930년 무렵이 되면 해외나 국내에서 학문을 전공하고서 독자적 연구를 수행하는 학자들이 각 분야마다 상당수에 이르렀다. 근대학문이 성립할 주체적 조건이 그런대로 갖추어진 셈이다.

둘째, **일제의 학적 지배에 대한 위기감**. 저들은 왜 우리에게 끝끝내 대학을 허용하지 않았던가? 식민지 지배를 철저히 하자면 피지배자의 정신까지 장악해야 함은 물론, 피지배 시공간의 모든 정보를 장악할 필요가 있다. 일제 역시 구왕조의 문서와 전적들을 일체 수합해서 자기들의 관리하에 둔 한편, 조선사편수회(朝鮮史編修會)를 운영했던 것이다. 그러니 고도의 기술과 학문을 교수하고 재생산하는 대학을 조선민족의 손에 맡기려 했겠는가. 일제가 주도하는 '식민지학'이 우리의 역사를 비롯해서 언어·민속·지리 등 영역에 걸쳐 이미 학적으로 우리를 압도하는 형세였다. "'조선을 알자' '조선의 과거 및 현재를 따져서 미래의 광명을 밝히자'라는 부르짖음이 울연(蔚然)히 일어났다. 이러한 외침에 발맞춰 지금 우리의 땅에는 수다한 학술단체가 창립 성장하고 있다."[20] 이렇듯 당시 학술의 발흥은 일제의 학적

---

20) 『동아일보』는 1935년 1월 1일자부터 신년 기획물로 '학술부대의 參謀本營'이란 표제를 걸고 당시 주목할 학회들의 연혁 및 활동상을 각각 소개하고 있다. 인용문은 이 기획물의 취지를 밝힌 대목에서 따온 것이다.

지배에 대응하려는 민족적 각성으로 촉구된 것이다.

세째, 정치운동이 봉쇄되면서 찾은 출로. 1930년대는 일제가 파시즘으로 치달아 침략의 마수를 대륙으로 뻗치면서 사상적으로 경직되어 더욱 삼엄해지는 시기였다. 우리 사회는 바로 이 30년대 초 신간회(新幹會)가 깨지고 나서는 좌절과 실의의 늪에 빠져든 분위기였다. 이때 문학사에서는 계급문학이 후퇴하고 문예주의가 등장하게 된다. 정치적 변화를 도모하는 사회운동이 차단된 상황에서 찾은 출로의 하나가 학술 쪽이었다. 『신조선』 1935년 1월호 권두언의 "정치적 약진이 불리한 시대이니 차라리 문화적 정진에로"라는 구절은 학술운동으로 진출하게 된 당시 사정을 극명하게 대변한 말이다.

방금 거론된 30년대 현실의 막다른 길목에서 찾아나선 학술 쪽의 출로는 다름아닌 조선학운동이었다. 이제 '조선학'이 학술운동적 차원에서 제기된 구체적 경위와 그 개념에 대해 대략 살펴보기로 한다.

'조선학'이란 말은 30년대로 와서 더러 쓰였는데 그것이 학계의 과제로 제기되기는 1934년부터가 아닌가 한다. 1934년 벽두에 『동아일보』는 신남철(申南澈)의 「최근 조선연구의 업적과 그 출발」이란 논문을 연재하고 있다.[21] '조선학은 어떻게 수립할 것인가'라고 부제를 단 것이었다. 이 논문은 조선학의 개념을 정립한 다음, 그러한 방향에서 '조선연구'를 재출발할 것을 천명한 내용이다. 그해 9월 8일에 『여유당전서』 발간사업을 추진하던 신조선사는 다산 서세(逝世) 99주년에 즈음해서 기념 강연회를 개최한다. 그 자리서 정인보(鄭寅普)는 「조선학에서 정다산의 지위」라는 논제를 내걸었던 바 당시의 소식을 전하는 기록이 있다.

초추(初秋) 9월 8일을 택하여 다산 선생 99년을 기념하여 기념회를 개최하니 동서에 흩어졌던 선비들이 운집, 조선의 과거를 한번 더 회상하니 감개 역시 무량하였거니와 상하 2층에 천여 군중의 숨소리 높았으며 연사들의 열렬한 웅변에 모두 함루(含淚).

21) 『동아일보』 1934년 1월 1일에서 7일에 걸쳐 4회 연재.

정인보 선생 제왈(題曰) 「조선학에서 정다산의 지위」라고. 처음은 아니로 되 '조선학'이란 말이 처음. 모다 주의하는 모양. 조선학은 무엇인가?

보도에 민속(敏速)한 중임(重任)을 진 신문기자 제군 육감(六感)이 송곳처럼 발달된 저널리스트, 문화의 중임을 맡은 언론기관이 이 소리를 듣고 정좌(靜坐)할 리 만무. 9월 13일 조간 『동아일보』가 앞장을 섰다. 「조선연구의 기운을 제(際)하야」가 그 제목. 사계의 권위 백남운(白南雲)·현상윤(玄相允)·안재홍(安在鴻) 제선생을 역방(歷訪)하고 조선학의 정의를 질문. (「신조선춘추」, 『신조선』 1934년 10월호, 40면)

본격적인 학술강연에 그야말로 청중이 운집하여 다들 눈물을 글썽이기까지 하였다니 놀라우며 금석지감이 느껴진다. 정인보가 논제로 삼은 '조선학'이 비상한 관심을 불러일으켰던 모양이다. 위의 인용문에서 지적하였듯 매스컴의 생리로 뽑아낸 제목——「조선연구의 기운에 제(際)하야」는 그 무렵 조선에 대한 연구가 발흥하는 분위기를 민감하게 포착한 것으로 여겨진다. 진단학회가 창립된 것도 바로 그 해 5월이었다. '조선연구'의 기운이 바야흐로 일어나는 가운데 정인보가 내건 '조선학'은 쟁점사안으로 부각된 것이다.

문제는 '조선학'이 학문으로 성립할 수 있느냐, 있다면 그 개념은 어떻게 정의되어야 할 것이냐에 있었다. 바로 이 문제를 『동아일보』는 쟁점화해서 학계를 대표하는 학자들의 견해를 인터뷰 형식으로 소개했던 것이다. 그리하여 표명된 견해는 삼인삼색으로 나타났다.[22] '조선학'을 하나의 학문으로

---

22) 『동아일보』 1934년 9월 11일자에 白南雲, 「朝鮮學 어떻게 규정할 것인가」, 9월 12일자에 安在鴻, 「世界文化에 朝鮮色을 짜넣자」, 玄相允, 「朝鮮學이란 名詞에 반대」 등의 인터뷰 기사가 실렸다. 신문은 이 기획물의 취지를 "네 자신을 알아라' 하는 소크라테스의 箴言이 2500년 전의 아테네의 거리에서 人口에 膾炙되었을 때 희랍의 역사에는 빛나는 장래가 약속되었다. 그와같이 現今 조선에는 자신의 걸어온 자취를 無私하게 하등의 주관적인 獨斷 없이 찾아보자 하는 기운이 움직이고 있음을 보겠다. 浸滯에서 甦生에——다시 일어나려는 우리의 이 '나를 알자' 하는 동향을 뉘라서 반가이 맞지 않을 것인가. 우리는 우리의 역사를 음미·반성·비판하야 장래에 대한 과학적인 전망을 얻지 않으면 안될 것이다"라고 선언적으로 밝혔다.

인정하느냐에서부터 안재홍은 적극적이고 백남운은 소극적이며, 현상윤은 반대하는 입장이었다. 현상윤은 '조선학'이란 제국주의적 식민지학에 역으로 통한다고 보아 반대한 것이며, 백남운은 "조선심·조선혼"으로 파고드는 정신사관적 경향을 적이 경계했던 것이다. 조선의 역사, 조선의 문화 전반에 대한 학적 탐구, 그것을 운동적 차원에서 제기하는 데 반대할 성질이 아니었으므로, 백남운은 '조선학'의 개념이 마뜩치 않으면서도 거부하지 못한 듯싶다. 현상윤 역시 '조선학'이란 명사를 거부하였지만 '조선문화연구'로 하자는 수정제의를 하였다.

요컨대 조선의 역사, 조선의 문화에 대한 학적 탐구를 임무로 자각하고 실천해야 한다는 데에는 뜻이 다 일치했던 것이다. 때문에 견해차가 있었음에도 마침 고조되는 '조선연구'가 '조선학'으로 수렴되어가는 것이 대세를 이루어갔다. 『신조선』 1934년 12월호는 「조선학의 문제」라는 제목의 권두논설을 싣고 있다.

'조선학'의 외침이 가끔 높은 것이 이즈음 우리 사회의 한 경향이다. 애급학(埃及學)·지나학(支那學) 하는 따위로 조선학이란 것은 좀 당치 않은 말이라고 주장하는 분이 있으니 그 말이 옳다. 그러나 혹은 국학(國學) 또 무슨 학(學) 하면서 일개(一個)의 동일 문화체계의 단일화한 집단에서 그 집단 자신의 특수한 역사와 사회와의 문화적 경향을 탐색하고 규명하려는 학의 부문을 무슨 학이라고 한다면 그런 의미에서 조선학이란 숙어를 우리가 마음 놓고 쓸 수 있다. 이런 의미에서 우리는 조선학이 우리 조선 사녀(士女)에게 매우 긴절(緊切)한 연구의 부문인 것을 믿겠고, 더구나 조선의 학도에게 그러함을 단언하겠다.

조선학이란 무엇이냐? 조선혼(朝鮮魂)이나 조선정신을 취급하는 학이냐? 고 미리부터 근심스런 생각을 하는 분도 있다. 그는 조선학 운운에 다소의 미심한 바 있어 스스로 그 감시(監視)의 임(任)에 당하려는 듯한 노파심조차 가진 듯하다. 그러나 아무리 국제화를 고조(高調)하는 초신진(超新進)의 학도일지라도 일정한 지역에서 일정한 사회적 단결적 또 문화적 유기(有機)한

생활의 역사를 가지고 온 동일 언어와 동일 문화의 집단이 그 향토적 전통적의 일정한 취미와 속상(俗尙)과 정조(情調)와 또는 그 대체(大體)로서 동일한 의도의 동향을 가짐이 가장 타당한 필유(必有)이요 또 긴절한 당위인 것은 추호도 부인할 수 없을 것이니 (…)

그리하야 우리 자신의 문화와 및 그 사상에서 조선인적이면서 세계적이요 세계적이면서 조선 및 조선인적인 제삼신생적(第三新生的)인——현대에서 세련된 새로운 자아를 창건하고 아울러 그들의 자신에게 구전타당(具全妥當)한 신생적인 사회를 그의 적당한 장래에 창건하자는 숭고하고 엄숙한 현실의 필요에서 출발 파악 지속 또 고조되는 것이다. (…) 그러므로 세분하면 일국민 일민족과 사이에 교호(交互)되고 접촉되는 자리에서 우리는 보다 더 조선의 회고와 조선의 인식이 필요한 것이요 전적으로 말하자면 전세계 전국제에 처해서의 우리로도 보다 더 조선의 회고와 조선의 인식이 긴절한 것을 새록새록 인식하게 되는 것이다.

그 무렵 여러가지로 제기되어 분분한 논란을 불러일으켰던 조선학에 대한 견해차를 포용하고 극복해서 하나의 조선학 개념을 수립하고자 한 내용이다. 거기서 진일보하여 국제화와 민족자아를 유기적으로 연계해서 사고한 점이 또한 흥미롭다. 특히 "조선인적이면서 세계적이요, 세계적이면서 조선 및 조선인적"이어야 한다는 대목은 세계화·국제화를 앞세우는 오늘의 세상에, '조선'을 '한국'으로 바꾸어놓으면 썩 어울리는 표어로 들릴 듯도 싶다.

위의 글은 저산(樗山)이란 필명으로 발표되었다. 저산이 누구인가 밝혀져 있지 않은데 다름아닌 안재홍으로 확인이 되고 있다. 그는 당시 신조선사의 발간에 관여하면서 조선학운동을 선도했던 것이다.[23] 그는 조선학의

---

23)『新朝鮮』의 지면을 보면 짧은 권두언이 대부분 樗山이란 필명으로 나오고 있다. 1935년 1월호에도 「조선과 조선문화운동」이란 제목으로 권두논설을 발표하였다. 한편『신조선』 1934년 12월호에는 「茶山 先生과 種痘法」을, 1935년 8월호에는 「丁茶山 선생 年譜」를 樗山後學이란 필명으로 싣고 있다. 그러나 樗山이 누구인지 밝혀져 있지 않다. 해방 후 간행된『出版大鑑 1949』(조선출판문화협회)란 책자에 부록으로 「아호 별호 및 필명 예명 일

방법론에 언급하여 "엄정한 과학적 조사연구"를 주장한바, 이는 신남철이 조선학의 수립을 위해 제창한 '역사과학적 방법'과 관점이 통하고 있다.[24] 우리가 지금 조선학운동의 구체적 모습인 『신조선』의 지면을 살펴보면 집필자들의 성함이 안재홍과 같은 민족사관론자와 백남운과 같은 유물사관론자가 동참하고 있음을 알 수 있다. 홍명희(洪命熹)의 경우 『신조선』의 필진으로 참여하지는 않았으나 『완당전집(阮堂全集)』 『여암전서(旅菴全書)』 등 편찬작업에 직접 관여한 터이니 조선학운동의 동참자로 보아야 할 것이다.

1930년대의 조선학운동은 좌우의 대립을 민족이란 개념으로 통합하려 했던 신간회 정신과 내면적으로 닿아있었던바 신간회운동의 후속적인 성격으로 간주할 수 있다.

실학의 학적인 정립

앞서 우리는 '조선학'이 하나의 운동형태로 일어나던 즈음의 소식을 「신조선춘추」난을 통해 들어보았다. 그 담당기자는 학계의 권위자들 사이에 의견이 각각 다르니 조선학의 어려움을 알만 하다면서 "오호! 조선학은 어디서부터 출발할까?"라고 탄식조의 의문을 던져본다.

람표」가 실려 있는데 여기에 安在鴻은 民世와 함께 樗山이란 아호를 쓴 것으로 나와 있다.
『신조선』의 공식적인 발행인은 權泰彙다. 『신조선』 1934년 9월호에 「新幹會 運動者들의 動態——解消 이후 그들은 어디로 갔나」라는 제목의 보고문이 실려 있는데 거기에 "解消委員으로 權泰彙씨는 신조선사를 걸머지고 인쇄부까지 두어가지고 李活씨 등과 신조선지 발행 기타 학술서적 출판을 하고 있으며"라는 기사가 보인다. 발행인 권태휘의 존재를 통해서도 신간회와 조선학운동의 관련성을 짚어볼 수 있는 것이다.
24) "이에 비로소 '조선학의 수립——역사과학적 방법에 의한——이 바야흐로 부르짖어지게 된 것은 現勢의 필연한 바라고 하겠다. 그러나 '조선학'이란 것은 결코 관념적으로 조선의 독자성을 신비화하는 국수주의적 견해와는 아무 인연도 갖지 않은 것이어야 한다는 것을 주의하지 않으면 아니될 것이다. '조선학'은 결코 조선의 과거만을 연구대상으로 하는 것도 아니고 초월적 존재를 신앙 대상으로 하는 종교도 아니다. 그렇다고 문학 내지 조선어학의 이론적 내지 역사적 파악을 목적으로 하는 것도 아니다. 사학적 연구만도 아니요 문학적 연구만도 아니요 또는 민속사적 연구만도 아니다. 그것은 이것들을 모두 포용한다."(申南澈, 「최근 조선연구의 업적과 그 재출발 조선학을 어떻게 수립할 것인가」, 『동아일보』 1934년 1월 2일)

다산 선생 왈——그럴 것 없이 나로부터 다시 출발해봄이 어떠한가? 후학
(後學) 제군(諸君)! (『신조선』1934년 10월호)

이 물론 희언(戲言)이지만 실천적 의미가 실린 진언이다. 신조선사는
『여유당전서』의 발간사업을 '조선문화'의 건설에 이바지하는 불후의 업적으
로 자처하였던 바 이는 그들이 선도한 조선학운동과 하나로 꿰어지는 일이
었다. 신조선사의 의지가 말하자면 조선학의 뿌리를 정약용의 위대한 학문
적 성과에 내리려고 한 것이다. 조선학운동의 기관지적 성격을 띠었던 『신
조선』은 거의 매호마다 정약용에 관한 논고를 수록하고 있는데 조선학의
수립을 위한 이론적 작업이었던 셈이다.
　조선학의 수립에 당시 언론의 관심이 각별했거니와, 동아·조선 두 신문
은『여유당전서』간행에 성원을 아끼지 않았으며, 정약용의 평가작업에도
앞장을 서고 있었다. '정다산 서세 1백년 기념' 강연회를 개최한『동아일보』
는 동시에 장문의 사설을 게재했는데 이 사설은 정다산 일신의 존몰을 추
념하는 행사로 그친다면 선생 자신이 마다할 것이라고 하면서 "선생이 태
어난 이 날에 선생의 심사를 우리의 심리에서 거듭 찾아" 살려내야 한다는
취지로 끝맺는다.[25]『조선일보』역시 사설로 다루었는데 정약용이란 존재의
현대적 의의가 보다 구체적으로 제시되어 있다.

　오늘날의 조선은 그 문화적 보편화 및 그 심화를 요하고 있다. 그리고 그
문화 건설 공작은 현대 현지의 국제적 현실과 조선인 향토 유래의 역사적 생
성의 전통에서 응분한 윤색 조화로서 신성(新成)한 특수 문화를 목표삼아 나
아감을 요하고 있다. 이러한 의미에서 선생과 같이 조선의 향토와 전통과 역
사와 문화에 입각하고 취재하며 겸하여, 내외 수국(數國)의 경험과 기록으로
원증방통(援證旁通)하고 종합융회(綜合融會)한 지대한 학의 부고(府庫)는
현재의 학자 신인으로서도 허다한 계옥(啓沃)과 시사를 그에서 수(需)하여
야 하게 된 것이다. (「逝世 百年의 茶山 先生」,『조선일보』1935년 7월 16일)

25)「丁茶山 先生 逝世 百年을 記念하면서」,『동아일보』1935년 7월 16일.

오늘의 우리 조선은 "문화적 보편화 및 그 심화"를 요망하는바 이 과제를 성취하려면 국제적 현실과 자국의 역사전통과의 조화를 요망한다는 논리다. 『신조선』이 「조선학의 문제」라는 권두논설에서 펼쳤던 논리와 일맥상통하고 있다. 이 과제를 해결할 임무를 맡은 오늘의 학자에게는 정약용이 성취한 '학(學)의 부고(府庫)'가 풍부한 자산이요, 훌륭한 지침이 된다는 것이다. 이 곧 정약용의 현대적 의의이다.

요컨대 조선학의 원천으로 정약용의 위대한 학문세계를 발견하였으며, 그 존재가 비상히 주목을 받게 된 것이다. 그러나 정약용의 학문의 높이를 평지돌출로 본 것이 아니었다. 계기적 발전으로 높은 봉우리가 솟아난 것으로 인식하고 있었다. 이 점이 중요하다.

조선학의 개념을 적극적으로 두둔하고 나선 안재홍은, 다산의 학은 성호(星湖) 이익(李瀷)으로부터 나왔으며, 거기서 다시 올라가면 반계(磻溪) 유형원(柳馨遠)에 이른다고 하였다. 그는 성호와 다산의 사이에서 정상기(鄭尙驥)·홍대용(洪大容)·박지원·신경준(申景濬) 등의 학문세계도 함께 거론하여, 이들 전체를 묶는 개념으로 '조선의 실학파'라는 말을 쓰고 있다.

> 조선을 주체로 하고 현실에 입각하여 사리를 귀납함은 확실히 신기축을 열었다 할 것이다. (安在鴻,「朝鮮史上에 빛나는 茶山 先生의 學과 生涯」,『신조선』 1934년 10월호)

안재홍이 성호 이익의 학문 성격으로 지적한 대목에서 따온 문장인데, 곧 실학의 일반 규정으로 확대 해석해도 무방할 듯싶다. 민족자아의 각성과 함께 현실성·과학성을 특징으로 포착했으니, 때문에 거기서 조선학의 원류를 찾게 된 것으로 여겨진다. 그리하여 반계 유형원을 "조선학의 창시자와 같은 지위"로 설정하고 "성호가 이를 확립"했던 것으로 말하였다. 따라서 정약용의 위상은 집대성자로 놓이게 된다.[26]

이러한 학적 과정을, 일찍이 조선학의 의미에 착안했던 정인보는 "반계가 일조(一祖)요, 성호가 이조(二祖)요, 다산이 삼조(三祖)"라고 명료하게 계보화하고 있다.[27] 그런데 일조니 이조니 하는 용어는 선종(禪宗)에서 차용한 개념이다. 정인보는 '조선심(心)'의 저류에서 '조선학'이 발양하는 것으로 사고하였으니 정인보의 계보화는 정신사관의 반영이었다 하겠다. 정신사관에 대해 부정적 입장이었던 백남운 역시 "조선에서 조선학의 기운이 싹트기 시작한 때는 어느 때부터냐"는 기자의 질문에 이렇게 답변하고 있다.

내 생각 같아서는 숙종 이후부터라고 하겠습니다. 지금부터 3백년 전이지요. 그때에 유형원·이성호(李星湖)·정다산 등 석학이 나타나 가지고 여러가지로 '우리'를 알아보자고 하였지요. (「朝鮮 硏究의 新氣運에 際하여」, 『동아일보』1934년 9월 11일)

기자가 다시 그런 학풍이 출현한 배경은 무엇이냐고 묻자 백남운은 상업자본의 대두를 들고 있다. 안재홍과 정인보와 백남운[28]은 학적 입지가 서로 같지 않았는데 조선학의 근거로 잡은 지점은 동일하다. 다름아닌 실학이다. 조선학운동은 실학의 학적 규명으로 들어갔으니 바꾸어 말하면 실학의 인식을 통해서 조선학이 성립한 것이다.

이 단계에서 역시 실학의 노작들이 간행되었다. 『성호사설(星湖僿說)』(文光書林 1929)과 『연암집』(1932)이 한발 먼저 나왔으며, 『여유당전서』를 비

---

26) 安在鴻, 「朝鮮史上에 빛나는 茶山 先生의 學과 生涯」, 『신조선』 1934년 10월호. 안재홍은 따로 또 「朝鮮思想의 先驅者로서의 茶山 先生의 地位」(『신조선』 1935년 8월호)를 발표했는데 여기서 다산을 "근대국민주의 선구자"라고 규정하고 있다.
27) 鄭寅普, 「茶山 先生의 一生」, 『동아일보』 1935년 7월 18일. 이 논문은 『薝園國學散藁』에 「다산선생의 생애와 업적」이란 제목으로 다른 글과 합쳐져서 수록되어 있다.(『鄭寅普全集』 2, 연세대학교 출판부 1983)
28) 백남운은 그 당시 「丁茶山의 思想」(『동아일보』 1935년 7월 14일)과 「丁茶山 百年祭의 歷史的 意義」(『신조선』 1935년 8월호)라는 2편의 논고를 발표했다. 이 두 논고는 『백남운전집』의 『彙編』(이론과실천사 1991)에 수록되어 있다.

롯하여 『완당전집』(1939) 『담헌서(湛軒書)』(1939) 『여암전서』(1939)는 모두 신조선사의 출간이다. 앞서 근대계몽기에는 개별 저작이나 발췌본으로 간행되었는데 이때 드디어 전집의 형태로 공간이 된 것이다. 신학문에 한학적 교양을 충분히 갖추었던 학자——정인보와 홍명희, 안재홍 등이 그 편찬의 과정에 관여하였다.

근대계몽기에 있어서 실학의 부활은 그것의 현실적용에 중점이 두어져 있었다. 30년대 조선학의 수립과정에서 실학은 학적으로 조명이 되었다. 이 단계에서 실학은 실천적 과제라기보다 학문연구로 의미를 갖게 되었다. 물론 조선학운동은 신간회운동이 좌절한 시대 분위기에서 그 후속적인 성격을 지녔던만큼, 실학을 연구의 대상으로 주시하는 의식 자체가 당대 현실로부터 형성된 것이고 또 거기에도 민족현실을 타개해보자는 뜻이 함축되어 있다. 그렇긴 하지만 직접 현실적용의 방책으로 삼으려 한 것은 아니었다. 그런만큼 일정한 거리를 두고 고찰하게 되어, 그 성격을 학적으로 논의하고 그 발전과정을 전체적으로 조감하기에 이르렀다. 이에 그 일단의 학자들을 가리켜 실학파란 말로 묶고 그 학문 성향을 가리켜 실학이라고 일컫게 된 것이다.

오늘날 보편적 지식의 한 부분으로 정착해 있을 뿐 아니라 우리의 정신사에서 더없이 귀중한 유산으로 공인받고 있는 실학은 이처럼 1930년대로 들어와서 그 학적 개념이 정립된 것이다. 조선학운동의 성과는 이 점으로도 평가를 받아야 할 것이다. 그런데 우리 학계의 일각에서 실학이란 1930년대에 생겨난 허구라고 주장하여 사람들을 어리둥절하게 만드는 일이 간혹 있다. 실학이 학적 개념으로 확립된 것은 1930년대에 이르러서이지만 실학이란 개념으로 이름이 붙여진 실체가 역사상에 존재했던 것은 물론이다. 이제 그것을 실학으로 지칭하게 된 경위를 간략히 언급해두고자 한다.

역사상의 현상이 학적 개념으로 정립되는 데 시차를 갖는 사례는 종종 있다. 동양문학의 한 보편적 개념인 전기소설(傳奇小說)의 경우는 당나라 때에 문학적 현상으로 출현했던바, 1천여년이나 지나서 루쉰(魯迅)의 근대 문학적 안목에 의해 비로소 장르적으로 분명하게 변별이 되었던 것이다. 우

리의 '실학'으로 인지된 현상이 18,9세기에 출현했다. 그 당시 한 구석에서
은근히 새로운 학풍을 조성해가고 있었다. 이 신학풍이 당대인들의 시야에
서 확실하게 포착되지 못했던 것이다. 그것이 분명하게 인식되자면 첫째는
조선조 사회의 일반 학문과는 다른 변별성이 감식되어야 하며, 둘째는 그
분산적으로 전개된 양상을 조감해서 총체적으로 파악해야 한다. 20세기로
들어서기 전까지는 오늘날 실학으로 중시하는 학문현상을 변별적·총체적
으로 인식한 증거는 발견되지 않는다. 이에 비추어 『황성신문』의 다음 논설
이 주목되는 것이다.

> 국조(國朝)의 중고(中古) 이래로부터 정치가자(政治家者)를 들어 말하면
> 김잠곡(金潛谷) 육(堉)씨, 유반계(柳磻溪) 형원(馨遠)씨, 이성호(李星湖) 익
> (瀷)씨, 정다산(丁茶山) 약용(若鏞)씨, 박연암(朴燕岩) 지원(趾源)씨 같은 4,
> 5 선배가 있어 경제정치학으로 모두 표표하여 뚜렷하게 일컬어지는데 그중
> 입언 저서(立言著書)로 가장 풍부하기는 오직 다산 공이 으뜸이다. (『皇城新
> 聞』1902년 5월 19일)

이는 앞 장에서 거론했던 『목민심서』의 공간에 붙인 논설의 한 대목이다.
반계 유형원으로부터 성호 이익을 거쳐 다산 정약용에 이르는 남인계의 학
통은 정약용 스스로 자기의 학적 계보로 의식했던 터이며, 객관적으로도 어
느정도 드러난 사실이다. 주목할 바 거기에 노론계의 잠곡 김육과 연암 박
지원을 포함하여 하나의 개념을 부여한 점이다. 그리하여 실학으로 개념이
부여된 현상을 여기서는 '경제정치학'으로 표출하고 있다. 서구적 개념의
'정치경제학'과 말은 같지만 의미는 서로 같지 않다. 이른바 '경제정치학'이
란 동양적 개념으로 '경국제세(經國濟世)의 정치학'을 뜻하고 있는 것이다.
'경제학'으로 지칭했던 것과도 같은 의미맥락이다. 근대계몽기에 있어서는
전대의 신학풍을 현실개조의 방안으로 수용하려했기 때문에 '경제학' 혹은
'경제정치학'으로 부각시켰던 것이다.
그후 장지연의 『조선유교연원(朝鮮儒敎淵源)』[29]에서 우리는 계몽지식인

의 실학에 대한 좀더 체계적인 서술을 만나게 된다. 30년대에 이루어진 실학의 인식틀과 거의 비슷한 모형이 이때 잡혀진 것이다. 여기서는 그것의 학적 성격을 '경제고거학(經濟考據學)'이란 이름으로 지칭하고 있다. 내용상의 특징으로 '경제학', 방법론상의 특징으로 '고거학'을 결합시킨 말이다. 그리고 다시 동양학술사의 보편적 개념을 도입해서 '한유(漢儒)의 학술', 곧 '한학(漢學)'으로도 규정짓고 있다. 앞서 '경제정치학'으로 지칭했던 전통을 수용하면서 방법론적 측면을 부각시킨 셈이다. 그것에 대한 인식이 이처럼 진전했음에도 실학이란 명사로 지칭하지는 않고 있다. 그렇다면 실학이란 용어는 딱히 언제 누가 쓰기 시작했을까?

이 의문에 대해 명확한 답은 지금으로선 대기 어려운 형편이다. 그 개념 용어 문제가 표면적으로 거론이 되어 앞으로 실학으로 명명하자고 했다든지 그런 것이 아니고 언제부턴가 슬그머니 통행이 된 때문이다. 현재 확인된바 1930년대 초에 이르러선 대개 실학이란 말로 일컬어지고 있었다. 물론 실학이란 명사가 이때 처음 창안된 것이 아니다. 당초 신학풍의 당사자들 스스로 '실사구시'를 주장하는 한편, 자신의 학적 실천을 '실학'으로 표방하기도 하였다.[30] 근대계몽기에도 "치평지실학(治平之實學)"[31]이라는 언급이 보인다. 이는 '치국평천하의 실학'이란 뜻이니 '경제정치학의 실학'으로 말을 바꾸어도 무방한 표현이다.

실학의 개념은 사실 어느 특정한 시대의 특정한 학풍을 지칭하는 용어로서는 문제점이 없지 않다고 생각된다. 말뜻 자체만으로 보면 실학은 학문의 자세와 관련해서 당위론적 의미를 담은, 그야말로 범시대적인 보통명사다.

---

29) 『朝鮮儒敎淵源』은 1922년(회동서관)에 간행된 것이다. 저자 張志淵은 1921년에 작고한 인물이다. 이 책의 저술 연대는 아무래도 1910년대로 소급될 것이다. 이 책에서 신학풍 학자들의 학문 내용을 개별적으로 서술한 다음, "以上自柳磻溪·丁茶山·朴燕巖·洪湛軒·李雅亭諸公, 特以儒敎兼經濟考據之學, 實漢儒之學術也"라고 결론을 짓고 있다.(130면)
30) 朴趾源이 '士의 본업은 農工商의 이치를 연구하는 데 있다고 전제한 다음, 농공상의 업무가 제대로 되지 못하는 원인은 士가 실학을 하지 않기 때문이라'(「課農小抄」의 諸家總論, 『燕巖集』 권16, 22면)고 주장한 것이 그것이다.
31) "是書(牧民心書──인용자), 爲地方政治家之正北金針, 輔世長民者之絜矩玉尺. (…) 固治平之實學, 經濟之金鑑."(『牧民心書』, 廣文社版의 첫머리 發凡)

특정한 시대, 특정한 학문을 지칭하는 용어로서는 기실 부적절한 것이다. 1950, 60년대로 들어와서 새삼 실학의 개념이 문제시되어 논란이 일어난 바 있었고 지금도 실학을 논의하는 자리에 "주자(朱子)야말로 실학자"라고 한다거나 "공자의 실학"을 들먹이기도 하는 등 혼성이 곧잘 빚어지는 데 실학이란 용어 자체가 원인 제공을 하는 셈이다. 그런데 근대계몽기에 '치평의 실학'으로 일컬어졌듯, 근대적 과제를 앞에 둔 시점에서는 영·정조시대의 신학풍만이 진정한 실학으로 의식된 것이다. 이러한 의식이 확산된 나머지 30년대로 와서 드디어 학술용어로 정착되기에 이른 것이다. 이 대목에서 김태준(金台俊)의 증언을 청취해본다.

백남운씨는 그의 저(著) 『조선경제사』 서문에 "근세 조선사상에 있어서 유형원·이익·이수광·정약용·서유구(徐有榘) 등" 종래 실사구시(實事求是)의 학파라고 일컫던 일련의 '우수한 학자'를 '현실학파'라고 명명(命名)하였는데 이 명명이 퍽 적절한 것 같기로 습용(襲用)한다. (「古典涉獵隨感——現實學派의 功績」, 『동아일보』 1935년 2월 10일[32])

김태준에 의하면 그것을 전에는 '실사구시의 학파'라고 지칭했다는 것이다. 그런데 실학, 실학파란 말도 그것을 통칭하는 용어로 이미 등장했던 바 김태준 자신이 그의 『조선소설사』(1933)에서 학술적 개념으로 구사했던 터이다.[33] 김태준은 아마도 자기 자신이 실학파란 용어를 앞서 썼으면서도

32) 金台俊의 오늘날까지 걸작으로 손꼽히는 논문 「春香傳의 現代的 解釋」은 『동아일보』가 신춘문예현상모집과 함께 논제를 걸고 모집을 해서 뽑힌 것이었다. 당시 활발하게 일어난 조선학운동과 직결된 일이었다. 김태준은 「춘향전의 현대적 해석」이 『동아일보』에 1935년 1월 1일자부터 연재되고 나서 또 2월 9일부터 7회에 걸쳐 「古典涉獵隨感」이란 제목으로 기고를 하고 있다. 김태준의 학문은 조선학운동으로 활동의 마당을 얻었던 것으로 볼 수 있겠다.

33) 천관우가 밝힌 바에 의하면 실학이란 용어를 쓴 사례는 崔南善의 『朝鮮歷史』(1930)에 처음 나타난다고 한다.(千寬宇, 「韓國實學思想史」, 『한국문화사대계』 6, 고려대학교 민족문화연구소 1970, 993면) 김태준은 『朝鮮小說史』(淸進書館 1933)에서 영·정조시대 소설 발달의 사상적 배경으로 실학파를 거론하고 있는데 최남선의 『朝鮮歷史講話』를 참고한 것으로 밝히고 있다.

보다 의미가 명료한 것이 마음에 들어 현실학파란 용어를 받아들여보았던 듯싶다(실학은 아직 용어로서 정착이 되지 않았다는 반증이 될 것이다). 그런데 언론 및 학계 일반의 추세가 실학, 실학파로 지칭하여, 사람들이 부르면 이름이 되듯 그렇게 굳어졌던 모양이다.

전대의 신학풍은 근대계몽기에 현실적용의 방책으로 중시되어 '경제학' 혹은 '경제정치학'으로 호칭되었다. 그것이 현실적용의 의미를 상실하고 학문연구의 대상으로 추구되는 단계에 이르러 진리의 현실성, 학문의 현실성을 강조하는 의식이 그 신학풍을 '실학'이란 개념으로 수용한 것이다.[34]

3. 국학의 현재와 과학성 문제

냉전체제하의 국학

1945년 일제로부터의 해방이 분단으로 이어진 한반도는 남과 북에 단독정부가 각각 들어섬으로써 남북국시대를 재현하게 되었다. 근대계몽기에 제기되었다가 중단된 국민국가(통일민족국가)의 창출 기획은 결국 불구의 형태로 낙착되고 말았다. 민족사적 근대 기획은 다시 또 미완의 상태로 남게 되었는데 어쨌건 신남북국시대는 반세기를 경과하여 오늘에 이르렀다.

이 반세기에 분단 남쪽의 국가적 목표는 한마디로 '근대화'였다. 근대적 삶의 제도가 확립되지 못한 상태에다 근대 문물의 발전이 저급한 수준이었으니 그 목표 설정은 당위성이 일응 수긍되는 면이 있다. 그런데 우리의 '근

---

34) 1929년에 씌어진 정인보의 「星湖僿說序」는 實學이란 개념의 정립에 있어 實의 의미를 실어주는 기여를 한 셈이다. 전편의 논리구성에서 徵實求是의 實을 핵심어로 놓고 있는바 그는 '實의 學'을 해명하는 과정에서 주체적 자아를 강조하여 獨의 개념과 연계를 시키고 있다. 實을 獨에 연계한 것은 정인보적 논리다. 한편 학문 연구의 현실성을 역설한 논리로 김태준의 발언을 들어둔다.

"현실을 초월한 연구 또는 '현실' 이전의 상아탑적 연구로는 이 독자들의 요망하는 양식이 되지 못할 것이다. 항상 '현실'과의 관련하에서만 학구의 참다운 의미가 있는 것이다. 하필 문학이리요. 모든 부문이 개연(皆然)하리라 한다."(金台俊, 「古典涉獵隨感——古典文學研究에 관하여」, 『동아일보』 1935년 2월 15일)

대화'란 '서양 따라가기' 이외의 다른 무엇이 아니었다. 당초 자주적 근대 기획이 좌절되고 식민지로 전락되었던데다 거기서 벗어난 경위 또한 민족투쟁의 결과라기보다는 외세의 은덕으로 의식되었다. '근대'라는 개념은 민족의 전통과 자력으로부터 끌어내기는 불가능하고 오직 서양으로부터 수입해야 할 것이라는 생각에 폭 빠져들어 있었다. 게다가 직접적 요인이 또 현실에서 작용했다. 전후 세계의 동서 대립이 냉전체제를 구축함에 따라 남북분단이 고착화되면서 대립구도로 악성화한 것이다. 미군정(美軍政) 아래서 성립했고 미국의 원조로 부지하던 이곳 이땅의 현실은 자유진영의 최전방으로서 자유수호라는 명분이 '반공'을 국시로 관철시켰다. 때문에 민족을 주체로 사고할 줄 몰랐음은 물론, 근대화를 추진함에 있어서도 과거의 유산은 한데 싸잡아 걸리적거리는 것으로만 여겼다. 이러한 자기모멸적 논리는 식민지하에서 일차 주입되어 냉전체제하의 분단상황에서 증폭된 것이었다.

이것이 바로 해방을 맞아 활짝 피어날 것으로 기대되었던 국학이 어느덧 맥없이 주저앉을 수밖에 없었던 배경이다. 민족의 역사와 함께 민족성 자체가 원죄로 치부되던 시절에 민족전통과 민족문화를 누가 얼마나 진지하게 돌아보려 할 것이며, 이런 판국에 국학의 위상인들 오죽했을 것인가. 다만 신설된 대학들에 국어국문학과가 구색맞추기로 들어 있었고, 국사학이 전공으로 끼어 있는 정도였다.

그러다가 60년대로부터 70년대를 지나면서 사정은 자못 달라졌다. 민족전통에 대한 관심이 확산되는가 하면 문화유산의 정리·개발이 국가의 지원사업으로 추진되기도 한 것이다. 시기를 같이해서 자국의 역사와 문학에 대한 전진적·주체적 해석이 학계의 일각에서 제기되었다. 물론 종속적인 현실논리에서 전면적으로 탈피한 것은 아니지만 적잖은 변화였다. 이는 무엇에 기인한 현상이었을까? 체제의 요구가 그 한 측면인데, 대립 경쟁으로 치달은 분단상황에서 남한의 정권은 당초엔 민족정통성 같은 문제를 염두에 두지 않았으나 점차 예민한 사안으로 챙기게 되었던 것이다. '민족문화의 창달'이 국책의 하나로 제시되는가 하면 '국적있는 교육'을 표방하기도 했다. 다른 한 측면은 냉전체제하의 현실——정치권력의 독재화와 사회문화 전반의 종속화에 대한 민족·민중의 저항이다. 민족민주운동은 정치운동이면서 문예운동이고 학술운동으로까지 진전했던 것이다. 80년대는 지금 돌아보면 울분과 회한의 세월이었지만 이념의 과잉 속에서 그 어느 때보다 폭넓고 진지하게 우리의 역사·문화 전반에 대해 모색했던 한 시기였다.

최근에 '광복 50년의 국학, 성과와 전망'이란 주제로 전국국학자대회가 열린 바 있다.[35] 1995년은 마침 광복 50돌이 되는 시점이기에 이 모임이 조직된 것이다. 학술대회로 국학의 제분야를 종합한 형태는 실로 초유의 일이었다. 그것은 또한 '국학의 현재'를 감지하기 좋은 자리이기도 했다.

광복 이후 다수 대학이 설립되면서 국학자들의 입지는 식민지시대보다 월등히 나아졌으나, 국학은 '춥고 배고픈 학문'이라는 사회적 인식과 현실에는 큰 변화가 없었습니다.

국학자대회 준비위원회에서 작성한 문건에서 따온 말이다. "국학은 '춥고 배고픈 학문'이라는 사회적 인식과 현실"은 기실 국학자들의 현재적 체감이다. 국학이란 개념은 진작 퇴색해서 용도폐기된 지 오래다. 현대학문의 분화된 체계 속에 제각기 분과로 소속해 있을 뿐, 국학의 총체성은 해소되어버린 것이다. 국학의 이름을 붙인 모임이 여지껏 한번도 치러진 적이 없었던 것은 바로 이 때문이다. 그런데 지금 와서 국학자대회가 열리게 된 까닭은 어디에 있는가?

국제화시대의 국학

우리가 경험하였듯 지난 1990년 전후로부터 세계 대국(大局)과 함께 국내 상황이 급변하고 있다. 사회주의의 붕괴 및 소연방의 해체로, 역사무대에서 퇴장할 운명이라고 했던 자본주의는 이제야말로 전지구적으로 독판

---

35) 全國國學者大會는 고려대학교 민족문화연구소, 서울대학교 한국문화연구소, 연세대학교 국학연구원, 한국정신문화연구원 인문과학연구부의 공동주최 형식으로 1995년 12월 8, 9일에 걸쳐 정신문화연구원에서 열렸다. 필자는 당시 한문학 분야의 발제를 맡았다. 지금 논지의 일부는 이 발제문에서 간추린 것이다.

을 차리는 중이다. 때마침 들어선 이른바 문민정부는 이에 국가적 대응전략으로 '세계화'를 내놓았다. '세계화'는 '근대화'의 속편이라 하겠다. 현정권은 지속적인 경제발전의 성과로 자신감을 얻은데다 '문민'으로 일컬어지는 만큼 정통성을 갖고 있다. 분단상황은 대립적 체제로서 굳어져 철모르는 얼음골인 양 녹지 않고 있지만 남한의 체제는 북과의 정통성 경쟁보다는 국제화 논리에 훨씬 비중을 두게 되었다. 아니, 국제화로 대북 우위를 확실히하려는 전략이다. '국가경쟁력'을 외치는 판에 '국적있는 교육'은 이미 흘러간 노래요, 민족문화는 세계화 논리 위에서 관광자원쯤으로 눈여겨보는 것이 고작이다.

국학자대회는 "21세기 세계화시대를 눈앞에 두고 (…) 국학이 당면하고 있는 문제와 앞으로 국학이 발전할 방향을 공동으로 모색할 시기"임을 천명한다. 이렇듯 '세계화시대'에 공동으로 대응책을 강구해보겠다는 취지인데, '세계화 바람'에 국학 종사자들은 여간 추위를 타는 것이 아니다. 오늘의 이런저런 분위기가 국학자대회를 열리도록 한 것이다.

그런데 지금은 국학의 위기만이 아니고 인문학의 위기라고들 말한다. 우리 한국만 그런 것이 아니고, 선진자본주의 사회는 정도와 경위가 다르긴 하지만 인문학의 위축현상이 먼저 도래했다고 한다. 사회주의 형식에 자본주의 내용을 수용해서 크게 변하고 있는 중국 또한 그런 현상이 늦게 배운 도둑질처럼 심각한 것으로 듣고 있다. 우리 사회에서 국학 내지 인문학의 전공자들이 우려와 충정의 목청을 높여보았자 유관자들 사이에서 그칠 뿐, 그 메아리는 울려오지를 않는다. 지나간 30년대에 '조선학'이 간고한 여건 속에서도 여론의 성원에 힘입어 우뚝 일어설 수 있었던 그때와는 사정이 사뭇 다름을 통감케 하고 있다.

인문학의 위기

'국학의 오늘'은 인문학의 상황과 함께 사고할 필요가 있겠다. 또한 그것은 민족사적 과제의 한 부분이지만 일국적 차원을 넘어서 전지구적으로 연계되어 있는 문제이기도 하다. 사안의 성격이 이런만큼 우리로서 실로 감당하기 어려움을 호소하지 않을 수 없는 것이다. 물론 현정권이 추진하는 세계화와 거기 맞물린 교육개혁의 방향 및 내용에 대해서는 비판을 가할 소지가 적지 않은 것으로 본다. 세계화라는 개념 자체가 명료하지 못해 들떠 있음을 역력히 느끼게 한다. 교육개혁은 과거 군사독재 시절에 정권유지의 목적을 이면에 감추고 취해졌던 방식이 타성으로 남아 문민정부라는 명분 아래 졸속으로 밀어붙여 이제 정말 돌이킬 수 없는 우를 범하지나 않을까 우려된다. 하지만 지금 지구적 대세——세계시장의 현실논리를 외면하고 고립할 수 있는가? 그것이 국리민복을 위해서 바람직한 방향이며, 대체 가능하기나 한가? 이런저런 점들을 염두에 두면 대개 두 차원에서 대응방안을 생각해볼 수 있을 것이다.

하나는 지금의 현실논리를 일단 수긍하고 그 가운데서 자기 입지를 강구하는 방도요, 다른 하나는 근본적 대안을 찾아 새로운 출로를 탐구하는 방도이다. 오늘의 인문학의 위기는 계몽주의로 성립한 근대학문의 종말을 예고하는 듯싶다. 자본주의가 관철하는 세계시장은 오직 기술정보와 경영능력으로 가속화하고 있다. 이는 그야말로 기호지세(騎虎之勢)다. 인문학이 소외, 무시되는 현상은 기호지세로 말미암아 반성적 사고마저 거부하는 징표로 간주할 수 있는 것 같다.

미래를 극히 비관적으로 전망하자면 자본주의는 지구를 현생인류의 묘지로 만드는 논리다. 이러한 기호지세에 대한 제어장치는 어느 누가 아니고 인간 스스로 고안해야 할 과제다. 인문학의 위기로부터 도리어 인문학의 진정한 부활을 점칠 수 있다. 이 큰 차원의 근본적 탐구를 위해서도 인문학의 입지는 응당 확보되어야 한다. 현실논리의 차원에서 언급하더라도 (기업이 요구하는 인간형으로) 중견간부 이상으로 활동하고 세계시민으로 자립하도록 하자면 인문교육과 민족교양은 훨씬 강화될 필요가 있는 것이다.

지금 국학이란 말 대신 한국학이란 용어가 두루 쓰이고 있다. 이땅에서 제 나라 역사와 문화를 연구하는 학문이 특화되어야만 하는 현상 자체가 마뜩치 않지만 거부하기 또한 어려운 형세다. 그렇다고 이 현실에 안주하여, 때때로 홀대를 받는 데 푸념이나 토로하고 있을 것인가. 지식·정보의 백화점에 '우리 것'의 가공품으로 코너 하나 차지하는 상태로는 별다른 의미를 가질 수 없는 것이다. '우리 것'을 경시하는 풍조는 물론 바람직하지 않다. 반대로 '우리 것'이 최고라고 과시하는 태도 또한 꼴불견이다. '우리 것'에 대해 한편은 무시하고 한편은 과시하는 상반된 태도는 기실 동전의 양면처럼 동일 바탕에서 서로 다르게 나타나는 정신현상이다. "인류 전체의 생존과 보람있는 삶을 위해서도 '우리 것'이 어떻게 필요한지가 분명해져야"[36] 한다는 백낙청 교수의 지적은 경청할 필요가 있다고 본다. 학자는 전문지식을 파고드는 일을 수행하지만 그러한 기능으로 스스로를 한정하고 보면 인문학자로서는 손색이 있는 것이다. 군자불기(君子不器)란 옛말은 이런 의미에서 현대적 타당성이 인정된다. 정약용은 자기 아들에게 "우주간의 일이 나 자신의 일이요 나 자신의 일이 우주간의 일임"을 망각하지 말도록 깨우친 바 있었다. 민족의 대학자가 자기 아들을 직접 경계할 때 쓴 말이기에 더욱 절실하게 들린다. 우리는 우리의 역사를 연구하고 우리의 문화를 탐색하는 작업 그 자체를 우주간의 일로 각성하고 우주간의 일을 또한 우리의 공부 속에서 소화해야 할 것이다.

그렇다면 우리가 하는 학문은 어떻게 해야 옳은가? 지금이야말로 우리 학문의 정체성을 다시 확인해야 할 시점이 아닌가 한다. 과학성이 문제로 제기되는 셈이다. 학문의 정체성은 무엇보다 과학성에 의거해서 수립되어야 하는 것이기 때문이다. 인문학 자체가 자연과학이 떨어져나간 이래 과학성을 확실하게 해명하지 못한 터이지만 국학은 종래 이 문제를 의타적으로 처리해왔던 것 같다. 과학성의 요구를 실증의 차원으로 의미축소를 한다든지, 아니면 유물사관의 공식으로 풀려는 그런 방식들이다. 학자의 주체(학문의 정체성)는 과학성 문제를 학구대상의 실제에서, 인간 현실의 도정에서 해결하려는 고뇌가 없이 바르게 세워질 수 있을까.

필자는 글을 끝내야 할 대목에서 지난한 과제에 부딪혀 있다. 위에서 실학에 대한 인식을 국학의 성립과정으로 살펴보았던만큼 이 문제와 관련해

36) 백낙청, 「세계시장의 논리와 인문교육의 이념」, 『분단체제 변혁의 공부길』, 창작과비평사 1994, 252면.

서 역시 실학의 학문전통으로부터 약간의 단서를 끌어내는 것으로 결론을
대신해둔다.

진정한 과학성과 글쓰기 반성

실사구시, 이 말은 실학을 통해서 부각이 되었는데 이내 잊혀졌다가 최근
에 다시 식자들 사이에서 뜻깊게 살아나고 있다. 나 자신도 진작부터 실사
구시를 중시하여 기회 닿을 적마다 강조해온 터이므로 여기서 또 중언부언
을 않기로 한다. 문제는 정말로 실사구시를 해서 그 성과를 풍부화하는 데
있다. 요컨대 전시대 실학이 이룩했던 실사구시의 성과를 앞으로 우리 자신
이 '법고창신(法古創新)'으로 뛰어넘도록 힘쓸 일이다. 그러자면 우리의 학
술사·정신사에서 정치 이데올로기의 허위성과 학술의 관념적 공소성(空疎
性)을 실사구시로 비판하고 극복했던 전통, 그리고 근대세계로 향한 개방
과 개혁의 자세를 실사구시로 대변했던 사실을[37] 유의해서 체득할 필요가
있다. 그리고 우리가 당면한 학구의 대상, 복잡하고 전변하는 거기에 스스
로 몰입해서 진정으로 실사구시를 해야 할 것이다.

우리는 사물을 합리적으로 인식하여 논리적 글쓰기를 일삼는다. 이를 과
학적 태도로 확신하고 있다. 논문의 글쓰기와 문학의 글쓰기는 인식과정으
로부터 표현형식에 이르기까지 서로 다른 것이 되고 말았다. 합리주의적 고
식(固息)에 의해 과연 '진실'이 얼마나 포착·표출될 수 있을까? 논문의 논
리형식으로는 복잡하고 생동하는 인문·사회나 자연의 실상과 본질을 생생
한 감동으로 담아내기 어렵게 되어 있다. '생생한 감동' 따위는 아예 논문과

---

37) 金正喜는 考據를 중시하는 연구방법론으로 실사구시의 개념을 도입했지만 한편 서양 문
물과 서양의 정세를 정확하게 연구해야 한다는 의미에서 실사구시를 거론한 바 있다(「與權
彝齋書」,『阮堂全集』권3, 장34~36). 개화사상에 와서 역시 실사구시를 빌려 주장을 폈던
것이다. 金玉均은 「治道略論」이란 글에서 당시의 급선무로 인재등용, 財用의 절감, 사치의
억제와 함께 문호개방을 통한 선린외교를 들면서 궁극적으로 실사구시를 강조하였다(韓國
學文獻研究所 編,『金玉均全集』, 亞細亞文化社 1979, 3면). 그리고 1883년의 『漢城旬
報』창간호를 보면 "나는 東洲의 諸君子들이 쓸데없이 서로 시비하지 말고 오직 실사구시
만을 기약하여 萬國의 지리에 대해서 조용히 배우고 정신을 가다듬어 밝히기를 바란
다"(「地球論」)는 언급이 보인다.

는 당치도 않는, 비과학의 겉치레로 되어버린 것이다. 현대학문의 근본적 문제점이다. 이와 관련해서 특히 박지원이 던졌던 '진정견(眞正見)'의 화두에 귀를 기울여보자. 사물의 진실(眞實)을 통찰하는 '참앎[眞知]'에 어떻게 해야 도달할 수 있는가. 박지원은 코끼리와 개미의 대소의 상대성, 진주와 쇠똥의 가치의 상대성을 일깨우는가 하면, 까마귀를 두고 검다고 타박하는 것이 편견임을 지적하는 데서 그치지 않고 그 깃털이 광도에 따라 각가지 색채로 변화하는 자연의 신비를 읽어내고 있다. 이 인식논리의 특징은 그야말로 해체적이다. 박지원 스스로 부정과 창조의 변증법을 실천해서 걸출한 작품을 남겼다. 지금 우리의 분화된 지식은 이 걸출한 작품을 지칭할 이름을 잃어버린 것이다. 이름을 잃어버렸을 뿐 아니라 진실마저 붙잡지 못하고 있는 것 같다. 인간환경의 파괴, 인문정신의 상실에 근대과학은 어떤 역을 맡아왔던가? 논문의 글쓰기는 혹시 '사이비 과학'으로 되고 있지 않는가 적이 반성하면서 과학성과 문학성이 어울리는 아름답고도 슬기로움을 떠올려본다.

〈『현대 학문의 성격』, 1995〉

한국문화에 대한 역사적 인식논리
동아시아 전통과 근대세계와의 관련에서

나 자신 20세기의 인간으로 취급되겠지만, 이제 곧 작별하는 20세기는 이전의 오랜 기간과 너무도 달라진 시대이다. 반만년의 역사와 문화라고 자랑하는 이 나라, 6백년의 고도 서울에는 1백년 넘는 건축물로서 실제 삶의 공간으로 이용되는 것은 과연 몇건이나 찾아볼 수 있는가. 더러 남아 있기야 하지만 모두 문화유적으로 보존되고 있을 뿐이다. 우리가 오늘날 영위하는 생활이며 문화란, 혹시 우리 조상님들이 와서 보신다면 얼마나 낯설게 여길 것인가. 사람, 사람 자체가 의식은 물론 생김새까지 바뀐 모습이다.

최근 1백년을 경과하는 사이에 이질화가 급속히 진행된 나머지 앞의 장구한 시간대와는 마침내 문화적 단층이 현격해진 것이다. 나는 이러한 현상을 두고 당위론으로 판단해서 옳다느니 그르다느니, 미학적으로 평가해서 좋다느니 나쁘다느니 하고 따지려는 것은 아니다. 현상을 어떻게 논리적으로 해명하고 포괄하느냐는 문제를 제기하려는 것이다.

한편으로 찬찬히 들여다보면 단절의 이면에는 연속성의 저류가 있다. 대개 자각하지 않은 영역에서 저절로 이루어지는 형태다. 뿐 아니고 적극적인 노력도 상당히 바쳐졌다. 전통의 부활, 동서의 화합을 위한 창조적 시도들 가운데서 성과를 기대해봄직한 내용들이 없지 않은 것 같다. 우리 문화를 전체적으로 살피자면 이런 면들까지 간과하지 말아야 할 것이다.

지금 나는 한국문화를 인식하는 논리를 역사적으로 통관해서 세워보고자 한다. 물론 내 힘에 버거운 일이다. 그럼에도 그만두지 않고 시론이나마 펴려고 하는 데는 까닭이 있다. 20세기를 살아오면서 하필 한문학을 주전공으로 삼아 공부하고 글쓰기를 한 인간으로서 세기의 전환점에 서서 자기 확인을 겸해서 자기 문화를 확인해(Identify)보고 싶은 것이다. 그것이 지난 시대에 대한 성찰로서, 다가오는 시대에 대한 모색으로서 다소간 의미를 지니게 되었으면 하는 주관적 바람도 곁들여 있다.

이 논제는 당초 민족문화 위기론이 대두한 데 관련하여, 문제를 근원적으로 사고하려는 취지에서 구상했던 것이다. 당시 김영삼정권이 추구하던 '세계화'의 바람이 마구 불어서 민족과 문화를 진지하게 생각하는 사람들 사이에선 위기의식을 떨쳐내기 어려운 상황이었다. '세계화시대의 민족과 문화'라는 대주제로 열린 학술회의에서 나는 논제의 글을 발표하였다. 작년 11월 초순이다. 그리고 정확히 1개월 후에 IMF 사태를 만난 것이다. 실로 국민 다수의 생존이 위협받는 상황에서 '문화위기'라니 사치스런 소리처럼 들리게 된 것도 같다.

여기서 잠깐 우리가 늘상 쓰는 세기란 개념을 짚어보자. 서기 1999년에서 2000년으로, 2001년으로의 바뀜이 무슨 특별한 의미를 갖는 것인가? 그렇다. 연호를 서기로 쓰는 것은 서구중심의 세계관 내지는 기독교적 보편주의를 우리 스스로 용납하는 징표 아닌가. 나 자신부터 거기에 사로잡힌 모습을 보이고 있다. 그렇지만 일본이 쓰는 천황 연호가 바람직한 방식인가? 일본은 눈가리고 아웅하는 식이고 차라리 공원(公元)이란 개념으로 받아들인 중국의 태도가 당당해 보인다. 서구주도로 관철된 세계체제는 거부할 수 없는 대세이기 때문이다.

현재의 세계체제는 어제오늘 갑자기 출현한 것이 아니다. 근대세계로부터 발전하여 오늘의 사태에 이른 것이다. 우리는 바로 이 근대세계로 통합되는 과정에서 문화적 단층이 생겨났을 뿐 아니라, 민족의 자주적 역사가 단절되는 고통을 한동안 겪어야 했으니 그 상흔은 분단의 질곡으로 크게 남아 있다. 이른바 '세계화'의 논리는 세계체제로 향한 적극적인 대응전략인데 어찌하여 참담한 실패를 안겨주고 급기야 외환위기·경제위기를 초래하고 말았는가? 당면한 경제위기의 해법은 오직 경제논리에 매달려서 세계

속으로 함몰되어가는 형세이다. 민족의 자아와 문화의 정체성 위기는 더욱 심각해진 상황임에도 그에 대한 문제의식 자체가 실종된 듯 보인다. 이제야말로 자아와 세계의 관계 위상을 어떻게 잡아야 할지 난제로서 우리 앞에 떨어졌다.

나는 지난해에 쓴 글을 손질하고 깁는 작업을 하면서도 그 이후의 사태와 관련해서 앞뒤로 몇마디 언급하는 데 그치고 구도를 바꾼다거나 본론에 반영한다거나 하지를 않았다. 당면의 문제를 근원적으로 사고한다는 면에서 굳이 그럴 필요를 느끼지 않은 것이다.

1. 역사적 권역으로서의 동아시아 세계

신채호(申采浩)의 '역사란 아(我)와 비아(非我)의 투쟁의 기록이다'로 요약되는 투쟁사관의 논리는 민족문화를 인식함에 있어 역시 "인도(印度)는 간접으로, 지나(支那)는 직접으로 '아'가 그 문화를 수입하였는데, 어찌하여 그 수입의 분량에 따라 민족의 활기가 여위어 강토의 범위가 줄어졌나"라고, 상호관계를 맺고 교류한 측면에 대해서 다분히 부정적·배타적으로 치부하는 입장을 취하고 있다.[1]

이러한 민족주의자의 논리는 일찍이 홍기문(洪起文)으로부터 관념적이라는 비판을 받은 바 있다.[2] 그러나 일제하 민족해방을 위한 투쟁이 제일의 과제인 마당에서 투쟁사관은 의미를 적극적으로 평가해 마땅하다. 뿐 아니라 주체를 강조하면서도 고립화시키지 않고 '비아'라는 대립항을 설정해서 시야의 폭을 넓게 가질 가능성을 열어준 점은 따로 또 평가할 부분이다. 하지만 나와 연관된 외부를 투쟁의 측면에서만 보고 여러 착종된 면들과 함

---

1) 申采浩, 「朝鮮上古史·總論」, 『조선일보』 1931년 6월 10~25일.(丁海廉 編譯, 『申采浩 歷史論說集』, 현대실학사 1995, 61~64면)
2) 洪起文, 「申丹齋學說의 批判」, 『조선일보』 1936년 2월 29~3월 3일.(金榮幅·丁海廉 編譯, 『洪起文 朝鮮文化論選集』, 현대실학사 1997)

께 선린호혜(善隣互惠)의 관계를 전혀 고려하지 않은 듯한 태도는 다시 성찰해보아야 할 대목이다.

　무릇 도는 사람을 멀리하지 않으며 사람은 나라에 따라 다름이 있지 않다. 때문에 동방의 사람들이 혹은 불자(佛者)도 되고 혹은 유자(儒者)도 되어 필히 서쪽으로 대양을 건너가서 중역(重譯)으로 통하여 학업을 닦기도 하는 것이다.

　최치원(崔致遠)이 지은 「진감선사비(眞鑑禪師碑)」의 첫머리다. 국경을 넘어선 인간의 보편성, 진리의 보편성에 대한 이해 및 그 진리를 향해 해외로 진출하는 신라인의 진취성이 선명하게 드러나는 곳이다. 위의 '중역'이란 이중통역을 뜻하는 말이니 불교의 원류를 찾아 멀리 인도까지 간 경우를 가리킬 터이다. 이렇듯 1천여년 전에 보여주었던 최치원의 진취성은 박제가(朴齊家)와 같은 실학파 학자로부터 흠모를 받기까지 했으나[3] 오히려 근대 이후로 들어와서는 다분히 부정적으로 비쳐졌다. 최치원의 그러한 자세 자체가 사대주의 내지 모화주의(慕華主義)로 비판을 당하게 되었으니 신채호는 "지나사상의 노예인 최치원"[4]이라고까지 매도한 바 있었다.

　나는 이즈음 역사는 물론 문화현상을 고찰함에 있어 세계사적, 동아시아적 안목을 가져야 함을 강조한 바 있다. 이른바 '내재적 발전'의 논리를 부정하거나 경시하자는 것은 결코 아니다. 내적인, 자주적인 작동이 기본적이므로 우선시되어야 한다는 전제 위에서 외적인 작용의 측면을 살펴야겠다는 생각이다. 스스로 '우물 안 개구리'가 되는 것은 결코 바람직하지 않거니와, 역사 자체가 일국적 고립상태로 전개되지 않았던 것이 실제의 모습이라고

---

3) "나는 유년시절부터 崔孤雲과 趙重峰(趙憲으로 중국여행을 하고 돌아와서 장문의 상소문을 쓴 사실이 있다——인용자)의 인품을 흠모하여 강개히 시대는 다르더라도 추종하고 싶은 뜻을 품었다. 고운은 당나라에서 진사에 오르고 본국으로 돌아오자 신라의 제도를 개혁하려는 생각을 가졌는데……"(「北學議序」, 『貞蕤集 附北學議』, 『韓國史料叢書』 제12권, 國史編纂委員會 1961)
4) 「失敗者의 神聖」, 丁海廉 編譯, 앞의 책, 260면.

여기는 때문이다.

일찍이 중세의 질곡에서 자유정신을 체현하였던 16세기 조선의 시인 백호 임제(林悌)는 죽음에 다달아서 역시 특이한 말을 남겼다. "사이팔만(四夷八蠻)으로 일컬어지는 변방의 여러 민족들이 황제로 호령해보지 않은 자가 없었다. 우리만 예로부터 못했으니 이런 보잘것없는 나라에 태어났다가 가는데 그의 죽음을 슬퍼할 것이 있느냐?" 사대로 위축된 조선조 당시의 민족현실을 통한하는 신음으로 여겨진다. 어쨌건 그는 동아시아 영역을 역시 하나의 천하로 바라보고 있는 것이다.

고대 중국의 철인 장자(莊子)는 이르기를 "육합(六合)의 바깥은 성인이 그대로 두고 논하지 않는다"고 하였다. 육합이란 천지사방, 즉 우주를 뜻하지만 기실 중국을 중심으로 한 소우주다. 북으로 고비사막, 남으로 인도차이나, 동으로 일본열도, 서로 곤륜산맥에 이르는 영역을 포괄하고 있을 뿐이다. 이 육합——인식범위의 바깥은 아무리 성인라도 알 수 없기에 불문에 부쳐 논하지 않는다고 말했으리라. 전해오는 천하도(天下圖)란 이름의 고지도를 펼쳐보면 역시 중국을 중심으로 한 천하로 국한되어 있다. 해가 뜨는 부상(扶桑)이 동쪽가에, 해가 지는 함지(咸池)가 서쪽가에 선명히 그려져 있는가 하면, 대인국·소인국·여인국 등등의 명목이 변두리로 모호하게 표시되어 있기도 하다. 우리 옛 조상들의 머릿속에 입력되어 있던 천하관을 출력시킨 모양이다. 바로 이러한 천하관에 동아시아 세계는 결부되어 있는 것이다.

이 중국중심의 세계에서는, 사이팔만이 '저마다 홍길동'으로 제각기 황제를 자처했다 하였듯, 한족(漢族)과 주변의 제민족과의 역학관계에 의해 주인이 교체되는 역사가 전개되어왔다. 그 세계의 동쪽가에 놓인 우리나라는 역사축의 움직임을 따라서 전환을 한 것이다. 원·명의 교체가 일어난 14세기에 한반도상에서도 고려와 조선의 왕조교체가 있었거니와, 앞의 7세기에는 대륙에서 남북조시대가 당제국으로 통합되는 과정과 연계되어 우리 한반도상에도 삼국의 대립이 해소되었고, 10세기 당제국의 몰락과 나려(羅麗)의 교체가 궤적을 같이 했다. 그 이후로도 보면 19세기 말 20세기 초의 근대적 전환의 정황 또한 여러모로 유사했다.

이 연대기적 사실을 새삼 들추는 것은 그 사실의 의미를 주의깊게 보자는 뜻에서다. 바깥의 동향을 고려하지 않거나 고려하더라도 투쟁의 측면에서만 보면 역사를 충분히, 총체적으로 읽어내기 어렵다. 동(북)아시아 역사권은 소우주로서 그대로 하나의 문명권을 형성하였던 것이다.

2. 동아시아 세계에서 문명의 개념

동아시아 세계는 동서를 대비하는 관점에서 말하면 저쪽의 라틴문화권·기독교문명권에 대응되는 개념이다. 그러나 동양의 세계에 유럽적인 의미의 문화권이 존재했던가? 이 물음의 답이 똑 떨어지게 나오기는 어려울 것 같다. 보편적 가치로 통일된 세계가 과연 동양에 존재했던가부터 의문이다. 인도와 중국은 상호교섭은 있었지만 각기 자기완결적 세계를 이루었으며, 중국중심의 세계——동아시아권역에 있어서도 일본의 경우 중심부로부터 소원하여 자족적 소세계를 지향하는 경향을 보이기도 하지 않았던가. 동아시아 세계는 그 성격이나 양상이 유럽 세계와 여러모로 다른 것이 사실이다. 유럽권에서 형성된 국제사회가 이쪽에서는 상상하기조차 어렵지 않았던가. 그렇다 해서 이 권역은 역사상 문명권 혹은 문화권을 형성하지 않았다고는 결코 주장할 수 없을 터이다. 문제는 동아시아를 하나의 문명권으로 파악할 때 그 독특한 성격을 규정하는 일이다.

이 권역에서 형성된 문명은 종래 '서동문(書同文)'으로 일컫던 '한자문화권'이다. '행동륜(行同倫)'이란 문자에 의거해서 표현하면 '유교문명권'으로도 칭할 수 있는 것이다.[5]

---

5) "今天下, 車同軌·書同文·行同倫."(『中庸』) 이 논리에 의거하여 '同文世界'라는 말이 쓰이게 되었는데 한자문화권과 같은 의미로 볼 수 있다. 그런데 불교도 이 권역에서 보편적인 종교로서의 역할을 하였다. 인도의 불교를 수용하여 상호불상용의 갈등을 일으키지 않고 유교와 어울려 상보적인 관계를 유지하였던 사실 자체가 동아시아 세계의 특징적인 모습으

지금 통용하는 문명 혹은 문화는 그 개념이 다 알다시피 서구에서 들어온 것이다. 그런데 신조어가 아니고 예전부터 있던 말을 원용한 경우다. 더욱이 문명이란 그 말 자체가 유서깊고 한국사상사에서도 주의해야 할 의의를 함축하고 있다. 문명의 동양적 개념을 대략 살펴보기로 한다.

　'문명'이라는 두 자로 구성된 단어에서 주어는 '문'이다. 문명(文明)의 문(文)은 본디 문의 가지가지로 층위가 엇갈리고 범위가 다른 뜻풀이에서 경천위지(經天緯地)에 해당하는 것이다. 천지간에서 인간사회의 제도를 마련하고 그 삶을 위해 문물을 개발하는 그것이 이른바 경천위지다. 이는 성인의 공능이니 자고로 요·순이나 공자에게 부여되었던 '문'의 개념이다.[6] 이 문채(文彩), 이 문덕(文德)이 찬연히 빛나는 상태 그것을 일러 '문명'이라 했던 것이다.

　『주역(周易)』의 논리를 보면 인간만사의 변화를 해명함에 있어 문명이 중요한 의미로 자리매김되어 있다. 첫머리 건괘(乾卦)의 문언(文言)에서부터 "출현한 용이 지상에 있음에 천하가 문명한다〔見龍在田 天下文明〕"는 말이 나온다. 그리고 이어 분괘(賁卦)에 와서는 '분(賁)'이란 괘이름 자체가 인간이 공력을 가해 빛나게 되는 상태, 즉 문명을 형상화하고 있다. 지상에 문명이 펼쳐지는 형상 거기에 인문이란 개념이 부여된다. 그리하여 "인문에서 관찰하여 천하를 화성한다〔觀乎人文 化成天下, 化成天下는 經天緯地와 같은 의미——인용자〕"고 하였으니 문명은 인류적 이상의 구현태인 셈이다. 곧 "출현한 용이 지상에 있음에 천하가 문명한다"와 의미 맥락이 상통하는 것이다. 용이란 상징물은 이 경우 성인을 암시할 터인데 직접적으로는 양기운을 뜻한다. 에너지를 문명의 시발로 사고한 것으로 볼 수도 있겠다. 그러므로 해가 떠서 어둠이 걷히고 세상이 밝아오는 것을 가리켜 문명이라 이르

로 인식되어야 할 것이다.
6) 『書經』의 첫머리인 「堯典」에서 요임금의 성덕을 기리는 말 가운데 '欽明文思'라는 표현이 있다. 그리고 「舜典」을 「堯典」에서 분리하면서 순의 성덕을 기리어 '濬哲文明'이란 표현이 삽입되어 있다. 「순전」의 이 구절은 후세의 위작으로 판명이 되었는데 어쨌건 여기서도 성덕을 표출하는 데 문명의 개념을 동원하는 동양적 관념을 확인할 수 있다. 공자는 당나라 때 文宣王의 봉을 받았고, 그를 모시는 사당은 文廟로 일컬어져왔다.

기도 하였다.

고려의 시인 진화(陳澕)의 시 "문명의 아침을 기다리노니 하늘 동쪽으로 해가 붉게 떠오르려네〔坐待文明旦, 天東日欲紅〕"는 바로 이 뜻을 취해 쓴 것이다. 이 시의 문면에서 문명의 일차적 어의는 해가 떠서 밝아지는 자연현상을 가리킨다. 그 자연현상을 감지하는 데서 그치지 않고 거기에 붙인 뜻이 있을 것임은 물론이다. 앞 구절에서 "북쪽 변방은 아직 혼몽하다〔北塞尚昏蒙〕"고 하였은즉 '문명의 아침'은 어둡고 미개한 상태에 대조되는 것이다. 비록 시적 표현이긴 하지만 문명의 의미가 야만에 대한 상대적 개념으로 떠오른 점은 주목을 요한다. 실학파의 학자들에 이르러 문명은 이 개념으로 확실히 잡혀지게 된다. 정약용의 글에서 중국의 경우 문명이 지방에까지 보급되어 있는 데 비하여 우리나라는 사정이 달라 서울 도성 밖으로 십 리만 벗어나도 홍황세계나 다름없다고 말한 곳이 있다.[7] 홍황세계에 대조되는 개념의 문명, 그 원적지는 아무래도 중국일 터이며, 조선의 그 현주소는 수도 서울이라고 인식을 했던 것이다.

이렇듯 '문'의 독특한 의미에 기초해서 성립·발전한 동양적(중국적) 개념의 문명이 한자문화권으로 구현된 사실은 필연적 귀결이었다고 하겠다. 다음에 동아시아 세계에서의 중국문명의 위상과 그것의 주변부와의 관계를 간략히 짚어보기로 한다.

이 권역에서 중국은 비중이 역사적으로, 공간적으로 워낙 막대하다. 중국이란 나라는 자고로 흥망·교체의 무상한 변천을 거듭했으되 하여간 그 세계에서는 중심 위치를 차지하고 꾸준히 판도를 확대, 인종을 포괄하여 오늘에 이르지 않았던가. 유럽지역을 비롯한 여러 권역과는 전혀 다른, 동아시아의 특수한 정황이다.

문명 역시 중국을 벗어나서는 개념 범주 자체가 성립하기 어려운 형편이다. 역사상 상(商)·주(周)로부터 한(漢)·당(唐)·송(宋)으로 이어진 문화 전통이 적어도 이 권역에서는 인류보편의 가치로 인식, 통행되고 있었다.

7) "中國文明成俗, 雖窮鄕遐陬, 不害其成聖成賢. 我邦不然, 離都門數十里, 已是鴻荒世界. 矧遐遠哉!"(丁若鏞,「示二兒家誡」,『與猶堂全書』詩文集 권18)

'화하문명(華夏文明)'이라고 일컬어지는 것이다. 이에 문명의 중심부로서의 중화에 대하여 그 주변의 인종·지역은 고대 그리스인이 페르시아를 '바르바르'라고 불렀듯 야만시하였다. 인종을 구분하던 화이(華夷)란 말은 문명과 야만을 가르는 문화론적 개념으로 전이된다. 문명은 그 중심부에서 주변부로 파급되는 것을 물이 위에서 아래로 흐르듯 당연한 일로 생각했으니, '용하변이(用夏變夷)'가 그것이다. 화하의 문명을 가지고 야만적인 주변부의 인종들을 교화시켜야 한다는 의미다.

그리하여 형성된 한자문명권은 조공(朝貢)이라는 형식으로 국제관계의 질서를 유지해왔다. 이 조공체제가 중세의 중국중심적 세계질서를 반영한 형태였음은 물론이다. 우리 한반도는 중국중심적 세계에서 비록 주변부에 속했으나 소중화(小中華)로 자부했을 뿐 아니라 그처럼 국제적으로 인정을 받기도 했다.

반면에 일본은 그 세계체제에서 주변부의 주변부로 치부되었다. 주로 지리적 거리 때문이었겠는데 그로 인해서 일본인 스스로 당착된 의식을 보이고 있었다. 자기들의 영역을 신주(神州)로 자부하는 등 일본중심의 천하관을 내세우는 한편 중심부로 기울어진 마음은 마치 꿈속에서 임을 그리듯 하였다. 하나의 사례를 들어보자면 17세기에 조선의 사절단을 맞이하면서 일본인들은 조선인을 대하여 '당인(唐人)'으로 일컬었다는 기록이 보인다.[8] 중국과의 국교가 단절된 상태에서 조선인을 통해 중국문화(중심부)에 대한 짝사랑을 해소했던 셈이다. '소중화' 사람을 만나는 것으로 대리만족을 얻었다고나 할까. 오늘날의 관점에서 소중화란 떳떳치 못하게 의식되는 면이 있거니와, 일본은 중국과 상대적으로 소원했던 관계가 도리어 자존심을 높여주는 재료가 되기도 한 것이다.

그런데 중국은 앞서 언급한 바 항시 한족이 주인 노릇을 한 것은 아니었다. 가까운 역사를 보더라도 몽골족의 원에서 한족의 명으로 넘어온 이후로

---

8) 申維翰의 『海遊錄』을 보면 당시 일본의 최고급 지식인 아메노모리 호오슈우(雨森芳洲)의 말로 저들이 조선인을 보면 '唐人'으로 일컫게 된 사정이 밝혀져 있다(이 책 「실학자들의 일본관과 실학」 주 2 참조).

도 다시 만주족의 청이 들어섰다가는 20세기로 들어서서 한족의 주권을 겨우 회복한 것이다. 이런 역사의 실제 상황에 화이론은 어떻게 굴절을 하였던 가? 예컨대 17세기 청황제 체제의 등장에 대해 우리 조선왕조의 집권세력 은 존화양이(尊華攘夷)의 이념에 입각해서 북벌(北伐)을 국시로 내세웠던 것이다.

청황제 체제는 '천하일통(一統)'에다가 '화이일가(華夷一家)'라는 논리를 보태서 중국지배의 정당성을 주장하였다. 청의 옹정제(雍正帝, 1723~25)가 조칙에서 밝힌 말인데 한·당·송의 전성시에도 북적(北狄)·서융(西戎)은 신복(臣服)하지 않아 변방의 우환이 끊이지 않았으나 지금 자기들이 들어 와서 군주의 자리에 앉은 이후로 '천하일통'이 보다 광역으로 완수되어 화 이의 구분을 해소하는 대통합이 실현되었다는 것이다.[9] 한족(漢族) 본위로 부터 '화이일가'로 지양이 되었다는 주장이다. 이에 문명 또한 화이를 혼합 하는 형태를 기획했던 것으로 보인다. 청황제들이 제2의 수도로 건설했던 열하(熱河)의 피서산장(避暑山莊)이 증언하고 있는 바다. 그곳의 궁전과 사원의 현판들을 보면 모두 한(漢)·만(滿)·몽(蒙)의 문자를 같이 쓰고 있 거니와, 화하의 전통에 티벳·몽골 등의 종교·문화의 양식이 혼합해 있는 모습은 지금 보아도 자못 장관이다.

'화이일가'의 천하일통론은 물론 주변부에서 중심부로 진출한 자의 지배 합리화를 위한 논리다. 그렇긴 하지만 한족 본위의 화이론을 현실적으로뿐 아니라 이론적으로도 제압했다고 보아야 할 것이다. 그러나 역시 대국주의 적인 논리다. 한족 본위의 정통적 중국중심주의는 아니지만 더 포괄적인 중 국중심주의다.

중국중심주의(정통적인 형태이건, 포괄적인 형태이건)는 주변부의 민족 국가에 대해서 현실적 위압이었음은 물론, 정신적 질곡으로 부단히 작용해

---

9) "自古中國一統之世, 幅員不能廣遠. (…) 至漢唐宋全盛之時, 北狄西戎, 世爲邊患, 終未 臣服, 不能有其地. 是以有此疆彼界之分. 自我朝入主中土, 君臨天下, 蒙古極邊之部落, 俱歸版圖. 中國疆土開拓之廣遠如此, 乃中國臣民大幸. 何得有華夷中外之分論乎?"(雍 正帝 詔書, 但燾 譯, 『淸朝全史』上四, 臺灣: 中華書局 1977, 40면 재인용.)

왔다. 그 질곡으로부터 깨어나는 시점에서 실로 민족자아가 모색되었던 것이다. 하지만 당시의 거대 중국은 인지 가능한 세계에서 유일하게 '문명한 곳'이었다. 지리적으로 인접한 우리나라는 한자문화권에 오랜 옛날부터 합류하여, 대체로 중국과 밀접한 관계를 유지하면서 선진문물을 받아들이고 배우기에 힘썼다. 한·당·송과 같은 한족의 시대에는 말할 나위 없었고 몽골의 원제국에 대해서도 가일층 진취적으로 교류했던 것이다.

그런데 대(對)청관계는 태도가 달랐다. 청과의 사대적 국교를 거부하지 못하면서 오직 이념상으로 청의 존재를 부인했던 것이다. 때문에 선진 문물과 대국(大局)의 흐름에 대해 폐쇄와 고립을 자초하는 결과를 빚었던 것은 잘 알려진 사실이다. 우리가 화하문명의 적통(嫡統)이라고 '방안 통수'처럼 자부하곤 했다. 다름아닌 존화양이의 이념에 사로잡힌 결과이다. 전의 고려 국가는 몽골의 침략의 발굽에 맞서 40년 항전을 벌였지만 일단 화친이 이루어지자 원제국을 긍정하고 새로 전개되는 세계에 적극적으로 참여하였다. 이승휴(李承休)는 『제왕운기(帝王韻記)』에서 "영토의 광대, 인민의 다중이 개벽 이래 견줄 데 없다"면서 그 위업을 찬미하였으며, 이색(李穡) 역시 이제현(李齊賢)의 문집 서문에 붙여 쓰기를 원의 대일통(大一統)적 세계를 "혼돈의 소용돌이에서 창조의 약동은 중화와 변방의 차이가 없다"고 마치 창세기의 도래처럼 인식했던 것이다.

이같은 고려의 문인지식층이 취했던 대원(對元) 자세를 우리는 어떻게 해석할 것인가? 필자는 그것을 문명의식으로 이해하고 있다. 앞서 원용한 진화의 시에서 **문명의식**의 단초를 볼 수 있거니와, 원제국의 세계에 문인지식층이 많이들 유학을 가고 관직 활동을 하는 등 직접 경험으로 견문을 넓히게 되자 문명을 지향하는 의식이 높아졌고 아울러 **동인(東人)**으로서의 **자기 의식**을 갖게 된 것이다. 이들 문인지식층은 성장하여 원명이 교체하는 전환기 역사에서 주체적 역할을 담당할 수 있었다. 그 주역의 한 사람이었던 정도전(鄭道傳)은 전환의 시대에 즈음하여 "예악을 제정하고 인문(人文)을 양성하여 천지의 질서를 세울 때가 바로 지금이다"라고 선언하고 있다. 이땅에서 동양적 개념의 '문명의 건설'을 사명으로 자각했던 것으로 의

미부여를 할 수 있다.[10]

　조선조 후기의 보수 집권세력이 고집한 바 존화양이의 이념에 입각한 북벌론은 그것의 비현실성, 허위성은 별 문제로 치고라도 존화양이라는 논리 자체가 동아시아의 역사현실에서 이미 용도폐기된 것이었다. 그럼에도 19세기 서양 제국주의의 위협을 받은 막판까지도 존화양이의 논리로 대응하였던 것이다. 물론 존화양이의 시대착오적 논리에 개명적 지식인들의 비판이 가해지지 않았던 것은 아니다. 실학파 학자들에 의해 제기된 북학론은 그 가운데 가장 저명한 이론이다. 북학론의 앞선 이론가 박지원은 위에서 인용했던 "출현한 용이 지상에 있음에 천하가 문명한다"는 바로 그 대문을 들어 독서하는 사(士)를 두고 한 말이라고 하였다. 옛 성현의 공능으로 의식해왔던 '천하문명'이란 과제를 사의 실천적·현재적 임무로 명백히 각성한 것이다.[11] 시대의 변화에 대응해서 새로운 문명을 건설하고자 하는 주체의식의 표출이다. 그러나 이들 시대의 진운을 감지한 주체적인 사들의 현실적 입지는 넓지 못했다. 근대전환의 과정에서는 나말여초와 달리 좌절을 경험하게 된 사실을 지금 회고해보면 여기에도 요인의 일단이 있었던 것으로 생각된다.

3. 근대세계로의 전입 과정

　'근대세계'는 서양의 자본주의 문명에 의해 주도되었던바 그 형세는 도도히 오늘로까지 이어지고 있다. 서세동점(西勢東漸)의 물결이 지구적으로 확장하여 기왕에 권역별로 형성되었던 소우주적·전통적 사회·문화의 양식을 유린·해체하고 통합하더니 드디어는 지금 전지구적 대일통을 완결하는 단계에 이른 것이다.

---

10) 이 책 「고려 말 문인지식층의 東人意識과 문명의식」 참조.
11) "一士讀書, 澤及四海, 垂功萬世. 易曰: '見龍在田, 天下文明.' 其謂讀書之士乎."(朴趾源, 「原士」, 『燕巖集』 권10)

동아시아 세계는 '근대세계'로 향한 움직임 앞에서 완전히 무감각했거나 대응하는 노력들이 전혀 없었다고는 말할 수 없다. 14세기 대륙에서의 원명교체, 한반도에서의 여(麗)·선(鮮)의 교체는 역사적 동향과 기맥이 통하는 것으로 여겨지는데 16세기 명의 정화(鄭和)가 이끈 선단(船團)이 인도양을 지나 중동지역으로까지 진출했던 사실에서는 '동세서점'의 움직임을 유추해볼 수 있겠다. 그러나 이런 움직임들은 근대로 이어지는 발전을 이룩하지 못했으며, 결국 서세동점의 조류에 수세로 밀리고 말았던 것이다. 다음 서양의 존재가 알려지고 저들의 과학기술이 소개된 단계(17세기 이후)에 이르러도 이에 대응하는 학술적 강구, 사상적 준비가 전혀 없이 속수무책으로 있었던 것만은 아니었다. 조선왕조 사회에 있어서 실학을 그 사상적 준비로 간주할 수 있는 것이다. 필자는 실학을 평가하는 어떤 자리에서 "개혁과 개방의 길을 모색하였던 실학은 세계사적으로 보면 서세동점의 조류에 대한 주체적 대응으로 의미부여를 할 수 있다"[12]는 견해를 표명한 바 있다. 그런데 이 역시 앞서 언급했듯 '깨달은 자의 외로운 외침'으로 그치고 현실에 폭넓게 적용될 기회를 얻지 못했다.

조선이란 나라가 '근대세계'로 진입한 시점은 주지하는 대로 1876년의 개항이다. 조선은 실제적 준비를 전혀 하지 못한 조건에서 부득이 문호를 개방하여 제국주의 열강이 각축하는 '근대세계'에 무방비로 노출이 된 셈이다. 그 시점으로부터 이제 얼마 남지 않은 금세기에 이르기까지 전개된 상황은 그야말로 역사상 유례를 찾기 어려운 대전환·대변혁이 일어났던바 이 과정을 엄청난 혼란과 고난, 민족적 위기를 겪으며 통과한 사실을 우리는 뚜렷이 기억하고 있다. 본고의 논리와 관련해서 말하자면 문명충돌의 시점이었으니 동서와 신구의 문명이 갈등·혼돈하는 창조적 계기이기도 했다.

본조(조선왕조——인용자) 초엽 이래로 문명이 다시 자라날 기회가 있었으나 미치지 못하고 날로 하강이 되어 본조 중엽 이후로 암흑시대에 점차 떨어졌

---

12) 이 책 196면 참조.

고 금세기에 들어와서는 드디어 참담비분(慘憺悲憤)의 천지를 지었도다. 그
러나 수년 이래로 신문명의 맹아시대를 다시 조성하여, 그 기운이 처음 솟아
나는 우물 같으니 과연 구문명의 유진(遺珍, 진수)을 수습하고 신문명의 대광을
발휘하면 문명의 거룩한 시대가 또한 멀지 않을 것이로다. (劍心, 「談叢」, 『대한
매일신보』 1910년 1월 8일. 강조는 인용자. 이하 같음)

「담총(談叢)」의 검심(劍心)이란 필명의 주인공은 신채호(申采浩, 1880~
1936)로 추정되고 있다.[13] 문명의 진보를 희구하던 이 글의 논자는 조선왕조
의 개국으로 문명의 부흥이 기대되었으나 기실 후퇴를 거듭한 끝에 마침내
"금세기에 들어와서는 참담비분의 천지를 지었다"고 근대세계에 노출된 상
황을 극히 비관적으로 기술하였다. 그런데 1910년 초의 시점에서 앞의 몇년
을 지나는 사이에 신문명의 맹아가 싹터서 활발하게 솟아나는 듯 묘사하고
있다. 신문명의 맹아로 포착할 수 있었던 실상은 과연 어떤 것이었을까?

이제 동아시아의 문명전통이 서양문명과 부딪히면서 일으킨 반응, 그리
고 이내 곧 '신문명'으로 지향하게 된 경위를 간략히 살피고자 한다. 이 문제
와 연관해서 먼저 한가지 논급할 사항이 있다. 그 역사과정에 있어서 중국
문명의 운명이다.

중국대륙은 19세기 중반의 아편전쟁 이래 1세기 동안 내내 제국주의 열
강들의 침탈·분할의 마당이 되었다. 우리나라와 비슷한 처지에 놓였었다.
그런데 지금 우리로서 주목할 바 이 과정에서 중국은 전에 없이 문명적 위
기 상황을 맞게 된 점이다. 외부의 무력에 정복을 당하여 국가체제가 붕괴
된 사례가 역사상에 반복되었던 사실을 이미 지적하였거니와, 그런 경우에
도 '화하문명'은 별로 타격을 입지 않고 오히려 내용을 다양화하면서 전통
을 이어왔던 것이다.

그러나 이때 와선 사정이 달랐다. 종래 세계의 주인으로서 조공체제를 고

---

13) 필자는 대한매일신보에 연재되었던 「담총」을 자료정리해서 소개하고 「담총'의 사상과 그
작자」(丹齋先生紀念事業會, 『申采浩의 사상과 민족독립운동』, 형설출판사 1986)라는 해
설적인 논고를 발표한 바 있다.

수했던 종주국의 입장에서는 국가간의 평등을 원칙으로 한 서구적 방식의 조약을 맺는 일부터 체모를 손상하는 것으로 여겨질 수 있었다. 그런데 근대세계의 국제질서하에서 중국은 대등한 관계를 유지하기조차 어려운 형편에 놓였다. 당시 국제관계에 있어 만국의 질서를 세우는 공법회의란 것이 중요한 의미를 띠고 있었다. 이 공법회의에 동양권에서는 유일하게 일본이 참여하였고 종주국으로 군림해왔던 중국은 끼지 못했던 것이다.[14] 문명국으로서의 국제적 지위를 전혀 인정받지 못한 것이니 5천년의 문화전통을 자랑하던 나라가 갈데없이 야만국의 꼴이 되고 말았다. 어쩌다가 이 모양으로 전락을 했을까?

유럽사가들의 견해인데 유럽이 중국을 기술의 측면에서 따라잡고 넘어서게 된 것은 18세기 이후부터라 한다.[15] 요컨대 근대세계를 창출한 19세기 유럽 선진국가들의 산업화의 성공, 그것을 가능케 한 기술문명이 화하문명을 압도한 것이다. 중국과 유사한 상황에 처했던 일본의 경우 역시 문호를 개방한 당초엔 열세를 면치 못했으나 이내 근대세계의 문명국 대열에 끼여들 수 있었다. 반면에 중국은 경쟁에서 패배하자 다시 추스리지 못하고 5천년 문명의 붕괴로 급락한 것이다. 영국이 중국과의 무역역조를 만회하기 위해 아편을 중국에 강매한 것이 아편전쟁의 도화선이 되었던 터이니 19세기 전반까지만 해도 중국은 아직 서양에 대해 경쟁력을 잃지 않고 있었다. 이 역사적 사실을 어떻게 설명할 것인가? 실로 문제적 안건인데 한국의 근대계몽기의 한 지식인은 이렇게 논하고 있다.

중국은 수십대 이어온 '일통(一統)의 문명'을 텅 빈 상태로 잘난 체하며 캄캄히 깨닫지 못해 다시 세계 대국(大局)이 있음을 알지 못했다. 그리하여 단

---

14) "이 공법회의가 스위스의 수도 白爾尼(Bern)에 세워져 공법회를 총괄하는 중추가 되었다. 일본은 개화·진보를 이룩한 이후라서 이 회의에 가입할 수 있었다. 온 지구 가운데서 이 회의에 가입한 국가라야 문명의 대열에 끼일 수 있었다. 오직 중국으로서 참여하지를 못했으니 치욕은 얼마나 큰 것인가."(李鍾泰,「公法但能用於文明相等之國」,『進明彙論』上)

15) 프리데리크 들루슈 편,『새 유럽의 역사』, 까치 1995, 329면.

지 미봉·구차의 태도로 일시의 편안에 빠져서 오로지 자기 백성들을 압제하여 저항의 싹을 꺾어 뭉개기로 힘쓰니, 국민은 압제를 받은 지 너무 오래되어 분개·불굴의 정신이 온통 소멸되고 독립·자유의 기운이 또한 탕진해서 통양(痛痒)을 느낄 줄도 모르는 오늘의 천하를 조성한 것이다. 이 곧 2천년 일통의 국세가 드리운 어두운 그림자다. (李鍾泰,「政體」,『進明彙論』上)

문명론적 차원에서 통일적 세계이던 중국이 바야흐로 몰락하는 원인을 진단한 내용이다. 중국 신문학의 개척자 루쉰(魯迅)이 아큐(阿Q)라는 전형적 형상을 그려서 중국인의 고질병을 비판·성토하여 자기반성, 자아각성을 촉구했던 그 문제의식과 일맥 상통하는 듯하다. 노대(老大) 중국은 공연히 자만에 빠져 세계 대국(大局)의 진로에서 빗겨선 채 오직 전제정치를 강화하여 인민을 압제하는 방식으로 현상적 안정을 누렸던 것이 일차적 과오지만 인민들 역시 압제에 길들어져서 분노할 줄도 모르고 독립·자유의 기백을 상실한 것이 결국 반성하지 않으면 안되는 문제점으로 남았다고 본다. 위 논자의 판단이 대개 이러한데 우리의 경우까지 염두에 둔 발언일 것이다.

이 중국이란 존재 및 동아시아의 문명전통은 우리나라가 근대세계에 진입하는 도정에서 하나의 걸림돌로 작용하였다. 거기에는 현실적인 면과 관념적인 면이 있는바 양자는 문제의 발단이 다르면서도 서로 연관이 되어 있었다.

현실적인 문제는 다름아닌 청국과의 관계에서 발생한 것이다. 조선국이 문호를 개방하면서 맺은 최초의 국제협약인 강화도조약의 제1조에서 조선은 자주국이며 일본과 동등한 관계임을 명시하고 있다.[16] 강화도조약이 우리나라에 불리하고 불평등한 조문을 담고 있긴 하지만 최초의 국제협약에서 자주국으로 승인받은 점은 적지 않은 의미를 가진다. 그러나 1887년 조선국이 미국에 전권공사를 파견했을 때 청국은 조선이란 나라가 자기네의

---

16) "朝鮮國, 自主之邦, 保有與日本國平等之權. 嗣後兩國欲表和親之實, 須以彼此同等之禮, 相對不可毫有侵越猜嫌."(「韓日修好條規」,『約章合編』上, 장1)

속방이라고 주장하여 조선의 자주적 외교활동을 방해하고 나왔다. 급기야 국왕은 공사를 소환하는 외교적 수모를 당한 사실이 있었다. 청국은 종래의 조공관계를 제국주의적 지배관계로 해석한 것이었다. 우리나라가 근대세계에서 자주국으로 서려면 중국에 대한 독립을 분명히하는 것은 꼭 필요한 수순이었다. 일본은 조선국에 대해 중국으로부터의 분리·독립을 적극 지원하였던바 일본측의 입장은 그것이 조선을 병탄하는 수순이었다.[17] 그래서 일본측이 조선의 자주독립을 부추기는 것은 과거 임진왜란 때 저들이 "명나라를 치러 갈 길을 빌려달라〔假道入明〕"던 그 술책과 다름없다는 말이 있었다.[18] 아무튼 이 엄중한 현실적 걸림돌은 1894년 청일전쟁에서 일본이 승리함으로써 조선의 입장에선 저절로 치워진 꼴이 되었다.

관념적인 문제란 주로 동서문명의 충돌로 인해 빚어진 것이다. 이질적인 문명이 만날 때는 상호 가치관의 차이, 생활 관습의 낯설음으로 대립 갈등이 발생하게 마련이다. 가령 이슬람문명과 기독교문명의 갈등은 중세 이래로 치열한 전쟁을 불러일으켜 현재에 와서까지 종종 분쟁의 원인으로 되고 있지 않은가. 우리 한반도상에서는 전혀 생소한 문명과의 마찰이 종교전쟁으로 치닫지는 않았다. 우리는 서양주도의 근대세계에 비교적 순탄하게 참여했다고도 보겠다. 하지만 진통을 겪지 않고 무갈등으로 이행했던 것은 아니었다. '현실적 걸림돌'이 제거되었다 해서 '관념적 문제'가 함께 해결될 수

---

17) "앞서 을해년에 조선과 조약을 맺으면서 그 제1조에서 '일본은 조선을 자주국으로 인정하고 본래 자주국인 일본과 평등의 관계를 갖는다'고 하였다. (⋯) 대개 일본의 간교한 계책은 한결같이 우리나라를 도모하는 데 있었던바 그러자면 청국과 단절을 시키지 않고는 불가능하며, 청국과 단절을 시키자면 자주국가로 만들지 않으면 불가능하기 때문에 을해년의 조약(병자조약이 전해 연말부터의 일이기 때문에 을해년으로 표현한 듯——인용자)이 있었던 것이다."(黃玹, 『梅泉野錄』, 『한국사료총서』 제1집, 국사편찬위원회 1955, 136면)

그 무렵 일본에서 간행된 조선어 회화교본에 "됴선은 본릭의 즁국쇽방이라도 ᄒ고 죠ᄌ쥬독닙국이라구도 ᄒ더니 이번 일본 힘으로 명빜히 독닙ᄌ쥬국이 되얏스니 감ᄉᄒ오. 아모리 독닙이라 허야도 실녁이 업스면 무엇ᄒ갯소"라는 예시문으로 들어 있는데 시사하는 바가 많다(國分國夫 編, 『日韓通話』, 東京, 1895 재판). 『日韓通話』는 明治 26년(1893) 초판이 간행된 책이다. 增補를 붙이고 있는 바 이 부분은 在朝鮮京城國分象太郎의 편찬이라고 밝혀놓았다. 위의 인용문은 이 增補에 실린 것이다.

18) 李南珪, 「請絶倭疏」, 『修堂集』, 대동문화연구원 1973, 38면.

없었던 것은 물론이다. '관념적 문제'는 우리의 민족 주체가 근대세계로 나아가는 방향과 관련되게 마련이니 실로 중대한 사안이 아닐 수 없었다.

4. 근대세계로의 전입 과정에서 제기된 문명담론들

동서(東西)와 신구(新舊)가 부딪쳐 갈등하던 1876~1910년을 연대기순으로 한번 훑어보면 1884년의 갑신정변을 거쳐 1894년에 이르러 개혁·개방은 이미 불가피한 상황으로 발전하였으며, 1897년에 와서 조선왕조는 대한제국으로 자주독립의 기치를 세우고 근대국가로의 탈바꿈을 시도하였다. 그러나 1905년 을사조약으로 일본의 보호국의 처지가 되고 1910년 마침내 식민지로 전락함으로써 주체적인 근대전환의 길은 차단되고 말았다. 이 도정은 결과론적으로 말하면 식민지로 가는 코스였다. 하지만 그 어렵고 혼란스런 와중에서 민족위기를 어떻게 극복하고 변혁의 과제를 어떤 방향으로 해결하느냐는 문제를 가지고 뜻있는 사람이면 다들 고뇌하며 나름으로 행동했던 것이다. 오히려 혼돈·갈등의 창조적·역동적 시공간으로 평가할 수 있을 것이다.

이때 신문·잡지 등의 새로운 매체의 등장, 연설·토론의 풍조가 성행해서 백가쟁명을 연출하였으니 또한 '담론의 시대'로 불러도 무방할 것이다. 우리가 주목하는 바는 그 시대 담론에서 문명론이 중요한 논제로 제기된 사실이다. 문명은 일시 유행어처럼 떠올랐다. 문명이 들어가지 않고서는 말이 안될 지경이었다. 당시 문명담론은 구구각색으로 입장과 주장이 달랐던 것은 물론, 또한 각기 전환기적 현실의 대응논리와도 연계되기 마련이었다. 논리의 편차에 따라 대략 몇가지로 갈래를 잡아본다.

척사위정의 논리

양이(洋夷)라는 존재는 인간 이전의 금수(禽獸)라고 규정짓는 데서 척사위정론은 출발하고 있다.[19] 이 금수의 무리가 바야흐로 가공할 힘으로 밀려오는 판국이니 이 위기로부터 자아를 지켜야 한다는 논법이다. 자아는 '화하(華夏)의 정도'를 보위하는 주체요, 그렇게 되는 것이 당위라고 확신하고 있다. 존화양이의 논리적 연장이다. 이 논리는 서구문명을 관용할 여지가 전무하며, 서세의 침략에는 오직 강경히 맞서 격퇴해야 했다. 곧 서양 제국주의 침략에 대항해서 쇄국을 사상적으로 주도한 것이다. 일본에 대해서 역시 "왜(倭)는 양복을 입고 양포(洋砲)를 쏘고 양박(洋舶)을 타고 있으니 이는 왜와 양이 일체라는 분명한 증거다"[20]라고 규정하여 양이와 같은 방식의 대응논리를 세웠다. 그리하여 항일의병투쟁을 주도한 사상으로 되었다.

척사위정론은 서양주도의 근대세계에 합류하기를 완강히 거부하는, 가장 적극적·배타적 논리로서 반외세 구국투쟁의 강고한 행동을 불러일으키는 역할을 하였던 점에서 높이 평가할 수 있는 것이다.

문명적 시각의 비교우위의 논리

고전적 인문개념과 유교적 가치관, 한자문화권의 입장에 근거해서 서구문명에 대항해 동양문명 우월론을 주장한 것이다. 예컨대 서구의 민주적 정치제도는 "저 세계의 인종들이 위로 안이하고 아래로 완악한 때문에 부득이 채용한 것이니 우리 '예의(禮義)문명'의 세계에 어찌 시행할 수 있겠는가"[21]라고 이남규(李南珪, 1855~1907) 같은 분은 생각하였다. 그리고 김택영(金澤榮, 1850~1927) 같은 분은 서구의 자유란 개념은 인간학적으로 혈기에 근원하고 있음에 반해 유교의 병이(秉彝, 이성에 기초한 도덕심)란 개념은 의리에 바탕을 두어서 이 양자는 정치하고 거침의 정도가 현격히 다르다고 본다. 그러나 인간 일반의 심리에서 의리를 지키는 자 하나둘 있을까 말까 한데 반해 혈기는 만인이면 만인이 다 가지고 있으니 경쟁의 세상에서는 자유의 논리가 득세할 수밖에 없다고 말하였다.[22]

---

19) "중화의 도가 망하면 이적과 금수가 이른다. 北虜(淸을 가리킴——인용자)는 이적이라 그래도 말할 거리가 되지만 서양은 금수인지라 말할 거리도 안된다."(李恒老,「語錄」,『華西集』부록 권3)
20) 崔益鉉,「持斧伏闕斥和疏」,『日星錄』권1, 장33.
21) 李南珪,「論民會疏」, 앞의 책, 46면.

문명관에 입각한 동양문명 우월론을 완강히 고집하는 경우 척사위정의 자세와 같은 길로 가게 될 터이다. 그런데 척사위정의 논리는 고유한 성격이 종교신앙적이어서 저들과 대립·투쟁밖에 변통의 여지가 아예 없는 것이다. 문명론적 시각에서 보면 대개 대응논리가 이렇게 나아가지는 않는다. 척사위정은 도학자들의 논리였음에 대해서 비교우위론은 주로 문학가들에 의해 제기되고 있었다. 당시 저명한 문학가로서 통상 온건개화파로 분류되는 김윤식(金允植)의 주장 또한 여기에 속한 것이었다. 김윤식은 '개화'라는 용어 자체를 부정하는 입장이다. 개화란 야만에서 문명으로 나아감을 뜻하는 바 오랜 문명의 구역인 우리 동토에는 당치않은 개념이라 한다.[23] 그는 동양학술이 서양세계에 널리 파급될 것으로 낙관한다. 동교서피(東敎西被)를 전망하고 있는 바 동양문명 우월론의 입장에서는 당연한 귀결이라고 여겨진다.[24] 한편 비교의 관점에 서 있으니 개방과 교류를 긍정할 수 있게 되어, 저들의 장점은 배우자는 논리가 도출될 수 있었다. 동도서기(東道西器)의 논리적 거점이다. 동양의 비교우위에 있는 정신문명은 온전히 견지하면서 서양의 비교우위에 있는 물질문명을 부분적으로 수용하자는 논법인데 김윤식은 "그 종교는 사악한 것이니 응당 음란한 소리나 어여쁜 여색을 멀리하듯 배격할 일이로되 그 기계는 날랜 것이니 참으로 이용후생에 도움을 준다면 농상(農桑)·의약(醫藥)·갑병(甲兵)·주거(舟車) 등의 제도에 무엇을 꺼려 이용하지 않으리오"라는 견해를 편 것이다.[25]

---

22) "吾儒之秉彝, 順義理之心也; 西敎之自由, 順血氣之心也; 二者之精粗懸矣. 然義理之心, 天下之人, 萬僅一二; 血氣之心, 天下之人萬則萬焉. 故自由之敎, 可以得力於競爭之世, 而秉彝之敎, 難以得力於競爭之世."(金澤榮, 「雜言」 三, 『韶濩堂文集』 권6, 장2)

23) 金允植, 『續陰晴史』 上(1891년의 기록), 『한국사료총서』 제11집, 국사편찬위원회 1960, 156면.

24) "예전에 瓛齋相公(박규수——인용자) 말씀이 '사람들은 西法이 동방으로 들어오게 되면 인간이 이적 금수로 변하는 것을 면치 못하리라고 하지만, 나는 東敎西被의 조짐이 생기기만 하면 이적 금수가 교화를 받아 곧 인간이 될 것으로 생각한다'고 하였다. 근래 독일에는 한문학교가 서서 性命之學을 가르친다고 들었으니, 이 말이 장차 증명될 것인가."(같은 책, 157면)

25) 金允植, 「曉諭國內大小民人」, 『雲養集』 권9, 장4~5.

문명개조의 논리

동도서기는 같은 시기 중국의 중체서용(中體西用), 일본의 화혼양재(和魂洋才)와 상통하는 개념인데, 서양주도의 세계에 맞서기 위한 대응논리로 고안된 것이다. 앞서 언급했던 동아시아의 문명전통 및 정치제도를 성역처럼 고수하면서 단지 기계기술의 측면만 제한적으로 수용해서 부국강병을 이룩하자는 논법이다. 이 논리는 중국의 경우 양무운동(洋務運動)으로 실천되었던바 청일전쟁에서 청국이 깨어짐으로써 이론적·현실적 파산을 고하였다. 우리의 경우 역시 1894년 이후 전개된 상황에서 동도서기론으로는 안되겠다는 사실을 차츰 깨닫게들 되었다. 황현(黃玹) 같은 시인도 약육강식의 엄혹한 세계 속에서 우리가 국가로서 존립하고 인간으로서 자립하자면 "저들(서양——인용자)의 부강을 본받을 도리밖에 없다. 부강을 이루려면 저들의 학문을 배울 도리밖에 없는데 그러자면 근대적 학교제도를 도입하는 것이 불가피한 일"이라고까지 생각하게 되었다.[26] 황현 자신은 구지식의 테두리에서 벗어나지 못했었으니 응당 위의 비교우위론자로 분류될 인물이었다. 그러한 그가 (서구의 부강을 배우자는 점에서는 동도서기론과 마찬가지지만) 서구학문을 수용하는 기반으로 교육제도를 바꾸자는 데로 여러 걸음 나아간 것이다. 이에 개화란 개념 자체를 그는 개물화민(開物化民), 즉 물질 개발과 문화인 육성이라는 두 가지 의미를 내포한 것으로 재해석을 하게 된다.[27] 하지만 그에 있어서 '동도'는 아직 성역으로 남아 있었다.

근일 우리 민족의 지위와 경우가 어디에 놓여 있는가? 반만년 역사를 올라가 살펴보면, 그 문명이 세계 어느 민족의 뒤에 떨어졌다 하지 아니하겠으나 현상(現狀)의 비참을 돌아보고 그 원인을 추구하건대 도덕의 문명만 오로

---

26) "然國焉而不可任其自亡, 民焉以不可任其自殲. 惟當奮勵振淬, 力與之敵, 得免弱肉强食, 然後始可以號于天下曰: '我亦人耳.' 其術顧安在哉? 不過曰效彼富强. 欲富强, 不過曰效彼學問. 此近日學校之新所以于嗎相聞也."(黃玹, 「養英學校記」, 湖南學研究所 編, 『梅泉全集』 권2, 한국인문과학연구원 1984, 119면)

27) "夫開化云者, 非別件也, 不過開物化民之謂."(「言事疏」, 『梅泉集』 권7)

지 숭상하고 물질을 경시하다가 쇠퇴·유약(柔弱)을 자초하여 악랄(惡辣),
참독(慘毒)한 마귀 그물에 스스로 걸렸도다.

이상재(李商在, 1850~1927)의 「문명의 해석」[28]이란 논설의 한 대목이다.
우리가 지금 쇠약의 국면에 빠진 원인을 따져보면 오랫동안 도덕적 문명만
을 숭상해온 데 있었다고 그는 진단한 것이다. 문명론적 차원에서의 근원적
인 자기반성이다. '동도의 성역'이 드디어 무너지고 있다. 이에 그가 내린 처
방은, "도덕문명이 쇠약을 자취(自取)했다 하여 물질과학에만 치중하여 전
속력으로 급전하고 도덕을 경시한즉 뿌리없는 초목과 기초없는 가옥과 같
이 필경은 전복부패의 화가 금방 닥칠" 것으로 내다보고, '정신적 문명'과
'형식적 문명'[29]의 균형잡힌 발전 그것이었다.

『대한매일신보』의 1910년 2월 19일자에 실린 「문화와 무력」이란 논설[30]
을 보면 우리 한국이 오랫동안 '문화'에 깊이 취한 나머지 문약에 빠져 지금
자멸의 위기에 이른 것은 사실이지만 문화를 경시하는 태도는 옳지 않다면
서 역시 유사한 처방을 내놓았다.

저 서구열강을 보라. 학술의 발달이 저 같으며 도덕의 진보가 저 같으되
그 나라가 융흥하여 날로 강성해가니 이는 그 문화가 동양 고대의 인민을 몰
아서 전제하(專制下)에 굴복케 하던 문화가 아니라 자유를 구가하며 모험을
숭상하는 문화인 까닭이니 한국 유지(有志)군자여! 자국 고유의 장점을 보존
하며 외래 문명의 정화(精華)를 채취해서 일종 신국민을 양성할 만한 문화를 진흥
할지어다.

---

28) 『月南 李商在』권1(이상재의 문집에 해당하는 책인데, 1929년 月南葬儀委員會의 발간
   으로 되어 있다).
29) '정신적 문명'은 내부적·도덕적인 것인 데 대하여 '형식적 문명'은 외시적·물질적인 것이
   라고 해설하고 있다.(같은 책)
30) 「文化와 武力」이란 이 글은 지금의 사설에 해당하는 것이어서 기명을 하지 않은 채 게재
   되어 있다. 이 논설이 『신채호전집 별집』에 실려 있는데 그 편자가 신채호의 작으로 추정하
   여 수록한 것이다. 신채호의 글이라는 확증은 잡히지 않으나 내용이 당시 신채호의 지론과
   유사한 것으로 여겨진다.

여기 처음 선을 보인 문화란 말을 먼저 살펴보자. 원래 '문화'는 무공(武功)에 상대적 개념으로 문치(文治) 및 교화를 뜻하였다.[31] 그 전래의 개념과 근대적 개념 사이에는 서로 통하는 바 없지 않으나 간극이 있다. 문명과는 달리 문화란 말은 옛날에는 거의 쓰이지 않았는데 문명담론의 성행에 발맞추어 새롭게 도입된 것으로 보인다. 용례 하나를 들어보면 "사민(士民)의 문화 시대에 임하여 진보하니 조국의 깃발 날로 다시 빛나도다[士民文化臨時進 祖國旗光復日生]"라고, 여기서 문화는 진보와 애국의 정신을 함축하고 있다.[32]

위의 인용문에서 논자는 우리가 지금 지향해야 할 가치의 문화는 서구열강에서 찾을 수 있다고 주장한다. 저들을 '금수'로 치부했던 데서 180도로 시각교정이 된 셈이다. 반면 동양 전래의 문화는 "인민을 몰아서 전제하에 굴복케 하던" 실로 야만이나 다름없는 것으로 인식되기에 이르렀다. 이렇듯 인식상의 급전환이 일어난 계기는 대체 어디 있었을까?

다른 어디보다 위의 문면에서 가까운 해답을 얻을 수 있다. "신국민을 양성할 만한 문화를 진흥"하는 것, 바로 이 문제를 긴급하고도 중요한 과업으로 각성한 때문이다. '신국민'이란 전제군주 치하에서 굴종하는 중세기 백성과 구별되는 근대적인 의미의 국민이다. 국민국가의 주체를 상정했던 것으로 해석할 수 있겠다. 신채호는 「20세기의 신국민」이란 장편논설을 『대한매일신보』의 지상에 발표해서 사람들의 비상한 관심을 불러일으킨 바도 있었다. 문제의 초점은 신국민을 어떻게 양성하느냐. 이에 구래의 문화전통은 "인민을 몰아서 전제하에 굴복"시켰던 것으로 비쳐진 반면, 서구문화에 대해서는 "자유를 구가하며 모험을 숭상하는 문화"로 긍정하는 관점을 취하

---

31) "凡武之興, 爲不服也, 文化不改, 然後加誅."(劉向, 『說苑』·「指武」)
　　"文化內輯, 武功外悠."(「補亡詩·由儀」束廣微, 『文選』 권9)
32) 鄭濟原, 「贊太極報」, 『太極學報』 제16집, 1908.
　　어떤 동경유생은 "入境儘識文化進"(李奎濚, 「東遊途中」, 『太極學報』 제7집)이라고 일본의 발전상을 문화란 말을 구사해서 표현해놓고 있다. 文化의 원래 개념과는 달리 새로운 문물을 표현하는 시어로서 한시에 도입된 것이다.

게 된 것이다. 그리하여 마침내 서구문화의 적극적인 수용, 학습으로 비약하기에 이르렀다. 20세기라는 시대에 대응할 신국민을 양성하기 위한 관건적 사안으로 판단하였음은 물론이다.

구래의 문물제도를 전면적으로 뜯어고쳐야 한다. 실로 이 파천황적 문명개조론이 담지한 정치적 입장은, 당시의 의론에서 뚜렷이 표명된 주장을 찾기는 어렵지만, 대개 국민국가를 지향했던 것으로 여겨진다. 5백여년을 넘겨 이미 임종에 다다른 왕조국가는 어떤 형식으로 대치되어야 할 것인가? 서양제국의 전지구적 진출로 인해 직면한 위기상황에 적절히 대응하여 자주독립을 획득할 수 있는 체제는 과연 어떤 형태로 재구되어야 할 것인가? 국민국가로 가야 한다는 점은 이후 지금에 이르는 역사의 진로로 보아 자명하게 된 사실이다. 당시에도 국내외 정세의 흐름을 읽은 인물이라면 이 점을 각성하고 있었다. 「20세기 신국민」에서는 "국민적 국가가 아닌 국(國, 입헌국이 아니요 한두 사람이 전제하는 국──원주)과 세계대세를 거역하는 국은 필망한다"고 선언하고 있는 것이다.

아직도 동리 늙은 축은 학교니 개화니 하는 것을 몹쓸 양귀신이 붙은 물건 같이 꺼려하였지만 한번 불기 시작한 그 문명의 바람을 어떻게 해낼 수는 없었다.

1906년 무렵의 함경도 지방을 배경으로 한, 한설야의 소설 『탑(塔)』의 한 대목이다. 이 풍속도에서 학교니 개화니 하는 근대문명적 지향을 늙은 축들은 '양귀신'이 붙은 물건인 양 금기시하였지만 한번 불기 시작한 문명바람을 잠재울 수 없었다고 한다. 「담총」에서 우리가 주목했던 '신문명의 맹아'의 기운이 함경도 변경까지 파급되었던 사실이 이렇듯 소설에 투영되어 있다. 역사상에서 애국계몽운동으로 일컬어지는 움직임이다.

당시의 민족위기는 이미 절망상태로 들어가 있었다. 더구나 개혁·개방은 망국을 초래하고 촉진하는 측면이 없지 않았다. 그런 형편에서 '이에는 이'로 맞서듯, 외세를 강고히 거부하는 비타협적 의병투쟁이 끊이지 않았으며,

그 대응자세가 명분을 얻기도 하였다. 하지만 애국계몽운동으로 큰 방향이 잡혀갔던 것이다. "민지(民智) 발달된 연후에 국가문명 하겠기로"라는 계몽가사의 한 구절[33]에 그 시대정신이 압축되어 있다.

이 고비에서 문제점은 문명개조의 방법론이다. 앞의 「문화와 무력」의 논자는 서구문화로 경도하는 태도를 보였음에도 "자국 고유의 장점"에다가 "외래 문명의 정화"를 배합하는, 말하자면 우성접합을 염두에 두고 있다. 「담총」에서 "구문명의 유진을 수습하고 신문명의 대광을 발휘"할 날을 기대했던 것과 같은 발상이다. 동아시아 전통과 서구문명의 우성접합, 이는 근대계몽기 지식인에 의해 제시된 문명개조의 기본방향으로 간주할 수 있다.

그러나 이 방법론으로 합의를 도출해내지 못했을 뿐 아니라, 실제 현실에서 득세한 논리들은 따로 있었다. 하나는 기독교적 개화론이며, 다른 하나는 친일적 개화론이다. 기독교적 개화론은 서양문명을 수용하기 위한 정신적 기초를 마련하자면 종교까지 개종해야 한다는 주장인데 유교개신론은 이에 맞서는 수정제의였던 셈이다. 친일적 개화론은 근대화를 효율적으로 달성하자면 일본의 성공사례를 배우고 또 그들의 직접적인 지도까지 받아야 한다는 주장이었다.

5. 식민지시기 우리 문화의 인식 문제

이상의 문명담론은 동아시아적 전통으로부터 근대세계로 이행하는 시공간에서 당면한 문제를 놓고 모색하고 강구한 내용이었다. 궁극에는 자주적 국민국가의 수립이라는 과제가 제기되었으며, 그것이 역사의 정당한 요구이기도 했다. 그러나 1910년 이후——우리의 선배 세대들이 뼈아프게 경험했던 대로——근대사의 자율적 경로는 차단을 당했던 것이다. 식민지시기의 우리 문화를 어떻게 볼 것인가? 모처럼 일어났던 계몽기의 문명담론들

---

33) 「恨歎世界」, 『대한매일신보』 1909년 4월 22일.

은 무의미하게 되고 말았던가?

서양주도의 근대세계가 전지구를 뒤덮은 20세기 초반에 동아시아지역에서는 아주 특이한 상황이 벌어지고 있었다. 일본이란 섬나라가 근대국가로 급성장하여 비서양권에서는 유일하게 자본주의의 성공사례로 손꼽히게 된 것이다. 이 일본이 세계열강의 마지막 각축장처럼 된 동아시아지역에서 마침내 헤게모니를 장악한 것이다. 일본은 한반도를 병탄하고 나서 중국대륙으로 유린해 들어가지 않았던가. 제국주의적 지배와 피지배의 관계가 비서양권에서, 자기들 사이에 형성된 것 또한 지구상에서 유일한 사례다. 이러한 동아시아의 특수상황에 대해서 일단 유의해볼 필요가 있겠다.

동아시아에서 역사적 의미의 권역은 근대세계체제와 연계되면서 곧 해체되었다. 하지만 그 내부의 상호관계는 오히려 훨씬 활발하고도 복잡한 양상을 보였던 것이다. 일본은 이 지역의 패권국가로 등장하게 되자 그때까지 내나 열심히 주장해왔던 이른바 탈아론(脫亞論)을 슬그머니 집어넣고 아시아주의를 제창하고 나왔다. '근대화의 선진' 일본이 백인종의 침략의 발굽 아래서 황인종을 구원하고 나아가 낙후한 이웃들의 근대화를 지도해야 할 의무가 있다, 이런 논법이다. '아시아인의 아시아'를 만들자는 주장이었다. 이 논리는 후일 일본 군국주의의 침략 위장의 논리인 '대동아 공영권'으로 연장된 것이다. 신채호가 「조선혁명선언」에서 '강도 일본'이라고 일본국가의 성격을 규정지었듯 그들의 논리는 강도국가의 자기 합리화론이 아니라고 말할 수 없을 터이다.

일본중심적·침략주의적 아시아론에 대항하여 아시아의 평화와 연대를 모색하는 논리가 반대편에서 제기되었다. 예컨대 한국에서 안중근의 「동양평화론」, 중국에서 쑨원(孫文)의 「대(大)아시아주의」가 그것이다.[34] 그리고 중국땅에서 활동하던 우리 독립운동가들이 "중국문제의 해결이 곧 조선문제의 해결"이라고 부르짖고 실천했던 것은 바로 아시아적 연대를 통한 진정한 아시아의 재건을 위한 노력으로 평가할 수 있는 것이다.

---

34) 『동아시아인의 '동양'인식: 19~20세기』(최원식·백영서 엮음, 문학과지성사 1997)에 한·중·일 세 나라에서 각기 제출되었던 아시아론이 수록되어 있다.

일본이 아시아의 패권국가로 등장할 수 있었던 요인은, 한마디로 서구를 배우고 따라잡기라고 하는 근대기획에서 큰 차질을 빚지 않고 성공한 데 있었다. 동아시아의 여타 지역 사람들에게 일본의 토오꾜오는 일시 근대문명의 학습장처럼 되었다. 그리하여 한국은 물론 중국의 초창기의 신지식층들을 보면 상당수가 일본 유학의 경력을 가졌던 것이다. 서구의 학술문화를 수용함에 있어서 역시 일본이 선도하였다. 여기서 또 눈여겨볼 사실은 서구의 문물을 번역할 때 일본인들은 한문의 전통을 십분 활용한 점이다. 때문에 서구의 개념들은 일본의 번역어가 한국과 중국에 용이하게 통행될 수 있었다. 일본은 오늘에 이르도록 한자를 배타적으로 대하지 않고 자기들의 문자로 접수하고 한문교육을 소홀히 하지 않는 데 어떤 국가적 문화전략이 있었던가 한번 알아볼 일이다. 하여튼 근대세계체제에서 일본은 '부심권'으로 되어 구한자문화권의 중심적 역할을 수행한 면이 분명히 있었다.

일본과 한국 사이에 제국주의적 지배와 피지배의 관계가 설정되고 나서 그 결과는 어떤 양상으로 나타났을까? 최근 우리 학계에서 이 식민지시기에 대한 평가 문제가 쟁점사안으로 관심을 끌고 있다. 일제에 의한 식민통치 기간을 두고 '근대화론'과 '수탈론'으로 예민하게 대립하고 있는 것이다. 한국에 있어 식민지시기는 마침 근대문화의 형성기에 해당하고 있다. 본고는 당초 의도한 바 아니었으되 이 단원에서 쟁점사안에 맞닥뜨려 피할 수 없이 되었다. 지금 일제하 우리 문화에 대한 인식 문제를 논의하는 데 관련하여 학계의 쟁점사안을 언급이나 하고 지나갈까 한다. 다름아닌, 아시아적 전통의 붕괴에 의한 근대적 변모가 급속히 진행되었던 현장이다.

이번 논쟁을 지켜보면서 필자의 소견으로는 대단히 의아스럽게 느껴진 점이 있다. 식민지를 놓고 '발전론'(근대화론)으로 해석해야 맞다느니 '수탈론'으로 해석해야 맞다느니 하는 다툼 자체가 '장님 코끼리 만지기' 아니냐는 것이다. 식민지지배는 자본주의의 생리적 현상이며, 그것은 다른 어디가 아니고 근대적 환경에서 이루어진 것이다. 속성 자체가 억압체제요, 수탈구조임은 말할 나위 없다. 그러면서 지배논리는 피식민지에 대한 근대적 개발을 명분으로 삼고 있었다. 피식민지로 지배하되 근대적 방식을 도입해서 관리, 경영했던 것이 또 명백한 사실이다. 저들은 이땅에서 근대적 관리자 내지 서양문명의 기술지도자로서의 기능을 아무튼 수행한 셈이다. 그러므로 근대적인 변화·발전을, 어떤 형태로건 초래한 측면은 없을 수 없었다.

우리의 경우 덧붙여 고려할 사항이 있으니, 위에서 거론했던바 식민지적 관계가 비서양권에서, 그것도 근린 지역에서 성립한 동아시아적 특수상황이다. 그로 인해 피식민지에 대한 파괴·폭력을 조직적으로 강화시키면서 '근대화'라는 개발·개혁의 명분을 한층 더 증대시킨, 일견 모순되는 양면성이 광범위하게 드러나고 있었던 사실이다. 식민지근대화론자들 역시 침략 수탈과 발전·개발의 양면을 아울러 보아야 한다고 주장은 한다. 그럼에도 수탈의 유무를 실증적으로 해명하여 입론의 근거를 확보하는 데 학적 노력을 집중하고 있는 것이다. 수탈이 자행되었느냐? 그렇지 않았느냐? 마치 여기서 논쟁의 결판이라도 내려는 듯. 때문에 '식민지근대화론'은 논자들의 주관적 의도가 어디에 있건 '식민지 미화론'으로 비쳐졌으며, 그래서 야기된 논쟁 또한 감정이 평탄치 않은 상태에서 전개될 수밖에 없었던 것 같다.

이제 본론으로 돌아와서 문화 쪽으로 살펴보자. 지금까지 논쟁은 경제 중심의 논리로 시종하였을 뿐, 문화적 측면은 시각에 들어 있지조차 못했다. 문화는 시대의 거울이다. 물론 식민지는 경제논리에 의해 관철된 제도이다. 하지만 경제논리로는 잘 보이지 않는 면이 있기 마련이다. 문화의 거울을 통해 보면 경제논리에서 몰각된 그 시대의 진면목을 포착할 수 있지 않을까. 경제논리에서 몰각된, 그 시대를 살았던 인간들의 괴로운 사연이나 희로의 감정과 함께 창조적 고뇌——인문적 창발성까지 거기서 충분히 감지할 수 있으리라.

일제 식민지하에서 우리 문화는 과연 존재했고, 존재했다면 그것을 어떤 논리로 평가할 것인가? 거기에 대한 부정적 시각의 인식은 얼마든지 가능하다. 이식(移植)문화로서 자기 정체성을 상실한 것으로 흔히들 논해왔으며, 심지어 '문화적 강간'을 당한 시대라는 지적도 일리가 없지 않다. 앞서 근대계몽기의 문명담론에서는 전통의 진수와 서구문화의 정화를 결합하는 방식으로 신문명을 창출하고자 하는 근대기획이 모색되었고, 그러한 방향으로의 활발한 운동이 있었다.

이 자주적 근대기획은 식민지터널로 들어서면서 무화된 듯 보였으며, 전통의 파괴 및 문화의 왜곡·편향 등 현상이 여러모로 복잡다단하게 빚어진 것이다. 비록 그런 가운데도 부정적으로 속단하기 어려운, 도리어 괄목상대를 해야 할 만큼 놀라운 문화적 진보가 특히 1920·30년대에 이룩되었던 것이 또한 사실이다. 필자가 전공하는 문학분야를 두고 말하면 서구문학의 양식을 도입한 신문학의 형식이 마련되어, 새로운 형식에 의해서 우리의 근현대문학이 발전하여 오늘에 이른 것이다. 신문학이 성립함으로써 발전한 근현대문학은 긍정적인 각도로 평가하자면 실로 한국문학사 전체를 통관해서 유례없이 획기적이고 풍부한 성과를 남긴 한 시대다. 두 가지 핵심적인 근거에서 감히 이런 평가를 내리는바 하나는 근대성이고 다른 하나는 민족문학적 성취다. 나아가 지구상에 편재한 피압박민족의 삶의 고통과 인간해방의 염원을 구체적 형상으로 대변했다는 측면에서는 인류적 의미를 갖는 것으로 해석할 수 있다. 식민지적 억압구조, 구체적 사례로 가령 이 잡듯이 정밀했던 검열제도를 통과해서 그토록 대단한 성과를 남긴 것이다. 이 사실을 우리는 어떻게 설명할 것인가?

그것은 어느 면에서 일제가 펴놓은 멍석 위에 올라가 한판 정신없이 놀아난 꼴이었을지 모른다. 소설이며 노래란 우리 강토를 내어주고 바꾼 격이라는 비난이 그 당시에도 없지 않았다. 아니면, 민족적 대의명분을 종래의 척사위정론자처럼 고수해야 할까? '항일혁명문학'을 중심축에 놓은 북한의 문학사 서술은 (타도 제국주의 동맹의 발전을 독존적으로 설정한 그 전후의 서술의 객관적 타당성 여부는 별 문제로 하고) 이 원칙에 충실한 셈이다. 우리 조선조의 충신 성삼문(成三問)은 만고 충신으로 추앙을 받는 중국의 백이(伯夷)와 숙제(叔齊)를 향해서 "굶어 죽을지언정 고사리를 캤더뇨? 아무리 풋나물인들 누구 땅에 났더냐?"고 의문을 제기하였다. 성삼문의 이 관념적 순수성 속에 역설적으로 무서운 현실성이 깃들여 있다. 옛날 백이 숙제는 '불의가 지배하는 땅'의 곡식을 결코 먹지 않으려니 산속으로 숨을 길밖에 없어, 마침내 성삼문으로부터 항의를 받게 된 것이다. 근대에는 '왜놈'

의 세상이 된 이땅에서 종 노릇을 하지 않겠다면 국외로 망명, 독립운동의 대열에 참여하는 그런 악전고투의 방도가 있긴 있었다. 삶의 조건으로부터 자유로울 수 없는 것이 인간이다. 이땅에서 태어났던 대다수의 인간들은 식민지적 일상성에 얽매여서 삶을 영위하였다. 실로 거부하기 난감한 형세였다. 이 현실성은 곧 시대현실이기도 하니 그 속을 지혜롭게 들여다볼 필요가 있겠다.

1910년 이후 일제의 무단통치는 3·1운동을 불러일으켰다. 3·1운동의 계기로 이땅에 근대적 신문화가 발흥하여, 1930년대에 군국주의적 체제 강화로 억눌리고 꺾이는 가운데서도 문화적 성장을 이룩했던 것이다. 중국 근대혁명의 아버지 쑨원이 3·1운동 직후 김창숙(金昌淑)을 만난 자리에서 "대저 10년이 못 되어서 이같은 대혁명이 일어난 일은 동서고금의 역사에 보기 드문 일입니다"[35]고 지적했던 사실이 떠올려진다. 과중한 억압이 저항의 반작용을 일으킨 것임은 물론이다. 이때 저항은 근대적인 성격을 띤 것이었으니, 다른 어디가 아니고 식민지 현실 그 속에서 실력이 배양되고 의식이 개발된 것이다. 식민지적 일상성의 포로로 갇혀 있으면서 일상성의 체제를 타파하려는 의식이 성장하여 갈등과 고뇌를 무한히 재생산하였다. 여기에 인간주체의 역동성과 인문(人文)의 창발성이 있다. 그래서 필자는 **식민지 시기의 우리 문화를 기본적으로 타율적 근대상황에 대한 주체적·진취적 대응의 산물, 식민지 피압박민족의 자기발견·자기표현의 형상으로 인식해야 할 것이라고 주장해왔다.**

6. 결론에 대신하여

역사의 장구한 전변을 경과하여 오늘에 이른 우리 한국문화를 통관해서 균형감을 잃지 않고 인식할 수 있는 패러다임을 마련해보자는 취지에서 이

---

35) 金昌淑, 「躄翁七十三年回想記」, 『心山遺稿』, 『한국사료총서』 제18집, 국사편찬위원회 1973, 318면.

상의 논의를 펼쳤다. 문명이니 문화니 하는 것은 본디 인간 스스로 삶의 질을 높이고 아름답게 만드는 데서 형성·발전되었을 터이요, 모름지기 그렇게 되어야 하는 것이 아닌가. 그러므로 시공간 속의 인간을 떠나서는 붙잡을 길이 없으며, 그 생명으로 여기는 창조와 진보 또한 시공간 속의 인간현실에 기반해서, 그것에 저항하고 혁신함으로써 이루어지는 것이 아닌가. 우리 문화의 인식논리는 국제적·보편적 시각을 확보하되 안으로 충실히 구체화되지 않으면 별로 의미를 갖지 못할 것이다. 기실 본격적 일거리는 이제부터 시작이다.

이상에서 제시한 인식논리에 비추어 우리 문화의 과거와 현재를 어떤 논리로 묶을 것인가, 동아시아와 그 문명전통은 어떤 현재적 의미를 갖고 있는가 하는 문제에 소견을 대강 말하고, 민족문화 위기론과 관련하여 신세기를 간단히 전망해보는 것으로 글을 마칠까 한다.

한국문화의 통일적 인식을 위하여

옛 시대에는 한자문화권의 보편적 가치와 공유형식에 의거한 문화형태가 주류를 이루고 있었다. 이 동아시아 세계의 보편성 문화에 대응되는 민족 전래의 특수성 문화가 비록 위축된 모습이긴 해도 면면히 이어져왔음은 물론이다. 다음 근대세계로 진입해서는 서구적 가치관과 함께 서구문화의 형식을 적극적으로 수용하기에 이르렀다. 우리의 근대문화를 주도한 것이다. 그 이전과 이후로 단층이 생겨서 맥이 끊기고 틀이 바뀌게 되었지만 그럼에도 전후의 사이에는 연속성의 저류로 상호관련 양상을 여러 차원에서 가늠해볼 수 있다.

우리 문화를 총괄해 보자면 응당 이런 모두를 포괄해야 할 것이다. 한국문화는 이렇듯 섞이고 얽혀서 이루어진 상태이므로 우리가 한국문화의 정체성을 찾자면 바로 이 역사적 실상을 버리고서는 달리 물을 곳이 없다. 문제는 전체를 통관하는 하나의 인식구도를 잡는 일이다. 대립과 연관, 단절과 연속의 착종된 관계를 이루며 전개된 한국문화를 분리해서 각기 따로 살피고 말 일은 아니니, 통일적 인식이 정히 요망되고 있다.

한국문화의 발전과정에 있어 전통적 요소를 상수(常數)로, 외래적 요소를 변수(變數)로 가정해보자. 방금 '고유'란 개념을 의식적으로 피하고 대신 민족 전래니 전통이니 하는 말을 쓴 까닭은 문화에 있어 고유란 엄밀히 따져서 성립하기 어려울뿐더러 밖에서 들어온 것이라도 소화만 잘 시키면 자기 것으로 되기 때문이다. 지난 시대에는 민족 전래의 특수성 문화를 상수로, 동아시아 세계의 보편적 문화를 변수로 설정해볼 수 있다. 양자는 대립하고 공존하면서 서로 교섭, 삼투하였던바 그 과정이 곧 우리의 전통문화가 걸어왔던 현장이다. 상수와 변수의 총화로서 한국 중세의 문화——전통문화가 형성된 셈이다. 근대 이후로 와서는 상수와 변수의 관계가 크게 달라진다. 지난 시대 유산의 총화로서 전통문화가 상수로 확장되는 데 대해서 근대세계를 주도한 서구문화가 변수로 들어온 셈이다.

우리는 상수와 변수의 관계로 한 시대 또는 한 사회의 문화를 진단해볼 수 있을 듯싶다. 상수와 변수의 균형잡힌 형국이 문화의 이상적 모습으로 생각되기도 한다. 하지만, 이상으로 현실을 재단하려고 들어서는 맞지 않을 때가 종종 있다. 우리의 전통문화를 보면 변수 쪽으로 기울어져 '한화(漢化)'라는 부정적 평가를 받고 있다. 그러나 민족자아에 대한 각성이 아직 뚜렷이 되기 전단계였던 동아시아의 사정을 감안한다면 그렇게 되는 것이 불가피했고 또 당위로 여겨지는 면까지 있다. 근대 이후로는 '양화(洋化)'가 '한화'를 대치한 꼴이 되었다. 피식민지에 이어 분단상황을 거치면서 근대화라는 과제가 서구화로 편향된 결과일 터이다. 우리의 근·현대사에는 서구 편향으로 치닫기 용이한 형세가 놓여 있었다고 보겠으나 깊이 반성하고 수정해야 마땅한 문제점으로 지적되어야 할 것이다.

이 점에 유의하면서도 우리는 우리 근대문화에 대해 분별없이 부정적 시각을 가져서는 안된다는 점을 따로 강조하고 싶다. 서구적 가치관과 서구문화를 받아들이는 과정에서 갈등이 일어났고 거부반응도 컸지만, 진취적으로 수용하여 비교적 빨리 상당한 수준에 도달했던 사실은 긍정적으로 평가할 대목이다. 일찍이 '화하문명'을 수용해서 높은 수준에 도달했던 그 소화능력——우리의 문화적 저력이 서구문화를 받아들여 소화시킴에 당해서도 역량을 발휘하지 않았을까. 그리고 근대전환기에 활발히 제기되었던 문명 담론은 그 이후 외래문화에 대한 거부반응을 줄이는 작용을 했다고 보겠거니와, 근대문화에서 야기된 서구편향의 불균형을 수정하자면 또 필히 참조해야 할 내용이다.

동아시아 전통의 회복문제

동아시아지역에 있어서 역사상의 문명권은 서구주도의 근대세계로 통합되는 과정을 거치면서 여지없이 무너지고 찢겨졌다. 그리고 아직 새로운 아시아상(像)은 세워지지 못한 상태라고 보아야 할 것이다.

유라시아 대륙의 서쪽 편에서 형성되었던 기독교문명권의 유럽지역 역시 그 내부에서 대립과 반목이 계속 끊이지를 않았다. 금세기로 들어와서도 두 차례에 걸친 세계대전을 일으켜 전역을 전쟁터로 만들더니 또 동서냉전의 중심고리로 바뀌었다. 그럼에도 유럽국가들은 공동체를 구성하여 냉전이 종식되자 이내 하나의 유럽을 향해서 발걸음이 빨라지고 있지 않은가. 반면 동쪽의 아시아는 지금 어떤가? 동서냉전이 해소됨에 따라 이 지역 국가들 상호간의 적대적 관계는 해소되었고 교류 또한 활발해진 편이다. 그러나 구주공동체에 준하는 정도의 연합체는 눈앞에 그려보기조차 요원하다. 이 대목에서 특히 주의해야 할 점은 우리 한반도가 바로 냉전의 이쪽의 중심고리로 되어서 화합과 연대의 진전을 가로막는 장애물로 여태까지 계속 작용하고 있다는 사실이다. 요즘 들어 이 지역 국가들의 경제적 추락을 보면서 아시아에 대한 환멸의 논리가 안팎에서 제기되는 것 같다.

동아시아의 국제적 우호 및 지역적 연대는 굳이 꼭 요망되는 일인가? 이미 잃어버린 동아시아 전통은 또 찾아서 무엇할 것인가. 물음이 싱거운 듯싶지만 그동안의 사정을 들여다보면 이러한 회의를 느끼지 않을 수 없다. 중국대륙으로 향해서는 내내 소원한 관계를 당연시하며 지내지 않았던가. 일본열도를 향해서는 식민지 지배와 피지배라는 지나간 악연을 청산하지 못한 채 현실로는 친밀하고 관념으로는 혐오하는 관계가 지속되고 있다. 이런 까닭에 해방 이후 오늘에 이르는 한국문화는 서구편향의 역반응을 더

심하게 일으켰던 것으로 생각된다.

지리적으로 이웃하고 있다는 점은 결코 적지 않은 인연이다. 어떤 형태로 건 상호간의 관계와 영향은 과거에도 피할 수 없었고 앞으로도 마찬가지일 터이다. 서로 어울려 주고받으며 평화와 공존을 성취하는 일은 인류의 지극한 이상인데 더구나 가까운 이웃끼리는 이 대업을 힘써 강구해야 옳지 않은가.

동아시아의 우량한 전통을 회복하는 일은 이 대업을 완수하는 데 상당한 기여를 할 수 있다고 본다. 한동안 유교자본주의론이 제창되어 세인들의 관심을 끌었으며, '아시아적 가치'가 긍정적인 평가를 받기도 했다. 그러다가 최근 이 지역의 경제적 추락과 함께 아시아적 가치는 무산되고 말았다. 유교자본주의는 허상으로 판명된 터이지만, 그 사이비 논리에 대한 분석과 비판이 충분히 가해지지 못한 것 같다. 이 모두 동아시아적 전통이 알차고 참된 내용으로 살아나지 못하는 현실과 읽혀진 때문이 아닌가 본다.

문화상품과 문화운동

이 글은 당초 오늘의 상황에 대한 문화적·문명적 위기의식에서 출발하였다. 대략 두 가지 차원에서 제기된 문제이다. 한편은 민족적 차원이고 다른 한편은 인류적 차원이다. 민족적 차원에서는 자본주의의 가공할 해체능력, 서구문화에 대한 편향으로 마침내 자기정체성을 망실할 위기에 처한 것이다. 민족문화의 위기는 지금 돌발한 것이 아니다. 식민지시기에 이미 심각한 상황을 체험했으나 그런대로 극복할 수 있었다. 그런데 작금에 외쳐대는 '세계화' 논리, 한파처럼 밀어닥친 경제위기로 민족문화는 설자리를 잃고 있으며, 민족 자체의 존립까지 불안하게 만들고 있다. 인류적 차원에서는 제어장치가 없는 발전·개발, 과다소비의 구조로 생태계의 파괴와 자원의 고갈이 진작 위험수위를 넘어섰다. 나아가 인간 자체의 양식(良識)이 온통 물신주의에 오염되어 마비상태로 빠져들고 있다. 이 인류적 재난은 자본주의의 자기 발전과정에서 발생한 것이니 문명적 위기로 규정할 수 있다. 양자가 서로 차원은 다르지만 원인은 한 곳에 있으니 해결의 방도 또한 함께 모색해야 할 노릇이다. 이 가공스런 부채를 금세기의 우리는 다음 세기로 대책없이 물려주게 되어 있다.

　21세기는 문화의 비중이 과대해질 것이라고들 말한다. 정보문화의 시대로 점치고 있다. 과연 어떤 형태의 문화가 판을 칠 것인가? 정보통신기술의 놀라운 발전, 거기에 상응하는 문화상품이 현란하게 펼쳐지리라고 누구나 대체로 예상하고 있다. 앞으로 인간들은 신세기 문화상품의 향락자로, 소비자로 만족하며 순응할 것인가? 지금 경제위기에 처한 대응 방안은 경제논리 이외에 다른 반성적 사고를 할 겨를이 아예 없는 것 같다. 당면한 경제위기로부터 용케 벗어난다 치더라도 문화적·문명적 위기는 악화일로를 걸어 머지않아 치유불가능의 사태에 이르지 않을까. 이에 저항하여 바로잡는 방도를 찾자면 아마도 문화운동에 큰 기대를 걸어야 할 것이다.

　신세기를 대비하는 문화운동은 문화의 '반문화적 횡포'에 맞서 반역적·창조적 역할을 수행하면서 문화상품으로 성공해야 하는 지난한 과제를 안고 있다.

〈『民族文化論叢』 제18·19 합집, 1998〉

고려 말 문인지식층의 東人意識과 문명의식

牧隱 문학의 논리와 성격에 관한 서설

1. 14세기의 역사전환

14세기는 역사상 대전환기였다. 한국사를 통해 세계사를 보면 5백년이 전환의 주기인 듯, 그 5백년 앞서는 당(唐)제국의 몰락과 함께 신라와 발해가 쇠망하고 고려가 성립하더니, 그 5백년 뒤의 시간대에는 실로 경천동지의 변역(變易)이 도래한 것이다. 19세기 말 20세기 초는 지금과 시간적 거리가 가까울 뿐 아니라, 그 변역의 선상에 우리 자신의 오늘이 놓여 있다. 이 근대적 전환의 그늘에 휩싸여서 앞의 14세기의 전환에 대해서는 별로 주의를 하지 못하는 형편이다.

서구에서 르네쌍스운동이 14세기에 개시되었는데 같은 시기 동양에서는 유라시아 대륙으로 그 활동영역을 넓혔던 몽골의 대원제국(大元帝國)이 막북(漠北)으로 철수하고 명조(明朝)가 출현하면서 한반도에도 고려와 조선의 왕조교체가 일어난 것이다. 조선왕조의 성립에 대해서는 사대부사회, 사대부문화로서 의미가 부여되고 있다. 사대부는 유학——성리학을 사회의 지도이념으로 수용하였던바 무엇보다 문학이 그 시대 성격을 풍부하고도 뚜렷이 대변하고 있는 것이다.

필자는 일찍이 익재(益齋) 이제현(李齊賢, 1287~1367)에 의한 고문창도(古文倡導)가 이 역사전환의 정신적 준비로서 의미가 있었음을 논해보았다. "고문창도를 통해서 사대부문학이 형성되어나갔을 뿐 아니라, 사대부다운 가치관과 인간형이 정립되어, 사대부 계급은 다가온 역사전환기에 주도적 역할을 담당할 수 있었다"[1]는 결론을 도출하였다. 이 역사의 무대에서 주역을 담당했던 인물을 손꼽자면 정몽주(鄭夢周, 1337~92)와 정도전(鄭道傳, ?~1398)을 비롯해서 김구용(金九容)·이숭인(李崇仁)·권근(權近) 등이다. 그런데 이들 제제다사(濟濟多士)와 익재 이제현 사이에는 목은(牧隱) 이색(李穡, 1328~96)이 존재한다. 익재의 계승자로서 역사적 영향력을 확장시킨 것은 목은의 공이었다.

고려 말에 이익재가 비로소 한(韓)·구(歐) 고문(古文)을 창도했다. (…) 이목은은 익재의 문생(門生)으로 비로소 정주(程朱)의 학(學)을 창도했는데 그의 문(文)은 주소(註疏) 어록(語錄)의 기(氣)가 많이 섞여 있다. 이로부터 우리 한국(韓國, 대한제국의 입장에서 조선조를 韓으로 표현한 것임──인용자) 5백년간에 권양촌(權陽村)·김점필(金佔畢)·최간이(崔簡易)·신상촌(申象村)·이월사(李月沙) 같은 문장가들은 모두 목은에게서 병을 얻은 것이다. (「雜言四」, 『合刊韶濩堂集』文集 권8)

근대의 한문학가 김택영(金澤榮)의 발언이다. 그는 목은의 문(文)을 평가함에 있어 부정적인 어조를 쓰고, 그 병폐는 권근으로부터 신흠·이정귀로까지 내려간 것으로 간주하고 있다. 그런만큼 목은의 영향력이 오래 지속되었다는 뜻도 된다. 물론 김택영이 제기한 목은의 문에 대한 평가는 따로 검토해야 할 사안이다.

나는 지금 목은에 대한 종합적인 학술 연토(硏討)의 자리에서 목은 문학의 논리와 성격에 대해 거론하고자 한다. 우리 문학사에 있어서는 사대부문학의 성립과 관련된 문제다. 이 문제는 일국사적 시계를 넘어 세계사적 조명을 받아야 그 의의가 제대로 들어날 것으로 본다. 물론 나 자신의 지식이

---

1) 임형택, 「高麗末 益齋의 古文倡導」, 『韓國文學史의 視角』, 창작과비평사 1984. 필자는 사대부문학의 성격과 그 전개과정에 대해 「李朝前期의 士大夫文學」(같은 책)에서 다룬 바 있다.

두루 미치기 어렵다. 하나의 중요한 역사전환기에 대해서 인식의 단서를 모색해보려는 것일 뿐이다.

2. 고려 문인들의 大元帝國下의 세계 경험

고려는 1270년 임시 수도 강화에서 개경(開京)으로 환도하였다. 강화도를 기지로 삼고 엄청난 희생의 대가를 지불한 40년의 대몽항쟁(對蒙抗爭), 그 장렬한 투쟁은 이로써 막을 내리고 새로운 역사의 장으로 들어가게 된 것이다.

몽골의 쿠빌라이 칸(元 世祖)은 바로 그 이듬해 한자문화권의 왕조 명칭을 본따서 원(元)으로 국호를 정하고 이내 남송(南宋)을 병탄하였다. 당시 남송은 미국의 한 동양사가의 말을 빌리자면 "전세계에서 가장 번영한 지역의 하나"였다 한다.[2] 문명이 야만에 짓밟힌 꼴이지만, 실은 몽골의 군사 침략에 의한 세계 경략이 일단 마무리지어진 자리에 중국식의 왕조가 출현한 것이다. 그래서 원은 중국사의 계보 속에 당연히 편입되게 되었는데 그 성격은 역대의 다른 왕조와 사뭇 다를 수밖에 없었다.

원제국이 한족의 정통 왕조가 아니라는 사실 때문에 이렇게 말하는 것이 아니다. 후세에 조선의 박지원이 "인간의 입장에서 보면 화하(華夏)와 이적 (夷狄)의 구분이 엄연하지만 천(天)이 명(命)한 바에서 보면 은(殷)의 우관(冔冠)이나 주(周)의 면관(冕冠)이나 각기 한 시대의 제도다. 어찌 유독 청인(淸人)의 홍모(紅帽)만 회의할 것인가"[3]라고 갈파했듯, 저 '달단완종(韃靼頑種)'이라고 해서 중국의 주인이 되지 말라는 이치가 있겠는가. 원제국은 그 본래의 국제적 성격에서 특징이 들어난다. 원제국의 판도 속으로 칭기스칸과 그 후계자들이 공략했던 땅이 전부 포괄되었던 것은 아니었으나 『제왕운기(帝王韻記)』에서 이승휴(李承休, 1224~1300)가 "영토의 광대,

---

2) 에드윈 O. 라이샤워·존 K. 페어뱅크, 『東洋文化史』上, 을유문화사 1964, 340면.
3) 朴趾源, 「虎叱」의 발문, 『燕巖集』 권12, 장45, 경희출판사 1996, 193면.

인민의 다중이 개벽 이래 견줄 데 없다"고 찬탄했던 그대로 공전절후의 대제국이 들어섰던 것이다. 자본주의와 연계되어 형성된 현대의 전지구적 체제와 성격은 물론 규모 또한 같을 수 없었지만 역시 나름으로 하나의 세계체제를 형성했던 셈이다.

이 다민족으로 구성된 대제국은 세계 여러 지역으로부터 사절단 및 상인·여행가·포교사들로 연락부절이었다 한다. 제국의 수도——대도(大都, 北京)는 수많은 인종과 문화가 한데 어울려 문명의 새로운 계기가 나름으로 약동했던 것이다. 대도는 당제국의 장안(長安)에 비견되기도 하는데 원의 판도가 보다 광활하고 다민족체제인만큼 국제적 성격이 보다 활발하였을 것으로 여겨진다.

이딸리아의 여행가 마르꼬 뽈로(Marco Polo, 1254~1324)는 바로 이 무렵 중국대륙을 17년 동안 주유하여 유명한 『동방견문록』을 남겼다. '칸의 수도'——대도의 규모와 구조의 굉걸하고 정연함과 문물의 번영에 대해 수치까지 제시하며 경탄하는 필치로 진술하고 있다. 『동방견문록』이 중세기 서구인에게 동방세계를 깨우쳐준 충격적인 책이었거니와, 지금 우리가 읽더라도 인류 역사에 대한 식견을 풍부하게 해주는 흥미로운 내용이다. 그런데 대도의 구체적 정황, 시정에서 물건을 사고 팔고 다방에서 차를 마시든가 혹은 소설책을 일부러 구하려 하고 구란(拘欄, 연희를 하는 장소)으로 잡극(雜劇)을 보러 가는 등등의 시민생활의 사실적 모습은 『동방견문록』에는 별로 드러나지 않는데 『박통사언해(朴通士諺解)』라는 책을 통해 다소간 생생하게 엿볼 수 있다. 『박통사언해』는 조선시대에 한어(漢語) 교재로 쓰인 책인데 장사치들의 세속적 대화로 엮어진 내용이라 하여 타박을 받았지만 그런 내용에서 지금 보면 의외로 값진 자료를 발견하게 된다.

이 『박통사언해』를 통해 우리가 인지할 수 있는 중요한 현상의 하나는 '대중성 문예'의 범주다. 성시(城市)와 근린 도시에서 각양각색의 인간군상들로 분답을 이루고 상업이 흥성하는 가운데 고답적·귀족적인 문화유형과 변별되는 신흥의 유흥적·민중적인 대중성 문예가 발양하는 현실을 직접 체험한 고려 사람들의 말로 들어볼 수 있다. 『박통사언해』가 『서유기(西遊

記)』 연구에 아주 소중한 정보를 담게 된 것도 이에 연유한 것이다.[4] 대중성 문예는 송대에 맹아적 형태로 발현했던바 원제국하에서 호기를 만난 듯 성장하고 있었다.

고려는 대몽항쟁에서 화친으로 일단 국면이 바뀌자 대원제국의 세계 속으로 신속히 합류해들어갔다. 이규보(李奎報, 1168~1241)의 의식 속에서 '달단완종'으로 증오의 대상이던 것이 바로 이승휴에 의해서는 외외탕탕(巍巍蕩蕩)의 '상국(上國)'으로 예찬되기에 이르렀다.[5] 한중(韓中)관계의 기나긴 역사에서 고려와 원의 사이는 가장 긴밀했던 한 시기로 기록되게 되었다.

종래 우리는 대원관계의 발전을 대개 부정적으로만 의식하여 그 역사적 실상이나 그 의미를 주의해서 살피지 못했다. 우리 당대의 식민지적 경험이 우리 자신의 민족의식을 부지불식간에 편협하게 만든 측면이 있었던 것 같다. 나는 대몽항쟁이 지니는 의의를 십분 평가하면서 한편으로 그 이후 전개된 역사현실을 객관적으로 인식하는 시각의 균형이 필요하리라 본다. 우리의 입장에서 당시 대원관계의 발전이 가지는 의미를 그 착잡한 명암과 함께 읽어내야 할 것이다.

> 남아는 모름지기 제도(帝都)에서 벼슬해야 하리
> 자아를 세우려면 두루 노력을 기울여야지
> 너는 공자께서 '천하가 작다' 한 말씀 기억하리라
> 다못 자기 몸이 태산(泰山)의 정상에 올라선 까닭이라

---

4) 『朴通士諺解』에는 원대에 나왔다가 지금은 잃어버린 『平話 西遊記』의 내용의 일부분이 요약 소개되어 있다. 그래서 『서유기』의 연변과정을 고찰함에 더없이 귀중한 자료로 원용한다.(小川環樹, 『中國小說史の硏究』, 岩波書店 1968) 『朴通士諺解』가 우리 학계에서는 어학연구의 자료로만 이용되는 실정이지만 『서유기』 연구의 자료로뿐만 아니고 원대의 사회·풍속·문화 및 고려의 제반 정황을 살피는 데도 두루 참고가 될 것이다.

5) "唯吾上國大元興, 遍使黔蒼成疊疊. 巍巍蕩蕩無能名, 我君同德揚光彼. 梯航萬里競來臣, 禹貢山川皆執贄. 土地之廣人民衆, 開闢已來無有譬."(『帝王韻記』 상권, 장15, 『高麗名賢集』 1, 대동문화연구원 1973, 634면) '巍巍蕩蕩'은 孔子가 『論語』에서 堯의 공덕을 칭송할 때 썼던 표현이다.

男兒須宦帝王都, 若欲致身均是勞.

汝識宣尼小天下, 只緣身在泰山高. (전편)

가정(稼亭) 이곡(李穀, 1298~1351)이 자기 아들, 즉 이색에게 지어보낸 시구다.[6] 가정은 당시 대도(大都)에서 활동하고 있었던바, 시구는 젊은 아들을 권면하는 뜻의 내용이다. 공자가 천하를 작다고 느낀 것은 그 자신 태산의 높이에 올라섰기 때문이란, 능히 그럴 수 있을 정도로 자신의 학문을 확충하라는 뜻일 것이다. "남아는 모름지기 제도(帝都)에서 벼슬을 해야 하리" 이 말의 뜻을 사대적인 발상이라고 치면 편협한 민족의식이다. 최치원의 아버지가 당나라로 유학 가는 아들에게 "십년 이내에 과거에 급제하지 않으면 내 자식이 아니다"라고 다짐을 둔 말씨와는 비교가 안되게 학식의 깊이를 보이고 있으면서 서로 상통하는 태도로 그 기상이 대단히 진취적이고 개방적이라 하겠다. 오늘의 지구화시대에 진취적 한국인의 원조와도 같아 보인다. 이 물론 대원제국하의 세계 경험으로 가능하게 되었고 또 그래서 얻어진 인간자세일 터이다.

말이 입에서 나와 글을 이루게 된다. 화인(華人)의 학(學)은 자기들의 고유한 언어에 의거해서 행하기 때문에 또한 정신을 많이 쓰지 않고도 저들 중에서 빼어난 인재는 쉽사리 대성할 수 있다. 우리 동인(東人)의 경우 언어가 이미 화이(華夷)의 구별이 있으니 타고난 자질이 참으로 총명하고도 천백 배 노력을 들이지 않으면 그 학(學)에 있어 무엇을 성취할 수 있으랴. (崔瀣, 「東人之文序」, 『拙藁千百』 권2, 장9)

목은의 앞세대로 일찍이 대도의 체험을 가졌던 최해(崔瀣, 1287~1340)의 발언이다. 여기서 학은 광의의 문학을 지칭한 것이다. 말이 곧 글인 저들, 중

---

6) 「用家兄詩韻 寄示兒子訥懷」, 『稼亭集』 권18, 장4, 『高麗名賢集』 3, 大東文化研究院 1973, 115면. 『牧隱先生年譜』에는 목은이 18세 때인 1348년에 이 시를 지어보낸 것으로 기재되어 있다.

국인과 달리 말과 글이 분리된 우리 동인(東人)으로서는 저들이 하나의 노력을 들인다면 우리는 그보다 백배나 천배나 노력을 기울여야 이룰 수 있다는 뜻이다. 그래서 최해는 자기 문집의 이름에다 '천백(千百)'이란 말을 붙이기도 하였다. 그는 비록 화이(華夷)라는 중국중심적 표현을 쓰고 있으나 동인인 '나'를 뚜렷이 변별적으로 의식한 나머지 자신의 문집에까지 그점을 표출한 것이다. 이 또한 대도에서 나와 다른 타자를 많이 접함으로서 실감한 점일 터이다.

> 원(元)이 천하를 소유하여 사해(四海)가 이미 하나를 이루니 혼돈(混沌)의 소용돌이에서 창조의 약동은 중화와 변방의 차이가 없다. 그러므로 당세의 인재들이 그 사이에서 불쑥불쑥 솟아나 침잠하여 내면을 확충하고 정수를 뽑아내서 펼쳐 문장(文章)을 이루어, 일대(一代)의 치세(治世)를 빛내고 있다. 거룩하다! (「益齋亂藁序」, 『牧隱集』文藁 권7, 장1)

목은이 익재의 문집에 붙인 서문의 한 대목이다. 원(元)의 대일통적(大一統的) 세계를 마치 창세기처럼 인식하고 있다. 창조적 계기는 중화와 변방의 구별이 없이 주어진 것으로 생각한다. 이 창조적 계기에 고려의 문인지식인들은 다투어 적극적으로 동참했던바 이제현은 그 전형이었던 셈이다. 동인(東人)인 나를 돌아보면서 세계인으로 진출하여 문명의 새로운 건설 현장에서 **문장**으로 한 시대의 성사(盛事)를 이루고자 한 것이다. 목은이 그려보인 익재의 형상이다.

그런데 익재가 원제국에서 활동했던 그 당시 목은이 쓰고 있는 것처럼 창세기적 역사운동이 과연 일어났던가? 그렇게 전망할 소지는 충분히 있었다고도 보겠으나 오히려 인식상의 문제가 아닌가 싶다. 요컨대 목은은 익재로부터 이어지는 자기의 시대를 변역의 시대로 의식한 나머지 위와 같이 창조적 계기를 예민하게 간파한 것으로 보인다. 목은은 선배들의 뒤를 이어 대도로 유학을 가고 또 거기서 한림학사(翰林學士)로 뽑히는 영예를 누리기도 했지만 이내 곧 원명(元明)이 교체되는 혼돈과 변역의 과도기를 체험하게 되는 것이다.

3. 文明교체기에 있어서 東人意識과 문명의식

세계는 무궁하다.
우리 삼한(三韓)은 천하의 동쪽에 있다.[7]

목은이 쓴 어떤 글에 나오는 말이다. 세계의 심장부에서 다양한 세계의
인종과 문물을 접하면서 무궁한 세계를 실감할 수 있었던 한편, 대륙의 동
쪽 끝에 붙어 있는 자국의 존재에 대해서도 객관적 인식을 갖게 된 것이리
라. '동인'으로서 자기의식이 선명하게 되었다.

삼한(三韓)의 영역을 하나로 묶는 개념이 이때 비로소 형성된 것은 물론
아니다. 김유신이 '삼한일통(三韓一統)'을 자신의 사명으로 삼고 몸소 실천
했던만큼 그 유래는 훨씬 위로 소급이 될 것이다. 고려국가는 북방민족으로
역사무대에 교대해 등장한 거란의 요(遼), 여진의 금(金)에 이어 몽골과 부
딪쳐 싸우는 과정에서 자아에 대한 의식이 한층 강화되기에 이르렀다. 이규
보의 「동명왕편(東明王篇)」이 민족 서사시로서 창출된 정신적 배경이니,
이규보 자신이 「동명왕편」을 천하 사람에게 우리나라가 성인이 세운 곳임
을 알리기 위해 쓴다고 밝혔던 것이다. 한편 이규보와 동시대의 시인 진화
(陳澕)는 금나라에 사신으로 가는 길에 지은 한편의 시에서 '문명의 아침'이
동방의 하늘 아래서 열리기를 대망하기도 했다.[8]

민족의 시조로서 단군의 존재가 부상한 것 또한 바로 그 직후였다. 주지
하는 대로 『삼국유사』에서 기록으로 처음 나타난 단군은 이승휴의 『제왕운

---

7) 「送玆上人序」, 『牧隱集』 文藁 권8, 장13, 『高麗名賢集』 3, 859면.
8) "西華已消索, 北塞尙昏濛. 坐待文明旦, 天東日欲紅."(「奉使入金」, 『梅湖遺稿』 권1, 장1)
   이 시의 의미를 주목하여 분석한 것으로 李佑成의 「高麗 詩人에 있어서의 文明意識의 形
   成」(『韓國의 歷史像』, 창작과비평사 1982)이 있다. 본고의 논리에서 문명의식 또한 이우성
   선생의 취지를 살려보려 한 것이다.

기(帝王韻記)』에 이르러 "처음 개국하여 풍운을 연 것은 누구이더뇨? 제석의 손자, 그 이름 단군〔初誰開國啓風雲, 釋帝之孫名檀君〕"이라고 국조(國祖)의 형상을 운문적으로 분명히 그려내고 있다. 이승휴의 다음 세대로 와서 단군은 이미 국조로서 널리 공인이 되었던 것 같다. 목은 역시 "우리 동방은 당요(唐堯) 무진년(戊辰年)에 개국했다"고 상식처럼 들추고 있다. 하필 이때 와서 단군이 민족의 시조로 기록에 잡힌 것은 우연이 아닐 터이다. 추정컨대 원과의 관계가 긴밀해지면서 자기의 정체성을 근원적으로 찾은 결과일 것이다.

> 삼한(三韓)은 신하로 삼지 않았던 기자(箕子)의 땅
> 치지도외가 역시 득책이 아니었을까.
> 어찌하여 금옥(金玉)의 무력을 움직여서
> 말 재갈 물리고 동녘땅으로 다다랐던고?
> 용맹한 병사들 요동벌 달빛 아래 진을 치고
> 무수한 깃발 계림의 새벽비에 적시누나.
> 제 주머니 속 물건 취하듯 손쉽게 여겼더니
> 누가 알았으랴! 현화(玄花, 눈동자)가 화살 맞아 떨어질 줄.

> 三韓箕子不臣地, 置之度外疑亦得.
> 胡爲至動金玉武, 啣枚自將臨東土.
> 媞㺉夜擁鶴野月, 旌旗曉濕鷄林雨.
> 謂是囊中一物耳, 那知玄花落白羽?
> (「貞觀吟 榆林關作」,『목은집』詩藁 권2, 장9~10의 중간부분)

당나라 태종이 고구려 정벌을 나섰다가 안시성(安市城)에서 양만춘(楊萬春) 장군에게 패전한 사실을 두고 읊은 「정관음(貞觀吟)」이란 제목의 시다. 이 사시(史詩)는, 목은의 연보에 의하면 그가 23세 때(1350년) 원(元) 유학중 일시 귀국하던 길에 지은 것이라 한다.[9] 아무리 중국의 황제라도 자

립적 국가에 대해 무력을 남용한 일은 잘못이라는 것이 시의 주지다. "삼한은 신하로 삼지 않았던 기자의 땅"이란 구절은 나중에 언급되겠거니와, 끝의 "누가 알았으리! 현화가 화살 맞아 떨어질 줄"은 당 태종 이세민(李世民)이 안시성에서 화살을 맞고 눈알이 빠졌다는 의미다. 신채호(申采浩)가 역사사실로서 인증하고 민족의 기상을 증언하는 호재료로 누차 거론했던 바로 그 시구이다. 당 태종이 그토록 망신을 당했던지, 다른 어떤 기록에도 비치지 않는 그야말로 비화다. 어떤 전설에 근거한 것으로 추정될 뿐이다. 근대 민족주의 사가(史家)에 의해 비상히 주목받을 내용을 일찍이 목은은 시적 언어 속에 새겨놓았다. 이 시편을 통해서 우리는 그의 동인의식은 대도에서 유학하던 젊은 시절에 이미 형성된 것으로, 결코 가벼운 기분이 아니었음을 확인할 수 있다.

그런데 당시 문인들이 민족의 시조로서 단군을 거명할 때면 으레 기자(箕子)가 따라붙었으며 방금 「정관음」에서처럼 기자를 내세우기도 하였다. 기자의 존재에 대해 유의해보자.

동방(東邦) 교화(敎化)의 원류는 대개 기자가 봉(封)을 받음으로부터 출발하였다. (「贈金敬叔秘書詩序」, 『목은집』 문고 권9, 장12)

기자가 과연 이땅에 와서 군왕 노릇을 하였던가? 나는 이 일의 사실여부를 굳이 캐묻고 싶지 않다. 기자란 존재는 이데올로기적 투영으로 생각되기 때문이다. 기자동래설(箕子東來說)은 당초 '서동문(書同文) 행동륜(行同倫)'의 중국중심적 천하관이 꾸며낸 것일 것이다. 국조로서 단군을 설정한 이땅의 문인학자들에 있어서는 문명의 개창자가 따로 또 요망되었다. 이에 충신의 전형인데다 「홍범(洪範)」으로 후세를 가르친 기자(箕子)라는 존재가 자연스럽게 수용된 것이다. 이 기자에게는 문명의 개창자로서의 의미에다 다른 의미가 또 함축되어 있었다. 앞에서 본 시구 "삼한은 신하로 삼지

---

9) 『國譯 牧隱先生年譜』, 韓山李氏大宗會 1985, 45~48면.

않았던 기자의 땅"이 그것이다.

우리 조선씨(朝鮮氏)가 입국(立國)한 것은 실로 당요(唐堯) 무진년(戊辰
年)이다. 비록 대대로 중국과 통하였으나 일찍이 군신의 관계를 맺지는 않았
다. 이 때문에 무왕(武王)이 은(殷) 태사(太師, 기자를 가리킴──인용자)를 봉
(封)하면서 신하로 대하지 않았던 것이다. (「送傀符寶使還詩序」, 같은 책, 장
16)

여기서 조선씨란 지금의 어법으로는 단군씨로 바꾸어야 맞는 한문식 표
현임이 물론이다. 단군의 개국이 요 임금과 동시대라고, 자국의 전통의 유
구함을 과시하고자 한 말이다. 바로 여기에 의거해서 주나라 무왕은 기자를
조선 땅에 봉할 때 신하로 대하지 않았다 한다. 우리나라는 역사적으로 보
면 중국에 군신관계를 맺지 않은 자립국이다. 위의 인용문의 요지다. 그 논
리적 근거로서 기자가 원용되고 있는 것이다. 논리가 구차하여 아이러니처
럼 느껴지기도 하지만 이렇게밖에 논리를 펼 수 없었던 주객관적 조건이
있었다고 보겠다. 이땅에서 기자의 형상은 문명의 개창자로서의 의미를 띠
고 있었지만 경우에 따라선 자국의 상대적 자립성을 주장하는 논거로도 원
용된 것이다

고려 말 문인지식층이 가졌던 고대사 인식체계──단군으로부터 기자로
연맥된 구도는 동인의식과 문명의식의 혼성형식이었던 셈이다. 그렇다면
이네들의 동인의식과 문명의식이 산출한 구체적 성과로는 무엇이 있었을
까? 몇가지 물증으로서 김태현(金台鉉, 1261~1330)의 『삼한문감(三韓文
鑑)』, 최해의 『동인지문(東人之文)』을 제시할 수 있다. 그 다음 목은과 동시
대에는 김경숙(金敬叔)의 『선수집(選粹集)』과 『주관육익(周官六翼)』이라
는 업적이 나왔다. 『선수집』은 중국의 『문선(文選)』이나 『삼한문감』 『동인
지문』 등과 유사한 성격의 편찬서이니 후일 『동문선』에서 완수된 것이다.
『주관육익』은 국가의 전장제도(典章制度) 전반을 다룬 저술로 목은의 언급
에 의하면 이러한 '직림지서(職林之書)'는 전에 집필된 적이 없었다는 것이

다. 이 과업은 정도전의 『경제문감(經濟文鑑)』『조선경국전(朝鮮經國典)』으로 이어져 『경국대전(經國大典)』에서 마무리되었는데 다시 정약용의 『경세유표(經世遺表)』에서 창조적 계승이 이루어진 것으로 볼 수 있다.

김경숙이란 인물은 후세에 알려지지 못하고 말았다. 유감스럽게도 그 업적과 함께 그 이름이 매몰된 것이다. 목은이 책에 붙인 서문 및 증서(贈序) 형식의 글 몇편이 남아서 그 인물과 업적을 더듬어볼 수 있게 하였다. 『선수집』과 『주관육익』이란 서명도 목은이 붙인 것이라 하거니와, 목은은 동인의식과 문명의식의 논리로 두 저술의 내용성격을 규정하고 가치를 대단히 높이 평가했던 것이다.

여기서 논하는 문명의식은 기실 중화(中華), 중국문명의 범주를 벗어나서 성립하는 개념이 아니다. 상(商)·주(周)로부터 한(漢)·당(唐)·송(宋)으로 이어진 문화전통이 인류보편의 가치로 인식·통행되고 있었다. 문명의 중심부로서의 중화에 대하여 여타의 인종·지역은 주변부로 취급되었다. 화이(華夷)의 개념이 그것이다. 문명은 그 중심부에서 주변부로 물이 아래로 흐르듯 파급되는 것을 필연 당위로 생각했으니 '용하변이(用夏變夷)'가 그것이다. 중화의 문명을 가지고 야만적인 주변부의 인종들을 교화해야 한다는 의미다. 기자를 조선에 책봉(冊封)했다 함은 그런 관념이 지어낸 것이다.

그런데 역사현실을 보면 역학관계에 의해 화이의 관계가 전도되는 사례는 허다히 있었다. 중국을 주변부의 민족이 무력으로 제압하고 나아가 중국의 주인 노릇을 하게 되는 경우다. 바로 고려 중엽 이래 문인들이 목도한 대륙의 정세다. 여진의 금(金)에 밀려 중화의 송(宋)이 쇠약해진 상황에서 시인이 '문명의 아침'을 노래했을 때 새로운 문명의 건설을 우리 동토에서 기대한 것이다. 그리고 몽골이 중국의 주인 노릇을 하는 상황을 두고 "창조의 약동은 중화와 변방의 차이 없이 일어나고 있다"고 느끼고 생각했을 때의 대일통적 문명관은 인종에 매인 화이론적 관념으로부터는 이미 벗어나 있는 것이다. 고려 말 문인지식층의 문명의식은 '용하변이'의 시혜자적 의식과는 다른, 주체적으로 문명의 건설에 참여하고 또 자기 현실을 능동적으로 개조하려는 정신자세이기도 했다. 문명의식은 동인의식과 같이 발상이 되었을 뿐 아니라 구현되는 과정에서도 항상 연계되기 마련이었다.

목은은 그의 나이 29세 때인 1356년에 대원제국의 관직을 사임하고 귀환을 서두른다. 표면상의 이유는 모친의 연로였으나 실은 천하가 어지러워질 것을 예견하고 떠난 것으로 전하고 있다.[10] 최치원이 귀국할 때와 상황이 서로 흡사했던 모양이다. 고국으로 오는 길에서 지은 시구를 들어본다.

머리 돌려 바라보니 사해는 연진(煙塵)으로 어두운데
구름 위로 높이 떠 날아가는 한 마리의 고니.

回頭四海塵煙暗, 雲表高飛一箇鴻.
(「還家」, 『목은집』시고 권4, 장4)

연진(煙塵)에 휩싸인 어두운 사해는 천하대란의 시국을 암시한 표현임이 물론이다. 대도의 생활을 청산하고 고국으로 돌아오는 그의 기분은 구름 위로 높이 뜬 한 마리 고니에 부쳐지고 있다. 대륙의 불안한 정세를 뒤로하고 돌아오는 그 마음의 표정은 도리어 표일하게도 희망의 날개를 펼쳐 훨훨 나는 자태가 아닌가.

그가 귀국한 이후, 14세기 후반기 세계는 대원제국이 붕괴되면서 새로운 질서로 개편되는 상황이 급박하게 전개되고 있었다. 그로부터 12년 후인 1368년에 주원장(朱元璋)이 북경을 점령하고 명(明)을 선포했으며, 다시 또 24년이 지난 1392년에 고려로부터 조선으로의 교체가 일어난 것이다. 참고로 언급하자면 러시아에서 모스끄바 대공국이 '타타르의 멍에'로부터 벗어나 독립한 것 또한 같은 시기였다. 대륙의 불안한 정세를 뒤로하고 돌아오는 발걸음이 그처럼 날아오를 듯했던 것은, 필시 고국의 땅을 문명의 영역으로 개조할 포부와 함께 그 전망도 어둡지 않았기 때문이었을 것이다.[11]

---

10) "丙申正月, 以母老棄官東歸. 蓋亦知天下將亂也."(「牧隱先生行狀」, 『고려명현집』3, 217면)

선광(宣光) 홍무(洪武) 두 용(龍)이 날아오르니
외국의 고신(孤臣) 눈물을 뿌린다오.
변새 북쪽, 눈이 쌓인 데 사행이 잦고
바다 남쪽, 하늘 멀어 왕래가 드물어라.

宣光洪武二龍飛, 外國孤臣雙淚揮.
北塞雪深朝勤數, 海南天闊往來稀.
(「卽事」,『목은집』시고 권6, 장17 전반부)

이 시는 전후 배열된 순서로 미루어 1377년(우왕 3, 홍무 10) 겨울에 지은 것으로 추정된다. 아마도 고려정부가 친원외교로 선회하여 북원(北元)으로 사신이 떠나는 데 감회가 착잡해서 읊은 듯싶다. 선광(宣光)은 원(元)이 막북(漠北)으로 밀려나간 후의 연호이며, 홍무(洪武)는 명(明)이 처음 쓴 연호다. 황제가 둘이 뜬 사태는 하늘에 해가 둘이 있을 수 없다는 관념에 비추어 비정상이다. 게다가 원조에 벼슬을 했던 목은의 처지로서는 눈물을 뿌릴 만큼 심경이 괴롭기도 했던 모양이다. 그럼에도 막북에는 사행이 잦고 이미 중국을 차지한 명(明)에는 걸음이 뜸해진 국사를 안타깝게 여기는 마음이 엿보인다. 정세 판단도 없지 않았겠으나 명에 대해서는 문명의식과 관련하여 본원적 친근감을 가졌을 것이다. 그는 외교노선을 친원으로 하느냐, 친명으로 하느냐에 고려의 국운이 달렸을 때 천하대세를 읽고 역사의 진운에 발맞춘 공헌을 하였다. 이런 과정에서 그는 역시 고려의 자립적 국가 위상을 염두에 두고 지키고자 하였다.[12]

---

11) "中原多故以來, 我東方崇儒右文, 無異泰平之世. 主文之榮, 及第之美, 無不讚嘆, 以爲莫及. 嗚呼, 國家風化之盛, 人心之正, 視昔不減矣."(「贈宋子郊序」,『목은집』문고 권8, 장7) 여기서 목은이 중국의 정세는 혼란에 빠졌음에도 동방지역은 문운이 바야흐로 흥기하고 있는 것으로 낙관하고 있음을 볼 수 있다.
12) 목은은 「周官六翼序」에서 "하늘을 대신하여 행사를 하는 자 천자요 천자를 대신하여 책봉받은 영역을 다스리는 자 제후다"(『목은집』문고 권9, 장10)라고 하였다. 천자국과 제후국은 위상의 고하, 형세의 대소로 절연히 구분되지만 서로 어지럽혀서는 안된다는 것이었

목은이 공민왕조의 개혁정치에 주요한 역할을 했던 사실, 고려의 국정이
혼미해지고 그 자신의 정치적 입지 또한 곤혹스러웠던 사실 등등은 지금
거론하지 않겠다. 한가지 그가 무엇보다 치력했던 사업이 있었다. 그는 문
(文)과 무(武) 그 어느 편도 소홀히 할 수 없지만 '문경무위(文經武緯)'로
양자의 위상이 확립되어야 한다[13]고 주장하고 문교(文敎) 방면에 특히 역
점을 두었으니 성균관을 중흥한 것은 그 일환이었다. 『고려사』는 그에 대한
평가에서 이 점을 중시하여 "후학들을 권면해 성장토록 하고 사문(斯文)의
흥기를 자기 임무로 삼아 학자들이 모두 그를 존모하게 되었다"고 지적한
다.[14]

명(明)이 천명(天命)을 받아 천하를 황제로서 소유하니 수덕언무(修德偃
武)는 동문(同文)의 세계에 공통된 임무다. 예악(禮樂)을 제정하고 인문(人
文)을 양성하여 천지의 질서를 세울 때가 바로 지금이다. (鄭道傳, 「陶隱文集
序」, 『三峰集』 권3)

목은이 귀국하여 계발한 세대의 발언이다. 원명(元明) 교체기를 변혁의
새로운 단계로 인식하여 문명의 재건에 참여하는 과업을 자신들의 임무로
각성하고 있는 것이다.

다. 민족국가로 독립하는 근대적 세계상과는 매우 다른 형태다. 대일통적 세계질서를 일단
수용하고 그 안에서 독자성을 추구하고자 하는 의식을 보여주고 있다.
　　명이 건국 직후 고려로 파견한 외교사절에게 그가 지어준 글(「送偰符寶使還詩序」)에서
箕子를 원용하여 동국은 역사적으로 독자성이 있었음을 주장했던 사실을 앞서 주목해 보
았거니와, 이 글에서 그는 다시 또 "우리 시조(고려 태조──인용자) (…) 삼국을 병합하여
이땅을 통치한 것이 五代 때로부터 오늘에 이르러 거의 5백년이 되지만 습속이 이미 다르
고 언어가 서로 불통하여 확실히 중국이 함께 끼워주는 곳이 아니었다"고 쓰고 있다. 고려
는 중국이 동렬에 끼워주지 않은 영역이라고 말하고 있으나 내용인즉 언어·습속이 서로 다
른 독자적 국가임을 외교사령으로 표현한 것이다. 전환기에 처해 명중심의 세계체제에 참
여하려 하면서도 자국의 독자성을 잃지 않으려 했던 의식과 노력이 문면에 배어 있다.
13) "恭愍王元年 服中上書曰: '(…) 文武不可偏廢. 文經武緯, 天地之道也.'"(『高麗史』 권
　　115, 列傳28, 장4)
14) 같은 책, 장27~28.

4. '士'로서의 자각에 따른 문학의 논리

그렇다면 화성인문적(化成人文的) 문명의 재건은 누가 담당할 과업인가? 이 물음의 답을 다시 정도전의 말로 들어보면 "사(士)는 천지의 사이에 생을 영위하여 그 빼어난 기(氣)를 모아 '문장'으로 발휘하여, 혹은 천자의 조정에서 드날리고 혹은 자기 나라에서 국정을 담당하기도 한다"[15]고 하였다. 사(士)라는 존재는 동양사회에 있어서 주체적 계급을 가리키는 것이었다. 문인지식층의 문명의식은 사(士)로서의 자기각성 바로 그것이다.

문명은 사(士)의 주도하에 정치적으로 구현해야 할 과제지만 거기에 경세(經世)와 화국(華國)의 용구로서의 '문장(文章)'이 관건적인 것으로 중시되고 있었다.

문장의 의미──유가적 문학관의 확립

문장이란 말은 지금도 우리에게 친숙한 용어지만 그 시대에 있어서는 역사적 의미를 띠고 있다. 원래 문장의 개념은 간단히 정의하기 어렵다. 사전적 어의 또한 여러가지인데 공자가 요 임금의 덕을 칭송하는 말에 "높고 높다, 그 공을 성취함이여! 그 문장이 빛나도다"[16]라고 한 대목이 나온다. 여기서 문장의 어의를 주희(朱熹)는 '예악법도(禮樂法度)'라고 주석하였다. 이 문장과 삼불후(三不朽)의 하나로 치는 문장은 서로 의미를 달리하는 것이다. 조비(曹丕)가 『전론(典論)』의 「논문(論文)」에서 "문장은 경국(經國)의 대업(大業)이요 불후의 성사(盛事)"라고 했을 때는 예악법도의 문장이 아닌 도덕(道德)·공업(功業)과 나란히 삼불후의 하나인 문장이다. 두보(杜甫)의 "문장은 천고의 일이로되 잘하고 잘못한 성과는 촌심(寸心, 한 개인의 마음──인용자)으로 알아본다〔文章千古事, 得失寸心知〕"(「遇題」)라는 문장

---

15) "士, 生天地之間, 鍾其秀氣, 發爲文章, 或揚于天子之庭, 或仕于諸侯之國."(鄭道傳, 「陶隱文集序」, 『三峰集』 권3, 『한국사료총서』 13, 1961, 92면)

16) "巍巍乎其有成功也, 煥乎其有文章."(『論語』 泰伯篇)

과 '경국의 문장'은 다른 것이 아니다. 그런데 후세에 와서는 "문장은 소기(小技)"로 일컬어지기도 했다. '불후의 문장'이나 '소기의 문장'이나 원의는 모두 글이 완미(完美)하게 쓰인 것을 가리킬 터이나 의미의 위상은 차등이 커지고 말았다.

목은은 문장이란 말을 종종 긴요하게 쓰고 있다. 용례에 따라 내포한 의미는 같고 다름이 있는 듯한데 특히 이제현의 문집 서문에서 문장은 예악법도까지 포괄하는 개념이며, 그밖에 여러 경우 대개는 '경국의 문장'을 지향하고 있다고 생각된다. 당시 문장의 개념은 지금으로선 문학이란 말로 대체하는 편이 도리어 타당할 것이다. 그러나 오늘의 문학과 비교하면 여러모로 다르다. 그 다른 면모가 바로 유가적 문학관과 오늘의 문학관과의 차이점이 아닌가 싶다.

문장의 개념이 중시되기 시작한 고려 말 이전의 문학사에서는 사장(詞章)이란 개념이 도입되고 있다. 고려 초 최승로(崔承老)는 유신(儒臣)으로 손꼽히는 인물임에도 국왕에게 진언하는 말에서 "불교는 몸을 닦는 근본이요 유교는 국가를 다스리는 근본입니다"라고 하였다. 정치제도는 유교의 형식에 의존하면서 신앙생활은 불교를 좇는다는 뜻이다. 인간생활의 기본은 불교이며, 유교는 상보적인 기능을 담당했던 셈이다. 거기에 사장은 장식으로 필요한 것이었다. 때문에 그 시대 유교의 성격이 '사장유학(詞章儒學)'으로 규정되기도 한다. 그러다가 성리학이 수용되면서 불교에 배타적으로 유교를 신봉하기 시작했으며, 글 쓰고 문학하는 자세 또한 유교적으로 가다듬기에 이르렀다. 이에 사장은 좋지 않은 구습으로 배격되고 문장의 개념이 새롭게 의미를 갖게 된 것이다.

> 태산북두(泰山北斗)의 한이부(韓吏部, 韓愈)는
> 이단을 힘써 배척하여 세교에 도움을 주었다네
> 구(歐)·왕(王)·증(曾)·소(蘇) 송대에 으뜸이라
> 중간에 작가들 모두 황량해 보이누나.
> 정·주도학(程朱道學)은 천지와 짝하나니

해와 달처럼 높아 의연히 행하도다.

泰山北斗韓吏部, 力排異端仍補苴.
歐王曾蘇冠趙宋, 中間作者皆丘墟.
程朱道學配天地, 直揭日月行徐徐.
(「寄贈金敬叔少覽」, 『목은집』 시고 권10, 장1 중간부분)

목은의 입장에서 문학의 계보를 어떻게 잡고 있는지 알려주는 내용이다. 문장으로서 가장 위대하고 표준이 되는 것을 일컬어 '문장산두(文章山斗)'라 한다. 태산북두(泰山北斗)의 한유(韓愈)를 일컫는 데서 나온 문자다. 한유를 논함에 있어서 특히 불교 배척을 유교에 대한 기여로 평하고 있다. 이어 북송시대의 구양수(歐陽修)·왕안석(王安石)·증공(曾鞏) 및 삼소(三蘇)를 으뜸으로 손꼽는다. 명대에 와서 당송팔가로 묶인 고문가들을 문학의 적통으로 보는 셈이다. 한편으로 정주(程朱)의 도학을 해와 달 같은 존재로 추켜세우고 있다. 고문(古文)의 전통에 도학(道學)의 정신을 결합시킨 논리다.

익재(益齋)의 문장(門墻) 해동(海東)을 압도하니
북두성 자루 하늘에 꽂혀 하늘이 이땅을 덮누나.
문장의 원기(元氣) 사시를 따라 흐르는데
화풍(華風)이 일어나 해외(海外)로 불어왔도다.

益齋門墻壓東海, 斗柄揷天天倚蓋.
文章元氣酌四時, 壯出華風吹海外.
(「題宗孫詩卷」, 『목은집』 시고 권17, 장1 서두 부분)

이제현의 이땅에서의 지위는 '태산북두의 한유'에 비견되고 있다. 그의 위대한 영향력으로 문장의 원기가 이땅의 문풍을 발양시킨 것으로 생각하는 것이다.

목은에 있어서 문장의 의미는 도학(道學)의 정신적 기초 위에 세워진 것이다. 그 자신 "문장은 도덕에서 나온다[文章出道德]"라고 양자의 관계를 선명히 규정한 바 있다. 그러나 그의 입장은 도학이 아니고 문장이다. 문학사적으로 그 앞단계의 사장학(詞章學)과도 문학적 입장이 다르지만 16세기 이후 등장한 도학파의 문학과도 또한 구별되는 것이다.

주체확립의 논리——심(心)의 세계화와 기(氣)

목은에 의하면 인간사를 내(內)와 외(外)로 구분하는 논법에 비추어 말하자면 문장은 외에 속하는 것이라 하였다. 하지만 심(心)에 근원하는 것이라 한다. 그리하여 "심(心)에서 발하는 것이라 시대에 관련된다"는 것이다. "문장은 도덕에서 나온다"는 말과도 일맥상통하는 논리다.

그의 논리에서 문장은 심에서 발하는 것이기 때문에 시대에 관련된다 함은 아무래도 논리상 비약으로 들린다. 이는 맹자(孟子)의 설에 근거한 것이다. 맹자는 우도(友道)에 대해 논하는 대목에서 천하의 훌륭한 사(士)와 사귀는 것만으로는 충분치 못하며 위로 옛사람을 벗해야 한다고 하였다. 옛사람을 벗해야 한다니 어떻게 할 수 있을까? "그 사람(옛사람)의 시를 외우고 그 사람의 서(書)를 읽으면서 그 사람을 몰라서 되겠는가? 이 때문에 그 세(世)에 대해서도 논하는 것이다"라고 설명한 다음, 이것이 다름아닌 옛사람을 벗하는 방법이라 하였다. 맹자의 이 발언은 물론 문학과 직접 관련하여 나온 것은 아니지만 문학을 고찰·비평하는 태도에 크게 영향을 끼친 것이다. 작품, 작가, 시대의 관계 문제인데 맹자가 제시한 관점은 작품을 옳게 이해하자면 작가의 생애와 사상, 그리고 시대환경을 아울러 고찰해야 한다는 것으로 정리할 수 있다. 목은은 이승휴의 문집 서문에서 맹자의 원문을 직접 인용한 다음, 문장에 대한 자기 견해를 펼친다.

문장은 사람의 말 중에도 정(精)한 것이다. 하지만 말이 반드시 모두 마음에서 우러난 것은 아니요 모두 행사(行事)의 실상을 담은 것도 아니다. 한나라의 사마상여(司馬相如)와 양자운(揚子雲), 당나라의 유종원(柳宗元), 송나라의 왕안석(王安石) 같은 이들을 보면 말이 문(文)으로 표현된 것은 이의를 붙일 수 없을 정도로 훌륭하지만 그네들의 행사(行事)의 실상을 자세히 살펴보면 입을 댈 여지가 없지 않다. 비유컨대 도살업자가 예불을 드리고 창기가 예절을 배우면 겉으로는 그럴듯해 보일지 모르지만 본디 도살업자·창기 노릇을 하던 자인데 그런다고 덮어질 수 있겠는가? 이 바로 그 시를 외우고 그 서(書)를 읽으면서도 더욱 그 세(世)를 논하고자 하는 까닭이다. (「動安居士李公文集序」, 『목은집』 문고 권8, 장1)

글만 보지 말고 그 사람의 본심, 그의 행실을 함께 보아야 한다는 내용이다. 사례로 들은 사마상여(司馬相如)·양웅(揚雄), 그리고 유종원(柳宗元)·왕안석에 대한 목은의 평가에 미쳐서는 그대로 수긍하기 어렵다. 가령 유종원이나 왕안석의 정치적 행동에 대한 종래의 부정적 시각은 근대 역사학에서 수정된 사항이다. 이런 점을 접어두고라도 지금의 문학비평의 태도——작품과 작자와 시대를 고려하여 평가하는 방법론에 있어서도 적지 않은 차이점을 느낀다. 도덕주의적인 관점이 강하게 적용되고 있는 것이다. 곧 유가적 문학관의 특색이기도 하다.

목은의 문학에 관한 논리에서 관심처는 사람이며, 거기서 초점은 마음이다. 심(心, 심장)은 사람마다 가지고 있는 기관이면서 고도로 추상화된 개념이었다. 목은의 산문에 「직설삼편(直說三篇)」이라는 것이 있다. 천(天)과 군신(君臣)과 심(心)을 각각의 논제로 삼아 쓴 소품이다. 그중 한편을 인용해본다.

심(心)의 용(用)은 더없이 크다. 천지를 경륜(經綸)하고도 여력이 있으며, 털끝만큼이라도 혹시 그 밖으로 새나가지 않으니 이야말로 천지도 그 양을 포괄할 수 없는 것이다. 그것을 잘 쓴 자 이제(二帝) 삼왕(三王), 잘 지킨 자 공자(孔子)·안회(顏回)·맹자(孟子)·자사(子思)가 그들이다. 정사(政事)로 실천을 하고 문장(文章)으로 서술을 하니 이에서 그 용(用)이 빛나도다. 그것은 은미하여 눈으로 포착할 수 없다지만 또한 음침하고 어두운 것이 아니다. 밝기는 일월에 못지않고 거룩하기는 귀신에 못지않다. 하지만 또 그것을 찾자면 방촌(方寸)의 사이에 있는 것이다. (「直說三篇」, 『목은집』 문고 권10, 장 1~2)

심(心)의 작용에 관해 말한 내용이다. 심은 천지를 경륜할 역량이 있을 뿐 아니라 0.1mm의 오차도 허용치 않는다는 것이다. 역사상의 사례로 인류 문명을 창건한 요(堯)·순(舜)과 우(禹)·탕(湯)·문(文)·무(武)를 들고, 인류를 위해 도덕적 준칙을 제시한 사례로 유교의 성현을 거명하고 있다. 심의 실천적 측면으로는 정사(政事)가, 저술적 측면으로는 문장이 거기에 해당하는 것이었다. 그것이 아무리 찬연하고 거룩하다 해도 실체를 구하면 방촌(方寸)에 있다 한다. 방촌이란 사방 1자의 크기로 인체에 들어 있는 장기인 심장의 용적을 가늠해서 나온 말이다. 그는 다른 글에서 또 "심(心)은 크기가 방촌에 지나지 못한 것이지만 지극한 도(道)의 소재처이니 그 당당한 전체는 하늘을 덮고 땅을 덮는다"고 하였다. 심은 우주적으로 극대화되어 있다.

요컨대 심의 공능이 그렇다는 말인데 심의 본체는 어떠한 것인가? 방촌은 '지극한 도의 소재처'라고 한 말로 미루어 심의 체(體)는 도라고 생각한 것도 같다. 동양철학의 일대 논쟁점이 여기에 끼여 있다. 논거가 유심적(唯心的) 방향이다. 나는 지금 논의를 철학으로 전환하고 싶지 않다. 본론과 직결되지 않는 사안일 뿐 아니라, 목은 자신 철학적 이론을 제기한 것이 아니기 때문이다. 문장은 주체의 문제를 결코 간과할 수 없으니, 이에 문제의 핵심으로 심을 거론했을 뿐이다.

목은에 있어서 심은 주체가 확립하는 자리다. 앞서 인용한 「직설삼편(直說三篇)」에서 역시 인간 내면의 도덕적 확립을 강조하는 것으로 결어를 삼았던 것이다. 분명히 그렇긴 하지만, 심(心)의 극대화(최고 지대의 실천주체)는 곧 심을 세계화한 셈이다. 그는 세계가 무궁함을 인지한 동시에 "나의 방촌 또한 무궁하다"는 깨달음을 가졌던 것이다. 그러나 인간의 육신은 한정된 공간에 얽매여 있다. 육신의 현실을 그가 망각하고 있는 것은 물론 아니었다.

인간의 육신이란 마굿간에 매여 있는 말 같지만
마음의 달림이여 팔극에까지 두루 미치도다.

人有身兮如馬繫櫪, 心之馳兮遍于八極.
(「送玆上人序」, 『목은집』 문고 권8, 장13)

"정신은 팔방으로 달리고 마음은 만길 밖으로 노닌다[精騖八極 心遊萬仞]"는 육기(陸機)의 「문부(文賦)」에 있는 말이다. 작가의 정신은 시공의 한계를 벗어나 팔방 멀리와 만길 높은 데까지 달려갈 수 있다는 의미다. 상상력이 능히 빼어나고 자유로울 수 있음을 가르치고 있다. 「문부」의 이 뜻을 목은이 자기 처지에서 수용한 것이 위의 인용문이다. 인간의 정신과 육체의 분리가 궁극적으로는 가능하지 않다. 하지만 육신의 속박감, 더욱이 대원제국의 세계를 경험하고 돌아온 그로서는 동토의 한계를 절실히 느끼면서 정신의 자유를 염원했을 듯싶다. '심(心)의 세계화'로 주체의 확립을 도모하는 한편 창조적 상상력의 무한한 가능성을 뇌리에 떠올리기도 한 것이리라.

나의 주체를 세계와 합치시키는 거점이 바로 심(心)이다. 심의 그토록 위대한 공능이 저절로 생겨난다는 뜻은 아닐 터이다. 그것은 어떻게 가능한 것인가? 내면의 도덕적 수양이 강조되는 것은 논리의 당연한 귀결이다. 목은은 그것의 원력을 기(氣)에서 찾고 있다.

정도전도 "천지의 기를 모아서 문장을 이룬다"고 말했던 것이다. 목은은 천지의 사이에 흥망성쇠가 없을 수 없는바 그것은 청명(淸明)한 기운이나 탁란(濁亂)한 기운이 서로 소장(消長)하는 데 달려 있다고 하였다. 우주적 차원에서 볼 때 자기들이 처한 시대는 바야흐로 '탁란한 기운'이 펼쳐지는 즈음으로 의식하지 않을 수 없는 상황이었다. 여기에 인간주체가 어떻게 대응할 것인가? 그의 신념은 "나에게 내재한 기운을 배양해서 저 탁란한 기운에 의해 소실되지 않도록 하는 것이다"라는 것이었다. 맹자의 양기론에 의거한 발상이다. 그의 기론은 중요한 시대성을 담보하고 있으나 그 자체로 특이한 이론은 아니기 때문에 자세한 논의는 생략한다.

시도(詩道)의 회복──성정(性情)의 확인

시도(詩道)는 쇠해진 것이 벌써 오랜데
누가 그 전도된 물결을 돌릴 것인가?

詩道衰來久, 誰廻已倒瀾.
(「卽事」,『목은집』시고 권22)

'시도'는 목은이 종종 썼던 말의 하나다. 그는 시도를 잃어버린 지 벌써 오래되었다 하면서 비뚤어진 방향을 바로잡는 문제를 심각하게 제기했던 것이다. 그에 있어서 시도는 어떠해야 하는 것인데 어떻게 왜곡되었으며, 어떻게 바로잡아야 하는 것인가?

시도는 관계되는 바가 매우 중요하다. 왕화(王化)와 인심(人心)이 여기에 달려 있다. 세교(世敎)가 쇠해지면서 시가 변해서 소(騷)가 되었고 한대(漢代) 이래로 오언시(五言詩), 칠언시(七言詩)가 생겨나면서 시의 변함은 극에 이른 것이다. 비록 고시와 율시가 병행하였으며, 잘하고 못하는 구별은 있지만 저마다 각기 성정(性情)을 표현해서 자기 취향대로 맞춘 것이다. 각각의 사기(詞氣)를 취해 관찰해보면 세도(世道)의 상승과 하강이 손바닥을 보듯 알기 쉬울 것이다. (「中順堂集序」,『목은집』문고 권9, 장4)

시의 교화적 효용과 인간 심성에 미치는 작용을 크게 생각한 것이다. 시는 세도(世道)를 그대로 반영하기 때문에, 시도는 관계되는 바가 중요하다는 논리다. 시도의 회복은 세도의 회복과 연관되는 문제였다. 그가 시도의 회복에 대해 사명감을 가졌던 것은 이 때문이다.

그가 염두에 둔 시도는 『시경(詩經)』이 전형적 경지였다. 유가적인 시의 이상 그것이다. 그리하여 『시경』 이후 시 형식의 변화는 타락의 도정처럼 말해지고 있다. 이러한 그의 시각은 퇴행사관인 듯 보이지만 문학의 발전을 일체부정하고 『시경』으로 돌아가자는 그런 주장은 아니다. "홀로 두공부(杜工部, 杜甫)는 여러 체(體)를 두루 겸해서 때로 빼어나니 절등한 기풍이 고금을 덮을 만하며, 그 사이에 초연히 묘오(妙悟)해서 속류에 빠지지 않은 도연명(陶淵明), 맹호연(孟浩然) 같은 이들이 어느 시대라 없었겠는가?"라고 지적을 했던 것이다. 요컨대 시도의 회복은 문학정신의 문제였다.

나는 소년시절에 『시경』을 읽었는데 그 맛을 알지 못했다. 다만 공자에게서 취한 바 사무사(思無邪)라는 한마디로 상상해서 방불하게나마 이해할 수 있었는데 늙음에 이르도록 잊지 못하고 있다. 도은(陶隱)의 시어는 쇄락(灑落)해서 먼지 한점 없을 뿐 아니라 그 추구함이 오직 여기에 있어 족히 사람을 '성정의 바름〔性情之正〕'으로 감동시켜 무사(無邪)로 귀착되는 것이었다. (「書陶隱詩藁後」, 『목은집』 문고 권13, 장3)

목은이 후배인 이숭인의 시에 붙인 글이다. 자기 당대의 시에 대한 비평으로, 시가 지향할 길이 표명되어 있다. 이 비평문에서 '사무사'와 '성정지정'이 핵심용어로 등장한다. 주지하듯이 공자가 『시경』 전편을 한마디로 규정하자면 사무사(思無邪)라 한 이래 그것은 시의 원론처럼 받아들여지게 되었다. 더욱이나 목은에 있어서 그 한마디는 소시부터 노경에 이르도록 마음 깊이 새겨져 있었다는 것이다. 이 한마디는 공자의 위대한 공헌의 하나로 기억되어야 할 것으로 말하기도 하였다.[17] 그런데 '사무사'의 진의가 과연 무엇인지는 지금까지 하나의 쟁점사안이다. 어떤 이는 '무사(無邪)'란 도덕적 선악의 문제가 아니며 거짓됨이 없다, 참되다는 뜻으로 해석한 바 있다. 『시

17) "思無邪一句, 誰識素王功?"(「讀詩」, 『목은집』 시고 권7, 장18)

경』에 수록된 작품들 가운데는 도덕적 기준으로 선한 마음만을 표현했다고
판정하기 어려운 것이 허다하다. 내 생각으론 이 해석이 근리하게 여겨지는
데 목은은 어디까지나 도덕성으로 이해하고 있다. 그래서 '성정'을 거론하되
'성정지정'을 강조했던 것이다.

　성정이란 개념이 시론상에 처음 도입된 것은 「시대서(詩大序)」에서였다.
'음영정성(吟詠情性)'의 구절이다. 한자문화권에서 최초의 시에 대한 정의
인 '시언지(詩言志)'의 지와 '음영정성'의 '정성'은 함의가 서로 다르게 느껴
지지 않는다. 또한 정성이건 성정이건 뜻은 같을 터이다. 「시대서」의 문맥
이 "정에서 발하여 예의에서 그친다"로 이어졌던만큼 정감의 의미로 이해
되어야 할 것이다.[18] 성리학적으로 규정된 성정의 개념과 일단 분리해서 보
아야 하겠다. 하지만 목은에 이르러는 상호 무관한 것이 아니다. 그 스스로
"지금 염락(濂洛)의 가르침(성리학을 의미함——인용자)이 갓 행해지고부터 노
래하고 읊조림도 곧 성정에서 구하고자 한다"[19]고 성리학의 수용과 시창작
상에서 성정의 회복을 결부시켜 생각하고 있음을 보여주었다.

　시도의 회복은 곧 성정의 회복을 의미하는 것이었다. 우리 학계에서 성정
론이 하나의 시론으로 규정되고 있으나 그것이 비평사에서 성립할 수 있는
용어인지 의문시되기도 한다. '음영정성'이란 시를 논하는 데 있어 고금에
걸쳐 누구나 끌어들인 당위론이다. 문제시할 바는 어떤 의도를 가지고 원용
했느냐이다.

> 시도는 예로부터 성정을 나타낸 것인데
> 누가 입술로 다투어 울도록 하였더뇨?
> 청산(靑山)이 은은히 다락에 가득찬 아래
> 백발노옹 두 눈이 밝아진다.

---

18) "詩者, 志之所之也,. 在心爲志 發言爲詩. 情動於中而形於言. (…) 吟詠情性, 以風其
　上, 達於事變而懷其舊俗者也. 故變風發乎情, 止乎禮義."(「詩大序」, 『中國歷代文論選』
　上, 中華書局 1979, 44면)
19) "如今廉洛敎初行, 謳吟直欲求性情."(「昨至九齋…」, 『목은집』 시고 권18, 장17)

詩道由來寫性情, 誰敎口吻却爭鳴.

靑山隱隱滿樓下, 白髮老翁雙眼明.

(「卽事」其三,『목은집』시고 권14, 장24 전편)

'입술로 다투어 운다' 함은 마음이 아닌 입에 붙은 소리로 잘하니 못하니 다툰다는 뜻이다. 형식적 기교로 흘러 시도가 타락했다는 의미이다. 시가 성률(聲律)·대우(對偶)·자구(字句)의 조탁 같은 기교에 빠진 것을 탄식한 나머지 성정의 시도를 염원하는 것이다. 엄우(嚴羽)의『창랑시화(滄浪詩話)』에서 요즘의 시는 "문자(文字)로 시를 만들고 재학(才學)으로 시를 만든다"고 비판했던 바와 취지가 서로 통한다 하겠다. 그런데 뒤의 3,4구는 시상이 어떻게 연맥되는 것인가? 그야말로 시적 표현이어서 애매하다. 백발노옹은 물론 서정자아를 가리킬 것이다. 청산이 가득찬 공간에서 감흥이 일어나 두 눈이 환해진다. 이는 자연과 친화하면서 마음속에 일어나는 '흥취(興趣)', 그것을 작시의 좋은 계기로 생각한 듯싶다. 그가 이숭인의 시에서 지적한 바 "쇄락해서 먼지 한점도 없는" 그런 미학의 경지에 도달할 수 있는 길 또한 여기라고 여겼을 것이다.

우리 문학사에서 시에 대한 반성을 이론적으로 처음 제기한 이는 이규보가 아니었던가 한다. 그는 '주의(主意)'의 논리를 편 것이다. '의(意)' 역시 '시언지(詩言志)'의 지(志)와 같은 의미의 말이다. 그가 "시는 의를 위주로 한다"고 설파함으로써 배격하려 한 대상은 기교주의였다. '의'와 '성정'——용어는 서로 다르지만 문자적 형식으로부터 인간으로 돌아와 내용을 시의 중심에 놓으려 한 점에서는 서로 일치하고 있다. 하지만 이규보의 '의'는 개성적 측면이 강조된 데 반해 목은에서는 '성정지정'——유가적 인간이성을 지향하였다. 그리하여 양자 모두 이론의 근저에 기(氣)의 개념이 들어오지만 전자는 천부적 재질을 발양시켜주는 의미의 기를 거론했으며, 후자는 주체의 확립을 위한 양기(養氣)를 생각한 것이다. 이후 성정은 시론의 핵심어로 한 시대의 문학사상을 표출한 개념이 되었다.

"문장은 도덕에서 나온다〔文章出道德〕." 목은의 문학이념을 한마디로 대변하는 이 구절은 원래 "성정은 화이(華夷)의 구별 없이 균등하다〔性情均夷夏〕"는 말과 짝을 이루고 있었다.[20] 문장이 도덕에서 나오는 근거가 바로 성정 그것인바 성정으로 논하면 이적이나 화하의 차등이 없이 다같이 가지고 있다는 뜻이 된다. 인간에 대한 원천적 신뢰와 함께 인류의 평등을 추상적 차원에서나마 인식한 것이다. 동인의식과 문명의식 또한 성정을 통한 각성과도 관련되고 있는 것으로 보인다.

5. 牧隱 문학에 대한 평가 문제

목은은 문장의 위대한 의의를 확신하고 자신의 삶의 과정에서 실천을 하였다. 『고려사』는 이에 언급하여 "이색은 타고난 자질이 명민하고 독서를 널리하여 시문을 함에 있어 붓을 들면 곧바로 써내려가서 조금도 머뭇거림이 없었다. (…) 나라의 문한(文翰)을 장악한 것이 수십년으로 중국에서 일컬음을 자주 들었다"[21]고 그의 문학적 역량이 탁월했음과 문장으로 국위를 빛냈음을 인정하고 있다. 목은의 존재는 무엇보다 문장으로 뚜렷하게 된 것이다.

이러한 그의 위상이 역사적으로 어떻게 자리매김될 것인가? 이에 대해 동시대를 살았던 정도전이 정확히 짚어낸 바 있으며,[22] 후세를 살았던 서거정(徐居正)은 그 당시 정포은(鄭圃隱)의 웅준(雄峻), 이도은(李陶隱)의 간결(簡潔), 정삼봉(鄭三峯)의 호매(豪邁), 권양촌(權陽村)의 전아(典雅) 이 모두 다 목은 문학의 범위에서 벗어나지 못하니, "위대하고 걸출하여 세대

---

20) 「追記素子翔語」, 『목은집』 시고 권12, 장22.
21) 『高麗史』 권115, 列傳 28, 장27~28.
22) "近世大儒, 有若鷄林益齋李公, 始以古文之學倡焉. 韓山稼亭李公・京山樵隱李公從以和之. 今牧隱李先生, 早承家庭之訓, 北學中原, 得師友淵源之正, 窮性命道德之說, 旣東還, 廷引諸生, 見而興起者, 烏川鄭公達可・京山李公子安・潘陽朴公尙衷・密陽朴公子虛・永嘉金公敬之・權公可遠・茂松尹公紹宗, 雖以予之不肖, 亦獲側於數君子之列."(정도전, 「陶隱文集序」, 앞의 책, 93면)

를 넘어 우뚝 서 있다"[23]고 최고의 찬사를 바쳤다. 보다 균형이 잡힌 평필로
서 성현(成俔)의 견해를 들어볼 수 있다.

> 우리나라의 문장은 최치원(崔致遠)에서 처음 발휘되었다. (…) 이를테면
> 김부식(金富軾)은 능히 섬부(贍富)하면서도 화려하지 못했고, 정지상(鄭知
> 常)은 능히 빛나면서도 떨치지 못했고, 이규보(李奎報)는 능히 자유자재로
> 변화하면서도 수렴하지 못했고, 이인로(李仁老)는 능히 다듬어 정련을 하면
> 서도 펼치지 못했고, 임춘(林椿)은 능히 치밀하면서도 빗장을 지르지 못했
> 고, 가정(稼亭)은 능히 적실(的實)하면서도 슬기롭지 못했고, 익재(益齋)는
> 능히 노건(老健)하면서도 호탕하지 못했고, 도은(陶隱)은 능히 온자(溫藉)
> 하면서도 장대(長大)하지 못했고, 포은(圃隱)은 능히 순수하면서도 요긴하
> 지 못했고, 삼봉(三峯)은 능히 장대하면서도 묶지를 못했다. 세상에서 목은
> 은 집대성(集大成)을 해서 시문이 모두 우수하다고 일컫는데 비소(鄙踈)한
> 태가 많다. (『慵齋叢話』권1, 『大東野乘』제1책, 1면)

최치원 이래 고려 일대에서 굴지하는 문인들을 들어 각기 평가하는 내용
이다. 성현의 비평방식은 저마다 각각의 장처와 단처를 분별해서 지적하는
식이었다. 자고로 여러 문체를 구비해서 잘하는 자 드물다 하였듯 누구나
일장이 있으면 일단이 있기 마련이다. 오직 목은에게는 '집대성'의 영광이
부여되고 있다. 세상에서 그렇게 일컫는다는 것이다. 성현 자신의 안목으로
는 목은에 대해서도 비소(鄙踈, 세련되지 못하고 성글다)라고 부정적 평어를 동
원하여 단처를 지적하고 있지만 '집대성'이라는 세상의 평가는 수용하고 있
는 듯하다.

> 동국문장은 최문창(崔文昌)이 근원을 개척하여 이규보가 그 흐름을 넓히
> 고 익재가 비로소 궤도(軌道)에 올려놓아 이색에서 집성(集成)이 되었다.
> (洪汝河, 『彙纂麗史』)

---

23) 徐居正, 「牧隱詩精選序」, 『牧隱集』附錄, 『고려명현집』3, 971면.

문장의 측면에서 목은의 역사적 위상은 이렇게 정리된 것이다. 최치원이 개척하여 이규보가 확장하고 이제현에 이르러 궤도에 들어선 것이 이색에 의해 집대성되는 구도다.

동국의 문장을 논하자면 어떤 한 사람을 들어 최고 으뜸이라고 단언하기는 참으로 어렵다. 그렇긴 하지만 문(文)으로는 응당 목은을 대가로 추대할 만하며, 시(詩)로는 읍취헌(挹翠軒)을 절조(絶調)로 추대할 만하다. 목은은 문(文)이 대가일 뿐 아니라 시 또한 굉사(宏肆) 호방(豪放)하여 그 기상이 볼 만하니 이규보(李奎報)의 악착(齷齪)함과는 같지 않다. (「雜識」,『農岩集』권34, 장9)

농암(農巖) 김창협(金昌協)의 글이다. 우리나라에서 문장으로 제일 대가를 치자면 누구일까? 읍취헌 박은(朴誾)이 시로서는 절조(絶調)라 하겠지만 문(文)의 대가요 시에 있어서도 기상이 굉장하니 아무래도 목은이 으뜸이 될 것이라는 견해다. 문장이 시와 문을 아우르는 개념으로 쓰였음을 분명히 알 수 있다. 동국문장의 제일 대가 자리를 목은에게 돌린 김창협의 조심스런 말은 자신의 관점에 의한 것이지만 종래의 통설을 추인했던 셈이다.

이처럼 목은의 확고한 위상과 명망에 대해 정면으로 반론을 제기한 것이 김택영이다. 그는 고려조와 조선조를 대표하는 산문가 9인을 뽑아『여한문선(麗韓文選)』이란 책을 편찬했던바 목은을 거기서 아예 제외시켜버린 것이다. 후일 여한십가(麗韓十家)로 확정이 되는데 당송팔가에 비견되는 것이었다. 여한십가 속에 목은이 들어가지 못한 사실은 문학사상 일대 전도가 아닐 수 없었다. 더구나 그 직전에 송백옥(宋伯玉)에 의해 편찬된『동문집성(東文集成)』은 고려조에서 오직 목은 1인을 뽑아 으뜸을 점유하게 했던 터였다. 목은 문학에 대한 평가는 근대전환기로 들어와서 한문학에 대한 역사적 정리와 평가가 이루어지는 과정에서 쟁점사안의 하나로 떠오르게 된 셈이다.

고려가 망하고 본조(本朝)가 흥하는 즈음에 한두 거공(巨公)이 나와서 추루(麤陋) 부솔(膚率)하여 공령(功令) 어록(語錄)이 뒤섞인 글을 스스로 고문(古文)이라 자부하고 선도(先導)를 했던 때문에 후진들이 그 폐단을 받은 것이 2백여년이나 되었다. (金澤榮,「麗韓文選序」,『滄江稿』권6 장11)

『여한문선』을 편찬한 입장의 논리다. 공령(功令)은 과문체(科文體)를, 어록(語錄)은 송유(宋儒)들이 사제간의 문답을 기록한 데서 유래한 백화투를 가리키는 것이다. '한두 거공(巨公)'의 한 사람은 당연히 목은이 될 것이다. 이조 2백년은 목은의 영향 아래 있었다고 그는 보고 있다. 공령체(功令體) 및 어록체(語錄體)는 정통 문학가들의 경우 대체로 금기시하는 바였다. 특히 청대의 동성파(桐城派)는 고문(古文)의 의법(義法)을 준엄하게 세웠던 바 "고문은 어록(語錄) 중의 말을 삽입시켜서 안된다"는 규율을 두고 있었다. 김택영은 동성파의 논리를 받아들여 엄정한 고문관을 세운 것이다. 고문관의 엄정한 기준을 적용하자면 김택영의 취사선택은 타당성이 인정될 수 있다고 본다. 한편으로 유의할 사항은 전의 문장학적 관점과 뒤의 고문론적 관점의 차이에 상응해서 평가가 서로 달라지게 되었다는 것이다.

이러한 김택영의 고문가 선정에 대해 이견을 제시한 것은 조긍섭(曺兢燮, 1873~1933, 호 深齋)이었다. 조긍섭은 근대 한문학의 대가의 한 사람인데 대구 근교에 우거하고 있으면서 중국 남통(南通) 망명지에서 조국의 고전을 정리·출간하는 사업을 진행하던 김택영과 편지로 비평적 견해들을 주고받았던 것이다. 조긍섭은 송백옥이『동문집성』에서 익재를 빼는 대신 목은을 취한 데 대해 그 사람의 견식은 언급할 가치조차 없는 것으로 폄하했다. 그러면서도 김택영이 목은과 간이(簡易) 최립(崔岦)을 선(選)에서 제외한 데는 결코 동의하지 않고 있다. 김택영의 개인적인 문학적 취향이 작용한 것으로 본 것이다. 그리고 비유적인 표현을 써서 목은이 '큰 종[洪鐘]'이라면 근세의 작가들은 아쟁이나 피리에 불과하다는 논조다.[24] 아쟁이나 피

---

24) "宋伯玉不知何人, 然觀其捨益齋而取牧隱, 則其見識不足言矣."(「與金滄江書」,『深齋

리는 아깃자깃 묘하지만 큰 종의 울림의 성과에 견주어질 수 없다는 것이다. 조긍섭은 김택영과 같은 고문론의 입장에 섰으면서도 목은에 대한 평가에서 이처럼 견해차를 보이고 있었다.

앞서 김창협이 목은을 거론하면서 이규보를 부정적으로 건드리고 넘어간 인용문을 접했었다. 지금 한국문학사에서 이색은 이규보의 위상에 비교도 안될 정도다. 여기서도 시대에 따른 속상(俗尙)의 변화를 느끼게 한다.

우리가 위에서 점검한 문장학적 관점은 근대적 문학관과는 거리가 있고 고문론적 관점은 신문학(新文學)을 수립함에 있어 극복의 대상이었다. 모두 우리가 지금 그대로 수용할 수 없는 것임은 물론이다. 그렇지만 우리 선인들이 각기 시대정황을 각성해서 취했던 관점, 실상의 깊이에 도달한 인식 논리를 충분히 소화해서 접수할 부분은 접수해야 할 것이다.

문학사에서의 목은의 존재가 뚜렷하지 못하게 된 것은, 목은 문학에서 오늘의 시각으로 특별한 가치와 흥미로운 내용을 찾아내지 못한 때문이다. 목은에 대한 해석과 평가는 새로운 과제다. 본고는 이 새로운 과제에 접근하기 위한 준비작업을 해본 셈이다.

6. 맺음말

14세기의 문인지식층——신진사대부들이 이땅에 기획한 문명은 어떤 형태였던가? 조선왕조를 그 총체적 결과물로 제시할 수 있을 터인데 역사의 주체로서의 사(士)의 정체성을 가장 풍부하고도 전형적으로 드러낸 것은 문학 쪽이었다. 그래서 우리는 사대부문학으로 성격 규정을 짓고 있는바 조선왕조의 문학은 곧 사대부문학으로 전개되기에 이르렀다.

"이제현이 비로소 궤도에 올려놓아 이색에서 집성(集成)되었다"는 정평

集』권6, 장29)
　"執事之於文, 喜甘而惡苦, 尙神雋而卑矙拙. 故二家不在選列. 然論其等, 則以近代數公比之於牧隱·簡易諸大作, 豈不類箏笛之與洪鐘可悅而不可驚耶."(『심제집』권26, 장 27)

그대로 목은의 문학세계는 사대부문학의 총체성을 일찍이 구현하고 있었다. 본고는 이러한 목은 문학의 연구를 위한 서설이다. 목은 문학의 형성 배경, 그 문학적 논리를 탐구해본 것이다. 그의 작품 자체에는 본격적으로 들어가지 못했다. 당초에는 산문의 분석을 통해 목은 문학의 중요한 일면을 해명하려 했으나 거기까지는 미치지 못하고 다만 입론을 해가는 중간중간에 원문을 자주 원용하여, 목은 문학의 사상을 직접 음미해서 좀더 구체적 이해를 가질 수 있도록 나름으로 힘을 썼다.

이상에서 확인하게 된 목은의 사대부적 생활과 의식의 표백인 문학세계는 유교적 이념을 구현한 점이 특색이라 할 것이다. 그것은 이땅의 역사현실 및 삶의 구체성으로부터 유리된 상태가 아니었다. '여러 체(體)를 두루 구비'한 시세계[25]에서 애국적 정서와 기속(紀俗)의 시편들이 주목을 받고 있는 사실도 그렇거니와, 산문의 내용은 이땅에 뿌리내려서 문명생활을 가꾸려 했던 사대부들의 지향 그 자체로 느껴지는 것이다. 동인의식과 문명의식을 고려하여 분석해보아야 할 대상이다.

여기서 지금 우리의 안목으로 사대부문학(문화) 일반에 대하여 두 가지 의문을 던져본다. 하나는 어찌하여 중화주의적 테두리를 끝내 벗어나지 못했느냐이고, 다른 하나는 어째서 '대중성 문예'의 신경지(新境地)는 전혀 수용하지 못했느냐는 것이다.

동북아지역에서는 역사상 중국문명 이외에 다른 어떤 문명이 체계적으로 형성되지는 못했다. 몽골은 대륙을 군사적으로 지배했으나 문화적으로는 중국에 동화될 수밖에 없었다. 원대 사회는 종교·사상에 있어서 거의 제약을 가하지 않아 여러 종교·사상들이 자유롭게 활동하였는데 특히 공자에 대한 존숭은 앞서의 어떤 왕조보다 융성하였고 정주학(程朱學)이 관학의 지위를 확보한 것 또한 그때부터였다. 동인(東人)의 문명의식이 중화를 지향하는 것은 필연지사요, 그것이 당시 역사의 행방이기도 하였다.

---

25) "先生之於詩, 不凝滯於一, 衆體皆備. 有雄渾者, 有麗藻者, 有沖澹者, 有峻潔者, 有豪以瞻者, 有嚴而重者, 有奧而深者, 有典而雅者, 當合全集而觀之, 可以想富哉之氣象."(徐居正, 「牧隱詩精選序」, 앞의 책, 971면)

'대중성 문예'는 성시(城市)의 신흥문화로, 사대부들의 눈에는 그것이 문명의 개념으로 인식이 되지 못했을 것이다. 뿐 아니라, 고려사회가 대중성 문예를 수용할 사회기반이 있었느냐는 점도 의문이다. 목은의 기속시(紀俗詩)에 잡극(雜劇)이 연행된 현장이 포착된 바 있고[26] 「쌍화점」 같은 가사에서 연희와 유흥의 분위기를 엿볼 수 있다. 그렇지만 대중적 연희 형태는 아직 초보적 단계로 성장의 조건이 미비한 상태였다. 목은 자신이 "시사(市肆)가 없어서 노니는 것이 어렵다"[27]는 말을 비쳤던바 대도의 생활에 견주어 고려사회는 시민문화의 범주가 아직 형성되지 못한 형편을 아쉬워한 뜻으로 짐작이 된다. 원(元)을 대체한 명(明)에 비해 고려를 대체한 조선에서 유교문화가 더 철저하게 더 전형적으로 펼쳐지게 된 까닭을 찾아보면 여기에 한 요인이 있었다고 본다.

14세기의 역사전환을 어떻게 평가할 것인가? 세계사적 관찰을 요하는 문제이다. 당시 동아시아의 대전환은 동시대 서구의 변혁운동이 발전하여 마침내 '근대세계'를 주도하게 된 것에 상응하는 역사적 의미를 띠지는 못했던 것으로 여겨진다. 다시 폐쇄적인 국제관계에 처하게 된 조선왕조는 내부적으로도 다분히 소극적인 방향을 취했다. 우리는 고려에서 조선으로의 왕조교체에 의해 정치사회적으로, 생활문화적으로 일정한 진전이 이루어진 사실을 일단 긍정하면서도 신왕조의 형상을 아주 진취적인 것으로 그리지는 못하고 있다.

우리는 조선왕조를 고려 말 문인지식층의 주체적·개혁적 의지의 구체화로 인식하였다. 인간의 사상, 인간의 의지와 그 실천의 결과 사이에 간극이 생기는 사례는 인류역사상 허다히 볼 수 있다. 조선왕조의 국가상은 고려 말 문인지식층의 이념과 구상을 반영하였지만 상당히 왜곡된 형태를 드러낸 것이다. 끝으로 대명외교에 관련한 목은의 일화 하나를 소개하는 것으로

---

26) 「自東大門至闕門前, 山臺雜劇, 前所未見也」(『목은집』 시고 권23, 장27)라는 시제가 있는데 동대문에서 궐문 앞까지 전에 못 보던 산대잡극이 연행되는 것을 놀랍게 보고 시를 짓는다는 뜻이다.
27) 「贈金敬叔秘書詩序」, 『목은집』 문고 권9, 장12.

글을 맺고자 한다.

목은은 61세의 노구를 끌고 명나라에 사신으로 다녀온 일이 있었다. 당시 명의 수도는 남경(南京)이었던바 그의 주변에서 노경에 무리한 걸음이라고 만류하였다. 그는 "나는 지금 죽을 곳을 얻었다. 설사 도중에서 죽더라도 죽음으로 사명을 수행할 것"이라고 말했다 한다. 이처럼 비장한 각오를 해야 할 만큼 국사에 큰 관련이 있었다. 명 태조 주원장(朱元璋)은 그를 특별 예우하여 "너는 원조에서 한림학사까지 지낸 사람이니 한어(漢語)를 할 수 있겠다" 하고 직접 대화를 나누었다. 그러나 목은과 주원장 사이에는 대화가 잘 통하지를 못했다. 주원장은 "너의 한어는 나아추〔納哈出, 원의 장군으로 주원장에 복속하였음──인용자〕의 말씨 같구나"라고 비웃었다 한다. 목은은 주원장과 회담한 소감을 이렇게 전하고 있다.

　　황제는 마음이 줏대가 없는 군주다. 내가 황제는 필시 이 일을 물으리라
　　생각하면 황제는 그 일을 묻지 않고 황제가 묻는 것은 모두 내가 생각한 일
　　이 아니었다. (「李穡列傳」, 『高麗史』 권115)

이때는 1388년 겨울이었다. 그로부터 4년도 못가서 고려 역사는 종막을 내렸던 것이다. 이색이 당시 주원장을 만나서 협의하려던 일이 무엇이었는지 역사기록은 제대로 전하지 않고 있다. 후일 태종이 된 이방원도 그 사절단에 서장관(書狀官)으로 합류했다. 역사기록은 이색측에서 사신으로 다녀오는 사이에 혹시 정변을 일으킬까 염려하여 이방원을 볼모처럼 데려간 것으로 되어 있으나 일설에는 이성계측에서 자기네에게 불리한 외교행각이 벌어질까 우려하여 감시자로 따라 붙였다고 한다. 역시 어느 쪽이 맞는지 판별하기 어렵다. 한가지 명료한 것은 이색의 외교가 명 태조에게 불통한 사실이다. 약소국의 입장을 전혀 귀담아들으려 하지 않았던 것이다. 대명제국은 국내정치에서 황제의 절대권력이 관철되도록 하였거니와 주변국가에 대해서도 외교적 모멸을 상습적으로 행사했던 사실을 우리는 익히 알고 있다.

『고려사』의 편자는 위의 경위를 기록한 다음 "대성인(大聖人, 명태조──인용자)의 도량을 속유(俗儒)로서 기롱할 수 있겠느냐"고 시론(時論)이 이색을 비난한 듯이 덧붙여놓았다. 기실 『고려사』 편자의 말일 것이다. 앞서 목은이 "세계는 무궁하며 우리의 방촌(方寸, 마음──인용자) 또한 무궁하다"고 했던 말을 우리는 대단히 뜻깊게 들었던바 '나'의 주체를 고도로 자각한 발언이었다. 황제와 대화를 나눈 끝에 내려진 저 인간 자체에 대한 평가를 대성인 운운하며 비난한 그 소견이 가소롭고 그 기상이 좀스럽다 하지 않을 수 없다.

〈『牧隱 李穡의 生涯와 思想』, 1996〉

제2부

실학, 안과 밖의 인식

實事求是의 학적 전통과 개화사상

1. 실사구시의 현재적 의미와 과제

실사구시(實事求是)는 오늘날 학계에서 실학의 성격을 대변하는 개념 내지는 실학의 한 유파를 지칭하는 개념으로 쓰이고 있다. 그러므로 실학이란 학문의 전체를 포괄하거나 부분적용이 되거나 어쨌건 이 개념은 실학의 학적 성격 및 그 발전과정을 이해함에 있어 매우 긴요한 의미를 갖는 것이다.

또 한편으로 실사구시라는 이 말을 원용하여 오늘의 현실에서 우리 자신이 수행하는 학문이나 실천에 대해 반성과 지향을 제기하기도 한다. 특히 1980년대 후반 이래 급전한 세계정세와 국내 상황을 경험하면서 실사구시의 중요성을 새삼 깨닫게 된 것이다. 실학 그 자체는 과거시제(過去時制) 속에 머물러 있는 데 반해서 '실사구시'란 개념이 현존적 의미를 띠고 떠오르는 사실은 우리에게 여러모로 생각케 한다.

나 또한 실사구시를 언급한 사람 중의 하나다. 대개 주지하는 대로 실사구시란 원래 중국의 고대 문헌에서 유래했고 청대(淸代)의 학풍과 연관해서 학술용어로 부상된 것이다. 그런데 한국에서도 일찍이 실사구시를 해야 한다고 역설한 학자가 있었거니와, 청대 학풍의 영향을 받으면서 실사구시를 표방한 학문이 발전하여 상당한 성과를 남겼다. 그래서 나는 우리의 정신사·학술사에서 실사구시의 의의를 중시하고 나름대로 거론해보기도 했던 것이다.

지금 '실사구시의 학적 전통과 개화사상'이란 제목은 나 자신의 실사구시로 향한 관심의 연장인 셈이다. 실학과 개화사상의 연맥관계는 학계에서 한때 중요사항으로 다루어진 바 있었다. 대개 실학과 개화사상은 무관하지 않은 것으로 결론이 내려졌다. 그런데 정작 학문 내용에 있어서 상호 연관성은 뚜렷이 잡히지 못한 것 같다. 바로 이 점을, 나는 실사구시에 초점을 맞추어 살펴보고자 한다.

19세기 중반 무렵 실사구시 정신으로 수행된 학문적 성과들을 전부 파악하여 분석하는 작업은 결코 만만치 않다. 게다가 수학이나 천체 물리학에 해당하는 내용이 큰 비중을 차지하고 있는데, 이 부분은 과학사가의 몫임이 물론이다. 여기서는 그 학술이 지닌 사상적 의미를, 설정한 문제의식에 따라 해석해보는 데 그친다.

2. 求弊의 실사구시와 考古의 실사구시

실사구시란 말은 어떤 특정한 시기에 처해서 그 사회의 속상(俗尙), 학술의 풍토에 대응하는 논리로서 반성의 정신을 고도로 축약한 형식인데 거기서 우리는 이상과 현실에 기초한 사고의 발전을 엿볼 수 있을 것이다.

'실사구시' 네 글자의 어구풀이를 하자면 실제 사실로부터 진리를 추구한다는 뜻이 된다. 그러나 그 이상의 확장된 의미를 고유하게 내포한 형식은 아니니, 요는 각기 대응하는 데 따라서 '실사'의 내용이 부여되고 '구시'의 성격이 형성되는 그런 것으로 생각된다.

우리나라 역사상에 실사구시로 문제제기를 처음 한 것은 18세기 초의 양득중(梁得中, 1665~1742)이다. 그는 은일(隱逸)의 학자로서 국왕 영조(英祖)의 부름을 받게 되자 실사구시 네 자를 요체로 들어 누차 진언을 했던 것이다. 그보다 1세기 정도 앞서서 권득기(權得己, 1570~1622)라는 재야 학자가 "매사필구시(每事必求是)"를 제창한 바 있다. 당시 고식과 미봉으로 떨어진 정치풍토에 대한 처방으로 '구시'를 내놓았다는 점에서 서로 기맥이 통하는 것이다. 더욱이 상황논리의 일색으로 시비가 온통 헷갈려버린 오늘의 세태에 비추어서는 "매사에 당해 옳은 방도를 찾으라"는 그 말은 더없이 좋은 깨우침이다. 권득기의 발언은 경구적(警句的) 차원인 것이다. 뿐 아니라 '매사필구시'는 논리적으로 '실사'의 전제가 아직 되어 있지 않은 상태이다.

양득중에 있어서 '실사'는 "의리(義理)를 가탁(假託)하고 허위를 숭식(崇飾)함으로 해서 오늘날 국가 형편이 난망(亂亡)의 지경에 빠졌다"는 정히 심각한 현실인식에 근거하여 제출된 대안이다. 그 1세기 앞서 학술이 당쟁의 도구로 이용되고 진실을 호도하는 풍상이 확대 발전하였기에, 그에 대응책은 무엇보다 실제 현실에서 출발하자고 부르짖게 된 것이다. 그리하여 양득중은 "의리를 내세움으로써 천하를 어지럽힌다"고 통탄하고 있다.

나는 양득중의 이 발언을 주목하여, 중국의 비판철학자 대진(戴震, 1723~77)의 "후세의 유자(儒者)들은 이(理)로써 사람을 살해한다[以理殺人]"라는 유명한 말과 견주어 논하기도 했다. "의리를 내세움으로써 천하를 어지럽힌다"와 "이(理)로써 사람을 살해한다"는 문의(文義)와 함께 어구(語句)까지 서로 흡사하다. 양득중의 문제적 발언이 나왔을 때 대진은 아직 유년기였으므로 양자간의 직접적 관련은 전혀 상정할 수 없는 것이다. 우리는 이 우연의 일치에서 역사적 상통성을 감지할 수 있겠거니와, 상호의 차이점 또한 유념해 볼 필요가 있다. 대진은 정주이학(程朱理學)이 인간성을 말살하고 있다는 측면에서 혹리(酷吏)가 법으로 살인을 하듯 후세의 유자(성리학자)는 이(理)로써 살인을 저지른다고 공박을 한 것이다. 어디까지나 학적 지평에서 떠오른 철학적 문맥이다. 반면 양득중의 발언은 다분히 정치적·현실적인 차원이다. 양득중은 당세를 주도하는 의리를 가리켜 인심(人心)을 훼손하고 세도(世道)를 파괴하는 창귀(倡鬼)라고까지 꾸짖으면서도 의리 그 자체에 대해 철학적(근본적) 반론을 제기하지는 못하고 있다. 그러므로 '구시(求是)' 또한 오직 성실한 자세로 돌아가는 데 있었으며, 학문의 방법론은 아니었다.

하지만 양득중의 '구폐(救弊)의 실사구시'가 실학과 무관했던 것은 물론 아니다. 초기 실학의 위대한 업적으로 손꼽히는 유형원(柳馨遠)의 『반계수록(磻溪隨錄)』은 전혀 햇빛을 보지 못한 채 오래도록 사장되어 있었다. 이 대저를 국왕에게 추천하여 공간되게 한 것은 양득중이었다. 『반계수록』은 군주로서 모름지기 옆에 비치해둘 만한 책인바 그 내용을 유신(儒臣)들이 옥당(玉堂)에 모여 강론(講論) 해명(解明)하여 차례로 시행하게 되면 더없는 다행이겠다고 그는 간곡히 건의하고 있다. '구폐'의 구체적 방도가 『반계수록』에 담겨 있다고 여겼기 때문이리라. 양득중에 있어 실사구시의 정신이 『반계수록』을 발견한 것이다.

이후 실사구시를 학문적 차원에서 제기하고 실천한 것은 다시 한 세기를 지나 김정희(金正喜, 1786~1856)에 이르러서다. "실사구시 이 말은 학문의 가장 긴요한 길이다"라고 선언하고 있다. 그 중간에 발흥했던 실학의 여러 위업은 양득중이 제기했던 그 문제의식의 학적 실천이었던 셈이다. 종래 실사구시를 실학의 대명사처럼 인식하기도 했던 데는 까닭이 없지 않았다. 범박하게 보면 이와같이 말할 수 있다. 그러나 우리가 엄정히 따져보면 학문의 방법론으로서 실사구시를 표방한 경우와 그렇지 않은 경우는 상호간에 변별성이 없지 않은 것이다.

김정희의 바로 앞에 정약용(丁若鏞, 1762~1836)의 학문이 있다. 정약용은 실사구시란 개념 대신 '유시시구(惟是是求)'로써 학문의 과학성·공정성을 주장하였다. 정약용이 서거한 후 그 아들이 김정희에게 『여유당집(與猶堂集)』 편찬의 일을 청탁했다 한다. 김정희는 유고를 전부 검토하고 나서 "선생의 백대(百代)의 대업은 참으로 위대하다. 하지만 그 작가(作家)에 있어 나는 실로 감히 알지 못하겠다. 내 어찌 능히 취사(取捨)를 할 수 있겠는가?"라 대답한 것으로 기록이 전하고 있다. 정약용의 학적 성과에 대해 난감하게 여기는, 무언가 불만이 김정희의 마음속에 있었던 것 같다. 김정희는 정약용 경학(經學)의 위대성을 인정하면서도 그 방법론에 대해서는 동의하지 않은 것이다. 김정희는 정약용에게 "자기 견해를 세우고 자기 설을 만들어내는 것은 설경(說經)에 있어 감히 해서는 안된다"고 직접 반론을 제출한 바도 있었다.

　이러한 차이는 다름아닌 실사구시의 방법론에서 비롯되었던 것이다. 양자 모두 '성현의 도'를 최종의 귀결처로 삼는 점은 마찬가지다. 문제는 거기를 어떻게 도달하느냐는, 방법론에서 미묘한 차이점이 엿보인다. 김정희는 진리의 전당은 바른 길을 찾아 정문으로 들어가야 한다는 것이다. 바른 길로 인도하는 것은 훈고학(訓詁學)−고거학(考據學)이다. 훈고학−고거학이 목적은 아니지만 목적에 올곧게 당도하자면 필수불가결의 요소다. 정약용도 '유시시구'를 주장했던만큼 실증적 방법론을 무시한 것은 결코 아니지만 경세적 의미를 항시 염두에 두고 있었다. '실사구시'를 표방할 때 '실사'는 '허리(虛理)'에 대비되는 객관적·구체적인 증거를 뜻한다. 청대 학자 능정감(凌廷堪)의 말이지만 의리와 같은 '허리'를 앞에 놓고 주장하면 남도 얼마든지 딴 것을 제시하고 우길 수 있으나 '실사'가 앞에 있으면 강변을 할 수 없는 것이다. 객관적인 실증의 정신이다. 이 방법론은 주로 경전의 해석에서 도출되었던 한편 금석학(金石學)을 파생시켰다. 모두 현실과는 동떨어져 옛것을 더듬는 것이 특징이다. 요컨대 김정희의 실사구시 정신은 주로 고고(考古)를 추구하는 것이었다. 이는 또한 그가 수용했던 청대 학술의 일반 경향이기도 했다.

3. 현실적용의 실사구시로의 전환

　1850년을 전후한 시기에 동아시아 세계──한자문화권은 서양의 경제적·종교적 침투와 함께 무력적 침탈을 전면적으로 받게 되었다. 내부적으로도 체제의 모순 이반(離反) 현상이 극에 달해서 금방 붕괴될 지경이었다. 중국대륙이 혼란과 위기에 빠져들었거니와, 한반도를 비롯한 일본(日本), 월남(越南)이 각각 운명이 같지 않게 전개되긴 했으나 유사한 처지에 놓였다. 물론 왕조체제가 일정한 단계에 이르러 멸망하는 현상은 거의 주기적으로 일어났다. 하지만 종전과 달리 이때는 '문명적 위기'에 직면한 것이다.

한반도의 학자 지식인들은 중국대륙에서 아편전쟁(1840)으로부터 영불연합군(英佛聯合軍)의 북경점령(1860)에 이르는 경천동지할 사태의 진전과 함께 태평천국(太平天國)이 발흥했다가 좌절한 추이(推移)를 바라보게 된다. 결코 강 건너 불 구경이 될 수 없었다. 저 불이 이쪽으로 옮겨붙을 위험도 없지 않으려니와, 당장 이쪽에서도 서양의 선박들이 근해에 빈번히 출몰하는가 하면 안으로 천주교도는 치성(熾盛)하고 농민반란은 격화되고 있었기 때문이다. 이에 일단의 학자 지식인들 사이에서 반성적 사고와 함께 학술적 대응이 진지하게 추구되고 있었다.

이 시점에서 우리가 주시하는바 실사구시의 방향이 선회하고 있었다. 길을 처음 연 것은 김정희 그 자신이었다. 그는 지구 전체의 지리학적 지식을 담고서 서구열강에 대한 대응방도를 강구한 저작인 위원(魏源)의 『해국도지(海國圖志)』를 접하고 위원의 학문 자체를 "훈고(訓詁)의 공언(空言)을 지키지 아니하고 오로지 식사구시(寔[實]事求是)를 위주로 하고 있다"고 논평하였다. 아울러 위원과 함께 금문학파(今文學派)를 대표하는 학자, 공자진(龔自珍)의 학문에 대해서도 관심을 표명하고 있다. 김정희 자신 금문학(今文學)으로 경도하고 있음을 보여준 것이다. 그런데 그가 위원의 학문을 '실사구시를 위주로 하고 있다'고 지적한 문맥에서 실사구시는 실제현실에 유용한 것임을 뜻하고 있다. 김정희는 『해국도지』가 '필수의 책'임을 인정하고 그러한 학적 노력이 우리들에게서는 찾아볼 수 없음을 대단히 안타까워한 것이다.

김정희가 학문 방법론을 실사구시로 확립한 것은 그의 젊은 시절이었다. 그가 「실사구시설(實事求是說)」을 집필한 시점은 밝혀져 있지 않으나 거기에 민노행(閔魯行)이 후서(後敍)를 붙이고 있는데 이 연도가 1816년이다. 『해국도지』는 초판이 1842년, 증보판이 1852년에 출간되었다. 김정희에 있어 고고(考古)의 실사구시로부터 전환함에 있어 상당히 긴 시간을 경과했던바 '현실적용의 실사구시'는 그의 노경의 귀착처임을 알 수 있다.

김정희는 학문의 새 길을 제시하긴 하였으나 그 방향에서 스스로 학적 성과를 남기지는 못했다. 그것은 그의 다음 세대의 몫이 되었다. 그 위기의 시대를 담당하여 가장 선봉에 서서 풍부한 업적을 남긴 학자를 들자면 응당 최한기(崔漢綺, 1803~77)를 손꼽아야 할 것이다. 그런데 최한기의 경우 실사구시를 직접 표방하지 않았으므로 일단 접어두고 보면 박규수(朴珪壽, 1809~76), 그리고 남병철(南秉哲, 1817~63)이 중요한 존재로 떠오른다.

박규수는 실학과 개화사상의 가교자(架橋者)로 주목을 받아온 인물이다. 그는 혼평의(渾平儀)와 지세의(地勢儀, 일명 地球儀) 같은 천문지리에 관계된 의기(儀器)를 손수 제작했던바 지세의란 위원의 『해국도지』의 내용을 시각적으로 인지할 수 있도록 고안된 기구이다. 박규수는 그것에 관한 해설적인 글에서 『해국도지』의 산해(算海, 해양에 대한 계측) 심적(審賊, 적의 형세 탐지)의 의미를 특히 주의하고 있다. 남병철은 또한 그것을 두고 「지구의설(地球儀說)」이란 제목의 글을 지었는데 박규수가 제작한 이 의기는 전의 의기(儀器)의 미비점을 여러모로 보완했음을 밝혀, "우리 동국(東國) 안에서 실지지학(實地之學)의 훌륭한 기구에 그치는 것이 아니다"라고 그 독창적 수준을 국제적 지평으로 끌어내고 있다.

박규수는 고염무(顧炎武)의 학문자세를 평소 흠모해 마지않았거니와, 고염무의 화론(畵論)에 붙인 제발(題跋)에서 "산수(山水)는 물론 인물(人物)·누대(樓臺)·성시(城市)·초목(草木)·충어(蟲魚)에 이르기까지 오직 진경(眞境)의 실사(實事)여야 하니 필경 실용(實用)으로 돌아가야 한다. 그런 연후에라야 비로소 화학(畵學)이라 이를 수 있다"라고 주장한다. 회화의 실용적 기능에 치중해서 사실성을 강조한 미학이다. 진경산수(眞境山水)와 풍속화(風俗畵)가 이미 퇴색하고 나서 일어난 19세기의 반사실적 화풍에 대한 경종적 발언으로 해석되는 것이다. 그는 고염무의 화론을 빌려서 자기의 미학적 견해를 펼친 셈이다. 주장이 미학에서 그치지 않고 학문 일반에까지 미쳐서 "학(學)이란 모두 실사(實事)이다. 천하에 어찌 실(實)이 없이 학이라 이를 수 있겠는가"라고 역설한다.

박규수는 물론 미학 전공자가 아니다. '실사'의 주장은 기실 학문연구에서 발전하여 미술 영역으로 전용된 것이리라. 그의 충실한 제자 김윤식(金允植)은 그의 문집 서문에서 박규수의 학문세계를 총괄하여 실사구시로 특징

짓고 있다. 박규수의 학문은 요체가 실사구시에 있었다고 말해도 좋을 것이다.

박규수의 학문은 문호(門戶)를 특별히 세우지 않고 두루 수렴하고 종합한 면모를 보이고 있었다. 학문의 내용이 그렇고 인맥의 관계가 그러했다. 그 자신 박지원의 손자로서 이용후생적(利用厚生的) 학술을 가정적 연원으로 물려받은데다 김정희로부터는 동시대 후진으로서 계발받은 바 있었을 것으로 여겨진다. 그의 학문의 근본은 경세학(經世學)에 있었다. 이 경세학에 있어서는 주로 고염무에 기대고 있는데 정약용으로부터의 영향도 없지 않았을 터이다. 문호에 집착하지 않고 공정하게 수용하는 그것이 실사구시의 자세이기도 하려니와, 마침 처한 상황이 앞의 여러 학술을 수렴해서 어려운 현실에 적용할 것을 요구하는 시대였다.

4. 格致의 실사구시

남병철은 박규수의 학문적 반려자였다. 박규수는 남병철의 문집에 붙여서 "글이 경술(經術)과 정리(政理, 정치)에 관련되지 않으면 족히 할 것이 없다"는 고염무의 말을 인용하고 "그와 나는 일찍이 이 말씀에 깊이 감복했다" 하였고, 남병철 또한 박규수가 제작한 의기(儀器)에 해설을 붙여 "이는 나의 친구 박환경(朴桓卿)이 제작한 것이다"라고 정답게 쓰고 있는데 의기들은 두 사람이 궁리를 같이 하거나 혹은 생각을 보태서 만들기도 했던 것 같다. 남병철의 학문 경향에 대해 윤정현(尹定鉉)은 일생 경전연구에 주력하여 자못 묘해(妙解)를 얻었음을 지적한 다음, 이렇게 소개하고 있다.

일찍이 이르기를 고금의 전주(箋注)들은 저마다 자기가 옳다는 설을 세워 쟁송(爭訟)이 분분하다. 산수(算數) 또한 경서(經書) 중 하나의 문제인데 「요전(堯典)」의 역상(曆象), 『춘추』의 일식(日蝕)을 추리하여 알 수 있고 또 지금 측험(測驗)을 할 수 있다. 칠정(七政)의 행도(行度)는 부합하면 맞고 부합하지 않으면 틀려서 시비가 금방 가려져 틀린 자는 저절로 굴복하게 된다. 이에 먼저 여기에 종사했던 것이다. 저서에는 『의기집설(儀器輯說)』 『해경세초해(海鏡細艸解)』 『추보속해(推步續解)』의 3종이 있는데 정신을 다 쏟아서 은미(隱微)한 데 들어가 '미증유(未曾有)'를 얻은 것이다.

남병철은 경학(經學)에는 오히려 흥미를 잃고 '산수(算數)'에 매력을 느껴 그쪽 공부에 종사해서 학적으로 미증유의 경지에 도달했다는 것이다. 경전(經典)의 전주(箋注)가 부질없이 쟁송만 불러일으키는 '허리'이며, 그에 반해 관측·실험이 가능하고 맞고 틀림이 명백히 가려지는 '산수'는 '실사(實事)'로 의식되고 있다. 남병철에 있어서는 '산수'의 탐구가 실사구시인 셈이다.

'산수'란 수학(數學), 역산(曆算), 상수(象數) 등의 용어로도 일컬어졌다. 오늘날 개념으로는 천문(天文)·역학(曆學)과 수학을 아우른 내용이니 자연과학에 속하는 것이다. 남병철의 아우 남병길(南秉吉, 1820~69)이 「해경세초해서(海鏡細艸解序)」에서 썼던 문자를 빌려서 표현하면 '격치(格致)의 실학(實學)'이다. 뒤에 물리학을 격치학(格致學)으로 번역한 바도 있듯, 이때의 격치는 사물에 대한 과학적 인식을 뜻하는 말이다. 이 단계에서 실사구시는 자연과학적 합리성에 접근하고 있다. 다음에 이러한 학적 지향에서 몇가지 중요한 점을 추출해보기로 한다.

수(數)에 대한 인식

남병철의 『해경세초해』는 수학의 저작이다. 왜 이런 데 관심을 쏟아 책을 지었을까? 이 물음에 저자의 아우 남병길이 대신 답을 하고 있는데 "천지사이에 눈으로 보는 바, 귀로 듣는 바, 손으로 만드는 바, 마음으로 사고하는 바 모든 것에 다 자연의 수(數)가 있다"고 한다. '자연의 수'란 주관과는 분리되어 우주 자연에 자재(自在)하는 무엇을 의미한다. 이에 대한 남병철의 견해를 들어본다.

천(天)이 무슨 말을 하는가? 대상은 요곽(寥廓, 광원하여 가시화할 수 없다는 의미——인용자)하고 천체들은 참치(參差)한데 중서(中西)를 가리지 말고 오직 관측을 정밀히 하며 계산을 공교히 해야 합치할 수 있다. 저 일(日)·월(月)·오성(五星)이 어떻게 세간에서 논하는 존화양이(尊華攘夷)의 의리가 있는 줄 알겠는가! (「書推步續解後」)

역수(曆數)에 국한된 논리이다. 저 우주 공간의 천체들은 인간세상의 존화양이의 논리가 있는 줄 알지 못한 채 그들 나름으로 존재하고 운행한다는 것이다. 이는 곧 '자연의 수'인데 오직 관측·계산을 통해서만 인지할 수 있다. 그런데 여기서 하필 존화양이를 들먹이고 있는가? 이에 대해서는 뒤에 언급하겠거니와, 요컨대 자연에 자재한 객관적 이법(理法)을 수(數)라는 개념으로 파악하고 있는 것이다.

무릇 수(數)란 안도 바깥도 없고, 적재할 수도 파괴할 수도 없는데, 크게는 천지를 경위(經緯)하며 작게는 미염능잡(米鹽凌雜, 섬세 혼란하다는 의미——인용자)하여 오직 변하는 대로 적용되어 이용이 무궁하다. (「海鏡細艸解序」)

이렇듯 수는 순수 추상의 개념이지만 오히려 이용의 가능성이 무한하다는 것이다. 동양 전래의 학술체계에서 수는 육예(六藝, 禮·樂·射·御·書·數)의 마지막에 놓여 있었다. 남병길은 수의 긴요성을 강조하는 논리로 오륜(五倫)의 신(信)에 비유하고 있다. 일찍이 박지원(朴趾源)은 신(信)이 오륜의 끝에 놓인 까닭은 신의 위상을 격하시킨 것이 아니고 후위에서 전체를 통섭(統攝)하는 의미라고 해석을 내렸다. 이 해석은 붕우(朋友)의 윤리를 가장 중시하는 윤리관의 반영임이 물론이다. 오륜에서 신(信)과 유사한 기능을 육예에서 수가 맡고 있다는 것 또한 수를 중시하는 논법이다. 그는 수학을 여러 학술의 기초일 뿐 아니라 "천하국가의 경국제세와도 관계된다"고 보았다. 그래서 수학은 "격치의 실학이며 가국(家國)의 실용(實用)이니 경세(經世)를 담당한 자 먼저 힘써야 할 바"라고 결론을 내렸다. 근대학문에서 수학을 중시하는 것과 통하는 발상을 보여주고 있다.

서양 과학기술의 수용

양계초(梁啓超)는 『청대학술개론(淸代學術槪論)』에서 실사구시의 학풍을 두고 "이 정신은 기껏 고고(考古)에 응용이 되었을 뿐 자연과학계에는 응용되지 못했으니 그 시대가 이렇게 만든 것이다"라고 자못 애석한 논조로 말한 바 있었다. 그런데 남병철의 「서추보속해후(書推步續解後)」라는 한편의 글을 보면 청조(淸朝) 2백년의 학술전통에서 실사구시와 관련하여 육예(六藝)가 개발된 것으로 보고 특히 산학(算學)의 성과들을 들어 논평을 가하고 있다. 두 사람의 견해는 분명히 상반된다. 우리가 보기에도 양계초의 주장은 사실에 부합하지 않는 것 같다. 하지만 양계초가 금문학파의 후계자로서 청대 학술을 정리하는 과업을 훌륭히 수행한 인물임을 고려해야 할 것이다. 실사구시의 정신이 자연과학 분야에 응용된 성과는 양계초에게 무시될 만큼 뚜렷하지 못했고 기여도가 높지 못했던 것으로 여겨진다. 남병철도 기실 청조(淸朝)의 역산학(曆算學)을 논함에 있어 강영(江永, 1681~1762, 자 愼修)만을 높이 평가하고 다른 여러 학자들에 대해서는 문제를 지적하는 데에 중점을 두는 편이었다.

남병철의 「서추보속해후」는 북경이 영불연합군에게 점령당한 소식을 접해서 중국의 비운을 탄식하고 문명적 위기를 느끼며 씌어진 것이다. 이런 지경에 이른 원인은 어디 있는지, 중국을 위해 학술적 측면에서 반성하는 의미를 이 글은 내포하고 있다. 동시에 자기반성의 뜻도 담겨 있다. 이 글에서 그는 기계와 수술(數術)이라는 용어를 쓴다. "여기에 서양인들은 전심전력을 바친 오랜 연구의 축적을 거쳐서 도달한 '기계(器械)의 정리(精利)' '수술(數術)의 미묘(微妙)'는 실로 놀라운 경지니, 당시 중국이 바야흐로 낭패를 당한 것도 주로 이에 요인이 있다"고 설파한 것이다.

서양의 과학기술이 우수하다는 것은 당시에 이미 입증된 사실이었다. 이에 남이 잘하는 것은 잘하는 것으로 솔직히 인정하고 겸허하게 배워야 한다는 것이 그의 지론이다. 이 주장을 세우기 위해 앞서 살폈던 존화양이의 논리가 동원된 것이다. 역산(曆算)을 두고 말하면 "천(天)에 측험(測驗)이 되는가 여부만 따질 일이요 인간의 화이(華夷)는 논하지 않는 것이 옳다"고 한다. 그렇다고 화이라는 인간적 구분을 부정했던 것은 아니었다. 그는 말하기를 "저들은 주공(周公)·공자(孔子)의 도(道)도 알지 못하고 단지 아는 것이라곤 윤선(輪船)과 화포(火砲)뿐이다. 어찌 저들과 장단을 겨루어 선악을 논할 것인가"라고 하였다. 서양인을 도덕적으로는 야만시하고 있는 것이다. "그 사람을 배척한다고 그의 소능(所能)까지 아울러 배척할 것은 아니"라고 했으므로, 서양배척은 과학기술적인 면과는 구분해서 도덕적으로 당연한 일이라고 여겼던 셈이다. 그렇지만 존화양이를 꼭 주장했다고도 볼 수 없다. 요컨대 서양의 과학기술을 수용하는 데 장애물인 이념의 질곡을 제거하는 데 뜻이 있었다고 보겠다.

당시 서양의 과학기술을 보다 폭넓게 적극적으로 수용했던 학자는 최한기였다. 그는 서양 학술을 수용하고 학습하는 문제를 기정사실로 인정한 차원에서 "중국을 배우는 자는 서법(西法)을 배우려 하지 않고 서법을 배우는 자는 중국을 배우려 하지 않는다"는 경계성 발언을 하고 있다. 중서의학(中西醫學)의 접목이 일찍이 그에 의해서 구체적으로 시도된 사실 또한 흥미로운 점이다.

남병철은 과학기술의 측면에 있어서는 서양에 대해 개방적이었다. 드디어 역사적 난관으로 다가온 개국통상(開國通商)의 문제에 당해서 그는 어떻게 사고했을까? 그가 존화양이의 논리로부터 해방시킨 곳은 과학기술의 측면에 한정되어 있었다. 정신적 측면, 이데올로기 자체를 그는 건드리지 않았는데, 이에 대한 그의 태도는 애매하다. 한반도에 개국 통상의 압력이 무섭게 닥친 것은 그의 생애가 마감된 이후의 일이었다. 바로 그 상황에서 활동했던 박규수에게서도 자기 글로 개국 통상의 주장을 직접 표명한 내용은 찾아볼 수 없다. 당시 그의 손에서 관련된 외교문서가 작성되기도 했는데 서양의 개국 통상의 요청을 거부하는 논조로 씌어 있었다. 그런데 박규수 자신의 참뜻은 그와 달랐다는 것이다. 그의 제자 김윤식의 증언을 들어보자. 박규수는 외교문서를 쓰다가 붓을 놓고 깊이 한숨을 쉬며 "지금 세계

정세는 날로 변해 동서열강이 대립하는 상태"인데 우리나라는 소국으로서
위치가 동양의 연결고리[紐樞]이기 때문에 내치와 외교로 적절히 대응하면
스스로 잘 보전할 수 있겠거니와 그렇지 못하면 망국의 어둠으로 쉽게 빠
질 것이다. "이는 하늘의 도리이니 누구를 탓할 것도 없다" 하면서 이렇게
말했다는 것이다.

　　내가 듣기로 미국은 지구상의 여러 나라들 가운데 가장 '공평'으로 이름을
　얻었다. 국제적인 분란 해결을 잘하며, 또한 부(富)가 육대주에서 으뜸이라
　영토의 욕심이 없다고 한다. 저들이 말하지 않더라도 우리나라가 먼저 수교
　를 요청하여 맹약을 확실히해두면 고립의 우환에서 벗어날 수 있을 것이다.
　그런데 (미국의 통상 요청을 우리가──인용자) 도리어 물리치고 거부하다니 이
　어찌 국가를 도모하는 길인가. (「啓文」에 붙인 글, 『瓛齋集』 권7)

　　병인양요(1866) 이래 쇄국척화로 국론을 몰아가던 시점의 발언이다. 미
국이란 실체가 국제사회에서 '공평'이란 평가를 과연 받을 수 있는지 의문
이 들기는 하지만 당시 지정학적 위치에서 약소한 우리나라의 국권을 보전
하자면 미국과의 수교를 서둘러야 한다는 외교전략은 선견지명이 있었던
것으로 생각된다. 그런데 박규수는 왜 이 외교전략을 당당히 주장하지 못했
던가? 김윤식은 말하기를 온나라가 척화로 들끓는 마당에서 개방과 화해의
논리를 폈다가는 "이적을 받아들이고 나라를 팔아먹는 죄인"이라는 비난을
면치 못했으리라 한다.

5. 개화사상의 실사구시

　　갑신정변이 일어난 그 무렵 문명개화를 주장하는 개화파의 논설 속에 실
사구시의 개념이 구사되고 있다. 김옥균(金玉均)이 자기의 정론(政論)·정
책(政策)을 개진한 「치도약론(治道略論)」과 『한성순보(漢城旬報)』 창간호

의「지구론(地球論)」이 그것이다. 실사구시는 개화사상의 논리에서 눈동자처럼 보인다.

이 점을 주목했던 천관우(千寬宇) 선생은 "이 시기에 실사구시라는 슬로건이 두드러지게 나타나고 있다는 사실은 지적되어야 할 것"이라 하고, 그 사례를 소개한 다음 "실사구시는 고증학의 특징으로 흔히 쓰이는 말이지만 위의 몇가지 예는 고증학풍과는 아무 관련이 없는 것이었고, 실사와 구시의 글자 그대로의 뜻으로 쓰인 것"이라고 보았다. 개화논리에서 실사구시는 내용을 담지하지 않은, 슬로건에 지나지 못한 것으로 간주하였다. 개화운동의 직전 단계에서 구현된 실사구시의 내용을 살피지 못한 데서 내려진 오판이라고 생각된다.

우리나라에서 실사구시의 정신으로 추구된 학적 전통은 '구시폐(救時弊)의 실사구시'에서 발단하여, '고고(考古)의 실사구시'로, 다시 '격치(格致)의 실사구시'로 발전해서 드디어 개화사상의 실사구시로 이어진 것이다.

〈『한중실학사연구』, 1998〉

朴趾源의 주체의식과 세계인식

『熱河日記』 분석의 시각

1. 『열하일기』에 대한 관심의 방향

연암(燕巖) 박지원(朴趾源, 1731~1805)은 중국을 다녀온 견문을 엮어서 일부의 저서를 남겼다. 『열하일기』가 그것이다.[1] 그는 이것을 탈고하고 나서 자신의 구고(舊稿)들을 폐기했다는 말이 전한다. 『열하일기』만 있으면 다른 글은 후세에 전할 필요가 없다고 그 스스로 생각한 것이라 한다.[2] 이

---

1) 『열하일기』가 최초로 간행된 것은 1911년 新文館의 光文會本이며, 그뒤 1932년 朴榮喆의 도움으로 간행된 『燕巖集』에 수록되었고, 따로 여러 종의 筆寫本이 전하고 있다. 그것의 譯註는 李允宰(『渡江錄』, 大成出版社 1946), 金聖七(正音文庫 1946. 1~4책까지 나오고 중단됨)에 의해서 일부가 이루어졌고, 李家源(『국역 열하일기』, 민족문화추진회 1968)에 의해서 전체가 이루어졌다. 그리고 尹在瑛의 譯本(博英文庫 1982)이 있다.

『열하일기』는 異本에 따라서 編次 및 내용상의 出入이 있다. 필자는 위의 활자본·국역본 및 필사본들을 두루 참조하였으나, 주에서 원문의 제시는 『연암집』에 실린 것으로 통일하였다.

2) "燕巖, 余輩素所周旋. 方其著日記也, 悉削前日所爲文. 意以謂有此記則餘不足傳也."(柳得恭,『古芸堂筆記』 권3 熱河日記條. 강조는 인용자. 이하 같음.)

"先君嘗歎息言,(…) 及其遊燕而還也, 大方所見聞, 頗有可述. 往來山中(燕巖峽을 가리킴──인용자), 筆硯隨身, 檢其橐中散草而漫書之. 以爲老年消閑之資. 哀然成幾編書, 初未嘗以傳後爲計也. 誰料脫藁未半, 人已傳寫, 遂至遍行一世, 莫可收藏! 初甚怳然自悔, 撫心長歎, 末亦無可奈何, 亦復任之而已. 至於未見其書面目, 而輒隨衆訛毁者, 吾亦如之何哉!"(『過庭錄』 권1,『韓國漢文學研究』 제6집 부록, 36~37면)

위의 연암의 제자인 柳得恭이 직접 보고 남긴 기록과 다음의 연암 자신의 술회 사이에 서로 상치되는 바가 있다. 유득공이 잘못 알고 기록한 것으로 생각되지 않는다. 연암의 말은, 『열하일기』가 자신의 본의와 달리 세상에 전파되어 비방을 사고 있는 데서 나온 탄식이

『열하일기』는 씌어진 당초부터 파문을 크게 일으켰다. 그야말로 문제작이었다.

근래 문풍이 이와같이 된 것은 모두 박모(朴某)의 죄이다. 『열하일기』는 내가 이미 숙람(熟覽)해 보았다. 『열하일기』가 세상에 유행한 이후로 문체가 이와같이 되었으니 사실을 어찌 감히 숨길 수 있겠는가.

국왕 정조(正祖)가 이른바 '문체반정(文體反正)'의 정책을 펼 당시에 직접 교시한 말이다. 곧 정조 16년, 1792년의 일이다. 문풍(文風)이 변해서 타락한 원인을 전적으로 연암에게 돌려 문책하는 것이 과연 타당한지에 대해서는 여러모로 이론이 제기될 수 있을 것이다. 그러나 어쨌건 『열하일기』는 국왕이 '숙람(熟覽)'했다고 스스로 증언한 터이니 어떤 경로로 국왕에게 전달되어[3] 열심히 읽었음이 분명하다. 그리고 그 문체적 영향을 심히 우려했던 터이니 『열하일기』는 독서층에 비상한 관심과 흥미를 끌었을 것임이 또한 확실하다.

연암의 중국여행은 1780년(정조 4년, 乾隆 45년 음력 6월 24일에 압록강을 건너 갔다가 그해 10월에 돌아옴)의 일인데, 그는 돌아와서 이내 집필을 시작하였다. 그것은 완성되기도 전에 벌써 사람들이 서로 베껴가서 몇년 사이에 널리 읽혀지게 되었다고 한다.[4] 이 영향은 문풍으로 반영되어 '연암체(燕巖體)'

요 遁辭이기 때문에 액면 그대로 받아들일 수 없다고 본다. '노경의 무료한 시간 때우기 자료'로 지은 것이 아님은 바로 『열하일기』의 내용이 명백히 증명하고 있다.

3) 정조가 어떤 경위로 『열하일기』에 접하게 되었는지 알려져 있지 않은데 박지원이 錦城尉 朴明源에게 보낸 편지에서 "俯索文編, 謹玆奉獻, 而但操瑟齊門, 笑售技之眛, 方獻玉楚宮, 恐遭刖而靡悔."(「上從兄」之二, 『燕巖集』 권5)라는 구절이 『열하일기』를 정조에게 올린 사실에 관련된 내용으로 보인다. 임금이 1편의 글을 구함에 부응하여 이에 받들어 올리기는 하지만 操瑟齊門이란 고사를 써서 국왕의 취미에 맞을까 걱정이 되고, 또 초왕에게 璞玉을 바쳤다가 刖足을 당했던 고사를 써서 바치는 글에 대한 자부심과 함께 죄책을 당할까 하는 우려감까지 표명한 것이다.

4) 주 2의 『과정록』 부분 참조.
"熱河記出聞驚世, 莫把公身了此篇."(「族兄朴趾源輓」, 『錦石集』 권4)
"偶然游戲至奇文, 欒水金臺拾異聞."(「輓朴燕巖四首」, 『冷齋集』 권5)

라는 하나의 새로운 문체를 성립시키기에 이르렀다.[5] 그래서 위와 같이 '문체반정'에 걸려든 것이다.

신문체의 출현은 생활의식을 내포한 문예상의 변혁이므로 대단히 주목할 현상이다. 그런데 『열하일기』에 대한 당시 독서계 일반의 관심의 방향은 반드시 정당했던 것으로 생각되지 않는다. 그것을 '노호지고(虜號之藁, 되놈의 연호를 쓴 글)'라고 몰아붙인 따위의 비방[6]은 한갖 편견무지의 소치이므로 일소에 붙여도 좋겠으나, 학식을 가진 자들 사이의 몰이해는 음미해보아야 할 대목이다.

『열하일기』를 왕왕 '전기(傳奇) 해소(諧笑)의 작(作)'으로 인식하였으며, 비록 그것을 애호하여 읽는다는 자들 역시 그 근본 취지를 깊이 파악하지 못했다는 것이다. 연암의 평생 반려요 지우였던 이재성(李在誠, 자 仲存, 호 芝溪, 연암의 처남)은 연암의 죽음을 슬퍼한 제문(祭文)에서

저 그를 좋아한다는 자들도 그 진수를 이해한 것이 아니니, 해타(咳唾)의 찌꺼기를 주워서 보배처럼 여기고 우언 해소(寓言諧笑)로 널리 전파하였다. 이에 그에 대한 공격은 예봉을 얻었다.

라고 몹시 안타까운 어조로 언급한 바 있었다.[7] 이는 다름아닌 『열하일기』와 관련해서 나온 말이다. 그것에 주어진 흥미와 관심이 작가의 진의와 고심처를 터득하지 못하고 한낱 농필유희(弄筆遊戲) 내지 패관기서(稗官奇書)로 보았기 때문에 비난의 소지를 제공했다는 것이다. 연암의 친지 중의 한 사람이 『열하일기』를 세상에 악영향을 끼칠 글이라고 불길 속에 던지려

---

5) "先是, 上進覽武藝圖譜通志, 指李德懋所著禦倭諸論, 敎曰, 諸篇皆圓好. 又敎曰, 此燕巖體也."(『과정록』권2, 91면)
6) 虜號之藁라는 비방에 대한 연암 자신의 답변이「答李仲存書」(『연암집』권2, 장3)에 들어 있으며, 『과정록』권2(97면)에도 해명한 말이 수록되어 있다.
7) "讀者不知要領, 往往認之以傳奇諧笑之作. 雖自以爲愛好善讀者, 亦未必深究其大致. 芝溪公祭先君文所謂, 彼好公者, 亦非其眞. 咳唾之棄, 拾以爲珍; 寓言諧笑, 盛爲播傳. 於是刺公, 益得機縫(鋒의 오자인 듯——인용자). 寓言則詭, 捽圍牢籠, 諧笑非情, 狎玩不恭, 知我罪我, 皆莫能衷者, 是也."(『과정록』권1, 35~36면)

했을 때에도 연암은 자기 변호를 하는 것이 구차스럽게 되어 스스로 벌주(罰酒)를 들고 말았다.[8] 급기야 『열하일기』는 '문체반정'에 비화되기에 이르렀으며, 마침내 불온한 서적으로 낙인이 찍혀 이조체제하에서 끝까지 금서처럼 취급을 받았다. 무릇 인간의 정신적 창조물에 대한 관점이 바르지 못할 경우 얼마나 불행한 결과를 초래할 수 있는가? 이를 깨닫게 하는 사례로 기록되어야 할 것이다.

말하자면 수박의 껍데기만 맛보고 좋으니 나쁘니 하다가 집어치운 꼴이다. 그 사상 내용에는 관심이 미치지 못한 것이다. 그러다가 근대계몽기로 들어와서 비로소 『열하일기』의 내용 쪽에 시선이 돌려지게 되었다. 실학의 발견과 때를 같이한다.

김택영(金澤榮)은 「박연암선생전(朴燕巖先生傳)」 가운데서 연암의 유고 중에 중요한 글로 특히 4편을 거론하고 있다. 첫째는 「허생전(許生傳)」, 둘째는 「거제설(車制說)」, 셋째는 「북학의서(北學議序)」, 넷째는 「서얼소통소(庶孽疏通疏)」이다. 근대적 명제에 통하는 내용에 가치를 두었던 것 같다.[9] 그런데 「허생전」과 「거제설」은 바로 『열하일기』에 실린 글이거니와, 「북학의서」에서 극명하게 제창한바 이용후생(利用厚生)을 위한 북학적(北學的) 논설이 중시되고 있다.

『열하일기』는 근대적 시각에 의해 인식이 확실히 달라졌다. 그런데 지금 연암은 북학파(北學派)이며 『열하일기』는 북학론을 대변하는 저서라고들 말한다. 이것은 근대적 안목으로 일반화된 상식이다. 북학론적인 인식이 연암의 진의와 고심처를 참으로 꿰뚫어본 것일까? 선진기술을 배우고 도입하자. 이런 북학론으로 연암은 자기 시대의 고민을 모두 해결할 수 있다고 신념하였을까? 북학론적 인식 역시 일면적 타당성은 인정되나 보다 진수에 해당하는 부분을 놓친 견해로 생각된다.

---

8) 南公轍, 「朴山如墓誌銘」, 『金陵集』 권17.
9) "集中, 論事之大者四. 一曰許生傳, 惜孝宗謀伐淸之疎也. 二曰車制說, 譏本國之不用車而貧窮也. 三曰北學議序, 病本國拙於利用厚生之道也. 四曰庶孽疏通疏, 譏本國俗尙之狹陋而棄人多也. 凡此數說, 皆見斥於當年, 而有驗於今日."(「朴燕巖先生傳」, 『合刊韶濩堂集』 文集 권9, 장16)

2. 연암의 주체의식과 '燕行'

국왕 정조가 문체정책을 펼 때 연암을 연루시킨 데는 고도의 정치적 포석이 있었던 것 같다. 정조는 측근을 통해서 멀리 지방관으로 나가 있던 박지원에게 하교(下敎)하기를 "속히 일부의 순정(醇正)한 글을 지어 바쳐 속죄(贖罪)하면 문임(文任, 국왕 주변에서 글을 짓는 임무를 담당하는 예문관의 벼슬)에 기용하겠다. 그렇지 않으면 중죄가 있을 것이다"라고 하였다. 이조의 제도는 문과 출신자로 문벌이 좋은 엘리뜨가 아니면 문임의 자리에 절대로 앉을 수 없었다. 그런데 하물며 죄를 주는 몸에 도리어 격외의 관작을 베풀려고 했던가?[10]

'문임'에 기용하겠다는 말에는 요컨대 문권(文權)을 맡기겠다는 뜻이 내포되어 있다. 연암은 재야(在野)에서 문풍에 막대한 영향을 미치고 있었다. 정조 자신 이 사실을 잘 알고 있었다. 그를 순정한 고문의 작가로 돌아오게 하고, 그에게 문권을 맡기면 그 영향력은 조정에서 발휘될 것이다. 의도하는바 문풍 회복에 다시 없는 효과를 거둘 수 있는 방도가 아닌가.

어쨌건 정조의 이 하교로 연암의 신상에 청화(淸華)의 영광이 기약된 것이다. 당시 그와 종유하던 문사들은 모두 기뻐한 나머지 혹은 붓을 준비하고 혹은 서권(書卷)을 매고 하면서 장차 베끼거나 고증(攷證)하는 등의 일을 맡겠다고 자청하며 어서 글을 지으라고 재촉했던 것으로 전한다. 연암역시 그 일을 '공전절후의 은권(恩眷)'으로 느끼고 있었다. 그러나 그는 다만 중년 이래 처지가 낙척로도(落拓潦倒)한 나머지 이문위희(以文爲戲)하

---

10) "是以, 京中諸公議, 皆以爲此實非怒之敎, 將有格外異數. 且聖敎中, 歷數諸人之愆, 而特擧朴某爲罪魁者, 乃大聖人抑而進之, 推任文權之意. 又況擧熱河日記爲眞贓而加以熟覽字以寵之乎! 是必有一部文字, 趁早撰進. 皆書勸其著作."(『過庭錄』권2, 91면)

　　柳得恭은 "今在下邑, 巾篋中旣無一葉舊藁. 忽欲爲莊語, 烏能滿二十卷? 莊語又未易膾炙. 所恃以不朽者, 則殆同準勅惡詩. 天下狼狽人, 莫如燕巖. 余與懋官, 一場葫蘆."(柳得恭, 앞의 책)라고 기록하였다. 이는 醇正之文으로 『열하일기』에 필적할 분량에 그만큼 널리 읽혀질 저서를 쓴다는 것이 실로 쉽지 않은 일이기에 연암을 위해 걱정한 내용으로 생각된다.

여 세상에 누를 끼쳤으니 송구하기 그지없다는 뜻을 담은 편지 한장을 써서 서울로 띄우고 말았다. 군부(君父)의 꾸지람에 신자(臣子)된 도리만 지켰을 뿐이다. 그리고 정작 일부의 순정한 글을 지어 올리라는 하교는 거행하지 않았다.[11] 왜 그랬던가?

연암은 그때 주위 사람들에게 말하기를 "어찌 꾸지람을 짊어진 몸으로 글을 지어 순정을 자처하고 과거의 자기 과오를 덮는단 말인가. 더구나 '문임(文任)' 두 글자로 앞길을 새롭게 열어주겠다고 하시는데 내로라고 '순정지서(醇正之書)'를 지어 바치면 희기(希覬, 기대하여 엿보는 태도——인용자)밖에 안된다. 희기는 인신(人臣)의 큰 죄이다"라고 하였다. 요컨대 '순정'을 앞세워 영예스런 자리를 노리는 처사를 자기는 할 수 없다는 것이었다.[12] 그는 구차하고 기회주의적인 행위를 자신에게 허용하지 않은 것이다.

당시 최고의 영예를 한 몸에 누리던 각신(閣臣)들의 경우 국왕의 호령이 떨어지기가 무섭게 자송문(自訟文)을 바치고 또 패관소설(稗官小說)을 배척하는 따위의 글을 너도나도 장황하게 지어서 발표하였다.[13] 그네들은 누

---

11) 김택영은 「朴燕巖先生傳」에서 연암이 여러 해 뒤에 「과농소초(課農小抄)」를 지어 올렸던바, 이것을 문체문제에 대한 '自贖'으로 보았다. 이것이 일반적 통설이다. 그러나 『과정록』에서는 하교에 응하지 않았다 하였고, 洪翰周의 전언에서도 "正廟又嘗以燕巖朴公文尙浮薄, 命南金陵, 使之勸喩朴公, 別裁典重文字製進, 而朴公終不奉敎."(『智水拈筆』 권3)라는 기록이 보인다.

연암이 문체와 관련한 정조의 하교에 대해 자신의 입장을 밝힌 글은 남공철에게 보낸 서한(「答南直閣公轍書」, 『연암집』 권1)이다. 이 서한에 나오는 '以文爲戲'란 문구를 학계에서 연암의 창작태도로 규정짓는 견해가 있다. '이문위희'라고 하면 희작인데 『열하일기』는 이렇게 규정할 성질의 것이 아니다. 『열하일기』를 지은 일로 군부에게 꾸지람을 받게 되자 그는 신자된 도리에서 자기를 반성하는 뜻으로 말한 것이다. '이문위희'는 객관적 규정성을 갖는 그런 발언이라고 확대해석하는 것은 재고를 요한다.

12) "時, 在衙諸文士, 皆欣踊, 操管札·攤書卷, 將以替勞草寫及攷證之事. 先君語之曰, 上之此敎, 固曠絶恩眷也. 上方以此爲罪, 其在臣分, 惟當受而爲罪, 可也. 安有荷譴之蹤, 作爲文字, 自許純正, 要掩前愆! 且況以文任二字, 開其自新之路. 若因此, 揚揚著作進呈, 則此希覬也. 希覬, 人臣之大罪也. 不復以著進爲計, 略選舊作若干篇, 幷南中所著幾篇, 作數卷冊子, 若更有俯索之敎, 將以黽勉承膺, 粗伸臣分而已."(『과정록』 권2, 92~93면)

13) 李家源, 「燕巖文學과 文體波動」, 『人文科學』 제10집, 1963; 金血祚, 「燕巖體의 成立과 正祖의 文體反正」, 『韓國漢文學研究』 제6집, 1982 참고.

구보다 경박한 문체를 쓰는 것으로 자랑을 삼고 소설을 가장 탐독하던 자들이었다. 어제까지 제가 애호하던 것에 대해 흉악한 사설을 동원하여 비난을 퍼붓고 앞장서 공격을 해댄 것이다. 그리하여 관작이 오르고 부귀를 유지했음은 물론이다. 기본적으로 인간자세가 연암과 현격히 달랐음을 보게 된다. 연암은 왕의 권위에도 굽히지 않고 천하의 부귀에도 이끌리지 않았거니와, 그에게는 지키는 바가 확고히 있었다.

연암이 중국을 다녀온 때는 나이 44세였다. 그는 그때까지 포의(布衣)의 신분이었다. '삼한갑족(三韓甲族)'의 명문 가정에서 출생한 그가 어찌하여 벼슬길로 나아가지 않았던가. 그의 문학적 명성은 젊은 시절부터 일세에 울려서 시관(試官)이 그를 기어이 합격시키고자 하였으나 그는 응시를 하지 않았다고 한다. 한번은 과장(科場)에 들어가서 고송로석도(古松老石圖) 한 폭을 그리고 나온 일까지 있었다.[14] 글하는 사람들의 한결같은 소망인 문과(文科) 급제를 그는 어찌하여 굳이 회피하였던가?

요컨대, 이조국가의 조정은 더이상 창조적 인간의 포부를 실현시킬 광장이 아니었기 때문이다. 벼슬살이는 오직 개인적인 출세와 부귀의 수단으로 매력을 끄는 한편, 먹고살기 위해 구처없이 하는 노릇에 불과하였다. 연암은 일찍이 탄식하기를 "나는 중년 이래로 세로(世路)에 마음이 사라졌다"고 했던바, 이 발언은 곧 중앙관료로서의 진출을 포기했다는 의미이다. 그는 자기 자신을 세속적인 삶에 순응시킬 수 없었다. 속류에 '나'를 잃어버리고 싶지 않았던 것이다.[15] 그가 지키는 바는 바로 나의 주체였다.

연암에 있어서 주체적 각성은 사의식(士意識)으로 구체화된다. 사(士)는 독서하는 자이다. 그는 말하기를 "한 사가 독서를 하면 혜택이 세계에 미치

---

14) "時, 先君文章之名, 已喧動一世, 每有科試, 主試者, 必欲援引, 先君微知其意, 或不赴, 或赴而不呈卷. 一日, 在場屋, 漫筆畵古松老石, 一世傳笑其疎迂. 然蓋示其不屑之意者."(『과정록』 권1, 11면)

15) "先君嘗歎息言, 吾中年以來灰心世路, 漸有滑稽逃名之意, 而末俗滔滔無可與語, 每對人, 輒以寓言笑談爲彌縫打乖之法, 而心界常鬱鬱, 無可自樂."(같은 책, 36면)

　"先君窮居到老, 始登蔭路. 世人猶不知無復當世志, 或欲推輓之. 如沈煥之·鄭日煥諸人, 俱有少時交分. 於是, 爭來致意, 欲使與聞世事, 而先君輒以笑語漫漶, 若未曉者, 遂不復來."(같은 책, 49면)

고 공업(功業)이 영구히 드리워진다"고 한다. 곧 '천하문명'이 글 읽은 선비의 참여로 실현된다는 것이다.[16] 육구연(陸九淵, 象山으로 일컬어짐)이 "우주간의 일은 곧 나 자신의 일이요, 나 자신의 일은 곧 우주간의 일이다"라고 말했듯, 연암 역시 '나'를 천하의 주체로 설정했다. 연암의 경우 '나'를 천하의 주체로 통일시키는 길은 필수적으로 독서를 통해야 한다. 「옥갑야화(玉匣夜話)」의 주인공 허생은 바로 이러한 '주체적 인간'인 사의 한 형상이다. 허생의 형상에서 연암을 발견할 수도 있을 것이다.

그런데 연암은 무슨 의도로 중국여행을 떠났던가? 당시 중국은 동아시아 세계의 중심부였다. 지구의 건너편 세계(곧 西歐圈)를 인식하기 전에는 동아시아를 세계 전체로 생각하고 있었다. 어쨌건 봉건체제의 하향기·해체기로 접어든 이조사회의 역사적 전환은 중심부와 연결이 없이 일어나기 어려웠다. 뿐 아니라, 서세동점이 세계사적으로 진행되는 새로운 상황도 그것을 바라보고 느끼고 받아들이는 창구는 여전히 중국이었다. 한 주체적 인간으로서, 더구나 답답한 처지의 지식인으로서, 세계를 직접 호흡하고 역사의 진로를 자기 눈으로 전망하고 싶었을 것이다. 이것이 연암의 '연행(燕行)'의 의미이다.

무릇 위대한 실천은 개인개인의 인간적 자각으로 내적 기반이 다져져야 하겠거니와, '나의 주체'는 올바른 세계인식이 없이는 천하의 주체, 역사의 주체로 통일시킬 수 없는 것이다.

3. '연행'의 자세

조반 뒤에 나 혼자서 말을 타고 먼저 떠나다. 말은 자주 빛깔에 흰 정수리, 날씬한 다리에 높은 발굽, 뾰족한 머리에 짧은 허리, 두 귀는 쫑긋 솟아서 참으로 만리라도 달릴 성싶다.

---

16) "夫士, 下列農工, 上友王公. 以位則無等也, 以德則雅士也. 一士讀書, 澤及四海, 功垂萬世. 易曰: '見龍在田, 天下文明.' 其謂讀書之士乎!"(「原士」,『연암집』권10, 장12)

연암이 대륙을 향해 첫발을 내딛는 장면이다. "두 귀는 쫑긋 솟아서 참으로 만리라도 달릴 성싶다"는 말(馬)의 모습은, 곧 광막한 세계로 진출하는 그 주인의 마음이다.

그때는 1780년, 정조 4년으로 중국은 건륭제(乾隆帝)가 통치하는 시대였다. 연암에 있어서 중국대륙은 말하자면 다시 없는 용무지지(用武之地)이다. 그는 이날을 44년 동안 기다려온 셈이다. 이때 창대(昌大)가 견마를 잡고 장복(張福)이 뒤를 따르며, 말 안장 양쪽에 주머니를 달아, 왼편엔 벼루, 오른편엔 거울·붓 한 자루·먹 한 개·공책 4권·정리록(程里錄) 1축, 이것이 그의 행장의 전부였다.[17]

그는 사절단에 끼여 있었지만 아무런 직분도 없었다. 그런 주제에 앞장서 달려가고 머무는 곳마다 여기저기, 이것저것 유심히 관찰하고 이 사람 저 사람 만나서 필담(筆談)을 나누었다. 그에 있어서 유일한 무기는 한 자루의 붓이다. 그는 압록강 앞에 서서 스스로를 한 자루 비수를 품고 강대한 진나라로 들어가던 형가(荊軻)에 견주었지만, 나는 그런 모습에서 형가보다 돈끼호떼를 연상한다. 마상에 올라 창대와 장복[18] 두 미욱한 시종을 거느리고 분주한 그는 영락없이 산쵸 빤자의 부축을 받으며 한자루 창을 꼬나잡고 세계를 향해 돌진하는 돈끼호떼이다. 이 두 인물은 세계와 대결하는 '문제적 인간'인 점에서 서로 통하고 있다. 다만 돈끼호떼는 기독교적 신이 세계를 떠나려고 했던 문턱에서 오직 주관적 신념으로 '시대역행'의 싸움을 벌인 데 반해서 우리의 연암은 역사의 엄청난 전환을 예감하고 합리적 세계 인식을 위해서 '시대선행'의 싸움을 벌인 것이다. 돈끼호떼의 경우 그의 최고로 순수한 영웅정신이 광태(狂態)로 나타날 수밖에 없거니와, 연암의 가

---

17) "余獨先一騎而出. 馬, 紫騮而白題, 脛瘦而蹄高, 頭銳而腰短, 竦其雙耳, **眞有萬里之想矣**. 昌大前控, 張福後囑, 鞍掛雙囊, 左硯右鏡, 筆二墨一, 小空冊四卷, 程里錄一軸. 行裝至輕, 搜檢雖嚴, 可以無虞矣."(「渡江錄」, 『연암집』 권11, 장2)

18) 장복과 창대란 인물에 대해서 光文會本 『열하일기』에 다음과 같은 註記가 보인다.
"張福, 余馬頭, 郭山人. 昌大, 余馬夫, 宣川人, 錦南君 鄭忠信, 擊孫也."(「漠北行程錄」, 88면)

장 진지한 탐구자세는 적이 엉뚱스럽고 때로 비난을 사기도 하지만 사람들을 경탄시키고 만다. 특히 연암의 붓끝은 돈끼호떼의 창솜씨와 달리 항상 날렵하고 예리했던 것이다. 그의 필봉은 한번도 꺾이지 않고 지적(知的) 싸움을 지루하게 끌지 않았다. 마음껏 휘두른 필봉이 마침내 『열하일기』라는 문제의 책으로 마무리지어졌음은 물론이다.

내가 서울을 떠난 지 여드레 만에 황주(黃州) 땅에 당도했다. 마상(馬上)에서 혼자 생각하기를 "본래 학식이 없는 나로서 맨손으로 무작정 중국에 들어갔다가 그곳의 대학자를 만나는 경우 장차 어떻게 대적할 것인가" 하여, 이 때문에 고민을 하였다. 드디어 내가 전에 들어 알고 있는 지식 가운데 지전설(地轉說)·월세계(月世界) 등 이야기를 끌어내 안장 위에 앉아 매양 말고삐를 잡고 졸면서 여러 십만자의 글을 엮어, '가슴에 씌어지지 않은 책〔胸中不字之書〕, 공중에 소리 없는 글〔空裏無音之文〕'로 하루에 여러 권의 책을 엮었다.[19]

이를 통해서 그가 중국 지식인과의 만남을 얼마나 기대하였으며, 또 만남을 위해서 어떻게 대비하였던가를 엿볼 수 있다. 황해도 황주를 지나며 마상에서 엮은바, '가슴에 씌어지지 않은 책, 공중에 소리 없는 글'은 열하에서 중국 지식인들과 만난 자리에서 발표한 셈이다. 「태학류관록(太學留館錄)」과 「곡정필담(鵠汀筆談)」에 실린 내용이 그것이다.

그것을 발표하는 데도 연암은 극히 조심스런 태도를 취한다. 처음에 한 중국인사와 밤에 태학(太學)의 뜰을 소요하던 중 마침 둥근 달이 뜬 것을 보고 월세계에 대해 말을 꺼낸다. 이때 그의 논조는 잠꼬대 같은 투에, 처음부터 끝까지 의문구로 이어진다. 일부러 그렇게 변죽을 울려본 셈이다. 저들은 그의 횡설수설에 깜짝 놀라고 비상한 관심을 갖는다. 몇몇 지식인들이 일부러 성대한 자리를 만들고 연암을 초청해서 지전설·월세계에 대해 정식으로 발표하도록 종용한다. 이에 연암은 말꼬리를 사리면서 우주에 대한 새로운 견해를 폈던 것이다. 「곡정필담」이 그 내용이다.

---

19) 「鵠汀筆談」의 후기, 『연암집』 권14, 장28.

그런데 연암은 중국 지식인과의 만남에서 왜 하필 지전설을 발표주제로 선택했을까? 종래의 지식 전반은 사실 모두 중국으로부터 유래한 것이다. 바야흐로 한 자루 붓을 들고 압록강을 건너가서 천하의 지식인을 대적할 판에 어떤 내용을 준비할 것인가. 진부하지 않고 가장 참신한 주제로서 지전설이 적합하다고 판단했을 것이다.

'지구는 돈다'는 한마디는 중세의 암흑을 헤쳐낸 그야말로 '꼬뻬르니꾸스적 전환'이었다. 그 소리는 동양세계에서도 역시 서구에서와 같은 역사적 의의를 갖는다. 종래 천원지방(天圓地方, 하늘은 둥글고 땅은 모나다)·천동지정(天動地靜, 하늘이 돌고 땅은 정지해 있다)의 우주관에 근거해서 성수(星宿)의 이론을 교묘히 조작하여, 중국중심의 천하관(天下觀)을 만들어내고 중세적 사회질서를 합리화시켜왔던 이 전통적 우주관·세계관은, 모든 개인의 자유로운 삶에 질곡으로 작용하고 각 민족국가의 주체적 발전을 제약하는 논리로 되었다. 연암의 발표는 그때까지 신봉하던 천문설(天文說)과 우주관을 완전히 우물안 개구리 소견으로 일소에 부쳐버린다. 중국 지식인들도 연암의 학설을 경위천지(經緯天地, 새로운 세계 구도라는 의미)의 기론(奇論)으로 받아들인다. 연암학파(燕巖學派)의 담헌(湛軒) 홍대용(洪大容)이 이미 중국중심주의적 천하관을 부정하는 이론을 주창한 바 있거니와, 연암은 중국 중심의 질서로 엮어진 당시 동아시아체제를 당위로 보지 않는 의식을 가졌으며, 그러한 의식이 일차적으로 중국중심주의에 대한 이론적 극복으로 나타난 것이 아니겠는가. 이것이 지전설을 발표주제로 선정한 근본 의도로 생각된다.

연암에 있어서 '나의 각성'은 민족의 주체적 각성으로 성숙하고 있다. 압록강을 건너 연경(燕京)으로 가는 길목은 우리 민족의 옛 땅이요, 중국과 다투던 현장이다. 그는 봉황성(鳳凰城)을 지날 때 역사상의 평양 패수(浿水) 및 한사군(漢四郡) 등의 위치 문제에 대해 도도한 변증설(辨證說)을 편다(봉황성이 安市城의 遺墟라는 설과 관련해서 거론한 것임). 그 위치들을 압록강 안쪽으로 잘못 잡고 있기 때문에 "조선의 강토는 싸우지 않고 저절로 줄어들었다"고 개탄한다. 거기 제시된 학설은 신채호(申采浩) 등 근대 민족주의

사학에서 거의 그대로 채택된 것이다.[20)]

발해가 멸망한 이래로 중국에 밀려 반도국가로 국축(局縮)된 민족의 처지, 종속적 상태를 탈피하고자 하는 의식의 실마리를 역력히 감지할 수 있다.

그러나 다른 여러 민족 내지 국가에 대해서 적대적·배타적인 감정은 경계하는 태도를 취한다. 중국 땅으로 들어가 맨처음 도착한 곳은 책문(柵門)이다. 그곳에서 그는 벌써 저쪽의 물질생활의 발달, 문명에 압도되고 만다. 그는 문득 의기가 저상(沮喪)하여 연행(燕行)을 중단하고 돌아갈 마음까지 일어날 정도였다고 말한다. "나도 모르게 배와 등이 끓고 타올랐다"는 고백을 하고 있다. 그는 이내 이런 감정은 '투심(妬心)'이라 규정하여 '맹성(猛省)'하게 된다. '투심'과 '맹성' 두 단어는 어감이 강하게 느껴지는 표현이다.

책문은 대륙의 동북 변경의 소읍이다. 우리를 짓밟았던 청국의 일개 변방의 소읍이 그처럼 대단함을 목격하자, 미개·낙후의 상태를 면치 못한 우리의 처지를 돌아볼 때 그만 풀이 죽고 한편으로 질투심이 무섭게 끓어올랐던 것이다. 남을 시기하는 마음은 나에 대한 애착심의 반영이다. 그런데 그는 그런 감정에 사로잡힌 것이야말로 식견이 좁은 소치라고 준절히 자책·반성한 것이다. 말하기를 "여래(如來)의 혜안(慧眼)으로 보면 시방세계(十方世界)가 모두 평등하다"고 한다. "세계 만방이 모두 평등하다"는 깨달음은 인류보편의 양식 그것이다. 청황제 지배하의 중국 현실 역시 '여래의 혜안'을 가지고 바라보되, 겸허한 자세로 저들(한족뿐 아니라 만주족까지 포함해서)을 존중하고 저들의 앞선 문물을 배워야 한다. 이것이 연암의 '맹성'의 내용이다.[21)]

---

20) 「渡江錄」,『연암집』권11, 장16~19.

21) "復至柵外, 望見柵內, 閭閻皆高起五樑, 苫艸覆蓋而屋脊穹崇, 門戶整齊, 街衢平直, 兩沿若引繩然, 墻垣皆甎築. 乘車及載車, 縱橫道中. 擺列器皿, 皆畵瓷. 已見其制度, 絶無邨野氣. 往者, 洪友德保, 嘗言大規模細心法. 柵門天下之東盡頭, 而猶尙如此. 前道遊覽, 忽然意沮, 直欲自此徑還, 不覺腹背沸烘. 余猛省曰, 此妬心也. 余素性淡泊, 慕羨猜妬, 本絶于中. 今一涉他境, 所見不過萬分之一. 乃復浮妄若是, 何也? 此直所見者, 小故耳. 若以如來慧眼, 遍觀十方世界, 無非平等. 萬事平等, 自無妬羨. 顧謂張福曰, 使汝往生中國, 何如? 對曰, 中國胡也. 小人不願."(「渡江錄」, 같은 책, 장9~10)

연암의 '연행의 자세'는 당시 사대부 일반이 취한 방식과 사뭇 다른 태도이다. 요컨대, 그에 있어서 중국은 현재적으로 동아시아 세계의 중심부이므로 똑바로 알아야 하고 우리보다 문명이 앞서 있으므로 아무쪼록 겸허한 태도로 부지런히 배워야 할 대상이었다. 회고적·관념적·사대적이 아닌 현실주의적인 중국관인 것이다.

4. 북학과 천하대세의 전망

연암이 중국의 문명과 기술의 발전상에 최초로 부딪쳤을 때 "나도 모르게 배와 등이 끓고 타올랐다"고 한 것은 대체 무슨 영문인가? 질투가 났다는 데까지는 납득할 수 있지만 왜 그토록 마음속에서 분노가 격렬히 치솟았을까?

그 이유를 직접 설명한 말은 보이지 않는다. 다만, 암시적인 수법을 써서 독자들 스스로 이해할 수 있도록 한 것이다. 그 자리에서 연암은 자기의 시종 장복을 돌아보고 "너는 중국 땅에 태어나고 싶지 않느냐?"고 묻는다. 바로 그 앞 장면에서 장복을 일부러 등장시켜 미욱한 놈으로 묘사한 바 있었다. 장복이란 인물에 독자의 관심이 가도록 먼저 복선(伏線)을 집어넣었던 셈이다.

중국은 되놈 나라인 걸요. 소인은 원치 않습니다.

딴에, 중국을 이적시(夷狄視)하여 사람이 못 살 땅으로 규정한 것이다. 장복의 이 대답에, 위의 자신이 격분했던 까닭이 내포되어 있다.

남의 잘사는 모양을 보면 부러워하고 본받고자 하는 것이 인지상정이다. 하물며 우직하고 하천한 자가 그런 식으로 반응을 하다니 아주 이상한 노릇이다. 아직도 우리에게 중국인을 '되놈'이라 부르는 잘못된 언어관습이 남아 있거니와, 장복의 의식은 집권층의 반청(反淸)·북벌(北伐)을 국시(國

是)로 내세워 오랫동안 여론조작을 한 결과로 주입된 것이다.

북벌론(北伐論)은 물론 실천을 고려하지 않은 관념이었다. 청조에 외교 관계(그나마 종속적인)를 유지하면서 북벌을 외친다는 것은 말도 안 되는 수작이지만, 그것도 철두철미 '대내용(對內用)'인 것이다. 만약 그렇지 않다면 청국으로서 1백여년 이상 내내 자기 존재를 거부하고 도전하겠다는데 가만히 두고 보았겠는가. 연암이 북벌론을 "백지춘추 공담존양(白地春秋 空談尊攘)"22)이라고 야유한 것은 바로 이 때문이었다. 북벌론은 대내적으로 사상탄압의 유리한 수단이었을 뿐 아니라, 대외적으로 세계인식을 저해·왜곡하고 국제 활동 및 교역을 차단하는 역기능을 하고 있었다. 세계의 중심부요, 새로운 세계의 창구인 중국 현실을 적대적으로 의식한 나머지 마침내 중국대륙을 불온한 지역으로 바라보는 경향이 팽배하게 되었다. 『열하일기』를 가리켜 '노호지고(虜號之藁)'라고 비방했던 것도 대개 이런 관념의 반영인 것이다. 중국인을 한족이건 만주족이건 구분하지 않고 싸잡아 '되놈'이라 멸시하게 되니, 따라서 그곳의 선진기술을 섭취하는 일조차 '오랑캐 습속'을 좇는 일이라고 금기처럼 여겼다. 연암은 「구외이문(口外異聞)」에서 대단히 분개한 어조로 "이러면서 한갓 공담(空談)으로 대적을 쳐부수고 맨손으로 대의(大義)를 붙들어 세우고자 한다. 아, 어렵구나!"23)라고 부르짖고, 다시 「옥갑야화」에서는 허생을 시켜 북벌의 총참모의 면전에 칼을 들이댄 바 있다. 요컨대, 정권유지를 위한 기만적 논리가 끼친 영향의 심각성에 통분한 것이다. 심지어 저 우직한 장복까지 오도(誤導)하여 상정(常情)을 잃게 만든 관념이 들어서 국민 일반의 생활을 중국에 비해 형편없이 미개 낙후한 상태로 방치하고 있는 것이 아닌가. 연암은 생각이 이에 이르자 그만 분노의 감정이 무섭게 끓어올랐을 것이다.

『열하일기』만 읽어보더라도 당시 사람들이 대체로 중국인사들과의 접촉을 꺼려하고 저쪽의 정세나 문물(文物)에 대하여 무심하였음이 역력히 드

---

22) 「口外異聞」 羅約國書條, 『연암집』 권14, 장79.

23) "强隣憑陵, 而其用事將率之姓名不識誰某, 則何況其材勇謀猷之所出乎! 如此而徒欲以空談摧大敵, 隻手扶大義, 嗚呼, 難矣哉!"(「口外異聞」 '明璉子封王'條, 같은 책, 장75)

러난다. 반면, 연암은 압록강을 건너서부터 보고 만나고 듣는 어느 하나 간과하지 않는다. 그런 중에 그의 시선을 사로잡은 것의 하나는 벽돌[甎甓]이다. 벽돌로 지은 건물, 벽돌로 쌓은 성곽(城郭)의 견실한 아름다움에 감탄한 나머지 그 제조법과 사용의 제반 기술적·공학적 측면에 이르기까지 자세히 조사·기록하고 있다. 봉황성에 도착했을 때도 위에서 언급한바 역사적 회고만 했던 것이 아니고 눈앞에 서 있는 성곽에 대해서 열심히 관찰한다. 그는 벽돌을 써서 신축한 성곽의 훌륭함에 감탄한 나머지 길을 가면서도 동행하던 정진사(鄭進士)에게 "성제(城制)가 어떠냐?"고 말을 건넨다.

벽돌은 돌만 못하다.

정진사의 대답이다. 이에 연암은 너무도 답답한 나머지 벽돌이 성곽을 쌓는 데 돌보다 유리함을 사리를 따져 역설한다. 한참 진지하게 열변을 토하다가 돌아보니 정진사는 진작 마상(馬上)에서 꾸벅꾸벅 졸고 있지 않은가. 연암이 부채로 정진사의 옆구리를 찌르자 정진사는 얼른 고개를 들고

나는 다 들었다. 벽돌은 돌만 못하고 돌은 잠만 못하다.

라고 한다. 성은 돌로 쌓는다는 고정관념, 그것은 아무리 눈으로 실물을 보고 사리로 가르침을 들어도 깨뜨려지지 않는다. 나아가 벽돌이건 돌이건 관심 밖에 있는 것이다. "벽돌은 돌만 못하고 돌은 잠만 못하다." 우스개 말이긴 하지만 당시 선비들의 기술문명에 대한 태도를 단적으로 드러내고 있다. 연암 또한 이런 태도에는 어찌할 도리가 없어, 홧김에 그를 때려주고 싶었으나 그 역시 부질없는 짓이라 껄껄 웃고 말았던 것이다.[24]

---

24) "與鄭進士, 或先或後. 余謂鄭曰: '城制何如?' 鄭曰: '甓不如石也.' 余曰: '君不知也. (…) 鄭於馬上, 傴僂欲墮, 蓋睡已久矣.' 余以扇揃其脅, 大罵曰: '長者爲語, 何睡不聽也?' 鄭笑曰: '吾已盡聽之. 甓不如石, 石不如睡也.' 余忿欲敺之, 相與大笑."(「渡江錄」, 앞의 책, 장19~20)

연암이 중국여행을 했던 18세기는 건륭제의 치세(治世)이다. 청이 대륙을 통치한 지 4대에 문치(文治)·무비(武備)가 극도에 도달해서 백여년 이상 번영과 평화를 누리고 있었다. 이것은 부정될 수 없는 객관적 상황이므로, 그는 '중국을 배우자'고 강조했던 것이다. 곧 북벌에 대해서 북학이다. 그는 사람들이 중국에 가면 장관(壯觀)이 어디 어디라고 손을 꼽지만 자기로서는 다른 어느 곳보다도 장관은 기와조각[瓦礫]에 있고 똥거름[糞壤]에 있다고 말할 정도였다.[25] 이용후생 내지 생산력의 향상을 위한 쪽에 관심과 흥미를 가졌다는 뜻이다. 과연 제반 기술적인 측면 및 통상(通商) 등에 걸쳐 구체적이고 상세한 내용의 관찰·보고 및 명쾌한 논설이『열하일기』전반부에 수록되어 있다.

그렇지만 청황제 지배하의 당시 동아시아체제를 연암이 정당하게 본 것은 아니다. 그는 청황제들이 중국 역사상 보기 드문 성업을 이룩한 사실을 인정하고 저들을 가리켜 하늘의 명리(命吏)가 아닌가 싶다고까지 말한 바 있다. 그의 이 생각은 옹정제(雍正帝)가 중국 지식인의 반청사상(反淸思想)을 무마하기 위해 내세운 '천지생인 만한일리(天地生人 滿漢一理)'라는 논리와 어느 면에서 통하는 것이다. 그렇지만 중국은 원래 한족의 나라요, 한족의 문화가 찬란히 꽃핀 땅이다. 그는「호질(虎叱)」에 붙인 글에서 명이 망한 지 1백여년이 흘렀는데 아직도 그 땅의 인사들이 문득 명실(明室)을 생각하여 잠 못 이루고 가슴을 두드리는 것은 무슨 까닭이냐? 중국을 차마 잊을 수 없기 때문이라고 하였다.[26] 곧 자기 조국을 그리워한다는 뜻이다. 또「심세편(審勢篇)」에서 청황제의 중국 본토 및 변방 지역에 대한 지배통치 방식을 전체적으로 분석하였던바, "진시황(秦始皇)의 갱유(坑儒)가 아닌데 교수(校讐)의 역(役)에 선비를 매몰시키고 진시황의 분서(焚書)가 아닌데 취진국(聚珍局, 건륭제가 四庫全書板을 聚珍板이라 명명했음——원주)에 분해시키니, 아 천하를 우롱하는 술책이 교묘하고 심각하다"고 특히 문화주의적

<hr>

25)「駅汛隨筆」7月 15日條,『연암집』권12, 장1〜4.
26)"明之王澤, 已渴矣. 中州之士, 自循其髮於百年之久, 而瘡痍摽擗, 輒思明室者, 何也? 所以不忍忘中國也."(「關內程史」, 같은 책, 장45)

기미정책(羈縻政策)을 날카롭게 간파하여 비판하였다. 결국 당시 중국 현실을 그는 "세운(世運)이 어두운 밤으로 들어 이적(夷狄)의 화가 맹수보다 더 심하다"고 규정한다.[27]

연암에 의하면 기미정책은 주자학(朱子學)에 핵심이 주어져 있었다. 주자학이 청조에 의해 사상통치(思想統治)의 수단으로 이용된 상황을 "목에 걸터앉아 입을 움켜잡고 등을 어루만지는 꼴"에 비유하고 중국의 신사층(紳士層)이 대부분 우롱과 협박을 받아 스스로 의문(儀文) 절목(節目) 가운데 빠져 헤어나지 못하고 있다고 보았다.[28] 때문에 "걸출한 자들은 분노를 느끼면서도 감히 말을 못하고 비루한 자들은 시의(時義)에 의탁해서 일신의 이익을 도모한다"는 것이다.[29] 「호질」의 북곽선생(北郭先生)은 '비루한 자'의 한 전형(典型)이 되겠거니와 '걸출한 자'의 분노는 왕왕 주자에 대한 비판으로 분출되었다고 한다. 그런데 우리나라 사람들은 누군가 중국에 갔을 때 주자를 공박하는 말을 듣고 왔다는 말만 혹시 듣고도

사문난적(斯文亂賊)을 성토하는 일은 중국 땅이 멀어서 실시할 수 없지만 이단(異端)을 침묵으로 용납한 죄는 사림(士林)에 용서받기 어렵다.

라고 소리친다는 것이다.[30] 여기서 이땅의 사상풍토가 얼마나 경직되어 있

---

27) "世運入於長夜, 而夷狄之禍, 甚於猛獸. 士之無恥者, 綴拾章句, 以狐媚當世, 豈非發塚
   之儒, 而豹狼之所不食者乎."(「關內程史」, 같은 책, 장44~45)
28) "其所以動遵朱子者, 非他也. 騎天下士大夫之項, 扼其咽而撫其背, 天下之士大夫, 率
   被其愚脅, 區區自泥於儀文節目之中, 而莫之能覺也."(「審勢編」, 『연암집』 권14, 장3)
29) "獨於中土, 似若無所用心, 然其心以爲天下之小民, 薄其賦斂則安矣. 安知不反便乎我
   之帽服而不欲變我之制度乎! 但天下之士大夫, 顧無可安之術, 則姑尊朱子之學, 大慰
   遊士之心, 其豪傑敢怒而不敢言, 其鄙佞因時義而爲身利. 一以陰弱中土之士, 一以顯受
   文敎之名, 非秦之坑殺而乾沒於校讐之役, 非秦之燔燒而離裂於聚珍之局(乾隆以四庫
   全書板, 名之曰聚珍板──原註). 嗚呼, 其愚天下之術, 可謂巧且深矣!"(「審勢編」, 같은
   책, 장3)
30) "然而吾東之人, 不識此意, 乍接中州之士, 其草草立談, 微涉朱子, 則瞠然駭聽, 輒斥以
   象山之徒, 歸語國人曰: '中原陸學大盛, 邪說不熄.' 聽之者, 又不究本末, 若見此等談論,
   先怒於心. 噫! 斯文亂賊之討, 雖莫遠施於中土, 容默異端之過, 固難見恕於士林."(「審勢
   編」, 같은 책, 장4)

었던가 실감하고도 남는다. 이런 따위의 주자 옹호는 결국 청황제 체제의 옹호로 되는 것이다.

연암은 청황제 체제를 동아시아 전체의 문제로 의식하였다. 이 '어두운 밤'에 새벽은 언제 어떻게 올 것인가. 곧 '천하대세의 전망'이다. 그의 최대의 주목처요, 영감이 번득인 문제이다. 『과정록』에서 "「심세편」「곡정필담」「망양록(忘羊錄)」제편은 천하의 대세를 속상풍요(俗尙風謠)의 사이에서 살핀 것이다"라고 지적한 바 있거니와, "사교(邪敎)를 물리치고 정학(正學)을 부지하려는 뜻을 붙인 것이다"라고 의미부여를 한 「황교문답(黃敎問答)」「반선시말(班禪始末)」역시 정세판단을 위한 내용이다. 그밖에 대국(大局)의 통찰에 관련된 내용은 두루 곳곳에서 발견할 수 있다. 『열하일기』전체에 주제의식으로 관통하고 있다고 생각한다.

처음에 언급했듯, 근래 '북학'의 측면은 부각된 반면 '천하대세의 전망'에 미쳐서는 거의 주목을 받지 못했다. 두 주제를 놓고 딱히 경중을 따질 성질은 아니다. 그리고 연암 자신 '북학'을 열렬히 주장했고 또 거기에 동포들을 빈곤한 생활과 낙후한 상태로부터 구제하고자 하는 깊은 생각과 간절한 소망이 응결되어 있는 것이 사실이다. 그러나 현실 모순이 기술도입적 차원에서 모두 해결될 수 있다고 믿고 정치적 고려를 도외시한 것은 결코 아니었다. 오히려 그는 '북학'을 대국적·정치적 개혁의 물적(物的) 기반으로까지 의식했던 것으로 여겨진다.[31]

그런데 왜 오늘날 우리들은 『열하일기』를 중시하면서 그것의 핵심주제를 간과하였을까? 해답이 간단히 떨어질 물음은 아니겠으나 이 또한 우리의 특수한 현재적 상황의 반영으로 생각된다. 오늘날 미국과 긴밀한 관계를 맺어왔고 학계 및 일반의 관심과 유행이 온통 그쪽에 경도되어 있음에도 아직 『열하일기』에 비견되는 주제의식을 담은 '미국기행(美國紀行)'이 한권도 나오지 않은 현재의 한국적 풍토와 무관하지 않을 것이다.

---

31) "故今之人, 誠欲攘夷也, 莫如盡學中華之遺法. 先變我俗之椎魯, 自耕蠶陶冶, 以至通工惠商, 莫不學焉. 人十己百, 先利吾民, 使吾民制梃而足以撻彼之堅甲利兵然後, 謂中國無可觀, 可也."(「馹汛隨筆」,『연암집』권12, 장3)

5. 주제의 표현수법

위에서 『열하일기』의 주제의 핵심은 천하대세의 전망, 세계사의 진운(進運)을 예견하는 데 있었던 것으로 보았다. 당시 우리나라는 중국과 같은 역사단계에 놓였을 뿐 아니라, 체제적으로 연계·유착되어 있었다. 대륙에 있어서의 청황제 체제의 청산은 곧 동아시아 역사의 전환점이 될 것이다. 천하대세를 전망한다 함은 바로 청황제 체제의 변화의 조짐을 탐지하는 일이요, 그것은 동시에 우리 역사의 변혁적 계기를 탐지하는 일이었다.

연암 자신 타국에 들어가서 정세를 엿보고 관풍(觀風)을 잘한다는 것이 결코 용이치 않은 일임을 조목조목 들어서 밝힌 바 있지만 대체 천하대세를 어디서 점칠 것인가? 그의 연행의 성과를 가늠하는 문제임은 물론, 본 『열하일기』의 서술기법과도 연관되어 있다. 형식은 결국 주제의 효과적인 표현 방법이다.

『열하일기』를 두고 당초 문체문제가 논쟁적으로 제기되었거니와, 지금 『열하일기』 전체를 어떤 개념으로 파악할 것인가 또한 문제이다. 한낱 일기체(日記體)의 여행기일 뿐 아니라, 학술사상의 노작(勞作)이면서 문예작품(文藝作品)이다. 문예작품으로 치더라도 어떤 장르 개념에 분속시켜야 타당할지 모호하다. 오늘의 분화된 개념과 일반이론으로는 참으로 난감한 대상이다. 여기서 『열하일기』의 형식 문제에 대한 약간의 접근을 시도해본다.

연암은 역사의 주체는 인간이라고 굳게 믿고 있었던 듯하다. 문자교양을 지닌 사람을 상대로 한 필담(筆談)과 함께 각계각층 각양각색의 인간군상의 관찰·묘사가 『열하일기』에서 가장 비중이 크며 빛나고 있다. 거기에는 인간들의 숨소리가 들리고 그들의 생각이 드러나며, 삶의 구체적 형상이 그려져 있다. 그는 대청제국(大淸帝國)의 필연적 붕괴의 조짐을 권력의 심장부에서 예민하게 간파하기도 하지만, 글을 쓰고 일을 하고 장사를 하며 살아가는 여러 인간들의 생각과 행동, 살아가는 방식으로부터 역사의 현재와 개조를 감지하려 했던 것이다.

그의 중국 지식인과의 기대하던 만남은, 열하의 태학(太學)에서 유숙하던 며칠 사이에 집중적으로 이루어졌다. 한인뿐 아니라 만주인·몽골인 들과도 접촉이 있었다(다만, 泰西人과의 만남은 소망하였으나 그럴 계제를 얻지 못해 연암 자신 이 점을 아주 아쉬워하였다).[32] 그는 말하기를 "내가 열하에 있을 적에 중국 사대부들과 교류가 많았는데 보통 담론에서 소득이 없지 않았지만 시정(時政)의 득실, 민정(民情)의 향배(向背)에 이르러는 알아낼 길이 없어" 그들에게 진정을 토로하도록 유도하는 방법을 썼다는 것이다. 겸손하게 배우려는 태도를 보이고 상대방으로 하여금 마음놓고 말하게 하되, 일부러 저쪽의 심경을 울적하게 만들면 "눈썹 사이에서 참뜻이 나타나고 담소하는 즈음에 정실을 탐지할 수 있었다"고 한다. 말하자면 "지묵(紙墨)의 바깥에서 그림자와 메아리를 얻는 수법"이었다. 대화가 필담으로 진행되기 때문에 '지묵의 바깥'이다.[33] 이것은 세계인식이란 대주제에 접근한 연암식의 방법이었던바, 형식문제에 접근하는 실마리도 여기에서 찾게 된다.

「태학류관록」에서 곡정(鵠汀) 왕민호(王民皡, 나이 54, 擧人으로 태학에 와 있었으나 회시에 응시하기를 거부한 인물)란 사람과 조용히 대좌한 장면을 들어보자. 마침 부녀자들의 의상에 대해 말이 나오자 연암은 화제(話題)를 중국 여성의 전족(纏足)으로 끌고 들어가서 "모양도 흉업고 보기에도 불편한 걸 무엇 때문에 합니까?"라고 질문을 던진다.

곡정은 "달녀(韃女, 만주 여자를 가리킴——인용자)와 혼동될까 싶어서죠"라고 쓰더니, 바로 그 글자를 지워버리고 "죽어도 바뀌어지지 않는답니다"라 쓴다.

---

32) 연암은 "言泰西人乘巨舶遠出地球之外, 叱爲怪誕."(「馹迅隨筆序」)라고 西歐의 존재를 비유의 논리에 끌어들이기도 하였으며, "敝邦可在極東, 歐羅乃是泰西. 以極東, 泰西之人, 願一相見."(「鵠汀筆談」)이라고 소망을 밝히기도 했다. 그러나 서구인을 접촉할 수 없었다. 따라서 『열하일기』에서 서구의 존재에 관심을 두었으나 구체적 인식을 얻지 못했다.

33) "故將要得其歡心, 必曲贊大國之聲敎, 先安其心, 勤示中外之一體, 務遠其嫌. 一則寄意禮樂, 自附典雅, 一則揚扢歷代, 毋逼近境, 遜志願學, 導之縱談, 陽若未曉, 使鬱其心, 則眉睫之間, 誠僞可見: 談笑之際, 情實可探. 此余所以略得其影響於紙墨之外也."(「審勢編」, 『연암집』권14, 장2)

청황제는 문화주의적 정책을 펴는 한편으로 문인들의 결사를 엄금하고 문자옥(文字獄)을 대대적으로 일으키는 등 사상통제를 강화했었다. 곡정이 글자를 얼른 지워버린 것 역시 문자옥이 두렵기 때문이었다. 위와 같이 웃고 말하는 사이에 한족의 가슴 깊숙이 서린 저항의식을 캐내고 있다. 연암은 그 정도로 그치지 않고 화제를 더욱 심각하게 끌어간다.

삼하(三河) 통주(通州) 사이를 지날 때 보니, 한 늙은 거지 여자가 머리에 꽃을 꽂고 전족한 발로 말의 뒤를 쫓아오며 구걸하는 꼴이 마치 포식한 오리처럼 뒤뚱뒤뚱 엎어지고 넘어져, 내 눈에 달녀(韃女)보다도 훨씬 못해 보입디다.

의도적으로 상대방을 울적하게 만들어보는 수작이다. 곡정은 "그런 고로 삼액(三厄)의 하나지요"라고 답변한다. 이에 "삼액이 무엇이냐?"고 물어, 삼액에 대한 설명이 나온다.

전족은 여성의 발을 구속하니 '족액(足厄)'이요, 망건(網巾)은 머리를 구속하니 '두액(頭厄)'이요, 담배는 쇠붙이와 불로 사람의 입에 뜸질을 하니 '구액(口厄)'이라고 한다. 이 '삼액'이란 동아시아 중세 말의 시대에 있어 인신(人身)에 보편적으로 가해진 속박을 적절히 표출한 개념인데, 현대 인류의 삶에까지 연계되어 실로 의미심장하다. 그 이야기를 전개하는 가운데 더욱 흥미로운 대목은 '두액' 부분이다.

"일명 수건(囚巾)이라고도 불렀지요. 당시에도 기롱하는 자가 있어 천하의 머리통이 모두 망건으로 묶여졌다고 해서 '수건'이라 부른 거죠. 대개 그걸 불편하게 여겼던 것입니다."
하며 곡정은 붓으로 나의 이마를 가리키며
"이것이 바로 두액(頭厄) 아니요" 한다.
나도 웃으며 그의 이마를 가리키며

"이 번쩍번쩍하는 것은 무슨 액이요."

곡정은 서글퍼 고개를 끄덕이더니 '천하의 머리통' 이하 글자들을 모두 지워버린다.

수건(囚巾)이란 두발을 조아 상투를 튼 위에 덮어씌워 묶는 망건을 이름이니, 다름아닌 우리나라 양반들의 의관이다. 이것은 원래 명 태조가 제정해서 착용토록 했던바, 중국은 청조에 와서 변발(辮髮)로 바뀐 것이다. '유두불유발 유발불유두(留頭不留髮 留髮不留頭, 머리를 남기려면 두발은 남겨 둘 수 없고 두발을 남기려면 머리는 남겨 둘 수 없다)'라는 식의 폭력 아래 한족의 상투는 온통 여지없이 잘려나갔다. 변발은 그야말로 만주족의 한족지배의 상징물이었다.

당시 우리나라 사람들은 변발을 오랑캐 습속이라고 모멸하여, 머리에 상투나 망건을 붙이고 있는 것으로 천하에 자랑을 삼고 있었다. 위의 대화를 통해서 우리가 머리를 말총 그물로 묶은 것이나 한족이 번쩍번쩍 민대머리를 들어낸 것이나 피차 마찬가지로 두액에 걸려 있다는 결론에 도달한다.

사실은 동아시아 세계에서 유독 조선만 상투와 망건을 보존하게 된 데 내막이 있었다 한다. 조선을 예의로 구속시켜두려는 청 태종의 정치적 계산이 숨어 있었다는 것이다. 연암은 상투 망건을 유지하게 된 것이 "우리 쪽으로 보면 더없이 다행한 노릇이었으나 저쪽의 계책으로 보면 우리를 문약(文弱)에 얽어맨 것이다"라고 지적하였다.[34] 「옥갑야화」에서 허생의 입을 빌려 원수를 갚기 위해선 기꺼이 머리를 바칠 수도 있거늘 예법을 지킨답시고 머리털 한 오리를 아낀다고 야유한 것도 이 때문이었다. 말하자면 변발이 청의 중국지배의 상징물인 데 대해서 망건은 청의 조선에 대한 기미정책의 잔류품인 셈이다. 변발과 망건이 마찬가지로 두액이라는 상호 일치

---

34) "淸之初起, 俘獲漢人, 必隨得隨剃, 而丁丑之盟, 獨不令東人開剃. 蓋亦有由. 世傳, 淸人多勸汗(淸太宗──원주), 令開剃我國, 汗默然不應, 密謂諸貝勒曰: '朝鮮素號禮義, 愛其髮, 甚於其頭. 今若强拂其情, 則軍還之後, 必相反覆. 不如因其俗以禮義拘之. 彼若反習吾俗, 便於騎射, 非吾之利也.' 遂止. 自我論之, 幸莫大矣. 由彼之計, 則特狃我以文弱矣."(「銅蘭涉筆」,『연암집』권15, 장60)

된 결론을 통해서 두 지식인 사이에는 세계인식이 심화되면서 공감대를 형성하고 있다.

지금 본 대화의 장면은 비록 말이 직접 통하지 못하는 필담으로 진행되고 있지만 감정 호흡이 교류하는 가운데 저들의 현실의식이 고통까지 함께 생생하게 드러난다. 인용한 한두 대목으로도 왕민호라는 사람의 인품과 정신이 느껴지거니와, 필담에 나오는 인물들의 각각의 개성을 살리고 있다. 「황교문답(黃敎問答)」에 왕민호와 같은 태학생인 추사시(鄒舍是)[35]와 지정(志亭, 郝成의 자, 山東都事)이란 사람이 등장한다. 추사시는 왕민호처럼 비분한 뜻을 가슴속에 숨겨두지 못하고 마구 토로해서 주위를 당황케 만든다. 잠깐 필담을 나누는 중에도 고증학(考證學)을 성사(城社)에 숨어 요망을 부리는 여우와 쥐로, 훈고학(訓詁學)을 날랜 말에 재갈을 물려 둔마로 만드는 것으로 비유하는 등 도무지 거리낌이 없다. 티벳 불교의 승려 판첸(班禪)[36]이 그 자리의 화제의 초점이었다. 지정은 판첸을 가리켜 '활불(活佛)'이니 '신통(神通)'이니 하며 예찬하는데 추사시는 '담인(噉人, 사람을 잡아먹는다는 뜻)'이라고 욕을 하는 것이다. 이러한 추사시를 두고 지정은 "그는 광사(狂士)이니 다시 만나지 말라"고 당부한다. 체제적인 인물과 반체제적인 인물의 성격이 대조적으로 부각되어 있다. 「황교문답」에 붙인 평어(評語)에서 바로 이 점을 지적하여 "대화를 나눈 여러 인물들의 성정·학식·용모·말씨가 살아 움직이듯 모두 뚜렷이 그려냈다"고 했던 것이다.[37] 요컨대, 형상

---

35) 「傾蓋錄」에서 추사시란 인물에 대하여 다음과 같이 기록하고 있다.
  "鄒舍是, 山東人也, 擧人, 與王鵠汀藏修太學中. 時皇京有重會, 藏修之士七十人, 盡赴京師, 而獨王鄒兩生, 未赴也. 爲人多慷慨, 不避忌諱, 形貌古怪, 擧止龘厲. 人皆目之以狂生, 多厭之者."(「傾蓋錄」, 『연암집』 권13, 장14)

36) 당시 西蕃의 파스파(巴思八)의 後身이라 일컫는 班禪을 건륭제가 맞아와서 天子師로 삼고 黃金殿에 거처하게 하며 극히 우대하였다. 『열하일기』에 판첸에 관련한 내용으로 「班禪始末」 「札什倫布」 「黃敎問答」 등 편이 있다. 황제가 우리 나라의 사절단에 대해서도 판첸에게 배알하게 하여 이 때문에 문제가 되었다. 팔월 십일일에 판첸을 보게 되었던바, 연암은 "及還舘中, 中原士大夫, 皆以余得見班禪, 莫不榮羨, 亦莫不極口贊美其道術神通. 其希世傳會之風如是."(「太學留舘錄」, 『연암집』 권12, 장84)라 쓰고 있다.

37) "仲存氏又曰: '(…) 卽曉語諸人之性情·學識·容貌·辭氣, 躍躍然都顯出來.'"(「黃敎問答」, 『연암집』 권13, 장31)

화의 수법으로 주제를 모색·심화·함축하여, 구체적이고도 생동감을 주고 있다. 이 '형상화 수법'은『열하일기』의 표현형식의 특징적 면모이며, 그것의 예술성을 높여준 요소이다.

필담은 물론 문자교양을 가진 자들끼리 통하는 방식이다. 그는 사인군 (士人群)이 곡학아세(曲學阿世)로 적응하는 세태에, 입을 열면 왕택(王澤)을 노래하고 붓을 들면 공덕(功德)을 예찬하는 데서 오히려 저들의 괴로움을 들여다보면서 저류(底流)하는 비판의식에 주목한다. 주자를 마구 공박하는 자를 만나는 경우 이단시(異端視)할 것이 아니라 말을 잘 붙여 점차 파고들면 거기서 천하대세를 점칠 수 있다고 하였다.[38] 지식인의 저항의식을 그는 천하대세와 관련시켜 본 것이다. 이는 지식인 본위의 사고라기보다 '사(士)의 주체성'을 강조했던 그로서 역사운동에 있어서의 지식인의 주체적·전위적 역할을 의식한 것으로 생각된다.

여기서 또한 주목할 사실은, 그의 필치가 특히 하층의 인물들을 그리는 데서 유난히 경쾌하게 되는 점이다.

상삼(象三)이 이때에 예단(禮單)을 나누어주는데 호인(胡人) 1백여명이 둘러서 있다. 그중 한 놈이 갑자기 소리를 버럭 지르며 상삼을 향하여 욕을 한다. 이때 득룡(得龍)이 수염을 거스르고 눈을 부릅뜨고 다가서서 그놈의 앞가슴을 움켜잡고 주먹으로 으르면서 여러 호인을 둘러보고 말한다.

"요 뻔뻔스럽고 무례한 놈 보아. 지난해에는 겁 없이 어른의 서피 목도리를 훔쳐가고 저 지난해는 어른의 주무시는 틈을 타서 요도를 빼어 초수(鞘緌)를 끊어가고 또 주머니까지 떼가려다 내게 들켜서 주먹다짐을 받았겠다. 그땐 아주 애걸복걸하며 날더러 목숨을 살려주신 은인이라고 빌던 놈이, 이번 오랜만에 오니까 도리어 어른의 눈을 속이고, 낯짝도 없이 어디서 함부로 떠들고 야단이냐. 요 쥐새끼 같은 놈, 어디 견뎌봐라. 봉성장군(鳳城將軍)에게 끌고 가서 단단히 경을 쳐줄 테니……"

---

38) "(…) 使後之遊中國者, 如逢肆然駁朱者, 知其爲非常之士, 而毋徒斥以異端, 善其辭令, 徵質有漸, 庶幾因此而得覘夫天下之大勢也哉!"(「審勢編」,『연암집』권14, 장4)

여러 호인들이 우우 내달아 사정하여 말리고 그중 수염 좋고 의복이 선명한 노호(老胡) 하나가 앞으로 나와 득용의 허리를 안고

"따거(大兄) 제발 참으세요"

한다.

득용은 웃음을 지으며

"내 만약 동생의 안면을 보지 않았던들 한 주먹에 저놈의 콧등이 봉황산 밖에 떨어졌을 거야."

하고 자못 누그러진다.[39]

책문에서 통관(通關)의 절차를 밟는 장면인데, 서민들 특유의 언어·감정·행동이 붓끝에서 그대로 살아 움직이고 있다. 그중에서도 득용이 주먹을 든 모습을 눈앞에 보고, 떠드는 소리를 귀로 듣는 듯싶다.

위의 득용과 상삼은 상판사(上判事)의 마두(馬頭)이다. 우리 사절단이 책문을 들어갈 때 청의 간세(奸細)한 무리들이 예물(禮物)을 더 뜯어내려 으레 트집을 잡았다. 득용이 저들 호인에게 무슨 물건을 훔쳤다느니 어쨌다느니 하는 것은 당초 있지도 않은 일인데, 한 놈을 붙들고 기를 꺾어서 다른 놈들까지 전부 수그러들게 만드는 수단이었다. '살위봉법(殺威捧法)'이라 이르는 것이다. 그런 수단이 아니고는 사흘이 가도 결말이 나지 않아 통관을 못하게 된다고 한다. 연암이 가까이 부리는 장복과 창대는 물론 쇄구(刷驅)들 및 중국의 하천한 부류들까지 가다가 종종 모습을 드러낸다. 장복이 호행통관(護行通官) 쌍림(雙林)과 수레를 나란히 타고 가면서 쌍림은 서투른 조선어로, 장복은 며칠 배운 중국어로 주거니 받거니 하는 장면,[40] 열하에서 돌아온 창대가 외로이 북경에 남아서 장복을 곯리는 대목,[41] 연암을 등에 업고 진창을 건네준 역부가 "흑선풍 마마(어머니)가 이처럼 무거웠다면……" 운운하는 광경[42] 등은 실로 독자를 포복절도케 만든다. 하인이요

---

39) 「渡江錄」7월 26일條, 『연암집』권11, 장10~11.
40) 「馹汛隨筆」의 7월 17일條, 『연암집』권12, 장14~15.
41) 「燕還道中錄」의 8월 20일條, 『연암집』권13, 장11.

부리는 사람이라 해서 무시해버리지 않고 간혹 서술의 시선을 그쪽으로 돌려 가장 재미난 얼굴로 부각시켜놓았다. 붓끝이 위로 고관 귀인에게 가면 단조롭게 되고 아래로 관속 하인배들에게 가면 재미나고 생기있게 되는 것이다. 위의 인용에서 보는바 마두배는 천한 부류의 명색이나 그 재간과 입심이 들어서 사행 길의 이런저런 문제가 해결되는 그러한 시대현실이,[43] 저들로 향한 연암의 붓끝에 생기를 불어넣은 것이 아닐까. 『열하일기』의 서술 수법은 휴머니즘의 바탕에, 민중의 활력을 반영하고 있다.

『열하일기』의 특징적 성격——각계 각층 인간들의 동태적 파악과 다양한 형상의 조소(雕塑)는 요컨대 작가의 역사관의 문학적 표출이다. 인간은 노동과 주체의 실천으로 자연을 문명으로 변혁시켰다. 역사의 주체는 인간이다. 그러나 중세기의 시대에 있어서 인간들은 제도에 사역당하고 도덕률에 복종하는 존재로 왜소해졌으며 '나'의 주체성을 상실하고 말았다. 영웅적·투쟁적·창조적 삶의 이야기는 사라지고 산문의 세계에 있어서도 서사성(敍事性)은 다분히 장식과 고식으로 떨어졌다. 『열하일기』의 형식에는 질곡과 암흑으로부터 자유와 해방으로 향하는 주체적 인간의지와 하층부류의 활발성이 반영되어 있다.

6. 맺음말

이 글은 『열하일기』에 대한 하나의 시론이요, 서설이다.

『열하일기』는 금강산이 형형색색의 봉우리·골짝·바위·물, 가지가지 진기한 나무·꽃·풀로 이루어졌듯 여러 종류의 체제와 내용의 지식으로 엮어져 있다. 따라서 그것의 예술성·사상성에 대한 개별적·구체적 분석이 요망

---

42) 「渡江錄」의 6월 24일條, 『연암집』 권11, 장5.
43) "得龍, 嘉山人也. 自十四歲, 出入燕中, 今三十餘次. 最善華語, 行中大小事, 例非得龍
莫可當此任者. 已經本郡及龍鐵等諸府中軍, 階得嘉善. 而每使行則預關本郡, 因其次知
(家屬謂之次知——원주), 以防其逃避. 其爲人之幹能, 可知."(「渡江錄」, 같은 책, 장7)

되는 것이다. 그러나 오늘날의 분류의식에 따라 해체시키기보다는 개념의 경계를 넘어서서 총체적 시각이 필요하다.

이상 『열하일기』를 전반적으로 다루긴 하였으나 미진한 부분, 다루지 못하고 지나친 사항들이 허다하다. 나의 약간의 소견을 끝에 덧붙여둔다.

첫째, 『열하일기』는 하나의 전체로 볼 때 무엇이라 이름할 것인가? 산문이란 개념이 적합한 것으로 생각한다. 여기서 말하는 산문은 시가·소설·연극과 나란히 장르의 하나다. 『열하일기』는 실현된 세계를 통해서 세계의 앞날을 전망한 것이다. 일종의 '보고'이다. 그러므로 허구를 배제한 실사(實事) 진인(眞人)의 서술과 묘사, 거기 근거한 의론으로 되어 있다. 모두 실제 사실의 기록이라 하더라도 작가적 안목과 감수성, 창조적 수완으로 선택·제련·구성한 것이다. 여러 인간들의 동태와 삶의 실제 모습을 통해서 세계를 인식하되 '형상화 수법'을 구사하고 있음을 앞에서 주목하였던바, 그것은 주제·사상을 '현시(顯示)'한 방법이다. 때문에 서사적 산문이 주류를 차지하고 있다. 그런데 작가는 보여주어 느끼고 이해하도록 하는 것만으로 그만두지 못한다. 때로는 관찰·분석의 결과를 종합적·이론적으로 개진하기도 한다. '세계의 개조'에 대해서 작가가 직접적으로 개입하여 논리적으로 설득하는 방법을 쓰고 있다. 이 경우 설리적(說理的) 산문으로 된다. 연암은 문예형식이 '현실의 변증법적 본질'에 대해 갖는 인식능력을 십분 이해하고 실천하였던바, 인간의 주체적 참여로 역사 속에 실현되어야 할 총체성의 지양을 위해 때에 따라 논리적 명증(明證)과 결단의 적극성도 발휘했던 것이다.

둘째, 다음은 쟁점이 되고 말썽을 부른 문체문제다. 『열하일기』에는 해소(諧笑)가 포함되어 있고 '소설적'인 것이 사실이다. 발표 당시 『열하일기』를 일종의 패관기서(稗官奇書)처럼 인식했던 사실 역시 지금 돌아보면 그럴 소지는 없지 않았다고 보겠다. 문제는 그러한 서술수법을 그 작자는 무슨 이유로 도입했던가이다. 무엇보다 '형상화 수법'을 구사하였기 때문에 문체가 저절로 '소설적'이게 된 것이다. 그리고 변발을 주제로 필담을 나누는 장면에서 적절한 사례를 보았듯, 세태에 대한 분노와 사상탄압에 기인하여 풍자와 우언이 쓰이고 있다. 또한 서민적 삶의 실상을 나타낸 데서 글이 아주 경쾌하게 되고 익살과 기롱이 쏟아졌다. 이 모두 대주제에 접근하는 방법론이었던 것이다. 뿐만 아니라, 대화 부분은 일상의 말인 구어(口語)에 일치시키고 있다. 중국인의 경우 백화문(白話文)으로 기술하고 조선 사람의 경우 우리말의 고유한 표현과 감정까지 살려서 한문으로 바꿔놓았다. 곧 그 사람의 목소리 그대로 들리게 한 것이다. 비록 한문이지만 언문일치(言文一致)에 접근했다고 보겠다. 그런데 이처럼 사실성을 획득한 대신 문체상의 반역죄를 범하였다. 산문은 시와 함께 동양문학의 두 큰 흐름이었다. 대체로 시대의 새로운 기운은 특히 산문의 문체에 민감하게 반영되었다. 역대 제왕들이 사상통치에 있어서 문체를 무엇보다 중시한 것도 이 때문이었다. 『열하일기』 문체의 참신성은 작가의 변증법적 세계인식과 분리해서 생각할 수 없는 것이다.

셋째, 연암은 동아시아 역사의 결정적 전환점이 될 청황제 체제의 청산에 미쳐서 어떤 전망을 하였던가? 바야흐로 청조의 지배정책이 성공하여 평온한 상태에서 경제적 번영과 문화적 융성을 누리는 판이었다. 그런데 연암은 열하에 가서 살펴보고는 천하대란이 30년이 지나지 않아 발생할 것으로 예견하고,[44] 고북구(古北口)를 지나면서는 토붕와해(土崩瓦解)의 근심이 눈앞에 있음을 말하였다.[45] 바야흐로 천하를 압도하고도 남을 권위와 예지를 지닌 건륭황제와, 그를 둘러싼 권력의 심장부에 암이 발생했음을 진단하고,[46] 「호질」에 붙인 글에서 "백성들이 한번 홍모(紅帽, 청이 한족에게 강요한 모

<hr>

44) 「黃敎問答」 後記, 『연암집』 권13.
45) "今昇平百餘年, 四境無金革戰鬪之聲, 桑麻菀然, 鷄狗四達, 休養生息, 乃能如是. 漢唐以來所未嘗有也. 未知何德而能致之. 崇極而圮, 物理所然, 民不見兵久矣, 土崩瓦解, 可慮哉!"(「還燕道中錄」, 같은 책, 장5)
46) 『열하일기』는 乾隆帝에 대하여 "蓋皇帝春秋高, 御宇之日久, 權綱在手, 而聰明不衰, 氣血逾旺. 然海內昇平, 君道日亢, 猜暴嚴苛, 喜怒無常, 其廷臣, 皆以目前彌縫爲上策, 以悅豫帝心爲時義."(「太學留舘錄」, 앞의 책, 장73)라 관찰하고 또 皇子 등에 대하여도 "其歿者詩意酸寒, 其存者又乏貴氣, 陛下家事, 未知如何."(같은 책, 장75)라고 지적하였다. 그리고 황제의 총애를 받고 후일 엄청난 부정축재를 하여 청조의 國基를 흔들리게 한 장본인이었던 和珅이라는 자에 대하여는 "卽今戶部尙書和珅, 皇帝寵臣也. 兼九門提督, 貴振

자, 곧 지배의 상징물이다——인용자)를 벗어서 땅에 던지면 청황제는 앉아서 천하를 잃을 것이다”라고 하였다. 연암은 「심세편」에서 또 말하기를 “동남(東南)은 개명(開明)했으므로 반드시 이곳에서 천하에 앞서 큰일이 있을 것”이라고 한다. 세계의 변혁적 계기가 동남지방에서 먼저 발생할 것이라는 의미의 발언이다. 중국의 동남지방은 강소(江蘇)·절강(浙江)·광동(廣東) 등지인데 물질적 발전과 함께 정신문명이 가장 빨리 열린 곳이었다. 청황제가 “동남지인(東南之人)은 영혜교승(穎慧較勝, 영리하고 남에게 지기 싫어한다는 뜻——인용자)”이라고 지목할 정도로 이 지역 사람들의 개명이 청조에 두통거리였다.[47] 연암의 대국적 통찰에 선견지명이 있었음은 다음의 역사가 증명해주었다. 그런데 그는 「옥갑야화」에서 허생의 입을 빌려 우리나라 지식인과 상인 들의 중국 진출을 역설하였던바, 특히 이 지역을 언급한다. 말하자면 진보적 세력의 국제적 결속을 통해서 청황제 체제의 청산, 다시 말해 동아시아 세계의 여명을 구상해본 것이다. 이제 「옥갑야화」의 작의(作意)와 함께 『열하일기』 전체 속에서 그것의 위치를 가늠할 수 있다. ‘실현된 세계’——경험적 세계를 통해서 ‘세계개조’를 보여주기는 어렵지 않겠는가. 현재의 어떤 사람이 아닌 허생 같은 인물을 등장시킬 필요가 있었을 것이다. 「옥갑야화」는 귀국하는 중도의 어느 여관에서 역관들과 밤새 나눈 이야기로 엮어져 있다. 『열하일기』 속에 허생을 끌어들이기 위한 의도적 설정이다. 연암은 허생의 행동과 말을 통해서 동아시아 전환기의 역사과정에 있어 우리의 적극적 참여의 방안을 제시하였다. 허생은 ‘나’의 주체를 확고히 세워 최고의 실천으로 나아간 인물의 한 전형이다. 허생은 『열하일기』의 주체를 고도로 집약한 형상이다.

넷째, 확고한 주체의식이 없이는 올바른 세계인식이 나올 수 없다. 이것

朝廷. 皇帝誕日, 余至山莊門外, 貢獻之物, 輻輳門前, 皆覆黃袱, 非金佛則皆玉器云. 和之所擧來者, 卽珍珠葡萄一架, 在其中. (…) 和珅方其貴寵, 故皇帝亦常曰: ‘珅愛我也, 忘其家而獻於朕云爾.’ 則亦將曰: ‘朕以四海之富, 無此眞珠葡萄, 珅安從得此? 珅其危哉.’”(「銅蘭涉筆」, 『연암집』 권15, 장36~37)라고 그가 나라에 해독을 끼칠 자임을 간과하고 황제의 밝지 못함을 지적하였다.

47) 雍正 六年에 내린 諭指에 나오는 말.(『淸朝全史』上四, 臺灣: 中華書局版, 46면)

은 현실주의적 자세이다. 또한 올바른 세계인식이 없이는 참으로 위대한 문학이 창출될 수 없다. 『열하일기』는 우리 문학사상 현실주의 문학의 발전과정에 있어서 한 획기적인 성과이다.

〈제3회 동양학국제학술회의논문집 『동아시아 삼국 고전문학의 특징과 교류』, 1985〉

洪大容의『毉山問答』

'虛'와 '實'의 의미 및 그 산문의 성격

1. 논의의 초점

1776년(영조 52, 건륭 41) 봄에 조선국의 학자 홍대용(洪大容, 1731~83, 字 德保, 號 湛軒)은 외교사절단을 따라 중국으로 가서 북경에 60일 동안 머물렀다. 이때 항주(杭州)에서 올라온 지식인인 육비(陸飛, 1719~?, 자 起潛, 호 篠飮), 엄성(嚴誠, 1732~?, 자 力闇, 호 鐵橋), 반정균(潘庭筠, 1742~?, 자 蘭公, 호 秋庫) 등 여러 인사들과 우연히 만나서 깊이 사귀었다. 엄성은 홍대용에 대해 이렇게 평하고 있다.

> 홍군은 중국의 서책을 읽지 않은 것이 없으며, 역률(曆律)과 수학·점술로부터 병법에 이르기까지도 정통하고 있다. 살피건대 성격이 근실하고 이학(理學)을 논하기 좋아하여 선비의 기상을 갖추고 있다. (「養虛堂記」, 杭傳尺牘,『湛軒書』外集 권2)

홍대용은 중국여행을 마치고 돌아와서 견문기행을 서술한『연기(燕記)』10권, 항주의 세 지식인과 주고받은 필담(筆談) 및 서간을 엮은『회우록(會友錄)』3권을 남겼다. 그리고 따로『의산문답(毉山問答)』이란 일편을 창작하였는데, 허자와 실옹의 대화를 가탁해서 자신의 사고와 이론을 표출한 내용이다.『의산문답』은 가공적인 형식이지만 실로 당시 조선 실학사상의 중요한 저술로 손꼽히는 것이다.

『의산문답』의 주인공 '자허자(子虛子, 약칭 虛子)'는 스스로 생각하기를 "소지(小知)는 더불어 큰 것은 의논할 수 없으며 누추한 습속으로는 더불어 도를 말할 수 없다" 하여, "마침내 서쪽으로 길을 떠나 연경(燕京)으로 들어가서 그곳의 진신(搢紳)들과 어울려 담론하며 60일을 머물렀으나 끝내 사람을 만나지 못했다"는 것이다. 이에 그는 여장을 꾸려서 돌아오다가 도중에서 의무려산(醫巫閭山)에 들러 한 은자를 만난다. 그가 다름아닌 '실옹'이다. 천하문명의 중심부에서 애써 찾아도 만나지 못했던 그 사람을 동북 변경의 한 모퉁이에서 만났다는 것이다. 드디어 허자와 실옹은 서로 흉회를 열어젖히고 종횡으로 대화를 나누었던바 담론이 천지고금의 만사·만리(萬理)에 두루 미쳤으니 지금 이 『의산문답』이다.

의무려산에서 허자와 실옹이 서로 주고받았다는 담론은 실제 사실로서 있었던 일은 아니요, 곧 무시공(無是公)·오유선생(烏有先生)의 일과 같은 가상현실이다. 홍대용은 이 일편의 가공적인 글을 무엇 때문에 꾸며냈을까? '허'와 '실'의 모순은 무엇을 노리고 상정한 것일까?

2. 虛子와 實翁 —— 대조적 형상의 의미

허자는 이르기를 "내가 '허'로 자호한 것은 천하의 '실'을 고찰하기 위함이다. 저이가 '실'로 호를 삼은 것을 보면 아마도 천하의 '허'를 격파하려는 뜻이리라. 허허실실(虛虛實實)은 오묘한 도의 진경이니 나는 장차 그의 말을 들어보리라." (『의산문답』, 『湛軒書』 內集 권4)

허자의 '허'라는 호칭은 천하의 '실'을 찾아 세우려는 뜻이요, 실옹의 '실'이란 호칭은 천하의 '허'를 때려부수려는 뜻이라 한다. 그러므로 허자가 실옹의 문을 두드린 의도는 실옹으로 인연해서 천하의 '허'를 타파하려는 것이다. 여기서 이른바 '천하의 허'란 과연 어떠한 형태의 것인가?

아! 안타깝다. 도술(道術)이 망한 지 벌써 오래되었구나! 공자가 돌아가시매 제자(諸子)들이 어지럽혔으며, 주자학(朱子學)의 말류에는 여러 유자들이 혼란에 빠뜨렸던 것이다. 그 학술이 높아짐을 따라 진실은 잃어버렸고 그 언어가 세련됨을 따라 그 참뜻은 실종하였다. 정학(正學)을 외침은 실상 긍심(矜心)에 말미암은 것이요, 사학(邪學)을 배척한다는 외침은 실상 승심(勝心)에 말미암은 것이요, 세상을 구제하겠다고 인(仁)을 내세우는 것은 실상 권심(權心)에 말미암은 것이요, 명철보신(明哲保身)을 주장하는 것은 실상 이심(利心)에 말미암은 것이다. 이 네 가지 심리가 서로 뒤엉키고 쌓여가서 참다운 뜻은 나날이 망실되어 천하가 온통 휩쓸리니 나날이 '허'로만 치닫고 있다. (같은 책)

무릇 유학자들이 자랑하고 숭상하는 학술이란 정학을 부지하고 사설(邪說)을 배척하며, 현달하게 되면 인(仁)으로 세상을 구제할 것이요, 난세를 만나면 명철보신을 하는 데서 벗어나지 않는 것이다. 그래서 표방은 다 그럴듯하게 하고 있지만 실상을 들여다보면 잘난 척하는 긍심, 이기려 드는 승심, 권력지향의 권심, 자기만 생각하는 이심의 조종을 받아서 모두 한결같이 허위 아닌 것이 없다고 진단을 내린다. 까닭에 "천하가 온통 휩쓸리니 나날이 '허'로만 치닫고 있다"는 것이다. 그런 고로 '천하의 허'는 대개 유자의 학문이 어긋나는 데서 발생하여 마침내 '도술의 망실'로까지 이르렀다고 본다. 이는 달리 까닭이 있는 것이 아니고 겉으로 주공(周公)·공자의 학술을 떠받들면서 그 진실은 망각하고 입으로 정자(程子)·주자의 말씀을 외우면서 마음속에서 그 뜻을 잊고 있기 때문이라는 것이다. '도술의 망실'은 책임이 온통 유자들 그 자신에게로 돌아갈 수밖에 없다.

마음이 허하면 예(禮)가 허하게 되고, 예가 허하면 사업 또한 허하지 않은 것이 없게 된다. 자기 자신에게 허하면 남에게도 허하게 되며, 남에게 허하게 되면 천하에 허하게 되지 않을 일이 없을 것이다. 도술의 의혹은 필시 천하를

어지럽힌다. (같은 책)

여기에서 지적한바 '허'는 곧 허자의 신상에 고유한 것이다. 작중의 실옹은 허자를 처음 대면하자 꾸짖기를 "심하다, 너의 허를 행하는 짓이여! (…) 도술의 의혹은 천하를 어지럽히게 마련인데 너는 도술에 의혹된 자가 아닌가!"라고 하였다. 허자─'도술의 의혹자'는 곧 일반 세유(世儒)의 전형이라고 할 것이다. 그러나 『의산문답』의 주인공 허자는 그 자신 가도학자(假道學者) 부류와는 본래 구별이 되고 있다. 대개 그의 사상 성격은 몽매한 가운데 처해서 그 스스로 몽매한 속에 있는 줄을 깨닫고 바야흐로 몽매를 헤치고 나갈 문로(門路)를 찾아나선 그런 인물이다. 『의산문답』은 처음부터 끝까지 전편이 실옹이 허자의 몽매를 변파하는 과정으로 되어 있다.

3. 『의산문답』의 논리구성과 주제

『의산문답』은 본론으로 들어가서 먼저 인간존재에 관해 문제를 제기하고 이어서 인간이 발을 딛고 선 땅과 머리 위의 하늘을 해명한 '천지의 체형(體形)·정상(情狀)에 관한 논'이 나온다. 다음 만물의 생성·근원을 논하고 이어서 고금의 변천을 논하며, 드디어 말미로 가서 화이(華夷)의 구분에 새로운 해석을 가하여 '역외춘추(域外春秋)의 논리'를 수립하고 있다. 화이론(華夷論)의 비판으로 제기된 역외춘추론이 전편의 끝맺음으로 되고 있는 것이다.

오늘날 『의산문답』에 대한 국내외 학자들의 최대 관심처는 '천지의 체형·정상에 관한 논'이다. 홍대용의 독특한 학설에 속하는 지전설(地轉說) 및 우주무한론(宇宙無限論)은 그 당시에도 대단히 경이로운 이론으로 받아들여지고 있었다. 홍대용이 중국을 다녀온 10여년 후에 그의 둘도 없는 친구 박지원(朴趾源)이 다시 또 북경여행을 하였다. 이 여행시에 박지원은 중국 지식인들과 담론할 기회를 가졌던바 그 석상에서 홍대용의 천문학설을 소개했던 것이다. 좌석에 앉아 있던 지식인들은 너나없이 놀라워하며, 혹은 "경위천지(經緯天地)의 굉장한 이론"이라 하고, 또 혹은 "평생 독견(獨見)의 말"이라는 등 찬사를 아끼지 않았다 한다. 근래 학자들 사이에서 역시 이 학설은 비상하게 주목을 받아서 연구논문이나 관련한 논술이 허다함은 물론이다.

대개 이 지전설 및 우주무한론은 당시 학술사상사에 중요한 위치를 점유하고 있다. 그것이 주목을 받고 중요하게 거론되는 것은 물론 당연한 일이다. 그렇지만『의산문답』에 있어서 '천지의 체형·정상에 관한 논'은 전편의 구성상에서 한 부분에 지나지 않는다.『의산문답』은 협의의 과학논문이 아니고 본질적으로 보아 철학적인 글이다. 요컨대 인생과 함께 세계인식에 연관해서 파천황적인 우주론을 제출한 내용이다. 이 점은 바로『의산문답』의 총체적 이해를 위해 모름지기 먼저 고려해야 할 사안이 되지 않을 수 없다.

『의산문답』의 작자는 실옹의 입을 빌려서 지전설 및 우주무한론을 제출한바 그 의도는 다름아니고 천원지방(天圓地方)·천동지정(天動地靜)이란 전통적인 우주관에 기초해서 세워진 여러가지 관념을 공박하는 데 있었다. 그의 이론은 대담하고도 명쾌하며, 그 내용 또한 풍부하고 심각해서 필설로 모두 형용하기 어려우니 이른바 '꼬뻬르니꾸스적 전환'을 다시 보는 듯하다. 이에 또 한 대목을 인용해서 그의 세계인식에 관계되는 신사고의 일단을 살펴볼까 한다.

"무릇 지계(地界, 지구를 가리킴──인용자)는 태허(太虛, 우주공간──인용자)와 비교하자면 조그만 먼지에 지나지 못하고, 중국은 지계에 비교하자면 십 몇 분의 일에 지나지 않는 것이다. 지계에다 별자리의 도수를 나누어 배속한 것도 이론(異論)이 있을 수 있는데 지계의 한 부분인 구주(九州, 중국을 가리킴──인용자)에다 중계(衆界)를 억지로 배속하여 나누고 합치고 부회(傅會)를 일삼아 재앙과 상서를 점치다니 망탄스럽기 그지없어 입에 올릴 만한 가치도 없는 것이다."(같은 책)

지구를 우주공간에서 바라보고 중국을 지구 전체에서 바라보고 있다. 나아가 지체중심(地體中心＝중국중심)으로 성수(星宿)를 논하는 사고의 망령되고 황당함을 지적하고 있다. 사물에 대한 인식의 시각이 명백히 객관적·상대적으로 바뀐 것이다. 종래 우리 인류는 "천지만물 가운데 오직 사람이 존귀하다"고 확신했던바 이런 따위의 독선적 인간중심주의는 곧 중세적 이념을 구성하는 주요 부분으로 되었다. 이에 실옹은 이런 따위의 관념을 일소에 부치면서 선언한 말이 있다.

인(人)의 입장에서 물(物)을 보면 인이 귀하고 물이 천하며, 물의 입장에서 인을 보면 물이 귀하고 인이 천하지만 하늘로부터 보면 인과 물 모두 균등한 것이다. (같은 책)

여기서 '물'은 인간에 상대되는 동식물 일반을 가리키고 있다. 그는 "생명을 가지고 있는 부류가 세 가지인데 인류와 금수, 초목이다" 하고 각기 특성을 지적하여 "초목은 도생(倒生, 머리를 거꾸로 해서 살아감──인용자) 금수는 횡생(橫生, 머리를 옆으로 해서 살아감──인용자)"으로 분변을 하고 있다. 그러나 이 삼생(三生)의 부류는 서로 생존을 영위해감에 있어 귀천의 등급이 있을 수 없다고 생각한 것이다. 오히려 "혜(慧)가 없는 것(금수를 가리킴──인용자)이기에 사술(邪術)이 없으며, 각(覺)이 없는 것(초목을 가리킴──인용자)이기에 작위(作爲)가 없으니" 물이 인류보다 훨씬 귀하다고까지 발언하였다. 실로 엄청난 사고의 전환을 일으키고 있다. '하늘로부터 본다〔自天而視之〕'는 이 눈〔天眼〕은 과연 어디에 달려 있는 것인가? 곧 객관적·상대적 안목──과학적 안목에 다름아닌 것이다. 이 안목이 인류 자체와 우주만물에 대한 인식을 바꾸어놓았거니와 우주를 보고 역사를 보는 시각을 180도로 회전시켜놓았다.

하늘로부터 보면 어찌 내외(內外)의 구분이 있겠는가? 이런 까닭에 각기 자기 족속을 가까이하고 각기 자기 임금을 받들며, 각기 자기 나라를 지키고

각기 자기 풍속에 편안하니 화이(華夷)의 차등은 있을 수 없는 것이다. (같은 책)

당시 동아시아지역의 청황제 체제는 춘추학(春秋學)의 대의명분론에 입각해서 보면 일대 이론적 곤혹, 정신적 혼란을 일으키지 않을 수 없었다. 이러한 청황제 체제가 지배하는 정세에 대응하여 조선왕조의 통치권력의 이데올로그는 존주대의(尊周大義)를 역설하고 북벌론(北伐論)을 제창하여 진실을 호도하고 국론(國論)을 한쪽으로 몰아갔던 것이다. 이에 홍대용은 실옹의 입을 빌려서 발언하기를

주씨(朱氏)가 국통을 잃게 되자 천하가 치발(薙髮, 변발──인용자)을 하게 되었다. 무릇 남풍이 일어나지 않고 호운(胡運)이 날로 자라나고 있으니 이 또한 인사(人事)의 감소(感召)요 천시(天時)의 필연이라 할 것이다. (같은 책)

고 했으며, 박지원 또한 이렇게 분명히 주장했다.

인(人)의 처지에서 본다면 화하(華夏)와 이적(夷狄)이 실로 구분이 뚜렷하지만 하늘의 명(命)한 바에서 본다면 은우(殷冔, 은대의 모자──인용자)·주면(周冕, 주대의 모자──인용자)은 각기 그 시대의 제도를 따른 것이니 어찌 꼭 청나라 사람의 홍모(紅帽)에 대해서만 회의할 것인가! (「虎叱跋」, 『열하일기』권12)

홍대용과 박지원 두 학자의 이론이 꼭 한 입에서 나온 소리 같다. "하늘로부터 보면 어찌 내외의 구분이 있겠는가?" 실로 과학적 안목에서 나온 발언이다. 이 논리에 따르면 지금까지 고수되어왔던 중화와 사이(四夷)의 명분론적 구분은 전혀 무의미한 것으로 될 수밖에 없다. 이야말로 신사고다. 지구상의 각 민족국가는 저마다 자기네 강토를 지키고 저마다 자기네 습속을 좋아하는 것이 이론적 정당성을 획득할 수 있다. 객관적·상대적 인식은 드

디어 주체확립과 객체존중이라는 상반되는 지점에 나란히 도달한 것이다.

"그러나 공자로 하여금 항해하여 구이(九夷)의 지역에 도달하도록 했다면 (…) 내외의 구분과 존양(尊攘, 중국을 높이고 이적을 배척함——인용자)의 의리로 미루어 응당 역외춘추(域外春秋)를 수립했을 것이다. 이 점이 곧 공자가 성인이 되는 소이연이다. (『의산문답』, 『담헌서』 내집 권4)

성인의 권위는 아직도 홍대용의 뇌리를 완고히 붙잡고 있다. 그러나 홍대용은 이르기를 공자가 만약 구이(여기서는 한반도를 지칭함)의 지역으로 이주했다면 응당 '역외춘추'의 논리를 수립했을 것이라 한다. 홍대용의 과학적 안목은 기왕에 하늘에 가탁을 했었거니와 다시 또 옛날 성인에게 가탁을 하고 있는 것이다.

4. 결론

홍대용과 동시대의 중국 학자 대진(戴震)은 일찍이 말하기를 "후세의 유자들은 이(理)로써 사람을 살해한다〔以理殺人〕"고 하였다. 이보다 앞서 우리 조선의 학자 양득중(梁得中) 역시 세유(世儒)를 비판하여 "의리를 내세움으로써 천하를 어지럽힌다〔以義理而亂天下〕"고 지적했던 것이다. 이러한 견해는 『의산문답』 가운데서 "도술의 의혹은 필시 천하를 어지럽힌다〔道術之惑 必亂天下〕"는 발언과도 그 문제의식의 면에서는 서로 관통하고 있는 것으로 여겨진다. 『의산문답』은 중세사회의 사상적 질곡에 대한 저항적 의미를 함유하고 있는바 거기에 맞서는 이론투쟁의 선구자라고 말해도 괜찮지 않을까.

『의산문답』에서 허자는 그 시대 현실의 상태를 축약한 모습이라고 한다면 실옹은 곧 그 시대의 진리와 이성을 대변한 형상이다. 작중에서 허자와 실옹의 모순되는 설정은 (허자가 실제이고 실옹이 가상이라는 점으로 보

아) 실로 당시의 현실적 모순을 반영하고 있다고 하겠다. 작가는 자기 현실에 대해 심각하게 회의하고 '진실세계'를 강렬히 지향함으로 해서 허구적 형식에 가탁을 한 것이다. 박지원의『열하일기』는 경험세계에 대한 보고의 양식인데 그 가운데다 소설적 성격의「호질」과「옥갑야화」두 편을 삽입해 놓았다. 홍대용은『연기』를 짓고 별도로 이『의산문답』을 지었다.

작가 홍대용은 자기의 선구적인 계몽사상을 표출하기 위해 가공적·우언적인 산문의 형식을 스스로 선택한 것이다.

〈제2회 실학국제학술회의, 1992년〉

보론

위의 글은 1992년 가을 중국 지난(齊南)의 산뚱대학(山東大學)에서 열렸던 '실학국제학술회의'에서 발표했던 것이다. 원래 한문으로 작성된 것이어서 여기 수록하기 위해 우리말로 옮겼다.

당초 주최측이 발표문의 분량에 제한을 두었던 까닭으로 간략하게 씌어질 수밖에 없었다. 논문으로서는 체제를 갖추지 못한 모양이다.『의산문답』의 독서기인 셈인데 나는 이 소고에서 제기한 견해를 살려 작업을 확장해 볼 의향도 있었다. 중국여행의 경험을 표출한 산문의 형태로서 홍대용의『연기』와『회우록』, 그리고 박지원의『열하일기』를 포괄해서 파악하는 논리를 세워보고 싶었던 것이다. 하나의 산문론을 염두에 두었던 터인데 여지껏 착수도 못하고 말았다.

지금 기왕의 원고를 그대로 번역하고 약간 손질하는 데 그쳤다. 마음먹은 작업을 수행하지 못한 바에야 비록 소략하긴 하지만 군이 원래의 틀을 바꿀 것이 없다고 여겨졌다. 내 나름으로 글쓰기의 한 시도였기 때문이다. 다만, 소고를 작성할 당시 부득이 간과했던 점이 있고 또 결론 부분에서 부연하고 싶은 말이 있어, 덧붙이는 글을 뒤에 달아놓는다.

그 생태론적 사유의 의미

『의산문답』을 읽어보면 원시자연을 이상세계로 상정하는 초복고적인, 반문명적인 사유가 저류하고 있음을 인지할 수 있다. 역시 실옹의 입을 빌려서 천지만물이 지나온 과정을 수고(遂古)시대와 중고시대로 양분을 한다. 수고시대에선 인(人)과 물(物)이 기화(氣化)로 생성되었는데 중고시대로 내려와선 태화(胎化)로 바뀌었다는 것이다. 까마득한 옛날 옛적의 기화단계는 천진(天眞)이 온전한 상태로서 '태화(太和)의 세상'을 이루었던 반면, 중고시대의 태화단계에 이르러 점차 천지는 조화가 흐트러지고 순방(純厖)이 닦여져서 결국 우주적 재앙이 비롯되고 있다고 본다.

이 사유방식은 발전론을 거부하는 복고주의라 할 것이다. 예전의 문인 학자들은 대체로 시간의 흐름을 퇴행의 자취로 여기는 복고적 혹은 상고적 관념을 지니고 있었다. 그러나 유가적 상고주의는 한껏 소급해서 요순시대를 이상세계로 동경하는 데 그쳤다. 수고시대의 기화단계란 것은 인간의 역사를 아득히 넘어서 있다. 도가사상에 연원한 듯 보이는 데 『의산문답』 자체의 논리구성에서는 '인'과 '물'을 균등하게 보는 관점에서 발단이 된 것이다. 위에서 거론했던바 하늘의 입장으로 보면 '인'과 '물'이 균등하다는 논리를 펼치면서 "동물은 지혜가 없기에 사술이 없고 식물은 감각이 없기에 작위가 없다"고 말했다. 그러므로 초목·금수가 인간보다 오히려 귀하다는 논법이었다. 인간은 초목·금수와 변별되는 그 특성으로 역사가 발전하고 문명을 형성했다. 독선적인 인간중심주의를 거부하는 논리는 역사의 부정, 그리고 문명의 부정으로 귀착된 면이 있는 것이다.

그렇다 해서 원시자연으로 돌아가자, 그가 이런 주장을 편 것은 아니다. "시대를 따라 습속을 좇음은 성인의 권도(權道)"라고 말한 다음, "오늘의 세상에 처해 태고의 도로 돌아가고자 한다면 재앙이 몸에 미치리라"는 경고성의 단서를 붙이기까지 하였다. 실천의 논리가 아닌, 본원적인 차원에서 제기한 반성적 사고로 비쳐지는 것이다. 그러나 과학적 안목으로 도달한 인식논리와는 아귀가 맞지 않아 보인다. 그 계몽사상적 성향과는 배치되는 면이기 때문이다. 이런 일면을 어떻게 해석할 것인가.

위에서 나는 『의산문답』이 보인 '과학적 안목'은 하늘에 가탁하고 있음을 지적했다. 우주에 대해 논함에 있어 과학적 관찰이 없지는 않으나 기구에 의한 관측 및 수리의 논증을 확보하지 못하고 있다. 과학적 방법론을 수반하지 못한 통찰이었으며, 하늘에 가탁함으로써 형이상학의 차원으로 올라간 것이다. 근대적(서구적) 의미의 과학으로서는 함량미달, 혹은 과학과는 서로 길이 다르다고 하겠다. 그렇다 해서 거기 함축된 사상적 의미가 평가절하될 성질은 아니라고 생각된다.

혹자는 이르기를 토목의 재앙은 유소씨(有巢氏, 나무를 얽어서 만든 주거 형태를 발명했다는 인물——인용자)로부터 비롯되었고 조수의 화란은 포희(包羲, 伏羲, 고기잡고 목축하는 법을 가르쳤다는 상고의 제왕——인용자)에서 시작되었고, 기근의 우환은 수인씨(燧人氏, 불의 사용법을 가르쳤다는 인물——인용자)에서 말미암았으며, 교활한 지혜·화사한 습속은 창힐(蒼頡, 문자를 창시했다는 인물——인용자)에 근본이 있으며 바느질을 곱게 한 옷의 점잖은 용모는 좌임(左衽, 왼쪽으로 여미는 옷, 야만적 복식을 지칭함——인용자)의 편이함만 같지 못하고 문장의 공허함은 말 타고 활 쏘는 실용만 같지 못하며, 육신을 연약하게 만드는 뜨신 옷, 조리한 음식은 근육을 굳세게 하는 취막(毳幕, 몽골의 파오와 같은 주거——인용자), 동락(湩酪, 타락과 같은 음식——인용자)만 못하다고 한다. 이런 말들은 지나친 의논이라고 할 수 있겠으나 중국이 떨치지 못하게 된 유래가 어제오늘이 아닌 것이다. (같은 책)

『의산문답』이 막바지로 접어들어 더욱 도도하게 펼쳐진 실옹의 변론의 한 대목이다. 혹자가 이르는 말로 원용한 다음, '지나친 의논'이라고 과격성에 약간 고개를 갸우뚱하면서도 중국의 정통이 부진한 상태로 주저앉은 데 대한 원인 규명의 논리로서 당위성을 수긍하고 있는 것이다. 이러한 담론이 내포한 의미는 일차적으로 중국적 문명의 종언을 예견한 점에서, 보편적·본원적으로 문명 내지 진보에 대해 되돌아보도록 한 점에서 해석할 수 있을 터이다. 지금 논점으로 떠올린 바로 그 사안이다. 문명의 발전이 초래할 인류적·우주적 위기에 경종을 울리는 듯한데 오늘에 곧바로 적중한 것처럼 들린다.

우리가 직면한 인류적·우주적 위기는 어디서 비롯되었을까? 물론 대단히 어려운 물음이지만 지금의 위기를 근대문명의 부작용으로 보는 데는 크게 이론이 없을 것이다. 『의산문답』이 제기한 새로운 논리는 근대성을 함축하고 있으나 근대적(서구적) 의미의 과학으로서는 함량미달이라고 앞서 평가하였다. 그러나 거기에는 근대문명의 병폐를 내다본 혜안이 번득인다. 『의산문답』에서 계몽이성의 대변자 실옹은 설파하기를 "지체(地體)는 활물이다. 맥락(脈絡)과 영위(榮衛, 의학상의 용어로 영양과 순환의 작용——인용자)는 실로 인신과 유사하다"고 하였다. 지구를 사람과 다름없는 생명체로 간주하고 있다. 이런 생태적 사유가 근대과학에 접목되었더라면 그 결과는 사뭇 다르게 나타나지 않았을까. 홍대용의 생태론적 사상은 최근에 박희병 교수에 의해 거론된 바 있으므로 여기서 논의를 줄인다(『한국의 생태사상』, 돌베개 1999).

그 글쓰기로서의 특성

홍대용은 가공의 두 인물을 등장시켜 대화의 방식을 써서 세계에 대한 설명을 시도했다. 『의산문답』이 그것이다. 인물의 대화로 전개되고 있다는 측면에서는 연극적이고 허구라는 측면에서는 소설적이라고 일단 말은 할 수 있다. 하지만 『의산문답』은 희곡이나 소설 그 어느 쪽으로도 규정될 성질이 아니다. 허구의 수법을 도입했다 해서 곧바로 소설이 되고 인물을 등장시켜 대화로 꾸몄다 해서 곧바로 희곡이 되는 것이 아님은 물론이다. 허구적인 대화를 도입한 글쓰기의 결과물이 다른 여러 양식으로 나타날 수 있는바 문학과는 거리가 먼 것으로 될 수도 얼마든지 있다. 이 『의산문답』의 경우도 근대적 의미의 문학 개념에 비추어 보면 문학이 아니라는 쪽으로 판정이 나게 마련이다. 산문이란 한문학의 양식 개념을 적용하여 문학의 자격을 겨우 인정받은 셈이다.

가공의 인물을 등장시켜 허구적인 형태로 전개한 고전적인 사례로서 사마상여(司馬相如)의 「자허부(子虛賦)」와 「상림부(上林賦)」를 들 수 있다. 연속성을 가진 이 두 편에는 자허(子虛)와 오유선생·무시공(無是公)이 등장한다. 이름부터 다들 가공적인 존재임을 드러내고 있는바 이 경우 당시 성행하던 부(賦)라는 양식을 써서 작가의 생각을 표출하였다. 이러한 명명법(命名法)은 원자허(元子虛)와 해월거사(海月居士)로 대비시킨 임제(林悌)의 「원생몽유록」에 채용되었던 방식인데 『의산문답』에서 허자와 실옹이라고 한 설정 또한 상통하는 것이다.

여기서 잠깐 『의산문답』을 서구 자연과학 발전의 사상적 단초를 이룬 것으로 평가받는 갈릴레이(Galileo Galilei, 1564~1642)의 『두 가지 주요 세계체계에 대한 대화』(Dialogo Sopra i Due Massimi del Mondo)와 대조해볼까 한다. 양자는 실로 진월(秦越)의 사이보다 훨씬 멀리 떨어진 것이다. 그렇지만 이 전혀 상이한 둘은 우주체계에 관한 물음에 답한 내용에서 공통성이 있을 뿐 아니라, 허구적 대화의 방식을 도입한 글쓰기에서 또 일치하고 있다. 철리적 진술 내지는 계몽성이 강렬한 글쓰기에서 가상적인 대화의 방식이 곧잘 운용되는 것 같다. 대개 이런 까닭으로 양자는 우연의 일치를 보였을 터이다.

그런데 『의산문답』은 문학적 범주에서 논의할 수 있음에 반하여 갈릴레이의 『두 가지 주요 세계체계에 대한 대화』는 학술의 범주로부터 월경하지 않은 것이다. 이 점을 어떻게 이해할 것인가? 물론 이 두 사람의 개성적·문화적·전통적 차이에 관계된 측면이 클 것이다. 이런 측면과 아울러 고려해야 할 측면이 있다고 생각된다. 장회익(張會益) 교수의 지적에 의하면 "갈릴레이의 이 책 속에는 인간에 대한 직접적 언급이 별로 없다. 이는 이미 자연과 인간을 분리시켜놓고 보려는 근대 서구적 관점의 반영이라 할 수 있다"(「자연과 인간을 보는 두 시점」, 안동대학 국학부 주최 제4회 한국학국제학술대회 기조강연문)고 한다. 홍대용의 『의산문답』은 앞서 살펴본 대로 우주와 인간에 대해서 담론이 장황했다. 홍대용 자신 서구의 과학기술 및 그 방법론에 관해 비상한 관심을 두고 그것을 적극 수용하려는 자세를 취했다. 그럼에도 그는 자연과 인간을 통일적으로 사고하려는 자세를 한편으로 견지한 것이다. 이 물론 서구적 과학의 관점에서는 비과학으로 치부될 수 있겠으나 상호간에 사유의 차이가 개재된 것으로 여겨진다. 방금 거론한바 생태사상의 소지가 거기에 있다. 또한 문학적 에토스가 깃든 것으로 느껴지기도 한다.

그런데 홍대용은 『연기』와 분리해서 왜 따로 『의산문답』을 지었을까? 박지원의 경우 중국여행의 견문과 함께 자신의 세계에 대한 해석을 한데 엮어서 『열하일기』를 내놓았다. 예컨대 『의산문답』에서 실옹의 입을 빌려 진술한 우주론에 관한 여러 새로운 지식이 『열하일기』에는 가공이 아닌 현실적 대화로 처리되어 있다. 『연기』는 좁은 의미의 견문기인데 『열하일기』는 총체성을 띠게 된 것이다. 『열하일기』가 『연기』에 비해 보다 문학적이라는 평가를 받는 것도 대개 이 점에 기인한 것으로 생각된다. 홍대용은 그 스스로 사고의 근본에서 역사를 부인하고 있었다. 발전을 역으로 보는 비관적 관점에 서서는 현실적 전망이 나올 수 없으리라. 그래서 홍대용은 현실경험에 사상적 전망을 연계시키지 않고, 가공적·우언적인 산문의 형식을 취택했을 것이다.

〈1999년〉

실학자들의 일본관과 실학

1. 실학의 개념과 중국관

실학이란 무엇인가? 공부하는 사람으로서는 자기가 관심을 두는 대상에 대해 언제고 염두에 두어야 한다는 의미에서 당연한 물음에 속하지만 특히 실학은 다면(多面)의 적층(積層)으로 이루어진 것이기 때문에 회의적 의문이 간혹 일어나곤 합니다.

우리가 실학을 문자로만 풀이한다면 시공을 초월한 개념으로 보통명사처럼 생각될 것입니다. 뿐 아니라, 명색 학(學)을 표방하면서 주관적으로 실학이 아니라고 생각한 자가 있었을까요. 심지어는 무위(無爲)를 강조하고 허무(虛無)를 깨닫도록 한 노장학(老莊學)이나 불학(佛學)조차도 그것이야말로 '진실(眞實)'에 도달하는 법문(法門)이라고 주장했습니다. 그런데 하필 실학이 하나의 역사적 개념으로 성립되었을까요?

한편 우리가 실학으로 인식하는 정신현상은 일국적(一國的)으로 그치지 않고 동아시아 세계에 있어서는 국제적 현상으로 출현했습니다. 기실 지금 우리가 동아시아 실학국제회의를 한·중·일 세 나라로 돌아가며 여는 사적(史的) 근거이기도 하지만, 그 상호 연계성 및 동이점(同異點)이 고구(考究)될 필요가 있다고 봅니다. 그리고 실학은 동아시아 세계에서 어떤 보편성을 구현한 것으로 볼 것인지, 나아가 세계사적 시야에서 실학은 어떻게 인정될 것인지 하는 문제가 또 제기됩니다.

이런 등등의 문제들은 이제 와서 비로소 제기되는 것은 아닙니다. 이미 많이 다루어졌으나 다시 살펴볼 여지가 있고 쟁점이 된다고 여겨지는 사안도 있으며, 나 자신이 유의하고 싶은 사안으로 떠올려본 것도 있습니다.

나는 지난번 중국 지난(濟南)에서 열렸던 실학국제학술회의에서 「홍대용의 『의산문답(毉山問答)』——허와 실의 의미 및 그 산문의 성격」(이 책 167~80면 참조)이란 소고(小考)를 발표한 바 있었습니다. 『의산문답』은 18세기 조선의 한 실학자(洪大容)가 중국을 방문하고 돌아와서 지은 허구적·우언적(寓言的) 산문작품입니다. 이 한편의 특수한 작품을 분석한 것을 가지고 동아시아 3국의 실학을 논의하는 자리에서 보고를 드린 데는 딴에 의도가 없지 않았습니다.

먼저 실학의 개념에 관해서 짚어보자는 뜻이 있었습니다. 작중에서 대립적으로 설정된 허자(虛子)와 실옹(實翁)은 기실 허자가 실재의 인물이고 실옹은 가상의 인물입니다. 왜 이런 아이러니를 만들었을까요? 한국학술사에서 실사구시(實事求是)의 개념을 선각적으로 도입한 양득중(梁得中)은 세유(世儒)들은 "의리를 내세움으로써 천하를 어지럽힌다"고 통매(痛罵)한 바 있었습니다. 왜냐하면 허위(虛僞)를 숭식(崇飾)해서 국가 사회를 오도하고 있다고 진단한 때문입니다. 여기서 벗어나자면 모름지기 실사구시로 돌아가야 한다고 생각했던 것입니다. 『의산문답』에서, 역시 실옹의 입을 빌어 "도술(道術)의 의혹은 필시 천하를 어지럽힌다"라고 심각한 경고를 발합니다. 중국의 계몽사상가요, 역시 실학자로 높이 인정되는 대진(戴震)의 "후세의 유자는 이(理)로써 사람을 살해한다"는 발언과도 그대로 통하는 문제의식입니다. 우리는 실학의 실(實)의 의미를 여기서 선명히 엿볼 수 있습니다. 현재의 상태는 진실(眞實)이 아닌 허위의 논리로 속박되어 있다고 의식한 것입니다. 실학은 다름아닌 이 허위를 청소하고 '진실'의 세계를 개척하려는 창조적 고뇌로 이해할 수 있는 듯합니다.

또한 중국관에 대해서 살펴보려는 뜻이 있었습니다. 동양 고래의 천원지방(天圓地方)의 천하관은 중국중심주의 관념의 이론적 기반이었을 뿐 아니라, 온갖 독단적·폐쇄적 사고가 거기 기생했던 터입니다. 더욱이 17세기 동아시아 전역이 전환하는 역사과정에서 '비전환(非轉換)의 명예고립(名譽孤立)'을 고수했던 한반도의 집권세력은 화이론에 입각하여 존명반청(尊明反淸)의 의리를 조작해서 자기 체제를 존속시켰습니다. 바로 이 양득중이 "의리를 내세움으로써 천하를 어지럽힌다"고 통매했던 바 그 허위의 의리이니 『의산문답』에서 "도술의 의혹은 필시 천하를 어지럽힌다"고 지적한 소이연입니다.

『의산문답』은 실옹의 입을 빌려 지전설과 우주무한론으로 파악되는 이론을 전개해서 그야말로 꼬뻬르니꾸스적 전환을 준비합니다. 인류역사와 인류세계에 대한 신사고를 제기하는바 요점은 "화이일야(華夷一也)"의 논리 그것입니다. 즉 지구상의 모든 민족국가는 중심부와 주변부의 구분이 원칙적으로 있을 수 없고 각기 자기 영토를 지키며 자기 생활을 영위해간다는 면에서 동일하다는 말이지요. 상호 평등과 각각의 자주를 인정하는, 국민국가의 체제로 나아가는 논리구조입니다. 이에 존명반청의 논리는 그 근본에서 무너지게 되었거니와, 대륙의 청(淸)에 대해서도 응당 시각교정이 됩니다. 『의산문답』에서 홍대용은 청황제 체제를 역사의 한 필연적 현상으로 간주하고 있으며, 홍대용의 벗 박지원 역시 청을 은(殷)이나 주(周)와 같은 차원의 역사상의 단계로 인정하고 있는 것입니다.

이처럼 중국을 상대적·객관적으로 바라볼 수 있었던 것은 무엇보다 '자아(自我)'에 입각해서 사고했기 때문에 가능했습니다. 민족적 자각 그것입니다. 자아를 각성하고 보니 중국이 똑바로 보였으며, 그리하여 지피지기(知彼知己)를 해서 나의 현실을 똑바로 깨닫게 된 것입니다. 이에 중국의 선진문명을 배우자는 논리와 실천이 나오게 된 것입니다. 이것이 실학의 중요한 부분입니다. 실학의 형성에 있어 중국관은 실로 관건적 의미가 있었음을 알아본 것입니다.

실학자들의 일본관은 어떠했던가? 이 주제에 대해서 이미 상당히 자세한 연구가 이루어진 상태이며, 필자도 나름의 소견을 정리해서 최근에 발표한 바 있습니다.[1] 이번 학술회의에서 이 문제를 재론하는 것은 동아시아 삼국을 연관해서 실학의 의미를 고려해보려는 뜻에서입니다.

2. 17,8세기 한·일관계와 통신사절단

17세기 이후 한일 양국은 객관적 상황이 더욱 가까이 다가선 셈입니다. 한반도는 대륙에 여진족의 청이 들어섬으로 해서 북쪽 변경의 오랜 우환은 오히려 해소되었으며, 러시아의 동진(東進)이 장차 가져올 잠재적 위협은 미처 감지되지 못한 상태였습니다. 당시 조선으로서는 유독 일본을 의식하지 않을 수 없었던 것입니다. 일본의 입장에서는 조선이 지리적으로 가장 가까운 이웃이거니와, 청조(淸朝)가 취한 해금(海禁)의 조치로 한동안 대륙과의 교통이 막히게 되니 조선과의 교류가 절실히 요구되었습니다. 이러한 국제정세로 인해 한일간에는 그런대로 국교가 지속되었던 것으로 볼 수 있겠습니다.

당시 양국의 국교는 조선왕조의 통신사(通信使)가 토꾸가와 막부(德川幕府)를 방문하는 형식이었습니다. 저쪽의 요청에 이쪽이 마지못해 응하는 형태를 취했으니, 극히 간헐적이었으며 또한 저쪽의 필요성이 미약해지는 경우 중단될 개연성이 항시 있었던 거지요. 이 통신사 외교는 국가간의 교제로서는 격식을 못 갖춘, 아주 불안정한 것이었습니다. 그런 비정상적이고 불안정한 국교로 2백년을 끌다가 19세기로 들어와서 드디어 단절상태에 이르렀습니다. 그러다가 급기야 근대적 국제질서로 편입되면서 1876년에 불평등조약을 강요당하게 됩니다.

한일 양국 사이는 17세기 이래 객관적 정세가 거리를 더 좁혀놓았고 그래서 국교가 지속되었는데, 왜 정상적으로 발전할 수 없었을까요? 그렇게 만든 까닭을 따져보자면 두 가지 큰 장애요소가 양국 사이에 가로놓여 있었던 것으로 판단됩니다.

첫째, 중세기 한일 양국 사이에는 관계가 정상으로 전개되기 어려운 상호모순이 원천적으로 개재되어 있었습니다. 동아시아 세계의 중국중심적 자

---

1) 河宇鳳,『朝鮮後期 實學者의 日本觀硏究』, 일지사 1989; 林熒澤,「癸未通信使와 실학자들의 일본관」,『창작과비평』1994년 가을호.

장(磁場)의 범위 안에 놓인 한반도와 자력이 제대로 미치지 못하는 일본열도는 처지가 서로 같지 않았던만큼, 각기 정치·문화적으로 공분모(公分母)가 있으면서도 서로 다른 양상을 조성했던 것입니다. 저쪽을 야만시하던 이쪽의 중세적 관념은 물론, 이쪽을 비자주로 간주하려는 저쪽의 근대 이후의 관점 모두 편견입니다. 어쨌건 한국은 '사대(事大)'외교에 절대적 비중을 두고서, '교린(交隣)'을 고려하는 정도인 데 반해서 일본은 '사대'를 수긍할 입장이 못되므로, 양국의 외교는 격(格)을 맞추지 못한 채 삐걱거릴 수밖에 없었습니다. 둘째, 양국의 미봉적인 외교자세에서 문제점이 보입니다. 16세기 말의 전쟁은 이루 말로 다 할 수 없는 재난이었으며, 그로 인한 감정의 골은 파일 대로 파여 있었습니다. 그런데도 치유하고 해결하려는 절차를 제대로 거치지 않은 채 졸속으로 국교를 재개했던 것입니다. 이는 물론 새로 들어선 일본 막부정권의 이런저런 필요성과 취약한 조선왕조 당국의 현상 안주책이 맞아든 것입니다. 때문에 빚어진 결과가 어떠했든지, 이를 증언하는 사례 하나를 들어봅니다.

한일 양국은 명색 교린의 국교를 몇백년을 두고 계속했는데 당시 우리쪽 사람들은 상하 모두 저들을 가리켜 언필칭 '왜놈'이었으며 저쪽에서는 우리 통신사절을 으레 '당인(唐人)'으로 일컬었다 합니다. '왜놈'은 전쟁의 업원(業寃)이 남긴 말투거니와, 조선인을 엉뚱하게 '당인'으로 부른 것은 저들이 중국문물을 짝사랑하는 의식의 투영말고 다른 무엇이 아니었습니다.[2]

2) 1719년 통신사의 製述官으로 참여했던 申維翰(1681~1752, 호 靑泉, 시인)과 이때 일본 측의 안내역을 맡았던 雨森東(1668~1755, 호 芳洲, 한문학자로 조선어·중국어에 능통했음) 사이에 오고간 말을 몇마디 소개해둔다. "나는 소회가 있기에 조용한 틈을 타서 말씀을 드린다. 일본은 귀국과 바다를 사이에 둔 이웃으로 신의가 서로 부합하여 弊邦의 인민들은 모두 조선 국왕을 寡君과 동등하게 국서를 교환하는 줄로 알고 있다. 그렇기에 公私文簿 간에 필히 존중하기를 극진히 하는 터이다. 그런데 가만히 귀국의 간행된 문집들을 보면 폐방을 언급함에 있어 으레 '倭賊', '蠻酋' 하며 마구 모멸하기를 말할 수 없이 하고 있다." 이같이 말하는 雨森東의 표정은 울분이 드러나더라 한다. 한편으로 申維翰은 "귀국 사람들이 우리를 일컬어 唐人이라 부르며 조선인의 筆帖에다 唐人筆蹟이라고 쓰고 있으니 이 무슨 영문인가" 묻는다. 이에 雨森東은 "國令은 '客人' 혹은 '조선인'으로 칭하도록 하는데 일본의 大小 民俗이 자고로 귀방의 문물이 중화와 같다고 생각하여 唐人이라 하고 있다. 이는 사모하는 뜻이다"라고 답변하고 있다(申維翰, 『海遊錄抄』雜錄; 成大中, 『日本錄』

당시 일본인으로서는 조선이 '꿩 대신 닭'이었던 셈입니다. 양국간에 진정한 우의와 교제가 이루어질 수 있었겠습니까? 이리하여 불안정한 국교로 2백 년 넘게 질질 끌었던 것입니다. 그러다가 마침내 일본측에서 필요성이 거의 없어지게 되자 양국의 관계는 파장에 이르고 말았습니다. 한편 다시 살펴보면 17,8세기만큼 한일 양국이 평화적으로 교류한 시기가 실은 또 있었던 것 같지 않습니다. 서세동점의 세계사적 행보가 발빨라진 상황에서 양국은 '불안정의 안정'을 누렸던 셈이지요. 하지만 이 미묘한 통신사 외교가 지녔던 의미와 부수적인 성과는 그냥 간과할 부분만은 아니라고 봅니다.

저 2백년 세월에 왕조의 외교사절이 막부의 에도(江戶)까지 다녀온 것은 기껏 10여 회 정도입니다. 그런데 통신사나 그 수행원들에 의해 씌어진 여행기록류만 하더라도 대단히 방대한 분량입니다. 그 대부분은 『해행총재(海行摠載)』라는 이름의 총서로 묶여져서 오늘날 연행록류(燕行錄類)와 함께 소중한 국고문헌(國故文獻)으로 손꼽힙니다. 이 『해행총재』에 미처 수습되지 못한 저술이 또한 없지 않습니다. 가령 원중거(元重擧)의 『화국지(和國志)』와 김인겸(金仁謙)의 『일동장유가(日東壯遊歌)』는 『해행총재』에서 누락된 것입니다. 원중거와 김인겸은 1763년의 통신사절단에 나란히 서기로 참여했던 인물인데 『화국지』는 일본에 대해 자신이 견문한 지식을 체계화해서 표제와 같이 일본지(日本志)로 편찬한 내용이며, 『일동장유가』는 일본기행을 장편의 국문가사로 엮은 특이한 작품입니다.

조선왕조의 대일외교는 중국에 비해 현격히 달랐음을 앞서 언급했던 터입니다. 상사(上使)가 중국에는 정일품(正一品)인데 일본에는 정삼품(正三品)이 갔습니다. 그만큼 격(格)의 차이를 두었던 거지요. 그에 따라 수행원들을 선발할 때 역시 이 점을 배려했습니다. 가령 제술관(製述官) 1명과 서기(書記) 3명은 이른바 사문사(四文士)로 일컬어졌는데 통신사절단에서 말하자면 꽃이었습니다. 통신사절은 문화사절단의 의미가 컸던바 문예(文藝)가 일본인들 일반에게 최고로 인기가 있어 문학적 재능의 과시를 '화국

(華國)'의 일로 중시한 때문이었습니다. 이 사문사는 대체로 서계(庶係)의 인물 중에서 선발했습니다. 그렇긴 하지만 상사(上使)도 품위는 정삼품에 지나지 않았으나 명망이 높은 인물로 극선(極選)을 했고 사문사 역시 신분상에는 하자가 있으면서도 문예의 재능이 비상히 빼어난 자로 가려 뽑은 것입니다.

『해행총재』를 비롯한 저작들은 그 자체가 통신사 외교의 부수적 성과물로 값진 것인데 각기 자기가 눈으로 보고 귀로 듣고 몸으로 겪었던 사실들이 망라되어 있습니다. 물론 그네들 역시 일본에 대해 편견을 갖지 않았거나 감정이 좋았던 것은 아닙니다. 일본기행류들을 읽어보면 정도의 차이는 있으나 대체로 편견과 감정을 감추지 못하고 있습니다. 그렇긴 하지만 저쪽의 실정을 여실히 전달할 만한 안목과 필력을 지닌 인물들이 적지 않았던 것입니다.

새삼스런 말이지만 실학자들도 이조사회의 인간입니다. 그들이라고 폐쇄적 사회 속에서 일본에 대한 정보의 통로를 따로 가졌을 리 만무합니다. 실학자들의 일본에 관한 지식이란 다름아닌, 18세기에 3,4차례 다녀온 통신사행으로 얻어진 정보에 의거한 것이었습니다. 일본 기행록류들을 읽어보면 그 지식의 출처를 거의 다 짐작할 수 있지요. 우리로서 이 점을 확인해보는 것도 하나의 연구과제는 되겠으나 더 중시할 점은 통신사절단이 가져온 정보가 실학자들의 일본관을 재정립하도록 했을 뿐 아니라, 실학사상 자체의 형성에도 일정하게 영향을 미쳤다는 사실입니다.

3. 연암학파의 일본 기술문명에 대한 인식

실학자들 중에서 연암학파는 주지하는 바 이용후생을 중시해서 생산기술적 측면과 함께 상업유통의 필요성을 강조하였습니다. 기술발전을 도모하기 위해서는 첫째로 선진 중국의 기술문명을 전면적으로 배워와야 하며, 상업유통을 신장시키려면 국내의 열악한 도로(道路), 주거(舟車)의 사정을 개선해야 함은 물론, 국제교역을 적극적으로 추진해야 한다고 역설했던 것입니다. 학파의 중심인 박지원의 지론이고 학파의 전위(前衛)인 박제가(朴齊家, 1750~1805)의 진일보한 이론이었습니다. 이는 곧 만성적인 빈곤·낙후의 상태로부터 탈출하려는 발상인데 그 실천방안의 요령은 오직 중국을 배우고 중국과 교역하자는 데 있었지요. 때문에 이 학파를 '북학(北學)'이란 개념으로 파악하기도 하는 것입니다. 그런데『북학의(北學議)』란 표제의 박제가의 주저(主著)에서 일본의 사례가 비록 희소하긴 하지만 심상치 않게 거론되고 있음을 봅니다.

예컨대, 수레〔車〕의 필요성을 역설하는 대목에서 우리의 경우 수레를 쓰지 않고 마부가 앞에 서서 말을 끄는 실정을 들어 마부의 고역은 실로 사람의 일이 아니라고 말한 다음, 일본의 토꾸가와 막부에서는 수레에 적재물량을 제한하여 마소까지 보호하고 있다는 것입니다. 여기에 붙여 "일본의 짐승이 오히려 이렇거늘 우리는 사람을 이렇게 대접하고 있다는 말인가" 하고 통탄해 마지않습니다. 그리고 주거제도에 대해 논하는 대목에서는 일본의 방식이 가장 모범적임을 말하고 "주관(周官, 周禮를 뜻하는데 이상적인 제도를 상정하고 있음──인용자) 일부(一部)가 도리어 섬나라 속에 있을 줄 몰랐다"고 감탄해 마지않았답니다.[3]

그리고『북학의』에 실린「강남(江南)·절강(浙江)으로 무역선을 통하도록 하자」는 논문에서는 중국의 강남지방과 교역할 대책을 강구한 다음, 그 말미에다 "선박이 단지 중국으로만 통하고 해외제국(海外諸國)으로 불통(不通)하는 것은 일시의 권도적(權道的) 방안이요, 정론(定論)은 아니다. 우리 국력이 자못 강하게 되고 민력이 안정이 되는 단계에 이르면 응당 해외제국과도 차례로 통해야 할 것이다"라고 단서를 붙이기를 잊지 않고 있습니다.[4] 우리의 조선술(造船術)이나 항해술(航海術)의 수준이 현재로서

---

3) 朴齊家,「車」,『北學議』內編,『貞蕤集』,『韓國史料叢書』12, 386면:「宮室」, 같은 책, 600면.
4) "只通中國, 船不通海外諸國, 亦一時權宜之策, 非定論. 至國力稍强, 民業已定, 當次第通之."(박제가,「通江南·浙江商舶議」,『北學議』外篇, 같은 책, 433면)

는 중국을 유일한 교역상대국으로 삼을 수밖에 없지만 장차는 세계 각국으로 확대해야 한다는, 당위론이면서 장기적 플랜입니다. 말하자면 개방화·국제화의 선각자적 발언으로 여겨집니다.

국제교역이 자국의 기술발전과 생활향상을 가져오게 된다는 착상, 그에 대한 확신을 그는 무엇을 보고서 갖게 되었을까요? 전래의 관념이나 국내 경험만으로는 그런 식으로 사고가 돌아가기 어려울 것입니다. 여기에는 그가 전문(傳聞)한 일본의 근황을 고려에 넣어야 할 것 같습니다. 박제가는 위의 문제적 논문에서 국제교역이 나라를 부강하게 하는 데 유익하다는 자기 주장의 논거로서 바로 일본을 사례로 들고 있습니다. 일본은 중국과 상박(商舶)이 직통하고 또 다른 30여개국과도 교역을 하여, 그 결과 물화의 풍성, 문명의 번화가 실로 놀라울 지경이라는 것입니다. 1763년의 통신사절이 직접 현지에서 목도한 바를 실례로 소개하기까지 합니다.[5]

연암학파의 중심 인물들은 발길이 일본에는 직접 닿은 일이 없었고, 북경을 출입하며 당시 중국의 기술문명을 경험함으로써 개안(開眼)이 되었습니다. 그래서 '북학'을 내세웠듯 중국을 배우자고 하였던 거지요. 뿐 아니라, 개방의 대상국으로 설정한 것도 중국이며, 일본은 아예 배제하였습니다. 물론 그렇긴 하지만, 국제교역의 효과를 논리적으로 증명한 곳은 일본이었습니다. 이는 통신사절에 의해 확인된 사실인바 사절을 수행했던 원중거·성대중(成大中)에 의해 그 분명한 정보가 연암학파 지식인에게 전달되었을 것입니다(서로간에 친교가 깊었음). 요컨대, 연암학파의 이용후생학(利用厚生學)의 이론구성에 있어서 일본의 사례가 참작이 되었음은 분명한 사실입니다.

---

5) "向者, 倭之未通中國也, 款我而貿絲于燕, 我人得而媒其利. 倭知其不甚利也, 直通中國而後已. 異國之交市者, 至三十餘國. 其人往往善漢語, 能說天台·鴈蕩之奇. 天下珍怪之物, 中國之古董書畵, 輻輳於長崎島, 竟不復請於我矣. 癸未通信使之入日本也, 書記偶索華墨, 俄持華墨一籠而來. 又終日行, 盡鋪紅罷絶於道, 明日復如之. 其夸矜如此."(「通江南·浙江商舶議」, 같은 책. 문맥이 자연스럽지 않은 부분이 있어 필자 소장의 『북학의』 사본을 대조해서 인용했다)

4. 성호학파의 대일외교론

연암학파는 일본을 하나의 발전모델로 염두에 두고 있었던 셈입니다. 그럼에도 왜 개방이 일본으로 향하려고는 하지 않았을까요? 박제가가 "저들은 흉악해서 항상 이웃 나라를 엿본다"고 지적했던바 일본이란 나라는 침략주의적 성질이 상재해 있다고 본 때문입니다.[6] 연암학파의 일본에 대한 기본 시각은 부정적이었습니다. 일본의 부강을 알았던 터이므로 그에 대해 경계의식은 더했던 듯 생각됩니다. 개혁과 개방의 방향이 중국으로 치우쳤던 원인의 일단은 여기에도 있지 않았던가 싶습니다. 전향적 시각의 일본관은 성호학파(星湖學派)에서 제출되었던 것입니다.

조선국가의 대일외교에 있어 중요한 문제제기를 한 학자는 이익(李瀷, 1681~1763)입니다. 그가 던진 문제는 대략 두 가지로 정리할 수 있는바 하나는 양국의 외교를 상호교환 형식으로 정례화하자는 제안이었고, 또 하나는 양국의 외교적 격식에 문제점이 있다는 지적이었습니다. 이는 자기 자신의 일본관에서 도출된 문제의식을 담은 것입니다.

앞서 나는 17,8세기 조일간의 국교는 불균형·불안정의 상태였음을 언급하였습니다. 이익은 바로 이 점을 심각하게 거론한 것입니다. 저쪽의 사절은 우리 국경상에서 발길을 멈추게 하고(당시 일본인에 대해 東萊지역에 머물도록 하고 내륙으로는 들어오지 못하게 했는데 이는 주로 국가 안보상의 이유였음) 저쪽의 요청을 기다려 마지못해 이쪽 사절이 가는 방식을 국제간의 '성신(誠信)'의 본뜻에 배치된다는 것이었습니다. 이 문제점을 해소하려면 양국이 약조를 맺어 3년에 1회씩 사절을 교환하되 각기 수도까지 방문하도록 해야 한다는 것이었습니다. 일본과의 선린우호를 돈독히 하자는 의도인데, 그는 '유원지도(悠遠之圖)'로는 이보다 더한 일이 없다고 양국관계의 정상적 발전에 큰

---

6) "人莫不欲其國之富且强也, 而所以富强之術, 又何讓於人也. 今欲通商舶也, 倭奴黠而常欲窺覬隣國. 安南·琉球·臺灣之屬, 又險又遠, 皆不可通, 其惟中國而已乎."(「通江南·浙江商舶議」, 같은 책)

비중을 두고 있습니다.[7]

당시 양국의 외교에서 이쪽은 왕이 국가를 대표하는데 저쪽은 막부(幕府)의 관백(關白, 쇼군을 가리킴)이었습니다. 일본의 독특한 체제로 인해 빚어진 문제점이지요. 막부와의 국교가 재개된 당초부터 이 문제로 갈등이 있었으나 실세(實勢)를 인정하고 편의적 방도를 택했던 것입니다. 1763년의 통신사 조엄(趙曮, 1719~77)은 에도(江戶)에서 국서(國書)를 전하는 그날의 기록에다, "비군비신(非君非臣)의 관백과 항례(抗禮)를 하고 있으니 부끄럽고 분하다"라고 쓰고 있습니다. 그리고 이어 관백이 천황에게 조근(朝覲)을 폐지한 데 울분을 품은 지식인들이 일본사회 내부에 있음을 언급합니다.[8] 조엄은 국사(國使)로서의 임무를 수행하면서 그 일의 문제점을 분명히 인식하고 있었습니다. 그러면서도 문제의 해결책은 적극적으로 사고했던 것 같지 않았습니다. 왜 그랬을까요. 일본과의 국교는 '부득이'에 속하는 일이었습니다. '부득이'는 조엄이 직접 쓴 표현에서 따온 말인데 조선정부의 대일 자세가 곧 그러했지요. 그러니 문제에 적극적으로 대처하려 했겠습니까.

대일외교를 정상적으로 발전시킬 것을 역설한 이익은 역시 이 외교상의 모순을 심각하게 의식하고 해결책을 제시합니다. 그는 외교문서를 이쪽 대신이 저쪽 관백에게 보내는 형식을 취해야 옳다고 주장하고 있습니다. 이익이 우려한 것은 의전상의 문제만이 아니었습니다. 장차 일본의 정세가 돌변해서 천황의 권위가 회복되는 사태에 이르면 그때 가서는 국가적으로 난처하게 되리라는 것이 이익이 가장 우려한 바였습니다.[9] 그는 일본의 일부 지

---

7) "夫交際信命, 先王之懿典. 今彼使止於境上, 我又待其請然後發使, 大欠誠信. 宜更與約條三年一使, 我往彼來, 各達都中, 刪其繁費, 禁其慢謠, 則情相通也, 義相比也. 悠遠之圖, 莫過於此."(「倭僧玄方」, 『星湖僿說』 권9, 慶熙出版社版 上, 296면)

8) "我國旣不得已交接, 則與倭皇抗禮可也. 與匪君匪臣之關白, 抗其禮義者, 尤可羞憤. 聞關白改立後, 必請我國之信使者, 盖欲藉重而鎭群心云, 尤可寒心也. 且聞在昔, 則關白猶或朝覲於倭皇, 百餘年來, 此禮亦廢却不行. 故稍有知覺者, 不無怫鬱之意, 或有非笑之言. 若或有眞箇英雄之出於其間者, 則或不無爭奪之事."(趙曮, 「槎行日記」, 『海行摠載』, 朝鮮古書刊行會本 Ⅴ. 4, 같은 책, 259~60면)

9) 「日本史」, 『성호사설』 권18, 6면; 「日本忠義」, 『성호사설』 권17, 602면.

식인들(闇齋學派) 사이에서 일본적 존왕사상(尊王思想)이 대두하는 추세를 심상치 않게 보았던바, 1세기 후의 일본사의 실제 상황을 예견했던 셈입니다.

이익이 일본 관백에 대한 상대를 대신(大臣)으로 격하해야 맞다고 주장했던 것은 일본국가를 외교적으로 격하하는 발상이 아닙니다. 도리어 그 반대입니다. 허목(許穆)은 『동사외기(東史外記)』라는 그의 저작에서 일본에 관한 기록을 「흑치열전(黑齒列傳)」이란 제목으로 편입시킨 바 있었습니다. 이에 대해 이익은 "일본은 아국(我國)과 실로 인방(隣邦)이니 의당 일본세가(日本世家)로 해야 할 것이다. 여기서 그렇게 하지 않은 것은 무슨 뜻인지 모르겠다"고 비판했습니다.[10] 그 자신이 일본의 역사를 다룰 때는 '일본사'라는 정식 표제를 쓰고 있습니다. 일본은 아국(我國)과 동등한 국가라는 인식이 선명하게 들어섬으로써 양국의 외교문제를 원칙에 입각해서 풀어가려 했을 뿐 아니라, 나아가 양국의 우호를 진정으로 증진시킬 계책을 강구하게 된 것입니다.

5. 정약용의 일본 지식인들과의 이성적 대화

정약용(丁若鏞)은 연암학파와는 학적 입지를 달리하면서도 기술과 교역의 측면에 조예가 있고 관심이 깊었던 것은 익히 알려진 사실입니다. 그는 「기예론(技藝論)」「일본론(日本論)」 등 여러 글에서 일본은 중국의 강소(江蘇)·절강(浙江) 지역과 빈번히 교류함으로써 물화를 수입하는 데서 그치지 않고 제반 기술을 도입하여 멀리 떨어진 바다 한가운데의 땅인데도 지금은 기술수준이 중국과 대항할 수 있게 되었고 민유병강(民裕兵强)의 실효를 거두고 있다고 경탄해 마지않았습니다.[11] 일본에 대한 인식이 박제

---

10) 「日本史」, 앞의 책, 6면.
11) "日本往來江浙, 唯務移百工纖巧. 故琉球日本在海中絶域, 而其技能與中國抗, 民裕而兵强, 隣國莫敢侵擾. 其已然之效, 如是也."(「技藝論」三, 『與猶堂全書』 詩文集, 권11)

가와 동일하며, 거기에 대응한 사고 역시 일치하고 있음을 보여줍니다. 정약용은 이처럼 일본의 국제교역이 가져온 기술문명에 주목했던 연암학파의 사고를 적극 수용하면서 기본시각은 성호학파의 후계자답게 이익의 일본관에 두고 있었습니다. 그에 있어 일본문제와 관련해서 첫째로 흥미로운 측면은 일본 학술, 특히 고학파(古學派)의 경학적(經學的) 성과를 높이 평가한 점입니다.

조일간의 통신사 외교에는 문예가 특히 중시되어 당대 일류의 문사를 파견하는 것이 관례로 되어 있었습니다. 통신사절이 일본 땅을 거치는 그 기간에 양국의 문인들 사이에 문학적 교류가 자못 활발하였으며, 경우에 따라서는 상호간에 이해가 생기고 우의가 깊어지기도 했습니다. 이 점은 상당한 의의를 함축한 것으로 여겨지기도 합니다. 그런데 시기가 아래로 내려올수록 일본 한문학의 수준에 대해 괄목하게 됩니다. 1763년의 통신사절을 수행했던 원중거는 자신이 접했던 일본 문인들의 문학적 경향 및 그 인간적 면모까지 각 지역별로 논평을 가한 다음, 일본을 "해중(海中)의 문명지향(文明之鄕)"으로 총평하고 있습니다.[12] 그때 같이 참여했던 성대중 역시 일본 한문학의 수준을 주변부에서 벗어나고 있는 것으로 진단합니다.[13] 그러나 일본 학술에 대해서는 부정적으로 바라보고 있습니다. 원중거는 일본은 지금 바야흐로 문화가 흥기(興起)할 절호의 기회에 다가와 있는데 이단에 의해 그 싹이 잘려나가고 있다고 못내 안타까움을 호소했던 것입니다. 조엄은 "일본 학술은 장야(長夜)에 있다고 말해도 좋다"고 절망적으로 언급합니다. 조엄이나 원중거 모두 주자학적 관점에서 이단으로 간주되는 학술이 일본의 지식층 사이에 유행하는 점이 눈에 몹시 거슬렸기 때문입니다.

조엄의 눈에 '장야'로 비친 바로 그것이 정약용의 눈에는 찬연히 아름다운 것으로 인식되고 있는 것입니다.[14] 그리하여 그는 자신의 학적 작업 안

---

12) 元重擧, 「詩文之人」, 『和國志』 권42.
13) 成大中, 「日本文學」, 『日本錄』.
14) "余讀其所謂古學先生伊藤氏所爲文, 及荻先生·太宰純等所論經義, 皆燦然以文."(丁若鏞, 「日本論」 一, 『여유당전집』 시문집 권12, 장 3~4)

에 청조 학자들의 학설과 함께 일본 학자들의 견해를 두루 포괄해서 논의를 전개하고 비판을 가했던 것입니다. 일본 학자와의 '이성적 대화'가 비로소 시작되고 있습니다. 반면에 일본의 학술계를 '장야'로 인식했던 조엄은 다음과 같이 덧붙입니다.

이렇게 보건대 양명(陽明)의 술(術)은 천하에 범람해서 주자학은 홀로 조선에만 행하는 실정이다. 음기가 온통 극성한 나머지 한 줄기 양기를 부지(扶持)해서 펴낼 책무는 오로지 우리 동토(東土)의 훌륭한 선비들에게 달려 있다. (「海槎日記」, 『海行摠載』 V. 4, 328면)

당시 중국과 일본에서 성행하던 학풍을 '양명(陽明)의 술(術)'로 규정지을 수 있는지 의문의 여지가 있으나 어쨌건 이단적 학술로 세상이 온통 침윤되어 있다고 조엄은 생각한 것입니다. 그리고 '장야'에서 깨어나는 주자학적 세계의 회복은 오직 조선의 학자에게 부여된 사명이라고 말합니다. 이같은 의식 속에서 '이성적 대화'는 염두에나 떠올릴 수 있었겠습니까.

일본 학술을 존중하여 '이성적 대화'를 시작한 것은 실학자의 양식이지만 거기에는 세계관의 문제까지 개재되어 있습니다. 중국중심의 세계에 매몰된 상태에서는 자아를 망실하게 됨은 물론, 중국도 일본도 제대로 보지 못합니다. 제대로 보지 못하면서 어떻게 진정한 이해와 우호가 생겨날 것입니까? 그리고 조선을 주자학적 세계 회복의 기지로 생각하는 관념은 한낱 중국중심적 세계관에서 파생된 소중화의식의 변종일 뿐인데, 게다가 독선적이어서 자폐(自閉) 징후를 보이게 마련이었습니다. 한국 실학의 사상사적 의의는 무엇보다 이 중국중심적 세계관의 극복에서 찾을 수 있습니다. 그런데 연암학파의 경우 역시 민족의 자아와 자주를 각성함으로써 일본에 대한 객관적 시각을 확보하게 되었습니다. 하지만 일본을 적성국가(敵性國家)로 간주하는 관점을 바꾸지 않았기 때문에 일본으로 향하는 개방의 길을 탐색하지 않았던 것입니다. 일본관에 있어서는 성호학파가 보다 진취적이고 개방적인 면을 보였던바 정약용에 이르러 (비록 책을 통해서지만) 비로소 '이성적 대화'가 싹튼 것입니다.

6. 실학의 보편성과 그 세계사적 의미의 전망

여기서 결어를 대신하여 실학의 보편성과 세계사적 의미에 대해 나름의 소견을 간략히 붙여두기로 합니다. 본격적 논의를 위해서 문제를 환기시켜 보려는 것입니다.

위에서 '이성적 대화'라는 말을 써서 일본학자들과 학문적·정신적으로 통한 사실을 주목했습니다. 기실 '이성적 대화'란 아직 단초적이고 미세한 현상에 지나지 않는 것을 과도히 치켜든 것이 아닌가 싶기도 합니다. 오직 정약용에서 유일한데, 그의 방대한 저술 중에『논어고금주(論語古今註)』에 보이는 정도거든요. 더구나 직접 만나서 인간적 정감도 통하는 그런 대화란 상상조차 어려운 실정이었고요. 실상이 그렇기에 단초적 현상을 오히려 주목한 것입니다.

반면 중국 쪽은 사정이 크게 달랐던만큼 중국 지식인들과의 사이에는 '이성적 대화'가 경우에 따라서는 상당한 수준으로 진전되었던 듯합니다. 예컨대 김정희(金正喜)의 실사구시학(實事求是學)은 건가학파(乾嘉學派) 학자들과의 깊은 교유에서 개발한 바 적지 않았다는 사실은 주지하는 바입니다. 그보다 앞서 홍대용 그리고 박지원은 북경에 각기 발길이 닿았을 때 중국 지식인들과 만남을 주선해서 흉회(胸懷)를 열어놓고 학술토론을 벌였습니다. 박지원의『열하일기』중의「망양록(忘羊錄)」「곡정필담(鵠汀筆談)」에는 바로 대화의 현장을 포착해서 담론한 내용까지 마치 연극대본처럼 재현되어 있습니다. 박지원은 중국 지식인들과의 국경과 인종을 초월한 '이성적 대화'를 참다운 우도(友道)의 실현으로 의미를 부여합니다.[15]

중세기는 진정한 의미의 보편성이란 부재(不在)했던 세상이었습니다. 있

---

15) 朴趾源,「會友錄序」,『연암집』권1, 장2~3.

었다면 소우주적 보편성이 있었습니다. 소우주의 중심부에서 일방적으로 내세운 것이 보편성으로 통행되었을 뿐입니다. 각기 자율과 평등에 기초한 것이 아니면 진정한 의미의 보편성은 될 수 없으리라 여겨집니다. 조선의 실학파 지식인들에 의해 모처럼 제기된 '이성적 대화'는 이러한 보편성을 지향하는 지적 운동으로 보아도 좋을 듯합니다.

동아시아 세계는 일찍이 하나의 문명권을 형성하고 있었습니다. 하지만 그 세계는 제민족(諸民族)의 독자성을 반영하지 않는 형태였을 뿐만 아니라, 고립분산적이어서 서로 자유롭게 교류하고 화합하는 그런 세계와는 거리가 먼 세계였습니다. 동아시아 삼국의 중간에 끼여서 상대적으로 열악한 처지에 놓였던 조선왕국의 개명지식인들은 상호 물적인 교역을 역설하는 한편, 상호 지적인 교류를 열망하여 스스로 실천하기도 했던 터입니다. 아시아 지성의 교류를 통해서 아시아적 보편성을 구현하려는 뜻을 지녔던 것으로 여겨집니다. 이러한 아시아적 보편성은 곧 인류보편성으로 통하는 것입니다.

15세기 이래 오늘에 이르는 지구촌은 유럽에 의해 주도된 것이 결과적 정황입니다. 20세기를 마감하는 시점에서 더욱 절감하게 됩니다. 동아시아는 서세동점의 조류에 수세로 밀리고 말았던 셈입니다. 그러나 전지구적 변화에 무감각했고 주체적 대응의 노력이 전혀 없었던 것은 아니었습니다. 가령 인도양을 순항(巡航)해서 아프리카 동북해안에까지 이르렀던 명(明)의 정화(鄭和)는 동세서점(東勢西漸)의 움직임이었다고 말해도 무방할 듯합니다. 주체적 자아의 각성과 객관적 세계인식을 확고히하고 개혁과 개방의 길을 모색하였던 실학은 세계사적으로 보면 서세동점의 조류에 대한 주체적 대응으로 의미부여를 할 수 있지 않나 싶습니다.

추기

이 글은 1994년 10월 일본 동아시아 '실학연구회'가 주최한 제3회 실학국제학술회의에서 발표했던 것이다. 서설과 결론은 제목의 취지에 맞추어 새로 쓴 것이지만, 본론 부분은 기왕에 발표했던 「癸未通信使와 실학자들의 일본관」을 재정리해서 원용하였다. 당시 이지형(李篪衡) 선생도 동행하여 역시 논문을 발표했었다. 지금 이 선생의 정년을 기념하는 논문집에 이 글을 수록하여 토오꾜오에서 며칠 함께 숙식하며 발표, 토론에 참여했던 공동경험을 가시적 추억으로 남게 한다.

〈『한국의 경학과 한문학』, 1996〉

19세기 西學에 대한 經學의 대응

丁若鏞과 沈大允의 경우

우리가 사는 시대는 서구주도로 전개되어온 것이 사실이다. 지금 바야흐로 그 지구적 완결이 지어지고 있다. 인류역사를 되돌아보면 먼 옛날에 씰 크로드로 동서가 통했던 터이며, 칭기스칸에 의해 유라시아 대륙에 걸치는 대제국이 건설된 역사도 있었다. 그러나 이런 사실들은 오늘날과 관계가 소원한 이야기라서 지리상의 발견으로 개시된 서세동점과는 현재적 의미가 판이한 것이다.

이 근대세계의 흐름 속에서 우리 민족은 지구상의 다른 여러 민족국가들과 함께 무한한 어려움을 겪었던바 이 때문에 생긴 왜곡을 아직껏 바로잡지 못한 실정이다. 하지만 현정권이 '세계화 논리'를 제기하고 '국가 경쟁력'을 강조할 만큼 한국은 지구적 체제에 대해 이젠 피동적이지 않고 적극적·진취적으로 나서는 판이다. 서세동점의 근대사는 그 완결편에서 무언가 새로운 변혁이 일어날 것도 같다.

지금 상황에서 우리의 사상전통, 동양의 사상전통이 서양과 처음 부딪쳤던 무렵에 대해 별다른 관심이 가기도 한다. 오늘과 연계된 과거지사를 반성하는 뜻이 있지만 앞으로 도래할 변혁의 바른 도리를 생각해보는 데도 필요하지 않을까. '19세기 서학(西學)에 대한 경학(經學)의 대응'이란 주제는 이런 문제의식에서 한번 떠올려본 것이다.

요즈음 너나없이 지구에서 인간이 사는 환경에 대해 우려들을 하고 있다. 지구적 위기로 널리 공감하는 문제다. 이는 서구주도로 전개된 세상, 후기

자본주의 문명이 초래한 현상이다. 그런데 지금 인간의 환경도 문제지만 인간 자신이 또한 문제다. 근래 인간문제가 여기저기서 불거져 나오는데 그때마다 호들갑을 떨다가 이내 물질의 번화(繁華) 속으로 바쁘게들 빠져들고 있지 않은가. 인간다운 삶이니 도덕성의 회복이니 하고 주장들은 무성하지만 공염불로 돌아갈 수밖에 없다. 인간문제를 정말 본격적으로 반성해야 할 시점이 아닌가 한다. 이 문제를 사고하는 데도 본고의 주제는 연관이 될 것이다.

경학은 여러 위대한 학자들의 평생의 공부가 축적되어 있는 곳이다. 필자의 얕은 식견이 미치기 어려운 것임은 말할 나위 없다. 이 소고(小考)는 경학의 저작들을 약간 읽고 생각한 바를 엮어본 것에 불과한데 오늘의 현실이 당면한 문제를 역사적으로 사고함에 있어 한 가닥의 계기가 되었으면 한다.

1. 경학의 시대적 의미

유교 경전이 이땅에 들어와서 필독서로 읽혀지고 경전적 지위를 실제로 확보한 것은 유래가 깊다. 그에 비해 경전을 학문적(비판적)으로 따져서 해석하게 되기는 훨씬 후대의 일이었다. 『한국경학자료집성(韓國經學資料集成)』을 훑어보면 경학의 본격적 저술은 17세기를 지나서야 나오는 것이다. 이후 18세기로부터의 경학 저술은 그야말로 한우충동(汗牛充棟)을 이루고 있다. 특히 19세기는, 결과론적인 이야기지만, 한국경학사의 종점이 되고 말았는데 오히려 이때의 성과가 풍년의 추수마당처럼 가장 볼 만하였다.

중세기에 있어서 경전은 통치체제의 이데올로기적 기반이었을 뿐 아니라, 말씀 한구절 한구절이 사람들에게 보편적으로 적용되는 규범이요 지침이었다. 그러기에 경전의 해석권은 결코 자유로 방임해둘 사안이 아니었다. 주희(朱熹)의 『사서집주(四書集註)』 및 『시·서집전(詩書集傳)』과 『주역본의(周易本義)』에 독존적 권위가 부여된 것은 이 때문이다. 종래 학자라면 응당 경전에 치력하였으나 『사서집주』 『사서집전』의 해석을 정확하고도 충실하게 이해하려는 데 바쳐졌다. 요컨대 관방적(官房的) 해석의 틀에서 벗어나지를 못한 것이다.

그런데 18세기로부터 19세기에 이르러 하필 경학으로 경도된 학적 관심은 무슨 의의를 가지며, 그 성과는 어떤 성격을 띤 것이었던가? 한국경학사에서 가장 빛나는 실학파의 경학은 개혁(改革)과 경장(更張)의 이론적 근거를 마련하는 데 뜻이 있었다. 오랫동안 유지되어온 정치제도 및 삶의 질서가 온통 이완되고 문란하여 당장 전면적으로 손을 쓰지 않으면 금방 붕괴하고 말 것이라는 것이 그들의 현실인식이었다. 정약용이 자기의 평생의 학문을 총괄하여 "육경사서(六經四書)에 대한 연구로 수기(修己)를 삼고 일표이서(一表二書, 『經世遺表』 『牧民心書』 『欽欽新書』——인용자)로 천하 국가를 위한다"고 말했던바, 그의 위대한 학문의 체계에서 경학은 '본(本)'으로 설정되어 있다. 바야흐로 무너지는 세상을 바로 세우고 죽어가는 동포를 구제하려는 사회과학적 기획에 대해 경학은 실로 본원적 중요성을 담지하고 있는 것이다.

이러한 경학은 한마디로 말해 '위기의식'의 소산이었다. 당시 위기의식은 물론 내부상황에 기인하였지만 외부의 영향으로 고조되고 있었다. 서학(西學)이 한자유교문화권(漢字儒教文化圈)의 중심부인 중국에 유입된 것은 16세기 말엽부터다. 그것이 한반도상에도 이내 파급되었으나 문제시되기는 18세기 말엽에 이르러서다. 안정복(安鼎福, 1712~91)은 그 사이의 정황을 대략 이렇게 전하고 있다.

서양 서적은 선조 말년에 동녘으로 들어온 이래 명경(名卿) 석유(碩儒)라면 누구나 읽어보았지만 제자서(諸子書)나 도(道)·불(佛) 등처럼 여겨서 서실에 완상물로 놓아두었으며, 취하는 바는 단지 상위(象緯, 천문·역학——인용자)·구고(句股, 기하학——인용자)의 학술뿐이었다. (…) 계묘(癸卯)·갑진(甲辰)년간(1783~84)에 재주있는 젊은이들이 천학설(天學說)을 창도한 것이다. (「天學考」, 『順庵集』 권17)

천주교는 서양제국의 세계전략을 배경에 깔고 드디어 극동으로까지 침투하고 있었거니와, 조선왕조의 관헌 및 사대부들은 천주교라는 종교적 존재에는 별로 주의하지 않고 단지 거기 끼여 들어온 천문·역학 및 기하학에 관심을 두고 섭취했다는 것이다. 이 천주교에 대해 사상적 측면을 최초로 거론한 것은 안정복의 스승인 성호 이익(李瀷)이 아닌가 한다. 그는 "서양 사람들은 대저 특이한 인물이 많다. 자고로 천문관측이나 기구의 제작, 수학 등은 중국문명이 따라갈 수 없는 정도다"[1]라고 저들의 과학기술에 경탄을 아끼지 않았지만, 이마두(利瑪竇, 마떼오 리치)의 『천주실의(天主實義)』를 거론해서 비판을 가했던 것이다. 그러면서도 한편 천주교의 교리에 대해서 전면적으로 부정해버리지 않고 옥석을 가려 취할 점은 취하려는 태도를 비치고 있었다.[2]

당시 정부당국이나 지식인들이 천주교라는 종교사상에 대해 이질적인 것으로 간주하면서도 방관하고 있었던 데는, 그것의 배경이나 작용에 아무런 지식이 없어서이기도 했지만 현상적으로 아직 문제가 발생하지 않았기 때문이었다. 그런데 안정복이 연도까지 명기했듯이 한반도상에서 이제 천주교는 종교신앙으로 운동을 시작한 것이다. 그리하여 박지원이 전하는 소식에 의하면 그쪽에 휩쓸린 자가 "나라의 거의 반이나 되며 (…) 장차는 온 나라를 들어 맡기게 될 것이다"(「答巡使書」, 『연암집』 권22)라고 한 것이다.

---

1) 安鼎福이 李瀷의 말을 직접 듣고 기록한 말. 「天學問答」의 부록편에 실려 있다(『順庵集』 권17, 장26).

2) 「跋天主實義」, 『星湖先生全集』 권55, 장29, 景仁文化社版 下, 384~85면. 李瀷은 마떼오 리치 등 예수회 선교사들의 학문 수준을 대단히 높이 평가하면서도 天主敎理에 대해 幻妄의 요소가 있음을 지적하면서 그들이 불교를 배척하지만 함께 幻妄으로 돌아갔다고 말하였다. 결론적으로 "저들 西士는 모든 이치를 다 궁구했고 통하지 않는 곳이 없을 지경이지만 膠漆盆(응고된 태도를 비유한 말──인용자)에서 벗어나지 못하고 있으니 애석하다"고 말하였다. 한편 빵또자(龐迪我, P. Diadance de Pantoja)의 『七克書』를 두고 논평하기를, 유교의 克己復禮의 가르침과 통하는데 간혹 유가에서 미처 말하지 못한 곳까지 나아가서 復禮의 공부에 도움이 될 것이다고 하였다(「七克」, 『星湖僿說』 上, 慶熙出版社版, 368면). 이러한 李瀷의 天主學에 대한 견해는 明의 徐光啓가 취했던 補儒論과 일맥 상통하고 있다.

18세기 말엽의 정황으로서는 상당히 과장된 표현으로 여겨진다. 그렇지만 그런 과장이 성립할 정도로 그 형세는 불과 10여년 사이에 불길처럼 번졌던 모양이다. 그냥 두고만 볼 수 없는 지경에 부닥친 것이다.

이에 왕조당국은 서학을 사학(邪學)으로 규정하고 국헌으로 '금지'한바 이를 관철시키기 위해 폭력적인 탄압조처를 계속 취해나갔다. 그래서 금지가 되었던가? 이른바 신유사옥(辛酉邪獄)에서 정치적 희생물이 된 이가환(李家煥, 1742~1801)은 폭압적 대응방식을 두고 "몽둥이로 재(灰)를 두드리는 격이니 두드리면 두드릴수록 더욱더 일어날 것"이라고 말했다 한다.[3] 과연 이 말은 적중했다. 천주교는 위에서 두드릴수록 밑으로 더욱 번창해서 정부는 두드리는 강도를 계속 높여나갔다. 1801년의 신유사옥으로부터 1839년의 기해사옥(己亥邪獄)으로, 다시 1866년의 대박해로 이어져 병인양요를 불러들이고 마침내는 박지원의 예언처럼 되어간 것이다.

천주교가 이처럼 사람들의 마음속으로 쉽사리 파고들 수 있었던 요인은 당시 사회에, 인간의 마음속에 내재해 있었음은 물론이다. 박지원은 이 증세에 대해서 지식층의 경우 "새로움을 숭상하고 구검(拘檢)을 싫어하는 자들은 눈이 환해진 듯 좋아한다"고 했으며, 서민층의 경우 "빈궁에 시달리고 재리(財利)를 좋아하는 무리들이 휩쓸리듯 좇는다"고 진단을 내린 바 있다. 덧붙여 말하면 지식층은 성리학의 이념에 사상적 회의감이, 서민층은 양반지배의 현실에서 고통과 불만이 천주교로 돌아서고 끌려가도록 했을 것이다. 이 문제는 응당 사상적 해결을 모색해야 하고 정치사회적으로 강구해야할 사안이었다. 그럼에도 당국은 오직 물리적 폭력으로 일관하였다. 이렇게된 데는 다른 배경이 있었다. 집권세력이 이 문제를 정치적으로 악용하여 정적의 제거 및 권력의 장악·유지의 수단으로 써먹은 것이다.

당초에는 서학에 대해 그 과학기술적 측면은 수용하는 태도를 보였을 뿐아니라, 종교적 측면에 대해서도 학문적 차원에서 논의가 제기된 바 있다. 그러다가 정치적 탄압으로 치닫게 되자 '벽위(闢衛)'의 논리로 경직되고 말

---

3) 『黃嗣永帛書』, 정음문고 1975, 61면. 正祖 22,3년 무렵 李家煥이 국왕에게 천주교 금압과 관련해서 한 말.

았다. 사학(邪學)을 배척하고 정학(正學, 성리학)을 보위한다는 '벽위'의 논리는 천주교 탄압을 정당화하는 이론으로 봉사했을 뿐이다. 그리하여 서학의 과학기술적 측면까지 무분별하게 불온시되는 데 싸잡혀서 거기에 대한 관심마저 함께 차갑게 식어버렸던 것이다.[4]

박지원은 일찍이 일반 사람들의 천주교 신앙에 대해 탄압으로 일관하는 것을 두고 "내가 좋아하는 바 선(善)이요 내가 신앙하는 바 천(天)이다. 어찌 선을 가로막고 천의 신앙을 금지하는가라고 대들면 어찌할 것이냐"라고 언급한 바 있다.[5] 박지원의 이 발언은 성리학적 정신전통에 대한 불안감과 함께 폭력적 대응방식의 한계를 지적한 셈이다. 한편 나름으로 사상적 대응인 '벽위'의 논리를 가지고는 실제 효험을 기대하기 어려웠다. 요컨대 사상적 반성과 사유의 전환이 심각하게 요망되는 대목이다. 그것은 한자유교문화권의 사상전통을 포기하지 않는 한 경학의 고유한 과제였다. 이 과제를 감당하여 19세기 초반에 위대한 학적 성과를 남긴 것은 정약용의 경학이다. 그리고 19세기 중반에 이 과제와 관련하여 심대윤(沈大允, 1806~72)의 경학이 또한 흥미로운 것이다.

---

4) 정약용이 쓴 李家煥의 묘지에 다음의 사실이 기록되어 있다. "임금(正祖——인용자)이 公 (이가환——인용자)에게 數理曆象에 관한 책을 편찬하도록 하여 그 원리를 해명해보고자 했다. 이에 燕京에서 서책을 구입해 오게 하려 하면서 공에게 의견을 御筆로 물었다. 公은 대답하기를 '시속이 우매하여 數理가 무슨 이론인지, 敎法이 무슨 학술인지 알지 못하고서 혼동하여 비난하는 형편입니다. 지금 이 책을 편찬한다면 臣에게 비방의 소리가 더욱 격증할 뿐 아니라 장차 위로 聖德에도 누를 끼치게 될 것입니다'고 아뢰어 그 계획이 중단되었다."(「貞軒墓誌銘」, 『여유당전서』 제1집 권15, 장23)

　국왕 정조는 위와같이 이가환의 도움을 받아서 수리·역학 분야의 책을 편찬하려고 했다가 비방의 구실을 제공할까 두려워 그 일을 중단했다는 것이다. 그럼에도 이가환은 마침내 천주교도로 몰려서 혹형을 당하고 끝내 죽음을 면치 못했다.

5) 「監司自劾疏草」, 『연암집』 권22, 장42~43. 이 글은 박지원이 沔川 郡守로 재임시 충청도 감사를 대신해서 쓴 것이다.

2. 정약용 경학──愼獨의 논리

정약용 경학──232권의 호한(浩瀚)한 세계에 갈피를 잡아보자면 아마도 신독(愼獨)이란 개념을 요체(要諦)로 세워야 하지 않을까 싶다. '신독'의 의미는 요컨대 자기수양의 방법론이다. 이 단어가 『대학』에는 성(誠)의 실천과 관련해서 나오고 『중용』에는 바로 제1장의 천명(天命)·성(性)·도(道)로부터 중화(中和)로 연결되는 문맥에 핵심어로 놓여 있다. 신독은 유교철학의 중요한 개념들과 논리적 고리를 맺고 있는 것이다. 정약용이 이들 문구를 통해서 해명한 '신독'은 정통적 해석과는 그 방법론상에서 차이점이 있을 뿐 아니라, 그 의의를 훨씬 중시하여 경학의 총체 속에 관건적 위치를 부여한 것이다.

『사서집주』에서 주희는 신독을 인간의 내면에서 암세포처럼 번져나갈 '악의 요소'를 미연에 제거하는 자기억제책으로 풀이하였다. 은미(隱微)한 단계, 남의 눈에 띄지 않고 자기만 감지된 초동에서 아무쪼록 스스로 두려워하고 조심하는 그것이 곧 '신독'이다. 이때 '악의 요소'란 다름아닌 인욕(人欲)이다. 인간은 자기 자신의 마음속에 악의 싹을 내장하고 있는 것이다. '인욕'을 배제하고 천리(天理, 性)를 준수하여 잠시라도 도(道)를 위배하지 못하도록 하기 위해 '신독'이 마련된 것으로 이해하고 있다. 이러한 주희의 신독론에 대해 정약용은 인간현실에 비추어 의문을 제기한다.

어두운 방에서 홀로 못된 마음을 품고 남모르게 못된 짓을 저지르는 자들, 그러고도 버젓이 선하고 의로운 척 잘났다 뽐내는 자들, 옛날이나 오늘이나 세상에 얼마나 많은가. 이런 철면피의 위선자들에게 스스로 두려워하고 조심하라는 가르침이 과연 얼마나 주효할 것인가. 정약용은 "종신토록 거짓을 행하는 자가 당세에 아름다운 이름을 얻거나 은밀히 악을 조장한 자가 후세에 최고로 떠받들리는 등의 사례는 천하에 종종 있다"고 탄식을 발한다. 이들은 주로 도학자를 자처하는 가도학자(假道學者)를 가리킬 터이니 「호질(虎叱)」에 등장하는, 낮에는 인의(仁義)를 설교하고 밤으론 이웃의 과부와 놀아나는 북곽선생(北郭先生)은 그런 부류의 전형이다. 도학자 자신이 주희가 가르친 신독의 방법으로는 별무효과임을 증명한 셈이다. 주희가 해석한 신독론에는 감시장치가 전혀 없기 때문에 빈말로 돌아갈 수밖에 없다는 것이 정약용의 지적이다. "성인이 빈말을 남겨서 세상 사람들에게 본받으라 했겠느냐"고 반문한다. 그리하여 정약용은 경전의 원문으로 다시 돌아가서 고구하고 사색하여 새로운 해석을 내놓고 있다.

이런 고로 군자는 그 보지 못하는 바에 계신(戒愼)하고 그 듣지 못하는 바에 공구(恐懼)하나니라〔是故, 君子戒愼乎其所不睹, 恐懼乎其所不聞〕. (『中庸』)

『사서집주』는 이 『중용』의 경구를 항상 조심하고 두려워하는 마음가짐으로, 비록 보고 듣지 못하는 일이라도 소홀히 지나치지 말도록 하라는 의미로 풀이하고 있다. 듣도 보도 못하는 대상이란 무엇인가? 이 물음의 해답을 『사서집주』에서 찾자면 애매하다. 딱히 지칭하는 대상이 없는 것도 같다. 하지만 '계신'은 혹 그럴수 있겠으나 두렵고 두려운 공구의 마음이 인간심리에 과연 아무런 대상물도 없이 혼자 저절로 일어나는 것일까?

보이지 않는 것이란 무엇인가? 하늘의 체(體)다. 들리지 않는 것이란 무엇인가? 하늘의 소리다. (『中庸自箴』 권1, 『여유당전서』 제2집 제3권)

정약용은 이와같이 꼬집어서 밝혀낸다. 계신(戒愼) 공구(恐懼)하지 않으면 안되는 대상은 다름아닌 하늘〔天〕이다. 하늘은 우리 눈에 형체가 보이고 우리 귀에 소리가 들리는 건 아니지만 그의 영명(靈明)이 우리들 마음에 통하고 그의 강감(降監, 내려다보며 감시함)이 우리를 위벌(威罰)할 수 있기 때문에 우리는 이 천에 대해 항상 조심하고 두려워해야 할 것이라는 의미다.

군자가 어두운 방 가운데서도 전전율율하여 감히 악을 행하지 못하는 이

유는 상제(上帝)가 내 앞에 다다라 있는 줄 알기 때문이다. (같은 책)

이러한 상제(上帝)의 존재가 정약용의 신독 방법론에는 감시기능으로서
전제되어 있다. 정약용 신독론에서 특이한 면모, 감시기능을 수행하는 '천'
의 존재는 '지존지대(至尊至大)'의 신격[6]으로 상정되어 있다. '천'의 관념이
주목되는 것이다.

'천'이란 우리의 머리 위에서 늘 해와 달이 뜨고 지며, 때로 비가 떨어지는
저 하늘이다. 우리는 언제부턴지 '비가 오신다' 혹은 '하늘이 무섭지 않으냐'
고 말해왔다. 그것을 자연적 존재로 바라보면서 또한 그 이상의 의미를 느
끼고 나아가서 경외의 대상으로 의식하는 것이다. 이는 우리 전래의 관념일
터이지만 중국 고대의 천관(天觀)과도 상통하고 있다. 공자는 "하늘에 죄를
지으면 빌 곳이 없다[獲罪於天 無所禱也]"(『論語·八佾』)라고 부르짖었다.
이 문맥에서 '천'의 의미를 정약용은 상제를 가리킨다고 하였다.[7] 천=상제
는 최고의 신격이기 때문에 하늘에 죄를 지으면 달리 용서를 구할 곳이 없
다는 뜻으로 풀이된다. 그런데 주희는 "천은 곧 이(理)"라고 못박았다. 천=
이(理)는 절대자이므로 이치를 어겨서는 안된다는 의미로 풀이된다. 천이
란 존재에 이(理)의 개념을 대입해서 우주의 시원과 만물의 생성을 해명한
성리학의 이론과는 논리체계가 이미 다르다. 정약용의 신독론은 성리학적
천관과는 전혀 다른 기초 위에 선 것이다. 이제 그의 인간관에 대해 유의해
볼 필요를 느낀다.

정약용의 인간학은 성기호설(性嗜好說)에서 출발하고 있다. 이 성기호설
에 대해서는 정약용 자신이 독창적인 견해로 자부하였거니와, 그의 중형(仲
兄)인 정약전(丁若銓) 또한 "'성(性)'의 의미가 기호에 있다는 설을 듣자 구
름을 헤치고 청천을 보는 듯했다"고 격찬해 마지않았다.[8] 맹자 성선설(性善

---

6) "臣은 이르기를 천지에 귀신이 환히 펼쳐 있고 삼삼이 늘어서 있는데 至尊至大한 존재는
   곧 상제입니다."(『中庸講義』,『여유당전서』제2집 권4, 장23)
7) 『論語古今注』권1,『여유당전서』제2집 권7, 장51.
8) "항상 孟子의 性善說에 대해 의문이 없을 수 없었으니 孟子는 오로지 善 일변으로만 주장
   하여 사람들을 권장한 것으로 생각하였다. 性의 글자 뜻이 嗜好에 있다 함을 듣고 나자 구

說)의 의혹이 풀리는 열쇠로 인정한 때문이다. 정약용은 자기의 이 학설을 『중용』의 해석에도 적용하여 첫머리부터 "천명지성(天命之性) 또한 기호로 말한 것이다"라고 주장한다. 즉 하늘이 인간에게는 선을 좋아하고 악을 싫어하는 성향을 부여했다는 말이다. 이것이 '성선'의 본뜻이라고 보았다. 그리고 인성은 본디 이같은 성향을 지니고 있는 고로 '성'을 그대로 따라서 밟아가는 그것이 곧 도(道)라고 규명하였다.

지금 논리는 얼핏 들으면 인간문제를 대단히 낙관하는 것 같다. 그러나 실은 그렇지가 않다. 정약용에 있어서 "인간은 선을 좋아하는 품성을 지니고 있다" 함은 어디까지나 잠재적 경향성일 뿐이다. 인간현실, 즉 실제로 표출되는 행동은 선할 수도, 악할 수도 있다. "선으로 가는 길은 오르막이요, 악으로 가는 길은 내리막이다." 이것이 인간 육신의 형세라고 『맹자요의(孟子要義)』에서 거듭 역설한 바 있다.[9] 인간 앞에는 선과 악의 두 갈래로 길이 개방되어 있는데 거기서 갈 길은 각자에게 맡겨진 자유선택의 과정이다. 그는 여기에 '자주지권(自主之權)'이란 개념을 부여해서 비상히 주목한 것이다.[10]

내 앞에 의롭지 못한 물건이 놓여 있다고 치자. 욕심이 불끈 생기게 마련인데 이때 내가 취할 행동은 '자주지권'에 속하는 것이다. 나의 마음속에서 이르기를 "먹지 말라. 의롭지 못한 것이 아니냐" 하여, 나는 마침내 그 물건을 집어넣지 않고 물리칠 수 있다.[11] 하지만 악은 내리막처럼 빠져들기 쉽고 선은 오르막처럼 행하기 어렵다 하지 않았던가. 자유의지에 의한 선택은

름을 헤치고 하늘을 보는 듯, 『孟子』 7편 중에 性을 논한 허다한 곳들이 환히 얼음 풀리듯 다시는 의문이 없어졌다. 맹자는 정말 우리 스승임을 알겠으니 무엇이 이보다 상쾌할 것이 있으랴! 아, 性이 嗜好인 것을 누구나 일상으로 말하거늘 이 孟子의 관건을 풀기는 美庸(정약용의 字──인용자)의 손을 꼭 기다렸다니! 이는 안목이 높아서 그런 것이라기보다 하늘이 君의 이름을 이루어주기 위해 비밀히 아껴두었다가 내준 것이 아니겠는가. 너무 스스로 자랑하지 않음이 어떠하뇨?"(「巽菴書牘」, 『與猶堂文集』, 정신문화연구원 도서관 소장의 필사본)

9) 『孟子要義』 권1, 장32~33, 『여유당전서』 제2집.
10) 이 책 「정약용의 민주적 정치사상의 이론적·현실적 근저」에서 필자는 정약용 人性論에서 自主之權의 의미를 해명해보고 있다.
11) 『中庸自箴』의 "率性之謂道"를 해석한 대목에서 따온 것임(『여유당전서』 제2집, 장3).

실로 내적 갈등으로 칼날 같은 극기를 요하는 선택이다. 성현은 이 점을 우려한 나머지 신독을 자기수양의 필수과정으로 부과한 셈이다. 사실상 방임된 나의 마음속의 선택과정에서 하늘의 강감(降監)을 염두에 두어 항상 조심하고 두려워하도록 하는 뜻이다. 이것이 곧 신독의 공부다.

신독은 요컨대 하늘이 인간에게 부여한 바 선을 좋아하는 성질을 따르도록 하기 위한 방법론이다. 정약용은 말하기를 "태어나서부터 죽음에 이르도록 밟아나가는 그것을 가리켜 도라 이른다" 하였다. 이때 도(道)란 무엇인가. 주희는 "도란 것은 일용 사물의 당행의 이치〔當行之理〕로 정의하고 있다.[12] 곧 선험적인 원리로 규정된 것이다. 이에 반해서 정약용은 "도란 것은 여기서부터 저기에 이르는 길〔道者, 自此之彼之路也〕(『中庸自箴』권1. 장4)"로 정의한다. 근대 중국의 혁명적 문학가 루쉰(魯迅)은 길은 사람이 다니면 생기는 것이라고 설파한 바 있다. 정약용에 있어서 도는 새로 개척하는 길을 뜻하지는 않지만 오직 실천을 통해서 이루어지는 것이었다. '당행(當行)의 이치'로 전제되어 있는 도와는 개념범주가 크게 다르다. **도는 원리의 차원이 아닌 실천의 범주이다.**

이상에서 우리는 정약용 경학의 한 부분을 눈여겨보았는데 『사서집주』와는 실로 구조적 차이를 확인할 수 있다. 어느 쪽이 원문에 들어맞는 해석일까? 어학시험의 답안지 채점처럼 가려질 성질의 것은 물론 아니다. 사상체계에 따라, 그리고 시대배경에 따라 해석을 달리하게 되는 것임은 말할 나위 없다. 하지만 동일한 경전의 원문을 놓고 각기 해석이 달라진 것이기 때문에, 이런 질문을 한번 던져봄직도 하다. 그러나 나의 식견으로는 어느 쪽의 해석에 의거해서 원문을 접하건 각기 다 그럴듯해서 판단이 되지 않는다. 다만, 정약용의 해석은 보다 설득력을 갖는 면이 있는 것 같다. 경문을 해석할 때 그 경전 및 다른 여러 경전에서 증거를 찾아 밑받침을 하고 있는 것이다. 이른바 이경증경(以經證經)의 방법이다. 특히 '천(天)'과 관련해서는 『시경』 및 『서경』에서 적절한 증거를 많이 동원하고 있다.

---

12) 『中庸集註』'道也者不可須臾離也'章의 주(같은 책).

앞에서 언급했던 "하늘에 죄를 지으면 빌 곳이 없다"는 공자의 말씀을 다시 들어보자. 청나라의 전대흔(錢大昕)이란 학자는 천을 이(理)로 해석했던 주희의 설을 반박하여 "하늘에 빈다는 말이지 어떻게 이(理)에다 빌겠는가"라고 주장한 바 있다.[13] 이(理)는 결코 비는 대상이 될 수는 없다는 뜻이다. 위의 문맥에서 천은 정약용처럼 상제를 가리킨다고 보아야 분명히 맞다. 주희는 공자의 본의로부터 이탈해서 자기류의 해석을 한 셈이다. 하지만 천이란 존재로부터 고대적 신비성을 제거한 점에서 주희의 해석이 사상사적 의의를 지니고 있음은 물론이다. 정약용이 생각한 천-상제의 개념은 옛 경전에 있었던, 그러다가 중간에 바뀐 것을 회복한 성격이다. 이 고대적 개념을 회복한 해석 역시 정약용 그 자신의 사상적 지향이다.

정약용의 '천'을 향한 관념은 신앙적 색채를 띠고 있는 점이 특색이다. 그는 말하기를 "군자(君子)의 학(學)은 사친(事親)에서 출발하여 사천(事天)으로 종결된다"(『中庸講義』권4, 장22)고 하였다. 정약용의 '신앙적 천'-상제와 기독교적 천주의 개념은 어떤 관계가 있는가? 비교해서 따지자면 관념의 차이가 크지만 유사점 또한 발견하기 어렵지 않다. 최고의 신격으로서의 천은 최고의 보편적 존재다. 당초 예수회 선교사들이 기독교적 천주 개념을 중국 고대의 천관에 용이하게 접합시킬 수 있었던 요인 또한 여기에 있었던 것이다. 그러나 경학의 논리체계 속에서의 천은 기독교적 천주와는 지향처가 전혀 다르다. 정약용에게 있어 하늘을 섬기는 목적은 그 자신이 썼던 표현을 빌려서 밝히자면 '요순지역(堯舜之域)'에 도달하기 위한 것이었다.[14] '요순지역'이란 세상을 바로잡고 인민을 구원하려는 유교적 이상 그것이다. "육경사서에 대한 연구로 수기(修己)를 삼고 일표이서로 천하 국가를 위한다"는 그의 학문세계의 총체에서 천의 의미는 실천 주체의 확립에 긴요한 관련이 있다.

---

13) 錢大昕, 『十駕齋養新錄』권3, 臺灣: 中華書局版.

14) "古人은 實心으로 事天·事神을 하고 愼獨 공부를 독실하게 해서 天德에 도달했다" 하고 이에 반해 天을 理로 규정하는 성리학적인 공부의 방법으로는 종신토록 도를 배워도 堯舜之域에 들어갈 수 없다고 한 것이다(『中庸講義』권1, 장21, 『여유당전서』제2집).

정약용은 20대 젊은 시절에 서학서(西學書)를 읽었다고 한다. 우연히 한 번 읽어보고 치운 것이 아니라, 그 독서 경험은 자기에게 굉장한 충격이었고 경이로운 감명이었다고 솔직히 고백한 바 있다.[15] 우선 '천'의 관념도 그렇지만 그의 이론에는 서학의 영향이 은근히 드리워져 있는 것으로 여겨진다. 과학기술적 측면뿐이 아니었다. 당시 사상적 회의와 종교적 공백으로 인한 천주교로의 경도에 직면해서 그는 신앙적·사상적 대응책을 강구했던 것이다. 그의 위대한 경학에서 이 문제의식이 특히 신독론에 각인되어 있다.

그는 자기 경학의 성과를 총정리하고 끝맺는 대목에서 "매양 하나의 오해(悟解)가 떠오를 적이면 신명(神明)의 묵유(默牖, 말없이 깨우쳐줌——인용자)가 있는 듯했다"(「自撰墓誌銘」)고 술회했다. '신명의 묵유'라는 표현에서 종교성이 느껴지기도 한다. 그런데 신의 존재가 실재하여 일일이 그에게 가르쳐주었다는 것일까? 필시 학문과 사색에 바쳐진 그 자신의 정성과 공력이 문득 신통한 생각을 그의 머릿속에 떠오르게 한 것을 가리킬 것이다. 그는 믿기를 우리 상제는 마음속에 내재해 있으며, 신독은 곧 성(誠)이라고 하였다.[16] 이러한 인간자세는 더없이 고매하고 성실하지만 대중적 흡인력을 갖기는 아무래도 쉽지 않을 것으로 생각된다.

---

15) 정약용은 正祖에게 올린 상소에서 자신이 전에 西洋書를 읽었던 감회를 솔직히 고백하고 회개했던 사실을 밝힌 바 있었다(「俟菴先生年普」,『丁茶山全書』4, 78~79면).

한편 李東歡 교수는 「茶山思想에서 '上帝' 導入經路에 대한 序說的 고찰」(『茶山의 政治經濟思想』, 창작과비평사 1990)에서 다산의 상제 개념이 도입된 문제를 우리 사상사의 내적 변화의 맥락에서 보고자 했다. 특히 퇴계학의 계승과정을 그는 주목하고 있다.

16) "하늘이 (사람에게——인용자) 고분고분 命하지 않는 것은 할 수 없어서가 아니요, 하늘의 喉舌이 道心에 붙어 있는 때문이다. (…) 天命의 本心에서 구하는 것이 昭事之學이다."(『中庸自箴』권1, 장3~4,『여유당전서』제2집)

"愼獨者, 誠也."(같은 책, 장6)

李篪衡 교수는 『『中庸』注釋을 통해 본 茶山의 經學思想』(『大東文化硏究』제19집, 1985)에서 다산의 상제관은 신앙적 성격을 갖고 있음을 인정하면서도 일반 종교와는 의미를 달리하여 "도덕적 실천을 상제의 권위를 빌려 강조한 것"이라고 이해했다.

3. 심대윤 경학——福利의 사상

심대윤은 지금으로부터 150년 전쯤에 경학으로 상당한 업적을 남겼으나 그 이름조차 세상에 알려지지 않고 있었다. 이번『한국경학자료집성』의 편찬과정에서 비로소 드러난 학자다.[17] 그의 생애는 1806년에서 1872년에 걸쳐 있는바 인간 면모나 삶의 자취는 거의 파악이 되지 못한 상태이다. 영조 때 영의정을 역임한 심수현(沈壽賢)이 그의 고조부이고 증조부 때 당화(黨禍)를 혹독히 입었던 사실로 미루어 그의 가계는 소론(少論)의 명문으로서 폐족(廢族)된 상태에 처해 있었음을 알 수 있다. 그가 자신에 대해 약간 언급한 데 따르면 그는 서울의 도성 안에 거주하여 생계에 골몰하다 보니 학문에 겨를이 부족했다 한다.[18] 그의 필생의 저술들은 공간되거나 타인의 평판에 오른 사실이 발견되지 않는데 언젠가 초고상태로 흘러나와 다행히도 현재 국내 도서관에 들어가 있다. 그것들을 살펴보면 37세로부터 57세에 이르는 동안 사서(四書,『孟子』에 대한 저술은 전하지 않음)와 오경(五經)에 대한 저술작업에 전력하여 경학 관계의 저서 44책을 남겼고 또 따로『동사(東史)』6책,『전사(全史)』58책이 전한다. 그는 실로 '남산골 딸각발이'의 한 전형이었던 듯싶다.

심대윤은 정약용의 다음 세대 경학자로서 정약용과는 학통 및 당파가 다르고 경전해석의 논리체계 또한 같지 않다. 뿐 아니라, 학문수준으로 따지면 격차가 나는 것 같다. 그럼에도 경학을 하는 문제의식, 특히 본고의 주제

---

17)『한국경학자료집성』에서『대학』과『중용』에 관한 자료를 편찬할 당시에 沈大允의 필사본 상태로 남아 있는 저작들은 연대 미상의 부분에 들어가 있었다. 그에 대해 전혀 파악이 안 된 상태였기 때문이다.『논어』에 관한 자료 편찬시 심대윤의『논어』해석서 상·하 2책이 마침 필자에게 맡겨졌는데 주목할 만한 내용으로 판단되었다. 필자는 해제에서 그 흥미로운 점을 약간 언급하고 그의 家系 및 生年을 대략 밝힌 바 있었다. 그후 필자가 봉직하는 성균관대학교의 대학원 한문학과에서 張炳漢 군이 李篪衡 교수의 지도로 심대윤의 저작들을 수합, 전반적으로 연구하여 박사학위를 받았다(『沈大允 經學에 관한 연구』, 1995).

18)"予於經傳 (…) 過三十四五, 始復返究經傳, 而家貧親老, 又居城闉, 營生酬接, 汨無暇隙."(沈大允,『詩經集傳辨正』의 마지막에 붙인 글)

와 관련해 보면 서로 대조되면서 상통한다.

생각건대 '우리 도(道, 유교를 가리킴——인용자)'가 불분명하게 된 것은 맹자 이후 수천년이라. 세속의 패란(敗亂)이 극에 달했다 하겠는데 근래 서학(西學)이라 일컫는 일종의 사설(邪說)이 틈을 타서 일어나 우리 백성을 침혹하고 있다. 나는 우리 백성이 형편없이 되어가는데 바라만 보고 앉아서 구하려 하지 않기는 차마 할 수 없는 노릇이다.

1842년에 착수하여 1851년에 완성한 『논어』 해석서에 붙인 글의 한 대목이다. 그는 서학—천주교가 민중에게 파급되는 현상을 이단적 사교에 미혹되는 것으로 치부하고 있다. 그런데 동양세계는 맹자 이후로 도가 어두워져서 바야흐로 패란의 극에 달했다고 판단한다. 사회의 위기, 인간의 위기로 인식하고 있다. 고문운동을 제창했던 한유(韓愈)는 일찍이 "8대에 걸쳐 쇠퇴한 문을 일으킨다[文起八代之衰]"고 부르짖었거니와, 심대윤은 맹자 이후 "세속의 패란"을 사상적으로 바로잡아 서학의 무서운 침투에 대항하겠다고 당당하게 기치를 세운 것이다. 심대윤이 진단한 바 '세속 패란'의 소이연은 어디에 있었던가?

양(楊)·묵(墨)·노(老)·불(佛)은 이단으로 있어왔으나 그들 스스로 설을 전하는 데 그칠 따름이다. 지금 '성인의 서'를 모두 갖다가 멋대로 도색하고 진면을 바꿔치기 해서 세상을 속이고 있으니 폐단은 옛날보다 훨씬 심하다.

(『논어』 해석에 붙인 발문)

"성인의 서를 갖다가 멋대로 도색을 하고 진면을 바꿔치기"한 그것은 다름아닌 경전에 대한 주석 작업을 가리키고 있다. 그는 세유(世儒)의 설(說)에 의해 어지럽혀졌기 때문에 사람들의 마음과 눈이 흐려지고 막히게 되었다고 통박한다. 그의 경전해석을 보면 곳곳에 '세유'라는 표현을 써서 기존의 설을 비판하고 있는데 이때 세유는 정자(程子)·주자(朱子)를 가리키는 사례가 대부분인 것 같다. 요컨대 그는 정·주(程·朱)의 경전해석을 '세속 패란'의 원인 제공자로 지목한 것이다.

심대윤은 '세유'에 대해 '오성무세(誤聖誣世, 성인을 왜곡시키고 세상을 속임)'의 죄목을 적용했다. 하지만 그네들은 원인 제공자였으니 따지자면 '세속 패란'에 직접 관련된 자들을 심대윤은 따로 치부하고 있었을 터이다. "사농공상(士農工商)은 각기 직분으로 먹고 산다." 그는 이렇게 전제한 다음 "사(士)는 도를 행해서 세상을 바로잡는 일이 직분인데 (…) 자기 직분을 비워놓고 먹을 것을 훔치며 명예까지 훔치고 있으니 이는 천하의 대적이다"라고 지적했다.[19] '천하의 대적'이란 말의 표적은 당세에 명성이 드높은 유학자들이었을 것이다. 심대윤은 세도정권에서 기생하는 도학자 부류를 향한 분노의 감정이 끓어올라서 거슬러 올라가 그 원인 제공자에게 '세유'라는 말을 감히 쓴 것으로 여겨진다.[20]

내가 알기로 우리 옛 학자 중에 심대윤만큼 과격한 반주자론자(反朱子論者)는 있었던 것 같지 않다. 정약용만 해도 경전해석의 논리체계는 전면적으로 주희와 달리하면서도 그에 대한 존모(尊慕)의 마음과 함께 그의 학설에 되도록 의지하려는 태도를 취했다. 정(程)·주(朱)에 대해 주저하던 모습이 심대윤에 와서 사라진 것이다. 그런만큼 담론이 격하고 거칠게 되었다. 19세기 중반 서세(西勢)의 위협은 갈수록 가공하게 느껴져오는데, 체제는 날로 위에서 경직되고 민심은 아래서 흐트러진 위기상황에 대한 사상적 대응이 이러한 언어표현을 초래한 것이 아닐까 한다.

심대윤의 경학사상은 '복리(福利)' 두 자로 요약된다. 그는 자신의 경학 작업을 결산하는 단계에서 『복리전서(福利全書)』를 저술한 것이다.

지금 경전의 요지를 취해 어투를 간단하고도 자상하게 꾸며 누구나 알기

<hr>

19) 沈大允, 『論語』 微子篇 '子路從而後'章의 細註.
20) "나의 說은 世儒를 배척한 것이 많다. 이렇게 하는 것이 내 마음에 편치를 않다. 그러나 천하가 그 해독을 입은 것이 6,7백년이 되었는데 그 本心은 아니었다. 그 本心인즉 救世를 하고자 했을 터이니 곧 无妄之眚(의도하지 않은 과실——인용자)이라 하겠다."(沈大允, 『論語』 해석서의 발문)

쉽도록 했다. 만세에 보통 남녀들의 진경(眞經)으로 방향을 잡는 지침이 되도록 한 것이다. 애오라지 천하 만세에 백성들이 모두 복리를 얻어 누리고 앙화를 면하도록 하고자 한 까닭에 책이름을 복리전서라고 붙인 것이다. (「福利全書序」)

『복리전서』의 서문을 쓴 시점은 1862년이다. 임술민란이 발발한 그 해이며, 최제우가 동학의 교리를 펴던 무렵이다. 이런 즈음에 심대윤은 경학적 입장에서 민중생활의 정신적 지침서로 『복리전서』를 내놓았다. '복리'라는 말은 일상적으로 사용하긴 하지만 학술상에서는 생소하게 들린다. 한유가 불교를 배척한 글에서 "선왕의 법을 어기고 이적(夷狄)의 교리를 좇아 복리를 구할 것이냐"(「與孟尙書書」)고 한 구절이 있다. 이처럼 복리는 유학에서는 친숙한 개념이 아니다. 천주교 신자로 순교한 정하상(丁夏祥)의 글에 "세복(世福)은 한 순간이요 영원하지 않은데 천복(天福)은 영원하여 한 순간이 아니다"[21]라는 말이 나온다. 여기서 천복은 물론 지상을 떠난 천당에서 사후에 심판을 받고 얻어지는 경지다. 심대윤이 내세운 복리는 내세에 천상에서 기대하는 것이 아니고 어디까지나 현세에 지상에서 향유하기로 되어 있다.

복리 개념은 복선화음(福善禍淫)의 논리와 연계되어 실천적 의미를 갖게 된다. 『서경』에 "천도(天道)는 복선화음이다"(湯誥篇)라는 구절이 나온다. '천'과 복선화음은 어떻게 연계되는가? 심대윤은 이 중간을 기(氣)의 운화(運化)로 매개시키고 있다. 정약용도 "빛나는 천명을 좇아 따르면 선하게 되고 길하게 되지만 태만해서 어기면 악하게 되고 흉하게 된다"고 말한 대목이 보인다. 정약용은 심대윤처럼 복리를 자기 논리의 중심에 끌어들이지 않고 길흉을 어쩌다가 언급한 데 지나지 않지만 심대윤과 마찬가지로 그 결과는 자기 자신의 현실에서 나타나는 것으로 되어 있다. 다만 그 과정상에서 차이가 있으니 정약용이 최고 신격——천의 강감(降監)에 의한 상벌

---

21) 丁夏祥,「上宰上書」(『闢衛編』 권7에 수록되어 전하는데 이 책은 金時俊 번역으로 明文堂에서 1987년에 간행된 바 있다).

을 상정한 데 반해 심대윤은 기(氣)의 감응(感應)작용으로 설명한 것이다.

"착한 일을 하면 복을 받고 악한 일을 하면 화를 입는다." 이러한 관념이 서양에선 어떤지 알아보지 못했으나 동양인의 심성에는 보편적으로 깊게 얽혀 있는 것 같다. 대중사회로 지향하는 과정에서 더욱 강조되는 추세를 보였던 것이 아닌가 한다. 세속 유교나 불교도 대개 그렇지만 민중 도교는 교리 자체가 '권선서(勸善書)'로 일컬어지고 있었다. 우리 문학사를 보면 장편소설의 출발시점에서 나온 『창선감의록(倡善感義錄)』으로부터 이후 거의 대다수가 복선화음을 소설의 논리로 수용하고 있는 것이다. 소설의 대중화가 우리보다 훨씬 앞섰던 중국문학사에서는 역시 우리보다 먼저 복선화음의 논리에 따른 '해피엔딩'이 소설의 구조로 자리잡혔다. 소설의 권선징악적 구조를 우리들은 종래 천편일률이라고 타박해왔다. 이에 대한 문학적 평가와는 별도로 사회심리적으로 무시할 수 없는 사실이다. 이는 무엇보다 대중적 정서를 반영한 현상으로 그 역시 형세라는 점을 부인할 수 없는 것이다. 심대윤이 중시한 복리는 이러한 대세를 적절히 포착한 개념이며, 그런 면에서 대중노선으로 볼 수 있겠다.

복리란 무엇보다 행복과 이익을 인간이 추구하는 정당한 가치로 인정한 개념이다. 심대윤 경학은 이 복리를 중심에 놓음으로써 인성론(人性論)으로부터 여러 주요 개념의 의미 범주가 수정·개작되기에 이른다. 먼저 인성론을 보자. 성리학의 정통이론은 천리(天理)와 인욕(人欲)을 대척적으로 파악하여 천리를 보존하고 인욕을 배격한다는 것이었다. 그에 따라 인간의 감정적·물질적 욕구가 부정되는 논리로 발전하였으며, 결국 인간의 질곡, 사회의 질곡으로 작용하게 되었다. 정약용은 성기호설을 제기하여 성리학의 역작용으로 인한 질곡을 극복하려 했거니와, 심대윤은 더욱 대담하게 욕(欲)을 긍정하고 나섰다.

그는 말하기를 "욕(欲)이란 천명(天命)의 성"이라고 한다. "사람으로 되어 욕이 없으면 목석과 다름이 없다." 언동(言動)·시청(視聽) 및 사고와 식색(食色), 이 모든 것이 '욕'의 작용이니 "욕이 없으면 어떻게 사람이 될 수 있겠느냐"고 단호히 주장한 것이다. 심대윤 사상의 논리는 성욕설(性欲說)

에 의한 인욕(人欲)의 긍정적 수용으로부터 출발하고 있다.

심대윤에 의하면 욕은 마음의 주동자다. 가령 '서로 가까이하고 싶은 마음(親與之心)'의 욕구는 인(仁)의 단서인데 '서로 가까이하고 싶은' 행위가 바른 도리를 얻게 되면 곧 '인'이라는 도덕적 가치가 이루어진다고 한다. 인의예지(仁義禮智)의 사단(四端)은 성리학에서처럼 하늘로부터 부여받아 인간의 마음속에 고유한 것이 아니고 행위를 통해 성립된다는 견해이다. 정약용의 사단설과 통하는 것이다.[22] 심대윤의 인욕의 긍정을 통해 도출된 윤리관은 성기호설에 의해 도출된 윤리관과 이론적 발단은 다르면서 합치되고 있다. 인욕 긍정의 논리는 유학의 중요한 개념인 충서(忠恕)에도 적용된다. 공자가 일찍이 "우리 도(道)는 하나로 관통한다" 하고서 그 하나는 곧 충서(忠恕)라고 말한바 충서의 개념을 그는 '욕(欲)'으로 해명한다. "자신이 하고 싶지〔欲〕 않은 일을 남에게 베풀지 않는 것이 서(恕)요 자신이 하고 싶은 마음으로 남을 미루어 생각하는 것이 충(忠)이다"(『복리전서』「明人道忠恕」) 한 것이다. 실로 도(道)를 '욕(欲)'으로부터 찾은 것이다. 여기서 논리는 응당 이(利)의 긍정으로 발전하게 된다.

  인(仁)은 사람의 행하는 도리이니 충서가 그것이다. 인성은 이(利)를 좋아하니 충서는 이(利)를 추구하는 도리이다. (『논어』學而篇 '有子曰其爲人'章의 해석)

그는 다른 곳에서 "사람으로서 이름〔名〕을 좋아하지 않으면 곧 금수이며 사람으로서 이(利)를 좋아하지 않으면 곧 금수만도 못하다"(『복리전서』「明人道忠恕」)고도 말했다. 지금 '이(利)'를 좋아하는 것은 인간의 본성이라고

---

22) "다산이 四端의 설명에서 '惻隱之心 仁之端也'를 해석하면서 性에 내재한 仁에서 측은지심이 생기는 것으로 믿어왔던 성리학의 사고와는 정반대로 측은지심에서 仁이 생기기 시작하는 것이라고 한 것은 유학사상에서 하나의 큰 전회이다. (…) 먼저 仁이 性 속에 내재한 것으로 말한 것은 아주 관념적이다. 관념에서 출발한 종래의 성리학의 논리를 사실에서 출발하여 완전히 바꾸어놓은 것이다."(李佑成, 「茶山과 李載毅의 문답──『孟子要義』의 四端과 性에 대한 논쟁」, 『實是學舍散藁』, 창작과비평사 1995, 180면)

적극 옹호하고 보면 상식에 비추어 의문이 생기게 마련이다. '이(利)'의 추구는 모두 긍정적인 것인가 하는 점이다. "충서는 '이(利)'를 추구하는 도"라고 말한 데 이 문제점에 대한 해답이 함께 들어 있다. '이(利)'라는 것은 속성상 남에게 이로우면 나에게는 해롭고 나에게 이로우면 남에게는 해롭기 십상이라는 점을 그는 분명히 인지하고 있었다. 이로움이 있는 곳에 다툼이 없을 수 없다. 이 문제의 관건은 '이(利)'를 좋아하는 자신의 마음으로 미루어 남과 더불어 동리(同利)를 추구하는 데 있다.

어떻게 '동리'를 구할 것인가? 어떤 일이 나와 남이 함께 이로운 경우 곧 행할 것이요, 나에게는 이롭고 남에게는 해롭지 않거나 남에게는 이롭고 나에게 해롭지 않은 경우 곧 행할 것이요, 나에게는 이로움이 많고 남에게 해로움이 적거나 남에게는 이로움이 많고 나에게 해로움이 적은 경우 또한 행할 것이지만 나에게는 이로운데 남에게는 해로움이 심하거나 남에게는 이로운데 나에게는 해로움이 심한 경우 행해서는 안될 것이다. 남과 나의 이해를 저울질〔權衡〕해서 한편에 치우치지 않는 이것이 동리지공(同利至公)의 도다. (『복리전서』 같은 곳)

"충서는 이(利)를 추구하는 도리"란 바로 이렇듯 남과 나의 이해를 저울질해서 균형을 잡는 것이다. 이것이 바로 그가 생각하는 중용이다. 그에 있어서 더불어 이로움을 추구하는 '여인동리(與人同利)'는 '지공의 도'이니 또한 최고의 도덕적 가치다. 선이 여기서 판별되는 것은 물론 의(義)의 개념 또한 여기서 성립되는 것이다.[23]

심대윤이 '욕'을 인간조건으로 이해하고 '이(利)'의 추구'를 옹호한 논리는 인간과 사회에 대한 현실적 인식에 기초한 것이다. 이 기초 위에 세워진 윤

---

23) "利의 속성은 共公으로 추구하면 곧 선이 된다〔利之爲物, 公之則爲善〕."(『論語』里仁篇 '子曰放於利'章의 주석)
　　"利己에 치우치면 利라 하며 남과 함께 누리는 利는 義라 한다. 소인은 利만 알고 義를 알지 못하며 군자는 利를 알아서 義를 취하는 것이다〔偏利己曰利, 與人同利曰義. 小人知利而不知義, 君子知利而取義〕."(같은 책 '子曰君子喩'章의 주석)

리도덕관은 그야말로 현실주의적이며, 공리주의적 특징이 뚜렷하다. 우리의 사상사에서 17세기 초엽 권득기(權得己)란 학자에 의해 공리와 사리를 구분하고 공리는 의(義)로 규정한 학설이 제기된 바 있다.[24] 이(利)와 의(義)를 서로 대척적인 것으로 설정하여 이(利)를 제명처분한 정통논리에 최초로 수정을 가한 것이다. 지금 심대윤이 펼친 이(利)의 사상은 권득기의 공리=의로부터 진전한 경지다. 심대윤이 긍정한 이(利)의 개념 속에 물질적 이익의 의미가 구체적으로 내포되어 있었던가?

> 민(民)의 부(富)에 대한 욕구는 '천'이다. 사람이 하늘을 이기지 못한 것은 오래 전부터의 일이다. 군자도 역시 사람이다. 어찌 사람답지 못한 군자가 있겠는가. (『論語』先進篇 '子曰回也'章의 해석)

공자가 제자 자공(子貢)에 대해 언급한 중에 자공은 화식(貨殖)에 역량이 있었다는 의미의 말이 나온다. 이에 대해 정이(程頤)는 자공이 화식에 종사한 것은 소시(少時)의 일이었고 공자로부터 도를 듣고 나서부터는 전혀 손을 대지 않았다고 변명했다. 심대윤은 "민의 부에 대한 욕구는 '천'이다〔民之欲富天也〕"라는 논리로 군자는 사람답지 못해야만 되는 것이냐고 정이의 소견을 비웃어준 것이다. 그의 사고는 확실히 물질적 부를 인간의 기본욕구로 긍정하는 방향이었다. 그는 통상혜공(通商惠工)으로 부를 이룩하는 일을 바람직한 것으로 사고했는가 하면 나라를 부유하게 하는 일 또한 의지상리(義之常理)라고 말했던 것이다.[25]

심대윤에 있어서 '천(天)'의 개념과 함께 '민(民)'의 개념이 대단히 흥미롭다. "민은 아래에 있는 하늘이요, 천은 위에 있는 하늘이다."[26] 신(神)에 대해서 역시 "민이 신의 주인이라"고 정의한다. 신은 민에게 의지하고 있기 때

---

24) 林熒澤,「晚悔 經學의 연구──『論·孟僭義』를 중심으로」,『道山學報』제2집, 1993: 이 책「권득기의 경학」참조.
25) 『論語』先進篇 '季氏富於周公'章의 해석.
26) "民爲在下之天也, 天爲在上之天也."(『福利全書』明人道名利篇)

문이라는 것이다.[27] 동학의 '인내천(人乃天)'은 인간주의 사상으로 주목받아
온 터이지만, 이 말을 심대윤의 논법으로 바꾸면 '민내천(民乃天)'이 된다.
심대윤에게는 인간주의에다 민중성이 좀더 확실하게 표명되어 있다고 보
겠다. 요컨대 심대윤이 제기한 복리는 다분히 "민의 부에 대한 욕구"의 충족
도에 달려 있는 것으로 보인다.

4. 맺음말

이상 19세기 경학을 서학에 대응하는 성격의 측면에 주의해서 논의해보
았다. 경학에 대한 고찰의 한 방향을 짚어본 데 지나지 못한 것이다. 이제
결론을 대신해서 위에 논의된 내용들이 사상사적으로 어떻게 평가될 수 있
는 것인지 언급해두기로 한다.
정약용의 경우 천=상제의 개념이 문제의 초점이 되고 있다. 성리학에서
는 천의 존재에 이(理)의 개념을 대입해서 이론을 수립했었다. 고대적 천관
에서 종교적·신비적 요소를 소거함으로써 합리론적 사상체계를 갖추게 된
것이다. 이것은 인간정신의 진보를 반영하고 있다. 그런데 정약용에 이르러
서는 도리어 고대적 천관을 부활시켰다. 천관의 복권은 서학이 종교신앙으
로 침투하는 데 대한 이열치열적 대응방식은 되겠지만 사상사적 후퇴가 아
닌가 하는 의문이 제기될 수 있다.
성리학은 주지하듯 천리와 인성을 결부시켜 우주자연과 인간을 연속적
으로 사유하는 데 특징이 있었다. 천지자연의 법칙성과 인간의 도덕률을 혼
동한 것이다. 천에 대체된 '이(理)'의 개념이 집약해서 대변하고 있다. 성리
학에서 '이(理)'는 천지가 생기기 이전부터 존재한 것으로, 영원하며 지존무
대(至尊無對)의 무엇으로 설정되어 있다. 그것은 우주만물의 존재의 근원
인 동시에 펼치면 인간의 도덕률인 삼강(三綱)도 되고 오륜도 된다는 논법

---

27) "民, 神之主也"라 하고서 自註를 붙여 "神依於民, 故曰主也"라고 한 것이다(「記鬼神之
事」, 『福利全書』).

이다. 도학자들이 그토록 중시했던 격물(格物)이 과학적 관찰과는 거리가 멀었던 것은 이 때문이다. 성리학의 천관은 합리론적인 것 같지만 기실 거기서 도출된 이론구조는 과학적 사고를 제약했을 뿐 아니라, 마침내는 인간과 사회의 질곡으로 작용하고 있었다. 그런 까닭에 중국의 계몽사상가 대진(戴震)은 이리살인(以理殺人)이라고 성리학적 '이(理)'를 성토한 바 있다. 정약용 역시 자기의 철학에서 보편자·절대자로서의 '이(理)'는 축출하였다. 그리고 단지 조리(條理, 사물 자체의 구성법칙)의 '이(理)'만 인정한 것이다. 그는 '이(理)'의 권위를 축출해서 허전하게 된 자리에 천=상제를 다시 모셔온 셈이다.

다른 한편으로 고려할 사항이 있다. 당시 동아시아 정치현실에서 천의 존재는 황제의 권위를 장식하는 데 독점된 상태였다. 조선국왕은 천제(天祭) 행사를 치르지 못했던 것이다. 정약용은 인간 개개인의 마음에서 이미 애매해진 천을 일깨우고 진작 빼앗긴 천을 되찾아온 것이다. 천의 의미를 회복한 그의 경학에는 자주적·이성적 인간을 만들어내고자 하는 창조적 의지가 함축되어 있는 것이다.

이 대목에서 눈여겨볼 점이 두 가지 있다. 하나는 정약용의 도덕관이다. 그에게 도(道)는 원리의 차원이 아닌 실천이었다. 윤리도덕은 형이상적(선험적) 원리와 분리된 인간 자신이 영위하는 삶에서 형성되는 것이다. 여기에 '이(理)'의 속박에서 해방된 인간이 자립하는 것이다. 다른 하나는 과학적 사고의 측면이다. 종래 인간을 의혹에 빠뜨렸던 여러 불합리하고 미신적인 사고들을 그가 일체 부정해버렸다는 사실은 잘 알려져 있다. 일식과 월식에 대해 자연현상으로 터득하지 못한 나머지 인사(人事)와 연관지어 항상 외구(畏懼)의 대상으로 삼았는데 그는 그 현상이 나타나는 일시까지 정확히 계산할 수 있다고 말하였다.[28] 천을 신앙의 대상으로 확립한 가운데 과학적 사고가 분리·독립하고 있었던 것이다. 정약용의 사상체계에서 천=

---

28) "혹은 日蝕 月蝕의 현상으로 君王에게 勉戒하기도 한다. 이를 이름하여 災異라 하는데 미리 그 시각을 계산하여 털끝만한 오차도 나지 않거늘 그런 이치가 있겠는가."(『中庸講義』 권1, 장23, 『여유당전서』)

상제는 윤리도덕적 신앙의 대상이다. 천지만물에 대한 인식과는 별개의 사안이 되고 있다. 천을 도덕적 실천의 담보자로 존립시킨 한편에 과학이 개척할 길을 연 것이다.

심대윤에 있어서 복리의 개념은 민중의 행복을 보장하기 위한 민중적 성격을 지니고 있다. '욕(欲)'을 인간조건의 기본으로 긍정하고 '이(利)의 추구'를 옹호한 나머지 "민지욕부(民之欲富)는 천(天)이라"고 역설하고 있는 그의 사상에서 자본주의로 진전할 수 있는 사상의 소박한 형태를 발견하게 된다.

심대윤 경학에 정약용의 영향이 직접적으로 드리워져 있는지는 잘 판명이 되지 않고 있다. 두 사람은 동시대에 가까이서 살았지만 교유할 기회가 있었던 것 같지 않고 서로의 저작을 접했던 사실도 드러나지 않는다. 그렇지만 학적 사고에서 서로 통하고 학설에서 일치하는 면이 적지 않다. 정약용 경학이 갖지 못한 미덕을 심대윤은 (학적 수준과는 별 문제로) 가지고 있다. 그는 좀더 인간조건, 인간현실에 의거해서 사상을 전개한 것이다. 대중성에 강점이 있고 민중의 물질적 욕구를 선명히 대변했다는 점에서 근대성이 뚜렷하다. 심대윤의 학적 위치는 실학파의 계보에 입적시키긴 어렵지만 거기에 기맥이 닿고 있다. 실학의 성격과 관련하여 필자가 했던 발언을 다음에 인용해본다.

15세기 이래 오늘에 이르는 지구촌은 유럽에 의해 주도된 것이 결과적 정황입니다. 20세기를 마감하는 시점에서 더욱 절감하게 됩니다. 동아시아는 서세동점의 조류에 수세로 밀리고 말았던 셈입니다. 그러나 전지구적 변화에 무감각했고 주체적 대응의 노력이 전혀 없었던 것은 아니었습니다. 가령 인도양을 순항해서 아프리카 동북해안에까지 이르렀던 명의 정화(鄭和)는 동세서점의 움직임이었다고 말해도 무방할 듯합니다. 주체적 자아의 각성과 객관적 세계인식을 확고히하고 개혁과 개방의 길을 모색했던 실학은 세계사적으로 보면 서세동점의 조류에 대한 주체적 대응으로 의미부여를 할 수 있지 않나 싶습니다.[29]

실학의 세계사적 성격을 '서세동점의 조류에 대한 주체적 대응'으로 파악
했던 나 자신의 견해를 지금 이 논고는 구체적으로 입증해 보인 셈이다. 그
러나 경학은 우리의 근대학문에서 유감스럽게도 사람의 눈길이 가장 미치
지 않았던 곳이다. 이는 곧 근대학문의 맹점을 가장 선명히 드러낸 현상인
데 한국 근대사회의 문제점과도 무관하지 않으리라 본다. 작금에는 '역사
바로 세우기'로 우리의 눈과 귀가 놀랍다. 역사를 바로잡자는 것은 현실을
바로잡겠다는 의도일 터이다. 역사를 비뚤게 만든 그 인간을 바로잡으려는
반성과 고뇌 없이 '역사 바로 세우기'가 잘될지 적이 의심스럽다.

〈『창작과비평』1996년 봄호〉

추기

학자 심대윤에 대해서는 생애의 구체적 사실들이 거의 밝혀지지 못했는데
나는 근래 그에 관한 몇가지 자료를 얻게 되었다. 심대윤의 산문저작을 엮은
『한중수록(閒中隨錄)』(필사본 2책, 연세대 도서관 소장)과 고려대 도서관 소장의
『복리전서』다. 이들은 진재교(陣在敎) 교수가 정보를 제공한 것이다. 그리고
또 정기우(鄭基雨)의 『운재유고(雲齋遺稿)』의 연보기록이 있다. 이 자료들
을 통해 새로 알게 된 심대윤의 면모를 우선 여기에 간략히 덧붙여둔다.

『한중수록』과 『복리전서』의 책머리에 그 저자의 인적 사항 및 사상적 특징
을 소개한 후인의 기록이 보인다. 『복리전서』에는 "무인(1938년) 5월 정인보
(鄭寅普)"가 쓴 것으로 명기되어 있으며, 『한중수록』의 기록은 누구라고 밝
혀놓지는 않았으나 필체로 미루어 역시 정인보의 것으로 여겨진다. 『복리전
서』에는 "심석교 대윤(沈石橋 大允)"으로, 『한중수록』에는 "심백운(沈白雲)
선생"으로 그를 호칭하고 있다. 『운재유고』에도 "심백운 선생"으로 나와 있
다. 심대윤의 호는 백운 혹은 석교이며, 소론가에서 '심백운 선생'으로 일컬음

---

29) 1994년 10월 일본 동아시아 실학연구회 주최 국제학술회의에서 필자가 발표했던 「실학자
들의 일본관과 실학」; 이 책 196면 참고.

을 받았던 것 같다.

『한중수록』에 「치목반기(治木槃記)」란 글이 있다. 두 동생과 함께 생계를 위해 상 만드는 공방을 운영한 체험을 술회한 내용이다. "지금 나는 돈이 없으니 장사도 할 수 없고 논밭이 없으니 농사도 지을 수 없다" 하고서 목반(木槃, 반상) 만들기는 비록 장인의 천한 일이어서 육체는 수고롭지만 마음이 한가로워 경사(經史)를 토론하고 정미한 의미를 탐구하는 것이 가능하다는 것이다. 심대윤은 가내수공업으로 삶의 기본조건을 해결하면서 학문연구를 계속했음을 알려주고 있다.

그가 공방을 차린 곳은 안성이었다. 안성의 가곡(佳谷)이란 곳에 시골집이 있었는데 읍내에 공방을 내면서 가곡의 동생을 나오도록 했다 한다. 정기우의 연보에 의하면 "심백운 선생을 안성 동리(東里)로 찾아갔"는데 그때 심선생은 "약을 팔며 은거한[賣藥而隱]" 것으로 되어 있다. 앞의 「치목반기」를 쓴 연도는 1845년이며, 뒤의 정기우가 그를 심방한 해는 1852년이었다. 그 몇년 사이에 그의 생계수단이 목반 공방에서 매약업(賣藥業)으로 바뀐 모양이다. 그리고 그는 본디 서울 사람으로서 안성 땅에 인연이 있어 40대 이후로 안성읍에서 생계를 영위했던 것이다.

안성은 당시 수공업이 발달했고 교역이 성행하던 곳이었다. 「옥갑야화」의 허생이 변부자로부터 사업자금을 융자받자 제일 먼저 안성으로 내려간 것도 이런 까닭이었다. 심대윤은 정치적으로 억압을 당했던 가계의 출신으로 생활현실이 상공업의 중심에 들어 있었다. 이런 생활현실에 비추어 그의 특이한 학문과 사상을 해석해보는 일은 흥미로운 과제가 아닐 수 없겠다. 『운재유고』의 연보에서는 "선생은 문장 식견이 천고에 빼어나 (…) 고경(古經)과 부합되지 않는 것이 많았다" 하고 그 인품에 대해서는 "오항(傲亢)하여 사람들과 접촉이 드물었다"고 전하고 있다. 정인보가 남긴 기록을 보면 "경서에 관한 저작이 근 1백 권인데 정·주와 어긋나서 이 때문에 세상에 행하지 못하고 있다" 했으며, 또 "그의 학설은 대진(戴震)과 가까운데 굉사(閎肆)하기로는 그보다 낫다" 하고 삼한경학(三韓經學)의 빛나는 성과로 평가하였다. 〈1999〉

제3부

문예사의 지평으로부터 사회·정치·미학

18세기 예술사의 시각

「柳遇春傳」의 분석

1.「柳遇春傳」에서 예술사적인 문제

「유우춘전」은 해금을 켜는 한 악사의 이야기를 엮은 단편이다.

작중 인물 유우춘은 사람들로부터 '유우춘 해금'이라는 칭호를 들었던 것으로 되어 있다. '유우춘 해금'과 함께 '철의 거문고〔鐵之琴〕' '안의 젓대〔安之笛〕' '동의 장구〔東之腰鼓〕' '복의 피리〔卜之觱篥〕' 등이 당시 서울에서 유명했다 하는데, 이들은 대개 직업적인 악사로 활동하여 각기 하나의 기예(技藝)로 일세를 독보(獨步)하는 명성을 획득했던 모양이다.

기예가 더욱 나아갈수록 사람들은 알아주지를 못한다〔技益進而人不知〕.

우리의 주인공 유우춘의 발언이다. 예(藝)의 경지가 높아가는데 반대로 사람들 즉 고객들로부터 이해를 받지 못한다는 소외의식에서 창조주체로서의 '나'에 대한 각성을 발견하게 된다. 단현(斷絃)이라는 문자가 벌써 아득한 옛날부터 쓰였던 터이므로, 물론 지음(知音)을 얻지 못한 갈등 그 자체를 신기하게 여길 것은 아니다. 다만 유우춘의 경우는, 그 출신이 인간으로서의 자존심을 갖기 어려웠던 미천한 신분인데다, 그 소외의식이 도시의 연예(演藝)활동으로 자기의 예능을 고객에게 파는 관계로부터 발생한 것이라는 면에서 자못 특이한 바 있다. 이 작품은 이렇게 끝을 맺는다.

우춘이 말한 '기예가 더욱 나아갈수록 사람들은 알아주지를 못한다'는 것은 어찌 유독 해금에서만 그치겠는가?

작자 유득공(柳得恭)은 유우춘의 고민에 깊이 공감하면서 경지가 높아갈수록 도리어 사람들의 공감을 얻지 못하는 현상을 당시의 예술 내지 지식 일반의 문제로 던지고 있다. 유우춘이라는 인물의 상(像)은 그 시대 창조적 인간의 고뇌를 대변한 하나의 전형으로 그려진 셈이다.

전(傳) 양식으로 씌어진 이 한편의 글은 소설로 보아도 흥미로운 작품일 뿐 아니라, 우리에게 귀중한 예술사의 시야(視野)를 열어주고 있다. 주지하는바, 유교국가에 있어서 음악은 귀신을 격(格)하게 하고, 군신(君臣)을 화(和)하게 하며, 백성을 교화하고 풍속을 아름답게 이끄는 것으로 존재의의를 가졌다. 조선왕조는 이 관념을 제도상에 반영시켰던 것도 사실이다.[1] 그럼에도 음악의 기능은 사실상 저 상민·천예 따위에게 고달픈 역(役)의 일종으로 부과되어 있었다(종래 음악에 종사하는 일을 몹시 천시했던 것도 주로 이 때문이었다). 자기네의 생활정서와는 전혀 동떨어진, 그것도 '고역(苦役)'으로 하게 되는 마당에 무슨 감흥과 열정이 일어날 것인가. 그런데 「유우춘전」에 묘사된 음악의 존재형태는, 이러한 제례적(祭禮的)·교화적(教化的)·예속적(隷屬的)인 성격으로부터 사뭇 달라진 것으로 생각된다. 유우춘이 수행한 연예활동은 이조의 전형적인 체제 아래서는 도출하기 어려운 양상이며, 더욱이 예술창조의 주체적 실현을 위해서 고민하는 유우춘의 얼굴은 역사상에 새로운 상(像)으로 뚜렷이 떠오른다.

「유우춘전」의 배경 시대인 18세기 후반(英正朝)의 학풍 및 예술의 경향에 대해서 특별히 '새로운'이란 말이 붙여지고 있다. 한국역사상 최대의 학

---

1) 鄭道傳은 『朝鮮經國典』의 禮典, 樂條에서, "樂者, 本於性情之正而發於聲之之備. 宗廟之樂, 所以美祖考之盛德; 朝廷之樂, 所以極君臣之莊敬, 以至鄉黨閭門, 莫不因其事而作焉. 故幽則祖考格, 明則君臣和, 推之鄉黨邦國, 而化行成美, 樂之效, 深矣哉"(『三峯集』 권7, 국사편찬위원회판, 226면)라고 했다.

자 다산(茶山), 최대의 작가 연암(燕巖), 그리고 위대한 화가 겸재(謙齋), 단원(檀園) 등이 등장한 시대로서, 우리는 이들이 이룩해놓은 지적·미적인 세계에서 창조의 참신과 열정에 경악하고 감복하는 것이 사실이다. 그러나 유독 음악 부문에서는 지금까지 이렇다 하게 새로운 경향이 지적된 바 없었고, 따라서 관심이 별로 미치지 않았던 것 같다. 당시 음악은 시대의 활발한 움직임에 호흡이 통하지 못했던가? 정황(情況)이 결코 그렇지 않았음은 지금 「유우춘전」에서 확인하는 터이다.

이 작품 내용의 해석을 통해서 18세기 예술사의 새로운 국면을 전망할 수도 있을 것이다. 다시 말하면, 「유우춘전」에 대한 심도있는 분석이 여기서 필자가 일차적으로 노리는 바이지만, 또한 그것이 곧 예술사의 문제에 대한 접근으로 되기를 기대한다.

나는 이 주제를 다루어나가는 데 나름으로 유의한 바가 있다. 하나는 총체적인 시각이다. 전체를 전망하면서 부분을 관찰하여 가지와 잎만 보고 숲을 못 보는 어리석음을 범하지 말아야 함은 물론, 꽃이 피고 새가 우는 현상을 따로따로가 아니라 근원적으로 통찰해야 할 것이다. 음악사의 문제를 주제넘게 넘보는 것은 작품해석상 불가피하였지만, 문학이나 음악을 한 역사지평 위인 문화운동으로 파악하고 문학사와 예술사를 꿰뚫는 시야를 열어보려는 뜻도 있다. 다음은 창조주체의 인간적 현실에 즉(卽)해서 보고자 한 것이다. 예술은 '사회적 동물'이 만들고 즐기는 것이므로, 학문이나 이론도 거기에 관여된 인간들의 생활사정이 고려되고 그들의 희로애락에 통할 필요가 당연히 있다.

이러한 시각으로 18세기 예술사를 한번 바라보고자 하는데, 결국 저도 모르는 내용을 많이 아는 체한 꼴이 되는 듯하다. 음악에 대해서 문헌자료를 들어 이러니저러니하면서도 실은 나 자신이 실지로 듣고 느끼지 못함이 아쉽고 불안하다. 문외한의 무지를 드러낸 곳도 없지 않을 것이다. 널리 비판과 교시를 구하여 마지않는다.

2. 18세기 서울의 예능인들

종전의 악공(樂工)·악생(樂生) 들의 처지

이조국가는 음악의 전문기능을 담당한 부류로 장악원(掌樂院)에 악공·악생 등을 두었다. 법전의 규정을 보면 "아악(雅樂)은 좌방(左坊)에 속하고 악사(樂師) 2인, 악생(樂生) 297인이며 모두 양인(良人)으로 충원한다. 속악(俗樂)은 우방(右坊)에 속하고 악사 2인, 악공 518인, 가동(歌童) 10인이며 모두 공천(公賤)으로 충원한다(良人이 속하기를 원하면 들어줌——원주)"고 하였다. 이것은 『경국대전(經國大典)』의 원 규정인데 『속대전(續大典)』에서 "좌방의 악생은 195인, 우방의 악공은 441인"으로 정원이 각각 축소조정되고 있다.[2]

제례(祭禮)·연향(燕享)의 궁정적·국가적 수용(需用)의 음악을 아악과 속악으로 양분해서 아악은 양인에서 징발하는 악생이, 속악은 천인(賤人)에서 징발하는 악공이 전담토록 했던 것이다(아악은 고래의 악이며, 이에 대해서 속악은 후대의 악인 唐樂과 鄕樂이라 한다). '양인의 역'인 악생과 '천인의 역'인 악공은 대개 여러 도(경상·전라·충청·경기·강원·황해의 여섯 개 도)의 주현에서 선상(選上)하게 되어 있었다. 즉 악생 또는 악공으로 이름이 매인 자들을 일정기간 장악원에서 불러들여 입역(立役)의 형식으로 습악(習樂)·공직(供職)시켰던 것이다. 군역(軍役)의 번상(番上)과 같은 식이다. 상번(上番) 군사에게 보인(保人)이 붙여지듯, 입역하는 악공에게는 하나 앞에 2명의 봉족(奉足)이 붙어, 봉족이 납부하는 포(布)를 급료로 받는다. 그러나 그들에게 주어지는 보수——보포(保布)로는 최소한의 생계도 불가능했다. 악공·악생의 역은 일반 백성들이 지던 어떤 역보다도 '최고역(最苦役)'으로 지목되었던 것이다.

여기서 특히 18세기를 전후한 시대에 악공 및 악생들이 놓여진 상황에

---

2) 『大典會通』「禮典」雅俗樂條.

대해서 좀더 구체적으로 살펴보려 한다. 유우춘의 앞 시대를 산 음악 전문인들의 처지——그네들의 인간으로서의 생의 현실과 생의 갈등을 알아보는 것이 필요하겠기 때문이다.

먼저 악공들이 호소하는 말을 직접 들어보기로 한다. 현종 1년(1660)에 우방(右坊) 전악(典樂) 임허롱(林許弄)과 악공 이몽술(李夢述) 등 6인이 연명(聯名) 소지(所志)한 내용이다.

악공·악생의 역은 백 가지 역 중에서 가장 괴롭기에 사람들이 모두 싫어 피하옵거든, 저희들은 먼 시골 사람으로 어릴 때 부모를 버리고 상경하여, 거접할 곳도 없이 겨우 태평관(太平館) 공터와 왜관(倭館) 공터를 얻어 움막을 치고 살아가옵거니와, 대개 악공·악생 들은 고역이라 가호잡역(家戶雜役)의 물침사(勿侵事)를 한가지로 포수(砲手)의 예에 의하옵거늘, 저희들은 거처하는 곳이 예빈시(禮賓寺) 소속이라 매년 지세(地稅)를 독책하옵는바, 극히 민망하올 뿐 아니라, 포수는 달마다 요(料)를 지급하고 또 삼보(三保)의 가포(價布)를 차하(上下, 지급한다는 뜻의 이두어——인용자)하시어도(포수에게는 保人 3명분의 布를 지불하고 있다는 뜻——인용자) 수세를 아니하옵거든, 저희들은 한 달에 다만 오승목(五升木, 닷새 무명베——인용자) 1필을 지급하여 근근히 연명하옵거늘 또 수세의 일로 침해를 받아 더욱 민망하오므로 정상을 살피시와 한결같이 포수의 예에 따라 수세로 침해하는 일이 없도록……[3]

문맥이 소명하지 못하지만, 요컨대 자기네들이 현재 당하고 있는 민망한

---

3) "右坊典樂林許弄, 樂工李夢述·金東進·金愛龍·金瑟, 樂生吳好善等, 聯名所志內, 樂工樂生之役, 百役之中最苦乙仍于, 人皆厭避爲白去乎, 矣徒等, 自兒時遐方之人, 以棄父母上京, 元無止接處, 僅得太平館空代.倭館空代, 起幕居生爲白在果, 大槩, 樂工樂生等苦役是如, 家戶雜役, 勿侵事, 一依砲手例爲白去乙, 矣徒等, 所居處禮賓寺所屬是如, 每年地稅督捧爲白臥乎, 所極爲悶望叱分不喩, 砲手則逐朔給料, 又給三保價布上下是白良置, 收稅勿捧爲白去乎, 矣徒等 一朔良中, 只給五升木一疋, 連命僅僅爲白去乙, 又侵收稅之事, 加于悶望爲白良尒, 情由參商, 一依砲手例, 收稅勿侵事……"(「樂掌謄錄」, 庚子 二月二十九日條——顯宗 元年, 1660년)

「樂掌謄錄」의 연구와 역주로는 宋芳松 교수의『樂掌謄錄研究』(『民族文化叢書』 8, 영남대 1980)가 있다.

정상을 살펴 개선해달라는 간청이다. 요구사항은 대개 두 가지다. 하나는 자기네들은 고향을 버리고 서울로 올라와 거처할 집도 없어 예빈시 소속의 태평관과 왜관이 있었던 공터에다 움막을 치고 사는데, 예빈시에서 독책하는 지세를 면제해달라는 것이다. 나른 하나는 자기늘은 매월 무명베 1필을 급료로 받아서 근근히 연명하고 있으니 수세(收稅, 여기서는 家戶雜役에 해당하는 것인 듯)의 침해에서 벗어나게 해달라는 것이다. 생활상의 기본적인 사항이었다. 그네들은 포수(砲手, 군역의 일종이다)의 처지를 한껏 부러워하여 포수의 처우에 준하는 선을 최고의 요구조건으로 내세우고 있는 것이다.

악공·악생 등은 의식주의 곤궁을 다소간 해결하기 위해서 이와같이 연명으로 호소와 애원을 당로에 종종 제출하고 있다. 그 내용은 정해진 보수나마 받게 해달라(보인의 逋亡으로 인해서 얼마 안 되는 料布도 못 받는 경우가 많았음), 잡역의 동원에서 빼달라, 복호(復戶)를 받도록 조처해달라 등등 그네들 신상에 가해진 절박한 문제였다.

이들의 고통은 인신(人身)이 악공 내지 악생이라는 역에 편성된 데 기인한 것이다. 특수한 사정이다. 그러나 이 특수한 사정은 봉건적 체제하의 민인(民人)이 당하는 보편적 상황의 일부이다. 모든 민인은 국가에 의한 노동력 내지 기능의 직접적 수취형태인 국역(國役)에 편성되었던바, 악공·악생도 그 일종에 다른 것이 아니다. 여기에 유의할 점이 있다. 편고(偏苦, 지나치게 고역이라는 의미)의 모순을 들어서 지배층 앞에 완화해달라고 요구할 만큼, 그들은 어쨌건 자기 주장으로 말발을 세웠다. 아무리 억울함을 겪어도 감히 입을 열지 못한 것이 당시 백성의 처지였다. '관가에 잡혀온 닭'이란 다름아닌 일반 백성의 꼴을 두고 이른 말이었다.

악공 등의 주장은 위에서 본 바와 같은 생활상의 기본적인 요구로부터 한걸음 나아가고 있었다. 악공 김중립(金仲立) 등 67인이 국왕 앞으로 글을 올린 바 있다. 경종 3년(1723)의 일이다.

이원(梨園) 악공 400여명은 모두 외방(外方)의 민생으로 어버이를 떠나 고향을 버리고 한번 상경한 이후 궁(宮)·상(商)·각(角)·치(徵)·우(羽) 오음(五音) 육률(六律)을 어려서 배워 이원의 매달 6차의 취재(取才)와 제천(祭天)·제지(祭地)·종사(宗社) 이하 각양의 의례에 십이육육(十二六六, 각종 음악의 연주를 가리킴——인용자)을 빠짐없이 봉진(奉進)하여 절차를 어김이 없으되 생계를 삼는 바는 단지 한달에 1필의 포뿐이라, 고로 저희들이 비록 식소지탄(食少之歎)이 있어도 입 밖에 내지 않고 주림을 참고 복사(服事)하는 형편은 조가(朝家)의 통촉하옵는 바일 뿐 아니라, 신지(神祇)의 감림(鑑臨)하시는 바입니다.[4]

이처럼 궁핍을 참아가며 악(樂)의 재능으로 봉사하고 있음을 강조하면서,

저희들 악공의 역은 본래 공천(公賤)에서 초택입정(抄擇入定)하는데 기왕 정해진 다음 겸해서 고품(高品)의 녹과(祿窠)가 부여되었으니 곧 양민이오며, 또 양가(良加)의 은전(恩典)을 입었으니 법도에 비추어 결코 공천으로 침해받을 수 없삽거늘 장예원(掌隸院)에서 법식을 외면하고 천안(賤案)에서 빼지 않아 점고(點考)할 때 추쇄(推刷)를 하니 이 어찌 몹시 원통하지 않으리까.[5]

하고 노비 신분에서 벗어나게 해달라고 호소하기에 이른다. 신분의 해방을 제기했다는 점에서 요구사항의 차원이 달라진 것이다. 그만큼 그들의 의식이 향상되었다고 볼 수 있다. 이에 대해 정부에서는 추쇄는 면제해주면서도 정작 면천은 용납하지 않는다.[6] 지배층은 그들의 신분상의 요구는 받아들

---

4) "掌樂院樂工金仲立等, 六十七人, 上言內 (…) 梨園樂工四百餘人, 皆以外方民生, 離親去鄕, 一自上京之後, 宮商角徵羽五音六律, 幼而學之, 梨園之一朔, 六次取才, 祭天祀地, 宗社以下, 各樣儀禮, 十二六六, 莫不奏進, 無違節次, 而所以爲食者, 只是一朔單疋之布, 故臣矣徒等, 雖有食少之歎, 不敢出口忍飢服事之狀, 非特朝家之所洞燭, 而抑亦神祇之所鑑臨耳."(「樂掌謄錄」, 癸卯 三月二十五日條——景宗 3년, 1723년)
5) "臣矣徒等, 樂工之役, 本自公賤抄擇入定, 而旣定之後, 兼付高品祿窠, 則便是良人白乎旀, 又蒙良加恩典, 則其在法度, 決不可以公賤侵是白去乙, 掌隸院之不有法式, 勿漏於賤案, 推刷於點考之時者, 豈非冤痛之甚者哉!"(같은 곳)

18세기 예술사의 시각 233

이지 않은 것이다.

그들이 이처럼 제법 당당하게 나올 수 있었던 것은 자신들이 담당하는 기능에 나름으로 자부심을 가졌기 때문이었다. 지배층 역시 고도의 숙련을 필요로 하는 재능을 사역시키기 위해서는 먹고사는 데 관련된 불평을 다소간 해소해주어야 했다. 그래서 그들의 생활상의 간절한 요구만은 대개 들어주는 방향을 취했던 것이다. 그러나 그들을 독립적인 인격체로 예술적인 재능을 발휘하도록 놓아주지는 않았다. 실은 또 그들 자신이 자유로운 창조의 주체로서 자기를 명확히 의식하지도 못했다.

그들은 예속성을 탈피하지 못한 채 세습적인 기능으로 안주하게 되었다. 장악원이 이조국가의 체제와 함께 제도적으로 존속하여, 악공 등은 오직 퇴화된 기능을 행사했을 뿐이다. 성호(星湖) 이익(李瀷)과 같이 높은 식견을 지닌 학자는 장악원이 누습(陋習)의 고식으로 전혀 변통할 줄 모르는 현상을 통렬히 지적한 바 있었다.[7] 장악원의 전통에서는 창조적인 발전을 기대하기 어려웠다.

도시적 음악──세악(細樂)·줄풍류

「유우춘전」에 서기공(徐旂公)이란 인물의 입을 통해 그 당시 음악의 계통을 해설한 대목이 보인다.

나라의 두 악(樂)은 하나를 아악, 다른 하나를 속악이라 한다. 아악은 옛날 음악이고 속악은 후대의 음악인데, 사직(社稷)·문묘(文廟)에서는 아악을 쓰고 있으며, 종묘(宗廟)에서는 속악을 참용(參用)하고 있다. 이것이 이원법부(梨園法部)이다.

---

6) 金仲立 등의 청원에 대해 당국에서 왕에게 "其矣等所願免賤, 不可許施是白乎, 乃只以推刷點考叱分, 斟酌許免, 似合事宜, 以此施行何如?"로 啓하여 依允을 받았다.(같은 곳)

7) "吾友李來慶, 多藝善彈琴, 宰相薦其知音, 判掌樂院事, 造石磬. 旣役竣, 寄余書曰: '吾旣寡知, 而所知亦不能施措. 只得從工師之言, 其奈世何哉.' 余聞而歎曰: '此奚獨樂律哉? 循習旣痼, 耳目日久, 無論觚之不觚, 一欲變動, 群起而譁之, 淺近猶然, 況其深遠耶.'"(樂律條,『星湖僿說』, 慶熙出版社版 上, 239~40면)

이원법부란 다름아닌 장악원의 별칭이다. 당시 장악원이 관장하는 아악과 속악에 대해서 별도로 세악(細樂)이란 것이 있었다.

군문(軍門)에 있어서는 세악이라고 부르는바, 용맹을 돋우고 개가를 울림으로부터 완만·미묘한 소리에 이르기까지 구비하지 않음이 없어, 유연(遊宴)에서 이것이 쓰인다. 여기에서 '철(鐵)의 거문고' '안(安)의 젓대' '동(東)의 장구' '복(卜)의 피리'가 나왔는데 유우춘과 호궁기(扈宮其)는 나란히 해금으로 명성을 얻고 있다.

장악원의 전통음악이 제례악으로 쓰임이 한정되어 있는 반면, 군문에서 발달한 세악은 일반의 놀이와 연회로 전용되어 개방적이라는 것이다. 세악은 다양한 음악성으로 사람들을 잡아끌기 때문이라 한다. 그리고 우리가 주목하고 있는 '해금의 유우춘'이 '철의 거문고' '안의 젓대' 등과 함께 바로 이 세악에서 일세를 독보하는 존재로 부상되었음을 지적하였다.

원래 오군영(五軍營)에 각기 군악이 배속되어 있었는데, 그중에서도 용호영(龍虎營)의 악대가 시중의 놀이마당이나 연회석에서 특히 두각을 드러냈던 모양이다.

성대중(成大中, 1732~1812)이 지은 「개수(丐帥)」라는 작품을 보면 용호영의 악이 오군영 중에 으뜸으로 꼽혔던바 그 악대의 우두머리격인 이패두(李牌頭)란 자가 성격이 호탕해서 서울 성중의 기생들을 손아귀에 넣고 상하의 연회에 불리어다니는 것으로 되어 있다. 사람들이 용호영의 악을 잡히는 것을 큰 자랑으로 삼고, 초치하지 못하면 수치로 여길 정도라는 것이다. 배경이 된 시대는 영조 36년(1760)이다.[8]

용호영은 바로 유우춘이 소속되어 있던 곳이다. 용호영의 편제에 세악

---

8) "英廟庚辰, 大稔, 上命中外, 設宴以娛. 龍虎營樂, 冠於五營. 有李姓者爲之首, 號曰牌頭, 素以豪擧稱, 都下倡妓, 皆附焉. 時酒禁方嚴, 上下宴, 專以妓樂相尙, 得龍虎營樂者爲雋, 不得者以爲恥."(「丐帥」,『李朝漢文短篇集』下, 일조각 1978, 385면)

수는 26명(패두牌頭 1명, 내취內吹 10명 포함)이다. 유우춘은 해금을 담당한 세악수였을 것이다.

세악이란 사전적인 풀이에 의하면 취타(吹打)가 아닌 장구·북·피리·해금 같은 악기로 연주하는 군악을 이름이다. 당시 군악은 '취타'와 '세악'으로 편제되었던 모양이니, 군액(軍額)에도 취고수(吹鼓[打]手)와 세악수(細樂手)가 따로 배정되어 있었다.[9] 그런데 음악의 계통을 설명할 때 '취타'에 대해서는 왜 일언반구도 언급이 없는가? 필자는 이에 대한 확답을 자료상에서 발견하지 못했지만, 추측컨대 '취타'는 일반의 연회악(宴會樂)으로 합당하지 못했기 때문에 전혀 거론할 필요가 없었던 것이 아닌가 한다.

> 운종가를 북으로, 광통교 서편
> 부호의 밤놀이는 촛불도 나란히
> 세세(細細) 삼현(三絃)에 가곡보(歌曲譜)
> 방중의 악[房中之樂]을 달빛 아래 펼친다.

> 雲從家北廣通西, 富屋宵遊秉燭齊.
> 細細三絃歌曲譜, 房中之樂月中携.

유만공(柳晩恭)의 『세시풍요(歲時風謠)』에서 정월 대보름 밤 서울의 여항 풍속을 묘사한 대목이다. 이 시편에 "중촌야회를 촉유라 함[中村夜會曰燭遊]" "세악을 삼현이라 함[細樂曰三絃]"이라는 원주(原註)가 보인다. 운종가(雲從街, 종각의 서쪽 거리)와 광통교(지금의 광교)를 끼고 있는 지역에 위치한 중촌(中村, 中人들의 거주지)의 부호들이 대보름 달밤에 '촉유'를 벌여 세악=삼현을 잡히고 흥겹게 노니는 장면이다. 세악은 삼현과 동일시되었던 만큼, 군진(軍陣)의 악이라기보다 아주 유흥적·오락적인 것으로 생각되기에 이르렀다.

---

9) 『龍虎營事例』 軍額條에 "吹鼓手三十九名內, 書字的一, 牌頭一, 劊刺手一" "細樂手二十五名內, 牌頭一, 兼內吹十"으로 나와 있다.

당시 서울에는 상하 각층의 모임과 놀이에 명목도 갖가지였다. 앞에서 본 '중촌의 촉유'가 있었는가 하면, 일반 연석(宴席, 잔치)을 가리켜 배반(杯盤)이라 했으니 역시 『세시풍요』에서

'배반(杯盤)'이 난만한 곳에 밤은 얼마나 깊었는고?
편가(篇歌)의 곡이 파하자 잡가의 변조로 들어간다.
고조(古調)의 춘면곡(春眠曲)은 지금 부르지 않으니
황계사(黃鷄詞) 오열하고 백구가(白鷗歌)는 어지럽다.

杯盤爛處夜如何, 曲罷篇歌變雜歌.
古調春眠今不唱, 黃鷄鳴咽白鷗哇.

라고 한 것은 풍류로 질탕한 연회석이다. 여기에도 "배반이란 연석(宴席)이다" "가곡일통(歌曲一通)을 편(篇)이라 한다"는 원주가 달려 있다. '가곡'이란 사대부의 점잖은 가사이며, '잡가'란 흔히 '십이잡가(十二雜歌, 위의 春眠曲·黃鷄詞·白鷗歌 등이 그것임)' 혹은 십이가사로 칭해지는 것이다. '십이잡가'가 여항의 노래로서 새로 유행하던 사정을 이 시에서 여실히 보게 된다.[10]

이밖에 근교 승경처(勝景處)의 철따라 노니는, 이름하여 '화전놀이'니 '단풍구경'이니 하는 것들을 빼놓을 수 없다.

---

10) 위의 인용한 시에서 잡가 중의 古調 春眠曲이 지금은 불리지 않는 것으로 지적되어 있다. 고조 춘면곡은 어떤 것인지 궁금하다. 李夏坤이 1722년 11월 전라도 지방을 여행하고 남긴 「南遊錄」에 춘면곡에 관한 기록이 보인다. 그가 강진 땅의 병영에 들렀을 때 "노래를 잘하는 자가 마침 와서 자리를 내주고 부르게 했다"는 것이다(『頭陀草』下, 695면). 춘면곡은 "강진의 진사 李喜徵이 지은 것인데 그 소리가 매우 애달퍼서 듣는 이들이 눈물을 흘리는 데 이르렀다"고 쓰고 있다. 이어 "남도 사람들은 또한 일컬어 時調別曲이라 한다"는 언급까지 달아놓았다. 춘면곡의 작자로 밝혀진 李喜徵은 원주 이씨인데 풍수로서 이름난 李懿信의 5대손이며 생년이 1647년이고, 1673년에 생원시에 합격한 인물이다. 「南遊錄」은 춘면곡을 매우 애달픈 소리로 증언하고 있다. 그런데 『靑丘永言』에 수록되어 현전하는 춘면곡은 눈물을 흘릴 내용으로 보기에는 거리가 있다. '고조 춘면곡'이란 이희징이 지은 것이며, 현전하는 춘면곡은 그와 다른 것이 아닌가 싶기도 하다. 時調別曲이라 일컬었다는 점과도 연관한 고찰이 요망되는 것이다.

노래같이 좋고 좋은 줄을 벗님네 아돗든가

춘화류(春花柳)·하청풍(夏淸風)·추명월(秋明月)·동설경(冬雪景)

필운(弼雲) 소격(昭格) 탕춘대(蕩春臺)와 한북(漢北) 승경처에

주효 난만한듸 좋은 벗 갖은 해적(稽笛, 해금·젓대——인용자)

아름다운 아모가히(아무개——인용자) 제일 명창들이

차례로 벌여 앉아 엇결여 부를 쩍에

중한닙 삭대엽(數大葉)은 요순우탕(堯舜禹湯) 문무(文武) 같고

후정화(後庭花) 낙시조(樂時調)는 한당송(漢唐宋)이 되였는듸

소용(搔聳)이 편악(編樂)은 전국(戰國)이 되야이셔

도창검술(刀槍劍術)이 각자 등양(騰揚)하야

관현성(管絃聲)에 어리였다.[11]

『해동가요(海東歌謠)』의 편자로 유명한 김수장(金壽長, 1690~?)의 작품
이다. 사설시조 특유의 어법으로 여항인들의 향락적·소비적인 생활기분을
표현한 것이다. 인왕산 기슭의 필운대, 북악산 기슭의 소격동, 세검정 골짜
기의 탕춘대 및 한강변의 경치가 빼어난 걷곡이며 정자로 계절의 감각을
좇는 무리들의 발길이 이르렀던바, 이때 '좋은 벗의 갖은 해적'과 '아름다운
명창들'을 필히 대동했음을 보게 된다. 김수장은 또 다른 사설시조에서 이
런 모양의 행차를 "명기가반(名妓歌伴) 기회(期會)하야 세악을 전도(前導)
하고"라 쓰고 있다.[12] 사죽(絲竹, 管絃樂)의 반주로 가무(歌舞)를 벌이는 판
인 것이다. 이때 세악은 '좋은 벗 갖은 해적'이란 표현대로 해금·젓대 등속
으로 관현의 반(伴)을 이루어, 무기(舞妓)·가객(歌客)과 어울려 연예행각
을 벌인 사실이 우리의 시선을 끈다.

　정내교(鄭來僑)가 쓴 「청구영언서(靑丘永言序)」에 노래를 잘하는 김천
택(金天澤)과 거문고를 잘 타는 김성기(金聖器)가 '아양지계(峨洋之契)'를

11) 『海東歌謠』, 正音社 1950, 116면.
12) 같은 책, 120면.

맺어 김사(金師)가 거문고를 잡고 이숙(履叔, 김천택의 字)이 맞추어 노래를 부르면 이 양군의 기(技)는 가위 묘절일세(妙絶一世)라고 했다. 정내교 자신도 심기가 울적할 때에는 이들을 불러서 막힌 마음을 풀었다고 한다.[13] 가객 김천택과 금사(琴師) 김성기 사이의 '아양지계'란 그냥 절친한 친구로 그치지 않고 마치 지금의 보컬그룹 같은 예능활동의 동반적 관계였을 것이다.

다른 사례로서 이세춘(李世春) 그룹을 들어보자. 국문학에서 시조란 용어와 관련해서 거론되는 그인데, 시인 석북(石北, 申光洙, 1712~75)으로부터 "당세의 가호 이세춘은 10년 동안 한양 사람들을 쏠리게 했다[當世歌豪李世春, 十年傾倒漢陽人]"[14]는 찬사를 받았던 일대의 가객이다. 이 그룹은 가객 이세춘과 금객(琴客) 김철석(金哲石), 기(妓) 추월(秋月), 계섬(桂蟾), 매월(梅月) 등으로 구성되어 '금가지반(琴歌之件)'을 이루었던 것이다. 금객 김철석은 바로 '철(鐵)의 거문고'와 동일인인 것 같다. 연암의 「서광문전후(書廣文傳後)」에 광문이 역모사건에 연루되어 서울로 잡혀왔다가 석방된 다음, 시정 부류인 표망동(表望同)과 만나 이런저런 이야기를 주고받는 가운데 광문의 옛 친구 '철돌(鐵突)' 형제가 시방 거문고로 이름을 떨친다는 말이 나온다.[15] '철돌(鐵突)'은 '쇠돌'의 차자식(借字式) 표기이며, 경우에 따라 '철석(哲石)'으로 바꾸어 쓰기도 한 것일 것이다. 광문이 역모에 연루된 것은 실제 사실이었던바, 영조 40년(1764) 4월에 일어난 일이다.[16] 따라서 이들 그룹의 예능활동의 시기는 18세기 후반인 영조 말년으로 추정되는 것

---

13) "履叔旣善歌, 能自爲新聲, 又與善琴者金聖器, 托爲峨洋之契. 金師操琴, 履叔和而歌, 其聲瀏瀏然有可以動鬼神·發陽和, 二君之技, 可謂妙絶一世矣. 余嘗幽憂有疾, 無可娛懷者, 履叔其必與金樂師來, 取此詞歌之, 使我一聽而得洩其湮鬱也."(『青丘永言』, 周王山校訂本, 1946, 8면)

14) 「贈歌者李應泰」, 『石北集』 권5, 『崇文聯芳集』, 123면. 이 詩題로 보아 李世春의 본명은 應泰인 것으로 생각된다.

15) "曰: '朝日尙古堂, 遣人勞我, 聞移家圓嶠下, 堂前有碧梧桐樹, 常自煮茗其下, 使鐵突鼓琴.' 曰: 鐵突昆弟方擅名.' 曰: '然. 此金鼎七兒也, 吾與其父善."(「書廣文傳後」, 『燕巖集』, 慶熙出版社版, 118면. 강조는 인용자. 이하 같음)

16) 「罪人太丁等推案」, 『推案及鞫案』 22, 亞細亞文化社 1979, 694~96면; 『朝鮮王朝實錄』 44, 英祖 40년 4월, 164면.

이다.[17]

이 '금가지반'의 예능활동은 강담사(講談師)들의 입에서 이야기로 꾸며지게 된바, 「풍류(風流)」와 「회상(回想)」이란 한문단편은 이들의 활동을 테마로 삼은 작품이다. 「풍류」는 심용(沈鏞, 1711~88)이란 인물이 패트런으로서 이들의 예능생활을 비호해준 내용이다. "심공에게 청하지 않고는 장안에서 연유(宴遊)를 마련할 수 없다" 할 정도로 심용의 영향력이 대단했던 모양이다. 그가 세상을 떠나자 '금가지반'은 그의 무덤 앞에서 "우리들은 평생 심공의 풍류 중의 사람이었고 심공은 우리의 지기(知己)요 지음(知音)이었다"고 탄식하며 한바탕의 노래와 한바탕의 거문고로 통곡하고 각기 흩어졌다는 것이다.[18] 심용과 유사한 성격의 패트런으로 이씨 왕족인 서평군(西平君, 이름은 橈, 일명 標), 낙창군(洛昌君, 이름은 樘, 졸년은 1772년) 등이 확인되고 있으며,[19] 「유우춘전」에 등장하는 서기공(徐旂公) 또한 예술 애호가이다. 서기공에 대해서는 뒤에 언급하기로 한다.

서울의 여항·시정의 도시민적인 취미 내지 향락 소비생활의 발전이 음악의 수요를 창출하여 제반 연예활동을 활발하게 만들었거니와, 이에 제 나름의 기예(技藝)를 파는 일을 업으로 하는 축들——예능인이 출현했다. 상품·화폐 경제의 원리가 예술 부문에도 다소간 적용된 셈이다. 예술의 새로

---

17) 李世春에 의해 時調唱이 비롯되었다는 설의 유일한 자료적인 근거는 申光洙의 『關西樂府』의 '一般時調排長短, 來自長安李世春'라는 구이다. 이 구는 '琴歌之伴'의 활동양상으로 미루어, "일반 시조를 장단에 맞추어 부르니 그는 장안(서울)에서 온 이세춘이라"고 해석하는 것이 타당하다. 즉 이세춘이 지금 시조를 불러 사람들에게 인기를 끄는 현장을 표출한 것이다(이세춘 그룹이 평양에 갔던 사실이 「風流」에 나옴). 따라서 이 구는 이세춘으로부터 시조창이 비롯되었다는 의미로 부치기 어렵다. '시조'가 꼭 누구로부터 비롯되었다고 보기는 어려운 것이다. 이 문제에 대해 李佑成 교수의 발표가 있었다(國語國文學會 1970年度 全國大會).

18) "及沈公之逝後, 葬於坡州之柴谷. 歌琴之伴, 相與泣下曰: '吾輩, 平生爲沈公風流中人, 知己也, 知音也. 歌歇琴殘, 吾將何之?' 會葬于柴谷, 一場歌.一場琴, 遂痛哭于墳前, 各散其家."(「風流」, 『이조한문단편집』 中, 411면)

19) 「丐師」에 등장하는 용호영 악대의 牌頭의 입에서 西平君·樂昌君의 부름을 가장 중요시하는 식의 말이 나온다. 그리고 李鈺의 作 「宋蟋蟀」(『이조한문단편집』 中)에 "時, 西平君公子標, 富而俠, 性好音樂. (…) 一時歌者, 若李世春·趙椵子·池鳳瑞·朴世瞻之類, 皆日遊公子門, 與蟋蟀又善"이라고 西平君의 면모가 소개되어 있다.

운 존재형태가 발생하였다. 예능인들은 종래의 예속적인 관계에서 해방되어 장차 '예술활동의 자유'를 획득할 계기가 여기에서 마련된 것이다. 그러나 아직 일반 고객이 대량으로 출현하지 못했으므로 예술 애호가인 패트런의 후원을 필요로 하였다. 예술의 새로운 존재형태는 패트런의 비호하에서 배태되는 단계였다.

예능인 그룹은 이 시기 연예활동의 특징적인 형태이다. 여기에서 특수한 양식으로 '줄풍류'의 성립을 보게 된다. '풍류'니 '음률'이니 하는 말이 우리의 언어관습에서 음악을 가리키며, 따라서 '줄풍류'는 곧 현악(絃樂)을 뜻한다. 최남선(崔南善)의 설명에 의하면 '줄풍류'란 말은 현악기를 중심으로 한 일종의 실내악반(室內樂班)을 의미하는바, "곧 거문고·가얏고·양금·해금 등 현악기를 주체로 하고 거기 장구·젓대〔橫笛〕·단소(短簫, 八尺—인용자)를 반주 격으로 얹어서 동호자끼리 조용히 엔조이하는 실내악"이 그것이다. 풍류니 음률이니 하는 말도 이 '줄풍류'와 동의어로 쓰였다 한다.[20] '줄풍류'가 널리 유행해서 보편적인 이름을 차지한 것으로 생각한다. '세악'이 도시의 소시민적인 음악으로 적응하면서 '줄풍류'를 성립시켰을 것이다. 이상에서 우리는 '유우춘 해금'이 등장한 배경을 살펴보았다.

3. 실학파 지식인들의 음악 취미

도시의 유흥적인 음악이 발전한 현상과 함께 일단의 지식인들 주변에서는 예술 취미가 발생하고 있었다.

퇴계(退溪)·율곡(栗谷) 같은 학자들을 보면, 음악을 인간의 정감에 작용하는 면에 유의해서 덕성의 함육에 이용하려고 했다.[21] 그러나 음악은 어느

---

20) 崔南善,『朝鮮常識問答』續編, 東明社 1947, 308면.)
21) "嘗略倣李歌, 而作爲陶山六曲者二焉, (…) 欲使兒輩, 朝夕習而歌之, 憑几而聽之, 亦 令兒輩, 自歌而自舞踏之, 庶幾可以蕩滌鄙吝·感發融通, 而歌者與聽者, 不能無交有益 焉."(李滉,「陶山六曲跋」,『退溪全書』2, 大東文化研究院, 383면)

덧 사대부의 생활세계로부터 멀어져, 우리의 뇌리에 박힌 '유자의 인상'은 오직 근엄·고루한 모습으로 굳어지게 되었다. 그렇게 된 원인은 따지자면 착잡하겠으나 정감의 면을 무시한 현상과, 성리학이 인간적 진실에 통하지 못하고 권위주의로 군림한 시대 사정과 무관하지 않을 터이다. 17세기 이래 경직된 시대 분위기에서 유학자들에게 음악은 한낱 배척의 대상으로밖에 생각되지 못했다. 음악의 방치상태에 대해서 박제가(朴齊家)와 같은 개명적인 지식인은 "성악(聲樂)을 숭상하지 않기 때문에 오음(五音) 육률(六律)이 맞지 않고 있다"[22]고 문제점을 지적한 바 있다.

다산(茶山)의 저작목록에 『악서고존(樂書孤存)』 12권이 들어 있다. 다산은 이 책을 위한 연구를 진행할 당시 자기 중씨 정약전에게 보낸 편지에서 "매일 악학(樂學)에 유의하여, 점차 12율(律)은 본래 척도(尺度)요, 관성(管聲)이 아님을 알게 됩니다. (…) 기력이 이미 쇠해서 이 대적(大敵)을 만나 접전(接戰)도 못할까 걱정됩니다. 근래는 혀도 불편하고 붓 또한 뭉그러지니 어찌 쇠병자가 해낼 수 있으리오"[23]라고 어려운 연구과제 앞에서 병폐의 육신으로는 감내하기 어려움을 호소하였다. 조금도 엄살이 아니었다. 그때 다산은 실제로 '비(痺)' 즉 중풍 증세가 와서 몸이 말을 안 들었던 것이다. 『악서고존』은 자기 손에 붓을 잡지 못해 제자 이청(李晴)을 시켜서 받아쓰도록 하여 완성된 책이다. 참으로 숙연한 사실이다. 다산은 잡예(雜藝)의 일종에 왜 이다지 신명을 바쳤을까? 그 자서(自序)에서 "고악(古樂)이 진작 무너져 선성(先聖)의 도(道)가 희미하게 되었으니 분변을 아니할 수 없다"고, 고악의 연구에 중대한 사명감으로 임하였음을 밝혔다.[24] 다산의 음악에 대한 학적인 추구는 단순한 복고주의의 차원을 넘어서 경세치용(經世致用)의 큰 뜻이 담겨진 것이다. 『악서고존』에서 동양의 고악을 변석(辨析)

"因季獻彈琴, 論古樂曰, 古人以樂治心, 故學樂與爲學, 無異矣."(「語錄」, 『栗谷全書』 2, 大東文化研究院, 249면)

22) 『貞蕤集』, 國史編纂委員會版, 336면.

23) 「答仲氏」, 『與猶堂全書』 제1집 권20, 장23, 景仁文化出版社版 V.1, 429면.

24) "嘉慶丙子春, 余在茶山草菴, 顧病痺力屈, 未可與勍敵苦戰. 然古樂旣亡, 先聖道晦, 不可以不辨……"(『樂書孤存』의 머리글, 『여유당전서』 제4집 권1, 장1)

한 전문적인 내용의 이면에 포함된 현실성·사상성을 해명하는 것이 절실히 요망된다.

어쨌건 다산은 음악에도 큰 관심을 두었다. 그런데 그의 생활현실에서 음악이 어떤 식으로 수용되었던가? 이에 대해 구체적으로 살필 자료를 나는 갖지 못했다. 다만 그가 "지금 세속의 악은 모두 음왜(淫哇)·초쇄(噍殺)·부정지음(不正之音)"25)이라고 규정해버린 것을 보면, 시속의 음악에 대해서는 호감을 갖지 않았음에 틀림없다. 뿐 아니라 그는 소시민적인 취미생활 따위에 경도하는 체질이 아니었다.

음악에 대한 애호와 서화고동(書畵古董)의 취미는 다산으로 연결되는 학맥과 다른 연암 주변의 지식인들 사이에서 자못 성사를 이루었던 것이다. 연암의 「하야연기(夏夜讌記)」를 보자.

　　스무이튿날 곡옹(麯翁)과 함께 걸어서 담헌(湛軒)으로 가니 풍무(風舞)도 밤에 이르렀다. 담헌이 비파(瑟)를 타고 풍무는 거문고(琴)로 어울리는데 곡옹은 갓을 벗어 던지고 노래한다. 밤이 깊어 흐르는 구름이 사방에 걸리고 더운 기운이 선뜻 물러가자 줄(絃)의 소리는 더욱 맑다.26)

어느 여름밤 홍대용(洪大容)의 담헌에서 열린 악회(樂會)를 운치있게 묘사한 대목이다. 갓을 벗어던지고 방약무인으로 노래 부른 곡옹이 어떤 인물인지 알려진 바 없다. 다만 담헌의 문집에 이곡옹(李麯翁)에게 준 시가 한편 나온다.27) "취해서 노래를 뽑으면 소리는 하늘에 퍼지는데 세인이 누가 그 심중 엿볼 수 있으리오〔醉後高歌聲滿天, 世人誰得窺其中〕"라고 한 것을 보면 그 인품이 결코 초초하지 않아 낙척불우한 심경을 노래에 부쳤음을 알 수 있다. 거문고를 타는 풍무는 좌중에서 처지가 현격히 다르다. 금사(琴師) 김억(金檍)이란 자인데, 효효재(嘐嘐齋) 김용겸(金用謙, 1702~89,

---

25) 丁若鏞, 「樂論」 二, 『여유당전서』 제1집 권11, 장9.
26) 朴趾源, 「夏夜讌記」, 『연암집』 권3, 60면.
27) 「次友人韻 却寄李麯翁」, 『湛軒集』 권3, 장36.

金昌緝의 아들)이 풍무자(風舞子)라는 별호를 지어주었다 한다.[28] 그는 일개 미천한 예능인이었지만 사대부들의 사랑을 입어 좌중에 끼였던 것이다. 효효재는 연로한 선배로서 성품이 간고(簡古)하고 풍류 홍장(弘長)하여 담헌·연암과 잘 어울렸다. 몸소 고경(古磬)을 두드리며 「관저(關雎)」「녹명(鹿鳴)」 등 시편을 화음(華音, 중국어 발음)으로 읊어 들려주곤 했다 한다.[29]

악률(樂律)에 대한 깊은 조예는 누구보다 담헌이고, 연암 역시 어둡지 않았다. 연암은 생(笙)·금(琴) 등 각종 악기를 집에 두고 간혹 풍무 같은 무리들이 오면 타고 불게 했는데, 담헌이 세상을 뜬 이후로는 '현단(絃斷)의 슬픔'으로 다시 귀에 들어오지 않았다고 전한다.[30] 구라철현금(歐羅鐵絃琴)이란 이름의 악기는 지금 양금이라 하여 국악의 악기로서 쓰이는 것이다. 이 악기가 서양에서 중국을 거쳐 들어왔는데, 당초에는 우리의 음조에 맞추어 연주하는 법을 알지 못했다. 연암은 「동란섭필(銅蘭涉筆)」에서

> 이 악기가 우리나라에 들어온 연대가 언제인지 알 수 없고 토조(土調)로 해곡(解曲)한 것은 홍덕보(洪德保, 담헌의 호——인용자)로부터 비롯되었으니 건륭 임진년(1772) 6월 18일이다. 나는 덕보의 담헌에 앉아서 유시(酉時, 오후 5~7시——인용자)에 해곡하는 것을 보았다. 대개 덕보의 심음(審音)에 예민함을 보는 바이니, 비록 소예(小藝)지만 창시(刱始)에 해당하기 때문에 나는 굳이 그 일시를 상세히 기록한다. 그로부터 널리 전해져서 지금 9년 사이에 금사들은 누구나 그것을 연주할 줄 안다.[31]

라고 홍담헌이 철현금의 연주법을 1772년 6월 18일 처음 터득한 사실을 기

---

28) "時, 有琴師金檍, 號風舞子, 嘐嘐齋所命也."(『過庭錄』 권1, 『韓國漢文學研究』 제6집 附錄, 22면)
29) "時, 先輩嘐嘐金公用謙, 年高德邵, 簡古持禮, 而每接先君與湛軒, 風流弘長, 談論婗婗. (…) 座右, 有古磬一枚, 每以華音, 詠風雅如關雎·鹿鳴之類, 輒擊磬以節之, 使先君聽之."(같은 책, 21면)
30) "家中舊有笙琴諸器, 或風舞輩來, 使之彈吹. 及湛軒沒, 遂有絃斷之悲, 不復入耳也. 後五年, 偶過湛軒宅, 歸而忽愴然, 竝散其器以與人."(『과정록』 권2, 99면)
31) 朴趾源, 「銅蘭涉筆」, 『열하일기』, 『연암집』 권15, 장40~41.

넘하는 뜻으로 특서한 것이다. 연암의 아들이 쓴 『과정록(過庭錄)』에는 그 경과가 구체적으로 보인다. 그때 담헌은 가야금을 타고 연암이 그 곡에 맞추어 철현금을 소판(小板)으로 짚어가며 음조의 어울림을 시험한 것으로 되어 있다.[32] 연암은 그 '창시'의 공을 전적으로 담헌에게 돌리고 자신은 현장 증인으로 물러섰으나 사실은 이 양인의 공동작업으로 이루어진 일이었다. 아름다운 '현단(絃斷)의 우정'이 낳은 부산품인 셈이다.

철현금은 담헌이 즐기는 악기가 되었다. 형암(炯菴) 이덕무(李德懋)는 「홍담헌원정(洪湛軒園亭)」이란 시에서 "홀로 구라금을 타매 맑은 상성 이 태허로 퍼진다[獨彈歐羅琴 淸商滿太虛]"라고 철현금에서 담헌의 인품을 나타내는 특징을 잡아오기도 했다.[33] 담헌은 철현금을 홀로 즐겼을 뿐 아니라, 풍무에게 전수해서 일반에 통용하는 악기로 된 것이다. 위의 담헌의 원정은 유춘오(留春塢)라는 곳이다. 이곳에서 「하야연기」에서 보는 바와 같은 집회가 종종 열렸던 것이다.

홍담헌은 가야금을 앞에 놓고, 홍성학(洪聖學, 景性——인용자)은 거문고 잡고, 이경산(李京山, 漢鎭——인용자)은 퉁소를 소매에서 꺼내고, 김억(金檍)은 서양금(西洋琴, 철현금——인용자)을 들고, 장악원 악공 보안(普安)이 또한 국수(國手)라, 생황을 불며 담헌의 유춘오에 모이자 유성습(兪聲習, 이름 學——인용자)은 노래로 거드는데 효효재 김공은 나이 덕으로 높은 자리에 임한다. 바야흐로 술이 약간 거나해져 중악(衆樂)이 어울려 일어난다.[34]

성대중의 「기유춘오악회(記留春塢樂會)」이다. 좌중의 인물들 가운데 자호(字號)로 표시한 이들은 지체가 양반인데, 김억과 보안은 상사람이기 때

---

32) "先君精於審音, 而湛軒尤曉樂律. 一日, 先君在湛軒室, 見樑上掛歐羅鐵絃琴數張. 蓋 因燕使歲出吾東, 而時人無解彈者. 先君命侍者解下, 湛軒笑曰: '不解腔, 何用爲?' 先君 試以小板按之曰: '君第持伽倻琴來, 逐絃對按, 驗其諧否也.' 數回撫弄腔調, 果合不差. 自是, 鐵琴, 始盛行於世."(『과정록』 권1, 21～22면)
33) 『四家詩集』, 翰南書林版, 31면.
34) 成大中, 「記留春塢樂會」, 『靑城集』 권6.

문에 이름만 쓴 것이다. 지식인들이 가야금·거문고·퉁소로 어울리는 자리에 생황을 부는 악공 보안과 함께 김억은 서양금으로 참여하였다.

앞의 '하야연'도 그렇지만 '유춘오악회' 역시 금슬 즉 현악 중심의 모임이다. 여기에 개연성으로 넘길 수 없는 어떤 이유가 있는가? 원래 '금슬'은 다른 악기와 달리 사대부와 밀착된 것이다. "사(士)는 변고가 없으면 금슬을 철거하지 않는다[士無故, 不撤琴瑟]"는 말이 『예기』에 있거니와, 다산은 『악서고존』에서 "팔음(八音) 가운데 금슬이 가장 귀중하다. 종(鍾)·고(鼓)·경(磬)·관(管)은 모두 당하(堂下)에 진열하지만 오직 금슬은 당상(堂上)에 배설하며 '방중의 악'으로 쓴다고 하였다.[35] 현악의 본래 속성이 '방중악' 즉 현대적 용어로 실내악에 적합했던 것이다. 다시 말하면 교양인들이 조용히 즐기는 음악의 경우 응당 현악 중심으로 되는 것이다. 당시 발달했던 '줄풍류'는 지식인들의 취미를 반영한 것으로 볼 수 있다.

해금은 물론 '줄풍류'에 속하는 악기이다. 최근 한 국악인의 술회에 의하면 "해금 따위는 헐공의 차비(差備)로 적이 경시하는 그런 풍조가 확실히 있었다"고 한다.[36] 그러나 그 무렵 지식인들 사이에서는 그렇지 않았던 모양이다.

희미한 달이 어슴푸레하니 이때 벗을 찾지 않으면 벗은 있어 무엇하랴. 이에 10전을 움켜쥐고 『이소(離騷)』를 안고서 고탑(古塔) 북쪽의 착암(窄菴, 柳璉, 字 連玉, 1741~88——인용자)의 문을 두드리고 탁주를 사서 마셨다. 연옥이 나를 보더니 일어나 해금을 타는데 어느새 눈이 내려 뜰에 쌓였다. 각기 소시(小詩)를 지어 소폭에 종횡으로 쓰고 이름지어 '해금지아(嵇琴之雅)'라 하다. 그리고 일어나서 무관(懋官, 李德懋의 字——인용자)의 잠을 깨웠다.[37]

초정(楚亭) 박제가의 기록이다. 초정은 눈 쌓이는 겨울밤에 우정 술을 사

---

35) 『樂書孤存』, '査十二琴瑟之制'條, 『여유당전서』 제4집 권4, 장1.
36) 成慶麟, 「現行雅樂의 傳統」, 『李惠求博士 頌壽紀念 音樂學論叢』, 한국국악학회 1969, 36면.
37) 朴齊家, 「夜訪柳連玉 幷序」, 『정유집』, 11면.

들고 연옥을 찾아가서, 연옥이 해금을 켜고 자기는 『이소』를 읊으며 놀다가
일어서 나와 또 형암의 집에 들러 그의 잠을 깨웠다는 것이다. 그 일흥(逸
興)에 시를 짓고 '해금지야'라고 그날 밤의 일을 이름한다. 여기서 해금이
지식인들의 취미에 썩 어울림을 보겠거니와, 도시적인 우정과 낭만이 눈앞
에 그대로 떠오른다. 연옥은 다름아닌 영재(泠齋) 유득공의 숙부이다. 그는
북경을 다녀온 후 연(璉)이란 이름을 금(琴)으로 바꾸었으며, 특히 수리(數
理)의 학에 몰두해서 자기 거처에 '기하(幾何)'라는 편액을 걸었다. 그래서
사람들이 그를 '기하선생'이라 칭호했다 한다.[38] 영재는 자기 숙부와 나란히
살았던바, 초정이 찾아갔던 고탑(지금의 파고다 공원의 탑) 북쪽의 그 집이다.

　성곽이 둘러싸인 중앙에 탑이 우뚝 설죽(雪竹)의 순이 솟은 듯하여, 이
탑 가까이로 연암을 비롯한 일대의 명사들이 살고 있었다. 역시 초정의 기
록에, 연암 선생을 탑의 북쪽으로 가서 뵈었는데, 당시 형암의 사립문은 탑
의 북쪽으로 대했으며, 낙서(洛書, 李書九)의 행랑은 그 서쪽으로 면했고, 거
기서 수십보를 가면 서씨(徐常修)의 서루(書樓)가, 또 꺾여져서 북동으로
이류(二柳, 柳璉·柳得恭)의 거처가 나온다고 했다.[39]

　이들의 문학과 예술의 교유는 '백탑청연(白塔淸緣)'으로 이름을 후세에
남기게 되었다. 이 '백탑청연'은 초정의 기록에 '무자·기축년간'(1768~69)
의 일로 되어 있다. 그리고 앞의 '하야연' 및 '구라철현금'의 연주방법을 창안
하던 시기는 그보다 4, 5년 후인 '임진·계사년간'(1772~73)이다. 이때 연암
은 가족들을 시골로 내려보내고 전의감동(典醫監洞, 지금 종로2가에서 안국동
쪽)에 홀로 우거하고 있으면서 앞에서 본 바와 같이 우붕(友朋)들과 같이
서로 오고 가며 학술을 강론하고 예술의 세계에서 노닐었던 것이다.[40] 그런

---

38) 柳得恭, 「幾何先生墓地銘」, 『泠齋集』 권8.
39) "環城而塔爲中焉. 遠望嶙峋, 若雪竹之迸筍者, 圓覺寺之遺址也. 往歲戊子己丑之間,
　　余年十八九, 聞朴仲美(趾源)先生, 文章超詣, 有當世之聲, 遂往尋之于塔之北. (…) 當
　　是時也, 炯菴(李德懋)之扉, 對其北, 洛書(李書九)之廊, 峙其窓, 數十武而爲徐氏(常修)
　　書樓, 又折而北東, 爲二柳之居也."(「白塔淸緣集序」, 『정유집』, 234면)
40) "壬辰·癸巳間, 送家眷, 歸遣安翁石馬鄕廬, 常獨處于典醫監洞寓舍, 與洪湛軒大容·鄭
　　石癡喆祚·李薑山書九, 時相往還, 而李懋官德懋·朴在先齊家·柳惠風得恭, 常從遊
　　焉."(『과정록』 권1, 19면)

데 초정이 연암 선생을 탑의 북쪽으로 찾아가 뵈었다고 한 그곳이 바로 전의감동이었는지는 단언할 수 없다. 그러나 '백탑청연' 시절의 그 분위기가 한동안 그대로 지속되었음은 확실한 사실로 말해도 좋다.

위의 서루(書樓)의 주인 서상수(徐常修)는 당시 서울에서 유명한 서화 고동의 수장가요, 최고의 감상가였다.[41] 여기서 흥미로운 점은 「유우춘전」에 등장하는 서기공과 그가 동일인이라는 사실이다.[42] 그는 호가 관헌(觀軒), 자가 여오(汝五) 혹은 백오(伯五)인데, 기공(旂公) 역시 자로 쓴 것이 아닌가 한다.[43] 『대구서씨세보』에 의하면 영조 11년(1735)에 태어나 정조 17년(1793)에 졸했으며, 생원(生員)을 하여, 벼슬은 광흥창 봉사(廣興倉奉事)에 그친 것으로 되어 있다. 그의 서루인 관재(觀齋)는 연암 주변의 지식인, 특히 형암·영재·초정 등이 빈번히 모이던 곳이며 도봉산(道峰山) 서편에 따로 그의 장원인 동장(東庄)이 있어, 이곳에도 문인들의 발길이 종종 이르렀다.[44] 『사가시집(四家詩集)』에 나오는, "서관헌이 벗들을 초청해서 차를 마시며 새로 구입한 향로에 침수향을 피우는데, 그 향로는 제색(製色)이 고아하고 취빙문(翠氷紋)이 새겨진 소호(小壺)로 묘품이라"는 시제(詩題)를 통해서 관재에서의 모임의 분위기와 그 주인의 인물 성격을 단적으로 엿볼 수 있다.[45] 연암의 문집에도 그를 위해 쓴 글이 여러 편 발견되는데, 무엇보다 감상지학(鑑賞之學)에 묘경을 투오(透悟)한 사람으로 그를 높이

---

41) 徐常修의 古董 관계에 대해서는 李佑成, 「實學派의 書畵古董論」, 『韓國의 歷史像』, 창작과비평사 1982 참조.

42) 朴齊家의 『정유집』에 「元夕, 集觀齋 次元詩」(보름날 밤 觀齋에 모여 주인의 元詩를 次韻한다는 뜻)라는 詩題가 나오는데(58면), 李德懋의 『雅亭遺稿』 권3에는 「次旂公 元夜韻」으로 되어 있다. 양쪽의 시의 韻字가 완전히 일치한다. 이로써 旂公은 觀齋 즉 徐常修임이 확인된다.

43) '旂公'은 '旂常'이란 문자와 관련해서 쓴 자로 보인다. 旂常은 의장의 기치 이름. 왕은 太常을 썼고 제후는 旂를 썼다 한다.

44) 李德懋의 「遊徐氏(常修)東庄」이란 시에, "儔侶聯翩步犀齊, 徐家亭子道峰西"라는 句가 보인다.(『四家詩集』, 翰南善林 1921 再版, 14면)

45) 「徐觀軒, 招朋茗飮, 焚沉水香於新買罏―製色甚古, 揷翠氷紋小壺爲妙品」이란 詩題 밑에 "觀軒, 名常修 字汝五, 善鑑賞, 春秋暇日, 啜茶看畵, 以爲樂"이라는 原註가 보인다(같은 책, 105면).

평가했으며, 또한 그는 천성이 총혜(聰慧)하여 문장에 능하고 소해(小楷)를 잘 쓰고 아울러 소미(小米) 발묵지법(潑墨之法)도 잘하는 한편 율려(律侶)에 정통했음을 언급하였다.[46] 「유우춘전」은 서두를 이렇게 꺼낸다.

서기공은 음악에 조예가 깊고 손[客]을 좋아한다. 손이 이르면 주연을 배설하고 거문고와 피리로 흥을 돋운다. 나는 그를 따라 놀기를 좋아하는데, 어느날 해금을 들고 그를 찾았다.

여기 등장한 서기공은 다름아닌 서상수로서 방금 알게 된 그의 인물 특징 그대로인 것이다. 작자 '나'는 해금을 다루고 싶어서 서기공에게 놀러 갔다가 거기서 유우춘의 이름을 듣는 것으로 이야기가 전개된다. 요컨대 관재에서의 모임이 인연이 되어 이 작품이 씌어진 것이다. 즉 유득공 자신이 '백탑청연'의 동인의 한 사람이지만, 그 무렵 우붕(友朋)들과의 취미생활 속에서 작품의 테마가 얻어진 것으로 볼 수 있다.

4. 예술인의 자각과 갈등

앞에서 살펴본 지식인들의 동인적인 교유, 그리고 예술 취미는 참신한 사색과 학술·문학의 산실이 되었다. 그들의 지적인 탐구는 종래 너무도 무시되었던 이용후생(利用厚生), 경제(經濟)·명물(名物)·도수(度數)의 학으로 기울어, 수학과 과학기술 분야에도 깊은 관심이 미쳤다. 그리고 그들이 추구한 문학의 세계는 지금 우리 문학사에서 신문풍, 혹은 실학파의 문학으로 주목받고 있는 것이다. 다른 한편으로 예술 부문의 발전에 어떤 연관을 지어볼 수 있을까?

---

46) "近世鑑賞家, 號稱尙古堂金氏. 然無才思, 則未盡美矣. 蓋金氏有開創之功, 而汝五有透妙之識, 觸目森羅, 卞別眞贗, 兼乎才思而善鑑賞者也. 汝五, 性聰慧·能文章·工小楷, 兼善小米潑墨之法, 旁通律呂, 春秋暇日, 汎掃庭宇, 焚香品茗."(「筆洗說」, 『연암집』 권3, 68면)

우리는 앞에서 예능인들이 지식인들과 접촉이 있었음을 보았다. 문인학사들의 모임에 미천한 부류인 예능인이 끼여 격의없이 서로 어울려 악기를 다루고 노래를 불렀던 것이다. 실학파 인사에만 국한된 현상이 아니었다. 패트런의 경우도 역시 그러했다. 서평군은 가객 송실솔(宋蟋蟀)을 불러서 몸소 거문고를 타고 실솔의 노래를 듣곤 하는데, 어느날 실솔이 「황계사(黃鷄詞)」를 부르던 끝에 수탉이 '꼬끼오 시──유' 하며 꼬리치는 소리를 내고 껄껄 웃으니, 서평군은 반주를 하다 그만 술대를 놓치고 '내가 졌다' 하며 웃었다는 이야기가 있다.[47] 이조사회의 까다로운 명분 질서에 비추어 자못 해괴하다고 할 정도로 공기가 자유롭다. 이러한 예능인의 지식인 내지 사대부들과의 접촉이, 예능인을 신분적으로 격상시킨 것은 아니지만, 그들의 의식면에는 상당한 변화를 주었을 것으로 생각된다. 비록 일예지능(一藝之能)을 업으로 삼고 있지만, 그것으로 사대부들과 어울리고 일류 지식인들과의 접촉이 가능하여, 자신의 예능에 대한 자부심을 갖게 되고 또 다소간 식견을 넓히게도 된 것이다. 이제 더이상 장인(匠人)으로 몰각하지 않고, '나도 한 인간이다'라는 자각과 자기를 예술가로 돌아보는 의식이 싹트는 것이다.

그런데 예속적인 장인으로부터 자유로운 예술가로의 전환은 의식의 변화만으로 결코 가능한 일이 아니다. '장인'의 예속성을 벗어나게 만드는 현실기반이 일차적으로 마련되어야 한다. 이 경우 현실기반을 이루는 중요한 요소는 예술에 대한 '상품적인 수요'이다. 서울 여항·시정의 도시민적인 향락 소비생활은 예술의 수요를 창출했다는 면에서 의미를 갖는 현상이다. 지식인들의 음악에 대한 애호도 그렇지만, (徐常修가 대표적인 사례인데) 서화고동의 수장가의 출현 역시 미술품의 잠재적 수요를 불러일으키는 작용을 하는 것이다.

이 대목에서 짚고 넘어갈 점이 있다. 그전엔 예술품의 사회적 수요가 전무했다, 꼭 이렇게 말하기는 어렵다. 어느정도 있었다고 보아야 맞을 것이다. 다만 예술품을 물적으로 평가해주는 관행이 거의 형성되지 못한 상태였

---

47) 「宋蟋蟀」, 『이조한문단편집』 中, 219~22면.

다.[48] 그러던 것이 사회적 수요가 점차 늘어나면서 '상품적 원리'가 예술품에 까지 들어오기 시작한 것이리라.

　　최북은 장안에서 그림을 팔아 사는데
　　초옥의 생애 사방 벽이 휑하구나
　　문을 닫고 종일 산수를 그리니
　　유리 안경에 나무 필통
　　아침에 한폭 팔아 아침밥 얻고
　　저녁에 한폭 팔아 저녁밥 얻는다.

　　崔北賣畵長安中, 生涯草屋四壁空.
　　閉門終日畵山水, 琉璃眼鏡木筆筩.
　　朝賣一幅得朝飯, 暮賣一幅得暮飯.[49]

　　석북 신광수(申光洙)가 화가 최북(崔北)을 두고 지은 시이다. 그림을 팔아서 생계를 이어가는 최북의 곤궁한 신세를 해학적으로 묘사하고 있지만, 하여간 한폭 한폭 그리는 노력이 돈으로 계산된 것이다. 그래서 그는 자칭 호생관(毫生館)이라고 했다. 붓으로 그림을 그려 살아가는 신세를 씨니컬하게 표출한 것이다. 말하자면 일종의 정신노동자이다.

　　최북의 경우 '호생'으로 곤궁을 못 면했지만 김홍도(金弘道, 1745~1815)는 그렇지도 않았던 모양이다. 그의 그림을 구하는 자들이 날로 늘어 겸소(縑素)가 퇴적하고 재촉하는 사람들로 대문에 가득찰 지경이어서 잠자고 밥 먹을 겨를도 없었다는 것이다. 표암(豹菴) 강세황(姜世晃, 1713~91)은

---

48) 17세기 초의 畵師 黃順常의 경우를 하나의 사례로 들어보자. 柳夢寅의 『어우야담』에 그림을 그려달라고 찾아오는 양반이 많은데 다들 거저 가져가서 가난을 면치 못하는 화사의 사정이 재미난 이야기로 꾸며져 있다. "畵師 黃順常, 居數間蝸堂. (…) 畵師役苦而 長安索畵者其煩. 不勝其侵, 有人叩門而呼, 家無應門, 常自寢其鼻, 變其聲曰: '參奉氏出去.'" (『於于野談』 권3, 野乘本)

49) 申光洙, 「崔北雪江圖歌」, 『石北集』 권6, 『崇文聯芳集』, 134면.

김홍도의 그림에 사람들이 경도하는 것은 "세속이 모두들 그의 절등한 기예에 놀라 지금 사람으로는 따를 수 없다"고 감탄하기 때문이며, "참으로 영감과 슬기가 홀로 천고의 묘오(妙悟)를 터득하지 않고는 이럴 수 있겠느냐"라고 했다.[50] 김홍도는 회화의 세계에 있어서 천고의 묘오를 터득한 경지에 도달했다는 것이다. 그것은 다른 무엇이 아니고 오늘날도 대단한 평가를 받는 풍속화이다. 그가 붓을 한번 들어 가로(街路)·진도(津渡)·점사(店肆)·희장(戱場) 등을 그리면 사람들이 박수를 치며 '야!' 하고 부르짖었고 당대에 벌써 '김사능(金士能, 김홍도의 자) 속화'로 평가를 얻었다.[51] 표암은 김홍도의 예술세계에 최고의 찬사를 보내 '벽천황(闢天荒)'이라는 말까지 쓰고 있다. 창조적인 개척의 공을 인정한 것이다. 이런 창조적 추구의 열은 어디서 나온 것인가? 물론 내면의 창발적인 재능의 소산이지만, 외부의 평가와 수요의 충동이 없이는 발휘도 지속도 될 수 없을 것이다.

창조적 의욕은 음악 분야에서 일찍이 일어났다. 김천택과 단짝으로 어울린 금사 김성기를 예로 들어보자. 그는 상의원(尙衣院) 소속의 궁인(弓人)이었다. 그런데 작업장에서 활 만드는 일보다 음악이 좋아서 마침내 본직을 포기해버렸다.[52] 그가 왕세기(王世基)에게 거문고를 배웠는데, 왕세기는 매번 신성(新聲)을 얻으면 좀처럼 가르쳐주지 않았다. 그는 매일 밤 가서 그 집 창에 몰래 귀를 대고 들어 비장의 신곡을 빼냈다. 이에 왕세기는 밤에 거문고를 타다가 별안간 창문을 열어젖혀, 땅에 넘어진 제자를 발견한다. 이에 왕세기는 자기 작품들을 모두 그 제자, 즉 김성기에게 전수했다는 것이다.[53] 이후 김성기 또한 능히 '신성'을 지어서 서울에 '김성기 신보'가 유행하

---

50) "世俗莫不驚士能之絶技, 歎今人之莫及. 於是, 求者日衆, 至於縑素堆積, 督索盈門, 至不暇於寢啖焉."(「檀園記」, 『豹菴遺稿』권1, 『古典資料叢書』2, 한국정신문화연구원, 249면)

51) "尤長於移狀俗態, 如人生日用百千云爲, 與夫街路·津渡·店坊·鋪肆·試院·戱場, 一下筆, 人莫不拍掌叫奇, 世稱'金士能俗畵', 是已. 苟非靈心慧識獨解千古妙悟, 則烏能爲是哉."(같은 책, 252면)

52) "琴師金聖基者, 初爲尙方弓人, 性嗜音律, 不居肆執工, 而從人學琴, 得精其法, 遂棄弓而專琴."(「김성기」, 『이조한문단편집』中, 412면)

53) "琴師金聖器, 學琴於王世基. 每遇新聲, 王輒秘不傳授. 聖器夜夜來附王家窓前, 竊聽,

게 되고, 서울의 회객(會客) 연음(讌飮)에 온갖 기예를 불러모아도 김성기가 빠지면 부족하게 여겼다 한다.[54] 그는 음악을 세습 혹은 신역(身役)이 아니라, 어디까지나 제가 좋아서 했다. 또 전통의 답습이 아닌 새로운 추구로 심혈을 기울였다. 김성기는 18세기 전반기에 활동했거니와, 그 후반기의 유우춘도 비슷하다.

우춘은 홍길동이 그렇듯 천비 소생이다. 작품에서는 우춘을 이렇게 소개한다. '나(유득공)'는 서기공으로부터 우춘의 이름을 들은 후 종씨 금대거사(琴臺居士)가 놀러 왔기에 우연히 그 서(庶)아우 소식을 물어본다. 그 아버지는 현감을 지낸 유운경(柳雲卿, 字로 추정됨)인데 남의 집 계집종을 좋아해서 아들 형제를 두었던 사실을 알고 있었기 때문이다. 그런데 금대거사의 대답이 뜻밖이었다. 자기가 5천 전(錢)을 구해서 속량(贖良)을 시켜준바, 형은 지금 남문 밖에서 망건을 팔고 아우는 용호영에 다니는데, 해금을 잘 켜서 세상에 알려진 '유우춘 해금'이 바로 그라는 것이다.[55] 이런 서술태도로 미루어 우춘은 가공의 인물이 아님이 틀림없다.

우춘은 처음 해금 공부를 시작해서 3년 만에 성취했다. 누가 시켜서가 아니고 제가 하고 싶어서 하는 짓이기에 손가락 마디마다 못이 박히도록 집념과 열의로 대성한 것이다. 그 형이 생계의 수단으로 망건 장수를 하듯이 그 아우는 해금을 잘 켜기 때문에 용호영의 구실을 얻었다. 그리고 그의 활동이 용호영의 제약을 꼭 받았던 것 같지는 않다. 작품상에 용호영과의 관계로 야기되는 갈등은 전혀 비치지도 않은 것이다. 독자적인 연예활동을 수행하고 있다. 창조주체의 자유를 어느정도 확보한 상태로 여겨지기도 한다.

明朝能傳寫不錯. 王固疑之, 乃夜彈琴曲未半, 瞥然拓窓, 聖器驚墮於地. 王乃大奇之, 盡以所著授之."(「秋齋紀異」, 『이조한문단편집』 中, 453면)

54) "於是, 洛下有'金聖基新譜'. 人家會客讌飮, 雖衆伎充室, 而無聖基, 則以爲歉焉."(「김성기」, 앞의 책)

55) "宗人琴臺居士來訪, 居士爲故縣監柳雲卿子. 雲卿少任俠, 善騎射, 英宗戊申, 討湖賊著軍功. 悅李將軍家婢, 生二子. 余從容問: '居士二弟者, 今皆安在?' 曰: 噫! 皆在爾. 吾故人, 有爲邊郡太守者, 吾裹足踔二千里, 得五千錢, 歸李將軍家, 贖此二弟. 其長, 居南門外, 販網巾. 其季, 籍龍虎營, 善於奚琴, 今之稱'柳遇春奚琴', 是已."(「柳遇春」, 『이조한문단편집』 中, 413~4면)

그가 심각하게 느낀 문제는, 역시 다른 무엇보다 자신이 추구하는 '예술적 가치'와 '상품적 가치' 사이의 모순에 있었다.

우춘은 "모기의 앵앵, 파리의 윙윙, 장인바치의 뚝닥뚝닥, 선비들의 개굴개굴, 이 모든 천하의 소리는 밥을 구하는 데 뜻이 있다"고 상업주의적인 속성을 지적하면서, 해금을 켜는 일 또한 살기 위한 수단인데, 자기는 노모(老母)를 모시고 있으므로 솜씨가 묘하지 못하면 봉양하지 못할 것이라고 말한다. 예술적인 노력이 상품적인 가치를 발생시키는 점을 인식한 발언이다.

그런데 당시 예술창작 내지 연예활동에 대한 경제적 보상은 대체로 충분치 못했던 것 같다. '이세춘 그룹'의 활동과 관련된 몇가지 삽화가 전한다. 제1의 삽화는 어느 대감의 부름을 받고 그 그룹이 함께 갔더니 대감이 아주 음악에 깜깜하여 된 소리 안된 소리 크게만 울리면 잘한다고 흥겨워하더라는 이야기. 제2의 삽화는 단간 초옥의 꾀죄죄한 샌님들 앞에서 멋쩍게 노래 몇곡 부르다가 돌아온 이야기. 두 경우 모두 그네들이 받은 보수란 기껏 박주 몇잔이 전부였다.[56] 물론 특수한 사례이다. 그러나 이 삽화를 통해서 음악에 대한 몰이해의 풍조 및 예술의 가치가 정당하게 평가되지 못했던 실정을 엿보는 것이다. 여기서 최북의 일화를 들어보자.

자신의 그림이 스스로 마음에 드는데 받는 돈이 약소하면 칠칠(七七, 崔北의 자)은 버럭 화를 내어 욕을 하며 그 화폭을 찢어버리고 반대로 그림이 자기 마음에 안 드는데 값을 너무 많이 가져오면 주먹을 쥐고 깔깔 웃다가 그 사람이 그림을 가지고 문을 나가면 또 손가락질을 하며 '저녀석 값도 모른다'고 비웃었다.[57]

예술품의 가치는 고객이 지불하는 돈에 의해서 평정되게 마련이다. 가치의 개념이 고유의 내재된 무엇으로부터 상대적·허구적인 것으로 바뀐 것이다. 최북이 자기의 그림값에 대해서 그토록 과민했던 것은 자신의 예술

---

56) 「回想」, 『이조한문단편집』 中, 205~8면
57) 洪良浩, 「崔七七傳」, 『耳溪集』 권15.

작품이 공정하게 평가되기를 바라는 작가적 진지성말고 다름이 아니다. 다만 무식한 안목으로 작품을 저울질하는 세인에게 신경질을 좀 부렸을 뿐이다. 예속적인 상태에서 작품을 연주 혹은 제작한다든지, 특정한 분에게 작품을 헌납하는 경우 감히 이런 반응은 일으킬 수 없을 것이다. 상거래의 대상으로 바뀌었을 때 가치는 새삼 문제가 된다. 유우춘의 고뇌도 다른 데 있지 않다. 각고의 노력으로 도달한 예술의 높은 경지는 사람들에게 이해되지 못하고 수입의 증가를 가져오지 못하는데, 거렁뱅이의 기껏 충조음(蟲鳥音)을 내는 솜씨는 인기를 끌어 곡식과 돈을 잘 벌어들인다는 것이다.[58] 그는 연예활동의 현장 상황을 장황하게 설명하여, 자신의 예술이 어떻게 소외되고 있는가를 알게 한다. 이 대목이 작품 전체에서 크게 비중이 두어져 있다. 종친(宗親)이나 대신의 부름을 받는 경우 연주를 마치고 집에 와서 생각하면 결국 제가 타는 것을 제가 듣고 온 셈이고, 귀공자와 학사(學士)들의 모임에 가면 자기의 예술의 본령과 무관한 이야기만 실컷 듣게 되며, 여항 시정 부류의 유흥에 참여하면 천박하고 잡스러움에 역겨울 뿐이라 한다. 노모가 세상을 뜨자 그가 자기 직업을 그만두는 것으로 「유우춘전」은 결말이 지어진다. 그가 느낀 갈등은 심각하고 또 해소시키기 어려운 것이었다.

우춘이 만약 거렁뱅이의 깡깡이처럼 사람들의 기호에 영합하려고만 들었다면 못할 것도 없었을 것이다. 그러나 각고의 노력으로 성취한 '예술적 가치'를 헐값으로 팔고 싶지 않았다. 창녀적인 아첨으로 어릿광대의 인기를 누리느냐, '창조의 자아'를 고수하느냐, 세속과 타협하지 않고 '창조의 자아'를 지키려는 데 우춘의 고뇌와 갈등이 있었다. 이 고뇌와 갈등은 인간적·예술적 자아의 각성으로 짊어지게 된 최초의 짐이다. 짊어진 짐을 벗지 않고 고통스러워하는 얼굴, 그것은 새로운 예술인의 상(像)이다.

예능인의 소외의식은 연예활동의 무대가 최소한 확보되고 지식인들과 접촉을 갖게 된 후에 고개를 쳐들어 그들 자신을 괴롭히기 시작한 것이다.

---

58) "始吾之學斯琴也, 三年而成. 吾指結疣, 技益進而粟不加, 人之不知益甚. 今夫褐之夫也, 得一破琴. 操之數月, 聞之者, 已疊肩矣. 曲終而歸, 從之者數十人, 一日之獲粟可斗而錢歸撲滿, 毋他, 知之衆故耳."(「柳遇春」, 앞의 책)

5. 맺음말

작가 유득공은 처지가 우춘과 다르기는 하지만 문필(文筆)로 살아야 한다는 면에서 보면 서로 통하는 점도 없지 않다. '지식' 그것은 음악이나 회화 정도의 상품화의 단계로도 진전하지 못했으니 어느 면에서는 지식인들이 더욱더 답답함을 느꼈을 것이다. 이덕무가 유득공에게 "연전(硯田)이 황폐해졌는데 앉아서 굶어죽기만 기다릴 수 있느냐? 우리도 붓 하나, 먹 하나 들고 여항간에서 '보파시장(補破詩匠, 시 땜장이──인용자)' 노릇이나 해보자"고 말한 적이 있다.[59] 물론 우스갯말이다. 그러나 이 말이 우습게 느껴질수록 지식의 축적이 효용가치를 발생시키지 못하는 사회적 모순과 그에 따른 고뇌가 심각한 것이다. 우춘이 '거렁뱅이의 깡깡이'가 돈벌이에 유리하다고 말하면서도 그렇게 하지 못하듯, 자신을 '보파시장'으로 전락시킬 수 없는 것이 지식인들의 딱한 현실이다. 우춘의 아픔은 지식인들의 피부에 와 닿았으며, 그가 안고 있는 문제는 자신들의 문제로 의식되었다. 그래서 작가는 유우춘으로 자기 시대의 각성한 인간들의 고민을 대변시킨 것이다.

지금 「유우춘전」을 통해서 그려본 18세기 예술사의 상(像)은 도리어 고뇌로 잔뜩 찌푸린 표정을 짓고 있다. 그러나 절망적인 암담한 모습으로만, 느껴서는 안될 것이다. 그 고뇌는 봉건적인 침체와 질곡을 탈출하려는 창조적인 모색에 해당하는 것이기 때문이다. 곧 유우춘의 형상이 내포한 역사적 의미이다. 유우춘의 얼굴에서 창조적 선구자의 갈등과 고뇌를 발견하게 된다.

우춘의 갈등과 고뇌는 어떤 방식으로 풀릴 수 있었던가? 바꾸어 말하면 이 작품이 제기한 문제가 역사적으로 어떻게 해결을 보았던가?

---

59) "故友李懋官, 誠爲一代詞伯. 余亦謬有虛名. 新學後生, 贄詩章請改者, 頗有之. 一日, 懋官擲筆太息, 謂余曰: 京師百物, 皆有補破匠. 破盤·破鍋·破鞋·破網巾, 苟令完好, 足以營生. 吾與子老矣, 硯田已荒. 焉能坐而待餓? 挾一筆一墨, 相隨乎弼雲·三淸之間, 高叫 '破詩補', 豈不得一椀酒·一楪肉乎.' 相與大笑."(柳得恭, 『古芸堂筆記』 권5)

우춘의 갈등은 결국 근대 시민사회의 발전으로 해결될 성질의 것이었다. 우리가 사는 오늘은 유우춘의 시대로부터 많은 변화를 겪어, 생활환경이 엄청나게 달라져 있다. 연예활동만 보더라도 수요가 팽창해서 바야흐로 호황을 누리는 것 같다. 그러나 그렇다고 유우춘의 갈등이 해결되었는가. 이제는 '거렁뱅이의 깡깡이'로 분주하느라 고뇌마저도 망각한 상태 같다. 자기의 주체를 찾지 못한 채 상업주의·향락주의의 번화 속으로 스스로를 다시 던져버린 것이다. 지식인들의 갈등과 고뇌는 아직도 미해결의 과제이다. 다시 말하면 우리에게 부과된 숙제로, 우리가 끝내 풀어야 할 난제로 남아 있는 것이다.

여기서 우리는 문제의 심각성·복잡성을 통감하는바, 18세기 지식인들을 다시 한번 회고해본다. 말하자면 그들이 자기들의 병을 당초에 치료하지 못했기 때문에 고질로 되어 악화된 것이 아니겠는가. 다산은 이상적인 정치는 음악이 없이는 실현될 수 없는 것으로 보아, 역사상에 훌륭한 정치가 실시되지 않고 세계에 아름다운 사회가 구현되지 못하는 원인을 무엇보다 음악의 쇠망에 있는 것으로 진단한다. 그래서 "천하를 위하는 자는 마땅히 음악에 치의(致意)해야 할 것이다"[60]라고, 음악의 과제를 '천하사를 나의 일'로 각성한 주체적 인간의 주요 임무로 삼았다. 이 이론에 비추어 보면 「유우춘전」의 문제제기는 소극적인 감이 있다. 그리고 그 시대 지식인들도 창조의 자유를 관철시킬 정치와 생활의 혁명을 위한 적극적인 노력이 부족했다는 생각이 들기도 한다.

〈『雨田 辛鎬烈 先生 古稀紀念論叢』, 1983〉

---

60) "聖人之道, 非樂不行: 帝王之治, 非樂不成: 天地萬物之情, 非樂不諧. 樂之爲德, 若是其廣博崇深, 而三代之後, 獨樂全亡, 不亦悲哉. 百世無善治, 四海無善俗, 皆以樂之亡耳. 爲天下者, 宜致意焉."(「樂論」,『여유당전서』 권11, 226면)

李朝 末 지식인의 분화와 문학의 戱作化 경향
金笠 연구 서설

1. 머리말

이조 후기의 시대에 전개된 문학의 여러 다양하고 착잡한 움직임 가운데 두드러진 현상의 하나로 '희작화(戱作化) 경향'을 발견할 수 있다. 민중문예를 대변하는 판소리와 탈춤은 희작적인 내용수법을 대담하게 전면적으로 구사한 것이고, 사설시조 및 잡가 등은 희작화에 의한 변종으로 생각된다. 이 경향은 한문학을 성역(聖域)으로 남겨두지 않았다. 오히려 한문학 내부에서 전위적으로 시도되었던 것이다.

한자문화권에 속했던 우리 민족의 문학은 범세계적(동아시아 보편적) 양식——한문학에 대한 철저한 반역과 부정을 통과하지 않고는 신문학을 창출할 수 없었다. 한문학에서 발생한 희작화는 한문학 자체의 분해작용이며, 자기 부정의 출발인 것이다. 이 점을 유의하여 필자는 동아시아문학의 근대적 전환을 주제로 엮는 이 책에서 하필 '희작화 경향'을 문제로 선택한 것이다.[1]

---

1) 일본의 경우 우리와 같은 시기(江戶時代)에 '和漢'의 전통문학에 대해서 '俗文學'이 다채롭게 발전하였던바, 이들 일련의 작풍을 가리켜 '게사꾸(戱作)'라고 불렀다 한다. '게사꾸'란 江戶文學의 발전의 결과로서 개념이 성립되었으므로 가장 일본적인 특질을 갖춘 것임은 물론이다. 문화배경과 사회모습이 서로 달랐던만큼 구체적 양상 및 성격에 차이점이 크겠지만, 어쨌든 같은 개념으로 표현될 수 있는 현상이 일본문학에서도 동시대에 유행했다는 사실은 자못 우리의 흥미를 잡아끈다. 우연은 아닐 것이다. 우리의 희작화 경향에 대한 고찰은 동아시아 여러 나라의 문학의 근대적 전환에 비교의 시야를 제공할 수 있을 것이다.

이 문제에 접근하자면 응당 희작의 주체──지식인들의 사회적 처지, 의식의 변이에 대해서 주목해야 할 것이다.

이조 후기의 사회는 체제가 수용하지 못한 잉여 지식인들을 많이 방출했던바, 지식분자들이 영락(零落)하여 더러는 방랑·걸식(乞食)으로 살아가며 불평스러운 기분을 곧잘 희작으로 풀곤 하였다. 희작화 경향을 대변하는 것은 시인 김립(金笠, 1807~63)과 같은 '방랑문인'들이다. 이들은 방외인(方外人)의 부류이다. 필자는 이조 전기의 문학사에 '방외인 문학'이라는 범주를 설정한 바 있었다. 그러고 보면 희작화 경향은 '방외인 문학'의 후기적 양상이다. '방외인 문학'은 이조 전기에 전형적으로 발달하였지만 그사이에 질적인 사회변화는 생기지 않았으므로 후기로 내려와서도 어떤 형태로건 존속하게 마련이었다. 후기적 변동 속에서 '방외인 문학'의 행방을 탐색하는 일은 나 자신에게 이미 주어진 숙제인 셈이다.

실은 내가 이 문제에 착안한 지는 벌써 오래 전이다. 지난 1977년 4월에 '언문풍월(諺文風月)과 한문학의 희작화'란 제목으로 구두 발표를 한 바 있었다. 그리고 여태 논문 작성을 미루어두었다. 나의 게으름 탓도 있었지만 그럴 만한 이유가 없지 않다. 소설사의 연구에서 작자 미상, 연대 미상의 작품군들로 해서 부딪치는 장벽과 비슷한 난관이 있었다. 희작을 즐겨 지은 사람들은 거개가 무명 아니면 익명의 인물들이었거니와, '유희문자(遊戱文字)'로서 기껏 웃음거리나 심심파적에 지나지 못했던 것이니 당초 소중히 간직될 성질이 못되었다.

나는 작업을 미루어둔 동안 온갖 잡서(雜書)[2]와 소설류 기록을 들추는 속에서 희작적인 글을 채집하였으며 간혹 책장에 적힌 낙서에서 희작을 발견하였다. 희작화의 실상이 조금 잡혀지는 것도 같았다.

혹자는 희작 따위를 진지하게 다루려 하느냐고 질책할지 모른다. '비속한

---

2) 우리나라 고서의 필사본 가운데 일군의 雜書類가 있다. 온갖 사실과 지식을 잡다히 나열한 것으로, 서명이 '閑骨董', '骨董飯'이라 불려진 것도 있다. 骨董飯은 '비빔밥'이란 뜻이니, 그 성격을 잘 드러낸 명칭이다. 대체로 교양수준이 저급한 사이에서 작성되고 애독된 것인데, 지금까지 주의를 받지 못해서 거의 흩어져 없어지고 말았다. 이 잡서류에 한문소설이 허다히 포함되어 있고 戱作의 시문도 더러 발견된다.

재담'을 문학으로 취급할 수 있을까? '장난기'로 지은 시를 시라고 해서 좋을까? 희작은 전통적 문학관에서 가치를 아예 인정받을 수 없었음은 물론 근대적인 창작의 자세에 비추어 볼 때도 문제가 있다. '창작'이 '희작'으로 되어서 괜찮을 것인가? 김립이 대중적으로 유명한 반면 학문연구의 관심권에 제대로 들어오지 못하고 있는 것도 대개 이런 때문이 아니었던가 한다.

희작을 어떻게 평가할 것인가는 희작화 현상에 대한 구체적인 이해, 역사적인 인식이 없이 속단해서는 안될 것이다. 김립의 경우 또한 희작화의 전체 흐름 속에서 관찰하지 못했기 때문에 특수한 개인적 시풍으로만 생각한다. 한낱 기이한 존재로 통속적인 흥미 내지 호사가의 관심밖에 끌지 못하고 역사적 의미는 갖지 못하게 된다.

한편 희작에 대한 관심은 현재로도 돌려볼 필요가 있다. 현대의 창작에서도 희작이 수법으로는 혹간 이용되고, 희작적 내용 수법을 예술적 특징으로 구사해서 놀라운 효과를 거둔 사례도 없지 않다. 현대의 희작적 경향 또한 그 역사적 맥락을 설명할 필요가 있는 것이다.

2. 한문학 전통 속에서의 戲作

'희작'이란 주로 시제(詩題)에 붙여 쓰인 말이었다. 두보(杜甫)의 시에 나오는 것이 최초의 용례가 아닌가 한다.

「희작 기상한중왕이수(戲作 寄上漢中王二首)」. '한중왕(漢中王)에게 시 2수를 농으로 지어 보내드리다'는 뜻이다. 여기서 '희작'이라는 두 자는 동사로 쓰였으나 덧붙여진 것이다. 어법상의 군더더기를 왜 첨가했을까? 위의 '희(戲)'자는 우리의 어감으로는 '농'이란 낱말에 가깝다. 농은 상대방의 웃음을 유발하는 실없는 말이므로, 정색하고 하는 진담이나 값진 말은 농이 될 수 없다. 제목에 '희작'이라는 두 자를 얹어놓음으로써 시를 받는 쪽에 대해 격의 없는 친분이 표시되고 또 한편 보내는 쪽도 별것이 아니라고 자처하는 겸손으로 되고 있다.

「희작 배해체 견민 이수(戱作 俳諧體 遣悶 二首)」. 이 경우 기본 시제는 '견민(遣悶, 근심을 몰아냄) 2首'이다. 앞세운 두 마디는 본제에 대한 설명문인 데, 농으로 지은 배해체(俳諧體)라는 뜻이다. 배해체란 무릇 시문(詩文)의 체제가 유희적인 태도를 띤 것을 가리키는바, 그런 따위는 배우(俳優, 광대) 의 익살이나 재담과 같다는 뜻에서 나온 명칭이다. 얕잡는 말투이다. 위의 시는 "두보가 처음 기주(夔州, 중국의 西蜀지방——인용자)에 갔을 때 토속이 다름을 괴이하게 여겨 지었다"고 한다.[3] 머나먼 낯선 땅의 우스꽝스러운 습속 과 어울려 살게 된 서글프고 딱한 신세의 자신을 스스로 위로하기 위한 시이다. 한번 웃음으로써 괴로움을 잊게 하기 위해 자신에게 '농'을 걸었다고 나 할까? 배해체에 가깝게 된 때문에 '희작'이란 단서를 붙인 것이다.

두시(杜詩)의 제목에는 이밖에 '희제(戱題)' '희위(戱爲)'나 '희증(戱贈)' '희기(戱寄)' 등도 간혹 보이고 있다. 역시 '희작'의 경우와 유사한 의미로 쓰인 것들이다. 물론 '희'를 제목에 못박아놓았다고 해서 그 시가 곧 문자 그대로 희작은 아니다. 다만 한가지 분명한 사실은 위대한 시인의 창작에 때로 '농기'도 깃든 점이다. 뿐만 아니라 꼬리표를 달지 않은 희작도 보인다. 예컨대 「음중팔선가(飮中八仙歌)」는 멋진 해학이거니와, 「공낭(空囊, 빈 주머니 ——인용자)」이란 시에서 "주머니가 텅 비면 부끄러울까 저어하여 한닢 돈을 남겨두고 지켜보노라〔囊空恐羞澁, 留得一錢看〕"[4]고 한 것은 끼니마저 간 데없이 된 절박한 처지에서 나온 '농'이다. '빈 주머니'란 뜻의 제목 자체가 자조(自嘲)를 느끼게 하며, 앞의 '음주팔선'이란 제목 역시 '정언적(正言的)' 이 아니고 '희언적'인 설정이다. 즉 이들 제목은 '희'자 꼬리표는 달지 않았지만 희작임을 예고하고 있다고 보겠다.

두보의 이와같은 측면을 의외로 보고 놀랄 일은 전혀 아니다. 인간의 삶이 긴장(緊張)으로만 연속될 수 없고 이완(弛緩)의 과정이 필수적이듯, 인간의 삶을 반영하고 정서를 표현하는 시작(詩作) 역시 진지하고 엄숙한 면

---

3) "俳諧는 謂俳優訴諧也ㅣ라. 甫ㅣ 初至夔州ᄒ야 怪其習俗之異而作ᄒ니라."(「戱作俳諧 體遣悶二首」의 註, 『分類杜工部詩諺解』 권3)

4) 「空囊」, 『分類杜工部詩諺解』 권3, 『杜詩鏡銓』 권6.

에 대해서 농으로 나오고 웃음을 유발하는 면도 있는 것이 오히려 당연하다. 그러나 희작적 측면은 어디까지나 예외로 의식하였다. 때문에 위에서 살펴본 바처럼 그러한 경우 반드시 의도적으로 제목에서부터 희작으로 지은 것임이 드러나도록 했던 것이다.

지금 두보를 통해서 시의 희작적 측면을 살펴보았는데 문(文)의 경우는 어떠했던가? 원래 문은 실제 용도에 직결되어 있었으므로 희작화되는 데는 넘어야 할 고비가 있었다. 그렇다 해도 희작은 발생하기 마련이다. '배해문'이라 일컫은 것들이다. 예컨대 한유(韓愈)의 유명한 「모영전(毛穎傳)」이나 「송궁문(送窮文)」 등이 여기에 해당한다. 죽은 자와 영결하는 제문(祭文)은 실용적인 것이지만 빈궁이란 배송할 실물이 아니므로 「송궁문」은 그 작의(作意)가 벌써 유희적이다. 실용성으로부터의 유희적 전환인 것이다. 이런 과정을 통해서 각 문체별로 배해체의 희작이 어쩌다가 변종처럼 나타났던 것이다.

한유의 문장과 두보의 시는 고전적인 전범(典範)으로 후세에 큰 영향을 주었다. 그들의 희작적 수법 역시 범동양적인 한문학 전통 속에 편입하여 한구석에 자리를 잡게 되었음은 두말할 것도 없다.

우리의 한문학 전통에서도 희작은 드물게나마 산견되는 터이지만, 특히 고려 중엽 무인(武人)집권하의 문인들 사이에서 희작으로 경도한 현상을 볼 수 있었다. 당시 문인들의 생활의식을 담은 노래 「한림별곡(翰林別曲)」은 "원순문(元淳文)·인로시(仁老詩)·공로사륙(公老四六)·이정언(李正言)·진한림(陣翰林) 쌍운주필(雙韻走筆)"로 시작한다. 자기들의 글재주를 무슨 특기 자랑처럼 뽐내고 있다. 국정이 소수 무인들의 수중에서 농락당하는 데 대항하지 못하고 기껏 저들에게 문예로 뽑히는 것이 영광으로 되는 문인들에 있어서 글재주말고 과시할 무엇이 있었겠는가. 위의 '쌍운주필'로 명성을 얻은 이정언 이규보(李奎報)는 자기가 쓰다 버리게 된 붓을 두고 이런 시를 짓는다.

이 붓 어찌 소홀히 버리랴!

능히 재상의 몸이 되게 하였거늘,

지금 내 머리도 민둥이 되었으니

두 늙은이 서로 친히 어울리세.

此筆那輕擲, 能成宰相身.

今吾頭亦禿, 兩老合相親.

(「戲題舊筆」)[5]

그의 몸이 붓의 공력으로 정승의 지위에까지 오른 것은 사실이다. 그러나 붓으로 경륜을 편 결과가 아니요, 붓끝으로 부린 재주가 남의 눈에 잘 든 덕분이었다. 몸이 정승을 지낸 만큼 자신에겐 오히려 허탈감만 남는다. 마침내 닳아빠져 쓸모없이 된 붓의 모습에서 늙어 초라해진 자신의 이미지를 발견한 것이다. 이 희작 의식의 저변에는 붓으로 살아온 자신에 대한 조소가 깔려 있다.

이규보는 자기 인생에 대해서, 세상에 대해서 유희적·해학적인 태도를 보일 때가 종종 있었다. 예컨대 자기가 세상을 살아온 지 일만 팔십 일에 하루도 빼지 않고 술을 마시다가 마침 어느 하루 술을 거르게 되자 「일일불음 희작(一日不飮戲作)」이란 시를 짓는다.[6] 그리고 「경설(鏡說)」「슬견설(虱犬說)」 등의 산문은 세상에 대한 해학인 것이다. 또 자기의 문예취미 자체를 스스로 기롱하여 「구시마문(驅詩魔文, 詩魔를 몰아내는 글——인용자)」을 짓기도 한다. 인생관뿐만 아니라, 문예에 대한 태도 자체가 다분히 유희적으로 된 것이다. 이런 농세(弄世)·농필(弄筆)이 이규보의 전모는 아니요, 진면목으로 규정할 수도 없다. 역설로 이해하는 편이 좋을 듯하다. 「구시마문」에서 "너(詩魔, 곧 시의 내적 자아를 가리킴——인용자)는 당국자도 아니면서 의논이 나랏일에 미치고, 너는 광대도 아니면서 세상만사를 조롱하는구

---

5)『東國李相國集』後集 권2,『高麗名賢集』제1책, 成大 大東文化硏究院版, 456면.

6) "又不見今時李春卿, 閱世一萬八十日, 今日幸而醒……"(「一日不飮戲作」,『東國李相國集』권3, 같은 책, 37면)

나"라고 빈정거린다. 이 빈정거림 역시 역설이다. 그는 국계민생(國計民生)에 대한 관심을 시인의 임무로 알고 실천하면서도 '문예 기능 보유자'로 행세해야 하는 처지에서 곧잘 문학으로 유희하여 광대처럼 세상사를 조롱하곤 한 것이다. 문자 그대로 배해체이다. 문학사에서 거론되는 가전(假傳)은 당시 유행한 배해체의 일종이다.

무인의 세상은 일시적으로 끝났고 고려 말 이래 문인들은 사대부 신분으로서 봉건지배층으로 군림하게 되었다. 그들에 있어서 한문학은 사고와 오락의 기능을 하였으므로 희작에 끌릴 개연성이 높았던 셈이다. 그러나 인간은 남의 윗자리에 서면 장난 같은 것은 치지 않는 법이다. 사대부들은 생활태도 전반에 권위를 세우고 점잖은 태를 냈거니와, 문학 일반이 그들에 있어서는 미학적 의미보다는 사회적 권위를 장식하는 큰 부분이었다. 따라서 문학은 근엄한 것으로 되어야 했으므로, 희작의 유혹을 응당 절제할 수밖에 없었다. 바로 이조 사대부문학의 성격으로 나타난 사실이다.

다만, 이규보의 경우처럼 일시 불우의 갈등을 느낄 때 희필을 들어보는 수는 있거니와, 앞에서 언급한 대로 긴장에는 이완의 곡선이 필요하다. 사대부문학의 근엄한 성격에 탄력을 유지하기 위해서는 희작도 어느정도 용인했다. 도학자 퇴계의 문집에도 분명한 희작이 실려 있다. 예컨대 한자의 파자 방식을 교묘하게 써서 인간심리의 선악의 갈등을 표출한 시가 보인다. '파자놀이'를 본뜬 '놀이 글'이지만 '학자님의 시'다운 본색을 잃지 않고 있는 점이 일반 희작과는 다르다고 보겠다.[8]

그러나 일반 문인의 경우 역시 아무리 희작이라도 넘지 못할 한계와 기본 원칙이 있었다. 첫째는 정도를 지나치면 안된다는 점이다. 희작은 어쩌다가 소한(消閑)으로 하면 모르되 치력(致力)할 일은 아니며 그 내용 또한

---

7) "爾非肉食, 謀及國事; 爾非侏儒, 嘲弄萬類."(「騸詩魔文」, 『東國李相國集』 권20, 같은 책, 216면)

8) 「戲作破字詩四絶」 중 제1수를 제시한다. "帝降人人廾口羊. 悅心如口藹衷腸. 無端物觸心頭亞, 坐見雙人慘自戕."(강조는 인용자. 이하 같음) 여기에 自註를 "廾口羊, 善也. 心頭亞, 惡也. 雙人, 仁也"라고 달았다(『退溪集』 권4, 『退溪全書』 제1책, 大東文化研究院版, 128면).

절제를 요한다. 여기에 하나의 경구(警句)가 있다.

좋게 희학(戱謔)을 하니, 학(虐)이 되지 아니하노라.[9]

'학'이란 '포학(暴虐)'이란 뜻이니, 농을 잘해서 서로의 마음을 유쾌하게 하며, 정도를 넘어서 심하게 거칠게 되지 않는다는 것이다. 예로부터 희학을 적절히 활용하는 것은 썩 고상한 풍치로 쳤다. '좋게 희학을 하는' 묘는 요컨대 지나치지 않는 데 있었다. 희학의 내용이 아주 야비하다든지 상대방에게 불쾌한 감정을 남기는 따위는 지나친 것이다. 희작도 여유와 멋으로 느껴지는 선에서 모름지기 그쳐야 한다.

둘째, 아(雅)·속(俗)의 경계를 범해서는 안된다는 점이다. '지나치면' 마침내 '속'되게 되므로 사실상은 앞의 사항과 연관되지만, 나누어 파악하면 앞의 사항은 내용상의 문제요, 이번 사항은 표현상의 문제이다. '아'는 우아한, 문화의 정도가 비교적 높은 상태이고, '속'은 거친, 문화의 정도가 비교적 낮은 상태이다. 따라서 민요나 민간설화는 '속'의 단계이며, 유행을 좇는다든지 대중의 저속한 흥미에 영합하는 따위 역시 '속'에 해당한다. 한문문학은 전통적으로 '아'를 지향하였으며, '속'은 금물로 규정하였다. 설령 천근(賤近)한 데서 재료를 섭취하더라도 '아'의 경지로 끌어올려야 문학으로 인정을 받는다. '아'의 성벽은 엄하게 지켜졌던 것이다. 희작의 경우도 마찬가지이다. 비록 희롱이라도 그것을 아화(雅化)시켜야 하는 것이 원칙이다. 예컨대 속어를 마구 사용하거나 천박한 감을 주는 따위는 '속'을 범한 것이다.

이러한 대원칙은 희작이 한문문학의 전통에 편입하기 위한 요건이지만, 동시에 희작을 억제하는 규범이었다. 이 규범이 지켜지는 한 희작의 발전은 기대할 수 없거니와, 거기에 특별한 역사적인 의미도 주어지지 못한다. 이조 후기에 전개된 희작화에서는 그 원칙이 무시되고 그 규범으로부터 이탈되었던 것이다. 후기의 희작을 주목하는 이유는 바로 이 때문이다.

---

9) "善戱謔兮, 不爲虐兮!" (「淇奧」, 『詩經』)

후기적 희작은 기록에 의하면 백호(白湖) 임제(林悌)가 처음 착수한 것으로 볼 수 있다. 그의 산문작품으로서 「수성지(愁城誌)」와 「화사(花史)」는 고려 가전을 확장·발전시킨 형태로, 언어표현 역시 희작적 수법을 절묘하게 구사한 것이다. 이들 작품은 '속'으로 전향한 것이 아니며, 후기 희작의 특색은 아직 나타나지 않았다. 그런데 김립 시류(詩類)의 희작시 가운데 상당편이 백호의 작으로 전하고 있다. 과연 기록을 그대로 믿어야 할지 어떨지는 자못 의문시된다. 백호 작으로 전하는 자료를 살펴보면 대개 그가 과객으로 떠도는 과정에서 지은 것으로 되어 있다. 이 점에 주의할 필요가 있다고 본다. 백호의 경우 대단히 호협분방했던 것은 사실이나 완전히 유락(流落)·방랑의 길로 들어가지는 않았다. 떠돌이로 '언문풍월'이나 읊조리는 전설상의 백호는 백호의 실상(實像)이라기보다 현실적으로 지식인이 유락·방랑하던 후기적 상황의 투영으로 생각되는 것이다.

3. 지식인의 분화와 流落

지식인의 분화──'딸깍발이'의 출현

「옥갑야화(玉匣夜話)」의 주인공 허생은 독서인(讀書人)이다. 가난한 형편에 글만 읽는 허생에게 그의 처는 "평생 과거에 응시를 하지 않으니 독서는 해서 무엇합니까?"라고 공박을 한다. 지극히 당연한 논리이다. 당시 글 읽는 것은 으레 과거 보기 위해서요, 과거는 물론 벼슬길에 나가기 위함이었다. 그때 공부하여 출세하는 길은 그 길말고 따로 없었던 것이다. 독서는 좋아하면서 정작 과거에 응시하지 않으니, 그것은 확실히 앞뒤가 맞지 않는 일이다. 허생은 처의 공박에 나는 독서를 충분히 못했다고 대꾸하는데 진실한 답변이 아니다. 작품에 묘사된 허생의 성격은 이미 독서를 충분히 했더라도 결코 과거에 응시하지 않을 사람이다.

허생과 같은 부류의 인물들을 일컬어 '딸깍발이'라고 불렀다. 「달각선생문(月脚先生文)」[10]이란 글이 있는데 거기에 보면,

용모는 꾀죄죄 행광대(杏廣大) 비슷하고

수염이 덥수룩 풀좌반(草佐飯)이 방불코나.

사시장철 나막신을 끄니 달각선생이 아니냐.

갓은 몇년을 썼는고, 천황씨(天皇氏)와 동갑일레.[11]

라고 딸깍발이의 외양을 희화적으로 그려놓았다. 변부자를 찾아갔을 때의
허생을 연상케 한다.[12] 딸깍발이들은 도처에 산재해 있었던 모양이다. 허생
은 그중에도 이름난 남산골의 딸깍발이인데, 흉중에 심원한 경륜을 품고 있
음이 여느 딸깍발이와 다른 점이다.

어찌해서 이런 딸깍발이 무리가 생겨나게 되었을까? 딸깍발이도 이조 후
기의 정치모순과 사대부계급의 몰락 및 사회분화의 부산물이지만, 출현의
계기는 과거제의 문란 속에 집약되어 있다. 당시 과거시험의 부정부패는 상
식에 속하는 사실이나 문란의 구체적 실상은 잘 알려지지 못한 것 같다. 이
글의 논리전개를 위해서 과장(科場)의 정경을 살펴보기로 한다.

「한양가(漢陽歌)」에 과장의 현장이 비교적 상세히 묘사되어 있다.[13]

---

10) 「月脚先生文」을 필자는 세 가지 자료에서 보았다. 하나는 『江都錄』(栖碧外史 海外蒐逸
本)이다. 표제의 책에 부록된 것인데 제목을 「達閣先生文」이라 하였고, 또 하나는 『記聞叢
話』(東洋文庫 소장)에 수록된 것인데 제목이 붙어 있지 않고, 다른 하나는 『隨錄』下(想白
文庫, 서울대 도서관 소장)에 실려 제목을 「崔潗啓」라 하고 權愈이 지은 것으로 해놓았다.
'딸깍발이'의 표기가 「達閣先生」「月脚先生」 혹은 「月閣先生」으로 각각 다르게 되어 있다.

11) "容貌埋沒, 杏廣大之依俙. 鬚髥鬖鬆, 草佐飯之彷彿. 木屐長曳四時, 無乃月脚先生! 總
冠不知幾年, 必是天皇同甲."(「月脚先生文」, 『記聞叢話』栖壁外史海外蒐逸本 27, 亞細
亞文化社 1990, 349면)

12) "子弟賓客, 視許生, 丐者也. 絲絛穗拔, 革履跟顚, 笠挫袍煤, 鼻流清涕."(「玉匣夜話」,
『燕巖集』권14, 장92)

13) 이조 말 서울의 문물·풍속·생활을 노래한 「漢陽歌」는 科擧令이 내려서부터 급제자가 遊
街하기에 이르는 일련의 과정으로 끝을 맺고 있다. 말하자면 과거시험의 합격자 발표가
「漢陽歌」의 대단원이다. 과거시험의 부정부패를 전하는 자료들이 많이 있지만, 「漢陽歌」
는 가장 보편적인 상황을 반영하고 있으므로 일부러 이 자료를 이용하였다. 본고에서 인용
한 대본은 宋申用 校註『漢陽歌』(正音社 1949)이다.

선비의 거동 보소. 반물 들인 모시 청포

검은 띠 눌러 띠고 유건에 붓 주머니

　(…)

집춘문·월근문과 통화문·홍화문에 부문(赴門)을 하는구나.

건장한 선접군(先接軍)이 짧은 도포 제쳐 매고

우산에 공석(空席) 싸고 말독이며 말장이며

대(竹)로 만든 등(燈)을 들고 각색 글자 표를 하여

등을 보고 모여 섰다.

밤중에 문을 여니 각색 등이 들어온다.

줄불이 펼쳐 난 듯 새벽별이 흐르는 듯

기세는 백전(白戰)일세, 빠르기도 살 같도다. (「漢陽歌」)

　과장은 창경궁에 배설하였으니 집춘문·월근문·통화문·홍화문은 모두 창경궁 동편 담을 따라 서 있다. 윗 대목은 수험생들이 네 문으로 입장하는 장면이다. 선비(＝科儒)가 과장에 들어가는데 “건장한 선접군”이란 무슨 떼 거리이며, 자리(空席) 등속은 소용이 닿겠지만 말뚝이며 말장은 어디에 쓸 물건인가? 그리고 해가 떠야 시험이 시작될 터인데 밤중부터 설쳐대더니 대문의 통과도 화살처럼 속도전을 하는 것은 무슨 영문인가?

　현제판(縣題板, 문제를 게시한 판목——인용자) 밑 설포장(設布場)의 말독 박고 우산 치고

　휘장 치고 등을 꽂고 수종군(隨從軍)이 느러서서

　접(接)마다 지키면서 엄포가 사나올사

　그외의 약한 선비 장원봉 기슭이며

　궁장(宮墻) 밑 생강밭에 잠복치고 앉어스니

　등불이 조요(照曜)하니 사월 파일 모양일다. (「漢陽歌」)

입장 때 속도전을 벌인 것은 유리한 자리를 선점(先占)하기 위한 공작이었음을 알 수 있다. 말뚝을 박고 말장을 세우고 위로 우산을 펴고 옆으로 휘장을 둘러친다. 이곳이 하나의 '접'이다. '접'이란 집단을 뜻하는 우리말이니, 한 글방에서 함께 글을 읽는 그룹이나 보부상단 등을 접 또는 동접(同接)이라 했고 접장(接長)이란 말도 생기게 되었다. 과거를 보는 데도 반드시 그룹을 짰던바 역시 접이라 칭했다. 앞의 "건장한 선접군"이란 자기 접이 시험 치기 유리한 자리를 재빨리 점유하기 위한 행동대원이며, 뒤의 "수종군이 늘어서서 접마다 지키면서 엄포가 사나울사" 하는 것은 좋은 자리를 남의 접에게 탈취당하지 않기 위함이었다. (선접군과 수종군은 명칭만 다를 뿐 실체는 하나다.) 앞의 문에서 선두를 다투던 것을 '부문(負門)'이라 일컬었고, 이 대목에서 접의 쟁탈전은 '쟁접(爭接)'이라 일컬었다. 한편 현제판에서 멀리 떨어진 장원봉 기슭이나 담장 밑에 쪼그리고 앉아 있는 군상들은 이런 물리적 경쟁에서 낙오된 고단한 선비들이다.

> 서울 갔든 선보(비)님네, 우리 선보 안 오든가?
> 외기사 오지마는 칠성판(七星板)에 실려오네.[14]

민요의 일절이다. 서울 간 선비가 어쩌다 죽어 칠성판에 실려오는가? 당시 시골 선비의 유경(遊京)이란 곧 과거길을 뜻하였다.[15] 요컨대 '우리 선비'는 과장에 들어가다 횡사한 것이다. 우하영(禹夏永, 1741~1812)의 기록이 있으니,

> '부문'으로 짓밟히는 사태가 있고 '쟁접'으로 치고받는 싸움이 일어나니, 밟히면 죽고 맞으면 다치는 것이 필연적인 형세다. 빈궁한 한사(寒士)가 나물

---

14) 「모심기 노래」, 高晶玉, 『朝鮮民謠硏究』, 首善社 1949, 126면.
15) '遊京'이란 말은 과거 보기 위해 상경하는 것을 일컫는 말이었으며, 여러 탈춤의 양반 科場에 모두 여행하는 양반들이 숙소를 정하는 장면이 나오는데 이 경우도 양반의 과거보기 행차였다.

을 먹고 주림을 참고 각고의 노력을 하며 밤낮 손꼽아 기다리노니 오직 과거 보는 그날이었고, 부모 처자는 합격 소식 오기만 고대한다. 그런데 천만 뜻밖의 기별을 들으니 이야말로 천지의 화기(和氣)를 상하기에 족한 일이다.[16]

앞의 민요는 바로 이러한 무질서와 참담한 사실을 서정적으로 나타낸 것이다.

과거 보기의 첫 막은 완전히 물리적 경쟁이었거니와, 정작 글을 지어 바치는 과정에서는 어떠했던가?

> 각각 제 접(接) 찾아가서 책 행담 여러놓고
> 해제(解題)를 생각하여 풍우같이 지어내니
> 글하는 거벽(巨擘)들은 귀귀이 읊어내고
> 글씨 쓰는 사수(寫手)들은 시각을 못 머문다.
> 글 글씨 없는 선비 수종군 모양으로
> 공석(空席)의도 못 안고도 글 한 장을 애걸한다. (「漢陽歌」)

글은 거벽의 머리에서 나오고 글씨는 사수(일명 書手)의 손에서 씌어지고 있다. 거벽과 서수는 물론 돈을 주고 고용한 자들이다. 정신적 경쟁도 매문매필(買文買筆)로 해치우는 것이다. 한편 글, 글씨 모두 시원찮고 매수할 능력도 없는 자들은 따라붙어 여문여필(餘文餘筆)이나 구걸하고 있다.

그런데 이 과정에서도 왜 속도전으로 풍우같이 지어내고 쓰기도 시각을 다투는가? 요컨대 시권(試券)을 재빨리 제출하기 위해서이다. 먼저의 '부문'과 '쟁접'도 모두 이 때문이었던 것이다. 경향 각지의 응시자들이 얼마나 몰리던지 제출되는 시권이 "언덕 같고 뫼 같구나"라고 할 정도이며, 시관(試官)의 눈을 거치지도 못하고 "낙고지(落考紙)는 짐짐이 져서 낸다"고

---

16) "負門而有蹂躪之弊, 爭接而致鬪打之習. 當蹂則死, 被打則傷, 固其勢也. 貧窮寒士, 咬菜忍飢, 刻意勤工, 日夜之所屈指企待者, 惟在槐黃之秋. 父母妻兒, 擧望榜聲之來, 而反聞意外之報, 此足爲傷和氣之一端也."(「用人」, 『千一錄』上, 比峰出版社 1982, 612면)

할 정도였다.[17] 그 때문에 시관은 일일이 검토·평가할 도리가 없어 일찍 제출한 것 중에서 대충 선발하는 것이 관례로 되었다는 것이다.[18] 참으로 공부가 깊고 글을 잘 하는 선비의 준수한 시권이 낙고지 속에 던져지는 반면 '여문여필'이 합격하는 요행수도 있었다. "과장 운수 알 수 없다"는 속담까지 나오게 되었다.

인재등용이 국가적으로 어떤 중대사인데 이 모양이 되었으며, 그러도록 내버려두었단 말인가? 원래 과거제는 비교적 엄정하였는데 차츰 해이하게 되어 숙종 연간에 오면 이미 위와 비슷한 작태가 발발했다.[19] 물론 식자들은 이 문제를 심각하게 생각하여 개선책을 강구했고 역대 국왕들도 하교(下敎)를 내려 폐단을 금하도록 한 바 없지 않았다. 그럼에도 경장(更張)은 되지 못하였고, 때에 따라 과거의 종류에 따라 정도 차는 있었지만 문란의 도를 더하여 19세기 후반의 「한양가」에서는 과장의 혼란과 부정이 버젓이 서울의 풍물의 하나로 그려지기에 이른다.

과연 과거시험에 기강을 세우고 공정하게 운영할 수는 없었을까? 이 문제는 '할 수 없는' 일은 아니요, '하지 않은' 것이다. 혼란과 부정은 왜 생겨나며 누구에게 유리한가를 생각해보자. '부문·쟁접' '매문매필'은 재력과 권세의 밑받침이 없이는 절대 불가능하다. 요컨대 부귀가(富貴家)에서 실력 없는 자제들을 억지로 급제시키기 위해 저지르는 짓이며, 자기네에게 필요하고 유리하기 때문에 아무리 불합리하고 아무리 나라를 병들게 해도 끝내 바로잡지 않은 것이다.[20] 결국 과거제의 문란 부패도 벌열정치·세도정치의 모순에서 파생된 현상이다.

앞에서 하나의 의문을 두고 지나쳐왔다. 웬 응시자가 그렇게 많이 몰렸던

17) 『漢陽歌』, 115면.
18) "券軸山積, 而主試者, 不能遍審精擇, 操筆臨券, 只看數句數行而止. 於是, 有早取之弊, 應試者, 莫不以早呈爲計."(「用人」, 앞의 책, 613면)
19) 李東歡, 「韓國文敎風俗史」, 『韓國文化史大系』 제4권, 高大民族文化硏究所 1970, 871~72면.
20) "是時, 科規解弛, 貴家子弟, 往往有目不識字而占取科第者. 鄕里效之, 爭趨僥倖. 王聞之, 秋八月, 下敎禁其弊, 然其弊已痼, 不可復戢矣."(金澤榮, 『韓史綮』, '純祖丙寅六年'條 권5, 장12)

가? 그야말로 과장 운수 알 수 없으므로 경향의 한잡배(閑雜輩)들이 너도 나도 따라붙었다고 한다. 그러나 그런 부류만은 아닐 것이다. 그보다는 글을 읽어 응시하는 사람의 수효가 폭주한 때문이었다. 곧 독서인구의 증가에 근본 원인이 있었다고 본다. 그리고 독서인구 증가의 직접 원인은 양반호(戶)의 증가에 있었으니, 봉건적 불평등에서 벗어나려면 호적상 양반 신분을 획득하는 것만으로 될 수 없고 신분을 장식할 독서의 교양과 관작이 필요했던 것이다. 서울의 여항에 제법 규모를 갖춘 교육이 실시되고 있었거니와,[21] 산촌에까지 서당이 개설되는 추세였다.[22] 다산(茶山)도 과거 공부는 거실명벌(巨室名閥)들이 소홀히 여기는 반면 전간(田間)의 춥고 배고픈 자들이 열심이라고 지적한 바 있었다.[23]

독서인구의 증가는 즉각 응시자의 증가로 반영되고(당시 과거는 세속적인 영예와 출세를 얻는 거의 유일한 길이었으니까) 과장의 혼란도 따르게 된 것이다. 벌열들은 '매문매필'로서 이 사태에 대응하여 특권을 확보할 수 있었지만, 실세한 사대부들의 경우 권세에 빌붙지 않고는 별 도리가 없었다. 허생처럼 뜻이 남다르고 자존심을 가진 선비는 과거를 일찍이 외면하였거니와, 과장에 평생 부지런히 쫓아다녀보았자 요행이란 확률이 높지 않으므로 실망해서 돌아서고 마침내 대부분 패가하기에 이른다. 이리하여 '딸깍발이'가 양산되었던 것이다.

독서하는 사람은 선비[士]요, 종정(從政)하는 사람은 대부라고 일컫지만, 독서를 통해 종정을 하므로 이 둘은 사대부에 있어서 하나로 결합된 것이다. 그런데 독서인이 관인으로 진출하는 정상적인 출로가 막히고 또 경제적 기반까지 상실하고 보면 사대부로서의 규모를 지킬 도리마저 없게 된다. 그러나 아무리 폐포파립이라도 체모를 차려야 하기 때문에 그 꼴이 놀림거

---

21) 林熒澤, 「閭巷文學과 庶民文學」,『韓國文學史의 視覺』, 창작과비평사 1984, 442면.
22) "郡縣, 每一鄕, 領數十村. 大約四五村, 必有一書齋. 齋坐一夫子都都平丈, 領兒童數十人."(「禮典·課藝」,『牧民心書』,『與猶堂全書』제5집 권23, 장9) '都都平丈'은 지식이 부족한 훈장을 지칭하는 말.
23) "今科擧之學, 亦已衰矣. 巨室名閥之子, 不肯業此, 唯田間寒餓者爲之."(「五學論」四,『여유당전서』제1집 권11, 장23)

리로 보인다. 딸깍발이의 모습이다. 종정으로부터 이미 탈락했고 마지막 사대부로서의 체신마저 유지하기 어렵게 된 딸깍발이에 있어서 남은 것은 오직 독서로 얻은 지식뿐이다. 지식 이외에 지닌 것이 없다는 면에서 근대 지식인 계층의 특색을 지니고 있다. 딸깍발이는 이 유일한 밑천, 지식을 팔 수밖에 없다.

지식인의 유락——'과객'의 출현

당시 지식을 파는 방법으로서는 기껏 '매문(賣文)'과 '설경(舌耕)' 등이 있었다.

'매문'이란 무엇인가? 거벽 및 서수로 매문매필(買文買筆)에 응하는 것이다. 우하영의 언급에 의하면 힘없는 궁유는 아무리 웅문거필(雄文鉅筆)이라도 '부문·쟁접'을 못해 낙방할 것이 뻔하므로 권세가에 팔리게 된다고 한다.[24] 돈을 얻을 뿐 아니라, 남은 손으로 자기 몫의 글도 지어 바칠 수 있어 이편이 훨씬 유리하기 때문이다. 우하영은 또 이런 상태로 나가면 장차 약간의 글, 글씨가 있는 무리들은 모두 값을 받고 매문하기를 물화 흥정하듯 하게 될 것이라고 경고하였다.[25]

이옥(李鈺, 1760~1812)의 「유광억전(柳光億傳)」은 바로 매문을 제재로 다룬 작품이다. 먼 시골에 거자업(擧子業)을 팔아서 살아가는 자가 많은데 유광억은 과문(科文)으로 이름이 높았다. 그가 서울의 어떤 대갓집에 특별초빙이 되어 그 집 자제를 진사에 합격시키고 돌아오니 돈 2만 전(錢)이 집에 와 있고 도의 감사는 묵은 환자를 상환해주었다.[26] 그는 이로움에 끌려

---

24) "且京鄕之無勢窮儒, 雖雄文鉅筆, 旣無以負門爭先, 又無以定接於要地, 而自作自書, 都歸亂軸. 故於是乎, 計較利害之心, 生焉. 各於其心, 以爲與其極力致意而投之亂軸, 無寧先爲售利於有錢者, 而自呈餘手, 以冀僥倖之爲愈. 實才雄文, 爭趨勢路. 士習之日益卑下, 職由是也."(「用人」, 앞의 책, 614~15면)

25) "以今世道, 若無矯捄之方, 而一向抛置, 則不出十年, 粗有文筆之輩, 擧至售價而賣文, 有若物貨之論價矣."(같은 책, 618면)

26) "柳光億, 嶺之陜川郡人也. 粗解詩, 以善科體, 名於南. 其家寠, 地又汚. 下鄕之俗, 多以賣擧子業爲生者, 而光億亦利之. 甞中嶺南解, 將試于京司. 有以婦人車要於路, 至則朱門數重. (…) 主人子, 果以光億文, 登進士. 酒裝途之, 一馬一僕, 歸其家. 有以二萬錢來

매문을 계속하다가 마침내 탄로가 나서 자살해 죽는다. 작가는, 수요자의 요구에 응해서 매매가 성립되므로 글을 산 자, 즉 권세가에 먼저 죄를 물어야 할 것으로 생각하지만 독서인으로서 가장 천한 '팔기', 정신을 판 데 대해 탄식을 금치 못한다.[27] 매문을, 팔아선 안되는 양심을 판 행위로 본 것이다.

'설경'이란 무엇인가? 혀로 밭을 가는 것을 대신한다는 뜻의 조소적인 말이다. 곧 서당의 훈장 노릇을 가리킨다. 원래 학자가 은거해서 강학하던 처소를 서당이라고 불렀다. 이 경우 서당은 학자의 권위에 비례해서 사학(私學)으로 대단한 권위를 가졌던 것이다. 그런데 지식의 요구가 차츰 보편화되는 추세에 따라 민촌(民村)까지도 숙사(塾舍)가 개설되었던바, 그 일반 명칭이 서당이었다. 이에 서당이란 개념은 종래의 권위를 완전히 상실하게 되었다.

설경하는 생활의 고충을 묘사한 「대구훈장원정(大邱訓長原情)」[28]이란 배해문이 있다. 주인공은 본래 충청도 선비로서 "10년을 서울서 놀다가 주머니는 바닥났고 과장의 백전(白戰)에 공명은 아득히 멀어" 마침내 타관으로 가서 촌 서당의 훈장 노릇을 하게 된다.[29] 기껏 『사략(史略)』 초권 수준의 저급한 학동들을 붙들고 약간의 보수에 생계를 건 신세가 처량하기 그지없다.

그런데 학생들의 아비인 김첨지·이동지 들이 "타관 양반인데, 예조(禮租) 한 섬, 의자(衣資) 반 냥(兩)을 주지 않은들 어찌하겠느냐"고 이미 작정한 예폐(禮幣)를 떼먹으려 든다.[30] 훈장이, 추위에 떨고 배고픔을 호소하는

會者, 其所貸邑耀, 監司已償之矣."(李鈺, 「柳光億傳」, 李家源 編譯, 『李朝漢文小說選』, 426면)

27) "梅花外史曰, 天下無不賣物. 有賣身爲人奴, 至毛之微, 夢之無形, 皆有買賣而亦未有賣其心者. 豈物皆可賣, 而心不可賣耶! 若柳光億者, 其亦賣其心者耶! 噫, 誰謂天下至賤之賣, 而讀書者爲之乎? 法曰, 與受同罪."(같은 책, 428면)

28) 이 글은 필자가 본 바 두 가지가 있는데, 하나는 「大邱訓長原情」이란 제목으로 一簑文庫 (서울대 도서관 소장)의 「相思洞記」라는 한문소설에 附載된 것이고, 다른 하나는 필자 소장의 『彙叢』에 「全學長所志」란 제목으로 실린 것이다. 전자는 약간 축약되어 있다.

29) "生, 本湖州士人, 少有才藝之名. 洛水靑雲客, 呼朋而歡酒. 紫陌紅塵群, 握手而追從. 十年京華, 囊橐已罄. 百戰科場, 功名倏遠. 歸來下土, 踪跡崎嶇, 聚童村堂, 設學山齋."(「大邱訓長原情」)

처자식이 눈앞에 어른거려 다시 사정을 하면 자기들끼리 돌아보고 냉소하며, "이 양반이 세정도 모르고 물정도 모르는군. '생원의 문자'는 값이 대체 얼마요? 그동안 먹은 양식과 음식으로 치면 될 터이지. 의자고 예조고 막설하오" 한다.[31] '설경'은 예폐라는 명목이 남아 있기는 하지만 돈으로 계산하는 정신노동이다. 그런데 이 경우 대가——'글값'이 형편없이 천하게 평가된 것이다.

'설경'은 다같이 지식을 파는 행위라도 매문과는 성질이 다르다. 그 자체가 부정이 아님은 물론, 역사적으로 볼 때 긍정적 의의를 인정할 수 있다. 위에서 보는 바 불학무식한 자들까지 자식을 가르치려 한 것은 사실이다. 지식에 대한 욕구가 그만큼 확산된 것이다. 그리고 '생원의 문자'는 값이 완전히 땅에 떨어졌는데, 그럴 정도로 지식의 독점적 특권이 대단히 손상된 것이다.

「대구훈장원정」의 내용은 **지식의 민중화** 과정에서 빚어진 희화로 해석할 수 있다. 사실 훈장은 글 읽은 사람의 손쉬운 직업으로 되었거니와, 서민 지식인으로 의식분자가 여기에 종사한 사례도 없지 않았다. 전봉준(全琫準)은 직업이 서당의 훈장이었다.

그러나 설경이 현실적으로 혹 생계의 수단, 치부의 수단은 될 수 있었지만 교육자로서의 직업의식을 갖도록 되지는 못했다.

그밖에 서생(書生)·책객(冊客)·의원·풍수 등 이런저런 직이 있었으나 모두 먹고살기 위해서 구처없이 하는 노릇에 불과했다.

지식을 팔아서 살아가야 할 계층은 분화되었으나 지식을 파는 일에 자부심을 갖고 주체적 자세를 세울 수 없었던 것이다. 지식인의 사회기반은 다소 조성되었으나 워낙 취약한 상태였기 때문이다. 자기의 주체를 상실한 채 재주를 팔고 남에게 영합하는 태도를 지목하여 '배우(俳優, 광대)'라고 일렀

30) "金僉知·李同知, 面面指揮, 白哨官·呂把摠, 人人謀議. 他官兩班, 客地生員, 禮租一石, 依資半兩, 不給何爲?"(「全學長所志」)
31) "落日西窓, 瘦妻弱子, 呼飯而啼寒. (…) 勢出不已, 更爲言及, 則渠輩相視相笑, 冷然爲答曰, 此兩班彼兩班, 世情不知, 物情不知. (…) 生員文字, 其直幾何? 粮食飯饈, 是可當矣. 衣資禮租, 且莫說焉."(같은 글)

다. 지식을 팔아서 살아가는 현실은 아직 '배우적'인 것이었다.

다산은 그의 「전론(田論)」에서 사(士)의 임무는 농민의 자제를 교육하고 농학·공학 등의 연구로 생산활동을 돕는 것이라고 주장하였다. 이런 일의 공헌하는 바는 육체노동에 비할 바 아니므로 충분한 대가를 지불해야 옳다고 생각하였다. 확실히 지식인으로서의 삶을 의식한 것이다. 그러나 그는 자신의 정신노동의 대가를 현실 속에서 구할 뜻을 두지는 않았다. 결코 배우적으로 자신을 타락시킬 수 없었던 것이다.

「옥갑야화」의 허생도 비록 돈을 차용해서 장사를 하긴 했지만 "재물 때문에 얼굴이 기름지게 되는 것은 상인들의 일이다. 만냥의 돈이 내가 추구하는 도(道)에 무슨 상관이 있겠느냐"라고 자신을 이익을 추구하는 상인과 준엄하게 구분짓고 있다. 독서하는 자로서의 흔들리지 않는 자세가 실학이라는 학문을 낳은 것이다. 다시 말하면 실학파의 학자들은 학문으로써 자기를 견고하게 지켰던 사람들이다.

이런 실학파의 학자들은 특이한 경우이다. 사람들은 '시속(時俗)의 학'에 쏠리기 마련이다. 당시 '시속의 학'은 과거공부였으니, 글 읽는 사람들이 일반으로 쏠리는 바였다. 양반의 체모를 유지하기 불가능한 상태에서 '시속의 학'으로 자기의 주체를 지키기란 실로 어렵다. 구처없이 지식을 팔려고 나서는데, 그것은 독서하는 자로서는 이미 현실적·정신적 유락(流落)이었다.[32] 그나마 거기서도 안정하지 못하고 현실적으로 유락하여 유리걸식하는 과객——방랑문인이 출현하였다. 방랑문인의 대표적인 형태로서 '삿갓시인'이란 존재가 있었다.

'삿갓시인'의 존재와 김립

과객(過客)은 옛날의 정조(情操)를 느끼게 하는 말이다. 『춘향전』에서

---

32) 燕巖이 權臣 洪國榮에게 화를 받을까 두려워 開城 쪽으로 내려와 있었는데 연암의 친구 兪彦鎬가 일부러 홍국영에게 "人生窮達, 不可知也. 朴某, 當時顧何如也? 余往松京, 聞其挈家流離, 來作松京富人家老學究也"라고 말을 하니 홍국영은 이 말을 듣고 "大笑曰, 眞腐矣. 無足論也"라고 완전히 타락한 것으로 보아, 다시 연암을 문제삼지 않았다고 한다 (『過庭錄』, 『韓國漢文學研究』 제6집 부록).

이도령이 어사로 내려올 때 꾸민 행색이 바로 과객이다. 이도령은 월매에게 "탕진 가산하여 부친께서는 학장(學長, 서당 훈장——인용자)질 가시고 모친은 친가로 가시고 다 각기 갈리어서" 자기도 할 수 없이 과객질로 나섰노라고 한다. 자신의 초라한 행색을 합리화하기 위한 거짓말이다. 그러나 이 거짓말은 양반 가정의 유리(流離)로서 여실한 허구이다. 그 행색으로 사또의 잔치에 참여했을 때 그는, "걸인의 의관은 남루하나 양반의 후예인 듯" 보여 말석에 앉혀지게 된다. 아무리 헌 파립 헌 도포라도 의관을 갖추었기 때문이다. 떠돌이 신세라도 일반 농민의 유리와는 꼴이 달랐던 것이다. 과객들은 주로 부호나 양반의 사랑 혹은 서당으로 전전하였다. 개중에는 시문·서예·회화 및 잡술 등으로 대접을 잘 받기도 했다.

이도령은 사또의 잔치에서 주효를 얻어먹고 그냥 가기 무렴하다고 시 한 수를 짓는다. "금준미주천인혈(金樽美酒千人血)"의 시가 바로 그것이다.

유한 문사(文士)들이 산사(山寺)에 모여 시 짓고 화전놀이를 하는데 마침 허름한 과객이 밥을 구걸했다. 여러 선비들이 그를 희롱해서 "값이 있어야 음식을 주겠다"고 하니, 과객은 "값을 치를 돈이 있으면 구걸을 하겠는가" 했다. 선비들이 그 값은 시라고 대답하자 과객은 운(韻)자를 부르라고 했다. 문사들은 일부러 골탕을 먹이려고 어려운 운자[强韻]를 내보았는데 부르는 대로 시를 지었다. 문사들은 크게 놀라고 탄복하여 과객을 상좌에 앉히고 즐겁게 실컷 놀다가 파했다.[33]

이 과객이 만약 시를 못 지었다면 틀림없이 아주 멸시를 받았을 것이다. 이도령이 시를 지은 것도 자신이 먹은 주효의 대가에 해당한다. 다만 이도령의 시는 비꼬는 내용이었기 때문에 위와는 달리 특별한 대접도 받지 못했고 잔치도 파흥으로 만들었던 것이다.

---

33) "遊閒文士, 會于山寺, 賦詩煮艾. 適有弊褔過客, 求食一盂. 諸士戲之曰, 有價然後可食. 客曰, 如有其價, 豈用乞食. 諸士曰, 所謂其價, 卽詩也. 客曰 請聞韻字. 諸士故欲困之, 試呼强韻. 隨號隨製曰 (…) 諸士大驚服, 延之上坐, 盡歡而歸."(副墨子,『破睡錄』,『古今笑叢』 민속자료간행회 1959)

문학의 재능은 과객질을 하는 데 있어 썩 유리한 수단으로 되었다. 이런 경우 비록 셈이 분명한 것은 아니지만 글을 팔아서 생을 유지하는 형태이다. 그네들은 애호해줄 사람들을 찾아서 돌아다녀야 했다. 결국 '방랑문인'이 되는 것이다. 잠재적 독자층과 작가를 매개할 상업출판이 아직 활발하지 못했고, 기껏 일시적 고객이 산재해 있는 상태였기 때문이다. 송생원이란 거지 시인의 이야기가 『추재기이(秋齋紀異)』에 소개되어 있다.

송생원은 가난하여 집도 없다. 오직 시를 잘하였는데, 일부러 광인처럼 놀았다. 누가 운자를 부르면 응구첩대(應口輒對)하는 것이 마치 북장단 치듯 했다. 시 한 구에 돈 한 푼을 구걸하되 손으로 바치면 받고 땅에 던지면 돌아보지도 않았다. 왕왕 가구(佳句)도 있는데 (…) 일찍이 전편(全篇)을 사람들에게 보인 적은 없었다.[34]

송생원의 시구는 거지의 '장타령'에 해당한다. 다르다면 돈을 땅에 던질 때 받지 않는 자존심이다. 이 사람이 애호해줄 사람을 찾아서 돌아다니지 않는 경우 시 한 구에 돈 한 푼을 비는 거지로 전락하는 것이다. 송생원은 대가가 너무 약소하기 때문에 시의 전편을 완성할 흥미를 잃어, 시로서 생명을 갖는 최소단위인 한 구(우리나라에서는 관행적으로 2行이 1句임)만 짓고 그만두지 않았을까 싶다.

'삿갓시인'은 다른 무엇이 아니고 방랑문인이다. 다만 그렇고 그런 허다한 과객 중에 삿갓을 착용한 점이 별나서 그런 칭호를 얻었을 뿐이다. 김병연(金炳淵, 1809~63)은 자신의 머리에 얹은 삿갓을 두고 "빈 배같이 두둥실 떠도는 이 삿갓, 한번 쓴 후 40년 생애를 보냈노라" 하고 "세인의 의관은 모두 겉치레인데 비바람치는 날에 나 홀로 걱정이 없도다"라고 한다.[35] 그가

---

34) "宋生員, 貧無室家, 顧能詩故, 佯狂遊戲. 人有唱韻, 輒對如鼓答枹. 句索一錢, 奉于手則受, 投諸地則不顧也. 往往多佳句, (…) 而未嘗以全鼎向人也."(「秋齋紀異」, 『李朝漢文短篇集』中, 450면)

35) "浮浮我笠等虛舟, 一着平生四十秋. (…) 俗子衣冠皆外飾, 滿天風雨獨無愁."(李應洙 編, 『金笠詩集』, 漢城圖書株式會社 1941, 44면)

당초 삿갓을 착용했을 때는 전하는 말대로 하늘의 해를 보지 않겠다는 상
징적 의미가 있었는지도 모른다. 그러나 평생 떠돌아다니는 신세에 삿갓은
그런 상징적 의미보다는 실제 햇빛과 비를 막는 도구로 쓰였던 것이다. 요
컨대 삿갓은 방랑인에게는 더없이 간편하고 유용한 물건이었다. 거기에 약
간의 의미를 부여하자면 의관이 갖는 신분적 표지 내지 까다롭고 형식적인
예의범절로부터 탈피한다는 뜻이 있는 것이다. 삿갓은 예속의 구애로부터
행동의 자유를 주는 물건이기도 했다. 문인이 소탈한 한때의 멋으로 삿갓
〔笠〕을 머리에 쓴 내력을 고증하는 현학(衒學)은 않겠으나, 그것의 일상적
·고의적 착용이 김병연으로부터 비롯된 일이 아니라는 사실은 명확히 밝
혀두고 싶다. 기록에서 발견한, 김병연 이전의 삿갓을 쓴 존재를 표로 제시
한다.

칭 호	본 명	특 기	출 전
蒻笠翁	李正遇	詩	開中記聞
蒻笠李生員	미상	奕棋·古談	玉匣夜話後識
李平涼	李廷楷	詩文·奕棋	破睡錄·問菴集

위의 인물들은 정확한 연대는 알 수 없으나 출전 자료로 미루어 18세기
사람들이다. 다들 성격이 세속을 초탈한 기인인데, 시·바둑·고담(古談) 등
과객으로 활동하기 유리한 특기를 한두 가지 지니고 있다. '사립옹'은 사립
(簑笠, 삿갓)을, '이평량'은 평량립(平凉笠, 패랭이)을 항상 쓰고 다니는 까닭
으로 그런 이름을 얻었다고 하며, '약립 이생원' 역시 약립(蒻笠, 죽순 껍질로
만든 것)을 착용했을 것이다. 모두 김립과 상통하는 인물 유형이며, 대(竹)로
엮은 종류의 모자를 일상 착용했던 점까지 비슷한 것이다.
　김립과 동시대에도 의사(擬似) 김립이 돌아다녔다고 하지만, 이런 '삿갓
시인'의 부류는 허다히 있었다고 보는 편이 옳다. 요컨대 방랑인의 삿갓은
어느 누구의 특허품이 아니다. 비올 때나 쓰는 것을 비오지 않을 때도 쓰고,
천인이 쓰는 것을 천인이 아니면서 쓰고 떠도는 모양이 다소 이상하게 보

일지라도, 단순히 그 때문에 앞의 인물들이 기록에 오른 것은 아니다. 그 인물이 주는 매력과 행적의 특이함으로 인해서 그 별호가 유명해진 것이다. 특히 김립의 경우 기발한 시로서 평판이 자자했고 대중적인 인기가 대단했다. 그래서 김립의 이름은 오늘날 삿갓시인의 거의 유일한 존재로 남게 된 것이다.

필자가 본바 김립의 정체를 밝혀놓은 이른 기록은, 「홍경래전(洪景來傳)」에서 "김익순(金益淳)은 **시인 병연 속칭 김립의 조부이다. 후일 익순이 금부(禁府)에서 능지처참을 당하매 그 손자 병연은 불우하게 일생을 마쳤다"36)**고 한 것이다. 김립=김병연은 새삼 의심할 여지가 없다고 본다. 그런데 이에 앞서 문제가 되는 두 기록이 있다. 삿갓시인을 입전(立傳)한 황오(黃五, 1816~?, 호 綠此)의 「김사립전(金莎笠傳)」과 신석우(申錫愚, 1805~65, 호 海藏, 벼슬은 판서에 이름)의 「김대립유사(金簦笠遺事)」이다. 이 두 기록의 사항을 김립과 대조해보자.

칭호	名·字·號	출신	기록 연대	출전
金莎笠	미상	東海上人	1845년(乙巳) 겨울 이후	綠此集
金簦笠	鑾·而鳴·芝裳	廣州鄕品	1852년(壬子) 봄	海藏集
金 笠	炳淵·性深·蘭皐	楊州生으로 兩班家門		洪景來傳·大東詩選·大東奇聞등에 散見

김립=김병연의 등식관계에 김사립과 김대립도 연결되느냐는 것이 문제점이다. 『김립시집』의 편자 이응수(李應洙) 씨는 김립=김병연 등식에 연결되는 것으로 주장을 하였다. 사립(莎笠), 대립(簦笠) 둘 다 삿갓의 한문적 표현이다. 「김사립전」은 그 작자 황오가 서울에 머물러 있을 때 정현덕(鄭顯德, 호 雨田, 1810~83)으로부터 "천하 기남자가 여기 있으니 어찌 와서 보지 않겠는가"라는 쪽지를 받고 가서 김사립이란 인물과 만나 하룻밤 지낸

---

36) "金益淳, 詩人炳淵, 俗稱金笠之祖也. 後日, 於禁府陵遲處斬. 其孫炳淵, 坎坷終身." (「洪景來」, 『이조한문단편집』 下, 375면)

그 인상을 쓴 것이다. 그의 인적사항도 전혀 모르는 상태였다. 김사립이 과연 김병연인지 혹은 제삼의 누구인지 그 문면을 통해서는 가릴 도리가 없으나 이응수 씨의 견해가 수긍된다. 「김대립유사」는 이와 경우가 다르다. 위의 표에 명시된 그대로 김대립과 김립은 명·자·호·출신 어느 하나도 서로 일치하지 않는다. 따라서 동일인이 아니다. 동일인으로 보려면 한쪽의 인적 사항은 완전히 '진실'이 아닌 '허위'여야 한다. 이응수 씨의 '김립 고증'은 이러한 논리이다. 김립은 일생 자기 성명과 내력을 말하지 않았기 대문에 그 정체가 일반에 확연해진 것은 그의 말년에서 사후의 일이다. 김대립의 인적 사항은 김립이 정체를 감추고 돌아다닐 때의 '변성명'으로 본다.[37] 과연 그러한가?

「김대립유사」는 어쨌든 작자 신석우 자신이 직접 보고 들은 사실을 쓴 것이다. 그리고 삿갓시인에 관한 가장 상세하고 구체적인 자료이다. 이 기록을 삿갓시인의 사례의 하나로 검토할 필요가 있다.

김난(金鑾) 즉 김대립은 신석우가 소시에 교유한 사람이었다. 원래 그는 안응수(安膺壽, 자 福卿, 본관 竹山, 벼슬은 承旨에 이름)의 객(客)으로 와 있었는데, 안응수는 신석희(申錫禧, 자 士綏, 호 韋史, 벼슬은 吏曹判書에 이르고 『韋史詩稿』 1책이 남아 있음)와 절친한 관계이고 신석희는 신석우의 친아우이다. 안응수와 신석희가 김난과 시문(詩文)으로 서로 어울려서 신석우도 김난과 접촉을 갖게 된 것이다. 신석우 형제와 안응수는 서울 명문 출신의 일류 문사로서 모두 현달하였다. 김난과의 사귐은 출세하기 전 젊은 시절의 일이었다. 김난의 지체는 그들과는 비교도 안되는 광주(廣州)의 향품(鄕品)[38]에 불과했다는 것이다. 김난에 있어서는 이 신분이 문제였다.

김난은 이내 안응수에게 발걸음을 뚝 끊어 다시 만날 수 없었다. 물어보니 병이 났다는 것이었고, 병은 "마음이 아프다[病心]"는 것이었으나 그 병이 왜 생겼는지는 알지 못했다. 그후 수십년이 지나도록 신석우의 심중에서 김난이 떠나지 않았다. 그의 재주로 아무런 성취도 못함을 못내 안타깝게

---

37) 李應洙, 앞의 책, 1~6면.
38) 鄕品이란 고을의 座首·別監 따위를 할 수 있는 가문. 鄕族이라고도 함.

생각한 것이다.[39] 한 친구가 용인(龍仁) 촌가에서 한창 유명한 김대립을 마주쳐 그로부터 자기 신상에 관한 말을 듣고 와서 전하는데 곧 김난 그 사람이었다. 수십년이 흐른 후에도 여전히 광주(廣州) 김난으로 행세하고 있었다.

그런데 그는 자기 병은 안응수·신석희 때문에 난 것이라고 한다. 자신이 젊은 시절 서울서 놀 때 시인·명사들이 서로 자기의 문재(文才)를 사랑했는데, 그중에도 안응수·신석희와는 특별히 사귐이 두텁고 추장(推奬)이 무거웠다. 그러다가 자기 신분이 광주 향품인 줄 알고부터 박대하는 태도를 보였다. 그래서 우울증이 생기고 발광에 이르러 마침내 낙백불우한 방랑객으로 유락했다는 것이다. 남에게 멸시를 당했다고 그렇게까지 될 수 있을까? 그가 서울의 시사(詩社)에서 놀았던 것도 실은 재능을 인정받아 출세할 뜻이었던바, "나는 두 사람에게 용납이 못되니 말꼬리에 붙어 이름을 날릴 길이 없다고 스스로 판단했다"는 것이다. 파리가 말꼬리에 붙어 천리를 가듯 미천한 그로서는 안응수·신석희의 후원에 기대를 걸었다. 그 기대마저 또 타고난 신분 때문에 무너진 것이다. 김난에게 남겨진 것은 실의와 좌절뿐이었다. 이것이 본인이 밝힌 유락의 동기이다.[40] 그의 심리적 갈등은 종내 풀리지 않고 방랑의 삶이 지속되어 삿갓시인으로 명성을 획득한 것이다.

두 사람(안응수와 신석희──인용자)은 재주를 아끼고 선비를 존경하는 자이다. 어찌 일찍이 씨족이 단한(單寒)하다고 그(김난──인용자)를 박대했겠는가. 이는 이명(而鳴, 김난의 자──인용자)의 병이, 박대를 받아서가 아니라 박대를 받았다고 억측한 데서 생긴 것이다. 그런데 이명으로 하여금 끝까지 복경

---

39) "其後, 不來留福卿. 余問之, 曰: '病矣.' 問, '何病?' 曰: '病心.' 問, '何祟?' 則以'不知' 辭. 余嘆惜不置, 于今數十年. 往來心中者, 以而鳴之才而無所成, 以而鳴之好心地而有 是疾也."(「金簑笠遺事」,『海藏集』 권13)

40) "李樂峰尙祐 (…) 問余曰: '君知金簑笠乎?' 曰: '聞其名久矣.' 樂峰曰: '龍仁村家, 適値 其來宿, 見其擊鉢爲詩, 試與之語. 自言, 少日力爲詩文, 游京師爲進取計. (…) 安福卿膺 壽·申士綏錫禧, 名冠同社, 與我交益厚, 奬詡甚重. 余亦恃此爲喜. 後知余氏族爲廣州鄕 品, 見待浸薄. 余自忖不容於此兩人, 無以附尾而揚名, 憂鬱不樂, 遂至發狂, 仍落魄不 遇, 放倒自恣. 余之病, 福卿·士綏爲之祟也.'"(같은 글)

(福卿, 안응수의 자——인용자)의 객이 되고 사수(士綏, 신석희의 자——인용자)와 교제하여 시사(詩社)에서 이름을 날리게 했더라면 성취한 바 능히 얼마나 될 것인가. 필시 지금 기호·관동 지방에서 그의 시를 외우고 애모(愛慕)하기를 마지않아 혹시 못 만날까 걱정하고, 그를 만나면 놀라고 반가와 어쩔 줄 몰라 하며, 다투어 주식을 마련해서 만류하고 혹 떠날까 걱정하는 것처럼은 될 수 없었을 것이다. 선비가 세상에 이름을 떨치는 방도는 진실로 한 길만이 아니니 이명의 이름은 이제 떨쳐졌다. 다시 복경과 사수에 대해 원한을 가질 게 무엇이 있겠는가.[41]

김난이 수십년이 지난 그때에도 유감을 간직하고 있었기 때문에 신석우가 아우를 대신해서 변명하고 또 위로하는 내용이다. 그러나 김대립이 많은 사람들의 환영을 받고 인기를 누리는 대중적 시인으로 되었다고 함은 그냥 위로하는 말이 아니고 새로운 현상을 평가한 것이다. 김난이 서울의 사대부 문인들의 멸시를 인내하고 따라다녔다면 아류적인 존재를 면치 못했을 것이다. 확실히 김난이 김대립으로 변모함으로써 놀라운 성공을 거두었다. 전통적인 문인학자로서는 도저히 상상할 수 없는 새로운 국면——**한문학의 대중화** 현상에서 인기를 얻은 것이다. 저 고고(孤高)한 한문학이 대중화하게 된 요인은 어디에 있었던가? 삿갓시인의 시의 성격을 통해 밝혀질 문제인데, 다음에서 다루기로 한다.

김병연은 김난과는 처지가 판연히 달랐다. 그는 현재 폐족(廢族)이 된 상태지만, 과거는 스스로 "잠영선세(簪纓先世)의 부귀하던 사람이요, 화류장안(花柳長安)에 경치 좋은 집터로다"[42]라고 고백한 대로 문벌에 속했고 더욱이 당대 세도가의 일문이었다. 비록 폐족이라도 "씨족이 단한"한 김난과

---

41) "兩人, 愛才下士者也. 何嘗以氏族之單寒而薄之也? 此而鳴之病, 不在見薄而在於億其見薄也. 然而, 使而鳴終始客福卿·交士綏, 名揚詩社, 所就能幾何也? 未必使畿湖關東誦其詩而愛慕不已, 若恐不得見面, 及見其人而驚喜愉悅, 競具酒食而留之, 惟恐或去, 如今日之爲也. 士之播名於世, 固非一道, 而鳴之名, 於是播矣. 又何恨乎福卿·士綏之待之薄也?"(같은 글)

42) "初年自謂得樂地, 漢北知吾生長鄕. 簪纓先世富貴人, 花柳長安名勝庄."(「蘭皐平生詩」, 『김립시집』, 37면)

는 처신이 같을 수 없다. 김난이 만약 김병연이었다면 당초 안응수·신석희에게 붙지를 않았을 것이다. 안동 김씨 세도가문이 바로 일가이므로 그쪽으로 찾아가 족의(族誼)에 호소하고 애호를 받는 편이 출세에 빠르지 않았겠는가. 그리고 김난이 정말 김병연이라면 안·신으로부터 문벌 때문에 박대를 받았다 해서 마음에 병이 들고 수십년이 지나도록 그 원한이 풀리지 않았겠는가. 김병연의 처지로는 저들을 한번 비웃어주고 말 일에 불과하다.

김립＝김병연과 김대립＝김난은 방랑문인으로 유락한 점이 동일하며 따라서 유사성은 있으나 일단 상이한 인물로 인정함이 옳다고 본다(김난의 실명·가명 여부를 입증할 증거가 발견될 때까지 단정은 못하지만). 그런데 후에 한쪽이 크게 부각되자 다른 한쪽은 그 상호 유사성 때문에 오히려 가려지고 흡수되어 잊혀진 것으로 생각된다. 즉 김립의 대중적 영향력에 김대립이 밀려났을 것이다. 그리하여 '삿갓시인'이란 칭호도 김립이 독점하는 결과를 낳았다.

여기서 김립 시의 진위 문제가 제기된다. 사실 지금 전하는 김립시의 신빙성은 김대립의 존재를 고려하지 않더라도 의문의 여지가 대단히 크다. 물론 김립 자신은 기록으로 작품을 남긴 바 없다. 모두 민요처럼 유전하다가 채록된 것이다. 그나마 사후 6, 70년이 지나서 한 학자의 노력으로 이루어졌다. 이응수 편『김립시집(金笠詩集)』이 그것이다. 그러므로 구전상의 편차가 있음은 물론 그 사람의 시를 오전한 것, 타인의 가작(假作)이 일부 포함되어 있다고 한다. 그뿐 아니라, 다른 삿갓시인, 예컨대 김대립의 작이 혼합되었을 가능성이 적지 않게 있는 것이다. 그러나 의문점들을 확연히 분변하는 일은 불가능에 가깝다. 김립 시의 진위 고증은 포기해서 안될 과제지만 이응수 씨가 채집한 자료를 기본문헌으로 일단 인정하고 들어가야 할 것으로 본다. 이씨는 방방곡곡 직접 다니며 채록을 했다고 한다. 사람들이 김립의 시로 알고 기억하는 것들을 습득한 것이다. 생각컨대 1930년 무렵만 해도 19세기적 인문(人文)이 잔존해 있었기 때문에 그나마 가능했다. 이 당시의 수집 공작에 의해서 오늘의 김립이 있게 된 것이다.

4. 희작의 발생과 그 작풍

희작화의 경로

이조체제로부터 지식인들이 방출(放出)·분화되었지만, 그 지식인들을 수용할 직업은 분화·발전하지 못했다. 지식으로 살아가는 자체가 유락으로 의식되었거니와, 실제로 삶의 기반을 상실하고 방황하는 룸펜 지식인들이 대량으로 발생했다. 딸깍발이와 과객 방랑문인, 그리고 방랑문인의 한 형태로서 '삿갓시인'의 출현이 그것이다.

이런 축들은 요컨대 봉건 말기의 제반 사회·경제적 변동의 부산물이다. 전기 방외인의 경우는 대개 정치권력에 대한 개인적 자세가 체제 이탈의 주동기로 작용했다. 따라서 간헐적으로 출현했고 존재가 고고(孤高)하게 느껴지는 것이 특징이었다. 이런 축들도 체제로부터 유리된 점에 있어서는 전기 방외인과 속성이 유사하다. 그러나 이들 부류는 이탈의 일차적 계기가 생활현실에서 왔고 지식을 팔기 위해 통속적으로 나가야 했다. 따라서 고고한 존재로 비쳐질 수 없고 도리어 희화적 인상을 띠게 되었다. 앞에서 「달각선생문」을 통해 살펴본 딸깍발이의 모습이 당시 유락한 지식인의 한 전형이다. 「달각선생문」은 이렇게 끝을 맺고 있다.

이미 처사가 이 같은데 행신 또한 가소롭다. 인생이 여기에 이르니 옛날 요족하던 때 누가 알아주리! 천도도 앎이 없으니 묵은 책력일랑 들추지 마오. 문자 반 육담(肉談) 반으로 형상을 그려내니 기롱 겸 실사(實事) 겸이라 노여워 말아다오.[43]

딸깍발이는 외양만 돈끼호떼적으로 우스꽝스러울 뿐 아니라 처사(處事)

---

43) "旣處事之如斯, 又行身之可笑. 於戲! 人生到此, 誰識舊基之饒居? 天道無知, 且休陳曆之提擧. 文字半·肉談半, 悉以形容, 譏弄兼·實事兼, 願勿嗔怒."(「月脚先生文」 日本 東洋文庫 소장의 필사본 『江都錄』에 부록된 것)
* 이 대목이 『記聞叢談』에 수록된 것은 결략이 있는 듯해서 다른 본을 인용했음.

나 행신(行身)도 남의 눈에 가소롭게 보였던 것이다. 그런 형상을 여실하게 묘사하자니 문자와 육담이 반반씩 섞이고 내용 또한 기롱처럼 되었다는 것이다. 그들의 현실 자체가 바로 희화적이었다고 하겠다. 희작은 당시 유락한 지식인들의 생활의식을 표현하는 데 적절한 형식이었던 것이다.

「요로원야화기(要路院夜話記)」는 후기적 희작의 성격을 구비한 특이한 형태의 산문이다. 이 작품은 과거제의 문란이 심각한 문제로 제기된 숙종 연간에 바로 과거제 문란을 배경으로 씌어진 것이다. 요로원에서 하룻밤 지낸 일을 자술(自述)한 형식으로, 그때의 정황이 희작을 발생시키도록 되어 있었다. 작중 '나'는 낙방하고 내려오는 시골 선비이다.

> 무오춘(戊午春, 1678, 숙종 4년──인용자)에 내 서울로부터 과거 보고 올 제 행색이 피폐하여 병든 말께 기복(騎卜, 타고 또 짐을 싣는 것──인용자)을 겸하고 종이 잔멸(殘滅)하고 의복이 남루하니 길에 든 데마다 **보는 자가 업수이 여기더라**. (강조는 인용자. 이하 같음)

상사람이라면 외양은 별문제겠지만 양반에 있어서 초라한 행색은 신분에 상응하는 권위를 수반할 수 없는 것이다. 요로원(천안과 온양 사이에 있는 지명)에 당도해서도 "고단행장(孤單行裝)이 주인에게 호령할 세 없는지라"고 한 대로 이미 만원인 숫막(酒幕)에서 방을 얻을 방도가 없었다. 양반으로서 남은 오기에다 지식을 소유한 자로서의 자존심이 곁들여서 그동안에도 '업수이 여김'을 감수하기 실로 곤혹스러웠겠거니와, 요로원의 밤도 상사람 틈에 끼여 잘 수 없고 난처했던 것이다. 그는 "차라리 양반이 든 곳에 발을 붙이리라"고 작정한다. 같은 양반의 양해를 구하려 한 것이다. 그런데 그가 양반의 사처에 들어갔을 때 먼저 있던 손님이 그를 대해 아주 거드름을 피우고 경멸하는 태도를 보인다. 그 손님은 그야말로 경화(京華) 양반이었다. 이에 그는 저를 한번 속이고 놀리기로 결심한다.[44]

---

44) "내 마음에 헤오되 이 반다시 경화(京華) 거족(巨族)으로 의관(衣冠)이 선명(鮮明)하고 안마호사(鞍馬豪奢)하니 날로써 싀골사람이라 하여 답례를 아니하되 어린긔와 교만한 뜻

작중에서 직접 언급한바 벌열 자제들은 어린 초학도 버젓이 급제하고 시골 선비라면 다 떨어지는 판에, 자신의 낙방을 승복하지 못해 앙앙불락하고 있었다. 이때 마침 궤휼(詭譎)의 좋은 상대를 만난 셈이다. 그는 잔뜩 거드름을 피우는 서울 양반 앞에서 어릿어릿하며 무식한 촌사람 시늉을 한다. 서울 양반은 이 연극에 말려들어 마침내 잘난 척한 만큼 놀림을 돌려받는 것이다. '궤휼'은 「요로원야화기」의 희작적 구조의 핵심이며, 김립의 시에서도 허다히 보이는 성격이다.

궤휼은 곧 세상 되어가는 모양이 대단히 뒤틀려, 그 때문에 자신도 직접 피해와 곤란을 받고 있는 데 대한 심리적 반향(反響)이다. 궤휼의 배경에는 분세(憤世)의 의식이 깔려 있는 것이다. 위에서 작중 '나'의 팽배한 불만은 정부당국자 내지 체제를 향해 터뜨려져야 마땅하다. 서울 양반은 우연히 '불평받이'가 된 꼴이다. 민중의 지배층에 대한 궤휼 역시 「배비장전」에서 보는바 통치체제의 본부를 상대하지 못하고 지엽만 건드리고 있다. 궤휼의 표적은 확실히 역량과 의식의 수준에 제한되어 있는 것이다. 그래도 궤휼은 어쨌든 자기보다 우월하거나 뻐기는 존재, 아니꼽게 놀고 못마땅해 보이는 무엇에 겨누어지게 마련이다. 「요로원야화기」에서도 작중 '나'는 일반 서민에게 당하는 '업신여김'에는 '호령할 세(勢)'가 없는 이상 그냥 참고 넘길 수밖에 없다.

大寒漢高祖	대단히 추운 방에,(한고조 이름이 방이므로)
陶淵明不來.	잠이 오지 않는다.(도연명 이름이 잠이므로)
欲擊始皇子	부쇠를 치고자 하나,(진시황 아들이 부소이므로)
囊無項將軍[45]	주머니에 깃(부시깃)이 없구나.
	(항장군은 항우〔羽, 깃〕이므로)

을 내 궤휼(詭譎)로 속이랴 하고……"(李秉岐 選解, 『要路院夜話記』, 을유문화사 1949, 10면)

45) 『俚諺叢林』에 수록된 것으로, "우는 남빅호의 숫막의셔 지은 글"이란 단서가 붙어 있다. 즉 白湖 林悌의 작이라 했는데, 『김립시집』에는 이 시가 金笠 작으로 수록되어 있다(자구의 차이는 약간 있음).

숫막의 냉돌에서 잠이 오지 않을 때 담배나 피울 생각으로 부시(부쇠)를 챙기다가 위와 같이 기발한 해학을 해서 얼어붙은 심신을 스스로 위로하는 것도 또한 십분 점잖은 태도이다.

그리고 못 견디게 답답할 때 「대구훈장원정」처럼 혹 누구에게 하소연해 볼 수는 있다. 그러나 남에게 하는 원정이라도 기실은 자신의 불평한 심사를 스스로 울리는 데 지나지 못하며, 꼴이 탈바가지 쓰고 통곡하듯 자칫 골계적으로 보인다. 또 하나의 심리적 전환이 불가피하다.

행장이 쓸쓸하매 껄껄 웃을 노릇일세.
몇푼 남은 돈도 많다 이르리라.
네게 경계하노니 주머니 속에 고이고이 있거라.
석양의 주점에 술을 보면 어찌하랴.[46]

김립의 작이다. "이 시는 매문(賣文)하여 천냥을 받아 죄다 흩어버린 후 탁의(託意)해서 지었다"는 기록이 보인다. 과연 김립이 과문(科文)을 팔아 그토록 큰돈을 얻고 죄책감에서 돈을 희롱하고 자기를 희롱하는지 알 수 없는 노릇이다. 그렇지 않더라도 그의 주머니에 담긴 약소한 돈은 아마도 글의 대가로 받은 것이리라. 몇푼이 그의 전 재산이다.

저녁나절 주막에서 술을 보면 달아나기 쉬우니 고이고이 있으라고 돈에게 다짐하는 것은 익살이다. 이처럼 쓸쓸한 행장은 남의 경멸을 살 뿐 아니라, 자신에게도 무한히 허탈감을 준다. 이에 농세(弄世)의 태도를 취하게 되며, 익살에 자조(自嘲)어린 해소(諧笑)를 유발하는 것이다.

이상에서 희작화의 정신적 과정을 대개 분세적 의식의 굴절로서의 궤휼과 농세적 태도의 반영으로서의 해소로 파악하였다. 자고로 문인들이 불우해진 경우 유희적 태도를 갖는 것은 흔히 있는 일이다. 연암도 영락한 기분

---

46) "行李蕭條絶可呵, 餘錢數葉亦云多. 囊中戒爾深深在, 野店斜陽見酒何. 右詩 賣文, 千兩盡散後, 托意作."(『南溪野談』 서울대 고도서 필사본)

에 "글로써 유희했다〔以文爲戲〕"는 자기비판을 한 바 있었다.[47] 그러나 '이문위희' 네 글자는 그대로 받아들일 말은 아니다. 연암이 문체문제로 국왕에게 견책을 받고 반성하는 태도를 보이는 뜻에서 한 말이었다. 풍자와 해학에 속담 이언을 자유로 구사해서 참신한 감각을 얻은 것이 연암체의 특징이다. 그러나 희작을 표현기법으로서 더러 쓰기는 했지만 희작의 경계선을 넘어가지 않았다. 요컨대 연암은 당시 유행하는 희작화 경향에 합류하기를 거부했던 것이다. 연암과 같은 실학파 학자들은 독서와 학문의 기반이 일반 방랑문인과 달랐음을 앞서 언급했다. 아무리 낙척하여 울분이 가슴에 차올라도 곧 희작으로 경도하지는 않았다. 희작화의 경로에 학습의 기초, 즉 문체상의 문제가 있는 것이다.

결론부터 말하자면 문체적 측면에서 희작화의 경로는 **과문(科文)의 학습**으로부터 유래한 것 같다. 과문 자체의 성격이 희작으로 전이할 소지를 다분히 지녔던 것으로 생각된다. 과문은 여러가지 체제로 복잡한데 필자는 거기에 대해 충분한 이해를 갖지 못하고 있다. 이제 과문체가 희작으로 가는 첩경이 된 사정을 간략히 언급해둔다.

당시 글 읽는 사람들의 골머리를 썩게 만든 것은 다른 무엇보다도 '과거지학(科擧之學)'이었다. 다산은 그 시대 학술을 총비판한 「오학론(五學論)」에서 '과거지학'을 들어 "광대의 연희 솜씨로 이 세상을 주도하고 천하 사람을 이끄는 것"으로 규정한 바 있다.[48] 왜 과거지학을 가리켜 '광대의 재주'라고 매도하였던가? 과문이란, 아무 현실감각이 없는 고사(故事)나 옛 글귀에서 제목을 가져와 격식에 꼭 짜여진 장편의 글을 엮어 경쟁을 하자니, 내용은 허상(虛想)과 가공으로 관념의 유희가 되고, 표현 역시 표절을 능사로 여기며 기발하고 경박한 재주를 부려 문자의 유희가 되기 쉽다. 이런 유희적인 글로 남에게 잘 보이고자 하니 '광대의 재주'가 아니고 무엇인가? 그러

---

47) "況如僕者, 中年以來, 落拓潦倒, 不自貴重, 以文爲戲, 有時窮愁無聊之發, 無非駁雜無實之語. 自同俳優, 資人諧笑, 固已賤且陋矣."(「答南直閣公轍書」,『연암집』권1, 장11)
48) "主斯世而帥天下以倡優演戲之技者, 科擧之學也."(「五學論」四,『與猶堂全書』, 제1집 권11, 장22)

나 출세를 위해서는 비록 '광대의 재주'라도 거기 몰두하지 않을 수 없는 것이다. 물론 과문은 과거 보기 이외에는 다시 쓸모가 없는 글이다. 과거를 포기할 때 평생 공부를 어디 처치할 것인가? 과문의 기능을 원래의 목적한 바에는 못 써먹었지만 세상에 팔면서 유희하게 되는 것이다.

과문의 각 문체가 희작으로 변조된 사례도 흔히 발견되거니와 일반 희작시의 수법은 주로 과시(科詩)에서 배운 것이다. 예컨대 진시황의 아방궁이 불탄 사실을 제목으로 삼아 황오(黃五)가 지은 과시에 "화염이 곧장 구만리 장천으로 오르매 상제가 궁둥이를 만지며 앗 뜨거 앗 뜨거〔蒸炎直上九萬天, 上帝捫臀曰熱熱〕"[49]라는 구는 희작시의 투 그대로다. 희작적 수법은 다채롭게 전개되었지만 기본적으로 과시에 골몰했던 머리와 솜씨에서 나온 것이다.

희작의 작풍

희작의 일차적 특징은 '우스움'에 있다. '우스움'을 만들어내기 위해서 온갖 말재주를 부리고 표현기교를 동원하는 것이다. 한때 아주 유행한 이른바 '참새 씨리즈'에서 적실히 느낀 터이지만, 모쪼록 남의 의표를 찌르되 새로운 취향을 끊임없이 만족시켜야 희작으로서의 생명을 갖는다. 희작의 유행이 일어나자 별별 희한한 착상과 표현이 무진장 개발되어 나왔던 것이다.

이러한 사정은 『춘향전』을 통해서도 실감할 수 있다. 춘향과 이도령의 정겨운 밤은 노래장난, 말장난으로 지칠 줄을 모르는데, 춘향이 「귀거래사(歸去來辭)」를 노래로 부르자 이도령은 "이 아해 네 말은 별소래(소리)라 하는 것이냐? 이런 소래는 하기는 잘 한다마는 듣기가 싫으니 그만 그치고 정작 **별소래** 하나 듣자고나"[50] 한다. 즉 고전적 양식에는 이미 싫증을 일으키고 '별소리'만을 요구하는 것이다. 「요로원야화기」에서도 서울 양반과 시골 선비가 만나서 밤을 지샐 때 정상적인 시 짓기를 하다가 시들해지자 이내 변형파격(變形破格)의 시 짓기로 넘어가서 구형(句形) 바꾸어 짓기, 약초명

---

49) 李家源, 『韓國漢文學史』, 민중서관 1961, 348면.
50) 陶南本, 『春香傳』제2권, 영남대도서관 소장.

(藥草名)·국명(國名)·간지(干支)의 글자를 삽입해서 짓기, 괴팍한 운(韻) 달기 등등 별별 방식으로 전예(戰藝)를 벌인다. 춘향과 이도령의 밤은 서민 층과 광대의 재담(才談)을 반영한 것이요, 요로원의 밤은 문인들의 희작의 현장이다.

전자의 한없이 펼쳐진 '별소리' 가운데 첫번째 소리는 문인의 집구(集句) 놀이와 광대의 입심이 결합된 형태이며, 두번째 소리는 「호남가(湖南歌)」라는 것이다. "성군이 흥덕(興德)하사 순천(順天) 봉명(奉命)하옵시니 일국이 함평(咸平)하야……"[51]라는 식으로, 전라도 57고을을 쭉 엮고 있으니, 이것은 문인들의 글짓기 놀이의 고유한 방식이다. 실제 전국 8도를 각각 시와 부(賦)의 형식으로 조립한 한문 희작이 전해지고 있다.[52]

山抱川而逶迤	산은 내를 끼고 서성이며,
水交河而屈曲	물은 강이 엇갈려 굽어돈다.

경기도 편에 해당하는 「경기부(京畿賦)」의 한 대목이다. 지명을 넣어 말을 만들고 정교히 대(對)를 맞춘 것이다. 8도 329고을의 이름을 하나도 빠뜨리지 않고 집어넣어 이런 식으로 글을 엮어낸 그 정력과 재주는 과연 놀라움에 값한다. 「팔도시부(八道詩賦)」는 '우스움'을 만드는 기교의 묘에 탐닉한 유희문예의 본보기이다.

필자는 지금 광대의 구변이 문인 희작의 구기(口氣)와 상관이 있음을 주장하려는 것이 아니다. 다만 광대의 판소리를 통해서 그 시대를 살았던 여러 사회계층의 말재주·글재주의 기발함과 다채로움을 구체적으로 확인할 수 있다는 사실을 말하고 싶고, 또 문인 희작을 광대와 관련해서 한번 생각해보려는 것이다.

광대는 '우스움'을 연출하는 것이 그의 본색이다. 문인 희작을 가리켜 배해체(俳諧體)라 불렀던 것도 이 때문이다. 이규보가 "광대도 아니면서 세상

---

51) 같은 책.
52) 「八道詩賦」라는 제목으로 『閒骨董』(서울시립도서관 소장)이란 책에 수록되어 있다.

만사를 조롱한다"고 빈정거렸듯이 해학과 조소는 문인의 사업에 속하지 않는다. 문인으로서는 희작에 경도하는 그 자체가 벌써 타락이요, 자기 본색에서 이탈한 짓이다. 방랑문인들의 경우 의식상태도 희작화의 첩경에 놓여 있었지만, 그들 자신의 생활의 절박한 사정이 희작을 필요로 했던 것이다. 사람들을 웃김으로써 즐거움을 공급하고 보수를 구걸해서 살아가는 것이 광대의 존재 형태이다. 방랑문인의 처지 또한 이와 유사한 바 있었다. 다만 배운 도둑질 어쩔 수 없어 '소리[唱]'가 아닌 '한시'의 재능을 팔게 되며, 한문 식자층을 고객으로 삼아 돌아다니는 점이 다르다. 그 짓는 글이 사람들의 흥미를 끌지 못하면 당장 생활에 위협을 받게 된다. 방랑문인은 비록 한시라도 광대처럼 '우스움'의 재미를 고안하는 일을 사양할 수 없었거니와, 그로 인해서 작품도 특수한 경향을 보이게 되었다.

天皇崩乎人皇崩	천황씨가 죽었느냐, 인황씨가 죽었느냐?
萬樹靑山皆被服	만수청산이 온통 상복을 입었다.
明日若使陽來吊	명일에 태양이 조문을 오게 되면
家家簷前淚滴滴[53]	집집마다 처마에서 눈물이 줄줄줄.

김립의 작이다. 시인은 온 천지가 눈으로 뒤덮인 정경을 보고 심미적으로 인식하지 못하고 엉뚱하게 '우주적 상사(喪事)'를 상상해낸다. 설경(雪景)을 신의 죽음으로, 처마의 물을 통곡의 눈물로 연상하는 기지는 아주 놀랍다. 비관적 이미지에서 세상이 전복되기를 바라는 '분세의식'이 투영되었음을 느끼겠거니와, 시상이 신기한 반면 깊고 두텁지 못하다. 한시로서 격이 높고 아(雅)하다고는 결코 말할 수 없으며 역시 배해체라고 볼 것이다.

김립의 시는 그의 장기인 언어유희를 특별히 구사하지 않은 경우라도, 대개 이와같이 내용표현이 기경(奇警)하고도 천근(賤近)해서 대중적으로 재

---

53) 『김립시집』, 107면. 朴台耈(1659~1710)라는 전라도 장성 출신의 학자가 9세 때 눈[雪]이 쌓인 광경을 두고 "上帝崩耶? 山川素服"이라고 지었다는 기록이 보인다(「龍庵處士墓誌銘」, 『德村集』 권10). 김립의 시와 시상이 통하는데 우연의 일치인지 연관이 있는지 알 수 없다.

미있게 이해될 수 있는 특징을 지니고 있다. 그는 시의 미학이 용납하기 어려운 형이하학적 성질의 속되고 잡스런 사물(예컨대 요강·담뱃대·이·벼룩)의 시화(詩化)를 주저 없이 기도했고, 한시의 규범을 무시하고 심한 쌍소리와 노골적·골계적 감정표현까지 시구에 마구 집어넣었다. 생활과 언어 정감의 구체성을 용감히 추구한 결과 통속적인 성격을 띠게 되었다. 사설시조의 특징과도 그대로 통하는 것이다. 사설시조의 이러한 현상의 소이연을, 한 국문학자는 작자층의 문학적 교양에서 찾았다. 물론 작자들의 교양 정도를 나타내고는 있지만, 한 시대 유행한 양식을 설명하기 위해서는 그것을 수용한 독자층 고객과 관련해서 보는 쪽이 더 중요한 측면이다.

한시 및 시조는 원래 사대부계급의 자기 만족적·폐쇄적 성격을 지니고 있었다. 더욱이 한시는 고원(高遠)하고 난삽해서 웬만한 지식수준으로는 접근하기 불가능하고 또 대중적인 관심을 끌어들일 수 없는 것이 사실이다. 김대립이 누렸던바, 시골 서당마다 마치 옛날이야기의 주인공처럼 흥미진진하게 그의 이야기를 하고 너나없이 그의 작품을 외우는[54] 그런 대단한 인기는 일찍이 어떤 대시인도 받아보지 못한 것이었다. 앞서 민촌(民村)에까지 서당이 개설되었음을 말하였거니와 서당교육을 통해서 약간의 한문교양을 지닌 식자층이 확대되었으니, 이 기반 위에서 그 교양수준과 취향에 맞추어 '삿갓시인'의 작풍이 성립한 것이다.

그런데 신석우는 김대립의 시를 "비록 섬부(贍富)하지만 단정·장중하지 못하고 비록 기경(奇警)하지만 전아(典雅)하지 못하다"고 비판적으로 말하였다. 홍기문은 김립을 '굉장한 한시인'으로 치는 세론을 반박해서 "김립의 시는 그것이 비천한 재담이지 시가 아니다"[55]라고까지 혹평한 바 있다. 이런 발언들도 일단 경청할 필요가 있다고 본다. 한문학으로 전통적 안목에서 보면 김립시는 정당한 시로 인정받기 어려운 것이다. "비천한 재담"이란 그 특징의 지적인데, 다만 어조가 부정적일 뿐이다. 또한 여규형(呂圭亨) 같은 근세의 한학자는 '삿갓시인'의 작품의 유행으로 풍아(風雅)가 황잡한 상태

---

54) "余於東遊, 亦嘗見所爲詩村塾間冠童津津說其事, 誦其詩如隔歲古人."(「金篆笠遺事」)
55) 『朝鮮文化史叢說』, 正音社 1947.

로 타락해서 이웃나라(한자문화권)에 알려질까 우려되는 바라고 말하였다.[56] 희작화에 의한 대중적·통속적 지향은 한문학 전통에 있어 이질적·이단적인 발전이었다.

여기서 '십칠자(十七字) 시인'의 일화를 소개한다.

가뭄이 몹시 심한 해에 원님이 기우제를 지내는데 재숙(齋宿)하던 곳이 마침 기생의 집에서 멀지 않았다. 한 선비가 불쾌히 여기고 시를 지어 기롱했다.

太守親祈雨   태수가 몸소 기우제를 지내시니,
情誠貫人骨   정성이 백성의 뼛골에 사무치도다.
夜半推窓看   야반에 창문을 밀치고 내다보니,
明月   밝은 달이로고

원님이 듣고 대로하여 선비를 잡아다 매질을 하니, 선비는 또 시를 지었다.

作詩十七字   시 열일곱 자를 지었다가,
受笞二十八   매 스물여덟 대를 맞았노라.
若作萬言疏   만약에 만언소를 지었다면
必殺   필살일랐다.

원님이 듣고 더욱 증오하여 즉시 감영에 보고해서 귀양을 보냈다. 귀양길을 떠나는 날 외삼촌이 주효(酒肴)를 들고 와서 전송을 하는데, 선비는 또 시를 지었다. 그의 외삼촌은 마침 애눈이었다.

斜陽楓岸路   석양의 단풍 든 길에

---

56) "有稱金草帽, 詭怪傾廩困. 遏苗等其等, 風雅墜荒榛. 遂使藝文志, 不可聞於隣."(「論詩十首」, 『荷亭集』 권1, 장15)

舅氏送我情	나를 보내시는 외삼촌의 마음이여!
相垂離別淚	서로 드리운 이별의 눈물은
三行[57]	석줄이로고.

앞의 두 편은 '분세의식'에서 나온 풍자이며, 뒤의 한 편은 감정의 위기를 자체 조절하는 '농세의식'의 해소(諧笑)라고 할 것이다. 이들 시편은 2자만으로 이루어진 마지막 행이 절묘하다. 사람으로 비유하면 사지(四肢)에 한쪽 다리가 잘려나간 꼴이다. 정형시의 균형을 잃게 만듦으로써 풍자와 해소의 효과를 십이분 발휘했을 뿐 아니라, 한시형식 자체에 대한 희화적 붕괴로 되었다. 희작은 천년의 위대한 전통을 가진 한시형식에 와해작용을 하고 있었던바 이와같이 시각적인 변형도 없지 않지만 한자와 우리말의 의미와 음을 이용하는 것이 더 일반적인 수법이었다.

언문풍월

「요로원야화기」에서 서울 양반이 시골 선비에게 풍월이나 짓자고 청하자 시골 선비는 진서를 못하는 사람이 무슨 풍월을 하느냐고 어이없어해한다. 이에 서울 양반은 "풍월이란 일률적이 아니니 글을 아는 자는 진서풍월(眞書風月)을 하고 글을 모르는 자는 **육담풍월(肉談風月)**을 하면 된다"고 하면서 다음의 글을 지어 보인다.

我觀鄕之賭	내 시골내기를 보니,(賭, 내기 도)
怪底形體條	몸 가지임이 괴이쩍도다.(條, 가지 조)
不知諺文辛	언문 쓸 줄을 알지 못하니,(辛, 쓸 신)
宜乎眞書沼	진서 못함이 마땅하도다.(沼, 못 소)

이 시는 한자의 새김(뜻)에서 동음이의(同音異義)를 취해 쓴 부분에 색

---

57) 『이조한문단편집』下, 410면. 원 出典은 「禦睡新話」. 이 내용이 『俚諺叢林』(藏書閣 소장 필사본)에 국문으로 수록되어 있다.

채가 있다. 그곳은 겉으로 한문이지만 실은 한문이 아니고 이두식 표현이다.

鳥飛枝二月　　　　　　　　　새가 날매 가지 한달한달

風吹葉八分[58]　　　　　　　　바람 부니 잎이 너푼너푼.(分의 속음은 푼)

차의(借意)의 방법이 이처럼 허리를 꺾을 기지를 발휘하는데, 김립의 인구에 회자하는 글귀도 대개 이 표현수법을 경발(警拔)하게 쓴 경우이다. "二十樹下三十客(스무나무 아래 설운 나그네)"이나 "此竹彼竹化去竹(이대로 저대로 되어가는 대로)", 혹은 "鍤唾(가래침)" "尺四 蚣(자네 지네, 겨루기에서 네가 진다는 뜻—인용자)"의 표현에 이르면 그야말로 한문의 위장막을 쓴 육담이다. 굳이 유래를 따지자면 향가식 표기와 통하는 것으로, 우리말의 고유한 표현을 한문자에 끼워 맞춘 것이다.

可憐門閥皆佳族　　　　　　　슬프다, 문벌은 모두 아름다운 족속으로,

虛老風塵獨可悲　　　　　　　풍진에 속절없이 늙으매 홀로 슬퍼하노라.

五老峯下論理坐　　　　　　　오로봉 아래 이(理)를 논하고 앉았으니,

世人皆稱道也知[59]　　　　　　세인이 모두 도를 또한 안다 일컫더라.

일견 훌륭함을 칭송하는 내용이다. 그러나 실은 각 구말(句末) 3자를 음으로 읽어보면 곧 욕설이다. 이와같은 말이다.

슬프다, 문벌은 개가죽으로

풍진에 속절없이 늙으매 독가비(도깨비)로다.

오로봉 아래 노리(노루)가 앉았으니

---

58) 『俚諺叢林』.

59) "昔有一人, 自誇門地, 自矜道學. 林白湖悌, 以詩贈之曰, 可憐門閥皆佳族, 虛老風塵獨可悲. 五老峯下論理坐, 世人皆稱道多知. 句末三字 皆以方言辱之. 聞者莫不捧腹."(『聞中記聞』上 서울대 고도서 소장 필사본) 위의 '道多知'는 道也知의 오기로 생각됨.

세인이 모두 도야지라 일컫더라.

이 시는 문벌을 뽐내고 도학으로 자부하는 어떤 인물에게 지어준 것으로 전한다. 새김으로 풀이할 때의 칭송은 도학자의 외양이며, 음으로 읽을 때 드러나는 개가죽·도깨비 등은 그 도학자의 진면목이다. 가(假)도학자를 궤휼(詭譎)하고 기롱하기 위해 의미와 음의 모순을 고안해낸 것이다.

菊秀寒槎發.[60]

이 글귀를 새김으로 읽으면 "국화는 빼어나 찬 그루에 피도다"로 되어 제법 계절의 미적 감각을 담고 있는데, 음으로 읽으면 "국수 한 사발"이다. 오로지 '웃기기' 위한 희작이지만 종래 문학의 인습이 자연물을 심미적·정신적으로 짝사랑해온 데 대한 일종의 야유로 해석되기도 한다. 이는 앞의 차의(借意)에 대해서 차음(借音)의 방법이다. 요즘도 어떤 증오의 대상에 음이 같은 말을 붙여서 기롱하는 사례를 볼 수 있거니와, 이조 말기에 한강변의 백성들은 문신(文臣)들이 사가독서(賜暇讀書)하는 거룩한 독서당(讀書堂)을 '독사(毒蛇)당'이라, 권문세가의 정자로 이름도 운치있는 압구정(狎鷗亭)을 '악호(惡虎)정'이라 불렀다 한다.[61] 그리고 정치(鄭治)라는 이름의 인물이 부평 부사로 부임해서 술만 마시고 정사를 게을리하매 "鄭治 不治하니 富平이 不平"이라는 비방이 나붙었다는 이야기가 전한다.[62] 음차의 희작은 이와같은 대중의 골계적인 언어감각의 슬기를 배운 것이다.

처음의 '육담풍월'이란 개념으로 돌아가보자. 의차나 음차의 방법을 쓴 희작은 한시체로 따지면 부당하고 우스꽝스러우며, 고유한 우리말 특히 비속

---

60) 『俚諺叢林』『김립시집』에도 이 글귀가 보인다.
61) "東湖人, 謂讀書堂爲毒蛇堂. 漢江人, 爲狎鷗亭爲惡虎亭. 蓋語訛所致, 而或言讀書堂下人, 憑藉作弊, 居人苦之, 故云云."(「芝三類抄」, 『雜記類抄』, 국립도서관소장본)
62) "鄭松江後孫治, 爲富平宰, 日飮酒, 不視事. 一日帶酒, 命拔路傍木碑. 而見之 曰鄭治不治, 富平不平. 則拔刀刮去二不字 改書大字太字, 命復立之. 自翌日不飮酒, 屬精爲治, 一境果太平."(『樸素村話』 권2, 가람문고 소장 필사본)

한 표현을 전용한 점에서 육담풍월이란 말이 이해된다. 그러나 이런 종류의 글은 한시 제작술에다 재담의 재치까지 곁들여야 가능한 것이다. '글을 못하는 자'가 할 수 있는 것은 결코 아니다. 육담풍월이 가리키는 본래적인 개념은 따로 있었다고 생각된다. 그리고 「요로원야화기」의 서울 양반은 육담풍월을 빙자해서 시골 선비를 골탕먹이고자 했던 것이다.

그 본래적 개념은 무엇이었던가? 김립이 절에 가서 숙식을 청하매 중이 작시를 요구하여, 김립은 "**한문풍월**은 지을 줄 모르니 **언문풍월**을 짓겠다"고 하고 "사면(四面) 기둥 붉엇타, 석양행객(夕陽行客) 시장타"라고 읊은 일화가 전한다.[63] 언문풍월은 육담풍월과 같은 것이다.[64] 언문풍월=육담풍월이란 '언문·진서' 섞어서 5언 7자의 한시체에 끼워 맞춘 형태이다. 이것이 그 본래적 의미다. 그러나 차의(借意)·차음(借音)의 희작도, 우리 고유의 언어표현에 의거했으므로 넓은 의미에서 언문풍월=육담풍월의 범주에 속한다고 보겠다.

언문풍월의 정황을 『봉산탈춤』의 양반 과장(科場)에서 재미나게 엿볼 수 있다.

　생　원　여보게 동생. 우리가 본시 양반이라, 이런 데 가만히 있자니 갑갑도 하네. 우리 글이나 한 수씩 지어서 심심풀이나 하세.

　서　방　형님, 좋은 말씀이요. 형님이 먼저 지으시오.

　생　원　그러면 동생 운자를 하나 부르게.

　서　방　'山'자 '嶺'자외다.

　생　원　아 그것 어렵다. 여보게 동생, 되고 안되고 내가 부를 것이니 들어보게.

---

63) 『김립시집』, 189면.
64) 다음 자료에 의해서 肉談風月이라 일컬어지는 것이 이른바 諺文風月과 같은 것임을 확인할 수 있다. "國泰民安時, 名士數人, 花遊於山亭. 飮酒作詩之際, 有一客來參之. 士等曰 咏詩後可參也. 客曰 吾咏肉談風月也. 適牛頭在盤矣. 客遂唱曰, 完然角頭져즘승은 奔赴燕軍우두둥이라. 七十齊物回復後에 歸臥田林흐르릉이라. 衆士見其能, 酒肉歡待其客."(「別本靑邱野談」, 『栖碧外史海外蒐逸本』)

(咏詩調로) 울룩줄룩作大山하니 黃山豊山洞仙嶺이라.

말뚝이　샌님, 저도 한 수 지을 터이니 운자를 하나 불러주시오.

생　원　재구(齋狗) 삼년에 능풍월이라더니 네가 양반 집에서 몇해를 있
　　　　더니 기특한 말을 다 하는구나. 우리는 두 자씩 불러 지었지마는
　　　　너는 단자로 불러줄게 한자씩이나 달고 지어보아라. 운자는 '강'
　　　　자다.

말뚝이　(곧 咏詩調로) 썩정바자 구녕에 개대강이요, 헌 바지 구녕에 ×대강
　　　　이라.

생　원　아 그놈 문장이로고나, 운자를 내자마자 지어내는구나. 자알 지
　　　　었다.[65]

　생원이 지은 것은 '언문 진서 섞어 작(作)'의 유형이고 말뚝이는 망측한
육담을 뱉어낸다. 앞서 살펴본 차의·차음의 희작은 한시체로서의 외형은
그런 대로 유지하였는데, 이제는 외형마저도 꼴불견으로 만들고 말았다. '언
문풍월에 염(簾) 있으랴'는 속담이 있거니와, '언문풍월'이란 단어의 사전적
인 풀이가 『조선어사전』에는 "체제가 갖추어지지 않은 사물을 비유하는 말"
로 나와 있다. 언문풍월은 속담에 나올 만큼 널리 유행했음을 알겠는데, 이
관용적인 의미는 그것에 대한 가치판단이라기보다 한시적 규범이 무시되
고 형식의 파탄을 일으킨 현상에서 유래한 것으로 생각된다.

　언문풍월은 마침내 한시양식의 와해를 가져왔다. 그러나 한시적 잔형(殘
形)을 아직 청산하지 못한 것이다(5언 7자의 규격과 운을 버리지 못하고 있
는데 이것은 근본적으로 한국에서 자생한 시가 형식에 적용하기 곤란한 요
소이다). 요컨대 언문풍월은 한문학이 보편적 문학으로서의 권위는 크게
퇴색하였으나 여세를 발휘하는 단계에서 문학어와 구두어 사이의 모순으
로부터 태어난 기형아이다. 다시 말하면 전환기의 과도적인 형태이며, 문학
의 보편적 형식으로 발전하기 곤란한 운명을 타고난 것이다. 위의 탈춤 장
면도 명색 양반이라고 자부하고 시를 짓자 하면서 꼴불견의 언문풍월을 읊

---

65) 『鳳山탈춤』, 任晳宰採錄本.

어내므로 말뚝이도 망측한 육담으로 야유한 것이다(양반들이 한시의 권위를 지켰으면 말뚝이는 감히 끼여들지 못했을 것은 물론이다). 말뚝이의 야유를 "아 그놈 문장이로고나. (…) 자알 지었다"고 감탄하는 것은 탈춤 특유의 풍자법이다. 언문풍월은 희작이 제격이며, 진지한 창조의 과정이 아닌, 낡은 권위와 전통을 깎아내리고 무너뜨리는 과정에서 발생했고 거기서 유래한 형태이다.

지금까지 거론한 작품들을 통해서 보더라도 희작의 지향은 크게 둘로 갈리고 있다. 하나는 희작 표현 그 자체를 목적으로 삼은 것이며, 다른 하나는 희작 표현을 수단으로 삼아서 무엇을 겨누는 것이다. 전자는 철두철미 표현기교를 추구하여 유희문예로 자기 성격을 뚜렷이 한다. 거기는 세상사를 분개하고 시비를 소리높이 따지는 자리가 아니고 오직 기교의 묘와 익살로서 미봉하고 망각하는 곳이다. 후자는 아니꼽고 못마땅한 그 무엇을 궤휼하고 조소하는 데서 자기의 성격을 드러낸다. 그러나 그 궤휼과 기롱은 대개 개인적·지엽적인 차원에 머물러 있다.

樂民樓下落民淚	낙민루 아래 백성의 눈물이 지니,
宣化堂上先禍當	선화당 위에 먼저 앙화가 닥치리.
咸鏡道民咸驚逃	함경도 백성이 모두 놀라 도망치니,
趙基榮家祚豈永	조기영 집에 복조가 어찌 길게 가랴.

함경감사 조기영이 학정을 심히 하므로 백성들이 증오해서 지었다는 것이다.[66] 이도령이 남원 부사의 잔치에서 지은 시를 연상케 한다. 특히 여기서 '樂民樓→落民淚'식의 음상동(音相同)·의상이(意相異)의 반전이 풍자의 위력을 발휘하고 있다. 희작의 기롱은 민중의 원성을 대변할 때 '무서운 칼날'로 바뀔 가능성을 위의 시에서 확인할 수 있다.

---

66) "趙基榮北伯時, 惡事多端. 民作惡詩."(『別本靑邱野談』)

5. 맺음말

이조 말의 희작화 경향은 당시의 객관적 시대상—1천년 넘는 기간에 인간의 의식생활을 지배했던 제도와 관념이 와르르 무너지기 전야(前夜)의 사태를 반영한 현상이다. 원래 한문학의 전통 속에서 희작은 긴장에 대한 이완의 곡선으로 기능을 하였던바, 이때에 이르러서는 경직되고 탄력을 잃어 희작의 의미와 성격도 그만 달라진 것이다.

희작의 작풍(作風)——대중적·통속적 지향과 '형식의 와해'는 이 역사 전환기에서 적극적 의미를 지니고 있다.

'형식의 와해'를 전위적으로 대담하게 실험한 양식은 언문풍월이다. 종전에도 국문문학이 있긴 있었다. 그러나 한문문학이 보편적인 문학으로 존재하는 형세에 비해 미약한 상태로 공존하여, 국문문학의 존재는 한문문학의 형세를 견제할 수 없었다. 언문풍월의 경우 한문문학 내부의 반란이며, 한문문학의 존립을 스스로 위태롭게 만들고 있다. 범동양적 한문문학을 민족적인 국문문학으로 대체시키는 공작으로서 필요하고 대단히 유효한 과정이다.

그러나 희작의 양식은 낡은 형식의 껍데기를 탈각한 것이 아니다. 만약 구형식의 껍데기를 벗어던지면 언문풍월이라는 형태 자체가 소멸하고 마는 것이다. 여기서 희작의 성격을 단적으로 보게 된다. 희작은 어디까지나 **구형식에 기생(寄生)**한 꼴이므로, 숙주(宿主)를 살해하면 저 자신도 자멸할 운명을 지니고 있다.

탈춤을 보더라도 말뚝이는 양반을 형편없이 야유·조롱하다가 우물쭈물 숙어들고 심지어 양반의 위세에 빙자하기까지 한다. 봉건적인 내용은 분해되었지만 형식을 청산하지 못한 상태에서 궤휼로 공격하다가 해소로 미봉하는 탈춤의 코미디가 성립되었다. 지식인의 희작에 의한 '형식의 와해'는 구형식의 껍데기를 쓰고 노는 탈춤의 모습이다. 요컨대, 희작의 반역은 근대적 각성을 통한 신형식의 창출로까지는 발전하지 못한 것이다.

이러한 희작의 주체로서 당시 분화된 지식인을 주목했거니와, 이들 지식인의 민중과의 관계를 한번 생각해보자. '남산골 샌님 재앙둥이'요, '남산골 샌님 역적 나기 바란다'는 식으로 이조의 체제로부터 소외된 지식인들은 은근히 변혁을 희망하고 있었다. 역사 진보의 의지는 민중의 의지다. 지식인이 진정 변혁을 희망하면 민중의 의지를 따라야 한다. 바로 그 시대 홍경래·이필제·전봉준 등에 의해서 사실로 증명된 바다. 홍경래로부터 전봉준에 이르는 반체제적·혁명적 인물들도 딸깍발이·과객과 함께 새로 분화된 지식인의 범주에 속한다. 다만 이들은 민중기반을 가졌다는 점에서 과객이나 딸깍발이 부류의 지식인들과 다르다. 방랑문인들 또한 백성을 일깨우고 간혹 원성(怨聲)을 대변하거나 소지(所志)·원정(原情) 따위를 써주는[67] 등 글 모르는 백성의 입이 되어줄 수도 있었다. 그러나 떠도는 신세이기 때문에 민중을 조직하고 지도할 소지는 당초에 갖지 못했다. 오직 그들 작품의 대중적·통속적 지향은 문학을 민중에 결합시킨 면에서 무한한 잠재력을 개척한 셈이다.

문학예술의 대중성·통속성은 이후 오늘에 이르기까지 대략 부정적 측면으로 치우쳐 발전하였거니와, 특히 지식인의 희작은 민중적 비판정신을 의식적으로 받아들이지 않으면 광대의 재담보다 저급으로 떨어지게 마련이다. 희작이 주제의식을 포기하면 심심풀이를 위한 유희 이상의 아무것도 아니며 주제의식이 보편성(예컨대 춥고 배고픈 동포에 대한 사랑)을 갖지 못하면 개인적 푸념으로밖에 되지 않는다. 당시 광대는 자신들의 생활에서 민중성을 다소 체득하였거니와, 시인으로 희작을 하면서 민중성을 획득하지 못하고 대중성·통속성만으로 세상에 아첨하면 광대에게도 죄인이 되는 것이다.

끝으로 1970년대로부터 1980년대에 이르는 오늘의 창작현실의 일각에 다시 나타난 희작적 경향에 대해서 몇마디 언급하려 한다. 「오적(五賊)」으로 세상을 경동시키더니 다시 대설(大說) 『남(南)』을 발표하고 있는 시인

---

67) 金笠이 억울한 백성을 위해서 글을 써준 일화는 『김립시집』 192~203면에 보인다.

김지하는 희작의 현대적 계승자로 지목되어도 좋을 듯하다. 그의 독특한 작풍과 표현수법은 대개 광대의 재담 및 문인 희작에서 배워온 것이다. 그는 스스로 '광대의 넋'이 되고자 하지만, 광대는 아니요 차라리 '김립'이다. 다만, 김립과는 달리 그는 '지식인으로서의 민중'임을 스스로 각성하고 있다.

앞에서 논한 바 희작화 경향은 근대전환기에 부각되었던 현상이며, 그 단계에서 역사적 사명이 일단 끝났던 것이다. 그럼에도 오늘의 한 창조적 재능이 하필 희작적 표현에 투탁(投託)하게 된 사정은 시인의 고통이자 시대의 갈등으로 느껴진다.

〈『전환기의 동아시아 문학』, 1985〉

朴趾源의 인식론과 미의식

1. 눈을 도로 감으라

자기 본분으로 돌아가라[還他本分]. 이 말은 어찌 문장에만 해당되리오. 세상의 여러가지 일들이 다 그렇지요. 화담(花潭) 선생이 어느날 출타했다가 집을 잃고 길에서 울고 서 있는 사람을 만났더랍니다.

"너는 어찌하여 울고 있느냐?"

"저는 다섯살 때 눈이 멀어 지금 20년이 되었습니다. 오늘 아침나절에 밖을 나왔다가 홀연 천지만물이 맑고 밝게 보여 기뻐서 집으로 돌아가려니 길은 여러 갈래요, 대문들이 서로 어슷비슷하여 우리 집을 찾아가지 못하겠습니다. 그래서 울고 있습니다."

선생은 "나는 네게 집으로 돌아가는 방법을 깨우쳐주겠다. 눈을 도로 감으라. 곧 너의 집이 있을 것이다"라고 말했습니다. 그래서 소경은 다시 눈을 감고서 지팡이를 두드리며 익은 걸음으로 걸어 곧장 집으로 돌아갔더랍니다.

이는 다른 무엇이 아니요, 색상과 외양에 정신이 뒤죽박죽 되고 기쁨에 마음이 쓰여서 망상이 된 것입니다. 지팡이를 두드리며 익은 걸음[扣相信步]으로 찾아가는 그것은, 바로 우리들의 본분을 지키는 전체(詮諦)요, 집으로 돌아가는 증인(證印)입니다. (「答蒼厓」,『燕巖集』권5. 강조는 인용자. 이하 같음)

위 글은 연암이 한 친구에게 보낸 척독(尺牘, 짧은 편지 글)의 전문이다. 그 야말로 소품(小品)으로서 절묘한 산문이라 하겠다. 그런데, 눈을 뜬 사람에게 눈을 도로 감아라, 그러면 너의 집으로 돌아갈 수 있을 것이다. 대체 이 무엇을 의미하는 말일까? '지팡이를 두드리며 익은 걸음'으로 찾아가는 것은 우리들의 본분을 지키는 전체(詮諦, 진리의 의미)요, 집으로 돌아가는 증인(證印)이란 말은 또 무엇을 의미하는가?

이 명제는 일체의 가지가지 일들이 모두 그렇다 하였으므로, 사물 일반에 대한 인식·실천에 적용될 보편성을 갖는 원칙으로 제기된 셈이다. 따라서 그 철학적 의미를 음미해볼 필요가 있다고 보겠다. 그런데 당초 본 명제는 문장=문학에 직결해서 제기된 것이다. 그렇다면 위의 내용이 문학의 문제와는 또 이론적으로 어떻게 연결될 것인가?

2. 귀로 듣지 말고 마음으로……

『열하일기(熱河日記)』의 「산장잡기(山莊雜記)」에 「일야구도하기(一夜九渡河記)」라는 한편의 절묘한 산문이 수록되어 있다. 작가 자신이 중국 여행 때 북경에서 장성(長城)을 넘어 열하(熱河)로 가는 도중에 강물을 하룻밤 사이에 무려 아홉 번이나 건넌 일이 있었다. 그때 하필 그의 마부인 창대(昌大)조차 부상을 당해서 고삐도 잡지 못한 채 혼자 말안장에 아슬아슬 두 발을 붙이고서 캄캄한 밤중에 험악한 물결을 아홉 차례 헤쳐나갔다. 바로 이 생사의 고비를 넘은 체험으로부터 깨달은 생각을 잡아서 쓴 것이 문제의 이 글이다.

작품은, 장성을 무너뜨릴 형세로 흐르는 물결의 소리가 실로 수만을 헤아리는 전차와 기마대, 포성과 싸움을 돋우는 북소리로도 형용할 수 없을 만큼 굉장하고 무시무시하다는 것으로부터 시작한다. 그 문장마저 그 물결처럼 첫머리부터 등등한 기세를 부리고 있다. 그런데 이토록 굉장한 물소리는 객관적이 아니고 듣는 여하에 달려 있다 한다. 즉 자신의 가슴속에 설정된 바에 따라 귀가 소리를 듣는다는 것이다.

사람들은 모두들 요동 벌은 평평하고 넓기 때문에 물결이 성내 울지 않는
다고 말한다. 이는 물을 모르는 말이다. 요하(遼河)는 일찍이 울지 않는 것이
아니고 밤에 건너보지 않았기 때문이다. 낮에는 물을 볼 수 있기 때문에 눈이
오로지 위험함에 매여서 벌벌 떨어 자기 눈을 두려워하는 판인데 어느 겨를
에 귀로 들리는 것이 있겠는가. (「一夜九渡河記」, 『연암집』 권12)

즉 낮에는 감각이 온통 시각으로 집중되기 때문에 청각에 의해 인지되는
물소리를 인지하지 못할 뿐이라는 것이다. 위의 논리를 따르면 우리가 사물
을 인지하는 기관인 귀와 눈은 도무지 신빙할 수 없는 것으로 된다. 이는 화
담 선생 일화에서의 '눈을 도로 감으라'는 깨우침과도 일맥상통하는 논법이
다.

연암은 화담의 일화를 「환희기(幻戱記)」라는 글에서 또 재미나게 이용한
바 있다. 이 작품은 환희(幻戱, 마술)를 구경한 내용이다. 그 끝에 붙인 대화
형식의 글에서 "아무리 환술(幻術)을 잘하더라도 소경은 속일 수 없다. 우
리의 눈은 과연 항상〔常〕이 있다 할 것인가?"라는 화두(話頭)와 관련해서
화담의 소경 우화가 나오며, 뒤이어

이에 의거해서 논하건대 눈의 밝음을 믿을 수 없음이 저 같은 것이다. 오
늘 구경한 환희는 마술사가 능히 사람들을 현혹시킨 것이 아니고 실은 구경
하던 사람들 스스로 현혹된 것이다. (「幻戱記跋」, 『연암집』 권14)

라고 판정을 한다. 요컨대, 우리의 눈은 옳고 그름과 참 거짓을 객관적으로
가리고 살피지 못하는 데 문제점이 있다. 마술사가 제 아무리 공교롭게 속
임수를 쓰더라도 소경은 도리어 거기에 넘어가지 않을 것이다. 소경은 속지
않는다. 앞의 화담 선생 일화에서도 소경이 눈을 뜨자 색상과 외형에 뒤죽
박죽이 되고 감정이 들뜬 마음을 사로잡아서 자기 집을 찾지 못한 것이다.

그러니 눈을 도로 감는 편이 집으로 찾아가는 방도라는 역설이 성립되는 것이다.

지금 나는 밤중에 물을 건너기 때문에 눈이 위험을 못 보는 반면 위험이 오로지 듣는 데로 쏠려서 귀가 바야흐로 벌벌 떨어 두려움을 이기지 못하게 된 것이다. (「일야구도하기」)

하룻밤 새 아홉 번 강물을 건너는 상황이다. 때는 캄캄한 밤중이다. 이번에는 감각이 온통 귀로 쏠리기 때문에 귀가 두려움을 이기지 못해 물소리 또한 증폭되어 들리게 마련이라는 것이다.

한번 떨어지면 물이다. 나는 물로 땅을 삼고 물로 옷을 삼고 물로 몸을 삼고 물로 성정을 삼아, 마음이 한번 떨어지기로 아주 작정해버리니 나의 귓속에 물소리가 없었다. 그리하여 무릇 아홉 번 건너는 데 아무 두려움 없이 평소 자리 위에서 앉고 눕고 하듯 할 수 있었다. (같은 글)

위험물 자체에 자기를 일치시켜 죽고 사는 일로부터 초연해지자 드디어 마음이 아주 느긋해지고 귀를 놀라게 하던 물소리마저 사라졌다는 것이다. 작가는 여기서 터득한 바가 있었다. 이것은 「일야구도하기」의 결론적인 주장이다.

나는 이제 도(道)를 알았노라. 명심(冥心, 마음 깊이 사색한다는 뜻——인용자)하는 자는 귀와 눈에 얽매이지 않으며 귀와 눈만 믿는 자는 더욱 자세할수록 더욱 병폐가 된다. (같은 글)

3. 석가여래의 혜안으로……

지금 논의된 내용은 인식론상의 문제이다. 연암은 귀와 눈의 객관적 인식 능력을 부인했을 뿐 아니라, 주관적 심리상태에 따라 객관적 대상이 달라지게 된다 하였으므로, 그것은 주관주의적이고 유심적이라고 규정지을 수 있겠다. 연암은 과연 물소리가 마음의 반영이듯, 물질 일반을 정신의 반영처럼 생각했던가?

결론부터 말하자면 그런 뜻이 아니다. 그는 일찍이 달사(達士)라면 사물 하나하나 이런저런 현상을 바삐 쫓아다니는 식으로 하겠느냐고 반문하면서 "하나를 들으면 눈앞에 열 가지가 그려지고 열을 보면 마음에 백 가지가 설정되어야 한다"[1]고 말한 바 있다. 달사란 다름 아니고 사물에 대해 심원한 통찰력을 소유한 그런 사람을 가리킨다. 연암은 달사의 역량을 고도의 유추능력으로 규정하며, 또 그것은 귀와 눈의 고유한 능력의 고도화로 보았던 셈이다.

그럼에도 그가 귀와 눈의 인식능력을 회의한 이유는 무엇인가? 요컨대 광명안(光明眼)·진정견(眞定見)을 몹시 갈구한 때문이다.[2]

「일야구도하기」를 끝맺는 대목에서 "소리(聲)와 빛(色)은 외물(外物)이다. 외물이 항상 귀와 눈을 사로잡음[累]이 되어 지금 사람들이 보고 들음에 바름을 잃은 것이 이 같거늘 하물며 인간이 세상을 살아감에 그 험난하고 위험하기 강물보다 더하며 보고 들음이 바로 병폐를 짓는 데 있어서랴!"고 탄식하는 말을 하였다. 늘 귀로 듣고 눈으로 보는 모든 것이 우리에게 병을 주고 있다. 인간의 귀와 눈의 오류를 탓하자는 데 있지 않고 차라리 일상적·경험적 세계의 오류에 대해 고뇌하는 한숨이라 하겠다. 작가는 세계상황을 저 강물을 건너는 것보다 험악한 위기로 진단하였던바, 일상적·경험적으로 우리 앞에 주어진 현실을 왜곡되고 허위로 가득 차 있는 것으로 의

---

1) 「菱洋詩集序」, 『연암집』 권7.
2) "世之無光明眼·眞定見久矣."(「幻戱記跋」, 『熱河日記』, 『연암집』 권11, 장44)

식하였다. 대체 왜 그랬을까?

연암 시대의 정세와 그의 대현실관을 살펴서 해명해야 할 대목이지만, 필자는 다른 자리에서 언급했던 바도 있으므로[3] 현재 우리의 직접적 체험에 잠깐 비추어 볼까 한다. 그편이 실감을 얻기 빠를 듯싶다. 이를테면 우리들이 겪어온 70년대 및 80년대에 집권세력의 선전에 귀를 무방비 상태로 개방하고 대중매체에 눈을 달아매고 살아간 경우, 그 사람이 과연 올곧은 현실인식을 가질 수 있었겠는지? '바보 상자'란 유행어는 그것이 바보 제조기라 해서 생겨났던 것이 아닌가.

노자(老子)는 일찍이 "문밖을 나가지 않아야 천하를 안다[不出戶知天下]"는 말을 남겼다.[4] 인식문제에 있어 감각기관의 매개를 일단 거부한 측면에서 연암은 노자의 논법을 따왔다고 여겨진다. 그러나 연암의 진의는 노자처럼 직관적 성찰을 경험적 과정에 대치하려는 것은 아니었다. 광명안·진정견을 들고 나왔을 때 그 자체가 벌써 귀와 눈의 인식능력을 원천적으로 부정하는 논리는 아니다. 그렇다면 광명안·진정견이란 어떻게 얻어질 수 있는 것인가?

「일야구도하기」에서는 '명심(冥心)'이란 개념을 가져온 바 있었거니와, 다른 곳에서 그는 '진지재심(眞知在心)'이란 말을 쓰고 있다. "참다운 인식은 마음에 있다"는 뜻이겠다. 또「소완정기(素玩亭記)」에서는 "눈으로 보려말고 마음으로 비추어 보라[不以目視之, 以心照之]"고도 했다.

「소완정기」는 일종의 독서론(讀書論)으로 인식 일반의 문제까지 다룬 글이다. 이 글은 연암이 아끼는 제자 이서구(李書九)를 위해 쓴 글로 스승과 제자 사이의 대화형식으로 구성되어 있다.

서재에 책이 가득 차 있으니 물속의 고기는 오히려 물을 못 보듯 책에 매몰되어 '자득(自得)'이 있을 수 없지 않겠느냐? 이것이 첫머리의 설문(設問)이다. 처음에는 방안의 물건을 찾는 데 비유하여 대상물에 싸잡히지 말

---

3) 林熒澤,「燕巖의 주체의식과 세계인식」『熱河日記』 분석의 시각, 제4회 東洋學學術會議 論文集, 成均館大學校 大東文化硏究院 1985; 이 책 137~66면 수록.
4)『道德經』 47장.

고 바깥에 서서 창문을 통해 들여다보는 편이 좋다고 한다. "한 눈의 온전한 시선이 방안의 물건을 두루 살펴볼 수 있다"는 것이다. 대상물에 함몰되지 말고 객관적 거리, 비판적 위치를 확립하는 동시에 집중의 과정이 필수적이라는 뜻이다. 이 단계를 약(約)으로 개념화하고 있다. '박이약지(博而約之)'의 뜻으로 이해된다.

거기서 다시 한걸음 더 들어간 인식의 단계가 곧 '눈으로 보려 말고 마음으로 비추어 보라'는 것이다. "입으로 음미하면 그 맛을 얻을 수 있고, 귀로 들으면 그 소리를 얻을 수 있으며, 마음으로 이해하면 그 정(精)을 얻을 수 있다." 이 대목은 태양열에 비유하여, 만리 밖에서 세상을 두루 비추는 햇빛을 조그만 유리알(돋보기)에 통과시켜 팥알만큼 모이게 하면 거기서 솔솔 연기가 오르며 타들어가는데, 이는 곧 "빛이 집중하여 흩어지지 않고 정이 모여 하나로 되기 때문"이라고 한다. 이 인식의 단계는 '오(悟)'로 개념화하고 있다. '약=집중'의 단계를 거쳐 '오=깨달음'으로 비약하는 것이다. 진리는 주입되는 지식이 아니고 자기 자신의 마음속에 깨침이 있어야 참 지식으로 되겠기에, 인식의 높은 단계에다 '오'를 설정한 것으로 이해된다.

지금 그대는 창구멍을 뚫어 시야를 온전하게 하고 유리알에 받아서 마음에 깨달음을 얻어야만 할 것이다. 그러나 창문 안이 비어 있지 않으면 밝음을 받아들일 수 없고 유리알이 투명하지 않으면 정(精)을 모을 수 없다. 무릇 뜻을 밝게 하는 도리는 진실로 비워서 물(物)을 받아들이고 맑아서 사욕이 없어야 하는 것이다. (「素琓亭記」, 『연암집』 권3)

우리의 인식이 약(約)의 과정을 거쳐 오(悟)의 단계로 발전함에 있어, 빛을 받아들이려면 창이 투명하고 안이 비어 있어야 하듯 스스로 마음을 비우고 맑게 가져야 한다는 것이다. 마음이 선입 주관이나 사리사욕에 사로잡히지 말고 공평해야 한다는 뜻이다. 이는 곧 **이성적 마음**이다.

따라서 "눈으로 보려 말고 마음에 비추어 보라"는 이성적 마음의 조명을 거쳐야 비로소 참다운 앎이 이루어진다는 의미로 해석된다. 이제 '진지재심

(眞知在心)'의 의미 또한 분명히 이해되는 것이다. 거기에는 객관적 거리를 유지하면서 집중하는 약의 과정이 전제되어 있다. 이 '약→오'로 정식화된 인식방법은 이성인식(理性認識)의 특징이 내포된 것이다.

연암은 다른 글에서 "석가여래의 혜안(慧眼)으로 보면 시방세계(十方世界)가 모두 평등하다"는 말을 한 적이 있다. 이때도 소경의 비유를 다시 끌어와서 "저 소경이야말로 평등안(平等眼)을 가지고 있지 않은가"라고 한다.[5] 소경의 눈은 석가여래의 눈인 셈이다. 즉 마음을 참으로 비워서 밝고 맑게 가지고 사물을 관찰하면 '여래혜안(如來慧眼)'이 될 것이다. '여래혜안'이야말로 광명안·진정견이 아니겠는가? 그런데 지금 세상이 온통 허위의 조작이 일어나고 편견에 사로 잡혀 있으므로 소경이야말로 평등안을 가졌다는 역설이 성립되는 것이다.

연암은 감성인식이 가지고 있는 한계와 그 현실적인 문제점을 절실하게 느끼고 이성인식으로 극복, 지양할 것을 요망했던 것이다.

4. 인식방법의 현실성·상대성

인간은 물론 경험을 떠나서 인식이 이루어질 수 없으나 피상적으로 보고 감각적으로 받아들이는 것만으로 사물의 본질, 세계의 총체와 그 변화·발전까지 이해하기는 불가능하다. 그러므로 감성인식은 이성인식으로 진전하고 통일되지 않으면 안된다. 연암은 비록 이성인식이란 용어를 직접 사용한 바는 없으나 지금 우리가 그의 글들을 분석해볼 때 그의 근본 생각이 이런 개념으로 파악되는 것이다.

또 그는 앞에 거론한 이외에도 다른 여러 글들에서 기회가 닿는 대로 종종 인식문제에 대한 관심을 표명하고 있다. 물론 체계적인 논술 형식을 취한 것이 아니고 경우에 따라 관련해서 언급했을 뿐인데, 이 역시 절묘한 비

---

5) 「渡江錄」, 『열하일기』, 『연암집』 권11, 장10.

유와 참신한 표현을 구사하여 논술적이기보다 다분히 문예적인 묘미를 띠고 있다. 다음에 거기서 추출되는 특징을 정리해서 제시하고자 한다.

사물을 항상 운동·변화하는 것으로 본다.

연암이 지전설(地轉說)을 주장했던 것은 잘 알려진 사실인데, 그 이론의 바탕에 깔린 사유의 방식에 주목할 필요가 있다. 그는 주장하기를 지구와 태양을 포함해서 천체는 네모로 된 것은 없고 모두 원형으로 되어 있다고 한다. 그런데 우리가 붙어사는 이땅이 만약 움직이지도 돌지도 않고 우주 공간에 고정되어 있다면 고인 물처럼 곧바로 썩어 붕괴하고 말 것이라고 말한다. '둥근 것은 반드시 돈다〔圓者必轉〕' 이것은 필연적인 이치로 본다.[6] 「초정집서(楚亭集序)」에서 "천지는 아무리 오래 가도 끊임없이 태어나고 해와 달은 아무리 오래 가도 빛을 발함이 날로 새롭다〔天地雖久, 不斷生生, 日月雖久, 光輝日新〕"고 갈파하였던바, 그렇게 되는 까닭은 그 자체의 운동에 있다고 생각한 것이다.

연암의 이러한 사고는 사물 일반에까지 관철되고 있다. 자연현상은 '생즉화(生則化) 성즉변(成則變)'이 필연적인 법칙이라 설명하고 일〔事, 사회현상〕의 이치 또한 그렇다는 것이다. 무릇 일이 이루어지는 시발은 미세하지만 차츰 조건이 확충됨에 따라 성(盛)하게 되며, 크게 성하면 반드시 쇠(衰)하게 되고 쇠하면 폐(弊)하고 폐하면 변(變)하는 법이다. 이때 만약 변하지 않으면 반드시 훼멸하고 훼멸하면 반드시 종식된다는 것이다. 따라서 폐의 상태로부터 변으로 가느냐 훼멸로 가느냐는 것은 결정적 고비가 된다. 연암은 강조해서 말하기를 "이 점이 도를 아는 자가 깊이 우려하는 바"라고 하였다.[7] 요컨대 '선변(善變)'을 도모해야만 쇠퇴·멸망으로 들어서지 않고 새로운 발전을 기약할 수 있다는 변혁이론이 도출되고 있다.

---

6) 「鵠汀筆談」, 『열하일기』, 『연암집』 권14, 장7.
7) "生則化, 成則變. (…) 推之事理亦然. 凡事之立, 其始甚幾微, 充廣必盛, 大盛必衰, 衰必敝. 敝則變. 不變則毁, 毁則息. 此知道者之所甚憂乎. 圖善變而不毁者, 其諸取法於農."(「諸家總論」, 『課農小抄』, 『연암집』 권16, 장14~15) 이 글은 명나라 학자 馬一龍의 『農說』을 원용한 끝에 붙인 해설에 나오는 것이다.

이와같은 사유의 원칙은 또한 문학의 창신(創新)을 모색했던 연암 문학론의 논리적 기반이기도 하다. 그는 문학창작에 있어서 무엇보다 변(變)을 알아야 한다고 역설했던 것이다.[8]

사물을 상대적으로 보고 각각의 존재 의미를 균등하게 인정한다.

무릇 우주의 만물은 형체나 성질이 구구각각 형형색색이다. 크고 작고 강하고 약하고 아름답고 추하고 하는 등등의 구분과 차등이 있다. 이에 큰 놈은 작은 놈을 억압하고 강자는 약자를 지배하며, 아름다운 것으로 추한 것을 얕잡아본다. 마침내는 거기에 가치체계와 등급질서가 부여되고 또 그것을 절대적 당위로 굳혀놓기까지 한 것이다. 예컨대 대국은 소국을 지배하여 '사대'라는 명분을 수립했으며, 군주와 신하, 아버지와 아들, 남자와 여자, 지주와 작인(作人) 사이의 대소 강약의 형세에 상하의 질서를 세우고 당위의 도덕률로 규정했다. 이는 중세사회의 특징적 현상인데, 연암은 여기에 관해서 심각한 회의를 제기하고 있다.

순록과 파리를 비교해 보면 대소의 차이는 너무나 명백하다. 그러나 파리는 작은 개미에 견주면 훨씬 크지만 반면에 순록은 코끼리에 비하면 조그맣다.

지금 코끼리는 서 있으면 집채만하고 걸어가면 바람이 일고 귀는 구름을 드리운 듯, 눈은 초승달 같은데 발굽 사이의 흙이 둔덕만 해서 개미들이 거기에 구멍을 파고 살아 비를 점쳐 장이 선다. 이 개미들은 눈을 부릅뜨고 봐도 코끼리를 보지 못한다. 무엇 때문인가. 보는 거리가 너무 멀기 때문이다. 코끼리 역시 한 눈을 아무리 찡그려도 개미를 발견하지 못하니 이는 반대로 보는 거리가 너무 가깝기 때문이다. (「與人」, 『연암집』 권5)

대소의 차이는 실재하지만 그것은 상대적이다. 뿐 아니라 거대한 코끼리

---

8) "噫! 法古者病泥跡, 刱新者患不經. 苟能法古而知變, 刱新而能典, 今之文, 猶古之文也."(「楚亭集序」, 『연암집』 권1, 장3)

와 미세한 개미가 서로 상대를 알아보지 못하는 것은 각기 원근의 차이에 말미암은 바이지만 피차 보지 못하는 점에 있어서는 마찬가지라는 논법이다.

사람들은 허다히 흰색에 가치를 준 나머지 까마귀를 보고 검다고 비웃으며 보통 새의 다리에 눈이 익어서 학의 다리를 너무 기다랗다고 불안하게 여기기도 한다.[9] 연암은 이런 인식태도를 한낱 식견이 좁은 소치로 돌리면서 저마다 먹이를 구하는 삶의 조건에 따라 각기 신체상의 특징이 발달하게 되었다는 요지로 이해한다.[10] 따라서 각각의 개성적 면모는 등차적으로 우열을 판정할 성질이 아니며, 서로 존중해주어야 마땅하다는 주장이 성립된다. 이 점을 깨우치고자 연암은 다시 절묘한 비유를 쓰고 있다.

쇠똥구리는 저의 쇠똥 구슬을 사랑하고 용의 여의주를 부러워 않으며 용도 역시 제가 가진 여의주로 쇠똥 구슬을 비웃지 않는다. (「蜋丸集序」, 『연암집』 권7)

이처럼 만물의 존재적 가치를 균등하게 바라보는 관점에 서면 인간이라 해서 특수하게 취급될 수 없다. 「호질(虎叱)」에서 "범의 본성이 악하다면 사람의 본성도 악할 것이요, 사람의 본성이 선하다면 범의 본성도 선할 것이다"는 발언은 역설로만 넘길 말이 아니다. 그는 만물은 함께 기화(氣化) 가운데 있으므로 생명을 타고난 것은 모두 선하다 한다. 인간 또한 기화로 생겨난 벌레[蟲]의 일종이므로, 절대적 가치로 구분될 종류가 아님은 물론이다. 인간을 절대적 가치로 미화시킨 윤리(삼강오륜) 역시 결코 절대 당위로 받아들일 수 없는 것이 된다. 다시 연암이 끌어들인 코끼리의 비유로 돌아가보자.

9) "所見少者, 以鷺嗤烏, 以鳧危鶴. 物自無怪, 己迺生嗔, 一事不同, 都誣萬物."(「菱洋詩集序」, 『연암집』 권7, 장4)
10) "禽獸之無手也, 必令嘴喙俛而至地, 以求食也. 故鶴脛旣高, 則不得不頸長, 然猶慮其或不至地, 則又長其嘴矣. 苟令鷄脚效鶴, 則餓死庭間."(「象記」, 『열하일기』, 『연암집』 권14, 장37)

코끼리는 범을 만나면 코로 쳐서 즉사시키니 코끼리의 코야말로 천하무적이다. 그런데 생쥐를 만나자 그만 그 코를 둘 곳이 없어 하늘로 쳐들고 서 있을 뿐이다. (「象記」,『연암집』권14)

범은 산중의 왕이다. 그런 범이 코끼리 코 앞에서는 뼈도 못 추리는데, 그런 코끼리 코는 다시 생쥐 앞에서 무력하게 된다. 「호질」의 첫머리에 천하무적의 위엄으로 상징된 범을 잡아먹는 것들이 무수히 등장하는바, 이 역시 제왕(帝王)의 권위가 절대적이 아님을 암시하는 뜻이 내포되어 있는 것이다.

이처럼 사물의 **상대성**을 발견한 인식방법은 문예적 방면에서 '개성의 창조'→'민족 개성의 발견'으로 실천되었거니와, 일체의 봉건적 권위주의는 그 사상적 근저에 균열이 생긴 셈이다.

존재의 현실에 입각해서 객관적으로 본다.

대소·강약·미추의 차별을 균등하게 대하는 연암의 인식태도는 다분히 장자적(莊子的)이다. 제물(齊物) 사상에 통하는 것 같다. 그런데 장자가 그렇듯 연암 역시 시비의 분별을 방기하고, 가치중립적 상대주의로 귀착했던가? 아니면 불가지론에 빠졌던가? 연암은 참되고 바른 인식에 여하히 도달할 수 있는 것으로 생각했던가? 이 점이 문제이다.

황희 정승이 며느리와 딸이 이[蝨]가 어디서 생기느냐로 다투는 것을 판결한 이야기는 유명한 일화다. 이는 옷에서 생긴다는 딸의 견해도 옳고 피부에서 생긴다는 며느리의 견해도 옳다고 대꾸한 황정승의 태도는 흔히 그의 너그러운 미덕으로 간주되고 있다. 이야말로 '누이 좋고 매부 좋고'로 시비를 얼버무리는 상대주의다. 그러나 연암은 이 일화를 인용하면서 황정승이 며느리와 딸을 불러다 앉히고 "이는 피부가 없으면 화육(化育)이 되지 못하고 옷이 없으면 붙을 곳이 없다. (…) 옷과 피부 사이에서 생겨나는 것이다"라고 가르쳐주었다 한다. 사물을 그 생성변화의 구체적 현실에 일치해서 관찰하라는 의미이다. 그리고 또 임백호(林白湖)가 목화와 가죽신을 짝짝이로 신고 말을 탄 일화를 거론한다. 하인이 그 상반됨을 지적하자 임백호는 "길 오른쪽에서 나를 보는 자는 목화(木靴)를 신었다 할 것이요, 길 왼쪽에서 나를 보는 자는 가죽신을 신었다 할 것이니 괜찮다"고 말했다 한다. 연암은 이에 언급하여 "천하에 보기 쉽기로 발 같은 것이 없는데도 보는 바가 같지 않으면 목화인가 가죽신인가 분별하기 어렵다"고 하였다. 요는 사물을 편견에 사로잡히지 말고 전체로서 객관적으로 관찰해야 된다는 뜻이 내포되어 있다.[11]

연암은 위의 두 가지 일화를 인용해서 "바르고 참된 견식은 확실히 시비의 가운데 있다[眞正之見, 固在於是非之中]"는 결론을 도출한다. 문제는 '가운데[中]'를 어떻게 잡느냐에 달렸다. 이에 '가운데[中]'는 이[蝨]의 발육조건인 피부와 옷 사이, 또 어떤 신을 신었는지 바로 관찰할 수 있는 위치를 포괄한 개념이다.[12] 요컨대 생태적 실상에 일치시켜서 편견을 배제하고 객관적으로 볼 수 있는 시점을 뜻한다. 연암은 가치중립적 상대주의로 떨어진 것이 아니고 존재의 현실에 입각해서 전체를 통일적으로 인식할 때 진리에 도달할 수 있다고 생각했던 것이다.

이상에서 살펴본 연암의 사물에 대한 인식방법의 특징은 다시 철학적 개념을 빌려 말하면 변증법적이라고 하겠다. 사물의 진실을 관찰하고 세계를 올바로 판단하기 위해서 이성인식이 요망되었으며, 그것은 변증법적인 방법을 취했다.

이와같은 인식방법은 그의 문예이론과 직접적 연관성이 있는데, 대체로 연암 자신 및 연암 그룹이 추구한 문학의 방향을 스스로 옹호하고 빗발치는 공격에 대적하기 위한 이론적 밑받침으로 개진된 것이다. 다음에 그의 인식방법이 문학예술의 형상으로 구체화되는 미학적인 문제로 들어가보자.

---

11) 「蝨丸集序」, 『연암집』 권7, 장2.
12) "故眞正之見, 固在於是非之中. 如汗之化蝨, 至微而難審, 衣膚之間, 自有其空. 不離不襯, 不右不左, 孰得其中."(같은 글)

5. 형상적 인식의 논리

족하는 태사공(太史公, 『史記』——인용자)을 읽으면서 일찍이 그의 마음을 읽지 못했군요. 왜냐? 「항우본기(項羽本紀)」를 읽을 때면 벽 위에 전쟁 장면을 그려보고 「자객전(刺客傳)」을 읽을 때면 고점리(高漸離)가 축(筑)을 치는 광경을 연상한다고 하는데, 이는 늙은이의 진부한 이야기요. '살강 밑에서 숟가락 줍기'와 무엇이 다르리까? 어린애가 나비 잡는 것을 보면 사마천(司馬遷)의 마음을 얻을 수 있지요. 앞 무릎을 반쯤 구부리고 뒤꿈치를 살짝 들고 손가락을 두 갈래(丫)자 모양으로 내밀고 다가서는 즈음 그래도 손끝이 나비를 의심나게 하면 그만 날아가버리지요. 사방을 둘러봐도 인적이 고요한데, 아차 하고 웃으며 부끄럽기도 하고 화가 나기고 하는 이게 바로 사마천의 저서할 때랍니다. (「答京之」, 『연암집』 권5)

『사기(史記)』의 「항우본기(項羽本紀)」, 항우와 유방이 중국대륙을 놓고 패권을 겨루는 대역사 드라마를 읽을 적에 그 싸움의 장면을 눈앞에 그려보는 것 또한 제법 실감을 가지고 읽는다 하겠다. 그러나 그건 찬장에서 숟가락을 주워 들고 새로운 발견이라고 자랑하는 꼴이오, 궁극 저자의 속마음까지 읽어야 한다는 것이다. 말하자면 '응목(應目)'하는 것으로는 초보적 단계이기 때문에 상투적일 수밖에 없으며, '회심(會心)'의 경지로 나아가야 한다는 뜻으로 이해된다.[13]

그런데 어린애가 나비 잡기 하는 것을 보면 사마천의 마음을 얻을 수 있다. 이건 또 무슨 의미인가? 어린애가 나비를 잡으려 몰두하다 놓치는 이게

---

13) '응목'과 '회심'은 宗炳의 「畵山水序」에서 따온 개념이다. "夫以應目會心爲理者, 類之成巧, 則目亦同應, 心亦俱會, 應會感神, 神超理得."(兪崑綿, 『中國繪畵類編』上, 臺北: 草正書局 1984, 583면) 應目→會心→爲理로 미적 인식의 단계를 둔 것이다. 아름다운 대상물에 눈이 이끌리는 것이 '응목'이며, 그리하여 마음에 감동이 일어나는 단계가 '회심'이다. 응목→회심의 응집·고양된 상태에서 '神超理得'으로 되는 것이 '爲理'의 단계이다. '위리'는 '傳神'과도 통하는 개념이라 하겠다.(蔣孔陽·金一平 옮김, 『形象과 典型』, 사계절 1987, 48면 참고)

바로 사마천이 저서할 때라는 것이다. 사마천은 저서라는 인간활동으로 역사상에 위대한 실천을 한 경우다. 최고의 창조적 실천이 '어린애의 나비 잡기'로 비유된 셈이다. 위의 내용은 창작론으로서 미학적 측면으로 해석할 소지가 있다고 본다.

연암은 누군가가 좋은 경치를 만나 "강산(江山)이 그림 같다"고 감탄한 말에 대해 "강산도 모르고 그림도 모르는 소리다. 강산이 그림에서 나왔는가? 그림이 강산에서 나왔는가?"(「濼河泛舟記」, 『열하일기』)라고 일깨워준 일이 있다. 문학예술은 실제의 사물, 곧 객관적 현실에 기초하고 있음을 분명히 의식하고 있었다. 문제는 작가가 객관적 실재로서의 사물을 어떻게 포착하느냐에 달렸다.

> 슬프다! 포희씨(庖犧氏)가 세상을 떠난 이후로 문장이 흩어진 지 오래다. 그러나 곤충의 더듬이, 꽃술, 석록(石綠), 우취(羽翠)에 그 문심(文心)은 변치 않고 그대로 있으며, 정족(鼎足)·호요(壺腰)·월환(月環)·월현(月弦)에 자체(字體)는 아직도 온전하다. 저 바람·구름·우레·번개·비·눈·서리, 그리고 날고 헤엄치고 닫고 뛰고 웃고 울고 하는 것들의 성(聲)·색(色)·정(情)·경(境)은 오늘날까지도 완연하다. (「鍾北小選 自序」, 『연암집』 권7)

포희씨(庖犧氏, 包犧 또는 伏犧라고도 함)는 천지만물을 두루 관찰해서 팔괘(八卦)를 그렸다는 상고시대의 신화적 존재다. 그것은 우주자연의 상(象)을 인식한 인류 초유의 사업, 곧 문예의 시원이었던 셈이다.[14] 그런데 포희씨 이후로는 문장이 흩어졌다 함은 무슨 뜻인가? "세계의 유아기에 인류는 본성에 따라 모두가 숭고한 시인이었다"고 비꼬(G. B. Vico)는 말했지만 삼라만상(森羅萬象)으로부터 받은 인류 최초의 그 감동적 상상력이 지금에 와서는 온통 시들해지고 닳아빠졌다는 의미일 것이다.

연암은 독서의 행위를 "황폐한 마음, 천박한 식견으로 '마른 먹물' '썩은

---

14) "古者包犧之王天下也, 仰則觀象於天, 俯則觀法於地, 觀鳥獸之文, 與地之宜, 近取諸身, 遠取諸物. 於是, 始作八卦, 以通神明之德, 以類萬物之情."(「繫辭」, 『易』下)

종이' 사이에 눈을 붙이고서 좀벌레 오줌이나 쥐똥을 헤치고 있으니 이야말로 '술지게미〔糟粕〕먹고 취해 죽겠다'는 꼴이라, 어찌 슬프지 않으리오"(「답경지」)라고 매도하다 못해 사뭇 통곡하고 있다. 고식적인 독서행위도 물론 문제이려니와, 보다 근원적으로 종이에 문자를 박아놓은 책 자체가 잘못하면 고인(古人)의 껍데기, 역사의 쓰레기로 되기 십상이다. 창조적 실천은 포희씨의 그 신선한 감명, 다시 거기로 돌아가야 한다. 자연 자체의 '문심(文心)'은 예와 같이 생생하다. 우주공간에 구구각각의 존재와 현상은 저마다 고유한 성·색·정·경을 갖추고 있다. 연암은 이를 가리켜 '불자불서지문(不字不書之文, 글로 표현되지 않은 자연 그대로의 참다운 '文書'라는 뜻)'이라고 규정한다. 자연 자체에 문예의 진수가 내재해 있다는 의미다. 이제 문제는 그 성·색·정·경을 종이에다 문자로 여하히 옮기느냐에 있다.[15]

까마귀는 물론 검다. 연암은 까마귀 깃털이 태양의 빛을 받는 조건에 따라 색상의 변화가 일어나는 현상을 신선한 통찰력으로 지적한 바 있다. 우리의 까마귀를 보는 눈을 검은색에다 고정시킬 것이 아니고 "홀연 금빛으로 아롱지고 다시 적록색으로 빛나는가 하면 햇빛을 받아서 자주색이 흐르고 번쩍번쩍 보랏빛으로 변하는" 저 경이로운 동적인 실상을 포착해야 한다고 주장한다. 찬란한 까마귀의 발견 곧 자연미의 생생한 재현이다.

저 창공에 울며 나는 한 마리 새, 이 얼마나 생기가 넘치는가. 그것을 '새 조(鳥)' 한 글자로 그 색채를 말살하고 그 자태와 소리를 털어버리면 무미건조할 뿐이다. 연암은 이를 '부사촌옹장두지물(赴社村翁杖頭之物)'[16]이라 비꼬고 있다. "아침에 일어나니 푸른 나무 뜰에 그늘을 드리운 사이에서 철

---

15) 연암의 聲·色·情·境을 재현하는 것이 어려운 과제임을 지적한 이 논리는 『장자』天道篇의 독서가 피상적으로 흐르기 쉬움을 깨우친 輪扁의 비유와 통하는 것이다. 그런데 장자는 시각과 청각을 통해 인간이 인지할 수 있는 것은 形·色·名·聲뿐이라고 하였다. 연암은 장자의 피상성을 나타낸 聲色의 개념을 반대로 글쓰기에서 재현하기 어려운 요소로 표출하고 있다. 연암의 논리는 형상적 표현을 강조하기 위해 聲色이란 개념을 표출한 것이겠는데 이 또한 그의 고전의 창조적 수용의 자세를 보여준 대목이다.

16) 이는 '마실 가는 시골 늙은이 지팡이 위에 있는 물건'으로 풀이되는 말이다. 곧 생기를 잃고 고형화된 모습을 뜻한다. 지팡이의 상단에 새를 조각한 것이 있었던 모양이다. 나라에서 나이 많은 신하에게 특별히 하사하는 지팡이에도 새가 새겨져 있는 것을 볼 수 있다.

새들이 지저귄다. 이에 부채를 들어 책상을 두드리며 '이것이 나의 푸르르 날아가고 날아오는 글자요 서로 울며 노래하는 글씨[飛去飛來之字, 相鳴相和之書]'라고 부르짖었다. 오채(五采)를 일러 문장이라 할진댄 문장으로 이보다 훌륭한 것이 없다. 오늘 나는 책을 잘 읽었다 할 것이다."(「答京之二」『연암집』권5) 이른 아침의 청신한 기운에 푸른 잎 사이에서 우는 새소리, 하나의 전체로서 더없이 아름답고 더없이 신선한 문자요 문학이라는 것이다. 사물의 성·색·정·경의 참신하고 생동한 그대로를 인식하는 것이 무엇보다 긴요함을 강조한 말이다.

사물의 성·색·정·경을 살리자는 의미는 자연의 살아있는 그대로의 재현, 곧 형상적 인식을 뜻한다고 본다. 그렇다면 마치 천연색 사진을 찍듯, 또는 활동사진을 놀리듯 하면 되는 것인가? 연암의 앞세대에서 머리끝 하나 눈썹 하나까지 정확한 묘사를 요구하는 초상화적 사실성이 시 창작에서도 필요하다는 이론이 제기된 바 있었다.[17]

연암은 그런 이론에 일면 수긍하면서도 동의하지 않는다. 심동현(沈董玄, 沈師正)이 그린 묵매도(墨梅圖)를 두고 대상물을 닮는 데 그쳤다고 비판하면서 "그림을 잘 그리는 것은 그대로 닮는 데 있지 않다[善畵不在肖物而已]"고 한다. 또 엄밀히 말해서 그대로 닮음은 성립될 수 없다고도 말한다. 가령 그림을 그리는데 사람의 걸어가는 걸음과 말하는 소리를 어떻게 얻을 것인가. 요는, 외형적 닮음[形似]이 아니라 '지의(志意)'가 통하는 '심사(心似)'를 추구해야 한다는 주장이다(「綠天館集序」). '진(眞)'이란 개념을 쓰기도 한다.

'진'의 이론을 전개하는 데도 역시 그림을 비유로 가져온다. 초상화를 그리려 할 때 눈망울도 굴리지 않고 옷에 잔주름 하나 없이 용모를 가다듬고 있으면 벌써 평상의 태도를 잃었기 때문에 아무리 뛰어난 화가라도 진을

---

17) "詩無論聲調高下·字句工拙, 其寫境也眞, 道情也實, 斯可謂之天下之好詩也. (…) 故余嘗曰, 作詩正如畵工之寫眞, 一毛一髮無不肖似, 然後方可謂之其人矣."(李夏坤, 「南行集序」, 『頭陀草』 제17책, 국립도서관소장 필사본) 이하곤(1677~1724)은 호가 澹軒이다.

얻을 수 없다는 것이다. 여기서 '진'은 대상물의 참 모습인데 그것은 다른 어디서가 아니고 평소의 자연스런 상태에서 그려낼 수 있다고 보았다. '글〔文〕'을 쓰는 것 또한 그와 마찬가지라 한다. 꼭 무슨 대도(大道)를 분석해야만 되는 것이 아니오, 경우에 따라서는 **기왓조각**이라도 버리지 않는다고 한다.[18] '진'의 개념은 확실히 '생활상의 진실'을 내포하고 있다.

문제는 그 진을 어떻게 얻느냐에 있는데 연암은 강조하기를 '득실재아(得失在我)'라고 하였다.[19] 진을 얻느냐, 얻지 못하느냐는 오로지 창작주체인 '나'에게 달린 문제이다.

우사단(雩祀壇) 아래 도저동(桃渚洞)에 단청 칠한 묘(廟)가 있으니 대추빛 얼굴에 수염이 엄연한 모양의 관공(關公)이 모셔졌다. 남녀 할 것 없이 모두 학질을 앓으면 관공상(關公像) 앞에 나가는데 두렵고 넋이 빠져 한속이 달아난다. 그러나 아기들은 엄함을 느끼지 못해 혹은 신성을 모독하여 눈동자를 찔러도 깜박이지 않고 콧구멍을 간지럽혀도 재채기를 않으니 그것은 한덩이 소상(塑像)일 뿐이다. (⋯) 남의 의관을 빌려 꾸민 자는 어린애의 진솔함을 속일 수 없다. (「嬰處稿序」, 『연암집』 권7)

남산 아래 도저동에 있었던 관왕묘(關王廟) 이야기다.[20] 당시 학질을 떼기 위해 관왕상(關王像)을 가서 보는 풍속이 있었던 모양이다. 관왕상은 학질이 떨어질 만큼 무서워 보이는데 어린애의 진솔한 눈에는 한낱 흙덩이다.

18) 「孔雀舘文稿自序」, 『연암집』 권3, 장1. '기왓조각〔瓦礫〕'은 연암의 미학사상에 있어서 특별한 의미를 내포한 말이다. 그는 『열하일기』의 「馹汛隨筆」에서 사람들이 중국을 가면 무엇이 천하제일 장관이냐를 두고 遼東의 백리 넓은 들이 장관이다, 白塔이 장관이다, 琉璃廠이 장관이다, 山海關이 장관이다 등등 분분하지만 자기로서는 다른 무엇보다도 "장관은 기왓조각에 있다" 그리고 또 "장관은 똥거름에 있다"고 말한다는 것이다. 기왓조각은 버리는 물건이요, 똥은 가장 더러운 것이지만 그것을 이용해서 담장을 아름답게 쌓고 곡식을 무성하게 가꾸는 정경을 천하의 장관으로 인식한 것이다. '기왓조각'의 개념에서 연암의 실학적 미의식을 엿볼 수 있다.

19) "爲文者, 惟其眞而已矣. 以是觀之, 得失在我, 毁譽在人." (「孔雀舘文稿自序」, 같은 책)

20) 이 關王廟는 일명 南廟라 칭했고, 지금의 서울역 건너쪽 남산 기슭에 있었던 것이다. 6·25동란시 폭격으로 없어졌다 한다.

안델센 동화 『벌거숭이 임금님』에서 아이 혼자 "임금님은 벌거벗었다"고 소리치듯 어린애에겐 허상의 위엄이 통하지 않는 것이다. 허위와 가식이 통하지 않는 면에서 어린애는 곧 소경과 의미를 같이하고 있다. 이제 위의 나비 잡는 어린애의 비유로 돌아가자.

연암은 "갓난애는 비록 연약하지만 사모함이 전일하고 처녀는 비록 졸박(拙樸)하지만 그 지킴이 확고하다"라고 하여 그런 태도를 굳게 문을 닫고 앉아서 독서에 열중하는 아사(雅士)에 견준 바도 있다.[21] 그렇듯 어린애가 손가락을 내밀고 살금살금 나비에게 접근할 때 그야말로 정신이 대상에 온통 집중될 것이다. 어떤 외물(外物)이 눈에 보이고 마음에 걸릴 것인가. 이는 '망(忘)'의 경지다. 「일야구도하기」에서 연암은 죽고 사는 일로부터 초연해지자 귀에 물소리가 들리지 않았다 했거니와, 다른 글에서 득실·영욕·사생의 구분을 잊고 오로지 뜻한 바에 몰두해야 예술의 높은 수준에 도달할 수 있다고 했다.[22]

무릇 작가나 학자는 모름지기 묘사하거나 연구하는 대상에 대해서 '망'의 경지에 이르도록 혼신의 정신을 쏟아 그것을 숙지하고 관통(貫通)해서 그 본질과 영혼까지 간파해야 할 것이다. 그러나 대상에 끝까지 집착해서는 곤란하다. '망'의 상태로부터 맨 나중까지 벗어나지 못하면 마침내 거기 매몰될 것이다. 그러므로 몰입의 상태로부터 깨어나는 해탈(解脫)이 있어야 한다. 나비가 나의 손에 포착되기 직전 화려한 날개를 펄럭이며 날아갈 때 나비는 생동하는 자태로 부활하는데 아차 하는 그 순간에 나에게는 어떤 **신묘한 깨달음**이 떠오를 수도 있을 것이다.[23]

---

21) 「原士」, 『연암집』 권10, 장11~12.

22) 「炯言桃筆帖序」, 『연암집』 권7, 장8~9.

23) 이상에서 분석한 「答京之」는 이미 金明昊 교수(「燕巖文學과 史記」, 송재소·김명호·정대림 외 지음, 『李朝後期 漢文學의 再認識』, 창작과비평사 1983)와 小川晴久 교수(「實學과 讀書」, 東京大學 敎養學部 編, 『人文科學紀要』 제81집, 1985)에 의해서도 주목된 바 있다. 역시 "將羞將怒, 此馬遷著書時也"라는 마지막 문구에 초점이 있었고 각기 다른 해석이 나왔다. 문제의 대목을 김 교수는 "현실의 행위가 좌절된 데서 솟아나는 후회나 분노의 심정"의 표현으로 사마천의 '發憤著書'와 연결지어 이해했다. 小川 교수의 관점은, 그의 연암의 학문=실학에 대한 인식체계의 정교한 부분이다. 나비잡이 소년이 나비에 최근접했

지금 일련의 인식문제에 관련한 연암의 견해를 살펴본바 형상적 인식이 비상하게 강조되었음을 알았다. 연암의 변증법은 형상 사유로 특징화되었던바, 이에 그의 창조적 실천은 과학성과 함께 고도의 문학성·예술성을 띠었던 것이다(說理的 산문이나 학술적 내용까지도 대개 형상성이 풍부한 것이 특징이다).

6. '진지'와 '실천'

연암에 의하면 인식의 절정에서는 자연과 사회의 생동하는 본질이 인식주체=‘나’의 깨달음으로 살아나야 한다. 곧 참다운 세계인식은 자아의 각성에 찍혀지는 것이다. 그의 철학적 논리를 빌려 표현하면 ‘진지재심(眞知在心)’이다. 이미 확인한바 유심주의로 돌릴 말이 아님은 물론이다. 그런데 연암 철학의 이론구조에서 이 ‘진지재심’에 대응되는 개념은 **‘실천재족(實踐在足)’**이다. 참다운 지식은 나의 주체적 각성으로 이루어짐에 대해서, 실천은 나의 발로 길(道)을 밟고 가는 데서 얻어진다는 의미이다.

우리의 걸음은 한 다리를 공중으로 들어올리고 다른 한 다리를 땅으로 디디는 동작의 교체·연속에 의해 전진하는 운동이다. 이 운동의 성질은, 이쪽 다리가 저쪽 다리를 부정하는 상호모순이 지상으로 통일이 되어 발전이 일어난다. 연암은 이를 도(道)에 대한 비유로 끌어온 것이다.

걸음을 걸을 때 “이쪽 다리를 들어올리면 ‘망공(忘空)’을 하니 ‘망공’이란 ‘하늘을 즐김(樂天)’이요 저쪽 다리를 땅에 붙이면 ‘복실(復實)’이 되니 ‘복

다가 놓치고 ‘아차’ 하는 프로쎄스에서 중국통일의 목전에 실패한 항우와, 진시황을 지근거리에서 놓친 형가(荊軻)의 사실을 연상한다. 그는 소년의 나비잡이를 살아있는 자연을 읽는 ‘자연독서’로 규정하고 이에 대해 문을 굳게 닫고 고전을 읽는 태도를 廢戶讀書로 구분짓는다. ‘자연독서’의 내용을 구성하는 자료는 대개 본고에서 형상인식으로 이해한 것들이다. ‘자연독서’와 ‘폐호독서’의 통일로 연암의 학문=실학이 실현되었다고 본다. 이런 경우는 정오를 분명히 가려낼 성질이 아니다. 전체적 인식의 방향에서 부분이 조명된 것이므로, 각기 해석은 그대로 의미를 갖는 것으로 생각된다.

실'이란 '땅을 믿음〔信地〕'이다"라 하고 이어 '하늘을 즐김'은 '진지'에, '땅을 믿음'은 '실천'에 결부시킨다.[24] 우리가 길을 걸어가듯, '진지'(실천)와 '실천'이 변증법적으로 통일이 되는 바로 그것이 도이다.

이러한 철학적 논리에서 '하늘을 즐김'이니 '땅을 믿음'이니 하는 이치는 사실 나의 머릿속에는 얼른 잡히지 않는다. 이 말에 대한 그 자신의 설명 역시 청초하게 들리지 않고 본론과는 직접 관련은 없으므로 여기서는 덮어두기로 한다. 다만 '복실'의 의미를 주의해 보는데, 먼저 그의 다른 글에서 오묘한 비유를 들어보자.

감나무 높은 꼭대기에 서리맞은 감 한 개가 매달려 있다. 아이들은 그 감을 따려고 돌멩이를 던진다, 간지대를 들어올린다 하며 매일 고개를 공중으로 치켜든다. 어느날 그 감은 바람에 땅으로 떨어졌다. 아이들은 그런 사실을 모르고 여전히 고개를 치켜들고 까막까치만 원망한다. 연암은 이 아이들에게 "너희는 고개를 공중으로 쳐들고만 있다가 잃어버렸다. 고개를 숙이고 땅에서 찾을 줄 몰랐구나. 열매는 떨어지면 필시 땅에 있나니 응당 발에 밟히리라. 하필 공중에서 찾을 건가? 실다운 이치는 씨를 보존하는 데 있느니!"(「塵公塔銘」, 『연암집』 권2) 공중에 매달린 감은 땅으로 떨어져서 발밑에 밟히기 마련이다. 진리는 허공에서 찾을 것이 아니오, 내가 서 있는 발밑에 있다. 그런데 '실다운 이치〔實理〕'의 소재처, '씨'는 무엇을 의미하는가. 다름 아닌 생생불식(生生不息)케 하는 종자다.[25] '복실'은 진리의 종자가 내재하고 그것이 발전하는 현실로 돌아옴을 뜻하는 것이다.

진리의 길, 그것은 '진지'와 '실천'이 지상으로 통일되는 데서 얻어진다. 그러므로 소경이 지팡이를 두드리며 익은 걸음으로 걷는 그것이야말로 우리들의 본분을 지키는 요령이요 집으로 돌아가는 확증이 될 수 있다. 궁극 '본분으로 돌아옴'은 다름아닌 땅——현실에 확실하게 입각하는 것이다. 여기서 연암 문학의 현실주의적 토대를 본다.

그런데 이 글의 출발점에서 나온 소경 우화가 애국계몽기에 씌어진 「담

---

24) 「答任亨五論原道書」, 『연암집』 권2, 장16〜17.
25) "何必求諸空, 實理猶存核. 謂核仁與子, 爲生生不息.."(「塵公塔銘」, 『연암집』 권2, 장59)

총(談叢)」이란 글에도 인용되고 있다.[26] 그 작자는 확실치 않으나 대개 신채호(申采浩)로 추정된다. 이야기 줄거리는 화담(花潭) 선생 대신 촌학구(村學究)로 설정되어 있는 점이 다르고 대체로 비슷하다. 그러나 거기에 붙인 의미는 아주 반대다. 「담총」에서는 장님이 눈을 떠서 어리둥절해하는 것을 신세계에 눈을 떴으나 미처 적응하지 못하는 상황으로 보고, 도로 눈을 감으라는 것은 구시대에 안주하라는 뜻으로 풀이한다. 보수반동으로의 선회인 것이다. 같은 우화를 놓고 해석이 왜 이렇게 달라졌을까?

연암의 시대는 세상 사람들에게 '눈을 감으라'고 설교할 만큼 '경험적 세계'가 아직은 몽매한 상태였다. 그러나 1백년을 경과하여 20세기의 시대로 들어서면 신문물·신시대가 가시적으로 나타난다. 그러므로 진보적 사상가는 민중을 향해서 새로움에 경악하지 말고 열심히 배우고 받아들이라고 외쳤던 것이다. 연암이 눈으로 보고 귀로 들은 경험적 사실을 일체 회의한 데서 우리는 '현재적 세계'(18세기의 조선왕조적·중국중심주의적 세계)를 부정하는 혁명적 의미를 읽을 수 있다. 칸트는 물자체(物自體)를 인간의식의 밖으로 돌림으로서 신의 존재를 일단 이성의 영역으로부터 추방했었거니와, 연암은 대담하게 '경험적 인식'을 회의함으로써 체제의 합리성을 근본적으로 부인했던 것이다.

연암의 인식론과 미의식, 그것의 자기 실천인 연암 문학은 세계사적 변혁의 요구에 대한 응답의 의미를 담고 있다. '눈을 감아라.' 선각적 지식인의 이 고뇌의 독백은 그의 탄신 250주년을 보내는 오늘의 현실에도 기막히게 공감을 주고 있다. 이 깨우침이 내포한 문제점을 우리는 간과해서는 안되리라고 본다.

그의 '눈을 감으라'는 말은 비록 역설이긴 하지만 현실로부터 고립을 의도한 셈이다. 사실상 창조주체인 '나'(연암)는 고립적이요, '나'의 의지를 관

---

26) 「談叢」은 1909년 11월 20일부터 1910년 4월 초까지 劍心이란 필명으로 연재된 것이다. 여기 언급된 것은 「再盲兒」란 제목으로 1909년 11월 23일자에 실려 있다. 林熒澤, 「'談叢'의 思想과 그 作者」, 丹齋先生紀念事業會, 『申采浩의 思想과 民族獨立運動』, 형설출판사 1986 참고.

철할 매개적 현실 또한 끝내 발견하지 못했다.

때문에 그는 현재 상태의 질적 전환을 전망할 수 없었을 뿐 아니라, '현재적 세계'에 대한 부정 역시 주관적으로 강렬했으면서도 선명하지 못해 결국 '낡은 틀' 속에서 몸부림친 꼴이 되었다. 앞의 걷는 동작을 도에 대한 비유로 끌어들인 데 있어서도 기성의 길[道]로 나아가는 것만 말했지 사람이 처음 걸어감으로써 생기는 새 길, 혁명적인 길을 착안하지 못했다. 그리고 감의 비유 역시 땅에 떨어진 종자가 새로운 감나무로 생생하는 진리를 확인했으나 이는 반복적이지 변혁적이 아니다. 요컨대 연암의 변증법은 혁명적 지향을 내다볼 수 있다 하더라도 소박하고 아직 미미한 단계다.

그는 문예창작상의 모토로 '법고창신(法古創新)'을 내세웠던바 '법고'는 구문학에 대한 청산적 의미를 확보하지 못하고 '창신'은 곧바로 신문학의 창출로 이어지지 못한 것은 불가피한 귀결이었다고 하겠다.

연암의 정신노동의 결실은 대단히 풍부한 내용과 고귀한 가치를 지니면서도 고답적·한문적 형식에 폐쇄되어 있다. 물론 그가 처한 시대 사정에 제약된 터이겠으나 거기서 근대지향성과 함께 '탈근대'의 의미까지 발견할 수 있다. 중세의 억압과 질곡을 해체하려는 그의 '미학적 도전'은 오늘의 시점에서 의미가 다시 살아나는 것 같다.

후기

나는 『연암집』 중에서 마치 어려운 수수께끼처럼 무언가 재미나긴 한데 좀처럼 풀리지 않는 글들을 종종 만났다. 나 자신의 문리(文理)가 미치지 못하는 까닭이기도 하지만 깊은 이치가 담겨 있는 곳으로 여겨졌다. 대체로 그런 글들은 인식론 내지 미의식에 연관된 내용이었다. 더욱 궁금증이 생겨서 두고두고 궁리를 해왔다. 그리하여 나름으로 얻은 바 약간을 정리한 것이 지금 이 논고다. 일종의 독서잡기이다.

연암의 인식론과 미학적 견해는 연암 문학의 경이로운 창출을 근원적으로 이해하는 하나의 열쇠일 뿐 아니라, 그 자체가 우리의 정신해방과 창조의 역사에서 값진 한 부분이다. 이 논제를 추구하는 과정에서 나는 연암의 개별적인 작품, 특히 산문의 분석에 치력해본 것이다. 그런 의도는 첫째 그 자신의 글을 통해서 그에 대한 논지가 세워짐이 마땅하고, 또한 작품분석은 그것대로 의미가 있다고 생각한 때문이다. 산문의 세계에 미쳐서는 일반의 관심이 깊지 못한 현황에 비추어 주의를 환기하는 뜻도 있다.

요컨대 연암은 '있는(혹은 있었던) 세계'를 부정하고 현실을 개조하려는 방향으로 사고함으로써 사물 인식의 방법이 변증법적으로 가게 되었다. 거기에는 뚜렷이 형상 사유의 특징이 들어 있다. 이 점이 곧 연암을 연암으로 탄생시킨 조화이다. 그러면 그의 형상 사유는 그 자신에 있어 어떻게 반영되었던가. 실로 연암의 문자적 창조 전반에 걸쳐 검토를 요하는 문제이다. 앞으로의 과제로 남겨둘 수밖에 없는데, 우선 대략의 행방이나마 짚어보기 위해 연암에 관한 일화 한 토막을 소개한다.

연암의 아들이 남긴 『과정록(過庭錄)』을 보면 연암이 사물을 인지하고 집필하는 과정에 대한 언급이 있다. 특히 그가 황해도 연암협(燕岩峽)에 있을 시절(그의 나이 42세에서 44세 무렵), "풀이나 꽃, 짐승이나 벌레 같이 아무리 하찮은 물건일지라도 모두 지극한 경계가 있어 조물 자연의 묘를 볼 수 있다"고 말하면서 혹 어떤 사물을 접해서 오랜 시각을 묵묵히 시선을 집중하곤 했다는 것이다. 그리고 매양 시냇가 바위에 앉아서 가만히 읊조리고 천천히 거닐다가 문득 '우두커니 잊어버린 듯[嗒然若忘]'하였으며, 그러다가 때로 '신묘한 깨달음[妙契]'이 있으면 즉시 붓을 잡아 메모를 했다 한다.[27] 이런 일련의 태도는 우리가 앞서 살펴본바 그 자신의 이론의 실천인 셈이다. 특히 '우두커니 잊어버린 듯'은 고도의 집중의 자태일 것이며, 그런

---

27) "先君自少時 (…) 最喜閑居靜坐, 究觀理致. 其在燕峽也, 或終日不下堂. 或遇物注目 瞪默不言者, 移時. 嘗言雖物之至微, 如草卉禽蟲, 皆有至境, 可見造物自然之妙. 每臨溪 坐石, 微吟緩步, 忽塔然若忘也. 時有妙契, 必援筆箚記, 細書片紙. 充溢篋箱. 遂藏之溪 堂曰: '他日更加攷檢. 有條貫然後, 可以成書.' 其後, 棄官入燕峽, 出而視之, 時眼昏已 甚, 不能察細字. 乃悵然發歎曰: '惜乎! 宦遊十數年, 便失一部佳書.' 已而又曰: '終歸無 用, 徒亂人意.' 遂令洗草溪下."(『過庭錄』 권1, 『韓國漢文學研究』 제6집 부록)

나머지 때로 '신묘한 깨달음'이 떠오르곤 한다. '신묘한 깨달음'의 문자적 전이 자잘하게 써놓은 메모지가 상자에 그득할 만큼 쌓였던바 그는 스스로 다짐하기를 "뒷날 다시 검토를 가해서 체계를 잡은 다음이라야 하나의 완전한 책이 되겠다"고 말했다 한다. 그런데 오랜 훗날 그 초고들을 꺼내 보고는 모두 물에 씻어버렸다는 것이다.

왜 그랬을까?『과정록』에서는 연암 자신이 이미 노안이 되어 잔글씨를 다룰 수 없기 때문이라고 했으나, 그런 이유만으로는 납득하기 어렵다. 연암은『열하일기』라는 대저를 완성한 한편, 자신의 구고(舊稿)들을 대개 손수 정리해서 문집 형태로 엮어놓았다. 그의 연암협의 초고들은 이들보다 우선순위에서 뒤로 미루어졌음이 명백하다.

유득공(柳得恭)의 언급에 의하면 연암은『열하일기』를 끝맺고 나서 자신의 구고들을 모두 폐기했다 한다.[28] 과연 그때 무엇을 폐기했던지? 우리는 지금『연암집』에서『열하일기』이전의 작품들도 많이 볼 수 있으므로, 모두 폐기했다 함은 분명 사실과 어긋나는 말이다. 스스로 폐기했다는 것은 '연암협의 초고'를 가리킨 것이 아닐까.

'연암협의 초고'는『과정록』의 언급으로 미루어 대체로 자연물에 대한 관찰이 주내용을 이루었을 것이다. 새롭고 놀라운 자연미의 형상이 담뿍 담겨 있지 않았을까 싶다. 그런데 연암의 관심은 자연세계보다 인간의 현실 사회적·시사적인 쪽으로 경도되었으며, 이에 연암협을 빠져나와 중국대륙을 여행하고 마침내『열하일기』를 저작한 것이다. 그리하여 창조주체로서의 연암을『열하일기』가 대변하게 되었다.

급기야 새롭고 놀라운 자연미의 형상을 그려낸 창작물의 하나가 폐기되어 영영 사라져버린 아쉬움이 없지 않으나 그 편린들은『연암집』에 실린 여러 산문 및 시편 속에서 주옥처럼 이채를 띠고 있다.

『열하일기』는 '있는 세계'의 통찰로부터 '있어야 할 세계'를 모색한 내용으로 굳이 구분짓자면 '보고(報告)' 형태의 산문에 속하는 것이다. '있는 세계'

---

28) 柳得恭,『古芸堂筆記』권3 熱河日記條.

를 표피적·현상적으로 받아들이지 않고 본질과 핵심을 간파하려 했기 때문에 이성인식이 강조되었거니와, 거기에 동태적·구체적으로 접근해서 독자에게 실감을 주기 위해 형상화의 수법이 구사되고 있다.

'설리(說理)'와 '서사(敍事)'의 절묘한 결합으로 과학과 예술의 통일이 이루어졌다. 인식론과 미의식의 고도의 실현은 바로 이 『열하일기』에서 성취된 것이다.

〈『韓國漢文學硏究』 제11집, 1988〉

丁若鏞의 민주적 정치사상의 이론적·현실적 근저
「湯論」「原牧」의 이해를 위하여

1. 문제제기

「탕론(湯論)」과 「원목(原牧)」은 다산의 방대한 저작들 가운데 「전론(田論)」과 함께 우리의 시선을 비상하게 잡아끄는 글이다. 다산 사상의 최고의 진보성은 이 세 종의 정론적 산문에 있지 않은가 싶다.

「전론」은 토지문제의 해결을 중심과제로 사고한 것인 데 대해서 「탕론」과 「원목」은 정치사상을 내용으로 담고 있다. 이들 글을 읽어보면 우선 경이로운 마음이 든다. 대체 이런 발상이 어디서 나왔을까? 「전론」은 그래도 '토지 공(公)개념'이나 '경자유전(耕者有田)'을 원칙으로 세운 고전적 사상 전통이 있었고, 또 이 원칙을 현실 제도화하려는 견해 및 연구가 이어져왔다. 이런 정신적 모색의 축적 위에 「전론」은 솟아 있다고 볼 수 있다. 그런데 「탕론」「원목」은 그것의 사상적 원천이 용이하게 발견되지 않는다.

「탕론」과 「원목」의 경우 역시 '천재적 공상'으로 돌리지 않는다면 그 사상을 도출한 이론적 뿌리가 무언가 있었을 뿐 아니라, 다산으로 하여금 하필 그렇게 사고하도록 만든 현실적 바탕도 없지 않았을 것이다. 바로 이 점을 미처 해명하지 않았기 때문에 다산 정치사상의 고도의 진보성은 공중에 떠서 그 개인의 탁발성에 감탄하는 소박한 차원 아니면, 그 의미를 애써 축소 해석할 수밖에 없이 되었다.

이 문제를 해명하려는 것이 본고의 주제다. 물론 내가 전공하는 영역에 속하는 일은 아니다. 나는 다산연구회의 『목민심서(牧民心書)』 독회에 참여했었다. 『목민심서』를 읽으면서 줄곧 부딪친 문제의 하나는 『목민심서』의 성격에 관해서였다. 이 『목민심서』를 다산의 기본사상을 담은 책으로 보아야 할 것인가? 다산의 기본사상의 표명이 아니라면 그것은 어떤 성격을 띤 것인가? 이런 문제의식과 관련해서 위의 주제를 감히 잡아본 것이다.

지금 「탕론」과 「원목」의 이해를 통해 다산의 기본 정치사상에 나름으로 접근해보고자 한다. 이 주제는 오늘의 민주·민중운동의 사상적 연원과 민족사적 정통성을 찾는 데도 연관이 있을 것이다.

2. 「탕론」과 「원목」의 구성 및 요지

「탕론」의 분석

탕(湯)이 걸(桀)을 쫓아낸 것은 옳은 일인가? 신하로서 임금을 쳤는데도 옳은 일인가?

이것이 「탕론」의 문제제기다. 탕은 하(夏)나라 걸왕을 축출하고 자신이 천자의 자리에 올라 상(商)이란 국가를 세운 사람이다. 폭력에 의한 정권교체다. 동양 전래의 개념으로 '방벌(放伐)'인데 여기에 대해서 평화적 정권교체는 '선양(禪讓)'이라고 일컬었다. 요(堯)·순(舜)은 선양의 전형으로, 탕(湯)·무(武)는 방벌의 전형으로 여겨왔다. 그런데 방벌은 신하로서 임금을, 더구나 폭력적 방법으로 갈아치운 꼴이다. 이 행위는 과연 정당한 도리인가? 요컨대 무력에 의한 정권교체——혁명이 정당하냐는 물음을 탕의 경우를 들어서 제기한 것이다.

이 물음에 대한 다산의 답변은 먼저 간결하다. "옛 도(道)요, 탕이 처음 한 일이 아니다"라는 것이었다. 이에 황제(皇帝)가 염제(炎帝)를 친 사실을 그 증거로 제시하고 있다. 탕이 방벌의 수범(首犯)이 아니라는 점은 일단 증명된 셈이다. 그러나 방벌이란 행위 자체가 아무리 옛 도일지라도 정당한 도냐는 물음은 그대로 남는다. 여기서 다산은 최고의 통치자——천자에 대해 근원적 물음을 던진다.

무릇 천자란 어떻게 해서 있는 것인가?

이 물음에 대한 해명이 실은 「탕론」의 본론이다. "하늘이 천자를 내려서 그를 세운 것인가? 아니면 땅에서 솟아나 천자로 된 것인가?" 이런 천명사상 같은 것을 다산은 일소에 부쳐버린다. 그리고 왕권신수설에 대치해서 '아래서 위로〔下而上〕'의 선거제적인 방식을 말하고 있다. 즉 가(家)를 기본 구성단위로 해서, 5가가 1린(隣)이 되어 인장(隣長)을 뽑고, 5린이 1리가 되어 이장(里長)을 뽑고, 5리가 1현이 되어 현장(縣長)을 뽑고, 여러 현장이 공동으로 추대하여 제후를 정하며, 마침내 여러 제후들이 공동으로 추대하여 천자를 정한다는 것이다. "천자란 자는 다중이 뽑아올려서 된 것이다." 천자의 존재는 바로 이렇기 때문에 다중에 의해 거부될 수 있는 존재로 본다. "무릇 천자는 다중이 추대해서 이루어지니 또한 다중이 밀어주지 않으면 그 자리를 유지할 수 없다." 즉 각기 뽑은 성원들에 의해서 개선도 가능하다는 것이다(천자로 있던 자를 갈아치우는 경우 아주 제거해버리는 것은 아니고 제후로 강등시키는 식이라고 한다).[1]

「탕론」의 문제제기는 이제 해명이 되었다. 천자로서 천자 노릇을 잘못하는 자를 갈아치우는 것은 25가가 모여서 이장(里長)을 개선하는 것과 마찬가지로 정당한 절차이다. 이 원리에 비추어 탕이 걸(桀)을 축출한 행위는 정당하다는 결론이 나온다.

---

1) 다산은 '放伐'이 밑에서 위로 치받는 혁명이지만 무자비한 폭력의 방식이 아님을 강조한다. 그래서 권력의 교체가 降等이란 평화적인 형태를 취하는 것으로 묘사한 것이다. 혁명을 긍정하되 폭력을 부정하는 생각이 다산의 의식에 자리잡고 있으며, 이런 특징이 그의 사상 전개에 영향을 미치는 것 같다.

그를 붙잡아 끌어내리는 것도 다중이요 올려서 윗자리에 앉히는 것도 다중이다.

「탕론」의 요지, 전편의 핵심은 바로 여기 있다. 탕을 원용해서 방벌에 대해 논란을 펼친 것도 실은 핵심으로 들어가기 위한 과정이었다고 보겠다. 그런데 이 안민주체의 정치제도는 그야말로 '옛 도'였다. "한(漢) 이후로부터는 천자가 제후를 세우고, 제후가 현장을 세우고, 현장이 이장을 세우고, 이장이 인장을 세운다." 그러므로 옛날엔 '하이상'의 시대였기 때문에 아래서 위로 올리는 것이 순리인데 지금 와서는 '상이하'의 시대라 아래서 위로 올리는 것은 역리(逆理)로 되었다. 즉 '하이상'의 선거제·개선제는 현행 정치제도하에서는 엄청난 반역으로 규정되는 일이다. 참으로 문제는 여기서 제기된다. '하이상'은 분명히 옛 도다. 이 옛 도를 밝혀서 탕·무의 아득한 옛 세상의 정치행위를 변호하였다. 현재의 인간을 위해서, 미래 세상의 인간을 위해서 '하이상'과 '상이하' 이 두 상반되는 정치제도 가운데 어느 쪽을 택해야 옳은가? 「탕론」은 정작 이 문제에 당해서는 아무런 언급도 하지 않고 있다.

"쓰르라미는 봄이나 가을을 알지 못한다." 대신 장자(莊子)의 이런 말을 인용해 놓고 「탕론」은 끝을 맺는다. 그의 생존이 여름 한철에 한정된 쓰르라미는 유감스럽게도 봄이 오면 꽃이 피고 가을이 되면 낙엽이 지는 이치를 모른다. 전제군주제에 고식된 속류 지식인들 또한 식견이 고루해서 고금의 변화를 깨닫지 못하고 산다는 탄식이다. 다산의 탄식은 오직 회고적인 것으로 그쳤을까? 이에 대한 해답은 다음 「원목」에 담겨 있다.

「원목」의 분석

'목(牧)'은 민(民)을 위해 존재하는가? 민이 '목'을 위해 사는가?

이는 「원목」의 문제제기다. '목'이란 지방의 주(州)·군(郡)·현(縣)의 수령(守令)을 가리킬 때 흔히 쓰이는 말로, 여기서는 인민을 맡아 다스리는 자 일반을 포괄하고 있다. 북한의 학계에서는 '원목'이란 제목을 '통치자론'으로 번역했는데, 따지자면 덜 맞는 면도 있으나 내용상 알기 쉽게 바꾼 것으로 이해된다. 「원목」은 '민과 목' 곧 인민에 대한 정치관계를 주제로 다룬 것이다. 그런데 왜 위와 같은 의문을 제기했을까?

민은 곡물·옷감을 내어 '목'을 섬기고, 민은 수레·말·구종을 내어 '목'을 맞아오고 보내며, 민은 자기의 고혈·진액을 짜내어 '목'을 살지게 하고 있다. 그러니 민은 '목'을 위해 사는 것인가?

'목─민'은 완전히 '수탈자─피수탈자'로 관계지어져 있다는 것이다. 현상적으로 볼 때 인민은 통치자를 위해 살아간다고밖에 말할 수 없다. 인민이 통치배에 의해 착취당하는 현실이 과연 합리적이냐? 이것이 「원목」의 문제의식이다. 「원목」은 이 물음에 답해서 '아니오'라는 부정어를 연발한 다음 급히 '목'은 민을 위해 존재하는 것이다〔牧爲民有也〕"라고 단안을 내린다. 그리하여 대쪽을 쪼개듯 변론을 펴고, 마지막에 가서 다시 "민이 '목'을 위해 살아가는 것이 어찌 이치에 맞겠느냐? "'목'은 민을 위해서 존재하는 것이다"라는 말로 전문의 끝을 맺는다. 이 구절은 중간에도 또 한번 나오는데 「원목」의 결론이면서 눈동자 구실을 한다. 서두의 끝과 결말의 끝, 그리고 중앙에 눈동자가 꼭꼭 박혀서 전편이 하나로 결속되어 있다. 「원목」은 '목은 민을 위한 존재'라는 명제를 어떤 논리로 입증해서 자기의 눈동자를 똑똑히 빛나게 하였는가?

본론은 "'목'은 왜 출현하였느냐?" 바로 여기서부터 따져들어간다. 논쟁점을 푸는 매듭이다. 인류의 원초에는 민이 있었을 뿐, '목'은 있지 않았다고 한다. 다산의 머릿속에 원시 공산사회가 그려졌던 듯싶다. 그러다가 인간 역사의 자기 발전의 일정한 단계에서 '목'이 출현하고 또 법이 성립되었다는 생각이다. 다산 특유의 사회·역사관이다.

"민이 자유롭게 모여사는데 한 사내가 이웃 사람과 다툼이 있어 해결을 보지 못했다. 그네들 중에 한 어른이 공정한 말을 잘하므로 그 어른 앞에 가서 판결을 받았다. 온 마을 사람들이 모두 감복하여 그 어른을 함께 추대해서 이정(里正)이라고 불렀다." 사회 구성단위의 연결·확대에 상응하여, 이같은 방식이 이정(里正)에서 당정(黨正)으로, 당정에서 주장(州長)으로, 다시 국군(國君), 방백(方伯)으로, 최종에 방백들이 모여 뽑는 황왕(皇王)으로까지 올라갔다는 것이다. 통치자의 정상에 선 황왕은 다름아닌 천자다. 결론적으로 "황왕 역시 근본은 이정으로부터 발원하였으니 '목'은 민을 위해 존재하는 것이다."

이 대목에서 법의 문제를 거론하고 있다. 이같이 '목'은 민에 의해, 민을 위해 존재하는 것이기에, 그때의 법 또한 "이정은 민의 여망(輿望)을 좇아서 법을 제정하여 당정에게 올리고, 당정은 민의 여망을 좇아서 법을 제정하여 주장(州長)에게 올리고, 주장은 국군에게, 국군은 황왕에게 올린다"는 것이다. 이러므로 당시 법은 모두 '편민(便民)'의 뜻이 가득 찬 것이었다고 본다. 요컨대 통치에 소요되는 법도 인민의 여망에 따라 제정되고, 통치자의 선임과정과 상응하는 방식으로 밑에서 위로 제출되었다는 것이다.

우리는 「탕론」에서 '하이상'의 정치학 원론이 「원목」에 관통하고 있음을 지금 본다. 그리고 '하이상'의 전통이 '상이하'의 전제군주제로 전도된 것으로 파악한 인식구도 역시 동일하다. 「원목」은 말하기를 '상이하'의 체제하에서는 법 또한 위에서 자기의 사리사욕에 따라 제정하여 아래로 내려주는 방식을 취하기 때문에, "이때 법은 완전히 지배자를 떠받들어 피지배자를 깔아뭉개고〔尊主卑民〕, 아래를 깎아서 위를 살지우는〔刻下附上〕" 것으로 되었으며, 이래서 "한결같이 민이 '목'을 위해 살아가는 양 되었다"고 한다. 이는 목전의 현실이다. 「원목」은 결론으로 들어가는 대목에서 "오늘의 수령은 옛날로 치면 제후다"라고 고대적 제도를 당대 제도와 연관지은 다음, 이렇게 말하고 있다.

한 사람이 다툼이 있어 찾아와 판결을 요청하면 귀찮아하며 '어찌해서 이처럼 시끄럽게 구느냐' 하고, 또 한 사람이 굶어죽는 것을 보고는 '제가 죽는

데 내 무슨 상관이냐?' 한다. 그리고 곡물과 옷감을 내어 받들지 않으면 몽둥이질·방망이질로 피를 보고서야 그만둔다.

이는 지금 수령들의 행태다. 전제군주제하에서 인민이 오직 통치자를 위하여 존재하는 모순을 근본적으로 해결하려면 궁극에 '목이 민을 위해 존재'하는 사회로 되어야 한다는 생각이다. 「원목」의 요지이다. 「탕론」에서 고대적 전형으로 발견한 '하이상'의 체제는 현재적으로 복귀해야 할 이상이었다. 「원목」을 통해서 그것은 현실문제를 근원적으로 해결하기 위한 방도로 안출되었음을 확인했다.

3. 그 역사 이론적 뿌리

백성을 사랑하고 백성을 본위로 하는 정치는 유교에서 특히 강조한 바였다. 다산의 정치사상 역시 유교의 민주적 사상전통에 근거, 조술한 것으로 응당 보아야 할 것이다. 그런데 '하이상'이란 애민·민본의 정치학에서 바로 도출될 수 있는 개념이 아니다. '하이상'의 정치원리는 과연 어디서 발상이 된 것일까?

다산에 있어서 '하이상' 정치는 인류역사상 고대에 실재했던 제도인데, 당대 사회의 모순, 현행 정치의 문제점을 해결하기 위해서는 언젠가 마침내 복구하고 재현해야 할 이상이었다. 그는 고대사를 과연 어떻게 인식했기에, 이와같은 결론을 끄집어낼 수 있었을까? 인민주체 정치사상의 이론적 근거에 대한 물음인 것이다.

그런데 위의 의문에 해답을 줄 만한 고대사 분야의 저서를 다산은 따로 남겨놓지 않았다. 다만 여러 경전(經傳)을 해석하는 가운데 그 특유의 고대사관이 용해되어 있는 것 같다. 다산 경학(經學)은 실로 호한하여 평생의 공부로도 두루 미치기 어렵다. 필자는 거기에 아직 입문도 못한 터이나, 읽은 범위에서 「탕론」 및 「원목」의 내용을 연상하고 흥미롭게 생각한 대목이 더러 있었다. 특히 주목되는 사항으로 하나는 '관천하(官天下)' 사상이며, 다른 하나는 '방벌'——혁명의 정당성에 대한 주장이다. 먼저 '관천하' 사상과 관련하여 『상서고훈(尙書古訓)』에서 문조(文祖)에 대한 해석을 들어보자.[2]

① 정월 상일(正月上日)에 수종우문조(受終于文祖)하시다.
② 월정 원일(月正元日)에 순(舜)이 격우문조(格于文祖)하시다.

순(舜)이 천자의 지위로 오르는 과정에서 나오는 『상서(尙書)』 본문이다. ①은 요(堯)가 연로하여 제왕의 임무를 순이 물려받게 되는데 문조에서 그 의식을 거행했다는 뜻이다. 이때부터 순은 말하자면 섭정(攝政)을 맡게된 것이다. ②는 요가 별세하여 순이 문조에 제사를 올리고 자신이 드디어 천자로 즉위한 사실을 문조에 고했다는 뜻이다. '정월 상일'이나 '월정 원일'은 각기 월일을 가리키는 말이므로 여기서 따질 필요는 없다. 문제는 문조에 있다.

문조는 요의 조상의 사당[廟]으로 보는 것이 통설이다. 공영달(孔穎達)은 풀이하기를 "이는 모두 요의 문조다. 이 이후로부터 순은 응당 문조의 사당을 따로 세웠을 것이며, 요의 문조는 응당 단주(丹朱, 堯의 아들 이름——인용자)의 나라로 옮겨갔을 것이다"라고 했고, 주희(朱熹) 역시 "요의 사당은 응당 단주의 나라에 세워야 한다. 대개 귀신은 자기의 동류(同類)가 아닌 자에게 흠향하지 않고 인민은 자기의 족속이 아니면 제사를 올리지 않는다는 원칙이 있기 때문이다"라고 했다. 근래 한 경전 주석가는 ①의 문조는 요의 조상을 모신 것이고 ②의 문조는 순의 조상을 모신 것으로 보기도 했다.[3] 이 견해도 종래의 통설인 문조 천위설(遷位說)과 전혀 다르지 않다. 오히려 천위설을 한층 강화한 셈이다.

---

2) 『尙書古訓』 권1, 장24뒤~26앞, 『與猶堂全書』 제2집 권22, 新朝鮮社 1936; 『상서고훈』 권
   2, 장13앞~15앞, 『여유당전서』 제2집 권23.
3) 屈萬里, 『尙書釋義』, 臺北: 中國文化大學出版部 1980, 31~35면.

다산은 이러한 통설에 정면으로 반론을 제기한다. 문조 자체를 '요의 조상의 사당'으로 규정한 풀이를 받아들이지 않고 씨족적 한계를 넘어서 만민이 공유·공감하는 어떤 존재라는 것이다. 그분이 누구라고 단정지을 수는 없으되 황제(皇帝) 아니면 전욱(顓頊)일 것이라 한다. 그러므로 문조는 요시대나 순시대는 물론 우(禹)시대까지 바뀜이 없이 공통의 종묘(宗廟)로 존치되었을 것으로 본다. 문조 불천설(不遷說)을 세운 것이다. 다산은 왜 이런 독특한 견해를 폈던가?

순이 천하를 차지했으니 이제는 요가 모시던 문조를 갈아치운다. 이는 조선조가 개국하자 고려조의 왕씨 종묘는 훼철하고 이씨 조상을 국가적으로 받들어 모시던 것과 같은 방식이다. 요컨대 이씨 나라가 되었으므로 이씨 할아버지를 최고의 신으로 떠받든다는 논리다. 이 논리를 선양의 시대에다 그대로 적용했던 것이다. 다산은 말한다.

선양으로 주고받는 방식은 '관천하'요 자손 대대로 전하는 방식은 '가천하(家天下)'이니, 그 예법이 자연히 서로 같지 않을 수밖에 없다.

'가천하'란 전제군주가 그의 통치영역——국토·인민을 사적 소유물로 여기는 세상이다. 그렇기에 나라를 자기의 아들·손자로 대물리는 일이 당연시된다. 이에 견주어 천하를 '공개념'으로 본다는 뜻에서의 '관천하'이다(官=公). 이 '관천하'시대는 후계자를 결정함에 있어서 "중점은 도에 있고 공적에 있고 덕에 있지 혈맥(血脈)에 있지 않았다"고 다산은 주장한다. 어진 사람을 통치자로 선택하는 '공선(公選)'의 원칙이 지켜졌다는 것이다.[4]

'관천하'의 사회상은 곧 '대동(大同)'시대이다. 대동시대가 인류의 역사적 경험이었다면 아마도 원시 공산사회의 투영일 것이다. 그것이 어쩌다가 『예기(禮記)』의 예운(禮運)편에 어렴풋이 흔적을 남겼을 뿐, 장구하게 지속된 전제군주제하 인간들의 뇌리에서는 아득히 지워진 사회 모습이다. 종

---

4) 다산은 자기의 仲兄 丁若銓에게 보낸 서한에서도 '문조'에 대해 논하고 있다(「上仲氏」, 『여유당전서』 제1집 권20, 장18). 요지는 여기 정리한 『상서고훈』의 내용과 비슷하다.

래 학자들이 모두 선양 단계의 문조를 '가천하'의 원리로 해석하고 의심하지 않았던 것도 대개 이 때문이다. 반면에 다산은 '관천하'의 사회를 뚜렷이 의식하고 있었던 것으로 여겨진다.

위의 '선양' 다음 단계의 역사상에 '방벌'이 나왔다. 정권교체의 방법으로서 '방벌'이 정당한 행위였느냐는 문제를 다산은 「탕론」에서 정면으로 거론했거니와, 이 문제제기의 배경에는 참으로 깊고 오랜 그리고 말하기 어려운 까닭이 있었다. '선양'의 방법은 지금 권력을 휘두르는 군주들의 입장에서는 위태롭게 여길 요소를 별로 내포하지 않은 그야말로 요순시대 일이다. 그러나 '방벌'은 전혀 다르다. 전제군주의 눈에 이 '방벌'은 폭력혁명을 사주하는 불온사상 바로 그것이니, 폭발의 위험성이 항시 잠재된 뇌관처럼 비쳐질 수밖에 없었다. 중국 서한(西漢)의 어떤 황제는 말하기를 "고기를 먹는데 말간[馬肝]을 먹지 않는다 해서 맛을 모른다 않을 것이요, 학(學)을 논하는 자 탕·무(湯武)의 일을 들먹이지 않는다고 해서 어리석다 하겠는가"라고 했다.[5] 당시에 말간은 사람이 먹으면 죽는 독약으로 오인되었다 한다. '방벌'을 실천한 탕·무의 일은 실로 독약이었다. 때문에 중세기 사람들은 '방벌'에 대해서는 보통 쉬쉬하고 입에 올리지 않았으며, 권위있는 학자들은 항용 탕·무를 격하시키는 방향으로 논설을 펴기도 했다. 「탕론」에서 그토록 탕·무를 옹호한 까닭은 바로 여기에 있다. 다산은 한번으로 끝나지 않고 이 문제의식을 진지하게 끌어안고 계제가 닿을 적마다 중언부언 힘주어 말했던 것이다.

공자는 순의 음악에 대해 이르기를 '진미하고도 진선하다[盡美矣 又盡善也]' 하고 무왕의 음악에 대해 이르기를 '진미하나 진선하진 못하다[盡美矣 未盡善也]'고 하였다.[6]

왜 순의 음악은 '진미진선'한 것으로 완전긍정을 한 반면 무왕의 음악은

5) 「轅固生傳」,『史記』권121.
6) 『論語』八佾篇.

부분긍정을 하였을까? 무엇 때문에 공자는 무왕을 순에 비해 차등을 두었을까? 문제의 초점은 '진선하진 못하다[未盡善]'는 데 있다. 당(唐)의 학자 공안국(孔安國)은 "순은 성덕으로 선양을 받았던 까닭에 '진선'이요, 무왕은 정벌로 천하를 취한 까닭에 '미진선'이다"라고 풀이하였다.[7] 이 해석이 통설이다. 주희(朱熹)의 『논어집주(論語集註)』는 "정자(程子, 程頤)가 말씀하기를 성탕(成湯, 湯王)이 걸(桀)을 쫓아내고 나서 오직 부끄러운 덕[慙德]이 있었다 했거니와, 무왕(武王) 역시 그러했다. 그러므로 '미진선'이다. 요·순·탕·무는 그 규모가 하나인데 방벌을 했던 것은 하고 싶어 한 일이 아니고 만난 때가 그러했기 때문이라고 했다"고 무왕을 위해 구차한 변명을 했다. 종래 우리나라에서는 주자가 정자의 말씀을 옳다고 여겨 인용했던만큼 누구나 이런 견해의 절대적 권위를 믿어 의심치 않았던 것이다.

그러나 이러한 해석에는 의문이 일어나지 않을 수 없다. 요·순·우·탕·문·무는 예로부터 성인으로 인정을 받아왔다. 이 분들을 조술(祖述)하는 것이 공자의 일평생의 뜻이었고[8] 또 앞의 성인과 뒤의 성인이 태어난 공간과 살았던 시대는 달랐으되 꼭 하나로 부합(符合)된다는 것이 맹자(孟子)의 관점이었다.[9] 그런데 위의 해석을 따르면 무왕은 강상(綱常)의 윤리와 관련해서 하자가 있는 것으로 된다. "만난 때가 그러했기 때문이다"라는 정자의 정상참작론이 과연 무왕을 성인으로 인정하는 데 통할 수 있을까? 도덕적으로 결격사유가 있는 인물, 더구나 그 사유가 강상의 윤리와 관련이 있는데 제아무리 상황이 부득이했다 치더라도 그를 성인으로 일컬을 수 있겠는가?

'미진선'의 선을 도덕적인 선으로 풀이한 데는 크게 문제가 있다고 보는 것이 다산의 견해다. 다산은 이때 '선'을 선악의 '선'이 아닌, '선세선속(善世善俗)'의 '선'으로 풀이한다. 여기서 '선'은 '보수하다[繕]'의 뜻이다. 즉 무왕

---

7) 『論語古今注』권2, 장10, 『여유당전서』제2집, 권8.
8) "仲尼祖述堯舜, 憲章文武."(『中庸』제30장)
9) "孟子曰: '舜生於諸馮. (…) 文王生於岐周. (…) 得志行乎中國, 若合符節. 先聖後聖, 其揆一也."(「離婁」下, 『孟子』)

은 즉위 당시 제반 여건이 순과 달라서 정치적 안정과 문화적 부흥을 미처 충분히 이룩해내지 못했다 한다(이 과업은 무왕을 이어 다음 周公에서 완성되었다는 것이다). 그래서 공자는 무왕의 음악이 "진미하나 진선하진 못하다"고 말했다는 것이다. 따라서 무왕이 '방벌'을 결행한 사실과 공자의 '미전선'이란 평가는 아무런 관련이 없게 된다.

이 대목에 대해서는 중국의 청대 진보적 학자들 사이에도 공안국 및 『사서집주』의 해석에 반대하는 견해가 제기된 바 있다. 고염무(顧炎武, 1613~82)의 학설은 다산이 직접 인용하고 '정확(精確)'이란 표현을 써서 찬동하였으며,[10] 한편 다산과 동시대 초순(焦循, 1763~1820)의 학설을 들 수 있다.[11] 모두 문제인식이 상통하는 것으로 여겨진다. 음악을 논평하는 문맥에 '선양'과 '방벌'이란 정치적 행위를 끌어들인 해석은 논리적 오류로 보는 것이 공통된 견해이다.

여기 문제는 '방벌'을 결부시켜 무왕을 도덕적으로 격하시키려는 데 있고, 좀더 근본 문제는 '방벌'을 정당하지 못한 행위로 간주하는 데 있다. 그런데 '방벌'의 역사적 정당성을 자못 의심케 하는 기록들이 고대의 경전·사서(史書) 들 속에 엄연히 실려 있는 사실이다. 그 가장 현저한 사례를 들자면 하나는 탕이 '방벌'을 결행한 뒤 스스로 참회를 했다는 것이다. 위에서 인용된 "성탕이 걸을 쫓아내고 나서 오직 부끄러운 덕이 있었다"는 말이 그것인데 이는 『상서』의 「중훼지고(中虺之誥)」에 실린 것이다. 다른 하나는 무왕에 관련된 기록들이다. 무왕이 거사할 적에 백이가 말고삐를 붙잡고 신하로 임금을 치는 행동이 옳은 짓이냐고 간했다는 이야기가 『사기(史記)』의 「백이열전(伯夷列傳)」에 보인다. 무왕은 충직한 간언을 받아들이지 않았기 때문에 백이는 마침내 수양산(首陽山)에 들어가 고사리를 캐먹고 살았다 한다. 우리 옛 시조에서 "주려 죽을진들 채미(採薇)도 하는 것가?"는 이를 두고 읊은 것이다. 또 무왕이 주(紂)를 제거하는 과정에서 잔인하고 비인도적인

---

10) 『논어고금주』 권2, 장11. 위와 같음.

11) "焦循云, 武王未受命, 未及制禮作樂以致太平, 不能不有待於後人. 故云未盡善."(『論語集說』 권1, 『漢文大系』 1, 52면)

만행을 저지른 것으로「주본기(周本紀)」에 묘사되어 있다. '방벌'의 합법성
·정당성을 입증하는 데 실로 곤혹스런 자료들이다.

다산은 이런 곳들을 얼버무리거나 비껴가지 않고 있다. 오히려 정면돌파
로 문제점을 까발기면서 논리적 대결을 치열하게 벌여나갔던 것이다. 그는
실증적 차원에서 위의 기록들은 모두 역사 사실의 기록이 아님을 정치하게
증명하고 있다(「중훼지고」는 그 편 자체가 전부 僞作에 속하는 것이며,「백
이열전」의 문제의 기사는 당시의 예속이나『논어』『맹자』의 언급을 참고해
볼 때 사실무근이라는 것이다).[12] 그런 한편 이론적 차원에서는 '방벌'을 후
세의 안목에 구애되어 반역으로 인식한 나머지 역사 사실이 왜곡·날조된
것으로 결론을 짓고 있다.[13] 이와같은 다산의 실증적 작업이 과연 역사 사
실에 일치하는가? 그리고 그의 역사이론이 과연 역사의 합법칙적 발전과정
에 비추어 타당성이 있는가? 이에 대해서는 일단 논외로 두자. 지금 명백해
진 것은,「탕론」에서 제기했던바 그의 문제의식이 그의 생애의 최종까지 견
지되어 고대사 인식에 관철되고 있다는 점이다.

그런데 문제의식의 핵심에 놓여 있는 '하이상'의 역사적 근거를 아직 그
의 경전해석의 노작에서 발견하지 못했다. 오직『매씨서평(梅氏書平)』의
한 대목, '방벌'의 정당성을 입증하기 위한 논리로 '제명(帝命)'과 '후대(侯
戴)'를 제시하고, '후대'를 설명하는 곳에 '유종원의 뜻〔柳宗元之意〕'이란 주
를 달아놓은 것이 보일 뿐이다.[14]

'후대'는「원목」과「탕론」에서 민이 정치에 참여하는 절차로 묘사했던 '하
이상'의 방식과 통하는 것이다. 유종원은 그의 유명한「봉건론(封建論)」에
서 봉건제는 '성인의 의지'를 구현한 것이 아니고 객관적 '세(勢)'였다는 사
실을 입증하는 논리로, 인류의 생존발전의 과정에서 영도자(君長)가 출현
한바 이서(里胥)로부터 현대부(縣大夫)를 거쳐 제후(諸侯)·방백(方伯)·

---

12)『梅氏書平』권2의「仲虺之誥」에 대한 논의(『여유당전서』제2집, 권30)와『孟子要義』권
 1 장25의 '伯夷柳下惠章'에 대한 논의(『여유당전서』제2집, 권5).
13)「逸周書克殷篇辨」,『梅氏書平』권4, 장7~10,『여유당전서』제2집 권32.
14) 같은 책, 장8.

연수(連帥)에서 천자에 이르게 되었다는 견해를 펴고 있다. 이는 「탕론」「원목」과 그대로 대응되지는 않으나 유사한 방식이다. 다산의 '하이상'의 원리는 유종원의 「봉건론」에서 어느정도 힌트를 받아 착상했을 것으로 짐작된다.

4. 그 인간학적 뿌리

무릇 인간을 고려하지 않는 정치란 있을 수 없다. '인민'을 정치의 주체로 끌어올리는 데 있어 인간 자체에 대한 생각은 어떠했던가? 인간에 대한 신뢰가 전제되지 않고는 도출할 수 없는 것이기 때문이다. 이제 다산의 인간관이 문제로 제기되는 것이다.

동양의 중세기 정치제도는 신분제의 기초 위에 구축되었으니, 그에 따라 인간관 역시 신분제를 합리화하는 방향에서 논리가 세워져 있었다. 이른바 인성론(人性論)이다. 한유(韓愈)의 삼품설(三品說)은, 상지(上智)는 생래적으로 선하고 하우(下愚)는 생래적으로 악하다고 규정했던 터이므로, 상지의 인간이 하우의 인간을 통제하는 것이 정당하다는 논리를 자연스럽게 도출할 수 있다. 이 삼품설은 인성론의 정통 학설에서 빗겨서 있는 것이지만, 성리학의 인성론 또한 그 정치적 의미를 따지고 들면 신분제적 불평등 사회의 이론적 합리화를 겨냥했던 셈이다.

성리학의 인성론은 맹자의 성선설(性善說)에 근거했던바, 맹자는 인간의 본성은 어떤 사람이나 막론하고 다같이 선하다는 것이었다. 정자·주자는 이런 맹자의 설을 개작하여, 본성＝선은 천리(天理)에 부쳐 추상화·비인간화해두고 현실 인간에 대해서는 기질지성(氣質之性)이라는 또다른 범주를 도입해서 기질의 청탁(淸濁)으로 등급을 지었던 것이다. 인간은 태어날 때 하늘로부터 청한 기운을 받느냐 탁한 기운을 받느냐는 질적 정도에 따라서 군자와 소인, 선인과 악인의 구분이 원초적·숙명적으로 정해진다. 다만 본연(本然)의 선이 내재해 있으므로, 교화를 시킬 수 있는바 교화의 권능이 군자와 선인에게로 돌아가는 것임은 물론이다.

다산은 '삼품설'을 "천하에 해독을 끼치고 만세에 화를 미칠 수 있다"고 맹렬히 공박하는 한편,[15] 인성론의 정통이론과도 결별을 하였다. 그는 "인간의 선과 악은 기질의 청탁과 관계없다"는 점을 사례를 들어 증명하였거니와 '본연지성'과 '기질지성'으로 이원화한 성리학적 인성론의 이론틀 자체를 부인했던 것이다. 그는 다시 맹자의 성선설로 돌아가서 출발했다.[16]

다산의 인성론은 두루 알려진 대로 성(性)을 기호(嗜好)로 파악하는 점이 먼저 특이하다. 꿩이 산에 살기를 좋아하는 것은 꿩의 성이요, 벌이 군집을 이루는 것은 벌의 성이다. 사람은 특히 '선을 좋아하고 악을 부끄러워하는[樂善恥惡]' 성향을 가지고 있다. 선을 선호하는 것은 인류에게 있어서 물이 아래로 흐르듯 자연스런 성질이다.

여기까지는 성을 '기호'로 파악한 것만 제외하면 맹자 성선설의 재판이다. 다산의 인성론은 그 다음 단계에서 '자주지권(自主之權)'이란 개념이 나오는데, 이것이 실은 가장 요긴한 대목이며 다산의 독창성이 고도로 발휘된 부분이 아닌가 싶다.

다산에 있어서 '인성의 기호는 선'이라는 것은 어디까지나 경향성일 뿐이다. 인간의 실제 행동은 선할 수도 악할 수도 있다. 인간의 육신은 선을 행하기는 어렵고 악을 행하기는 쉬운 소질을 가지고 있다는 사실을 다산은 인간의 생래적 형세로 인식한다. 그래서 인간은 그 형세로 미루어 "선으로 가는 길은 오르막이요, 악으로 가는 길은 내리막"이라는 것이다(이런 측면을 보고서 순자(荀子)는 '성악(性惡)'으로 인식했고 양웅(揚雄)은 '성악이 혼재해 있다'고 규정했다 한다. 맹자가 '성선'으로 규정할 때와 서로 가리키는 지점이 달랐다는 것이다. 즉 순자와 양웅은 현상으로 나타난 지점을 가리키는 데 대해 맹자는 그 이전의 단계라는 것이다).[17] 하여간 인간의 앞에는 선과 악 두 방면으로 길이 개방되어 있는데, 어디로 갈 것이냐는 선택의

---

15) 『孟子要義』 권2, 장22, 『여유당전서』 제2집 권6.
16) 『맹자요의』 권2, 장23, 같은 책; 『맹자요의』 권1, 장34~35, 같은 책.
17) 『맹자요의』 권1, 장33, 같은 책.

권능은 오직 인간의 자유의지에 방임되어 있다는 것이다. 다산은 그것을 '자주지권'으로 규정하였다.

벌들이 여왕벌을 위해 충성을 바친다고 그 행위를 도덕적 선으로, 범이 사람을 잡아먹는다고 그 행위를 도덕적 악으로 단죄할 수 있을까? 행위 그 자체가 자연현상의 일부이므로, 도덕적으로 하등 의미가 없다는 것이 다산의 지론이다. 선과 악은 오직 이성과 자유의지가 주어져 있는 인간에게 속한 것이다. 그렇기에 "선을 행하면 그의 공이 되고 악을 행하면 그의 죄가 된다"고 한다. 다만 선을 좋아하고 악을 싫어하는 천부적 경향성 때문에, 악을 행하면 마음에 떳떳치 못하고 죄의식을 갖게 마련이다.[18]

지금 인간존재는 '자주지권'이라는 개념으로 파악됨으로써 두 가지 주요한 특성이 드러난다. 첫째, 우주만물 가운데 도덕은 홀로 인간에게만 해당하는바 도덕적 가치는 선천적으로 주어진 속에 있지 않고 인간이 자기 행위에 의해 도달하는 거기, 즉 실천의 결과로 생기는 것이다. 인(仁)·의(義)·예(禮)·지(智)라는 네 가지의 숭고한 도덕적 범주는 행사(行事)에 의해 이루어진다고 그가 주장한 것도 같은 논리적 맥락이다.[19] 둘째, 도덕적 가치의 창조주체로서의 인간에게는 자율성이 전제되어 있다. 인간에게 이성과 자유가 주어졌기에, 행위의 성과에 대한 가치평가가 내려질 수 있고 책임이 그에게로 돌아간다는 것이다. 이러한 인간존재의 특징을 『실학파의 철학사상과 사회정치적 견해』에서 정성철(鄭聖哲)은 "선악의 갈림길에 의식적이며 적극적인 활동체로서의 인간, 인식의 주체이며 활동의 주체로서의 이성적 인간이 놓여 있다"고 지적하였다. 우리는 다산의 인간학에서 이성과 자주로 실천하는 인간을 만나는 것이다.

맹자는 '성선'의 기초 위에서 인정(仁政)의 정치학을 강의했던 셈이다. '인정'의 정치학에서 '민'은 '인정'을 향유할 자질을 구비하고 있으나 능동적

---

18) 『맹자요의』 권1, 장34~35, 같은 책.
19) "鏞案, 仁義禮智之名, 成於行事之後."(『맹자요의』 권1, 장22앞, 같은 책)
　　李佑成, 「文山 李載毅와 茶山問答──『孟子要義』의 '四端'과 '性'에 관한 논쟁」(『佛教와 諸科學』, 동국대학교출판부 1987) 참고.

으로 '인정'에 참여하도록 되어 있지는 않았다. 다산의 인간 인식은 맹자처럼 낙관적이지 않다. 행동하는 인간에 대해 그는 선을 보증서지 못하고 기껏 선악의 갈림길에 '자주지권'을 부여했을 따름이다. 그리하여 '자주지권'을 이성에 의거해서 실천하는 인간을 발견한다. 이 이성적·자율적 인간은 '민'을 위한 정치로부터 나아가 '민'에 의한 정치를 실천할 주체로 되기에 부족함이 없다고 본다.

위에서 논의한 인간은 추상적인 인간 일반이다. 그렇지만 그가 현실 인간을 염두에 두지 않고 순수 논리를 편 것은 아니다. 이제 남은 문제는 자기와 동시대를 사는 백성에 대해 그가 특히 어떻게 생각했던가 하는 점이다.

그런데 다산은 양반으로 명문에서 태어나 일찍이 존귀한 벼슬을 두루 거친 몸이다. 엘리뜨에 속하였다. 그가 비록 귀양살이를 하는 처지라도 자기자신을 백성과 동등한 위치에 세워놓고 생각할 수 없었음은 물론이다. 백성이란 역시 천하고 가련한 존재이다. 그는 백성의 실상을 이렇게 보아 한낱 구제대상으로 잡고 있었다.

그러나 다산은 말한다. "천하에 지극히 천하고 의지할 데 없는 자 소민(小民)이지만 천하에 산처럼 높은 자 역시 소민이다." 소민은 가장 약하면서도 가장 강한 힘을 발휘할 수 있다. 민중의 잠재적 역량을 의식한 듯하다. 그는 이 소민을 머리에 이고 싸우면 상관의 권위라도 꺾을 수 있다고 한다. "정택경(鄭宅慶)은 해변의 무인이었지만 언양(彦陽) 현감이 되어 백성을 머리에 이고 싸우매 감사가 굴복하였고, 안명학(安鳴鶴)은 의주(義州)의 토민(土民)이로되 강진(康津) 현감이 되어서 백성을 머리에 이고 싸우매 감사가 굴복하였다"고 그 증거를 제시하였다.[20] '애민'이 유교의 명분으로 중요한 것이기 때문에, 이 명분을 확보하고 싸우면 전술적으로 유리한 측면이 확실히 있다. 뿐 아니라, 다중의 백성은 정치적 힘으로도 작용할 수 있을 것이다.

다산은 민중에 대해 기본적 신뢰감을 가지고 있었다. 그는 기질의 청탁으

---

20) 「奉公·文報」, 『牧民心書』, 『여유당전서』 제5집 권18; 『譯註 牧民心書』 1, 264면.

로 인간의 선악이 결정되는 것은 아니라는 점을 주장할 적에 민간의 미천한 사람으로 도덕적 품성이 훌륭한 경우를 증거로 제시하였으며,[21] 무지한 주막집 아낙네에게서 생활의 지혜를 발견하고 놀라기도 하였다.[22] 『목민심서』에 외국 표류선의 처리문제를 다룬 대목이 있다.

연안과 도서에 표류하는 배가 닿는 일은 항용 있는데, 서세동점(西勢東漸)의 물결이 한반도에까지 밀려와 황당선(荒唐船)으로 일컬어진 서양 선박이 조난을 당하여 구원을 요청하는 경우까지 발생하였다. 물론 인도적 견지에서 위급을 건져주고 또 필요하다면 탐사를 해서 중앙에 보고해야 할 것이다. 그런데 섬 사람들은 배가 난파되고 사람이 물에 빠지는 위기를 눈앞에 보면서도 구원의 손길을 뻗치기는커녕 칼을 뽑아들고 활을 겨누어 죽이려 든다는 것이다. 그 사람들은 워낙 무지하고 악독해서 이러는 것인가? 그렇지 않고 까닭이 있다는 것이다. 표류선이 관에 보고되었다 하면, 아전 및 관속들이 연방 쏟아져나와 행패를 부리고 토색질을 하여 살 수 없게 만들어놓기 때문이다. 다산은 "백성들은 눈물을 흘리며 그런 짓을 한다"고 한숨을 쉬었다.[23]

다산은 선을 좋아하고 악을 부끄러워하는 마음의 기호를 저부 기층의 인간에게서도 확인한 것이다. 다만 사회적 환경——포악한 정치가 인간의 악행을 유도하고 조장한 것으로 관찰하였다. 저들에게 어떠한 사회적 환경을 제공하느냐? 어떠한 정치적·교육적 단련을 가하느냐? 이 점이 문제해결의 관건이다. 다산은 모종의 새로운 단계의 사회적 환경에 참여할 기본적 자질이 그들에게 없다고는 보지 않았던 것이다.

---

21) 『맹자요의』 권2, 장23, 앞의 책.
22) 「上仲氏」, 『여유당전서』 제1집 권20, 장19.
23) 「奉公·往役」, 『목민심서』, 『여유당전서』 제5집 권18; 『역주 목민심서』 1, 301면.

5. 그 현실적 바탕

「탕론」「원목」이 담은 사상의 이론적 근거를 두 가지 측면에서 살펴보았다. 그래서 우리는 그의 민주적 정치사상이 그 자신의 인간학에 철학적으로 기초하고 있으며, 또한 인류의 역사경험에 이론적으로 근거했음을 확인하였다.

다산에 있어서 '하이상'은 인민이 주체적으로 참여하는 정치의 절차적 원칙이다. 그는 그것을 인류의 고대 역사에 실재했던 제도처럼 역설했던 것이다. 그러나 '하이상'은 경전이나 역사서에서 증거를 제시하지 못했으며, 기껏 훨씬 뒷세상의 문학가 유종원의 글에서 발상의 원천을 대고 있다. 실로 '하이상'의 역사적 근거는 애매하다 아니할 수 없으니, 그 정체가 자못 수상하다 할 것이다. 이는 무엇을 의미하는가?

또한 '하이상'의 제도를 비슷하게 거론했다 해도 유종원과 정약용 사이에 그것을 제기한 의식이 서로 같지 않았다는 점을 우리는 유의해야 할 것이다. 유종원의 「봉건론」은 군현제의 정당성·합리성을 주장한 내용이다. 진(秦) 이전의 역사단계에서 봉건제는 불가피한 형세로 출현했으나, 진 이후의 역사단계에서는 군현제가 합법칙적이라는 것이 그의 논점이었다. 따라서 유종원에 있어서 '하이상'은 봉건제의 논리적 전제에 그쳤으므로, 당시에 관철해야 할 정치제도와는 오히려 상반되는 성격이다. 반면에 다산에 있어서 '하이상'은 현재적으로 정당히 회복해야 하는 이상이었다.

다른 것도 대개 그렇지만, 특히 정치논리는 학자의 서재에서 가공된 물건이 아니고 정치의 현실 속에서, 그리고 운동과 실천 속에서 나오는 것이다. '하이상'이란 정치논리 역시 그런 사고를 끌어낸 현실기반이 어딘가 있었다고 본다. 뿐 아니라 다산의 진보적 정치사상 전체가 케케묵은 옛날 책 속에서 배태된 것이 아니며, 현실에서 각성된 것이리라. 다만 현실 속에서 떠오르고 잡혀진 생각들이 옛 경전에 비쳐져서 거기에 특이한 해석이 가해질 수 있었다. 요컨대 민주적 정치사상의 진정한 근저는 그 저자가 살던 시대의 현실에서 찾아야 할 것이다.

정치란 인간과 인간의 역량을 제도로 묶어서 사역하고 또 그 제도를 유지하는 방법이다. 아니면, 인간의 역량이 창조적·능동적으로 발양될 수 있는 제도를 창출하는 것이다. 이조시대의 통치구조인 가부장적 군주제는 전자에 해당하였던바, 다산은 후자로 가는 정치를 모색하였던 셈이다. 나는 이제 다산 시대에서 **농민저항의 형태적 전이**, 그와 관련하여 **새로운 지식인**의 각성을 중요한 역사현상으로 주목해보고자 한다.

가부장적 군주제하에서 농민 일반(주로 양인과 노비가 여기에 해당함)은 토지에 긴박되고 신분에 규제되어 있었다. 그리하여 이네들의 노동력을 직접·간접으로 수탈하는 구조를 공고하게 짜놓았던 것이다. 그러한 지배구조·생산관계 속에서 양반 지주계급은 특권적 생활과 문화를 향유하였으며, 이조국가는 이 전체의 기반 위에서 지탱해나갈 수 있었다. 피지배의 처지에 속박된 인간들은 거기에 어떻게 대응하였던가?

억압이 있는 곳에 저항이 있게 마련이다. 이조시대 전반에 걸쳐 농민저항은 거의 끊임이 없었다. 운동의 수준과 방식 그리고 규모의 크고 작음에 따라 여러가지로 전개된 농민저항, 그것의 주류적 형태는 크게 보아 두 가지로 나누어볼 수 있다. 하나는 '군도(群盜)의 형태'요, 다른 하나는 '민요(民擾, '민란' 또는 '민변'이라고도 일컬음)의 형태'다.

'군도'란 무엇인가? 농민이 지배구조로부터 이탈하면 유민(流民)으로 되는데, 다시 그 유민이 무장 폭도화한 형태를 일컬어 '군도'라 한다. 일명 명화적(明火賊) 혹은 녹림당(綠林黨)으로 불리었던 한편, 활빈당(活貧黨)은 그들 스스로 자처한 호칭이다. 이 유민 무장단이 걸출한 지도자를 만나 형세가 놀랍게 불어난 경우도 더러 있었다. 홍길동·임꺽정·장길산은 바로 유민 무장단 투쟁에서 영웅으로 부상한 인물이다.[24]

이조시대 한 사관(史官)이 "취즉도 산즉민(聚則盜 散則民, 숲속에 집단을 형성하고 있으면 '도적'이나 흩어져 돌아가면 민이라는 뜻——인용자)"[25]이라고 이를 규

---

24) 임형택, 「『洪吉童傳』의 新考察」, 『韓國文學史의 視覺』, 창작과비평사 1984, 113~126면.
25) 『조선왕조실록』 제20권, 국사편찬위원회판, 604면.

정했듯, '군도'는 '민'의 한 존재형태이다. 다만, 체제로부터 이탈하여 체제에 적대적인 무력행사를 감행하는 점이 특이하다. 체제 편에서 볼 때 유민현상 자체가 벌써 통치기반의 누수 현상이거니와, 더구나 저들의 무장화는 중대한 위협이 아닐 수 없다. 그러나 운동적 차원에서 그 방식은 성격 자체에 문제점이 있었으니 자기 한계 또한 뚜렷하다.

이조의 체제는 농민을 그네들의 생존을 담보로 붙잡아놓았던 터이다. 농사꾼은 죽어도 종자를 베고 죽는다는 속담이 증언하듯, 농민의 처지로서는 백번 억울하고 천번 괴로워도 땅을 버리고 떠나기는 어려운 노릇이다. 기록에 "열 집에 아홉 집이 비었다"느니 "백리에 연기가 보이지 않는다"느니 하는 표현이 보이느니만큼 유민현상이 확산되었던 것은 사실이다. 그러나 농민의 대다수는 토지에 매인 운명을 감내하였으며, 일시적으로 유리했다가도 대부분 땅으로 돌아오곤 하였던 모양이다. 역시 절대다수의 인간들은 땅에 매여 있었던 것이 당시의 실상이었다. 그러니 농민이 고립적·분산적으로 삶의 터전을 떠나버리는 것은, 참으로 부득이한 노릇이었지만 농민적 기반으로부터의 이탈이다. 공장 노동자가 열악한 조건에 견디다 못해 자기의 작업장을 버리고 나가는 것과 별로 다르지 않을 듯싶다. '군도 형태'의 투쟁은 비록 적극적인 저항이었더라도, 농민의 질곡을 그대로 안고 대다수의 농민과 함께 그 질곡을 해결하기 위해 싸우는 방향에서는 빗나간 것이다.

반면 '민요(民擾)'는 농민적 기반을 고수하면서 벌이는 투쟁이다. 지배구조가 가렴주구를 강화한 나머지 불법과 폭력을 저지를 때 못살겠다 떠나자는 도피적 행각을 취하지 않고 그것을 척결하기 위해 농민들이 연대하여 싸우는 방식이 '민요'로 발전한 것이다. 즉 피해 당사자들이 자기들에게 가해진 억울한 일——민막(民瘼)을 시정해달라고 관가에 연명으로 제출한다. 등장(等狀, 呈訴·原情)이라 하는 것이다. 『춘향전』을 보면 민간에서 부르는 노래에까지 '등장 가세'라는 말이 나오고 있다. 이 등장은 체제 내에서의 합법적인 투쟁방식이다. 그러나 등장에다 이름을 많이 기재하고 또 그것을 제출하는 과정에서 다중의 인원이 동원되면 그 의미가 결코 단순치 않게 된다. 그 자체도 일종의 대중시위다. 그리고 요구조건이 받아들여지지 않을 경우 마침내 폭동을 유발하게 된다.

19세기로 들어와서 '군도 형태'의 투쟁도 끊임없었으나 이 '민요 형태'의 투쟁이 급상승하는 추세였다. 그리하여 '민요' 원래의 속성인 지역적 제한성을 뛰어넘어 대규모 농민봉기로 폭발하기에 이르렀으니, 곧 1862년의 임술 농민항쟁이다.[26] 1894년의 농민전쟁 또한 '민요 형태'의 운동이 혁명적으로 비약한 정점이었다. 우리의 근대 민중혁명의 운동사적 출발은 바로 다산이 살던 세상에 미동하였던 '민요'에서 찾아볼 수 있는 것이다. 이러한 운동과 정에서 민중적 지식인[27]이 일정하게 지도적 역할을 담당하였던 것으로 생각된다.

이제 역사상의 구체적 사례로서 먼저 이달우(李達宇)란 인물을 들어본다. 1804년 황해도의 모모한 사람들이 포도청에 붙잡혀가 조정의 높은 벼슬아치들 앞에서 추국(推鞫)을 받고 그중 둘은 대역부도(大逆不道)를 음모했다는 죄명으로 처단을 당한 사건이 있었다.[28] 이달우는 그때 수괴로 처단을 당했던 사람이다. 일의 내막인즉 많은 인원이 작당을 해서 상소를 올리겠다고 대궐로 들어가 임금을 볼모처럼 붙잡은 다음 만조백관을 심사해서 "죽일 놈은 죽이고 쫓아낼 놈은 쫓아낸다"는 것이었다. 실로 어마어마한 일을 꾸민 것 같다. 죄인을 심문하는 측은 고금이 다를 바 없이 혹형을 가해서라도 기어이 큰 죄인으로 만들어냈다. 그리하여 피고의 지만(遲晩, 범행 사실을 승복하는 것)까지 받아내긴 했으나 정말로 그런 대사를 모의하고 실천하려 했었던지 적이 의심스럽다. 아마도 시국에 대한 불평불만에서 터져나온 과격한 소리들이 꼬투리가 되었던 것 같다. 다만 임금께 글을 올리려 했다는 부분만은 사실이다.

---

26) 임술 농민항쟁의 경우도 운동의 진행과정을 보면 대개 어느 지방이나 집단적 呈訴가 있은 다음 민중의 봉기·폭동으로 이어지고 있다.

27) 이조 후기에 사대부 문인과 다른 성격의 지식인이 출현한 문제에 대해서는 이 책에 실린 「李朝 末 지식인의 분화와 문학의 戱作化 경향」 참조.

28) 이달우 사건에 대한 사료로는 『조선왕조실록』 純祖 4년 9월 辛卯조(제47책 490면)와 『推案及鞫案』의 「罪人達宇義綱等推案」(아세아문화사판, 제26권, 597~675면)이 있다. 본고는 이 사료에 의거해서 서술을 하였다.

이달우가 임금께 올리고자 했던 것은 「초야방략(草野方略)」이란 문건이었다. 이달우 자신의 저작인데, 그것을 짓기는 사건이 터진 때로부터 6년 전이었다고 한다.[29] 그는 「초야방략」이 그 자신과 함께 파묻히지 않도록 하기 위하여 백방으로 길을 찾았다. 방도는 오직 임금의 눈에 들어 채택이 되는 것말고 달리 있을 수 없었다. 그는 그 문건을 나라에 바쳐보려고 두 차례 (1798·99년)나 상경을 하였으나, 그야말로 초야에서 나온 것이라 올릴 길이 없어 일단 포기하고 내려갔다. 그래서 그는 다시 가사(歌詞)를 지었다 한다. 이 가사는 "조정을 비방하고 인심을 선동했다"는 극히 불온한 내용으로 판정을 받아 그에게 내려진 죄목을 무겁게 하는 작용을 하였다. 하지만 그는 가사를 짓게 된 동기를 "나의 마음에 생각하길 이 가사가 유포되어 만약 위로 조가(朝家, 임금을 지칭함―인용자)에 올려지면 저는 국가에 도움이 될 「방략」이 있으니, 고로 이를 빌어 올려지도록 할 생각이었다"고 진술한다. 엉뚱한 말로 들리기도 하지만 가사를 짓는 데 나름대로 목적이 있었던 것은 분명하다. 그의 목적은 「방략」에 있었다.

문제의 「초야방략」은 어떤 내용을 담은 것인가? 가사와 함께 전하지 않아서 퍽 아쉽게 여겨진다. 그런데 심문을 받을 때 "소위 방략이란 무슨 방략이냐?"는 추궁에 답해서 자신이 설계한 내용의 요지를 진술하고 있다. 그는 사회현실이 안고 있는 모순과 병리를 오로지 토지의 소유를 공평하게 조절하지 못한 데서 기인한다고 본다.

나의 생각으로 주(周)나라는 정전법을 실행해서 성경(成京)의 정치에 도달했고 당(唐)나라는 균전제를 실행해서 정관(貞觀)의 정치를 이룩했다. 지금 대략 이들 제도를 본떠 매호에 70부(負)를 지급하고 각기 전장 옆에 집을 세우고 농사를 지으면 일가족이 넉넉히 살아갈 것이다. 이것이 소위 나의 방

---

29) 정조 22년(1798)인데, 바로 이 해에 정조가 교서를 내려 農書를 지어 바치게 했다. 그래서 전국 각처의 여러 학자들이 나름으로 농서를 지어올렸던 것이다(金容燮, 「18세기 농촌지식인의 農業觀 ― 正祖末年 應旨農書의 분석」, 『朝鮮後期農業史硏究 ― 農村經濟·社會變動』, 일조각 1990). 『초야방략』도 이와 관련해서 씌어졌을 것으로 생각해볼 수 있으나, 확인되지 않는다.

략이다.

이달우가 처형당할 당시 31세였으니, 이「초야방략」을 쓸 때는 24세의 청년이었다. 그의 출생지와 신분은 '안악 창동(安岳 倉洞)의 상한(常漢)', 직업은 훈장(訓長)을 했던 것으로 기록되어 있다. 그는 '상놈'인데도 고명한 학식을 지녀 이인(異人)으로까지 일컬어졌고 '선생'으로 존경을 받았다. 밑에서 위로 상승한 계층의 지식인 범주에 속하는 것이다. 그가 구상했던 개혁의 안은 자세히 알 수 없으나, 기본 취지는 '경자유전(耕者有田)'의 원칙에 따른 토지분배를 통한 농민해방에 있었다. 민중 지식인이 이런 각성을 하고 이런 주장을 펼쳤던 점이 대단히 흥미로운 것이다.

이달우가「초야방략」을 저작한 무렵, 다산은 황해도 곡산(谷山) 고을의 부사(府使)로 내려가 있었으며, 그후 이달우가 추국을 당하고 극형에 처해진 그때는 귀양을 가서 전라도 강진 읍내 어느 주막에 우거하고 있었다. 다산이 이런 이달우의 소식에 접했는지는 알 수 없다. 이달우에 대해 다산이 어떻게 평가했을지도 물론 알 수 없다. 그런데 다산은 곡산 고을에 부임할 당시(1797년) 다른 하나의 재미난 일화를 남겼다.

곡산 고을에는 다산이 부임하기 직전에 '민요'가 있었다. 군포(軍布)를 돈으로 대신 징수하는데 아전들이 농간을 부려 터무니없이 과다하게 받아내니 백성들의 원성이 자자했다. 마침내 고을 백성 1천여명이 관아로 몰려가서 시정해줄 것을 청원한 사건이 발생한 것이다. 투쟁을 주도한 인물은 이계심(李啓心)이란 백성이었다. 이계심은 원님의 권위에도 굽히지 않고 백성을 대변해서 당당히 주장을 폈다. 관에서 그를 체포하려 들자 백성들이 항의하며 몸으로 막았다. 밖으로 소문은 "곡산 백성이 관장을 초여(草輿)에 담아다 객사 앞에 버렸다"고까지 났다. 이는 아주 과장된 소문이다. 그러나 관속 부류들이 관아 마당에 모여서 함성을 지르는 백성들을 폭력으로 구축하는 와중에서 상당한 소요가 일어났던 모양이다. 그때 이계심은 몸을 빼내 달아났다. 오영(五營)에서 수사망을 폈으나 그는 끝내 잡히지 않았다.[30]

다산에게는 이 사건을 처리할 임무가 주어졌던 것이다. 또한 그 주모자

몇을 잡아서 죽여야 할 것이라고 다산에게 권유하는 고위층도 있었다. 그런데 다산이 부임하는 행차가 곡산 경내로 들어섰을 때 한 백성이 소첩(訴牒)을 들고 길가에 엎드려 있었다. 다름아닌 이계심이었다. 그가 올린 소첩은 민막(民瘼) 12조를 열거한 것이었다. 아전들은 이계심을 포박해서 칼을 씌워 끌고 가겠다고 나섰으나 다산은 "제발로 찾아온 사람이 도망치겠느냐"고 그리 못하게 했다. 그리고 도임한 즉시 이계심을 불러서 엄벌에 처하기는커녕 격려까지 하고 무죄 방면을 했다. 다산이 이계심에게 했던 말은 이러하다.

수령이 밝지 못한 이유는 백성들이 제 몸을 돌보는 데 민감해서 폐막을 들어 수령에게 대들지 않는 데 있다. 너와 같은 사람은 관에서 마땅히 천냥이라도 주고 사야 할 것이다.[31]

다산은 이처럼 이계심의 행동을 높이 평가한 것이다. 밝은 정치를 아래로부터의 각성에서 기대하고 있다.

이계심은 '형벌도 두려워 않고 죽음도 두려워 않고' 오직 자기 고을의 백성들이 당하는 억울함을 풀어주기 위해 앞장선, 그야말로 주체적·전투적 지식인의 한 형상이다. 사회 저부의 지식분자로서 의식화된 경우라는 점에서 이달우와 같은 성격이다. 그러나 이달우와 달리 이계심은 농민적 기반 위에서 보다 농민의 삶에 직접적으로 당면한 문제를 가지고 운동을 전개했던 것이다. 그리하여 그는 백성의 질곡을 자기들 스스로 당당히 싸워서 해결하도록 백성을 각성시키고 또 백성의 잠재적 역량을 조직화해냈던 것이다. '민요 형태'의 운동과정에서 지식인의 역할을 엿볼 수 있다.[32]

---

30) 이 사건에 대한 기록으로 「自撰墓誌銘」集中本(『여유당전서』 제1집 권16)과 『俟菴 先生 年譜』(『丁茶山全書 年譜』, 文獻編纂委員會, 85~86면)가 있다.
31) 이 대목은 墓誌銘과 年譜 두 기록에 약간의 차이점이 있다. 묘지명 쪽의 기록을 본문에 인용했으므로 연보 쪽의 말을 참고로 붙여둔다. "一邑須有如汝者一個, 能不怕刑不怕死, 爲萬民伸其寃, 千金可得. 汝則難得, 今日白放汝."
32) 「兵典·應變」, 『목민심서』, 『여유당전서』 제5집 권23(『譯註 牧民心書』 4, 185면).

다산 시대에 이르러 '민'의 성격 자체가 달라진 것은 아니었다. 아직도 봉건적인 백성 그대로다. 다만 "요즘 몇년 이래로 부역이 무거워지고 수령과 아전들이 탐학을 부려 백성들이 살아갈 수 없기에 모두 난리가 나기를 바란다"고 다산이 정확히 진단을 내렸듯, 극히 불안정한 상태로 있었다. 다산은 이러한 '민'의 저지를 무한히 걱정하고 안타까워하면서도 저들 '민'을 기본적으로 신뢰하였다. 그리고 저들 '민'이 피지배의 억울한 처지를 이제 숙명적으로 감수만 하지 않고 주체적으로 대결해서 밝은 정치를 구현할 수 있는 한가닥 실마리를 다산은 농민저항의 운동형태에서 예민하게 포착했던 것으로 본다. '민'을 정치의 주체로 떠올린 현실기반은 다른 어디보다 민중 그리고 민중운동 거기에 있었다.

끝으로 '민요(民擾) 형태'에서 의견을 민주적으로 수렴하던 과정을 주목할 필요가 있겠다. 임술 농민항쟁 때 진주 안핵사(按覈使)의 보고서에 "이회(里會)다 도회(都會)다 하는 것은 난민들이 떼를 지어 집회를 열어 일을 의논하는 것이다"라고 규정했으며, 또한 진주 농민항쟁의 지도자 유계춘(柳繼春)의 성격에 언급하여 "향회(鄕會)·이회는 곧 그의 능사다"라고 지적했다.[33] 향촌사회의 각 구성단위에 따라 이회로부터 향회를 거쳐 도회로 다중의 의사가 수렴이 되는 절차는 곧 '하이상'의 방식을 연상케 한다. 이런 방식이 임술 농민항쟁에서 비로소 나타난 것은 아닐 것이다. 향촌의 자치적 회의가 더러 어떤 지방에 따라서는 관행적으로 있어왔다. 그것은 대개 체제의 보수를 위한 정태적·폐쇄적 성격으로 그쳤는데, '민'이 주체로 부각되는 운동과정에서 민주적인 절차로 활발히 등장한 것이다. 「탕론」「원목」에 관철

李啓心과 임술 농민항쟁의 지도자들 사이에는 행동 양태나 인간 유형에서 서로 유사점이 보인다. 이계심은 "민막을 거론하기 좋아하고" 지명수배자인데도 당당히 나서는 사람으로 특징지어지는데, 가령 진주 농민항쟁의 지도자 柳繼春은 "邑瘼·民瘼을 늘 입에 올리고" "邑訴·營訴로 생애를 삼았다"고 지적되고 있으며, 咸平 농민항쟁의 지도자 鄭翰淳은 按覈使 앞에 제발로 나타나서 자신은 "민막을 바로잡지 못하고는 죽어도 눈이 감기지 않을 것입니다"고 10조의 시정 사항을 제출했던 것이다.

33) 「晉州按覈使查啓跋辭」, 『壬戌錄』, 『韓國史料叢書』 8, 1968, 22~23면.
安秉旭, 「朝鮮後期 自治와 抵抗組織으로서의 鄕會」, 『성심여대논문집』 18집, 1986; 「19세기 壬戌民亂에 있어서의 '鄕會'와 '饒戶'」, 『한국사론』 14집, 서울대 국사학과 1986.

된 '하이상'의 원칙은 이런 데서 촉발되었을 뿐 아니라 그 실현 가능성까지도 내다볼 수 있었을 것이다.

6. 맺음말

「탕론」과 「원목」에 구현된 민주적 정치사상에는 작자의 고도의 상상력이 발휘되어 있다. 그렇지만 공상적 가공물은 아니다. 우리 19세기의 사회현실에서 특히 역사의 전진을 추동한 농민저항의 운동 형태에서 그런 상상력을 불러일으킨 바탕을 찾아볼 수 있었다. 그리고 그 이론적 근거를 인류의 역사적 경험에 두었던바, 다산은 자신의 경학(經學)으로 논리적 밑받침을 축적했던 것이다.

또한 다산 인간학에서 '자주지권'을 이성의 판단에 의거해서 실천하는 자율적 인간을 만난다. 인민의 자율적 참정(參政)에 의한, 인민의 편익을 위한 정치법제는 주체적·이성적 인간형을 기본전제로 해서 구상된 것이었다.

다산의 학문과 사상의 전체 속에서 「탕론」「원목」은 어떤 위치에 있는가? 이 주제에 접근하는 방도로 『경세유표(經世遺表)』와의 관계를 간략히 살펴보기로 한다. 『경세유표』는 익히 알려진 대로 국가기구를 전면적으로 재편성하기 위한 시안이다. 그 거대하고 정교한 설계도에 '하이상'의 원칙에 의거한 공선제·개선제는 반영되어 있는 것 같지 않다. 『경세유표』는 「탕론」「원목」이 제기했던 정치사상의 핵심을 수용하지 못한 것으로 보인다.

다산은 강진의 외진 바닷가에서 언제 풀려날지 모르는 귀양살이를 하고 있을 즈음, 한 친구에게 보낸 편지에 쓰기를 "이몸이 살아서 돌아갈 수 있을는지 여부는 나 개인의 애환일 뿐이요, 지금 이 만민이 구렁텅이로 빠지는 판에 장차 어찌할 것이오"라고 했다. 그는 또 "조정이란 생민(生民)의 심장부이며 생민이란 조정의 사체(四體)입니다"라고,[34] 국가와 인민의 관계를

---

34) 「與金公厚」, 『여유당전서』 제1집 권19, 장15∼16. 金公厚는 이름이 履載이며, 이들 편지를 쓴 해는 己巳년(1809)이다.

356

하나의 유기체로 인식한다. 따라서 '만민이 온통 구렁텅이로 빠지는' 위기는 곧바로 국가적 위기이다. 그는 지극히 낮고 천한 처지에서 고통받는 인민의 삶을 인간적 신뢰에 연민의 정서를 담아 시편(詩篇)으로 형상화하는 한편, 국가와 인민의 관계에 대해 근원적인 성찰을 가하여 인민의 창조적 삶이 보장될 수 있는 제도를 모색했던 것이다. 그리하여 「탕론」과 「원목」이 씌어지게 되었다.

문제는 진보적 정치사상이 여하히 실천될 수 있는가에 있다. 그것을 제도로 구체화시킬 사회기반이 당시의 현실 속에 갖추어져 있었던가? 예리한 눈으로 그 맹아적 가능성을 내다볼 수는 있었다. 그러나 '민'이 주인의 권리를 회복하는 정치와 사회가 가시화될 단계는 그때로서는 아직 아득하였다.

「탕론」과 「원목」의 정치학은 사실상 원론적인 주장에 그치고 말았다. 세부 설계나 실행계획을 현실주의자 다산으로서는 세우기 극히 어려웠을 것이다.

여기서 「전론」과의 관계도 언급해둔다. 「탕론」「원목」과 「전론」은 발상이나 이론이 상통하는 것이다. 여전제(閭田制)의 토대 위에 '민'주체의 정치제도가 놓여지는 것으로 연결지을 수 있겠다.[35] 그러나 이 세 편은 각기 단편적 논문으로 떨어져 있다. 다산이 이들을 하나로 묶어 체계화하는 작업에 손을 대지 않았던 점과 「원목」의 후속작업이 없었던 사실은 서로 무관하지 않을 것으로 본다.

다산 앞에 '민' 일반의 생존이 위기에 놓인 상황에서 구민(救民)이 긴급을 요하는 과제였다. 이에 백성의 질고(疾苦)를 대증요법식으로 치유하려는 의도에서 『목민심서』를 저술하게 된다. 『목민심서』는 체제 및 제도의 개혁에 관련한 사항들을 일체 유보해둘 수밖에 없었던 것이다. 다산은 국정

---

35) 閭田制는 閭의 공동소유, 노동총량에 의한 균분을 원칙으로 한다. 이 제도는 토지와 인간이 상호 균평하게 조절될 수 있느냐는 점이 승패의 결정적 관건이다. 이 문제에 대해서 다산은 자유방임으로 놓아두면 인간의 속성상 저절로 고르고 바르게 잡혀질 것으로 낙관하였다. 이런 사고 역시 그의 인간관에서 출발한 것 같다. 閭田制하에서 인간은 자기의 자율적 노동으로 안정된 삶을 누리게 되며, 그런 토대 위에 인민이 주체적으로 참여하는 정치제도가 펼쳐지는 것으로 구상되었던 것 같다.

전반이 성한 곳 하나 없이 구석구석 병들었다고 진단한 나머지, "지금 곧 개혁하지 않으면 나라가 반드시 망하고야 말 것"이라고 말했다.[36] 다산에 있어서 제도개혁의 문제는 역시 한시라도 뒤로 미뤄둘 수 없는 사안에 속하였다. 『경세유표』를 『목민심서』와 함께 자매편의 대작으로 완성한 의도가 여기에 있다.

『경세유표』의 체제는 「탕론」 「원목」의 정치사상을 실현 가능성을 고려하여 대폭 수정한, 다시 말하면 근원적 개혁의 이상을 현실에 절충한 것이다. 『경세유표』에 와서는 그의 사상 표현이 원숙하고 우아해진 대신 생동하는 진보성은 약화된 것처럼 느껴진다. 그렇지만 자기의 기본사상을 스스로 방기했던 것은 아니다. 그의 경학연구에서 당초의 문제의식이 일정부분 견지되었던 사실을 확인할 수 있는바 그의 생애를 마지막 결산한 『매씨서평』에다 바로 「탕론」의 속편을 집어넣기까지 하였다.[37] 『경세유표』에는 「탕론」 「원목」의 정치사상이 내면으로 저류하고 있다.

다산의 시대에 저 아메리카 대륙에서는 시민민주주의 국가가 출현했고 유럽대륙에서는 시민혁명이 발발해서 전제군주의 목이 잘려나갔다. 이런 경천동지할 일의 소식이나 파문이 당시 이땅에 직접 미쳐온 것 같지는 않다. 그런데 다산의 의식세계에는 세계사적 변화에 대응하는 사상이 싹텄던 것이다.

〈碧史 李佑成教授 定年退職 記念論叢 『民族史의 展開와 그 文化』, 1990〉

---

36) "竊嘗思之, 蓋一毛一髮, 無非病耳. 及今不改, 其必亡國而後已, 斯豈忠臣志士, 所能袖手而傍觀者哉!"(「經世遺表引」, 『여유당전서』 제5집 권1)

37) 『梅氏書平』 권2의 「仲虺之誥」에 대한 논의에서도 「탕론」을 직접 언급하고 있으며, 권4의 「逸周書克殷篇辨」에서는 "余昔作湯論, 今又書此以續之"라고 「탕론」의 속편으로 쓰고 있음을 밝혀놓았다. 그런데 『매씨서평』에서는 '방벌'의 정당성을 입증하는 논리로 '侯戴'와 함께 '帝命'을 말하였다. 후대는 「탕론」에 나오는 '하이상'의 방식이다. 제명이란 "古人事天, 皆誠信而忧畏之 (…) 厥有虔心昭事之人, 格于上帝, 能躬承密訓, 灼知天命, 爲帝王者, 不得此人, 不敢以爲國"(『梅氏書平』 권4, 『여유당전서』 제2집)이라고 설명한다. 즉 하늘의 계시에 의해 천자가 된다는 뜻이다. 「탕론」에서 천자란 존재는 하늘에서 떨어진 것이 아니라는 점을 명백히했었다. 그런데 왜 뒤에 제명이란 것을 끌어들였을까? 다산의 '천'에 대한 관념과 연결지어 해석해야 할 문제이다.

제4부

교육과 학문의 길

16세기 士林의 學堂 창설

牛溪書室과 隱屛精舍의 경우

1. 머리말

우리 한문교육연구회는 지금까지 논의의 초점을 중·고등학교 한문교육의 현장에 두고, 당면한 문제점들을 해결하는 데 공동의 노력을 기울여왔으며, 대회에서의 발표주제 역시 주로 한문교육의 중요성을 강조하고 그 현장의 분석 및 개선책을 모색한 내용이었다.

한문교육이 제대로 실시되고 있지 못한 현황에 비추어, 절실히 요망되었던 정당한 방향이었다고 보겠다. 그러나 지금 우리가 노력을 기울인 만큼 소기의 성과를 달성했다고 말할 수는 없다. 한문교육이 제자리를 잡아 민족교육의 일부로서, 고전과 현대의 균형을 잡아주는 인간교육으로서 실효를 거두기 위해 앞으로도 한문교육 문제에 관여하는 우리들은 지속적인 관심을 가지고 적극적으로 힘을 합하고 슬기를 모아야 할 터이다.

우리 연구회는 한문교육의 제도적 환경의 개선을 모색하는 한편, 한문교육의 내용을 풍부하게 하고 질적 심화를 꾀하는 방향으로도 진지하게 고려해야 할 것이다. 혹은 교육방법에 관해서, 혹은 문장 내지 작품의 해석에 관해서 우리들은 다각도로 조사 연구를 수행해야 한다. 뿐만 아니라, 한문교육에 대한 역사적인 인식도 가질 필요가 있다고 본다. 근대식의 교육이 도입되기 이전의 우리나라 교육은 그 실상이 전적으로 한문교육이었다고 말해도 과언은 아니다. 한문교육에 대한 연구 방향을 사적(史的)으로 돌리면 참으로 광대한 연구의 시야가 열린다.

　오늘 나는 발표주제를 당면의 문제로부터는 한발짝 비껴나 과거의 역사 속에서 선택해보았다. 이 방면에 나 자신 전문적 지식이 있어서가 아니고, 다만 평소에 글을 읽다가 흥미롭게 느낀 내용이 있어서 이번 기회에 소개하려는 것이다. 한문교육에 대한 근원적인 이해와 중요성을 인식하는 데 다소 도움이 될 수 있으면 한다. 한편으로 내가 평소 관심을 가진 16세기의 사대부문학에 대한 인식의 기초를 마련해보려는 뜻도 있다.

2. 사림의 鄕居와 학당

　학당(學堂)이란 옛날 "가유숙 당유상(家有塾 黨有庠)"[1]의 가숙(家塾) 또는 상숙(庠塾)에 해당하는 말이다. 일반 서당이 그것이다. 그런데 16세기 지방 사림들 사이에 학당은 상당한 비중을 지니고 발달했던 것으로 보인다.

　고려 말의 신진관인층(新進官人層)——사대부들은 문교(文敎)에 대해서 본원적인 인식을 갖고 중시하였던바, 이조국가의 건설에 이르러 제도적으로 반영되었다. 곧 주현(州縣)의 향교(鄕校)와 중앙의 사학(四學), 그리고 최고 학부로서 국학(國學, 太學) 즉 성균관이 그것이다. 이들 교육기관은 고려의 제도를 계승한 것이지만, 전국적으로 모든 주현에 제법 규모를 갖춘 향교가 설립되었으며, 재정적인 지원과 제도적 특권을 부여하여 명실상부한 교육기구로서 체계를 세우고 내실을 기했던 것이다. 이들 교육기구를 통해서 인재를 양성하고 거기에 과거라는 고시제도를 통해 국가의 인적 자원을 공급받았던 것이 물론이다. 그밖에 관료엘리뜨에 대한 최고의 재교육기관에 해당하는 집현전(集賢殿, 후일 讀書堂으로 바뀜)까지 두었다. 이조국가는 역대 어느 왕조보다도 교육제도가 정비되었다고 하겠다. 그런데 이들 공적인 교육기구는 차츰 그 본래의 의미를 상실한 반면 사적인 형태의 학당이

---

1) 『禮記』 學記篇에 "古之敎者, 家有塾, 黨有庠"이라는 구절이 나온다. 이에 근거하여 庠塾은 학교를 지칭하는 말로 쓰여왔다.

비중이 커지는 양상이 빚어졌던 것이다.

이 현상의 직접적인 계기의 하나는 영향력을 가진 학자들이 관계 진출을 달가워하지 않고 향거(鄕居)한 데서 찾을 수 있고, 다른 하나는 향교가 학교로서의 본래 기능을 점차로 상실한 데서 찾을 수 있다. 그러나 이 두 가지 사실은 근원적 설명으로는 충분치 못하다. 학자들이 왜 관계 진출을 달가워하지 않았는가에 대해 의문이 다시 제기된다. 공적 교육기구가 기능을 발휘하지 못하면 응당 그것을 바로잡아야 옳을 것이 아니겠는가? 요컨대, 목전의 정치사회 현실에 대한 깊은 회의와 반성으로부터 일어난 현상으로 생각된다.

사대부의 정치이상은 '요순군민(堯舜君民)'이란 네 글자로 나타낼 수 있을 듯하다. 즉 위로 우리 임금을 요순과 같은 성군이 되도록 하며, 아래로 우리 백성을 요순 때 백성과 같이 어질게 만든다는 것, 지치(至治)의 구현이다. '요순군민'의 정치적 주체는 다른 누구가 아니고 사대부들 자신이다. 이 정치이상을 구현하려면 먼저 사대부들 스스로 주체적 자각에 의한 밑받침이 있어야 한다. 앞서 지적한바 '사대부들이 문교에 대해서 본원적 인식'을 갖게 된 것도 따지고 보면 인간으로서의 주체적 자각이 필요함을 절감한 때문이었다.

16세기 전반기는 사화(士禍)정국의 시대라고 할 수 있다. 사화란 대개 기성의 훈구세력과 신진의 사림세력 사이의 정치적 대립과 반목이 폭력적인 형태로 발전한 것으로 설명하고 있지만 훈구세력에 의해 이미 퇴색되고 변질된 유교정치——지치를 사림세력이 구현하고자 한 데서 갈등이 빚어진 셈이다. 그런데 조광조 일파에 의해 지치를 위한 정치개혁이 과감하게 시도되었으나 곧 실패하고 또 하나의 사화를 일으킨 빌미가 되고 말았다. 이에 근원적인 반성이 요망되었던 것이다. 때문에 당시 사림계열의 학자들은 대개 관계(官界)로의 진출을 달가워하지 않게 되었거니와, 근원적 반성은 주체적 인간의 양성을 위한 교육 문제로 생각이 돌아가게 되었다. 기존의 관학적인 제도, 출세주의·공리주의 교육에 얽매여 가지고는 주체적 인간——새로운 인간형을 양성할 수 없다고 본 것이다. 이에 사림파 학자들은 자기들이 직접 경영·지도하는 학당을 창설하기에 이르렀다.

학자들이 향리(鄕里)로 돌아가서 학당을 운영한 사례는 드물지 않다. 앞선 시기의 사례로 태인현(泰仁縣)의 향학당(鄕學堂)은 「상춘곡(賞春曲)」의 작자로 널리 알려진 정극인(丁克仁, 1401~81)이 처음에 가숙으로 설립하였던바 그의 후배 송세림(宋世琳, 燕山君 때의 인물로 校理를 지냈으며 『禦眠楯』의 작가)이 확장해서 강당을 세우고 동서에 재사(齋舍)까지 두어 항시 학도들을 모아 교육을 실시했다고 한다. 제법 규모를 갖춘 학교로서, 『신증 동국여지승람(新增 東國輿地勝覽)』은 이 향학당을 특별히 소개하고 있다.[2]

퇴계 이황이 설립한 도산서당(陶山書堂) 역시 학당의 범주에 속하는 것이겠거니와, 퇴계는 한편으로 서원창설에 대단한 열성을 보였다. 서원창설의 취지도 학당과 기본적으로 같은 문맥에서 이해해야 할 성질이다(학당이 뒤에 서원으로 전환하기도 했음). 이황의 서원창설 운동을 주목한 이우성 선생의 논문이 발표되어 학당에 대해서까지 인식이 방향을 잡을 수 있었다.[3] 본고에서 다루는 우계서실(牛溪書室)과 은병정사(隱屛精舍)는 도산서당과 함께 16세기 사림들이 개설한 학당의 전형적인 사례이다.

3. 우계서실과 은병정사

우계서실은 우계(牛溪) 성혼(成渾, 1535~98)이, 은병정사는 율곡(栗谷) 이이(李珥, 1536~84)가 설립한 것이다. 먼저 이 두 학당의 설립 경위 및 환경을 대략 설명하겠다.

---

2) "鄕學堂, 在縣東二十里. 正言丁克仁始設家塾, 後縣人宋世琳, 重恢其制, 建講堂, 東西有齋舍, 常聚學徒敎誨焉."(『新增東國輿地勝覽』권34, 「泰仁縣」學敎條)

　　이 향학당의 소재처는 지금 정읍시 七寶面 詩山里인 것으로 추정된다. 시산리는 古縣內란 지명으로 일컬어졌던바, 옛날 최치원이 무성 태수로 있었던 그 고을의 소재지이다. 그런 역사적 배경으로 최치원을 모신 무성서원이 이곳에 있는데, 이 서원에는 정극인이 배향되어 있으며, 정극인의 산소 또한 이 지역에 있다.

3) 李佑成, 「李退溪와 書院創設運動」, 『韓國의 歷史像』, 창작과비평사 1982.

성혼은 처음부터 과거에 응시하지 않고 재야의 학자·교육자로서의 생활을 지켰다. 그의 학자적 명성이 높아지매 문하에 배움을 청해 찾아오는 자들이 앞을 다투어 이르렀다. 벌써 그의 나이 30세 전부터 그러했는데, 학생이 늘어가자 자기가 거처하던 집 동편에 따로 재실(齋室)을 세우고 우계서실이라 편액(扁額)을 걸었다 한다. 서실 앞으로 우계(牛溪)라는 이름의 시내가 흘러서, 자신의 호를 삼았으며, 서실의 명칭으로 삼은 것이다. 지금 경기도 파주군 파주면 눌로리(訥老里)에 옛터가 남아 있다. 이 서실의 규모는 세 간(間)에 불과했으나 학생들이 거재(居齋)하여 "여기서 시서(詩書)를 공부하고 여기서 예악(禮樂)을 닦노라"고 한 곳으로서 실로 우계학통의 산실이 되었다.

이이의 은병정사는 그의 나이 43세 때인 1578년에 세운 것이다. 황해도 해주의 수양산(首陽山) 서쪽 기슭, 물이 40리를 아홉 구비로 돌아 흐르는 고산구곡(高山九曲), 그곳의 제오곡(第五曲)에 위치해 있다. 물길을 따라가면 석담(石潭)이 있는 전면으로 석봉(石峰)이 둘러서 있어 주희(朱熹)의 '무이대은병(武夷大隱屛)'의 뜻을 취해 은병정사의 편액을 걸었던 것이다.[4] 「고산구곡가(高山九曲歌)」에서 그는 노래하기를

오곡(五曲)은 어드메고? 은병(隱屛)이 보기 됴타.
수변정사(水邊精舍)는 화려함이 가이 업다
이 중의 강학(講學)을 하고 영월음풍(詠月吟風) 하리라.

라고, 이곳이 교육환경으로 최적의 곳임을 표현한 바 있다.

---

4) 「年譜」,『栗谷集』권34, 장7. 朱熹가 지금 福建省의 절경으로 이름높은 武夷山 九曲에 거처를 정한 다음 「武夷櫂歌」를 짓고 자연을 즐기며 講學의 생활을 했던 것은 우리나라의 선비들에게도 깊은 영향을 끼쳤다. 武夷九曲에서 隱屛山 아래로 평평한 공간이 약간 있어 주희는 이곳에 武夷精舍를 세웠다. 李珥의 「高山九曲歌」는 「武夷櫂歌」의 조선적 형태라고 하겠거니와, 건물 이름도 隱屛精舍라고 붙인 것이다. 주희는 「精舍雜詠 十二首」를 지은바 그중 精舍라는 제목에서는 "琴書四十年, 幾作山中客. 一日茅棟成, 居然我泉石"(『武夷山志』권10)이라고 하였다.

이이는 정사의 북쪽에 주자사(朱子祠)를 세우고 조광조(趙光祖)와 이황을 배향(配享)하여, 배움의 구체적 지표를 삼고자 하였다. 이 사당은 미처 세우지를 못했는데 그의 사후 2년이 되는 해에 비로소 건립되었다(은병정사의 學規는 이 사당이 설립된 것을 전제로 만들었음).

4. 두 학당의 교육적 내용 및 성격

우계서실에는 22조로 된 「서실의(書室儀)」가 있다. 이는 성혼이 36세 때에 손수 작성한 것이다. 은병정사에는 역시 22조의 「은병정사학규(隱屛精舍學規)」가 있고 따로 「은병정사약속(隱屛精舍約束)」과 「시정사학도(示精舍學徒)」가 보인다. 이들은 정사를 설립하고 바로 작성하였으니, 율곡의 나이 43세 때인 1578년의 일이다.[5]

「서실의」와 '학규'·'약속' 등은 교육지침과 운영에 관한 제반 사항을 규정한 두 학당의 기본문건임은 물론, 교육사의 자료로서도 의미를 갖는 것으로 여겨진다. 다음에 이들 내용을 간추려서 소개하고 그것을 통해 학당의 교육적 성격을 대략 살펴볼까 한다. 「서실의」는 학도들이 준수할 학칙만을 담고 있는데 비해서 은병정사의 관계 문헌은 '학규' 및 '약속' 등의 학칙뿐만 아니라, 다른 제반 사항까지 규정하고 있다.

입학규정

학업에 뜻을 둔 자는 사족(士族)과 서류(庶類)를 물론하고 모두 재중(齋中)에 들어오는 것을 허용하되, 선입자들 모두의 의결을 거쳐 입재(入齋, 입학에 해당하는 말——인용자)를 허용한다. 만약 전일에 패륜(悖倫)한 사람이 들어오기를 원하면 먼저 스스로 개과수칙(改過修飭)하도록 하고, 그의 행동을

---

5) 「書室儀」, 『牛溪集』 권6, 장35~37; 「隱屛精舍學規」, 『栗谷集』 권15, 雜著二, 장43~46; 「隱屛精舍約束」, 같은 책, 장46~47; 「示精舍學徒」, 같은 책, 장47~49.

잘 관찰해보아 행동을 확실히 고쳤을 때 허용한다. 생소한 사람이 들어오기를 원하는 경우 다른 곳에 거접(居接)을 시키고 내왕하며 배우고 묻도록 하여 그의 지취(志趣)와 조리(操履)를 관찰해서 취할 만하다고 인정된 연후에 입재를 허용한다. (「隱屛精舍學規」)

우계서실에는 이에 대한 규정이 따로 되어 있지 않다. 대체로 은병정사와 크게 다르지 않았을 것이다. 입학시험과 같은 절차는 없었으나 학생을 받아들이는 데 아주 신중하였음을 알 수 있다. 신분적인 자격은 일단 사족과 서류(庶類, 양반의 서자를 가리키는 듯)에 한정하고 있는데 학규의 끝에서 "향중(鄕中)의 원학자(願學者)는 모두 임시로 양정재(養正齋)에 거접시킨다"고 하였다. 여기서 향중은 위의 사족 및 서류와 따로 취급하고 있는바 사족보다 낮은 신분층 예컨대 향족(鄕族)으로 추정된다. 이들에 대해서는 예비과정에 해당하는 양정재에 수용하고 인품이 취할 만한지 관찰했던 것이다. 요는 학당이란 양반을 주 대상으로 하는, 사대부교육이었음이 그 입학의 자격규정에서도 드러나는 것이다.

조직 관리

당장(堂長) 1인 : 재중(齋中)에서 연장으로 유식한 자를 추대한다.

장의(掌議) 1인 : 제배(儕輩) 중에서 학문이 넉넉한 자로 추대하며, 재중의 의론을 맡아서 당장에게 보고하여 정한다.

유사(有司) 2인 : 제배 중에서 뽑는데 재중의 물건의 출납 및 재직(齋直)의 사환(使喚), 집물(什物)의 유무(有無) 등을 맡는다.

직월(直月) 2인 : 윤선(輪選)하여 매월 교대하며, 사제(師弟) 붕우 사이에 강론한 내용을 모두 기록한다. (「은병정사학규」)

학도의 일과 생활

서실에 들어온 자는 새벽이면 일어나서 자기 손으로 침구를 정돈한다.

나이 어린 자는 비를 들고 서실 안을 청소한다.

각자 글 읽는 장소로 나아가 책을 가지런히 놓고 책상 앞에 단정 엄숙하게 앉아서 조용히 송독(誦讀)하되, 마음이 산란하거나 딴 일을 돌보아서는 안되며, 남과 잡담하지 말고 또 함부로 출입, 기동하지 말아라.

식사 때는 나이순대로 자리에 앉아 조용하고 차분히 식사하며, 장난을 치거나 음식을 다투는 일이 없도록 한다.

식사를 마친 다음에는 나이순대로 밖으로 나와서 소요(逍遙)하다가 잠시 후 다시 서실로 들어가서 책자를 정돈하고 앉아 불리어가서 수서(授書, 책에 대한 강의를 받는다는 의미—인용자)하는 것을 기다린다.

그사이 다소 틈이 있으면 글씨를 쓰거나(어지럽게 쓰지 말고 반드시 해정하게 쓴다—원주) 간혹 의리를 강론하기도 하되, 태만 방사(放肆)하거나 임편(任便) 자일(自逸)하는 일이 없도록 할 것이다.

수서(授書)를 마친 다음에는 각자 글 읽는 장소로 나아가 단정히 앉아서 해가 지도록 독서하되 조금이라도 의문처가 있으면 곧바로 와서 묻고, 그러고도 풀리지 않으면 재삼 반복해서 물어 약간이라도 그냥 넘어가는 일이 없도록 하며, 잠시도 한만 나태하지 말아라.

저녁식사 때에도 위와 같은 식으로 하며, 식사를 마친 다음에는 시냇가를 거닌다든지 서실로 돌아와서 책을 보거나 글을 논하거나 글씨를 쓰는 등을 한다.

날이 어두워지면 등불을 켜고 독서하다가 밤이 이슥해진 연후에 취침한다. (「書室儀」, 추려서 번역했음)

정사의 학규 역시 이에 관한 사항은 「서실의」와 대체로 유사하다. 학규에서는 과업(科業, 과거시험을 위한 공부)을 하고 싶으면 다른 곳으로 가서 하라고 못을 박아, 출세주의적 공부의 금지 규정을 만들고 있다.

우계서실과 은병정사 모두 학생들에 대한 일과규정이 학도들이 학업에 근면 독실하도록 자상한 조항을 마련해놓았음은 물론 학당 내에서의 기거 동작이며 침식생활 일체의 정숙과 단정을 규율로 정해놓은 것이다. 특히 식사시의 예절이 강조된 편이고 식후의 산책을 일과로 잡아둔 점이 흥미롭다.

상벌

서실에 들어온 자는 「서실의(書室儀)」 22조를 서로 더불어 준수하여 실천하도록 하되 혹 이 조약을 어기어 태만하고 제멋대로 하여 독서를 부지런히 않고 떠들며 웃어대고 장난을 마구 쳐서 자기 일을 망각하고 남에게 방해되며, 선배를 존경하지 않고 붕우의 규책(規責)을 받아들이지 않거나 성질을 내고 버릇없이 구는 등 미욱한 마음을 고치지 않는 자는 제생(諸生)이 의논하여 와서 보고할 것이다. (「서실의」)

직월(直月)이 선악지적(善惡之籍)을 맡아 기록하되 재생의 거재(居齋)와 처가(處家)의 생활태도를 살펴서 언행이 합리한 자와 학규를 어기는 자를 모두 기록하여 모두 월초에 사장(師長)에게 보고하여(무릇 학규를 위반한 자는 直月이 堂長과 掌議에게 통고하여 공히 규책을 가하되 만약 개전하지 않은즉 이어 師에게 보고하며 만약 개전하면 장부에 표시만 하고 師에게 보고하지 않는다──원주), 선자는 권장하며 악자는 준절히 깨우치며 끝내 가르침을 받아들이지 않는 자는 출재(黜齋, 제적시키는 것──인용자)한다. (「은병정사학규」)

무릇 제생 중에 과실이 있는 자가 있으면 당장 장의(掌議) 유사(有司)가 재중(齋中)의 중의에 부쳐 그 경중에 따라 혹 출좌(黜座, 齋生과 나란히 함께 앉지 못하게 하는 벌칙, 損徒라고도 함──인용자)를 하고 혹은 면책(面責)하여 경계하되 1년 내에 두 번 출좌를 당하고도 개전(改悛)하지 않으면 출재(黜齋)한다. (「隱屛精舍約束」)

양쪽 모두 학도에게 고된 일과와 엄한 규율의 준수를 규정하고 있다. 그러나 강압적·타율적인 방법을 쓰는 것이 아니고 어디까지나 자치적 방법을 쓰고 있는 것이 특징이다. 벌책규정으로는 지금 정학에 해당하는 '출좌', 퇴학에 해당하는 '출재'란 개념을 쓴 사실도 재미있다.

이상에서 살펴본바 학당은 교육기구로서 규모와 내용을 갖추고 있었음을 알 수 있다. 그런데 상하의 위계질서와 규칙이 매우 강조되어 있고 또 각자의 몸가짐까지 항상 엄격하고 의연하게 갖도록 강조하여 책임을 지우고 있는 것이다.

은병정사의 경우 교육을 통해서 달성해야 할 모범으로서 두 인간형을 제시하고 있다. 하나는 정암(靜菴) 조광조요, 다른 하나는 퇴계 이황이다. 우리나라에 도학(道學)을 창명(倡明)하여 '요순군민'의 정치이상을 자기의 임무로 자각한 자로 정암과 같은 분이 없었고 주자의 성법(成法)을 삼가 지키고 궁행심득(躬行心得)하여 후생(後生)의 긍식(矜式)이 될 만한 자로 퇴계와 같은 분이 없었다고 율곡 이이는 말했다. 인간의 내적 자기 완성으로는 퇴계적 인간형을, 정치적 실천의 측면에서는 정암적 인간형을 가장 훌륭한 전형으로 설정한 것이다. 학당은 사실상 민을 포함한 인간 일반이 아닌 사회지도층의 형성을 목적으로 한 엘리뜨 교육이었으며, 이와 관련하여 사대부의 두 이상형을 지향점으로 제시한 것으로 볼 수 있겠다.

그런데 여기서 특히 주목할 사실은 사(士)의 방정(方正), 확고한 기품, 건실한 교양을 자기 스스로 길러나가도록 지도한 것이다. 이이는 일단 입학한 사람으로서 할 바를 제대로 못하면 무엇보다 "스스로 자기 마음을 속이는 것이라"고 했으며 성혼 역시 "학도들 상호간에 준수토록 하며 자기 자신의 실천으로 나타나도록 하라"고 자발적인 주체성을 강조했다. 학당의 운영 및 상벌을 자치적으로 해나가도록 한 것도 이와 관련해서 이해할 수 있겠다.

은병정사나 우계서실이 학생들의 자치제로 운영되고 상벌까지도 자치적으로 규율하도록 하는 방식을 취했던 것은 주목해볼 점이다. 앞에서 정극인이 교육의 일에 남다른 관심을 가지고 가숙을 설립하여 그것이 향학당으로 발전했던 사실을 소개했다. 그는 공교육에 해당하는 향교의 훈도(訓導)를 역임한 적도 있었다. 이때 그가 제정해서 실시했던 '학령(學令)'이 전하고 있다. 이 학령에서 상벌규정을 보면 "매일 부과한 글을 외우지 못하는 자는 초(楚, 대가지로 만든 회초리——인용자) 50대, 전에 배운 것을 외우지 못하는 자는 초 60대, 장기 같은 잡기를 하는 자 초 70대, 규책(規責)을 지키지 않는 자 초 80대, 틈을 타서 활쏘기를 하는 자 초 90대, 여색을 탐하는 자 초 1백 대"로 나와 있다. 벌칙으로 체형을 규정해놓은 것이다. 이어서 "제생(諸生)은 재주와 힘을 헤아려 따라갈 수 있으면 재학(在學)을 할 것이요 따라갈 수 없으면 출학(出學)을 해도 좋다"고 자신의 재능이 미치고 성격이 순응할 수 있는 자만 학교에 남아야 할 것으로 단언하였다.[6] "회초리는 학생에게 쓰는 벌이다"는 옛말도 있듯이 역시 체벌주의를 채택하고 있었다. 위에서 살펴본 은병정사와 우계서실의 경우 엄격하기로는 마찬가지지만 인간의 자율성에 기초해서 체벌주의를 지양하려 했던 것으로 여겨진다.

학당의 교육은 예로부터 일반적으로 써왔던 방식과는 변별성을 드러내고 있다. 왜 이런 차이가 발생했을까? 물론 이이나 성혼 같은 분들은 큰 학자이기에 교육에 대해서도 남다른 이해를 가졌던 때문이라고도 말할 수 있겠으나 충분한 설명은 되지 못할 것이다. 학당의 자치적·자율적 교육방법은 각 개인의 인격 함양을 통한 '주체적 인간'의 양성이라는 사림들의 교육목표를 구현하기 위한 방안이었다.

5. 맺음말

이상에서 16세기 말엽 대학자들에 의해 주도된 학당창설을 성혼의 우계서실과 이이의 은병정사의 경우를 통해 고찰한 바, ①학당의 조직과 관리는 자치제로 운영하는 방식을 취했고 ②상벌 또한 체벌주의를 지양하여

---

6) 「學令」訓導教授時, 『不憂軒集』 권2, 장12.

"학도들 상호간에 협조하여 준수토록 하며 자기 자신의 실천으로 나타나도록 한다"는 식으로 기본방침이 자율성을 존중하였음을 확인하였다.

자치제는 학당만의 고유한 형태는 아니었던 듯하다. 일반 서당에서도 학생장에 해당하는 접장(接長)이 총괄하는 방식이 관행적으로 행해져왔거니와, '접(동아리와 비슷한 뜻)'은 고래적인 결사체로서 동학(東學)의 경우 또한 '접'과 '포'를 단위로 하는 자치적 원리로 조직되어 있었다. 학당은 관행적인 조직원리인 자치제를 채택한 것으로 보아야 할 것이다. 학당의 자치제는 자율성을 존중하는 교육과 연계되어 있었던 사실이 주목을 요하는 대목이다.

학당의 입학은 재학생들의 결의에 따르도록 했으니 자치적 방식이었다고 하겠다. 학당 내에서 공부와 생활이 함께 이루어졌던바 엄정한 규율로써 학업의 근면, 몸가짐의 절도를 요망하였다. 식사와 취침의 예절은 물론 식후의 산책까지 일과로 잡아두고 있었다.

요컨대 학당의 창설은 지치(至治)의 실현을 위한 사회지도층의 양성을 목적으로 하였던바 일찍이 중국의 주희가 남송(南宋)시대에 모범을 세웠던 제도를 조선적 토양에서 재현시키려 한 것이기도 하였다. 그 당시 우리 사정이 중앙의 성균관과 지방의 향교와 같은 공교육제도를 가지고는 소기의 교육목표를 달성하기 어렵다고 보아 다른 방도를 강구했다는 면에서 현실적 의미를 가지고 있다. 그래서 학당은 출세주의를 배격하는 방향으로 교과내용이 짜여졌으며, 인격의 함양에 비중을 크게 두었다. 이런 취지에서 학당은 자치제를 강화하고 인간의 자율성에 의거한 교육방법을 도입한 것으로 볼 수 있다.

이황이 창설한 학당의 이름은 도산서당이었다. 도산서당은 후일 서원으로 전환되었으니 지금 문화유적으로 남아 있는 도산서원이다. 이황은 오롯이 학문에 힘쓴 분이다. 그럼에도 그는 문학을 본원적으로 긍정하여 "문학을 배움은 마음을 바로잡기 위한 것이다[學文所以正心]"라고 제자들에게 일깨운 바 있다. 문학은 인간을 도덕적 주체로 확립함에 당해서 유용한 수단이라고 생각한 것이다. 나아가서 그는 음악이 인간의 정서에 작용하는 측면을 이해하여, 비루해지기 쉬운 마음을 정화시키며 정신을 저절로 융통(融通)하게 하는 효과를 얻을 수 있는 것으로 말하였다. 이황의 「도산십이곡(陶山十二曲)」이나 이이의 「고산구곡가」 등은 가창이 가지는 교육적 효과를 고려한, 말하자면 학당의 노래로서 지어진 셈이다. 자율성의 교육을 실시하고자 했던 것과 취지가 상통하고 있다. 사림의 학당창설 운동은 동시기 문학예술의 경향과도 무관하지 않았던 것이다.

이 글은 우리 역사상에 존재했던 학당에 대해 하나의 사례를 제시해본 것이다. 오늘날 분화된 학문체계에서는 교육사에 속하는 대상이지만 그쪽의 전문적 관심사로서 주목을 받지 못한 것 같다. 되돌아보면 나 자신 교육을 실행하는 자이며 더구나 장차 교육을 맡을 사람들을 가르치고 있다. 그러면서도 교육의 제도나 현황에 당해서 불평 불만은 곧잘 토로하면서 정작 문제를 지속적으로 심도있게 사고한다거나 해결책을 강구한다거나 하지를 못했다. 학당창설은 지금의 개념으로 표현하자면 '참교육 운동'이라고 말할 것이다. 국정을 담당하고 문화를 창도하는 인간의 주체를 바로 세우기, 이 과업을 학당의 창설자들은 무엇보다 긴요한 과제로 각성하지 않았던가. 인간의 도덕적 주체는 자율성에 기초하여 자립하지 않고는 제대로 설 수 없는 법이다. 우리가 다 알다시피 퇴계학통과 우(牛)·율(栗) 학통(學統)에서 훌륭한 학자·정치가 들이 기라성처럼 나왔다. 전란과 어려움이 중첩되었던 17세기를 전후한 시기는, 그래도 국운을 회복했을 뿐 아니라 문학과 학술은 성세(盛世)라고 일컬어질 정도로 오히려 찬연히 빛났던 한 시대로 기록되어 있다. 16세기의 학당창설의 '참교육 운동'은 그 시대에서 일단 성과를 거둔 것으로 볼 수 있겠다. 그런데 학당을 통한 학통의 성립은 시간이 지나면서 당파와 연계되어 당쟁의 근원처럼 되었다. 이 사실은 17세기 이후의 착잡한 정치사·사회사로 들어가서 해명해야 할 문제다. 어떤 자치제나 자율성도 공청병관(公聽幷觀)의 이성과 양식을 상실하고 보면 오히려 집단적 아집으로 빠지고 분란을 야기할 우려조차 없지 않다는 점에 유의할 필요가 있다.

〈1985년 한문교육연구회 전주 학술회의 발표문, 1999년 수정 보완〉

權得己의 經學

『論·孟僭疑』의 분석

1. 『論·孟僭疑』

『논어참의(論語僭疑)』와 『맹자참의(孟子僭疑)』(『논·맹참의』는 이 둘을 포괄한 제목)는 만회(晚悔) 권득기(權得己, 1570~1622, 자 重之)의 학문연구의 진면목을 보여준, 우리 경학사(經學史)의 획기적인 저술이다.

이 『논·맹참의』는 『근사록참의(近思錄僭疑)』 『가례참의(家禮僭疑)』와 함께 『독서참의(讀書僭疑)』란 이름의 책 속에 함께 묶여 있는 것이다.[1] 『독서참의』의 첫머리를 보면 자서(自序)에 해당하는 간략한 글이 실려 있다.

> 나는 독서를 할 때 매양 난해한 곳을 만나면 나름으로 지사(枝辭, 마음속에 의혹이 일어나 말이 가지쳐나간다는 뜻——인용자)가 생겨남을 면치 못하는데 잊어버릴까 하여 붓을 들어 기록하곤 했다. 다른 날 도(道)를 지닌 안목에 의해 바로 잡히기를 기다리며, 혹 붕우(朋友)들과 더불어 강론(講論)해보아도 좋을 것이다. (『讀書僭疑』권1. 이하 『참의』라 함)

---

1) 『讀書僭疑』는 權得己의 문집인 『晚悔集』에 포괄이 되어, 『晚悔集僭疑』라고 이름이 붙여지게 되었다. 그 편차를 보면 『晚悔集僭疑』의 권1·2는 『論語』에 대한 것이고, 권3은 『近思錄』, 권4는 『孟子』, 권5는 『家禮』를 다룬 것이다. 『晚悔集』은 道山學會에서 영인본 상·하 2책으로 간행하였는데, 『讀書僭疑』는 하책에 모두 수록되어 있다(이하 『참의』라 함).

이 저작은 책이름이 그렇듯 독서잡기(讀書雜記)의 성격을 갖는 것임을 알 수 있다. 그런데 위의 몇줄 안되는 말에서도 저자의 겸허한 자세가 드러나거니와, 표제에 외람스럽다는 의미로 '참(僭)'자를 놓은 것이다. '의(疑)'란 '의(義)'와 함께 과문(科文)의 육체(六體)의 하나로 들어가 있기도 하지만[2] 이 경우는 성현(聖賢)의 글에 대해 의난처(疑難處)를 논의해본다는 뜻으로 생각된다.

『독서참의』는 원래 잡기의 형식으로 씌어진 것이므로 일시에 체계적으로 지은 책이 아님은 물론이다. 『가례참의』는 자신이 상중(喪中)에 있으면서 『주자가례(朱子家禮)』를 검토하게 된바 저술을 착수한 때를 "만력(萬曆) 경술(庚戌) 구월 십일"이라고 연월일을 명기하고 있다. 만력 경술은 광해군 2년(1610)이니 저자의 나이 41세 때다. 『논어참의』에는 "내 나이 이미 40에서 또 반을 넘었다"는 언급이 보인다. 『논어참의』는 광해군 7년인 1615년 무렵에 씌어진 것으로 된다. 『맹자참의』는 집필 시기를 밝힐 근거를 찾지 못했는데, 『논어참의』보다 뒤에 된 것이 아닌가 짐작이 가지만 물론 단정할 수 없다. 『논·맹참의』는 대개 만회의 만년작임이 분명하니 17세기 초의 학술사에 위치하는 것이다.

경학이 학적 대상으로 삼고 있는 바 유교경전은 지난 시대에 있었던 체제의 이론적 기초이며, 행위의 준칙(準則)이 되었던 것이다. 그렇기에 경학이 정통으로서 학문적 권위를 누릴 수 있었지만, 다른 일면으로 진지한 성찰과 심오한 모색 또한 대개 경전의 근거 위에서 이루어지고 있었다. 우리는 경학의 용잡(庸雜)한 누적 속에서 정수(精粹)를 가려볼 필요가 있다고 본다.

필자는 『맹자참의』를 우연한 기회에 먼저 만나게 되었다. 성균관대학교 대동문화연구원에서 편찬하는 『한국경학자료집성(韓國經學資料集成)』의 맹자편(孟子篇) 해제를 분담 집필하는데 나에게 배정된 중에 『맹자참의』란 자료가 들어 있었다. 이는 전혀 들어보지 못한 것이었다. 나 자신 과문의 탓

---

2) 科文의 六體는 詩·賦·表·策·論·義이다. 疑와 義의 구분에 대해서는 『牧民心書』에서 "四書曰疑, 五經曰義"(「禮典·課藝」)라고 하였다.

이지만 그 존재가 실상 학계에 거의 알려지지 않았던 것이다. 『한국경학자료집성』의 논어편(論語篇)은 앞서 간행이 되었던바 『논어참의』는 들어가지 못했다. 그 편찬과정에서 이 자료가 미처 파악되지 못했던 까닭이다. 필자는 『맹자참의』를 처음 대면해서 놀라움과 함께 나름으로 흥미를 느끼게 되었다. 이 첫인상이 지금 논고를 작성하게 된 계기가 되었거니와, 『논·맹참의』를 나 자신이 읽으면서 개안(開眼)이 되고 각성이 되었던 대목들을 일부 뽑아서 정리해보는 것이다. 이 또한 하나의 독서잡기인 셈이다. 오늘날 거의 사장되어 있는 우리 경학의 정신사적 가치를 인식하는 데 일조가 되었으면 한다.

2. 그 說經의 방법

『사서집주(四書集註)』가 우리나라에서는 언제부터 읽혔는지 알 수 없으나 『고려사(高麗史)』의 「정몽주전(鄭夢周傳)」에 정몽주가 성균관의 박사로 있으면서 사서(四書)를 강의했던바 "당시 경서로 동방에 들어온 것은 『사서집주』뿐이었다"는 기록이 보인다. 『사서집주』는 고려 말엽에 이미 유일무이의 교범으로 채택되었음을 확인하게 된다. 유교가 정식 국교로 되었던 조선왕조로 와서 『사서집주』는 전혀 이설을 용납치 않는 정본(定本)으로 굳어졌음이 물론이다.

그런데 16세기 말에 이르기까지도 사서(四書)에 관한 학적 역량은 언해(諺解)를 확정짓는 데서 벗어나지 못했던 것 같다. 퇴계의 『사서석의(四書釋疑)』는 현토(懸吐)와 언해의 정확을 기하기 위한 작업이거니와, 이 과제는 율곡을 거쳐 미암(眉巖) 유희춘(柳希春)의 손에서 일단 매듭이 지어졌던 것이다. 후세에 이른바 관본(官本)으로 보편화된 『사서언해(四書諺解)』가 그것인데, 이는 만회의 유년기에 비로소 마무리된 일이다.

만회의 경학은 언해와는 그 단계가 다를 뿐 아니라, 학적인 방향도 같지 않다. 언해는 토씨 하나 풀이 한마디에 매달려서 따지게 마련인데 이는 어디까지나 『사서집주』의 해석을 좇아, 거기서 일호의 차착(差錯)도 없이 읽어내기 위한 것이었다. 『논·맹참의』는 그 이름이 말해주듯 경전의 문의(文義)와 『사서집주』의 해석에 대한 의문으로부터 출발해서 자기의 관점과 자기의 사고를 진술하고 있다. 다음에 그가 경전을 어떻게 다루며, 거기서 무슨 이야기를 끌어내고 있는지 사례를 하나 들어 살펴보기로 한다.

  子曰: 攻乎異端, 斯害也已. (『論語』 爲政篇)

  언해에 의거해서 풀이하면 "이단에 전력하면 이 해로우니라"는 뜻의 글이다. 이 8자의 문구에 대해 『논어참의』는 481자를 써서 변석(辨釋)을 가하고 있다. 위의 글에서 문제의 초점은 '이단'이 무엇인가다. 『논어집주』에서는 이단이란 지금 우리가 알고 있는 뜻 그대로 성인의 도(道)에 위배되는 종교사상을 가리키는 것으로 규정하고 있다. 그에 반해서 『논어참의』는 이렇게 말을 꺼낸다.

    적이 의심해보건대 당초에 이단(異端)은 필시 양(楊)·묵(墨)·노(老)와 같이 해로운 부류는 아니었을 것이다. 자못 꼭 옳지 않은 것이라고는 말할 수 없으나 그 첫 원두(源頭)가 정도(正道)로 들어가지 않았던 까닭에 성인은 말류(末流)에 필시 해로울 줄을 알아서 위와같이 말한 것이다. (『참의』 권1, 張 11)

  이 발언은 이단을 양(楊)·묵(墨)과 같은 유교와 대립되는 유파를 지칭한 것으로 본 『논어집주』의 해석을 회의한 데서 나온 것이다. 그렇다면 그가 이단으로 상정한바 "꼭 옳지 않은 도(道)라고 말할 수 없는" 그러니까 상당한 정도로 옳은 도란 과연 무엇인가? 그는 전국시대(戰國時代)에 성행했던 형명(刑名)·부국(富國)·강병술(强兵術)을 앞서 춘추시대(春秋時代)에 조술(祖述)한 자가 있었으리라고 보아 이런 학술을 가리키는 것으로 생각하는 한편, 농업의 기술을 거기에 포함시키고 있다.[3] 바로 『논어』 안에서 번지

(樊遲)라는 제자가 공자에게 농사짓기와 채소 가꾸는 일을 가르쳐달라고 요청하자 공자는 번지를 소인(小人)이라고 지탄한 말이 나오는데 이 사실을 주의한 것이다. 『논어참의』의 설을 들어보자.

또한 번지가 농사일과 소채 가꾸기를 배우겠다고 청한 것은 역시 이단이라 말할 수 있다. 대개 빈천한즉 농사짓고 소채 가꾸기를 할 수 있으나 만약 선비된 자가 그런 일을 전업으로 하면 역시 학문에 해가 되지 않겠는가. 또한 오늘의 학자에게 있어서 일상적인 여러가지 일치고 학(學) 아닌 것이 없다. 하지만 오로지 잦다른 일에 전심하면 어찌 해가 되지 않겠는가. 그러므로 소도(小道)는 비록 볼 만한 것이 있으되 멀리 도달하는 데는 이체(泥滯)될까 걱정했던 것이다. (같은 글)

공자가 거론한 이단은 후세의 소위 이단과는 의미가 아주 다르다고 보는 것이 오늘날은 통설로 되어 있다. 다산(茶山) 정약용(丁若鏞)은 『논어고금주(論語古今註)』에서 역시 이 점을 명쾌하게 지적하고 있다. 그리고 번지가 농사짓기를 가르쳐달라고 한 대목을 원용해서 농학을 이단의 하나로 집어넣는 것 또한 서로 일치하는 데 다산은 "병농(兵農)의 학 역시 경세(經世)의 실무이니 군자는 꼭 알아야 한다. 그러나 학자가 이 일에만 전력하면 신심(身心)·성명(性命)의 학에 있어서는 마침내 폐해가 없을 수 없다"는 말까지 덧붙인다.[4] 이 역시 위 인용문의 논지와 일맥상통하고 있다. 『논어참의』는 위의 인용문에 이어 말을 또 첨가하고 있다.

또한 학자는 빈천한 처지에 편안할 줄 알아야 한다. 하지만 어찌 두 손을

---

3) "又如戰國世申·韓刑名, 富國强兵之術, 春秋管·晏之徒, 或有慕之者. 雖其說粗淺, 不足 爲後世害. 然在當時, 俱可謂之異端."(『참의』권1, 장11)

4) "異端, 豈今之所謂異端乎? 樊遲請學稼, 孔子斥之爲小人. 衛靈公問陳於孔子, 對曰: '軍 旅之事, 未嘗學.' 夫兵農之學, 亦經世之實務, 君子不可以不知. 然學者專治此事, 其於身 心性命之學, 終有些害. 此夫子所以輕輕說弊, 欲其旁通, 不欲其專治也. 所謂異端, 不過 如斯."(『論語古今註』권1, 장31, 『여유당전서』제2집 권7)

378

묶어놓고 굶어죽게 하여서야 되겠는가. 요컨대 생계의 방도를 차려서 의롭지 못한 경우에 함부로 손을 내미는 일이 없도록 해야 할 것이다. (같은 글)

이는 선비로서 농사에 힘쓰는 것은 바람직하지 못하다는 자기의 발언이 마음에 걸려서 부연한 말이다. 그렇긴 하지만 경전의 원문을 두고 보면 거리가 먼 딴소리처럼 들린다. 왜 굳이 '딴소리'를 덧붙였을까? 당시 선비들은 항용 농사와 같은 생계의 방도를 그야말로 이단시한 나머지 굶주리고 추위에 떨면서도 두 손을 묶어놓고 견뎠다. 이것이 목전의 심각한 문제점이었다. 그러니 농사를 이단의 범위에 포함시킨(이단의 뜻이 다르긴 하지만) 자기의 경전해석은 자신의 본의와 달리 그런 폐풍을 조장할 우려가 없지 않아 있다고 생각했을 것이다. 특히 "생계의 방도를 차려서 의롭지 못한 경우에 함부로 손을 내미는 일이 없도록" 하라는 대목은 지금 우리들에게도 절실한 깨우침이 되고 있다.『논어참의』는 다시 또 따로 덧붙인 말이 있다.

동방(東方)의 습속을 보면 노자학(老子學)은 있지도 않으며 불교는 있으나 오늘날 사대부가(家)에서는 부처를 섬기지 않는다. 오직 성색(聲色)의 욕망이 가장 사람들의 심지(心志)를 흔들고 있다. 나는 이르기를 동방의 학자는 음성(淫聲)과 미색(美色)을 응당 노불(老佛)과 마찬가지로 멀리해야 할 것이라고 한다. (같은 글)

이 대목은『논어집주』에 실린 정자(程子)의 "불씨(佛氏)의 교리는 양·묵에 비해 더욱 근리(近理)해서 그 폐해 또한 더욱 심하니 학자는 마땅히 불교를 음성(淫聲)·미색(美色)처럼 멀리해야 한다"는 말에 직접 연관되어 나온 것이다. 만회의 눈에는 사대부들의 생활 분위기에서 가장 경계해야 할 바는 여색(女色)으로 관찰되었던 모양이다. 말하자면 자기 현실을 고려해서『논어집주』의 설교를 수정한 셈이다.

우리가 지금 살펴본바 기껏 8자의 경문(經文)을 놓고 따지는 데 예지가 번득이고 있을 뿐 아니라, 거기서 의미를 대단히 풍부하고도 깊이있게 끌어내고 있음을 확인하게 된다. 한 숟갈만을 떠먹어보더라도 큰솥의 고깃국 맛을 전부 알 수 있다. 그렇듯 『논·맹참의』에 담겨진 내용이 어떠한지 대략 짐작이 갈 것이다. 다음에 지금 검토한 사실을 토대로 삼아 그 설경(說經)의 특징을 요약해둔다.

첫째, 진지하고도 겸허한 학구적 자세를 견지하고 있다. 만회의 경학은 당초에 의문을 가지고 따지는 데서 출발했던 것이다. 그는 자신이 의문을 일으켜 따진 결과에 대해서 또다시 의문을 갖기를 그만두지 않는다. 앞에서 논했던 '공호이단(攻乎異端)'장의 경우 자신의 견해를 진술한 끝에다 "억견(臆見)이 이와 같은데 군자(君子)에게 물어보고자 하여 기록해둔다"는 말을 꼬리표처럼 달아놓는다. 자기 견해를 고집하지 않는 겸손의 표시일 터이다. 이런 의문의 꼬리표가 종종 보이는데 심지어는 자기의 견해를 일껏 제시한 다음, 바로 이어 "비설(鄙說)이 자못 뇌강(牢彊)하다고 느껴지니 그대로 진씨(陳氏)의 설(說)을 좇는 것만 못하다"[5]고 구설(舊說)에 양보하기도 한다. 의문으로부터 출발해서 의문은 끝나지 않는다. 그렇다고 무정견(無定見)의 회의주의자가 아니었음은 다음 인용에서 분명히 드러난다.

> 학자는 어떤 일에 자기의 견해로는 옳다고 믿지만 남은 그렇게 생각하지 않는 경우 두 번 세 번 살피고 헤아려 과연 의심할 여지없이 옳다면 말은 반드시 공손히 하면서도 일 자체는 동요해서 안된다. (『참의』 권1, 장32: 『논어』, 公冶長篇, '申棖'章)

둘째, 자기의 현실에 입각해서 사고하고 자기 자신을 먼저 책망(責望)한다. 앞서 우리는 그의 설경(說經)의 논리가 당시 실정을 고려해서 잡히고 있음을 확인했다. 정치상황이나 민생문제가 거론되기도 하지만 전반적으로 우국민시(憂國憫時)의 정신이 바탕에 깔려 있는 것으로 느껴진다. 이러한 특징은 "독서를 하다가 세사(世事)에 느껴서 드디어 논변(論辯)해서 기록한 것"이라고 그의 가장(家狀)에서 명확히 지적되고 있다.[6] 만회의 경학은

---

5) 『孟子』 盡心篇 下, '口之於味'章: 『참의』 권4, 장83.

현실성이 풍부하며 실천성이 강조되어 있다. 이러한 현실성·실천성은 '절문이근사(切問而近思)'——절근(切近)의 학문방법론에서 온 것이다. 그는 역설하기를 "절근은 나의 본분 안에 있는 것을 말하니 목전의 현재 이루어지는 사업으로부터 잠깐이라도 떠나서는 안된다"고 한다.[7] 그러므로 바깥의 현실로부터도 눈을 떼서는 안되지만 가장 절근한 나 자신에게 먼저 문책(問責)을 하게 된다. 그는 경전을 대하는 원칙으로, 성현의 말씀을 책상 위의 공언(空言)으로 삼아서는 안된다고 말했거니와, "자기는 능히 행하지 못하면서 남에게 행하지 않는다고 책망하면, 이는 남은 모두 성현으로 여기고 자기는 도척(盜跖)으로 만드는 셈이다"라고 꼬집었다.[8] 『논·맹참의』를 읽어보면 책장의 곳곳에 자아반성, 자기 성토를 하고 있는 구절이 눈에 뜨인다. 자신의 고뇌하는 형상이 떠오르기도 한다.

『논·맹참의』는 사회현실의 주체로서 각성한 자아가 경전을 대면하여 학적 탐구를 '절근(切近)'의 방법으로 수행한 것이다.

3. '仁'과 '義'의 해석

인(仁)과 의(義)는 유학사상의 핵심적 개념이다. 공자는 인에다 중점을 두어 말했고 맹자는 의에다 중점을 두어 말했던 편이다. 이 두 도덕범주에 대해서 만회는 독특한 논의를 펼치고 있다.

인은 『논어』에서 언급한 경우로 보더라도 포괄하는 함의가 대단히 넓다. 그래서 어떤 단일한 의미로 파악하기는 어려운데 종래 인의 범주 안에 '애(愛)'를 어떻게 수용하느냐가 중요한 논점의 하나로 되어왔다.

공자는 번지의 인(仁)이 무엇이냐는 물음에 답해서 "사람을 사랑하는 것

---

6) "先子遺書, 有讀書僭疑四冊. 先子讀書, 潛玩體究, 有所疑, 深思之, 思而得之若不得, 并作冊記之, 備後日紬繹講明. 且因讀書而感於世事, 遂論辨而記之. 名曰僭疑. (…) 言僭, 蓋謙也."(「家狀」, 『晩悔集』 부록, 장11~12)

7) "切近, 謂在我本分, 不可須臾離目前現做底事業也."(『참의』 권1, 장48)

8) "己不能行而責人之不行, 則是人皆聖賢而己獨跖蹻也."(『참의』 권4, 장2)

(愛人)”(『論語』顔淵篇)이라고 하였다. 그렇듯 인은 다른 무엇이 아니고 사람과 사람 사이에서 이루어지는 것인데『중용(中庸)』에서는 “인자(仁者)는 인야(人也)니 친친위대(親親爲大)라” 하였으며, 맹자 역시 “친친이인민(親親而仁民)하고 인민이애물(仁民而愛物)”(『孟子』盡心篇 上)이라고 말하였다. “사람을 사랑하는 것”을 인(仁)이라 하더라도 누구에게나 똑같은 무차별의 사랑이 아니고 말하자면 분별성을 가진 사랑이다. 그러므로 송유(宋儒)는 “인은 사랑이 주요한데 사랑은 어버이를 사랑하는 것보다 큰 것이 없다〔仁主於愛, 愛莫大於愛親〕”(『論語集註』學而篇, ‘君子務本’章)라고 사랑을 주장하면서도 부자의 관계를 강조했던 것이다. 유교에서 사랑은 나의 아버지와 이웃집 노인에 대해서 분명한 구별을 두고 있다. 또한 짐승에도 사랑이 미치지만 인류에 대해서와 똑같을 수는 없다고 본다. 요컨대 나와의 거리에 따라 각기 등차를 두는 것이 유교적 사랑이다.

그런데 한유(韓愈)는 그의 「원도(原道)」라는 글에서 “박애하는 것을 인이라 한다〔博愛之謂仁〕”고 정의했다. 박애를 인으로 규정한 것이다. 한유의 이 설(說)은 유가의 ‘친친(親親)’의 논리에 위배되며, 오히려 묵자(墨子)의 겸애(兼愛)나 불가(佛家)의 보도(普渡)와 가까운 것으로 비쳐져서 송유(宋儒)들에 의해 혹독히 매도되었다. 만회는 물론 한유의 설을 지지하지 않았으나 약간 교정을 해서 받아들인 점이 흥미롭다.

> 한자(韓子)는 “박애하는 것을 인이라 한다”고 말하였는데 선유(先儒)는 이를 부정하였다. 우견(愚見)으로는 박(博)을 능(能)으로 바꾸고 싶은데 어떨지 모르겠다. (『참의』권1, 장2, 學而篇, ‘其爲人也孝悌’章)

인(仁)의 의미를 ‘능애(能愛)’라고 규정하자는 주장이다. 사랑을 어떻게 하는 것이 과연 ‘능애’인가? 그는 말하기를 “사랑하더라도 마땅함을 얻지 못하면 그 사랑은 끝내 온전할 수 없다”는 점을 일깨운다.

> 사랑할 것을 사랑하고 미워할 것을 미워해서 모두 마땅함을 얻은 연후에

라야 그 사랑이 온전할 수 있다. 그러므로 인(仁)을 좋아하는 것도 진실로 사랑이요 불인(不仁)을 미워하는 것도 또한 사랑이다. (같은 글)

이와같이 '능애'의 방법론을 말해놓고도 그는 '박애'를 '능애'로 수정한 자기의 학설에 신경이 무척 쓰였던 모양이다. 그는 "뒤에 생각해보니 이런 신어(新語)는 족히 옳다고 할 수 없으며 마음에 크게 해로울 것이다. 한자(韓子) 이하의 말은 응당 삭제하라"고 자기 발언을 스스로 철회하는 부기를 붙이고 있다. 그런데 『근사록참의』에서도 이 문제를 거론한 대목이 나온다.

퇴지(退之, 한유의 자——인용자)는 "박애하는 것을 인이라 한다"고 말했다. (…) 박애는 인(仁)의 공용(功用)이며, 인은 박애의 원두(源頭)이다. 만약 범박하게 인의 표출된 형태를 일러서 박애가 인(仁)이 된다고 하면 옳거니와, 곧바로 박애를 인이라고 규정한다면 옳지 않다. 퇴지가 처음 발설했을 때는 반드시 아주 틀린 것은 아니었는데 후인(後人)이 드디어 박애로 인의 전부를 삼아 옳지 않게 되었다. (『참의』 권3, 장7~8)

박애가 바로 인은 아니며, 박애가 인의 전부도 아니다. 그러나 박애는 인의 공용이요 인은 박애의 원두(源頭)라고 상호관계를 지었으니 박애를 떠나서 인은 현실적으로 존재하지 않는다. 박애를 배격하지 않고 능애로 개작해서 수용한 그의 의도에는 현실적으로 **박애를 사회윤리로서 중요시하려는 의도가 잠재되어 있다고 보겠다.**

'의(義)'는 『중용』에서 "의자(義者)는 의야(宜也)라"고 규정한바 행위가 표준에 올곧게 부합되는 것을 뜻하였다. 이 '의'와 '이(利)'의 관계를 어떻게 조정하느냐는 문제는 사상사에서 하나의 쟁점으로 되어왔다. 그리고 자본주의사회로 와서 이(利)는 발전의 원동력으로 가장 중시되는 개념이다. 이(利)는 『역경(易經)』에서 최상의 원리로 제시된 원형이정(元亨利貞)의 하나로 참여하고 있다. 「문언(文言)」에서 "이자(利者)는 의지화야(義之和也)라"고 풀이한다. 이(利)를 의(義)에 합치시킨 것이다. 그런데 특히 맹자에 이르러 이(利)와 의의 위상을 대립적으로 설정하고 이(利)를 배척하였다. 이어서 한(漢)나라의 동중서(董仲舒)에 의해 "그 의를 바르게 할 것이요 이(利)를 도모하지 않으며, 그 도를 밝힐 것이요 공을 계산하지 않는다〔正其誼, 不謀其利, 明其道 不計其功. 誼=義〕"는, 공리(功利)를 배격하는 논리가 수립되었다. 이것이 정통적 이론으로 성리학(性理學)에 계승되었다. 그래서 주자(朱子)는 의와 이(利)를 분변하는 것이 유자제일의(儒者第一義)라고 선언했던 것이다.

만회 역시 "의리지변(義利之辨)은 『맹자』의 책 첫머리의 제일의(第一義)다"라고 선명히 파악하였듯 의와 이(利)의 분변을 매우 중시한다. "지금의 사대부는 이(利)를 분변하는 데 밝지 못하다고는 볼 수 없으나 정작 그들의 행동을 보면 크게 상반되고 있다"고 사대부들 사이에서 의와 이(利)의 구분이 한낱 구두선으로 끝나고 있음을 개탄하고 있다.[9] 의와 이(利)를 준엄하게 가르는 일은 이론적으로뿐 아니라 실천적으로 관철되어야 할 과제로 의식한 것이다. 그런데 그에 있어서 이(利)에 대한 인식이 다르며, 그에 따라 의(義)의 내포 개념 또한 같지 않다. 이 점이 주목할 대목이다.

우리가 이(利)라는 개념을 생각할 때 '이롭다' 혹은 '유익하다'로 풀이하면 누구나 '좋은 것'으로 느끼기 마련이다. 만회는 이 점에 착안했던 듯하다. 『맹자』(離婁篇 下, '天下之言性'章)에 성(性)을 이(利)와 연관해서 언급한 대목이 나온다. 이에 대해 주자는 "이(利)는 순(順)과 같다"고 해석한바 곧 "자연스런 형세"를 뜻하는데,[10] "자연스런 형세"가 성(性)이요 그것을 따르는 것이 선(善)이라는 말이 된다. 물이 아래로 흐르는 것과 인성(人性)이 선한 것은 근본적으로 동질의 현상이다. 만회는, 이 이(利)를 순리(順理)로 해석한 견해는 주자가 자의(自意)로 근거없이 만들어낸 말이 아닐 것이라고 하면서 이(利)를 선으로 결부하는 고전적 용례들을 제시하고 있다. 그리하여 "천지만물이 저마다 각기 의당(宜當)함을 얻으면 이롭지 않은 것이

---

9) "但今之士大夫, 其辨義利未始不明, 而觀其所行, 則大相反. 蓋其口能言, 其心實不知也. 其心只以聖賢言語, 爲策上空言."(같은 글)
10) "利猶順也, 語其自然之勢也."(『孟子集註』離婁篇 下)

없다"고 설파한다.[11]

"의란 마땅함[義者宜也]"이라고 한 『중용』에서 의(義)에 대한 개념정의와 상통해서 이(利)는 곧 의로 통하는 논리구도를 엿볼 수 있다. 만회는 주자의 설을 발판으로 삼아 이(利)를 긍정하는 논리를 부각시킨 것이다. 그는 또 다른 자리에서 "인정(人情)은 편안함을 취하고 위태로움을 피하며 생(生)을 좋아하고 사(死)를 싫어하는바 이 곧 이(利)다"라고 말하였다.[12]

만회가 보는 바 이(利)는 무조건 거부할 대상이 아니다. 그는 오히려 "군자는 일찍이 이롭게 하고자 않은 적이 없다"라고 이(利)를 긍정하고 있는 것이다. 다만 이(利)가 어떤 이(利)냐를 물어야 할 것이라 한다.

　군자의 이(利)는 공천하(公天下)로 이(利)를 삼으니 그런 고로 의(義)라고 한 것이다. 소인의 이(利)는 자기의 사사로운 것을 이(利)로 삼으니 그런 고로 단지 이(利)라고 하는 것이다. (『참의』권4, 장1~2)

공리(公利)와 사리(私利)를 구분하는 논리다. 그래서 그가 긍정한 이(利)는 어디까지나 사리가 아닌 공리다.

　만약 군자(君子)가 욕리지심(欲利之心)이 있으되 해가 될까 두려워 행하

---

11) "然利之爲順·爲自然, 非朱子創說, 或古註相傳, 或出他書, 俱未可知. 但亦臆意, 則凡古人言利, 多主於善. 如曰: '利者義之和.' 曰: '忠言逆耳, 利於行.' 此類甚多. 蓋順理之自然, 物各付物, 則天地萬物, 各得其宜, 而無不利矣. 此利之爲順·爲自然之說也."(『참의』 권4, 장46~47)

12) "君子未嘗不欲利, 非謂有利心. 但如人情就安而避危·好生而惡死, 是利也."(같은 책, 장1) 지금 이 단락의 논지를 뜯어보면 다분히 性을 사람의 마음에 고유한 嗜好로 생각하고 있는 것도 같다. 그런 쪽으로 생각이 더 드러나 있는 발언을 참고로 들어본다. "性善之驗, 最易見. 今如不肖之人, 人謂之善則喜, 謂之不善則怒. 蓋其心, 知善之可喜故也."(같은 책, 장20, 孟子·藤文公上 首章) 이 문장은 丁若鏞이 性을 嗜好로 규정한 자기 학설의 논거의 하나로 제시한 바와 내용이 그대로 일치한다(『孟子要義』, 「藤文公」第3, 『與猶堂全書』제2집 권5, 장32~33). 주지하는 바 丁若鏞의 人性論은 독창적 학설로 평가를 받고 있는데, 앞서서 유사한 사고를 제시한 晩悔의 견해도 마땅히 학술사적으로 주목받아야 할 것이다.

지 않는다면 이는 정자(程子)의 본의가 아닐 것이다. 이와같이 논리를 정리하면 이(私利─인용자)의 해로운 것이 분명하게 된다. 장차 내가 나 자신에게만 이롭고자 한다면 다른 사람에게는 해가 될 터이며, 다른 사람 또한 자기에게만 이롭고자 한다면 남에게는 해가 될 터이다. 시비를 가리지 않고 오직 이(利)만을 다투면 힘으로 서로 빼앗아 약육강식(弱肉强食)이 될 것이다. 오직 나의 욕리지심(欲利之心)으로 미루어서 남들에게 공(公)이 되게 하며, 다른 사람들 또한 이와같이 하면 그 이로움이 클 것이다. 이것이 다름아닌 의(義)다. (같은 글)

'욕리지심' 자체를 긍정하되 욕리지심이 배타적·이기적으로 표출되는 것은 견제하자는 주장이다. '나'와 '남' 서로간에 고유한 욕리지심이 공(公)에 바탕하여 합리적으로 조정이 되면 널리 유익하게 될 터이니 이것이 바로 의(義)라는 것이다. 그의 논리는 공리(＝義), 사리(＝利)로 정식화할 수 있으니 만회에 있어서 의(義)와 이(利)의 분변은 바로 이것을 말한다. 의와 이의 분변에 관한 정통이론에 대해 중대한 수정이 가해진 셈이다.

『집주(集註)』에서 '의를 이에 대립시킨 설〔以義對利說〕'을 나의 견해로는 '의는 실로 이롭지 않음이 없다〔義固無不利〕'라고 주장한다. 그러나 만약 이(利)를 계산해서 의(義)가 되게 한다면 의(義) 같으면서 실은 의가 아니다. (『참의』권2, 장1)

의와 이(利)를 대척적으로 설정하고 이(利)의 추구를 죄악시한 관념은 사회를 침체하게 만든 역기능을 했던 것이 사실이었다. 이 역시 중세의 사상적 질곡의 하나였다. 만회는 이(利)를 긍정적으로 부활시켜 의(義)의 내포개념으로 삼은 것이다. 여기서 우리는 중세의 극복을 위한 사상적 모색의 의미를 읽을 수 있다. 물론 이때 이(利)는 사리와 준별되는 공리인데 다시 의를 가장한 리, '사이비(似而非) 의(義)'를 가려내는 일이 새롭게 문제시되고 있다. 이 점에 대해서는 뒤에 언급하기로 한다.

4. '求是'와 '守·變'의 논리

"매사에 필히 '구시'하여 제이의로 떨어지지 말라〔每事必求是 無落第二義〕"란 말은 만회가 남긴 경구로서 최근에 만회와 탄옹(炭翁) 권시(權諰, 1604~72)의 사상 및 정치적 행동을 인식하는 데 중요한 의미로 부각되었다.[13] 그런데 이 말은 어쩌다 발설된 것이 아니며 만회 자신의 경전해석을 통해서 도출된 것이다. 바꾸어 말하면 경학적인 근거를 가지고 있다.

"아침에 도(道)를 들으면 저녁에 죽어도 좋다〔朝聞道 夕死可矣〕"는 이 공자의 말씀에서 도란 "사물당연지리(事物當然之理)"라고 『논어집주』는 해석하고 있다. 여기에 만회는 덧붙이기를

> 매사에 반드시 그 당연지리(當然之理)를 찾아서 이와같이 축적해가면 애오라지 도(道)를 듣는 계단으로 들어설 수 있을 것이다. (『참의』권1, 장26)

라고 하였다. '구시(求是)'란 도(道), 즉 정당한 도리를 찾아 실천한다는 의미를 갖고 있다. 그렇게 보면 '시(是)'는 당연지리(當然之理)에 해당한다. 그는 다른 자리에서 말하기를 "모든 일이나 모든 물(物)은 저마다 그 지선(至善)의 자리가 있다"고 한다. 바로 『대학(大學)』의 "지어지선(止於至善)"에 닿고 있다. 그는 자기의 사위인 심지원(沈之源)에게 준 글에서 지어지선을 인용하고서 이렇게 말한다.

> 대개 지선(至善)의 바깥에 다른 딴 방법이 있을 수 없다. 차선(次善)을 생각하면 그것은 바로 옳은 길이 될 수 없다. 무릇 천하의 사사물물(事事物物)은 모두 스스로 '일정(一定)의 중(中)'이 있으니 거기서 한걸음이라도 이탈하면 벌써 옳지 않은 곳으로 빠지고 만다. 그런 고로 무릇 차선(次善)의 방도를

---

13) 李佑成, 「17世紀의 政治社會의 狀況과 晚悔·炭翁의 歷史的 位相」, 『道山學報』 제1집, 1993.

다시 생각하게 되면 모두 오류에 빠질 것이다. (「贈沈源之文」, 『晚悔集』권2)

'구시(求是)'는 요컨대 처신(處身)과 처사(處事)에 있어서 가장 옳은 방도를 찾아 행하는 것을 뜻하는바, '가장 옳은 도리'이다. 그러므로 지선 이외에 차선이란 있을 수 없다. 차선을 취하면 결국 오류로 떨어지고 만다. 무원칙의 타협주의에 말려드는 것을 경계하는 말로 여겨진다. 그러나 독단적이고 교조적이 아닌가 생각되기도 한다. 여기서 그가 주장했던 '구시(求是)'의 방법론을 주목할 필요가 있겠다. 요는 '일정(一定)의 중(中)'을 어떻게 찾느냐는 것이다.

대범 사사물물(事事物物)은 각기 저마다 지선(至善)의 자리가 있다. 비록 일은 같고 조리는 다른 그런 경우라 하더라도 또한 각기 다 권형(權衡)이 있다. 오직 평심(平心)해서 자세히 궁구해보면 스스로 파악해낼 수 있다. 다만 세인(世人)들은 사심(私心)에 가려서 능히 살피지 못하는 것이다. (『참의』권4, 장31)

'구시(求是)'의 방법에 있어서 무엇보다 그 인식주체의 공평무사한 마음——이성을 중시한다. 이는 앞서 의(義)와 이(利)의 구분에서 사욕의 요소를 변별점으로 삼았던 것과 상통하는 논리다. 그런데 현실의 복잡한 사태에 당면한 경우, 거기에도 권형이 있으니 그것을 잡아야 한다고 한 것은 무슨 의미인가?

『논어』의 "지자(知者)는 물을 좋아하고 인자(仁者)는 산을 좋아하며〔知者樂水 仁者樂山〕, 지자는 동적이고 인자는 정적이며〔知者動 仁者靜〕, 지자는 낙(樂)하고 인자는 수(壽)하나니라〔知者樂 仁者壽〕"라는 구절은 글을 좀 배운 사람이라면 모르는 사람이 없을 정도로 알려진 말이다. 만회는 "이 장(章)의 뜻은 알 수 없다. 우선 비워놓고 뒷날을 기다린다"고 경전의 뜻풀이에 대한 설명은 유보해두고 있다. 똑똑치 않은 것은 모른다고 말하는 그의 학적 자세를 여기서도 보게 된다. 그런데 거기에 따로 붙인 말이 흥미롭다.

사리(事理)가 통달(通達)해서 만 가지로 변화하는 곳에는 하나의 주장에
매달려서 고집불통이 되면 안될 것이요, 의리(義理)가 확실히 정해져서 바꿀
수 없는 곳에는 응당 굳건히 흔들리지 말고 한 치도 움직이지 않아야 할 것
이다. 변통(變通)의 체(體)는 '동(動)'과 비슷하며, 수법(守法)의 체(體)는 '정
(靜)'과 비슷하다. 스스로 변통하여 그 마땅함을 얻는 것을 가리켜 '낙(樂)'이
라 하며, 스스로 수법해서 변치 않는 상(常)을 견지하는 것을 가리켜 '수(守)'
라 한다. 이는 내가 가장 치력을 하는 곳이다. 그런데 그 변할 수 있고 수할
수 있는 데는 반드시 권형준칙(權衡準則)이 있어 적절히 맞아야 한다. (『참
의』 권1, 장39~49)

수법과 변통이라는 현실대응의 상호대립적 방식을 공자의 "인자는 산을
좋아하고 지자는 물을 좋아하는" 삶의 태도로 요약한바 정·동과 수·낙의
개념에 연결시킨 그 착상이 타당한지 견강부회인지 여부는 지금 따질 것은
없다고 본다. 이 대목에서도 만회 경학의 현실성을 실감하겠거니와, '구시
(求是)'의 방법론은 다른 어디보다 착종하고 전변하는 현실에 대처하기 위
한 것이었다. 위의 권형이란 말은 무게를 다는 저울을 가리킨다. 우리가 저
울에 무엇을 달 때 털올만큼의 오차도 없이 눈금을 맞추어야 무게가 정밀
하게 나오지만 그렇다고 한 눈금에 고착해두면 쓸 수가 없게 된다. 그렇듯
변화에 대응해서 정확하고 또 적절하게 균형을 잡아나가는 것을 뜻하는 것
이다. '시'는 절대적·고정적이 아니다. 착종하고 전변하는 현실에 부딪치면
고집불통이 되거나 반대로 적당주의로 넘겨서는 곤란하며, 아무리 그런 경
우에도 무게의 중심을 잡는, 즉 원칙을 세워 적절히 정확히 대처해야 한다
는 뜻이 '구시'의 정신 속에 담겨 있다.
만회가 제이의(第二義)——차선책으로 물러서는 것을 경계해서 반드시
'구시'를 해야 한다고 그토록 역설했던 까닭은 어디 있었을까? 이 말이 인간
의 행동 일반에 적용될 요긴한 가르침이긴 하지만 주로 정치적 실천과 직

결되었던 것 같다. 자로(子路)가 공자에게 임금을 섬기는 도리를 묻자, 공자는 "속임이 없어야 하며, 대들어야 한다[勿欺也, 而犯之]"(『論語』憲問篇)고 간명하게 답변한 바 있다. 어름어름 넘기지 말고 직언(直言)을 하여 문제를 바로잡는 것이 임금을 섬기는 도리라고 한 것이다. 이와 관련해서 만회는 국정에 참여한 자들이 무엇이 정당한 도리인가를 알면서도 상황의 논리에 빠진 나머지 우물쭈물하거나 말하더라도 딴소리로 둘러대어 결국 소인배의 권세를 양성하고 국가대사를 그르치게 됨을 개탄한다.[14]

그런 고로 임금을 섬기는 자는 반드시 나의 성심을 다해서 아뢸 일이요, 제이의(第二義)로 말해서는 안될 것이다. 화를 입기는 마찬가지다. 나의 성심을 다하다가 죽는 경우 내 마음이 편안할 터이니 어찌 저들처럼 죽으면서도 후회와 허물이 남는 것과 같을까 보냐! (『참의』권2, 장27)

박지원의 유명한 작품「옥갑야화」를 보면 작중 주인공 허생(許生)이 이완(李浣)에게 국정에 관한 최선의 계책을 말해주자 실행하기 어렵다고 하면서 차선책을 듣고자 한다는 대목이 나온다. 이에 허생은 "나는 제이의(第二義)는 모른다"고 분노를 한다. 『옥갑야화』의 시대 배경은 만회가 살던 때보다 두 세대 정도 뒤이거니와, 17세기 이래 이조국가는 당쟁으로 진정한 정치는 실종하고 고식(姑息)과 미봉의 악화일로였다. 바로 이 글에 '구시'의 관철을 역설한 만회의 발언은 실로 의미심장한 바 있다.

우리의 정치사에서 당쟁이 조작한 정치이론의 허위성·기만성을 비판하기 위해 실사구시가 제기되었으며, 학술사에서 현실적·실증적 학문방법론으로 다시 실사구시가 중시되었다. 만회가 일찍이 펼친 '구시'의 수(守)·변(變)의 논리는 실사구시의 정신과 기맥이 통한다고 보겠다.

---

14) "如近世所謂名公於國家大事, 旣不能開悟上心·防微杜漸, 又不能正色立朝, 有不可奪之節, 却不免苟同群小, 爲從臾之說·月攘之策, 終不能救得一分, 而養成小人之權勢. 及其終不可爲然後, 始爲曲終奏雅之事, 而猶不敢正言, 捨却正當道理·明白可指言者, 乃援引他辭, 欲以沮止其事. 此乃不能犯而又欺, 卒不免爲小人之所禍, 豈不謬哉!"(『참의』권2, 장27)

5. 放伐에 관한 언급과 정치현실에 대한 자세

『논어』『맹자』는 성격이 정치학 교과서라고 말할 수 있다. 유교와 다른 여러 종교들과의 변별점은 이에 있는 것으로 생각된다. 이런 성격의 원문을 경전적으로 해석한 『논·맹참의』 역시 관심이 정치문제로부터 시종 벗어나지 않았음은 지극히 당연하다.

정치논의는 예나 지금이나 결국 정권교체의 문제로 돌아가게 마련이다. 정치권력의 물리적 변역을 가리켜 동양 고래의 개념으로는 '방벌(放伐)'이라 일러왔다. 이른바 방벌은 그야말로 말간(肝)을 꼭 먹어봐야 맛을 아는 것이 아니라고 했듯 입에 올리기조차 꺼리던 사안이었다. 만회 또한 금기를 범하지 않았을 것임은 물론이다. 그런데 그가 대단히 조심스럽게 이 문제를 건드리고 있는 점이 흥미롭다.

맹자는 "민이 존귀하고 사직(社稷, 國)은 그 다음이며, 군(君)은 가벼운 것이다(民爲重, 社稷次之, 君爲輕)"(『孟子』盡心篇 下)라고 천명한 바 있다. 민심(民心)은 천심(天心)이니 민심을 얻어야만 군왕(君王)이 될 수 있다는 것이다. 따라서 민심을 얻지 못하면 아무리 군왕의 위치에 앉았더라도 그는 자연인으로서의 한 남자에 불과하므로 그런 자는 내쫓아도 무방하다는, 방벌의 정당성이 이론적으로 성립된다. 전국시대라는 특수한 역사환경에서 출현한 진보적 정치이론이다. 이후 군왕의 권력이 세습적·전제적으로 행사되는 체제하에서 맹자의 정치이론은 인정(仁政), 애민(愛民)이란 개념으로 수용되는데, 방벌의 참뜻은 은폐되고 말았다. 만회 역시 위의 대문에 대해 변명조의 사설을 붙이는 것을 잊지 않고 있다. "군은 확실히 민을 위해서 두었다"고 군과 민의 관계를 원리적으로는 민을 위주로 생각한다. 그러면서도 "신민(臣民)이 군왕을 바라보기를 저와 같이 할 수 없는 법이니 맹자의 말씀은 활간(活看)해야 할 터이요 문구에 집착해 보아서는 안된다"고 한 것이다. 어디까지나 군왕에게 경종을 울리자는 취지로 그 의미를 축소시키고 있다.[15]

다만 군왕이 인민을 보호하지 못하고 학정을 한즉 인민이 결집해서 반역
하게 되는 것은, 비록 도의에 당연한 일은 아니지만 이세(理勢)의 필지(必
至)이다. 신하가 임금을 죽이고 아들이 아비를 죽이는 것은 물론 신자(臣子)
의 죄악이로되 군부(君父) 또한 원인제공의 잘못이 있다. 나라와 흥망을 같
이하는 세가(世家) 거족(巨族)들의 경우 혹 부득이해서 변치(變置)의 일을
행하는 것은 비록 의리의 지당(至當)은 아니로되 역시 사세(事勢)의 필지(必
至)인 것이다. (『참의』권4, 장81)

'변치(變置)의 일'이란 곧 물리적 정권교체를 가리킨다. 그는 가부장적 윤
리에 입각해서 방벌의 정당성을 부인했다. 정약용이 그의 유명한 「탕론(湯
論)」에서 방벌을 정당한 정치행위로 인정한 논리와는 거리가 있는 것이다.
그렇지만 군왕이 군왕으로서의 의무를 이행하지 않고 포악을 일삼는 사태
에 직면하면 반역에 의해 축출당하게 되는 것은 '이세(理勢)의 필지(必至)'
라고 하였다. 만회의 정치학에 있어서 주목되는 바 주관적 이념과 분리해서
객관적으로 진행되는 형세를 읽어낸 점이다. '이세' 혹은 '사세'라는 표현을
쓰고 있는데, 이념적 당위가 통하지 않는 현실 자체의 발전의 논리를 뜻하
는 것이다. '이세'를 명확히 구분해서 인식한 것은, 인식의 방법론에서 중요
한 진전으로 생각된다.

그럼으로 해서 만회 자신의 의식세계에서 도덕적 이념과 현실인식의 논
리 사이에는 괴리가 발생했다. 그 자신 이 모순 속에서 여하히 처신할 것인
가? 위의 인용문에서는 세가(世家) 거족(巨族)의 경우 상황에 따라서는 정
권의 물리적 교체의 일을 수행할 수밖에 없다고 말하였다. 이것이 자신의
입장인가? 곧 정치현실에 대한 대응의 자세인데, 대단히 어렵고 미묘한 대
목이다. 그런데 만회는 제(齊)나라 선왕(宣王)이 맹자에게 탕(湯)·무(武)

---

15) "君固爲民而設. 然使萬民司平於君, 則其受民之奉宜厚也. 民之尊而奉之亦宜也. (…)
故孟子發此說, 以警時君, 使之以此存心耳. 若臣民之視君, 則不可如是. 孟子之言, 當活
看, 不可拘執."(『참의』권4, 장81)

가 방벌한 사실을 물었던 데 대답한 내용에 관련해서 이 어렵고 미묘한 사안에 대한 자기의 생각을 솔직하게 개진하고 있다.

"남산(南山)의 대(竹)를 다 소모해서 죄를 기록해도 부족하다"는 지경이면 그 자는 독부(獨夫, 폭군을 가리킴——인용자)임을 알 수 있으니 한(漢)·당(唐)이 흥기한 사실을 두고 군자(君子)는 죄를 묻지 않는다. 다만 유생(儒生)의 본분은 응당 평소의 행실을 삼가 지켜서 무도한 세상에서 물러나 독부(獨夫)에게 쓰임이 되지 말아야 할 터이며, 또한 흥왕좌명(興王佐命, 창업 군주와 공신——인용자)의 행동을 하지 않아야 할 것이다. 탕·무나 이윤(伊尹)·여상(呂尙, 姜太公——인용자)의 일은 스스로 능히 할 사람이 있으니 그런 사람들에게 양보하고 자신은 참여하지 않는 것이 옳다. (같은 책, 장7)

만회는 한(漢)과 당(唐)의 흥기를 군자는 부정적으로 보지 않는다 하였으므로, 물리적 정권교체의 정당성을 결국 인정한 셈이다. 그러면서도 '유생의 본분'을 제기해서 사(士)가 참여할 일이 아닌 것으로 규정하였다. 지금 이 논의는 이론적 차원이 아니라 실천적 차원이다. "우리 집은 선세(先世)로부터 일찍이 책훈(策勳)한 사실이 있지 않았으니 이 또한 세덕(世德)이다. 바라건대 나의 자손들은 대대로 이 뜻을 지켜서 국가에 어려움이 있으면 각기 죽을 자리에 처한 경우는 응당 죽어야 할 터이지만, 무도한 세상인즉 위태롭고 어지러워지기 전에 미리 몸을 깨끗이 털고 떠날 것이다." 이같이 유언처럼 자기 자손들에게 직접 다짐하는 말로 하고 있다.[16] 이런 말을 구태여 꼭 남긴 까닭은 어디 있었을까?

조선왕조가 개국한 이래 만회가 살던 때에 이르기까지 2백여년이 지났다. 그 사이에 국초의 혼란기를 빼놓고라도 물리적 정권교체가 이미 두 차례 있었다. 그리고 서인(西人)세력에 의해 광해군이 축출된 이른바 계해반정(癸亥反正)은 만회가 세상을 떠난 바로 이듬해 일이었다. 만회는 광해조

---

16) "吾家先世未嘗有策勳之事, 是亦世德. 願吾子孫世守此義, 國家有難, 則各以職分死之. 無道之世, 則預於未亂未危之前, 潔身而去之."(같은 책, 장7)

의 북인(北人)정권하에서 스스로 정치현실을 떠나 충청도 태안의 바닷가에
은거해 있다가 거기서 세상을 마쳤다. 그는 당면한 정치현실을 '무도한 세
상'으로 의식했던 것이다. 그가 유훈으로 자손에게 당부한 말은, 자기 자신
이 취한 바 정치현실의 대응 자세 그것이었다.

그가 무도한 정치현실에 직면해서 소극적 대응의 자세를 취한 데 대해서
는 대개 두 가지 요인을 생각해볼 수 있다. 현실적인 이유로 반정(反正, 실패
하면 反逆)의 동기가 과연 순수한지 회의한 것이다. "대개 공명(功名)에 뜻을
두면 이는 곧 이심(利心)이니, 이 마음이 자라나면 어디고 이르지 않을 곳
이 없다. 백 가지 천 가지 악행(惡行)이 이 한 마음에서 비롯되는 것이다."[17]

이제 결과를 보고하는 말이 되지만 계해반정이 성공한 이후 공신들의 태
도가 어떠했던가. 만회의 이 말이 적중했음을 깨닫게 된다. 더 근원적 이유
로는 사대부로서의 처지를 생각한 것이다. 객관적 현실의 논리를 부인할 수
없는 줄 분명히 인식하고 있으면서도 자기 자신의 입장은 도덕적 당위론
쪽으로 세운 것이다. 세가 거족과는 다른 '사(士)'의 위치를 그는 생각한 것
같다.

여기서 우리는 '사'로서의 의식이 정치적으로 자기 한계가 뚜렷함을 보았
다. 체제를 변역하는 혁명적 실천으로 나가는 데 있어서는 굴레가 되고 있는
것이다. 그러나 모리(謀利)에 함몰되기 마련인 정치행동보다 '사'로서의 자
아를 견지하는 편이 오히려 역사변혁에 근원적으로 기여할 수 있는 것이다.

6. 그 경학사적 · 사상사적 위치

『논 · 맹참의』는 한국경학사에서 성격을 어떻게 규정짓고 자리매김을 어
디에 할 것인가? 경학에 대한 현재의 연구현황에 비추어 이 문제를 논의한
다는 것은 시기상조다. 다만, 지금 『논 · 맹참의』를 살펴본 터이므로 끝맺음

---

17) "至於功名之塗, 則必避之. 蓋有意於功名, 便是利心. 長此心也, 何所不至. 千百惡行,
皆由於此一念. 吾子孫宜必戒之."(같은 글)

을 대신해서 가설적인 견해나마 제시해둔다.

우리나라 경학의 저작들은 대부분『논·맹참의』이후 대량으로 산출되었던바, 피상적인 소견으로는『사서집주』의 테두리 속을 맴도는 것과 그 테두리를 벗어난 것으로 성격을 양분할 수 있을 듯하다. 전자는『사서집주』를 논의의 주 대상으로 삼고『성리대전(性理大全)』『주자대전(朱子大全)』및『주자어류(朱子語類)』를 주로 원용하고 있으니 말하자면 성리학적 경학이다. 후자는『사서집주』를 하나의 주석서로 격하시킨 나머지 한대(漢代) 이후의 주소(注疏)는 물론 청(淸)의 경학서들까지 두루 참조하고 있으니 이는 실학파(實學派)의 경학이나 고증학적(考據學的) 경학에서 취한 태도다. 학술사적 성과, 사상사적 의미는 주로 이 후자에 있음이 물론이다.

만회의 경학은『사서집주』를 근거로 삼아 논변을 하고 있으므로 성리학적 경학에 속하는 셈이다. 그렇긴 하지만『집주』의 합리화에 바쳐진 것이 아니고 당초부터 의문을 제기하여 따지는 데서 출발하였거니와, 나아가 경전에다 현실적 의미를 풍부하게 창조적으로 부여하고 있다. 이제 그가 부여했던 현실적 의미 가운데 사대부를 겨냥한 비판적 발언들을 들추어보려 한다.

유교는 본디 나 자신의 확립으로부터 출발하고 있다. 그런 의미에서 주체사상이다. 위에서 만회 경학의 특징으로 지적했던 바 "자기의 현실에 입각해서 사고하고 자기 자신을 먼저 책망한" 학적 태도는 바로 유교의 기본정신 그것이다. 이 삶의 주체로서의 '나'는 응당 세계의 주체로 되도록 힘써야 하므로 '나'는 추상적 존재가 아니고 사회적으로 규정되어 있는 것이다. 만회에 있어서 그가 의식한 '자기 자신'은 사대부로서의 '나'임은 물론이다.『논·맹참의』의 담론 속에 점철된바 사대부를 겨냥한 비판은 기실 주체적 자각에서 발설된 것이다. 그런 가운데 특히 중점이 주어진 것으로 보이는 두 가지 점을 들어본다.

하나는 당쟁이 연출하고 있는 작태를 아주 민감하게 간파한 점이다. 당시의 당파 자체를 한낱 소인배의 집결체로 지목하고 당의 해체를 주장한 바 있거니와,[18] "요즘 세상에 사대부들이 부귀공명을 지망하는 이외에 지론(持論)이란 것이 있다"고 한다. "내가 만약 남의 추중(推重)하는 바가 되면 사람들이 응당 나의 의론을 따르게 되어 영욕(榮辱)·저권(沮勸)·이장(弛張)을 마음대로 할 수 있는데" 자기 단독으로 얼른 추중(推重)하는 존재가 되기란 어려우므로 이에 당우(黨友)를 끌어모아 권모와 요변을 갖가지로 부려 마침내는 온세상이 자기 주장을 따르도록 만든다는 것이다.[19] 그가 언급한 바 "한적한 땅에 처해서 실제로 조권(朝權)을 쥔" 존재, 이는 이조 정치사에서 특별한 의미를 띤 이름이지만 산림(山林)의 존재에 해당하는 것으로 생각된다. 산림이란 명사는 후세에 붙여졌던바 그 단초적 현상을 예민하게 간파한 것이다. 다른 대목에서 그는 '망작자(妄作者)'라는 표현을 쓰기도 한다. 대의(大義)를 가장해서 떠벌리기 때문에 '망작자(妄作者)'라고 부른 것이다.[20]

> 우민(愚民)을 억지로 몰아서 자기의 한가지로 되게 하는 데 이르러는, 백성들의 원성이 길에 가득 찼는데도 도리어 백성의 마음이 한 데로 쏠린다 하니 어찌 하늘을 속일 수 있겠는가. (『참의』권1, 장45)

조권(朝權)을 틀어쥐고 여론을 조종하는 술수를 신랄하게 꼬집은 말이다. 이 역시 아마도 당시 북인정권의 작태를 지적한 듯한데 북인정권을 대체한 서인정권하에서 또한 대의를 내세워 여론을 조작한 방식은 고질적으로 확대 재생산되었던 것이다.

다른 하나는 독서의 진정한 의미를 묻고 있는 점이다. "지금의 사대부들은 문자출신(文字出身)이 아닌 자가 없으면서도 실제로는 독서를 하지 않

---

18) "今之黨, 則俱未足爲君子. 俱以喜同惡異爲心, 同於己, 則雖有大惡, 必欲護之. 非徒護之, 又從而附和之. 又異於己者, 雖有善, 必忮害之. 此何理也? 世之君子, 愼無以同異爲黨, 必以公心無私·言行可取者爲黨, 破舊朋而就新朋, 則可矣."(『참의』권2, 장 26)

19) "今世士大夫之志富貴功名之外, 又有所謂持論者. 蓋其意以爲我若爲人所推重, 則人當聽我之議論, 以爲榮辱·沮勸·弛張也. 然我未爲所重也, 於是援結黨友, 張設機關, 旁開蹊逕, 炫燿氣勢, 譸張幻惑, 無所不至, 必使一世聽命於己. 雖處閑地, 實執朝權, 猶恐失之."(같은 책, 장42)

20) "今人妄作者多矣. 蓋由不知善惡是非之所在也. 是非善惡之明白者愚夫愚婦能知之, 獨士大夫有不知者, 以其妄談大義也."(『참의』권1, 장 46)

는다"고 그는 통매(痛罵)하고 있다. 왜냐하면 책을 읽는다는 것이 과거에 응시해서 벼슬자리 얻기 위한 것이요, 기껏 글 쓰는 자료를 얻기 위한 것일 뿐이라는 것이다.[21] 거지가 노래를 불러서 구걸을 하듯 책을 읽어서 출세를 도모하는 꼴이 되었다. 만회는 "성현은 공언(空言)을 남겨서 후인의 부귀의 미천으로 삼게 한 것인가"라고 통탄하게 된다.[22] 또한 그 상황을 "일찍이 책을 읽지 않은 것은 아니로되 그 폐해가 당초 읽지 않은 것보다 심하다"고 진단을 하였다.[23] 이에 대한 만회의 처방은 어떤 것이었던가?

잠깐 앞서 거론했던 대의(大義)를 황당하게 떠벌리는 문제로 돌아가보자. 만회는 대의는 원래 인정(人情)의 밖에서 나오는 것이 아니기 때문에 하우(下愚)라도 쉽게 알 수 있다고 본다. 그런데 어찌해서 대악(大惡)을 대의로 조작하는 사태까지 생기는가 하면 오직 이심(利心)을 의리(義理)에 끌어붙이기 때문이라는 것이다.[24] 여기서 '사이비 의(義)'가 제기되고 있다. 그가 의와 이(利)를 변별한 논리에서 굳이 공리와 사리를 구분하고 '사이비 의'를 크게 문제삼은 것은 바로 이 때문이다. 그리고 '구시'를 역설하여 '제이의(第二義)'에 떨어지지 말도록 경계한 것은 모두 시대의 병폐를 치유하기 위한 처방이었다고 보겠다. 그에 있어서 '구시(求是)'의 길은 진정한 독서에 있었다.

　　지금 책을 읽음에 모름지기 응당 일에 따라 이치에 따라 시비(是非)의 소재를 명확히 따져서 강구를 해야만 애오라지 사태에 다다라 오용(誤用)하는 데 이르지 않을 것이다. 그러하나 또 모름지기 항시 평심(平心)을 해서 대응하여, 선입(先入)의 관념이 주장하도록 되어서는 안될 것이다. (『참의』 권2,

---

21) "若今之士大夫, 莫不由文字出身, 而實未嘗讀書也. 當初讀書, 但爲應擧覓官之資. 故讀經則欲爲背誦赴試之計, 竊取引用之資而已; 讀史則爲多識博聞應對不窮之資而已."(『참의』 권2, 장12)
22) "但以書爲取富貴之資, 初無以身體而力行之心. 故雖讀千遍, 而心與書, 終不相入故也. 然則聖賢, 乃爲空言以遺後人取富貴之資也耶? 嗚呼謬哉!"(『참의』 권4, 장49)
23) "且未必不讀而其害甚於不讀."(『참의』 권2, 장12)
24) "但今人專以利心, 傅會於義理. (⋯) 其精微處, 雖或有未透, 若綱常大節明白易曉處, 雖下愚, 豈不知之理乎? 特蔽於私而不欲省察耳."(『참의』 권1, 장52)

장13)

그가 생각하는바 진정한 의미의 독서이다. 독서를 통해서 무엇이 옳고 무엇이 그른가 사리를 정밀히 분변해야만 인심을 현혹하고 나아가 세상을 오도하게까지 되는 '오용(誤用)'에 이르지 않을 것이라고 한다. 여기서 그는 평심을 비상하게 강조하고 있다. 이성적 자세에 기초해야 한다는 의미인데 특히 이욕에 눈이 가려져 진실과 진리가 혼효되는 시속에 대처하는 방법론이다. 학문이 사이비 의리를 앞세운 나머지 독단과 독선으로 빠져드는 학적 폐해를 구제하려는 뜻이 담겨 있다. 이것이 바로 '구시'의 태도인데 독서는 말하자면 구시적(求是的) 실천의 준비과정이다. 만회의 '구시'는 18·19세기 우리의 정신사에서 실사구시의 학문으로 심화한 것이다.

만회의 사대부를 향한 성토, 진정한 독서를 위한 문제제기는 실학에 있어서 '사(士)'의 각성과 서로 기맥이 통하고 있다. 그의 비판의 논리 또한 실학의 선성(先聲)으로 들리기도 한다. 만회의 경학은 성리학적 경학의 성격을 갖는 것이지만 실학적 경학의 맹아(萌芽)로 볼 수 있다.

〈『道山學報』 제2집, 1993〉

丁若鏞의 강진유배기의 교육활동과 그 성과

1. 문제제기

다산 정약용은 강진 고을을 1801년 겨울에 도착해서 1818년 9월에 떠났다. 그의 생애 40세로부터 57세에 이르는 18년이란 세월을 그는 남쪽 바닷가의 외진 땅에서 보낸 것이다. 이 기간에 그의 방대한 저작들이 대부분 이루어졌다. 경기도 두릉(斗陵)의 마현(馬峴) 고향집으로 돌아온 이후로도 그의 저술작업은 중단되지 않았지만 대개 강진 유배지에서 싣고 온 것들을 보완하거나 그 후속적인 성격에 그치고 있었다.

나는 평소에 다산의 학문적 위업을 대하여 극히 소박한 의문을 한가지 가졌다. 그의 저작들은 한 인간이 평생 베껴쓰기만 하기에도 거의 불가능한 분량이다. 그것이 18년 사이에 집중적으로 수행되었던 터이니 인간 능력의 한계를 넘어선 것이 아닌가. 이 의문은 다산의 연보에서 다음 기록을 읽고 일단 풀렸다.

공(公)은 20년 가까이 고독하고 우울한 심경으로 지낼 때 일찍이 다산초당에서 연구저술에 마음을 기울여 여름의 무더위에도 쉬지 않고 겨울밤엔 닭의 울음을 듣곤 하였다. 그 제자들 가운데 경전을 열람하고 역사서를 탐색하는 자가 두어 사람, 부르는 대로 받아쓰는데 붓 달리기를 나는 듯하는 자가 두세 사람, 손을 바꾸어가며 수정한 원고를 정서하는 자가 두세 사람, 옆에서 거들어 줄을 치거나 교정·대조하거나 책을 매는 작업을 하는 자가 서너 사람이었다. 무릇 어떤 저술을 시작할 때면 먼저 거기에 대한 자료를 수집하되 서로서로 대비하고 이것저것 훑고 찾아 마치 빗질하듯 정밀을 기했던 것이다. (『俟菴年譜』의 끝 부분)

그의 저작들은 고도로 숙련된 전문인력들의 도움을 받아서 이루어진 사실을 여실히 전하고 있다. 그야말로 집체저술이라고 부를 만한 조직을 갖춘 형태이다. 대개 사람의 일이란 박(博)하면 정(精)하기는 어려운 법이다. 그러나 다산의 경우는 그렇지를 않다. 그토록 저술이 방대하면서도 능히 조리 정연하고 예리할 수 있었던 것은 무엇보다 다산 자신의 학문적 역량이요, "복숭아뼈가 세 번이나 구멍이 뚫렸다"[1]고 전하는 그 자신의 노고의 결실이다. 그렇긴 하지만 집체저술의 각 분업과정에 참여했던 인재들의 능력 또한 상당한 수준이었기에 그렇듯 가능했을 것이다. 그들은 과연 어떤 인물이었을까? 다름아닌 다산이 강진 땅에서 양성했던 제자들이다.

다산이 호남지방에 끼친 영향에 대해 학계에서 일찍이 주목한 바 있었다. 한학적 교양을 바탕으로 근대학문을 했던 학자 최익한(崔益翰, 1897~?)은 그의 『실학파와 정다산』이란 저서에서 "다산의 비합법적인 경세사상을 구체적으로 전개한 『경세유표』 별본이 전봉준·김개남 등의 손에 비밀히 전수되어 그들의 투쟁에 이론적 방조를 주었다는 전설은 결코 우연한 낭설이 아니다"라고 주장하였다.[2] 갑오농민혁명에 있어 다산의 사상이 이론적 원천이 되었다는 견해인데 『경세유표』 별본이 비밀히 전해져 그런 역할을 하였다는 것이다. 전설이지만 신빙성이 있는 것으로 말하였다. 그리고 북한의 대표적인 역사학자 김석형(金錫亨) 또한 그의 「다산 정약용의 생애와 학술」이란 논문에서 『강진읍지』에 실린 「초의전(草衣傳)」에 "다산이 유배지로부터 고향으로 돌아가기 직전에 『경세유표』를 밀실에서 저작하여 그 문

---

1) 다산의 강진읍중(邑中) 제자인 黃裳은 "丁夫子謫中卄年, 日事筆硯, 踝骨三穿"(「與裵州三老」, 『卮園遺稿』)이라는 관찰 기록을 남기고 있다.
2) 최익한, 『실학파와 정다산』, 서울: 청년사 1989, 260면. 원래 북한에서 1955년에 출간되었던 것이다.

생 이청(李晴)과 친승(親僧) 초의에게 주어서 비밀히 보관, 전포할 것을 부탁하였다는 등의 내용이 나타나 있다"[3]고 하였다. 『강진읍지』를 자료적 근거로 든 것이다. 북한 학계에서 제기된 이 학설은 남한 학계에 진작 알려져 한때 비상한 관심을 불러일으켰고, 문제의 『강진읍지』를 찾아보려고들 했던 것으로 듣고 있다. 그러나 아직 그런 기록이 담긴 『강진읍지』는 발견되지 않았다.

다산의 변혁사상이 그가 세상을 떠난 60년 후 호남지방을 중심으로 발발한 역사운동에 어떤 영향을 미쳤으리라고 충분히 상정해볼 수 있겠다. 그러나 연맥관계를 지나치게 의도해서 속류적으로 붙이려는 듯한 태도는 자제하는 편이 좋을 것이다. 다산이 강진 유배지에서 그의 방대한 저술을 가능케 한 제자들로는 과연 어떤 인물들이 있었으며, 다산은 그들을 어떻게 지도 육성하였는지 실제에 다가가서 탐구해보는 것이 순서라고 생각된다.

이 연구과제는 실태조사부터 이루어져야 할 것이다. 나는 이 점에 유의해서 탐문, 수습하여 자료를 얻고 사실을 알아낸 것이 약간은 있으나 전모를 파악하기에는 멀리 미치지 못하는 정도다. 이번에는 중간보고에 지나지 못한 것임을 양해해주기 바란다.

2. 다산의 유배기의 생활과 茶信契

다산은 유배생활을 마감하고 강진 땅을 떠나기 직전인 1818년 8월 그믐날, 여러 제자들과 작별을 아쉬워하며 수계(修契) 형식의 모임을 결성했는데 이름하여 다신계다. 이에 그 모임의 취지, 참가자 명단, 규약 등을 담은 「다신계절목(茶信契節目)」이란 문건이 작성되었다. 이 문건은 다산초당(茶山草堂)의 소재처 강진군 도암면 귤동의 윤씨가에 전해졌다. 일찍이 고(故) 이을호(李乙浩) 박사에 의해 학계에 소개된 바 있다.[4] 나는 또 「다신

---

3) 김석형, 「다산 정약용의 생애와 활동」(북한에서 다산의 탄생 2백주년을 기념하여 간행된 『정다산』에 수록된 논문).

계절목」 복사본을 박석무(朴錫武) 형에게서 얻었는데 이을호 박사에 의해 소개된 것과 다른 부본이다. 이 자료는 명단의 인적 사항에 후인이 첨부한 기록이 있어 긴요하게 참고가 되었다.

다산이 강진 땅에 있을 때, 귀양살이 하는 처지에서 어떻게 강학활동이 이루어질 수 있었으며, 누구누구가 찾아와서 어떤 공부를 하였던가? 이런 문제에 당해서 「다신계절목」은 가장 긴요한 자료다. 이를 기초자료로 삼고 『여유당전서』와 다산의 연보 등을 두루 조사하여 그의 교육적인 활동의 대략이나마 추적해본다. 강진 시절 그의 처지를 고려할 때 두 시기로 구분되는바 거기 따라 학연을 갖게 된 인물들은 세 부류로 나누어볼 수 있다.

강진읍중(康津邑中)의 제자들

나는 가경 신유년(1801) 겨울에 강진 유배지에 당도해서 동문 밖의 주가(酒家)에 머무는 곳을 잡았다가 을축년(1805) 겨울에는 보은산방(寶恩山房)으로 옮겼고 병인년(1806) 가을에는 학래(鶴來, 李晴의 딴 이름——인용자)의 집으로 옮겼으며, 무진년(1808) 봄부터 다산에 우거하였다. 통산하여 유배기간 18년에 읍내에 머문 기간은 8년, 다산에 머문 기간은 11년이다.

내가 처음 도착하자 주민들이 너나없이 벌벌 떨며 문을 처닫고 받아주려 하지를 않았다. 이 지경에 당해서 나를 친근히 하였던 사람은 손(孫)·황(黃) 등 4인이다. 읍중의 제생(諸生)들은 우환을 같이한 사람들이라 하겠다. 다산의 여러 사람들은 그래도 다소 평안해진 뒤에 만난 이들이다. 읍중 제생들은 어찌 잊을 수 있겠는가. 이에 다신계 문건의 말미에 읍중 제자 6인을 기록하여 후세의 증빙자료를 삼도록 한다. 또한 이 여러 사람들도 다신계의 일에 호응해서 한 마음으로 참여할 것이다. 내가 당부하는 말이니 어찌 소홀히 하랴.

「다신계절목」에서 다산이 직접 쓴 대목이다. 18년의 강진유배기를 읍내

---

4) 李乙浩,「全南 康津에 남긴 茶信契節目考」, 『湖南文化硏究』 제1집, 전남대학교 호남문화연구소 1963.

에 머물던 기간과 다산초당에 머물던 기간의 전후기로 구분짓고 있는 것이다. "북풍이 나를 날리는 눈처럼 몰아쳐 남으로 강진읍내 매반가에 닿았도다"라고 절망에 가까운 심경으로 부르짖었던 그 매반가(賣飯家)——주막집, 읍내의 어느 누구도 맞아주지 않아 문전 축객을 당했을 때 유일하게 그를 머물도록 했던 집이 이 기록에는 주가로 표현되어 있다. 이 강진읍 동문밖 주막집에서 한 위대한 학자가 5년을 기숙하였다. 주막집 주인은 그 존재를 처음엔 놀랍게 여기지 않았는데 장부정리를 해준 것을 보고 태도가 달라졌다는 이야기가 전하기도 한다. 이 시기에 그는 동천여사(東泉旅舍)라는 칭호를 쓰기도 했다. 주막집에서 1805년에 성 북쪽의 우두봉(牛頭峰) 아래 절집인 보은산방으로 옮겼다가 다시 그 이듬해에 제자 이청(李晴)의 집으로 옮긴 것이다.

이 8년의 기간에 주로 그는 '읍중 제생'으로 일컬어진 이들과 학연을 맺었다. 위의 기록에서 다산은 이들에 대해 "우환을 같이한 사람들"이라고 생각하여 다신계에도 모두 한 마음으로 참여할 것을 각별히 당부한 점이 눈에 뜬다. 그 명단은 이러하다(각기 인적 사항은 부본의 추기와 새로 밝혀진 사실을 포함해서 정리한 것이다).

孫秉藻	小字	俊燁	字	
黃 裳	小字	山石	字 子仲 혹은 帝歠(1788~1863?) 號 卮園
			處士, 후일 大口面에 一粟山房을 짓고 살았음.
黃 聚	小字	安石	字	號 醉夢齋
黃之楚	小字	完聃	字	改名 基楚 號 硯菴
李 晴	小字	鶴來	字 琴招 壬子生(1792~1861)
金載靖	小字	尙圭	字	

위에 열거된 읍중인으로 일컬어진 인물들의 각기 행적은 밝혀진 것이 거의 없다. 다산이 자기 중형에게 보낸 편지에서 "읍중에 있을 때 아전집(吏家)의 아이들로 배우러 다닌 자가 4,5인 되었는데 다들 몇년 지나 그만두었

다"[5]고 쓰고 있어, 읍내의 제자들은 신분이 이속에 속하며 대부분 학업을 계속하지 못하고 중도에 그만두었음을 알게 한다. 그런 중에 오직 두 사람이 스승의 가르침을 받들어 상당한 성취를 한 것이다. 곧 황상(黃裳)과 이청이다.

황상은 다산이 강진 땅에서 얻은 첫번째 제자로 특히 시학(詩學)에 대성하여 추사 김정희로부터는 "지금 세상에 이런 작품이 없다[今世無此作]"는 극찬을 받은 사실이 있다. 이 사제간의 만남은 1802년 10월, 다산이 강진읍내에 당도한 이듬해로, 황상은 당시 15세의 소년이었다. 첫 만남이 있고 7일 후인 10월 16일에 다산은 어린 제자를 위해 한편의 깨우침을 주는 글을 쓴다.

나는 산석(山石, 황상의 아명 ──인용자)에게 문사(文史)를 닦도록 권하니 그는 머뭇머뭇 부끄러운 표정을 짓더니 "저는 세 가지 부족한 점이 있습니다. 첫째로 둔하고[鈍] 둘째로 막혀 있고[滯], 셋째로 미욱합니다[戞]"라고 대답한다. 나는 그에게 이르기를 "공부하는 자에게 큰 병통이 세 가지 있는데 너에게는 해당되는 것이 하나도 없구나. 첫째 외우기를 빨리 하면[敏] 그 폐단은 소홀히 되며, 둘째 글 짓기에 빠르면[銳] 그 폐단은 부실하게 되고, 이해를 빨리하면[捷] 그 폐단은 거칠게 된다. 무릇 둔하면서 파고드는 자는 그 구멍이 넓어지며, 막혔다가 소통이 되면 그 흐름이 툭 트이며, 미욱한 것을 닦아내면 그 빛이 윤택하게 되는 법이다. 파는 것은 어떻게 하느냐 부지런이요, 소통은 어떻게 하느냐 부지런이요, 닦기는 어떻게 하느냐 역시 부지런이다. 이 '부지런'은 어떻게 다할 수 있느냐? '마음가짐을 확고히하는 것[秉心確]'이다." 이때 나는 동천여사(東泉旅舍)에 머물러 있다.

동천여사란 다산이 강진읍에 당도해서 처음 기숙했던 그곳이다. 스승은

5) "在邑中時, 吏家兒來學者四五人, 悉皆數年而廢. 有一兒, 貌端心潔, 筆則上才, 文亦中才, 跪而爲理學, 若能屈首力學, 則與晴也, 互有長短. 其奈血氣甚弱, 脾胃甚偏, 卽糲飯敗醬, 萬不能下咽. 以此之故, 不能從我於茶山. 今已四年廢學, 每一相見, 嗟嗟惜惜."(「上仲氏」, 『與猶堂全書』 제1집 권20, 장21)

아이를 남달리 기특하게 보고 장래를 촉망했기에 이렇듯 글을 지어주었을 것임이 물론이다. 황상은 이 글을 '삼근계(三勤戒)'로 마음에 새겨 평생을 잊지 않고 지켰다. 다산이 귀양살이에서 풀려 돌아간 이후로는 칩거하여 종수(種樹)와 원예에 힘쓰는 한편 스승의 가르침을 따라 학문을 열심히 하며 인격을 도야했던 것으로 전한다. 그리하여 사람들에게 '처사'의 일컬음을 받은 것이다. 황처사가 은거하던 집은 강진읍에서 남쪽 40리 거리에 있는 대구면(大口面)의 천개산(天蓋山) 아래 백적동(白磧洞)이란 곳이었다. 위 다신계 명단의 황상 밑에 추기된 일속산방(一粟山房)이다.

황상에 있어서 특기할 사실 하나는 다산의 아들 형제와 더불어 따로 정황계(丁黃契)가 맺어진 일이다. 정씨와 황씨 양가는 자자손손으로 우의가 이어지기를 약조한 내용이다. 거기에는 각별한 사연이 있었다. 1836년 2월 어느날 다산 본가가 있는 두릉으로 황상이 찾아왔다. 그는 18년 동안 그리던 스승을 뵙기 위해 스승 내외의 회혼례 날짜에 맞추어서 천리길을 멀다 않고 걸어서 찾아간 것이다. 그때 다산은 병이 침중해져서 예정했던 잔치를 열 수 없게 되었다. 황상은 병석의 스승을 뵙고 며칠 묵은 다음 발길을 돌려 떠나야 했다. 작별에 임해서 스승은 제자의 손을 놓지 못해하며 부채와 몇 종의 선물을 주었다. 황상이 하직하고 떠난 얼마 후 다산은 드디어 운명을 한 것이다. 그는 중도에 부음을 듣고 다시 달려와서 제자의 예를 다하고 돌아갔다. 그리고는 다시 10년 동안 서로 소식이 끊겼는데 1845년 3월 스승의 기일에 황상이 부르튼 발에 검게 탄 얼굴로 홀연히 나타난 것이다. 그의 손에는 스승께 받았던 부채를 쥐고 있어 그 부채에다 다산의 맏아들 정학연(丁學淵, 호 酉山)이 시 한편을 쓰고 둘째 아들 정학유(丁學游, 호 耘圃)와 황상 등이 그 시에 차운을 한다. 그때 황상은 나이가 58세였고 정학연과 정학유는 이미 환갑을 지낸 노인이었다. 이에 세 노인은 여생이 많지 않음을 생각하며 정황계를 맺은 것이다.[6]

그로부터 이들 사이에는 남북 천리로 문통(文通)이 끊이질 않았거니와,

---

6) 丁學淵, 「丁黃契帖序」, 『巵園遺稿』 부록: 黃裳, 「次酉山先生題扇」, 『치원유고』 권2.

황상의 서울 걸음이 종종 있었다. 여기에 또 특기할 사실은 정학연이 추사 김정희를 소개해주어 황상은 김정희로부터도 지우(知遇)의 대접을 받은 것이다. 그는 이제 상경을 하면 두릉과 추사가 사는 과천을 내왕하였다. "나 과천에 있을 땐 두릉이 그리워지고 두릉으로 가면 과천의 등불이 생각난다[我在果州憶斗陵, 斗陵還憶果州燈]"(「斗陵憶果州」)는 시구를 그는 남기고 있다.

황상이 언제 세상을 떠났는지는 미상이다. 그는 임술년 75세까지는 건재해 있었다. 스승을 만난 지 60주년이 되는 해여서 그는 옛일을 회상하며 「임술기(壬戌記)」라는 제목의 글을 지은 것이다. 위에서 원용했던 '삼근계'는 바로 「임술기」 속에 실려 전한 것이다. 그는 스승의 그 깨우침을 마음에 새겨 항시 자책을 하였다고 술회한 다음, 일생에 비록 수립한 바는 없으나 '삼근(三勤)'의 가르침을 능히 받들었다 할 만하다고 자평한다. "금년은 내 나이 75세다. 세상에 남은 날이 많지 않은데 어찌 잘못된 길로 마구 나아가겠는가! 이제부터서는 스승의 가르침을 어기지 않을 것임이 확실하다. 소자는 선생님을 저버리지 않았습니다"라고 글을 끝맺고 있다. 스승 영전에서 이와같이 '고해(告解)'할 수 있는 제자를 이 세상에서 또 만날 수 있을까. 그 이듬해인 계해년에 쓴 글이 확인되고 있으니 그의 졸년의 상한선은 1863년 76세가 된다.

이청은 1792년 출생이니 황상에 비해 4년 연하이다. 그는 황상보다 어린 나이로 문하에 들어왔는데 다산은 그가 영특한 재주를 보인 일화 하나를 기록해두고 있다.[7] 다산이 1806년 가을부터 1808년 봄 다산초당으로 거처를 옮기기 전까지 이청의 집에 머문 일 또한 특기할 사실이다.

다산의 강진유배기에 있어 읍내 시절과 초당 시절은 교육활동의 측면에서도 같을 수 없었다. 교육의 주 대상이 이속층에서 사족층으로 바뀐 것이

---

7) "琴招(이청의 자——인용자)는 14세 때 나의 옆에 있었다. 내가 우연히 韻書를 보다가 시험삼아 '大羊爲羍, 何謂小羊'(羍이란 글자는 음이 달이고, 뜻이 小羊임)이라는 글귀를 불렀더니, 琴招는 말이 떨어지자마자 '凡鳥爲鳳, 故稱神鳥'라고 대답하는 것이었다. 그의 슬기는 이 같은데 그의 詩는 자못 氣岸이 부족하다. 세월의 공부를 더해간다면 해박해져서 진전이 있을 것으로 기대된다."(「題李琴招詩卷」, 『여유당전서』 제1집 권15, 장46)

다. 다산 자신은 읍내의 제자들이 소외되는 것을 바라지 않고 합류시키고자 했다. 그러나 신분제도의 엄연한 관행을 넘어서기란 결코 쉽지 않았을 터이다. 다산이 자기 중형에게 보낸 위의 편지에서 읍내의 제자 중에 장차 이학(理學)을 열심히 닦으면 이청과 서로 보완이 될 것으로 기대한 아이가 있었는데 이 아이는 끝내 따라오지를 못해, 그를 대할 적마다 안타까움을 금치 못한다고 쓰고 있다. 이렇게 된 까닭을 그 아이의 기가 허약하고 비위가 치우친 데 있는 것으로 돌리고 있으나[8] 현실적인 신분제도의 관행에 기인하고 있음을 다산은 결코 모르지 않았을 것이다. 하여튼 읍내의 제자들 가운데 이청이 초당에 합류해서 다산의 곁에 그림자처럼 따라다니며 그 방대한 저술작업에 시종 참여하였다. 이에 관한 사실들은 저작의 서발이나 내용 중에서 대략 확인해볼 수 있다. 사례 하나를 제시한다.

경오년 내가 다산에 있을 때 아들 학유는 하직하고 떠나서 오직 이청이 곁에 있었다. 산은 고요하고 해는 긴데 마음을 붙일 곳이 없어 때때로『시경강의(詩經講義)』의 보충설명을 하고 이청으로 하여금 받아쓰도록 했다. 당시 나는 풍비(風痺)의 증세로 인해 정신이 맑지 못했다. (『詩經講義補遺』의 머리말)

위의 경오년은 다산이 초당으로 거처를 옮기고 두 해가 지난 1810년이다. 풍비란 '중풍'으로 일컬어지는 병인데 한때 증세가 심상치 않아 "혀가 뻣뻣하고 말이 헛나간다"고 괴로움을 호소할 지경이었다. 1816년 완성을 본『악서고존(樂書孤存)』에서는 음악학이라는 강적을 앞에 놓고 불인한 몸으로 고전하였노라고 자못 감회어린 술회를 하고 있다. 이렇듯 신체상에 고장이 발생해서 치유되지 않고 장애와 고통을 겪어야 하면서도 좌절하지 않고 연구저술의 작업을 밀고나갔던 사연은 응당 다산 자신의 '인간 승리'로 기록되어야 맞겠거니와, 그 과정의 협조자로서 맨 먼저 이청이 손꼽힐 것이다.[9]

---

8) 위의 주 5 참고
9) "況風病根已深, 口角常流淸涎, 左脚常覺不仁 (…) 近又舌疆語錯, 自知年壽不長."(「上

그런데 유감스럽게도 이청의 삶의 자취는 전혀 밝혀져 있지 않다. 그의 본관이 경주라는 사실도 이번에 비로소 알아낸 것이다.[10] 다산이 강진을 떠난 이후 그의 행적은 묘연할 뿐이다. 필자는 그에 관련된 몇가지 자료를 얻게 되었다. 하나는 황상의 문집에 실린 「이금초를 만나서〔逢李琴招〕」라는 시이다. 황상이 상경하여 두릉과 과천 사이를 왕래하던 무렵 이청을 상봉하여 지었던 것으로 추정되는 작품이다.

하늘가에서 만나 악수하니 마음 서로 어떠한가?
두 백발 늙은이 어린 시절 이야기 꽃피네.
천리길 행장을, 그대여 웃질 마오.
20년 사제간의 의리, 나의 발딛는 곳
지금 광하(廣厦)에서 명사들과 종유하노니
일찍이 외로운 등불 아래 여관의 편지 받았노라.
선생님의 유고(遺稿) 마냥 방치되어 있거늘
잘 자고 잘 먹고 편히 지낼 수 있느냐?

天涯相握意何如, 兩白頭翁說往初.
千里輕裝君莫笑, 廿年重義我攸居.
今從廣厦知名士, 曾受孤燈旅館書.
夫子遺編猶束閣, 能眠能食可安居?

仲氏」, 앞의 책, 장23~24)
  "嘉慶丙子春, 余在茶山草菴, 顧病瘁力屈, 未可與勍敵苦戰. 然古樂旣亡, 先聖道晦, 不可以不辨. (…) 令李晴筆受, 名之曰樂書孤存."(『樂書孤存』篇額, 『여유당전서』제4집 권1, 장1)
10) 『井觀編』에 "雞林李晴纂"으로 명기되어 있어, 그의 관향은 경주로 확인된 것이다. 그런데 『大東詩選』에는 '李鶴來'란 이름으로 시 4편이 수록되어 있는바, "字景皐, 號靑田, 全州人"이며 벼슬이 府使에 이른 것으로 나와 있으며, 『朝野詩選』에도 李鶴來란 이름으로, 여러 편의 시가 수록되어 있고, 인적 사항은 "字景皐, 號靑田, 廣州人"으로 씌어 있다. 鶴來는 「茶信契節目」의 명단에서는 兒名으로 되어 있으나, 학래란 이름으로도 행세했고 靑田이란 호를 사용했던 모양이다. 『대동시선』에서 全州人이고 府使를 지낸 것으로 기록되어 있는 것이나 『조야시선』에서 廣州人으로 나와 있는 것은 착오로 보인다.

전편의 의미가 도무지 선명히 떠오르지를 않는다. 시적 표현은 후세에 접하면 무슨 영문인지 거의 알 수 없는 경우도 있다. 여기서 한가지 이청은 황상과 함께 백발의 노경에 이르도록 건재해 있었음이 분명히 확인되는바, 두 사람은 친근히 상종할 수 있는 처지에 놓이지 않았던 듯 여겨진다. 그런데 이 시에는 "금초는 응당 이 풍자의 뜻을 알지 못하리라〔琴也應不知此諷意〕"는 정학연의 평어가 붙어 있다. 무슨 뜻을 내포한 말일까? 역시 구체적 사정은 미상이지만 필시 "선생님의 유고는 마냥 방치되어 있거늘／잘 먹고 잘 자고 편히 지낼 수 있느냐?"라고 한 결구와 관련이 있을 것이다. 다산 선생의 방대한 저작이 햇빛을 보지 못한 채 방치되어 있거늘 우리가 어찌 마음 편히 살아갈 수 있겠느냐? 이 과업을 이청에게 책망하는 것 같다.

이청에 관한 다른 자료는 이상적(李尙迪, 1804~65)의 『은송당집(恩誦堂集)』의 속집에 보인다. 이상적과의 교유가 있었음을 알 수 있는데 여기서는 그를 학래(鶴來)로 호칭하고 있다. "학래는 나이 지금 70으로 또 낙방해서 시를 지어 위로한다〔鶴來年今七十, 又下第矣. 慰之以詩〕." 이 시제로 미루어 이청은 과거에 누차 낙방을 한 것이다. 이때 그의 나이는 70세였다. 바로 그해 가을에 '학래가 우물에 빠져 죽음을 듣고〔聞鶴來墜井而歿〕'이라는 시제가 보인다.

> 곤궁한 인생길 한번 삐긋하여 황천행 하다니
> 하늘가에서 술잔 올리노니 수선(水仙)이여! 내려오소서.
> 70년 세월 저술을 많이도 하였거늘
> 어찌 『정관편(井觀篇)』으로 절필(絶筆)을 하시었소?

> 窮途一跌赴黃泉, 瀝酒天涯酹水仙.
> 七十年來多著述, 如何絶筆井觀篇?

그는 70 평생에 저술한 것이 많았다는 것이다. "어찌 『정관편』으로 절필을 하시었소[何如絶筆井觀篇]?” 이 결구는 무슨 의미인지 적이 궁금하다. 시편의 끝에 자주(自註)가 달려 있는데 “근래 『정관편』 약간 권을 지었으니 그 서명이 참(讖)을 이룬 것이 아니겠는가”라고 씌어 있다. 이청은 70세의 노구로 천문학의 연구저술에 몰두한 끝에 최후를 맞은 것이다. 그것도 우물에 빠져 죽은 비극적인 죽음이었다. 가만히 생각해보면 그는 하늘의 별을 관찰하다가, 아니면 정신적 과로로 혼몽해서 그만 우물에 발을 헛디뎌 학자적 삶을 마감한 것이 아닐까. 1861년에 일어난 일로, 그의 나이 71세였다.

다산초당 시절의 제자들

1808년 봄 정약용은 귤림처사 윤단(尹慱, 1744~1821)의 별장인 다산초당으로 거처를 옮겼다. 연보에는 이와같이 기록되어 있다.

공이 다산초당으로 옮긴 다음 대(臺)를 쌓고 연못을 파서 꽃과 나무를 보기 좋게 심고 물을 끌어 폭포수를 만들었다. 동쪽과 서쪽에 터를 닦아 집 두 채를 세우고 장서 1천여 권을 비치해두어 저서하며 스스로 즐기었다. 그리고 석벽에 ‘정석(丁石)’ 2자를 새겨 표지로 삼아두었다.

지금 유명한 문화유적이 되어 ‘남도답사 일번지’로 꼽히게 된 다산초당에 그가 처음 입주했을 당시의 상황이다. 위의 기록을 보면 비록 남의 정자를 이용했던 터이지만 제대로 조경을 하고 건물을 새로 짓고서 장서 1천여 권을 비치하고 있다. 친지나 제자들의 도움을 다소간 받기도 했겠으나 그 자신이 주간하고 경영한 것으로 여겨진다. 귀양살이 하는 처지에서 어떻게 가능했을까? 그가 그곳을 떠날 때 논 18두락(斗落, 마지기)을 남겨서 다신계의 재원이 되도록 한 사실로 미루어 자신의 생활을 영위할 물적 기반을 그곳에 가지고 있었던 것이다. 어쨌건 그는 다산초당을 자신의 학문연구 및 교육활동의 장으로 조성을 하였다.

이때에 제자들에게 추이효변지학(推移爻變之學, 다산의 독특한 易理의 해석

──인용자)을 가르쳐서 공부가 통하자 다시 역(易)의 뜻을 가지고 함께 서로 질의하여 「다산문답(茶山問答)」 1권을 만들었다. 따로 「다산제생증언(茶山諸生贈言)」을 지었다.

연보에서 다산초당에 입주한 직후에 행해진 교육활동을 언급한 내용이다. 당시 그 자신이 『주역』에 학적 관심을 쏟고 있던 즈음이어서 역학을 강의하고 강의내용을 이해한 제자들과 질의·토론을 벌여 그 결과를 「다산문답(茶山問答)」이란 이름으로 묶은 것이다. 이것은 그의 저서 『역학서언(易學緒言)』의 끝에 수록되어 있다. 그런 한편 제자들에게 공부하는 방도를 일깨운 말을 글로 남겼으니 이 역시 『여유당전서』에서 읽을 수 있다.

다산초당 시절부터 학연을 맺기 시작한 제자들이 다신계의 정회원이 되고 있는 셈이다. 「다신계절목」에 나와 있는 명단 및 밝혀진 인적 사항은 이러하다.

李維會(兄) 字 寅甫 甲辰生(1784~1830). 廣州人. 進士. 白雲處士 保晚의 5대손.

李綱會(弟) 字 紘甫 己酉生(1789~?).

李基祿　　字 文伯 庚子生(1780~?). 廣州人.

丁學稼(兄) 字 稺箕 癸卯生(1783~1859). 후에 이름을 學淵, 字 稺修로 바꿈. 號 酉山.

丁學圃(第) 字 稺裘 丙午生(1786~1855). 후에 이름을 學游로 바꿈. 號 耘圃.

丁修七　　字 來則 戊子生(1768~?). 靈光人. 號 烟菴. 長興郡 盤山에 후손이 살고 있음.

尹鍾文　　字 惠冠 丁未生(1787~?). 해남군 蓮洞의 恭齋 후손.

尹鍾英　　字 拜延 壬子生(1792~?). 號 敬庵, 恭齋의 第五子 德烈의 손자, 다산의 외종.

尹鍾箕(伯) 字 裴甫 丙午生(1786~1841). 杏堂 尹復의 10대 종손.

尹鍾璧(仲) 字 輪卿 戊申生(1788~1837). 號 醉綠堂, 족보에는 鍾億으로
　　　　　　 나와 있음.

尹鍾參(叔) 字 旗叔 戊午生(1798~1878). 號 星軒, 족보에는 鍾翼으로 나
　　　　　　 와 있음.

尹鍾軫(季) 字 琴季 癸亥生(1803~1879). 號 淳菴, 進士.

尹鍾心(兄) 字 公牧 癸丑生(1793~1853). 號 紺泉, 일명 峒이며 족보에는
　　　　　　 鍾洙로 나와 있음.

尹鍾斗(弟) 字 子建 戊午生(1798~1852).

尹玆東(兄) 字 聖郊 辛亥生(1791~?). 號 石南, 進士, 寶岩 栗亭에서 世居.

尹我東(弟) 字 禮邦 丙寅生(1806~?). 號 栗亭.

李宅逵　　 字 伯鴻 丙辰生(1796~?). 平昌人. 李承薰의 子.

李德芸　　 字 書香 甲寅生(1794~?).

(원래 座目의 순서를 편의상 일부 바꾸었고 인적 사항은 좌목의 추기 및 족보의 기록 등
을 참조해서 정리한 것임——인용자)

이른바 '다산 18제자'이다. 이 명단에서 10인이 윤씨이다. 앞의 윤종문(尹
鍾文)과 윤종영(尹鍾英)은 해남의 연동에서 왔으니 윤선도의 직계 후손으
로 다산의 외가 사람들이며, 윤자동(尹玆東)과 윤아동(尹我東) 형제는 강
진군 보암의 율정 마을의 윤씨로 나와 있다. 나머지 6인은 다산초당이 있는
귤동(橘洞)의 윤씨이니 이들은 모두 초당의 원 주인인 귤림처사의 손자들
이다.

　본관을 해남으로 하는 윤씨는 어초은(漁樵隱) 윤효정(尹孝貞)으로부터
문호가 크게 열렸던바 그 종가 계통은 고산 윤선도와 공재 윤두서(尹斗緖)
로 이어지는 연동이다. 어초은의 제4자 윤복(尹復)은 호가 행당(杏堂)으로
감사를 역임한 인물이다. 그의 자손들은 강진 땅에 세거하고 있는바 귤동이
그 종가이다. 윤종기(尹鍾箕)·윤종벽(尹鍾璧, 족보에는 鐘億)·윤종삼(尹鍾
參, 족보에는 鐘翼)·윤종진(尹鍾軫) 사형제는 귤림처사의 장자인 윤규노(尹
奎魯)의 아들들이며, 윤종심(尹鍾心, 족보에는 鍾洙)·윤종두(尹鍾斗)는 차자

412

인 윤규하(尹奎夏)의 아들들이다. '다산 18제자'는 윤씨가 다수를 점하고 있거니와 그중에도 귤동의 자제들이 주축을 이룬 것이다. 다산은 이들 육종형제들 또한 외척으로 여겼다. 따로 증언(贈言) 형식의 글을 남겨서 학문은 물론 생활의 면에까지 마음을 써서 지도하고 있다. 해남 윤씨 족보를 상고해보면 다산에게 수학한 사실이 각기 기재되어 있는바 윤종수(尹鍾洙, 일명 鍾心)에 붙여 상세한 관련기록이 보인다. 다신계까지 언급한 다음, "공은 두릉으로 선생을 찾아가 뵙고 돌아와서 성헌(星軒)·순암(純菴) 등 종형제들과 더불어 날마다 선생의 유지(遺址)인 동암(東菴)·서암(西菴)에서 소요하며 즐겼다"고 하였다.[11]

위의 18제자 가운데 정수칠(丁修七)은 인근 고을인 장흥 사람으로 그를 위해 지어준 증언이 있다. 아주 멀리서 찾아온 경우로 이택규(李宅逵)라는 존재가 주목이 된다. 이택규는 신유옥사에서 화를 입은 이승훈(李承薰, 1756~1801)의 아들로 밝혀져 있다. 다산의 아들 형제가 그렇듯 이택규 역시 초당의 강학에 동참했기 때문에 명단에 포함되었을 것임은 물론이다. 다산초당은 당시 정치적 박해를 입은 자들에게 귀의처가 되기도 한 셈이다.

다신계 명단의 첫머리에 올라 있는 이유회(李維會)와 이강회(李綱會) 형제는 광주(廣州) 이씨로 백운처사(白雲處士) 이보만(李保晩)의 5대손이라고 밝혀져 있다. 남태응(南泰膺)이 남긴 『청죽별지(聽竹別識)』를 보면 "이처사 보만은 자 처난(處難), 호 청담(淸潭)으로 인품이 소산(瀟散)하여 고취(高趣)를 지닌" 인물로 그의 재미난 일화가 소개되어 있다.[12] 그리고

---

11) "先生來作鵬舍於橘里之茶山四十年(四十年은 숫자상의 착오로 생각됨——인용자), 蒙宥賦歸斗陵, 契以茶信, 與其胄西山學淵深託文苑之交. 西山贈詩篤誼. 公往陪斗陵以還, 日與星軒純菴從昆季, 消遙湛樂於先生遺址東西二菴."(『海南尹氏族譜』 권18, 1929)

12) "李處士保晩, 字處難號淸潭, 參贊必榮之孫也. 瀟散有高趣, 早脫科臼, 遊方之外, 善彈琴, 得古調. 時海南有隱君子權海老, 亦工於彈琴, 自號伴琴處士, 以琴道相善. 處士採石上孤桐, 手自制, 琴品甚絶, 聲韻雄亮. 伴琴心甚欲之, 處士慨然許與. 伴琴喜曰: '吾死後, 當以此殉葬.' 及病將死, 囑其子曰: '吾初欲以此物, 殉于墓中, 更思之, 他人至寶, 不可使埋沒於泉下. 吾死, 待其來弔, 以遺命還之也.' 伴琴死後, 處士命駕千里. 將往弔, 前一日, 伴琴子夢, 其父語曰: '今日丈者, 將臨門, 汝須拭琴以待也.' 翌曉, 如其言, 陳琴於座, 掃榻延竚. 及處士入, 臨見舊琴在座, 驚問其故, 主人備陳遺囑及夢中語. 處士受之愴然."(南泰膺, 『聽竹別識·雜識』 필사본)

『한국계행보(韓國系行譜)』에서 이보만이란 인물은 바로 동고(東皐) 이준경(李俊慶)의 후손이며 고산 윤선도의 사위로 나와 있다. 이보만은 "고산이 보길도로 들어가자 가족을 끌고 강진의 백도(白道)란 곳으로 내려와 거처를 정해 운주동(雲住洞)으로 일컬었고, 종종 보길도를 내왕하며 옹서간에 마주 대해 감분(感憤)의 눈물을 흘렸다. 인하여 자손이 눌러 살게 되었다"는 기록이 보인다.[13] 「다신계절목」의 약조에서 "백도의 땅은 이문백(李文伯, 문백은 李基祿의 자——인용자)이 조관(照管)토록 한다"고 되어 있는데 광주 이씨의 족보상에서 이보만의 자손의 한 계파가 강진 지역에 눌러 산 것을 확인할 수 있다.

이유회·이강회 형제는 이런 가문적 배경과 함께 학문수준이 상당했기에 다산 문하의 수석에 위치했을 것이다. 다산이 이강회를 두고 발분하여 경학과 예학에 전심전력하고 있는 것으로 언급한 곳이 있다.[14] 연보에는 1813년 『논어고금주』 40권을 완성한 사실을 기록한 밑에 "이강회와 윤동(尹峒, 尹鐘心——인용자)이 함께 이 일을 도왔다"고 덧붙여놓았다. 그리고 다산이 세상을 떠나던 때의 기록에는 "문인 이강회는 서울에 있었는데 큰집이 무너지는 꿈을 꾸었다"고 씌어 있다. 특히 이강회는 경학에 공부가 깊었던 제자로 여겨지는바 다산의 다른 경학과 예학(禮學)의 저작들에도 그의 이름이 종종 보이는 것이다.

위의 명단에 들어 있지 않은 제자 두 사람이 있다. 한 사람은 원주 이씨로 강진 고을의 유수한 가문의 출신인 이시헌(李時憲, 1803~60, 자 叔度, 호 自怡堂)이란 인물이다. 그는 다산이 강진을 떠날 당시 아직 소년이었기 때문에 계회에 참석하지 못했던 것 같다. 다른 한 사람은 윤창모(尹昌模, 1795~1856, 자 伯夏, 호 鳸菴, 족보에는 이름이 榮喜)란 인물이다. 강진군 도암면의 항촌(項村)에 세거하던 해남 윤씨의 다른 한 파의 출신이다. 윤창모의 조부 윤광택(尹光宅, 1732~1804)은 다산의 부친과 친교가 있었고 그의 부친 윤서유(尹書有, 1764~1821, 호 翁山, 문과에 급제 벼슬은 正言에 이름)는 다산의 벗이었다. 윤광택이

13) 『韓國系行譜』, 351면.
14) "紘父自科還, 發憤歸身於經禮之學."(「答仲氏」, 『여유당전서』 제1집 권20, 장29)

일찍이 치산에 힘써 큰 부를 이루어, "축적한 재산이 천만에 이르고 의기가 놀라워 베풀기를 좋아했다"고 한다. 신유옥사가 일어나자 이 집은 다산가와의 친분관계로 관헌의 주목을 받아 연행을 당한 일까지 있었다. 그럼에도 다산이 강진 읍내에 발을 디딘 당초 분위기가 삼엄하였지만 "친구의 아들이 곤경에 처해 한 고을에 와 있는데 내 비록 우리 집으로 와서 함께 지내도록은 못한다 하더라도 겁내고 조심하느라 위문하는 예절까지 폐하겠는가"라고 은밀히 사람을 보내 돕기를 자주했다.[15] 다산초당의 강학에 윤창모도 의당 참여하였는데 다산은 드디어 그를 사위로 삼은 것이다. 윤창모가 다산의 딸과 결혼한 것은 1812년의 일이며, 그 이듬해 서울로 이사를 갔고 다산이 고향으로 돌아오자 한때 마현(馬峴) 가까이 와서 살기도 했다. 윤창모의 아들이 곧 윤정기(尹廷琦, 1814~79, 자 奇玉·景林, 호 舫山)이다. 그는 유년시에 외조부의 사랑과 보살핌을 받았음은 물론 외숙인 정학연에게도 수학하였다.

> 다옹(茶翁)의 가르침을 어려서부터 받았으니
> 문원(文源)은 예천(醴泉)으로부터 비롯되었도다.
> 누항에서 경전을 연구하다가는
> 푸른 하늘 바라보며 머리 긁적이오.
> 『역설(易說)』과『동환록(東寰錄)』
> 넉넉하고 알차니 후세에 꼭 전해지리라.

> 茶翁曾授學, 文源自醴泉.
> 研經陋巷裏, 搔首望靑天.
> 易說東寰錄, 瞻核後必傳.
> (「紅藥樓續懷人詩錄」)

김석준(金奭準, 1831~1915)이 일편의 시로서 윤정기를 그린 것이다. 윤정

---

15)「翁山尹正言墓誌銘」,『여유당전서』제1집 권16, 장30~31.

기의 학문적인 연원이 다산에게 있음을 분명히 지적하고 있거니와, 그의 노작 『역설(易說)』과 『동환록(東實錄)』을 후세에 전할 업적으로 평가하고 있다. 윤정기를 다산학통의 뚜렷한 계승자로서 바라보고 있는 것이다.

여기서 유산(酉山) 정학연과 운포(耘圃) 정학유에 대해 언급해둔다. 이들 친자제는 전후 18년 동안에 자주 강진으로 내려와서 직접 가르침을 받고 저술작업에도 함께 참여한 것이다. 더욱이 연배와 학문으로 지도적 입장에 있어 후배들로부터는 스승의 대접을 받기도 했다. 이들이 부자의 관계로 그치지 않기에 명단에 포함되었겠는데 그 제자들 그룹에서 누구보다 중요한 위치에 있었던 셈이다.

전등계(傳燈契)

수룡(袖龍)·철경(掣鯨)은 또한 방외(方外)로 학연을 맺은 자들이다. 전등계(傳燈契) 전답이 만약 우려할 일이 있을 시에는 읍중에 알려 읍중으로부터 주선과 보살핌을 받도록 할 것이다.

「다신계절목」의 끝 부분에 계의 운영과 관련해서 다산이 직접 당부한 말로 보이는 5개 조목이 실려 있는데 그 한 조항이다. 전등계를 유지하기 위한 전답에 무슨 문제가 발생할 때에는 읍내의 제자들에게 알려서 그들의 조처를 받도록 하라는 취지다. 다신계 쪽에 대해서도 이와 비슷한 당부의 말이 들어 있다. 이로 미루어 다신계와 별도로 전등계란 것이 있었던 것으로 여겨진다.

전등계는 누구누구와 어떤 식으로 모아졌던지 아직 확인이 되지 못하고 있다. 추측컨대 다신계와 유사한 형태로 다산과 인연을 맺은 승려들의 모임이 결성되어 이를 전등계로 일컬었던 것 같다. 불가의 학연이 있는 인사로는 맨 먼저 아암(兒庵, 1772~1811)이란 존재가 떠오른다.

아암은 법명이 혜장(惠藏), 본호가 연파(蓮坡)이며, 속성은 김씨다. 그의 성격이 굽힐 줄 모르고 뻣센 까닭에 어린아이처럼 부드럽게 될 수 없느냐는 충고를 들은 바 있어 자호를 아암이라 했다 한다. 본래 해남군 화산면의 미천하고 가난한 농가에서 태어나 어린 나이에 출가, 고승이 된 인물이다. 30세에 벌써 대흥사의 대회를 주도했던바 이는 팔도의 대종장(大宗匠)이라야 맡을 수 있는 일이라 한다. 아암과 다산의 첫 만남은 1805년 만덕사(萬德寺)에서 이루어져 두 사람 사이에는 유불의 경계를 넘어선 신교(神交)가 이어졌는데 1811년 아암의 죽음으로 아쉽게 끝이 나고 말았다. 다산은 그를 애도하여 탑명(塔銘)을 지었다. 이 탑명에서 다산은 아암과의 만남을 극적으로 그리고 있다. 아암은 불가의 공부에 깊었던 것은 말할 나위 없었지만 『주역』에 관한 주석서를 온통 섭렵한 터여서 자부가 대단했다. 다산 또한 마침 『주역』의 연구에 몰두하던 때여서 아암과 다산의 첫 만남은 자연히 역리(易理)를 주제로 하게 되었다. 이 만남은 우리의 지성사에서 기억되어야 할 재미난 이야기를 만들어냈다. 아암은 다산과 몇마디 요긴한 대화를 나눈 끝에 "산승의 20년 공부는 모두 물거품이 되었다" 하고 즉시 땅에 엎드려 가르침을 청했다 한다. 그로부터 아암은 다산에게 경도하였고 다산 역시 아암에게 마음이 끌려 사이가 아주 가깝게 된 것이다.[16]

위에 거명이 된 수룡색성(袖龍賾性)과 철경응언(掣鯨應彦)은 모두 아암의 제자이다. 아암의 득법을 한 제자로 다섯이 꼽히는데 위의 둘과 기어자굉(騎魚慈宏〔慈弘〕), 침교법훈(枕蛟法訓), 일규요운(逸虯擾雲)이다. 1811년 아암이 세상을 떠난 이후로도 이 제자들과의 교류가 계속되었다. 이밖에 다산과 종유한 불가의 인물로 초의대사 의순(意恂, 1786~1866)이 손꼽힌다. 초의(艸衣)와 기어(騎魚)에게 증언한 글이 『여유당전서』에 전하고 있다. 전등계는 아마도 이들 여러 승려들이 중심이 되어 결성되었을 것이다.

---

16) 「兒巖藏公塔銘」, 『여유당전서』 제1집 권17, 장6~7. 이 塔銘이 『兒庵集』에는 '東方第十五祖蓮坡大師碑銘'이란 제목으로 수록되어 있다. 그리고 「上仲氏書」(『여유당전서』 제1집 권20, 장26~27)에는 兒巖의 인물에 대해 자세히 언급한 내용이 보인다.

3. 강진 시절의 제자들이 남긴 성과

정약용이 강진 바닷가에서 제자들을 불러모아 강의·저술하던 때로부터 거슬러올라가 30년 전쯤 서울에서는 박지원을 중심으로 일단의 문인학자들이 동인적 형태의 활동을 벌이고 있었다. 이름하여 '연암 그룹'으로 참신한 문학예술의 창조를 실천하는가 하면 이용후생적인 방향의 학문이 추구된 것이다. 도시적 배경에서 문예취미로 경도하였던 '연암 그룹'과 멀리 강진 땅에서 결집이 된 '다산학단(茶山學團)'은 성격 및 방향이 서로 같을 수없었다.

'다산학단'이 이룩한 성과로는 무엇을 들 수 있을까? 다른 무엇보다 정약용 자신의 위대한 학문, 그것이 가장 빛나는 성과물이다. 그 빛나는 성과는 민족사에서뿐 아니라 인류의 정신 자산의 목록에서도 정당한 자리매김이 될 수 있도록 해야 할 것이다. 이는 지금 학문하는 우리들의 과업이다.

저 위대한 질량의 저술은 여러 제자들의 협업에 의해 이루어졌던 점을 이미 모두에서 지적하였다. 저작과정에 제자들이 구체적으로 참여한 사실 또한 위에서 대략 언급이 되었다. 정약용의 학문세계는 그 제자들의 노고와 역량이 결합되어 그처럼 방대하고 풍부하게 이루어질 수 있었다고 보겠다.

다산의 여러 제자들은 각기 학문적 성취는 어떠했으며, 그들이 남긴 성과로는 어떤 것들이 있었을까? 앞서 제자들의 인적 사항은 그런대로 파악할 수 있었다. 그들 각기 성취한 업적에 이르러서는 수습하느라고 했지만 전모를 파악하기에는 부족한 상태로 생각된다. 앞으로 더 발굴이 되기를 기대하는 터이다. 현재 파악이 된 선에서 성과물들을 세 가지 형태로 구분해서 약술해본다.

다산의 지도하에 이루어진 성과

『大東水經』8권 2책(『與猶堂全書』 제6집 地理集에 실려 있음)

연보에서 "이청으로 하여금 주(註)를 달도록 했다"는 그 책이다. 우리 국토에 대한 학적 인식으로서 획기적인 업적이다. 『목민심서』와 같은 강목체(綱目體)의 서술방식을 쓰고 있는바 이청의 견해나 조사연구에 속하는 내용들은 '청안(晴案)'으로 표출하고 있다. 그리고 중간중간에 '선생운(先生云)'이라 하여 서술된 곳이 있다. 여기서 선생이 누구를 지칭하는지 검토해본바 바로 다산 선생이다. 이청에 의해 엮인 때문에 이런 호칭이 쓰였을 것이다. "이청으로 하여금 주를 달도록 했다"는 그 작업지시의 범위가 어디까지인지 알 수 없으나 '청안'으로 밝혀놓은 부분에만 한정되지 않음은 분명하다. 『대동수경』은 정약용과 이청의 공저로 간주해야 옳을 것으로 생각된다.

다산은 『아방강역고(我邦疆域考)』라는 공력을 들인 저작으로 역사지리학이라는 하나의 학문을 개척한 셈이다. 지리적 공간을 역사적으로 고구하고 있는 점이 그 인식론적 특징이다. 이러한 인식방법을 국토의 산하에 적용한 것이 『대동수경』이다. 이청은 문헌을 광범하게 섭렵하여 산과 강의 역사적 고증에 예리한 솜씨를 과시하고 있다. 문헌고증적 방법의 한 모범을 보인 사례라 하겠다. 『대동수경』은 스승과 제자의 공동작업인 동시에 제자의 기여는 스승의 지도로 성취된 것임이 물론이다.

여기에 덧붙여 다산의 중형 정약전(丁若銓)의 저술로 지금 전하는 『현산어보(玆山魚譜)』에 대해 언급해둔다. 이 책에도 『대동수경』과 같이 전편에 걸쳐 '청안'이 들어가 있다. 다산은 자기 중형의 이 저작에 각별한 관심을 두었던바 아마도 어류에 대한 고증작업을 이청에게 하도록 해서 『현산어보』를 보완했을 것이다.[17]

---

17) "著書一事萬不可忽, 必十分留意如何? 海族圖說, 甚是奇書, 此又不可少者. 圖形何以爲耶? 文字勝丹靑耳. 學問宗旨, 先定大綱, 然後著書, 爲有用耳."(「上仲氏」, 앞의 책, 장19) 여기서 말한 '海族圖說'은 『玆山魚譜』란 저작으로 이루어진 것이다.

　　여기에 덧붙여 지적할 점이 두 가지 있다. 하나는 『玆山魚譜』의 번역에서 '晴案'은 모두 '살피건대'로만 풀이하고 있는 점이다. 案說의 주체가 누구인지 파악되지 못한 결과로 보인

『萬德寺志』 필사본 6권 2책

만덕사는 다산초당과 가까운 거리에 있는 명찰이다. 다산이 초당에 머물러 강학활동을 함으로써 절집과 초당의 사이에는 인간적으로 학술적으로 긴밀한 관계가 형성되었다. 그런 결과로 『만덕사지』라는 하나의 기념비적 문헌이 편찬되기에 이른 것이다. 이 문헌은 권별로 각기 편집자를 밝히고 있는바 권1에서 권3까지는 이청이 집(輯)을 하고 기어자굉(騎魚慈宏)이 편(編)을 맡았으며, 권4에서 권6은 기어자굉과 백하근학(白下謹學)이 편혹은 집을, 철경응언(掣鯨應彦)과 별악승찬(鼈岳勝粲)이 교(校)를 맡고 있다. 그런데 권1로부터 권6까지는 모두 다산감정(茶山鑑定)으로 명시되어 있는 것이다. 처음부터 끝까지 다산의 지도 및 검토에 의해서 성취된 일로 여겨진다. 『만덕사지』를 살펴보면 내용의 풍부성과 함께 실증적 정확성을 기해서 불가의 문헌으로 소중한 것임은 물론, 방법론적으로도 요령을 얻고 있다. 본고의 입장에서는 향토적 문헌으로서 그 의의를 높이 평가하고 싶다. 다산의 지도하에서 승려와 선비의 학적 역량이 결합되어 이러한 성과를 올린 것이다.

『대둔사지(大芚寺志)』에 대해서도 덧붙여 언급해두고자 한다. 해남의 명찰인 대흥사의 사지(寺志)인 이 문헌은 다산의 직접적인 지도하에서 이루어진 것은 아니다. 그렇지만 다산과 학연을 가진 승려들을 중심으로 편찬작업이 이루어졌을 뿐 아니라, 체제 또한 『만덕사지』를 따라서 비슷한 형태로 되어 있다. 허흥식 교수가 『대둔사지』의 해제에서 "다산의 영향"을 크게 받은 것으로 본 것은 타당한 지적이다.[18] 이 책의 권4에 「대동선교고(大東禪教考)」가 수록되어 있는바 우리나라의 불교사에 해당하는 내용이다. 그 끝에 붙여진 윤동(尹峒, 尹鐘心)의 발문을 보면 자하산방(紫霞山房)에서 편찬

다. 꼭 바로잡혀야 할 사항이다. 다른 하나는 黑山島의 별칭으로 쓴 玆山의 독음이다. 으레 '자산'으로 읽혀지고 있는데 '현산'으로 읽어야 옳다. 字典을 보면 玆라는 글자가 검다는 뜻으로는 음이 '현'이 되기 때문이다(이는 李佑成 선생의 견해를 취한 것임).

18) 許興植, 「大芚寺志의 編纂과 그 價値」, 『韓國寺志叢書』, 아세아문화사 1983.

한 것으로 나와 있다. 다산이 자하산인이라는 호를 쓰기도 하였으니 「대동선교고」는 다산의 저술로 인정되는 것이다. 한국사지총서로 아세아문화사에서 영인 출간된 『대둔사지』에 부록된 「만일암실적(挽日菴實蹟)」이란 문건은 두운(斗云)이란 승려의 찬(撰)으로 되어 있으나 기실은 다산이 지은 것이다.[19]

　다산이 이렇듯 불교관계에도 관심을 두어 문헌의 편찬사업을 도왔고, 또한 스스로 고증적인 작업을 거쳐 저술까지 남긴 데는 무슨 동기가 있었을까? 종래의 문인학자들이 보였던 신앙적인 귀의 내지 세속에 대한 환멸감이나 모종의 보상심리에 기인한 그런 정서와는 거리가 멀었던 것으로 보인다. 그는 불교 역시 민족의 문화적 유산의 하나로 인식했던 것 같고 또 한편으로 불교의 지적 세계 및 고상한 승려들과의 교섭을 취미의 하나로 여겼던 터이니, 사고의 방향이 그렇게 돌아갔던만큼 이성적·개방적이었다.

독자적인 저작물

　어떤 일정한 내용을 가지고 체계적으로 엮은 서책을 문집류와는 구분해서 먼저 다루기로 한다. 저술에 당해서는 다산이 제자들에게 더없이 강조하였고 또 스스로 모범을 보였던 터이므로 그 제자라면 이 일을 응당 등한히 생각할 수 없었을 것이다. 필자는 현재 이청의 저술 1종, 윤정기의 저술 2종, 그리고 다산의 둘째 아들 정학유의 『시명다식(詩名多識)』(4권)을 파악하고 있을 뿐이다. 『시명다식』은 서명이 의미하듯 『시경』에 등장하는 조수(鳥獸)·초목(草木)의 이름을 고증한, 실학의 한 특징을 보여주는 저술이다.

　또 『종축회통(種畜會通)』이란 필사본 3책의 복사물을 안병직 교수로부터 받아볼 수 있었다. "열수(洌水) 정학가(丁學稼) 치기(稚箕) 편(編)"으로 명기되어 있어 정학연의 편찬서임이 한 눈에 드러나는 것이다. 내용은 수예

---

19) 「挽日菴實蹟」의 茶山 親筆로 보이는 복사본을 李孝友 兄으로부터 얻었는데, 이 자료를 검토해본바 다산이 斗云이란 승려의 이름으로 지은 것임이 확인된다. 이 글은 원래 嘉慶 14년에 "沙門 斗云識"으로 씌어 있고 嘉慶 17년에 붙인 追記가 있는데 고증상의 잘못이 있었던 것을 다산 자신이 佛書에 익숙치 못한 때문에 범한 실수라 하면서 '茶山老人書'라고 책임의 소재를 분명히하고 있는 것이다.

(樹藝)·축산(畜産)에 관한 것으로 잠상법(蠶桑法)·재종제론(栽種諸論)·
목부(木部)·약부(藥部)·화부(花部)·초부(艸部)·육축부(六畜部)로 편찬
되어 있다. 다산은 평소에 늘 자기의 두 아들에게 원예·축산에 힘쓰라고 하
면서 계경(雞經) 같은 종류의 책을 엮어보는 것도 좋다고 말한 곳이 있다.
이런 부친의 가르침을 받들어 이루어진 저술이다. 이 소중한 자료는 안병직
교수에 의해 본격적인 연구분석이 이루어져 학계에 보고되기를 기대하며,
지금 다산학단의 학문적 성과를 점검함에 있어 그 존재만을 소개하는 것으
로 그친다. 여기서는 다산이 강진에 있을 때 얻은 그 지방 출신 제자들의 저
술에 한정하는 것이다.

『井觀編』 필사본 8권 3책

『정관편』은 이청의 절필(絶筆)의 저작이 되고 말았다는 비장한 사연이
깃든 그 책이다. 이상적의 기록을 읽고서 이 책이 혹시 지금 전하는지 여부
를 백방으로 찾아 드디어 이화여자대학교의 도서관 서고에서 발견할 수 있
었다. 더구나 저자의 친필 원본으로 추정되는 것이었다. 전편에 걸쳐 완전
한 체제를 갖춘데다 아주 해정한 글씨로 씌어 있다. 그런데 목차상에 수정
가필한 곳이 있는가 하면 간혹 부전지를 붙여서 개정 보완을 하기도 하였
다. 부전지가 풀로 붙여지지 않은 채로 책장 사이에 끼어 있는 것도 보였다.
저서를 일단 완성하고 다시 보완작업을 진행하다가 끝내지 못하고 돌연한
사고를 당했던 때문이 아닌가 추정해볼 수 있는 것이다.

이 『정관편』에는 천문(天問)·역상(曆象)에 관한 전문적 내용이 담겨 있
다. 천문·역상이란 세계관·우주관에 직결되는 문제일 뿐 아니라, 인간생활
에도 관계가 긴밀하다. 이에 대해 동양권에서는 예로부터 '성인군주'가 제정
한 일로 생각하여 경학의 한 과제로 되었다. 이 중대한 문제를 우리나라에
서는 어떻게 인식해왔던가? 전체 8편으로 구성된 『정관편』의 마지막 목차
는 「동국역상(東國曆象)」이다. 거기서 이청은 말하기를 "역서(曆書)는 모
두 중화(中華)에서 반포한 것이었다. 본국에서도 천문을 관측하고 역서를
제정하는 기관을 두긴 하였지만 그 사용한 제도는 다 화법(華法)을 준수했

던 것이요 별다른 방도가 있지 않았다"고 우리나라는 천문·역상에 독자적인 인식체계가 성립하지 못했던 사실과 배경을 언급하고 있다. 그런데 18세기 개명적 실학자들에 의해 천문학에 관한 그야말로 파천황적인 담론이 제창된 바 있었거니와, 19세기 중엽에 이르러서는 이 분야에 주목할 논문과 저서 몇종이 출현하였다. 남병철(南秉哲)과 박규수(朴珪壽) 같은 서울의 명문가 출신의 학문활동에서 이루어진 성과가 손꼽히는데 강진의 다산초당에서 배출한 이청이 또한 이 분야에 있어 체계적인 저술을 남긴 것이다.

천문·역상은 그 성격이 전문적일 뿐 아니라 반드시 관측이 수반되어야 하는 것이다. 이청은 이에 관한 저술을 함에 있어 자기 한계를 분명히 알고 있었다. 앞의 서언에 해당하는 대목에서 천문·역상의 논리는 전문적 깊이가 없이는 이해하기 어려운데 자신은 '사수(師授)'의 배움이나 '측험(測驗)'의 공적이 없으니 한낱 종이 위의 공언(空言)에 의지하는 셈이라는 말을 하고 있다. 그가 취했던 방식은 천문·역상에 있어 고금동서(古今東西)의 학설을 섭취, 정리하여 가닥을 잡는 것이었다. 그 학설과 이론들이 워낙 공중에 구멍을 뚫듯 해서 "역대에 세운 표준이란 하나같이 화살을 따라 표적을 세운 꼴"이라고 한다. 이렇듯 분분하고 착종된 논리를 분변해서 진리를 밝히는 것이 『정관편』의 정신이었다. '우물 속에서 하늘을 바라보는 격이라'는 아주 겸허한 자세에서 서명을 『정관편』이라고 붙인 것이었다.

이 저술작업에서 그는 서양의 천문학설을 중요하게 원용한 편이다. 그가 서양 천문학을 접하는 데 매우 제한적이었을 것임은 물론이다. 이 책이 일단 완성된 후에 진행된 수정 보완의 실상을 들여다보면 주로 서양 천문학을 원용한 것이다. 예컨대 '지원(地圓)'이란 편은 보완작업이 집중적으로 이루어진 부분인데 거기서 '지운(地運)'이란 항목을 따로 독립시켜 지구의 운행에 관해 다루고 있다.

이 『정관편』에 대한 학적 평가는 전문가에게 일임해야 하겠거니와, 관련해서 언급해둘 사실이 있다. 『정관편』이란 문적은 『동이자(東夷子)』 제17~24로 되어 있는 것이다. 이로 미루어 이청은 저서를 할 때 '동이자'란 칭호를 썼던바 자기의 저술 전체를 일컬어 '동이자'라 했을 것으로 추정된다. 추정이긴 하지만 틀림이 없을 것이다. 『동이자』 제1~16편은 어떤 내용의 저술이었을까? 이것이 망실되지 않고 오늘에 전하고 있을까? 『정관편』처럼 어딘가에서 찾아지기를 기대해 마지않는다.

『詩經講義續集』 필사본 11권 6책
『東寰錄』 필사본 4권 4책(石印本은 4권 2책)

다산의 외손자 윤정기의 저술이다. 그의 행장에 의하면 "공의 저술은 대단히 많아 잘게 써서 책자를 만들어두었는데 『역전익(易傳翼)』『속시경강해(續詩經講解)』『동환록(東寰錄)』『금란분합계(金蘭分合契)』『물명고(物名攷)』 등이다"라고 밝혀져 있다. 『속시경강해』는 곧 『시경강의속집』이다. 윤정기의 많은 저술 가운데 위의 2종만 파악이 된 것이다. 『시경강의속집』은 규장각에 필사본이 수장되어 있어 『한국경학자료집성』에 수록되었고 『동환록』의 경우 언제인지 석인본으로 나와서 그것이 최근에 영인으로 출간된 바도 있다. 모두 해제가 붙어 있고, 『시경강의속집』의 경우 진작 학계의 관심이 닿아서 논급된 터이므로 지금 자세한 소개는 생략한다. 여기서는 위의 저술에서 주목할 점 두 가지를 지적해둔다.

첫째, 학적 관심이 구체적 사실 속으로 파고든 점이다. 『동환록』에 두드러지게 나타나는 특징인데 "먼데 눈을 돌리고 가까이를 소홀히 하는 것〔務遠忽近〕은 동유(東儒)의 폐습이다"라고 지적한 다음, 자국의 실제 사적으로 관심을 돌려야 할 것임을 역설하고 있다. 『동환록』은 그리하여 이루어진 성과이다. 이러한 학문자세를 그는 '찰이핵실(察邇覈實)'이란 용어로 개념화하였다. 그의 '찰이핵실'의 방법론은 민족주의적 지향을 한 데서 성격이 더욱 뚜렷이 나타나는 것이다.

둘째, 다산학의 계승자로 자임한 사실이다. 『동환록』의 경우 다산의 『아방강역고』를 지방지와 접목시킴으로써 자기 나라 자기 고장의 역사와 지리를 아울러 알 수 있도록 한 것이었다. 『시경강의속집』은 제목이 표방한 대로 다산의 『시경강의』의 후속작업이다. 그는 자서에서 "나는 어린아이 적부터 공의 슬하에서 자라 몸소 보살피고 가르쳐주심을 입었던바 나이 23세

때 공이 돌아가셨다"고 사적을 회상한 다음, 공이 남기신 저술을 바탕으로 거기에 간혹 자기의 의사를 보태서 "11권을 만들고 이름하여 『속집』이라 하니 스스로 외람됨을 느끼지만 이 또한 공의 실마리를 소술(紹述)하는 뜻이 있지 않을까"라고 한 것이다.

각자의 문집류

『醉綠堂遺稿』필사본 1책

「다신계절목」에서 귤동의 윤씨 중의 한 사람인 윤종벽(尹鐘璧)의 문집이다. 『대동시선(大東詩選)』에 윤종억(尹鐘億)의 시 두 편이 수록되어 있는데 윤종억은 그의 고친 이름이다. 자는 윤경(輪卿), 취록당은 그의 호이다. 정학연이 1851년에 쓴 서문이 실려 있는바 그 한 대목을 옮겨본다.

윤경(輪卿)은 표일(飄逸)하고 빼어난 재주를 지녔으나 수명의 제약을 받아 지은 시편이 수십 수에 지나지 못한데 속인으로 하여금 평하라고 한다면 으레 농숙(濃熟)·원융(圓融)의 뜻을 결여했다 할 것이다. 하지만 나는 농숙·원융하지 않고 본색의 독조어(獨造語)가 많음을 특히 좋아하니 이는 영(靈)과 심(心)이 서로 비추어 격식에 구애받지 않음에서 말미암은 것이다.

여기에서 그의 시정신을 엿볼 수 있겠거니와, 특히 「정석행(丁石行)」은 다산초당에서 그 스승을 추억한 명편으로 손꼽힐 작품이며, 「여경전(女耕田)」과 「소신행 비무산추녀(召薪行 悲巫山醜女)」는 사실풍의 서사시로 흥미로운 내용이다. 다만 그의 생명이 50세로 끝나 대성하지 못한 점이 애석하게 여겨진다.

『巵園遺稿』필사본 2책[20]

附: 巵園處士師友往復 及酬唱錄

읍중 제자 황상의 문집인데 그 후손으로 전해진 것이다. 3권까지는 시고

(詩稿)이며 1권은 여러 산문형식의 글이 실려 있다. 추사 김정희와 그 아우 산천(山泉) 김명희(金命喜)의 서문이 붙어 있는데 김명희는 서문에서

> 황군(黃君) 제불(帝黻, 황상의 자——인용자)은 시를 전공하여 나이 지금 70세다. 노경에 이르러서 더욱 시에 힘을 써 시는 더욱 공교하게 되었다. (…) 황군은 소시부터 다산에게 배워 수십년을 부지런히 받들더니, 다시 그 철사(哲嗣) 유산 형제를 종유하여 실로 보추(步趨)를 따랐다 할 것이다.

하고 이어서 그의 시는 "다산가범(茶山家範)을 벗어나지 않았으되 하나도 서로 닮은 것은 없다"고 평하였다. 황상이 다산의 누구보다 독실한 제자로서 후일 서울 출입을 하여 유산 형제와 친히 종유하였던 사실을 앞서 살펴보았거니와, 정유산을 통해서 김추사 형제와도 교유하여 이와같은 평가를 받게 된 것이다.

1788년에 태어나 생존이 확인되는 76세에 이르는 인생노정과 정유산 형제, 이들을 통한 김추사 형제들과의 교유로 그의 시세계는 폭과 깊이를 얻게 되었다. 다산의 감명깊은 서사시 「애절양(哀絶陽)」「승발송행(僧拔松行)」과 같은 제재(題材) 같은 제목의 시편이 있어 눈길을 끄는데 이밖에도 「봉두부(鳳頭婦)」「봉황부(鳳凰婦)」「풍년탄(豊年歎)」「여위모(女爲茅)」등등 사회현실을 민중의 입장에서 생생하게 그려내고 심각하게 고발한 작품들이 상당한 비중을 점하고 있다.

이 『치원유고』는 다산과 관련되는 여러가지 내용들을 담고 있는 점에서도 문헌적 가치가 있다. 특히 「정황계안(丁黃契案)」은 「다신계절목」과 함께 귀중한 문건이다. 그리고 정학연 형제의 시문이 상당편 수록되어 있고

---

20) 필자는 지난 1977년 무렵 『牧民心書』의 讀會를 함께하던 다산연구회의 몇분과 다산의 유적을 찾아 귤동에서 하룻밤, 만덕사에서 하룻밤을 묵은 적이 있다. 그때 故 尹在讚 翁의 안내로 萬德寺 가는 길 옆에 있는 黃處士 후손의 집에서 『卮園遺稿』를 직접 본 바 있다. 근래 학생들과 답사를 간 길에 그 황처사의 후손집을 들러보았는데 퇴락한 채 텅 비어 있었다. 이미 尹翁도 세상을 뜬 후여서 다시 물을 곳이 없었다. 그런데 다행히도 李佑成 선생께서 그 복사본을 간직하고 있어, 이번에 이용할 수 있게 된 것이다.

부록의 왕복 서한에도 정학연 형제로부터 받은 것들이 많은데 이 형제의
문집이 따로 전하지 않은 형편이니 이 또한 귀중한 자료가 아닐 수 없다.

『自怡集』 필사본 2책
다산초당의 소년 제자였던 이시헌의 문집으로 그가 자이당(自怡堂)의
당호를 썼기 때문에 붙여진 이름이다. 이시헌은 소론 가계에 속한 터여서
후일 학통의 연원을 찾아 성근묵((成近默)의 문하로 들어갔다. 그럼에도
다산에 대한 향념을 끝까지 간직해서 "책을 들고 찾아뵙던 소생 지금 백발
이 되어 동풍에 홀로 자하대(紫霞臺, 신선이 놀던 곳이란 의미와 함께 다산초당을 지
칭함——인용자)에 올랐소"라고 읊기도 한 것이다. 초의(艸衣)·신헌(申櫶) 등
과 교유가 자별하여 시문을 주고받았으며, 「다산의 옥판봉시를 차운하여 유
상에게 바침[次茶山 玉版峯詩 奉寄維桑]」이란 장편시는 다산의 조카 되는
정유상의 심방을 받고서 전에 다산 선생을 모시고 월출산 등반을 했던 일
을 회상하며 그때 선생이 지었던 시에 차운을 한 것이다.

『兒庵集』 활판본 3권 1책
연파대사(蓮坡大師) 아암의 문집이다. 그 문손(門孫)인 원응계정(圓應
戒定)에 의해 1920년에 간행된 책이다. 여규형(呂圭亨)의 서문이 앞에 실
려 있고 부록에 다산이 찬한 「연파대사비명(蓮坡大師碑銘)」이 들어 있다.
책자의 분량은 얼마 되지 않는데 글은 매우 정긴(精緊)하며, 그런 가운데도
다산에 관련된 편이 많은 부분을 차지하고 있다. 척독(尺牘)에서 다산을 보
고 "지금 농서(農書)를 새로 편찬하고 있다니 매우 반갑다, 자리를 함께 하
여 참관하지 못하는 것이 한스럽다"는 말이 보인다.[21] 다산의 방대한 저술
목록에서 농서를 찾아볼 수 없는 점이 의아스러운 대목의 하나인데 그가
농서에 착수했음을 알게 한다. 그 결과가 어찌 되었던지 상고해야 할 일이
다. 제3권에 「종명록(鍾鳴錄)」이란 제목으로 필기 형태의 글이 수록되어 있

---

21) "頃聞新纂農書, 甚有佳致, 恨不合席參觀也."(「答東泉」, 『兒庵集』 권2, 장7)

는바 『주역』과 『논어』에 대해 제자들과 문답하는 형식으로 논한 것이다. 그의 유교경전에 들어간 공부가 범상치 않았음을 엿볼 수 있다. 또한 변려문(駢儷文)에 특장이 있었으니, 그가 지은 「대둔사비각다례축문(大芚寺碑閣茶禮祝文)」에 대해 다산이 평어를 붙여 "이 글은 관각대수(館閣大手)의 솜씨이니 능히 이윤보(李潤甫)와 임이호(林彝好, 林象德——인용자)의 빼어난 소리를 잇고 있다"고 격찬을 한 것이다.

『艸衣大師全集』

『초의시고』 4권, 『일지암문집(一枝庵文集)』 2권과 「동다송(東茶頌)」 및 불교 관계 저작을 한데 모아 1985년 아세아문화사에서 영인으로 간행한 것이다. 『초의시고』에서 정유산 형제, 김추사 형제 및 황처사 등과 주고받은 시편들을 많이 접할 수 있는데 이 문헌은 공간되어 알려진 터이므로 논의를 줄인다.

『舫山遺藁』 석인본 3권 3책

윤정기의 문집으로 전하는 것이다. 앞의 두 권은 시고로 되어 있다. 제1권은 "홍엽전성집(紅葉傳聲集)"이란 표제로 먼저 편찬되었던 것 같다. 1854년에 청국의 주당(周棠, 자 少伯, 호 蘭西. 조선 지식인과의 교유가 잦았던 것으로 알려져 있고 돌그림에 청대 제일이라는 평을 들은 인물)에게 그의 초기작인 「단풍시권(丹楓詩卷)」이 비평을 받은 일이 있었던바, 그에게서 '홍엽전성'이란 아름다운 이름을 얻은 것이다. 제2권은 「황화옥한화(黃花屋閒話)」 「춘성당기사(春星堂紀事)」 등 자신이 우거하던 곳을 따라 편을 나누고 있다. 제3권은 문고(文稿)로서 여러 형식의 산문이 수록되어 있다. 특히 책문(策文)은 그의 학문의 깊이와 사회현실에 대한 관심을 읽을 수 있는 내용이다.

책머리에 김석준(金奭準)이 쓴 서문을 싣고 있다. 김석준은 말하기를 정유산 선생에게 시법(詩法)에 대해 들은바 "시는 경(經)으로 근저를 삼고 사(史)로 파란(波瀾)을 삼아 3백 편의 뜻을 깊이 탐구해야만 비로소 그 바른 것을 얻을 수 있다" 하고 "대개 선생(윤정기를 가리킴——인용자)은 외숙 유산

선생에게 시학을 배웠다"고 한 것이다. 김석준은 서울의 여항문인으로 윤정기의 제자이다. 김석준의 이 증언을 통해 윤정기 시학의 유래와 요체를 짐작할 수 있겠다. 육경(六經)을 근저로 삼는 시정신은 바로 다산에서 온 것이다. 그럼에도 윤정기 시의 미학은 다산과 다른 것으로 느껴진다. 호고(好古)의 관심과 회고적 정서가 특이하게 드러난다. 『동환록』의 저술의식과 연결지어 이해할 수 있는 듯하다.

이상 다산의 학통에서 이루어진 구체적 성과들을 외형으로 구분하여 점검하였다. 본고는 처음부터 실태조사를 의도했던 터이므로 여러 저술들의 내용에 미쳐서 심도있는 분석이 되지 못한 점은 면책이 될 수 있으리라. 그런데 실태조사의 차원에서도 미급한 것이다. 정학연과 정학유 형제는 다산학단에서 중요한 존재임은 물론, 강진의 제자들을 위해서 중앙의 명사들과 다리를 놓아주는 등 역할을 하였던 것이 위의 서술에서도 대략은 드러나 있다. 정학연은 "문장은 능히 나라를 빛낼 수 있고 의술은 나라를 고칠 만하다〔文能華國醫醫國〕"[22]는 평가를 들은 바 있었다. 『종축회통』이라는 농서(農書)를 최근에 만나게 되어 적막함을 면하긴 했지만 그의 문집이 필시 없지 않았을 것이요, 저서도 이뿐 아니었을 것으로 여겨진다. 이청의 16권에 이르는 『동이자』와 윤정기의 『역전익(易傳翼)』은 대단히 궁금하게 여겨지는 것이다. 그리고 이강회 또한 상당한 저술을 남겼을 듯싶은데 그에 있어서는 참으로 적막하다. 앞으로 더 발굴이 되기를 고대해 마지않는다.

그리고 다산의 폭넓은 학문세계에서 경세학은 계승한 측면이 아직 발견되지 않고 있다. 천문학 분야에서 이청의 『정관편』이 특이하고 경학 분야에서는 윤정기의 『시경강의속집』이 단연 돋보이는데 그밖에 뚜렷한 업적으로 포착된 것은 아직 없다. 이에 비해 문학 분야의 성과는 제법 볼 만하다. 다산시의 성격, 다산시의 정신이 제자들에 의해 계승·발전된 모습을 그려볼 수 있었다. 이 점은 문학사적으로 주목할 대목이기에 덧붙여 언급해둘까 한

---

22) 李尙迪, 「奉挽丁酉山直長」, 『恩誦堂續集』 권6, 장7.

다.

정유산이 황상에게 보낸 서간에 이런 내용이 실려 있다. 김추사가 제주도에서 올라와 정유산에게 했던 말을 황상에게 전하는 내용이다.[23]

> 추사의 말이 "내가 탐라도에 있을 때 어떤 사람이 시 한편을 보여주는데 다산의 고제(高弟)가 지은 것임은 불문가지였습니다. 그래서 지은이가 누구냐고 물었더니 황모(黃某)라고 합디다. 그 시를 음미해보니 두보(杜甫)를 골수로 하고 한유(韓愈)를 뼈대로 한 것이었습니다. 다산의 제자들을 두루 헤아려볼 때 학(鶴, 이청을 지칭함——인용자) 이하 누구도 이 사람을 대적할 자 없지요"라 합디다.

이 증언을 통해 우리는 몇가지 사실을 유추해볼 수 있다. 첫째 다산시의 독특한 면모가 당시 추사의 머리에 입력이 되어 있었다. 둘째, 다산의 제자들의 시까지 추사는 짐작하고 있었다. 셋째, 추사는 그 자신 다산과 시도(詩道)의 방향이 달랐지만 다산시에 평소 호감을 가졌으며, 그것을 잘 계승한 황처사의 시 또한 높이 평가한 것이다. 추사가 황처사의 시를 두고 "금세무차작(今世無此作)"이라 한 것은 대개 이런 경위에서 나온 발언이다.

4. 다산학단의 성격 및 그 이후

위와 같이 '다산학단'의 존재를 규명하였다. 우리가 알고 있다시피 조선조 사회는 도학을 존숭하였던 까닭에 대학자의 명성을 얻고 보면 제자들이 운집하여 그 문인록 또한 기라성 같았던 것이다. 정약용의 경우 문인록으로 정리된 것이 있지도 않은 형편이니 그의 학자적 위상에 견주어 문하는 오

---

23) "詩篇事, 秋史曰: '在耽時, 有一人, 示一詩, 不問可知爲茶山高弟.' 故問其名, 曰: 黃某. 味其詩, 卽杜髓而韓骨. 歷數茶山弟子, 自鶴也以下, 皆無以敵此人. 而且聞黃某非但詩文直逼漢唐, 其爲人可謂當世高士. 雖古之隱逸, 無以加此. 故出陸訪之, 則曰: 上京云. 故 望而歸."(「酉山書別紙」, 『卮園遺稿』 부록)

430

히려 쓸쓸한 편이었다. 그런데 강진유배 시절에 형성되었던 '다산학단'은 몇 가지 특징적인 면모를 지녔던 것으로 여겨진다.

첫째 학단의 인적 구성의 측면이다. 정약용 역시 그 시대 사람이었기에 그 당시 사회의 인간관계를 이탈할 수 없었음이 물론이다. 다신계의 명단을 보면 드러나듯 거의 모두 그와 친척관계 내지 당파적 연계를 갖는 가문의 자제들이었다. 하지만 그의 문하에는 따로 읍중 제자들(이속층)이 두각을 드러내는가 하면 일군의 승려들이 따로 있었다. 그의 처지가 가장 어려웠던 시기에 비사대부적 인간부류와 접촉, 교류하였던 사실은 흥미로운 점이다.

둘째 교육방법, 지도 내용의 측면이다. 그가 제자들에게 무엇을 어떻게 가르쳤을까? 우리의 관심을 대단히 끄는 의문사항인데 꼭 집어 이런 것이었다고 말하기는 어려운 것 같다. 가령 「다산제생증언(茶山諸生贈言)」에서는 사람은 모름지기 입신양명(立身揚名)에 뜻을 두어야 한다고 강조하고 과거시험을 위한 공부를 소홀히 해서 안된다고 말하였다. 반면 정수칠(丁修七)에게 준 증언에서는 "과거지학은 이단으로 가장 폐해가 큰 것이다"라고 극언을 하고 있다. 이는 각기 처지에 따라 합당한 말을 하다 보니 달라진 것이다. 요지는 수기치인(修己治人)에서 벗어나지 않았으니 '수기'가 근본이므로 경학을 중시했다.

아울러 주목할 점은 제자들에게 저술에 힘쓸 것을 특히 강조하고 스스로 모범을 보였던 사실이다. 저술의 실천은 여러 전공 분야로 나가고 있었던바 천문학·농학·지리학에서 구체적 성과가 얻어졌다. 학문의 분화적 발전의 단초로 여겨지는데 사물에 대한 시각에서 역사적 인식에 치중했던 점이 특색으로 나타난다. 자연현상의 인식에 미쳐서까지 역사적 경위에 집착하고 있는 것이다. 이런 면이 갖는 학적인 의미, 그 한계까지 유의해서 폭넓게 점검, 해석될 필요가 있다고 본다.

그는 교육방법의 구체적인 부분에 이르기까지 관심을 두고 있었다. 아동교육에 있어 당시 일반적으로 사용하던 교재『천자문(千字文)』『사략(史略)』『통감강목절요(通鑑綱目節要)』의 문제점을 파혜치고 다른 방도를 강구한 것이다.『천자문』의 대체 교재로『아학편(兒學編)』을 강진읍내 시절에 개발한 것은 사례의 하나다. 기존의 천자문이 글자의 상호 연계성을 고려하지 않고 추상적인 것이 뒤섞여서 아동의 지능개발에 비효율적이라고 보아 새로 2천 자를 선정한 것이 『아학편』이다. 이 『아학편』은 근대계몽기에 이르러 비로소 공간이 되었는데 이 지역에서는 뜻있는 인사들에 의해 교재로 쓰여진 증거가 확인되고 있다.[24]

정약용의 학문세계는 요컨대 실학이란 개념으로 규정되는 것이다. 제자들에 대해서도 각기 하는 공부가 실학적 의미를 갖도록 지도하고 있는데 실제 생활에까지 연계되고 있었다. 제자들에게 각기 지도와 경계의 의미를 담아 지어준 여러 '증언' 등의 글에서 종수·원예·축산이나 양어·양잠 같은 상업적인 농업경영에 착안해서 힘쓰되 문명적인 방법으로 할 것을 자상하게 당부하고 있다.[25] 자기 아들들에게도 누차 강조했던 바인데 그야말로 실학적 생활을 설계하고 그것을 실천하도록 당부했음이 확인되는 것이다.

다산학단은 정약용이 강진을 떠나자 해체된 것으로 보아야 할 것이다. 그리고 다신계라는 수계의 형태로 이어졌다. 매년 봄, 가을 두 차례 열리는 모임으로 상호간에 연대감을 다지고 선생님을 향한 존모의 마음을 새겼겠으나 하나의 학단으로 운동하지는 못한 듯하다. 각기 자기 발전을 이루고 업적을 남기기도 했는데 지금 그 일단을 파악해본 것이다. 농민혁명과의 연맥관계는 드러난 것이 없었다. 다산학단은 위대한 학적 성과를 역사상에 수립했거니와, 강진·해남·진도 같은 먼 바닷가의 고을이 나름으로 '문명향'의 말을 듣게 된 데서 그 영향을 어느정도 가늠해볼 수 있을 것 같다.

〈『韓國漢文學硏究』, 1998〉

---

24) 필자가 光州에서 구입한 책으로 『有形千字』(『兒學編』을 有形千字와 無形千字로 나눈 것)가 있는데, 그 卷末에 "이 책은 丁茶山이 지은 것으로, 어린아이에게 名物을 가르치는 데 매우 긴요한 책"이라 하고서, 이를 자기 친구의 손자 아이를 위해 필사한 경위를 기록하고 있다.

25) 「題黃裳幽人帖」, 『여유당전서』 제1집 권14, 장44: 「爲尹鍾心贈言」, 『여유당전서』 제1집 권17, 장42: 「爲尹鍾文鍾直鍾敏贈言」, 『여유당전서』 제1집 권17, 장42~43: 「爲尹惠冠贈言」, 『여유당전서』 제1집 권18, 장1~2: 「爲尹輪卿贈言」, 『여유당전서』 제1집 권18, 장2~3).

관계문헌록

丁若鏞,『與猶堂全書』, 金誠鎭 編, 新朝鮮社 1934~38.

『俟菴先生年譜』, 丁奎榮 編,『丁茶山全書』별책 부록, 文獻編纂委員會 1961.

『茶信契節目』(原所藏: 康津郡 道岩面 橘洞 故 尹在讚).

尹鍾億,『醉綠堂遺稿』, 필사본 1책(丁學淵·高貞鎭·尹廷琦序).

黃 裳,『巵園遺稿』, 필사본 3권 2책(詩稿 2권, 文稿 1권, 附錄. 金正喜·金命
　　　喜·朴勝振序. 別冊: 巵園處士 師友往復抄).

李時憲,『自怡集』, 필사본 上·中·下 2책(『原州世稿』, 蓮潭文庫 1997에 수록
　　　영인됨).

惠 藏,『兒庵集』, 新活字本 3권 1책(呂圭亨序, 圓應戒定跋, 1920).

艸衣意恂,『艸衣禪師全集』, 龍雲 編, 아세아문화사 1985.

尹廷琦,『舫山遺稿』, 석인본 3권 2책(金奭準·尹廷琦序, 尹廷植行狀, 1939).

────,『紅葉傳聲集』, 필사본 1책(周棠跋, 1854).

────,『詩經講義續集』, 필사본 11권 6책, 奎章閣 藏(『韓國經學資料集成』
　　　의 詩經部에 영인 수록, 대동문화연구원 1995).

────,『東寰錄』, 草稿本 4권 4책 중의 제1권과 제4권(東賓文庫, 현재 嶺南
　　　大學校圖書館藏). 석인본 4권 2책(영인본 1책, 原主文化社 1991).

李 晴,『井觀編』, 草稿本 8편 3책(이화여자대학교도서관藏, 毋自欺齋所藏).

丁學淵,『種畜會通』, 필사본 3권 3책(洌水 丁學稼 稑箕編으로 기재되어 있
　　　음, 현재 원본은 일본에 건너가 있는데 소장처 미상)

丁學游,『詩名多識』, 필사본 4권 2책(편저자가 洌水 丁學祥 혹은 洌水 丁學
　　　圃로 기재되어 있음. 序: 乙丑[1805] 仲夏 稑修序. 稑修는 丁學淵의
　　　字. 卷末: 癸酉(1813) 冬之季 茗湖田夫 斗陽跋, 奎章閣藏,『韓國經
　　　學資料集成』詩經部에 영인 수록, 대동문화연구원 1995).

丁若銓,『玆山魚譜』, 전남대『湖南文化研究』제1집, 1963(故 洪淳鐸 교수의
　　　「玆山魚譜와 黑山島 方言」이란 논문과 함께 자료로 수록되어 있다).

────,『玆山魚譜』, 鄭文基 옮김, 원문 영인 부록, 지식산업사 1977.

『萬德寺志』, 필사본 6권 2책(萬德寺藏, 『韓國寺志叢書』 영인 수록, 아세아문
화사 1977).
『大芚寺志』, 필사본 4권 2책(大興寺藏, 『韓國寺志叢書』 영인수록, 아세아문
화사 1977)

관련 논문·해제

李乙浩, 「全南 康津에 남긴 茶信契節目考」, 『湖南文化研究』 제1집, 1963.
朴錫武, 『茶山紀行』, 한길사 1988.
金興圭, 『朝鮮後期의 詩經論과 詩意識』, 고려대학교 민족문화연구소 1982.
朴浚浩, 「舫山 尹廷琦의 文學 研究」, 계명대학교 석사논문 1992.
陳在敎, 「舫山 尹廷琦의 國風論」, 『韓國漢文學研究』 제17집, 1994.
———, 「『詩經講義續集』 해제」, 대동문화연구원 1995.
이해준, 「尹廷琦와 東寰錄」, 1991.
許興植, 「萬德寺志의 編纂과 그 價值」, 1977.
———, 「大芚寺志의 編纂과 그 價值」, 1983.
林熒澤, 「『原州世稿』 해제」, 1997.

국문학, 무엇을 어떻게 할 것인가

이 글은 내가 업으로 삼고 있는 일에 대해서 한번 진지하게 생각해보고자 하는 것입니다. 대체 무엇 때문에 하며, 마땅히 무엇을 해야 할 것이며, 또 과연 어떻게 하는 것이 옳고 좋은 방도인가? 새삼스런 소리 같지만, 현재적 임무와 방법을 짚어본다는 점에서 실천과 직결되고 근본적 물음에 해당하는 것입니다.

근래 국문학 강의를 담당하는 교수들로부터 곧잘 듣는 말이 있습니다. 강단에 서서 아무리 소리쳐보아도 학생들에게 도무지 반응을 얻지 못해 그만 맥이 빠진다는 이야기입니다. "선생님, 방금 강의하신 내용은 도대체 무슨 의미를 갖는 것입니까?" 한 교수가 실제로 받았던 질문입니다. 국문학사상에 중요한 어떤 작품을 다루면서 고명한 학설을 인용하여 일껏 설명하고 나자 그런 질문이 나온 것입니다. 그 교수는 말문이 막혀 화를 벌컥 내고 강의실을 나왔지만, 그로 인해서 생긴 불유쾌한 감정은 두고두고 가시지 않더라고 합니다. 국문학은 말하자면 많은 학생들의 하품을 유발하고 똑똑한 젊은이에게는 무의미하게 비쳐진 꼴입니다.

요즘 대학생들 도무지 버릇없다고들 말합니다. 나도 그런 느낌을 받을 때가 없잖아 있지요. 위의 그 질문을 던진 학생도 버릇없는 놈에 속하는지 잘

---

* 이 글은 필자가 1985년 5월 11일 제9회 陶南國文學賞을 받는 자리에서 행한 수상연설의 초고를 새로이 확대 부연한 것이다. 여기서 국문학이란 개념은 학문 분야로서의 국문학이므로 '한국문학의 學'이란 뜻이다. 따라서 한문학도 포함되는 개념이다.

은 모르지만, 굳이 따지고 싶지 않습니다. 어쨌건 질문 자체가 반드시 제기되어야 할 물음이기 때문입니다.

　무릇 하는 일의 본질적 의미 '진정한 가치'를 불문에 부치는 경향은 국문학만의 특수한 현상이 아니오, 현대의 학문 일반에서 볼 수 있고 학문 이외의 다른 영역에서 더욱 현저한 듯합니다. 가령 링 위에서 주먹을 휘둘러 상대를 때려눕히는 것이 무슨 의미를 갖는 일인가? 금메달을 획득하고 사람들을 유쾌하게 해주고, 상품광고의 소재를 제공하고, 게다가 돈을 벌어들이는 것이 의미라면 의미겠죠. 가치는 오로지 돈으로 평가되는 것이 바로 자본주의입니다. 하지만 과연 이것이 진정한 가치라고 주장할 수 있을지? 흥부처럼 구처없이 '매품'이라도 파는 노릇이라면 모르겠거니와, 제 자신의 건강에 유익한 일인지 국민 일반의 건강에 기여하는 일인지 묻고 싶은 것입니다.

　농부는 쌀을 생산하려고 일을 하는데 쌀은 우리의 생존을 가능케 하는 소중한 것입니다. 쌀에 그런 의미가 없다면 농부는 쌀의 생산을 위해 땀을 흘리지 않습니다. 무의미한 일에 땀을 흘리면 도로(徒勞), 헛짓이 되기 때문입니다. 정신노동 역시 마찬가지지요. 다만, 정신노동은 의미있는 일인지 아닌지 쉽게 가려지지 않는 경우가 허다합니다. 아니 별볼일없는 것이 가장 볼일 있는 듯 착각을 일으키게 하는 수도 있고 아무짝에 쓸모없거나 심지어 해로운 것이 엄연히 권위를 행사할 수도 있습니다.

　그리고 농부는 좋은 쌀을 생산하기 위해서 종자를 선택하고 피를 뽑아버리며, 수확량을 높이기 위해 부단히 기술을 연마·개선합니다. 물론 가다가 실수를 범하는 수가 있지요. 그러나 같은 실수를 반복하지 않습니다. 그런데 정신노동을 하는 사람들은 더러 피농사를 짓고도 그런 줄도 모르고, 혹은 폐농(廢農)을 하고도 계속 빈둥거리는가 하면, 실농(失農)을 하고도 그 과오를 반복하기도 하는 격입니다.

　나는 지금 제기하고 있는 문제를 나름으로 의식하면서 작업을 해왔고 글이라고 써왔습니다. 그래서 기왕에 소견을 언급한 바 없지 않으나 대개 단편적이었고 정면으로 거론하지 못했습니다. 원론적인 문제를 굳이 회피할 뜻은 아니었습니다. 구체적인 연구를 통해 보여주고 주장을 납득시키는 편이 보다 바람직하다고 여겼던 터입니다. 이제 와서 종전의 태도를 바꾼 것은 아니고 다만 자기의 할 일을 전체적으로 살피면서 앞으로의 일도 챙기고 가다듬을 필요성을 느꼈으며, 나아가 선배 동학 여러분들과 함께 반성할 기회를 만들고도 싶은 것입니다. 이것은 우리 문학의 연구에 관한 나의 개인적인 의견을 개진한 데 불과합니다. 아무쪼록 여러분들의 도움의 말씀과 서슴없는 질책을 기대합니다.

1. 국문학의 상황

자기 임무를 확인하려면 자기가 하는 일이 처한 상황부터 점검할 필요가 있습니다. 이야기를 8·15의 국문학적 의미를 생각해보는 데서 시작하겠습니다. 우선 도남(陶南) 조윤제(趙潤濟, 1904~75) 선생의 노작 『한국문학사』 초판 서문을 인용합니다. 이 저서는 8·15 직후에 집필한 것인데, 거기에 국문학자로서 8·15에 대한 감회를 적고 있습니다.

정치가는 해내외(海內外)에서 모두 한데 모이어 국사(國事)를 논하고 문필가는 붓을 몰아 건국(建國)의 이념을 토(吐)하였다. 이때 나는 대학 강당(講堂)에 뛰어올라 동포의 젊은 학도를 앞에 놓고 소리높이 국문학사를 강의하였다. 실로 감개무량한 일이다. 나는 국문학사 강의의 첫 시간을 마치고 내 연구실에 들어가 뜨거운 눈물이 방울방울 내 옷깃에 떨어지고 있는 것을 뒤에 알았다.

국문학사의 첫 강의는 '뜨거운 눈물'이 옷깃을 적실 만큼 감개무량한 일이었음을 고백합니다. 그는 냉철하게 임해야 할 강의에서 왜 이처럼 사뭇 흥분하였을까?
조윤제는 우리가 종사하는 이 국문학을 개척하고 건설한 분입니다. 그는 왜정이 "우리의 문화를 짓밟아 망그러뜨려 없애려"는 데 각성하여, 국문학 연구에 착수하게 되었다 합니다. 이미 국권을 상실한 판국에 우리말을 잃어버리고 수천년 동안 가꾸고 간직했던 문화마저 멸절되면 곧 민족 자체의 멸절로 되는 것입니다. 민족자아의 회복을 위해서 학문적 탐구가 긴요하게 되었습니다. 하필 일제하에서 국어학·국문학·국사학이 근대학문으로 성장한 것은 우연이 아니었습니다. 요컨대, 국문학의 건설은 식민지 민족해방운동의 의미를 내포한 것이었지요. 국문학의 개척자 조윤제로서는, 일제의 압박으로부터 벗어나 선생 조국의 건설을 눈앞에 보는 마당에 우리 문학사의 첫 강의는 그대로 뿌듯한 감격이 아닐 수 없었던 것입니다.

이런 감정은 어느 한 사람의 특수한 상태는 아니었겠지요. 8·15는 국문학에도 확실히 자유 해방의 기분을 안겨주었습니다. 학문대상의 주체(민족과 국토)와 연구주체(학자)가 억압으로부터 풀려났으니 당연한 일이지요. 학문활동으로 저술·출판 등 눈에 나타난 현상만 보더라도 과연 백화제방(百花齊放)의 기운이 완연했습니다. 그러나 그 해방적 의미가 선명하고 확고한 것이었던가요? 나는 한 국문학자의 직접적인 체험을 통해서 음미해보렵니다. 역시 조윤제의 경우를 들겠습니다.

당시 조윤제는 그의 학적 권위에 상응하는 자리를 차지합니다. 국립 서울대학의 국어국문학과(國語國文學科)를 자신의 손으로 창설하고 법문학부장(法文學部長)에 취임하였는데, 이때 일입니다. 한가지 일화는 일본 유학을 하다가 돌아온 학생들을 편입시키기 위한 시험에 국어과목을 넣어 생긴 말썽입니다. 대다수 교수들이 "그만두자. 모르는 것 해서 뭐 하느냐?"고 주장했지만 그는 "독립된 국가에서 국어를 안할 수 없다" 우기고 강행했기 때문에 공박을 받고 곤란한 지경에 놓였다 합니다(李崇寧,「陶南回顧記」,『陶南學報』제1집). 혹자는 그의 주장이 당위론이긴 하나 실정을 고려하면 국어는 시험 보이기에 난점이 있었다고 말할 것입니다. 상황론이지요. 그러나 지금은 어떠한가? 같은 경우로 요즘도 대학에 따라서 편입시험이란 것이 더러 치러지는데 이때 영어는 으레 들어가지만 국어는 끼이질 않습니다. "모르는 것 시험 보여 뭐 하느냐?"는 주장은 성립될 수 없는 대신 "국어시험은 보여

뭐 하느냐?"는 투의 비웃음이 나옵니다. 이 역시 상황론이지요. 국어를 잘해서 출세를 했다든지, 성공을 했다는 이야기를 나는 별로 들어보지 못했습니다. 국어와 영어가 실세에 있어서, 국민 일반의 의식 속에서 차지하는 중요도는 과연 어떻게 나타날까요. 긴말이 필요치 않다고 봅니다. 모국어가 외국어에 의해 경시·위축되는 사태는 8·15 이후로도 지속·발전된 것입니다.

말이 난 김에 국어교육 문제를 거론하고 넘어가지요. 국어는 8·15 이후 비로소 초·중·고교 및 대학의 필수교과로 들어가 있습니다. 민족국가의 독립과 발전에 국어교육은 긴요한 밑받침이라고 생각합니다. 밑받침이 부실하면 건물이 마침내 무너지고 말듯, 국어교육이 부실하면 민족의 자주적 성장은 기대하기 어려운 것입니다. 국어교육을 통해서 삶의 체험을 풍부하게 이해하고 자기 조상들을 포함해서 인류보편의 사상·문화의 정화(精華)를 섭취하여 건전한 인격을 형성하고 자기를 표현하는 역량을 기르게 됩니다. 그러므로 국어는 근대교육에서 첫째로 중요한 교과입니다. 선진 제국이 국어교육을 중시하는 것도 이 때문이지요. 일제하에서는 일본어를 '국어'라고 해서 가르쳤습니다. 반면에 우리말은 부수 과목으로 들어 있다가 막판에는 가르치지 말도록 강압했던 것입니다. 그런 고로 식민지 교육이요, 식민지적 인간을 만들어냈던 것 아닙니까. 8·15 이후 우리 국어가 필수 교과로 설정된 사실은 뚜렷한 형식의 변화입니다. 그 형식에 상응하는 내용을 갖게 되었느냐? 국어교육에 의해서 건전한 인격과 표현능력을 갖춘 인간을 창출했으며, 그들이 지금 우리 사회를 이끌어가고 있느냐? 대답은 아니라고밖에 하지 못하겠습니다. 형식에 내용이 채워지지 않았다고 하겠습니다. 왜 이렇게 되었을까? 이 모두 8·15로부터 오늘에 이르는 우리 현실의 반영이겠지요. 요컨대, 미국과의 정치적·군사적·경제적·문화적인 예속관계에 핵심적인 원인이 있다고 느껴집니다.

또 하나의 일화는 도남이 1948년 4월에 남북협상을 위해서 김구(金九) 선생 등을 따라 평양을 다녀온 다음의 일입니다. 이 때문에 그는 경무대 파출소에 구금을 당하는 곤욕을 치렀으며, 또 뒤에 국립대학의 교수직에서 영원히 쫓겨나는 빌미로까지 됩니다. 그가 '연구대상의 주체'의 해방을 위해서 심신을 바쳤듯, 이번에는 그것이 분열되어 두 조각 나는 비극적 사태를 저지하고자 행동했던 것입니다. 그의 학문의식으로서는 논리적 귀결처이며, 그야말로 순수한 학자적 양심 이외에 다른 무엇이 아닙니다. 이 행동은 그러나 자신의 신상에 불이익만 초래하고 민족현실은 남북분단으로 고착되고 말았습니다. 그는 그래도 좌절하지 않고 다시 『국문학개설』을 집필합니다. 앞의 『국문학사』와 이 『국문학개설』로 '도남 국문학'이 완결된 셈입니다. 그런데 이 책을 쓸 때 그는 '권태와 곤(困)함'에서 늘 벗어나지 못했음을 스스로 술회합니다. 이유는 다른 무엇보다 "오늘날 우리 민족이 한없는 곤(困)함 가운데 희망조차 두질 못하고 허공을 허벅대고 있는 이 역사적 순간에 우리가 처하여 있기 때문"이라고 말합니다. 그가 처음에 가졌던 '감격과 용기와 정열'은 여지없이 권태와 실의로 바뀌고 있습니다.

도남의 경우 비록 암담한 기분에서 헤어나지 못했으며, 학문의 현실권으로부터 소외되고 밀려나긴 하였지만 학자로서의 자기는 유지할 수 있었습니다. 우리 문학을 창조하는 작가·시인들, 연구하는 학자·지식인들이 얼마나 많이 8·15에 의해 구축된 남북분단, 좌우의 대립·갈등 속에서 분열·파탄에 이르렀던가를 생각해보십시오. 일제의 억압 속에서 축적된 민족의 지적 역량이 온통 소진·파괴되었던 것입니다. 국문학은 엄청난 손상을 입었습니다. 조윤제와 함께 국문학의 개척자요, 특히 소설사(小說史)로 불후의 업적을 남긴 학자(金台俊)의 경우 새로 수립된 정권에 의해 처형을 당했지요. 보다 전진적 방향에서 학문을 하고 독립투쟁의 대열에 뛰어들었던 학자의 운명이었습니다.

8·15는 분단시대의 개막이었고, 드디어 남북이 각각 체제를 달리하는 삶을 영위하여, 한쪽의 체제는 종속적·의존적인 관계를 공고하게 설정하였습니다. 이것이 우리의 객관적 상황입니다.

물론 일제 식민지로부터 벗어났다는 점에서는 해방적 의미가 없지 않습니다. 그러나 그것은 형식이요, 내용으로 구체화된 것은 아니지요. 국문학은 이제 그 개념구성의 기본요소인 이땅에서 이 민족이 하나의 생활양식으로 살아온 자기의 과거 역사와 불공대천으로 분열·대립된 현재 사이에 엄청난 괴리를 감수하게 되었습니다. 식민지시대와는 양상을 달리하는, 보다 심각한 자기모순을 안고 있는 것입니다.

민족현실을 똑바로 인식하면 통일의 문제는 국문학의 학문의식으로 떠오르게 마련이며, 국문학은 현실에 대항하는 방향으로 정립될 수밖에 없습니다. 그렇지 않으면 국문학의 상(像)을 총체적으로 보지 못합니다. 실제로 분단이 초래한 사상적 경직과 정치적 왜곡이 학문연구의 사고를 크게 제약하였거니와, 비판적·저항적인 경향의 학문은 아예 발조차 붙이지 못했던 것입니다. 다른 한편, 자신이 소속한 구역이 '자유진영'에 의해서 방어되고 민족의 현재가 통일적 유기체로 운동하지 않기 때문에 민족문제가 학문의식에 연계되는 것 자체를 불필요한 감정의 소비로 의식하게 됩니다. 6·25 이후 냉전체제하에서 현실순응의 자세입니다만, 이러한 학문경향이 학계를 지배했던 것이 사실입니다. '탈민족의식'은 곧 '탈현실의식'으로 표출되어 과학성을 강조한 결과는 '자료'와 표피적 현상 속에 매몰되고 예술성을 강조한 결과는 '형식' 속에 매몰되었던 것입니다.

그리하여 급기야 서두에서 말했듯 똑똑한 젊은이들에게 '별볼일없이' 비쳐지는 국문학을 형성한 것입니다. 국문학의 현재 상태를 한마디로 꼬집자면 '지리멸렬'이 적절한 표현입니다. 물론 값진 연구의 결실, 올바른 이해와 깊은 감동을 주는 역작이 개별적으로 없는 게 아니지요. 그러나 한가닥 깨끗한 물줄기가 범람하는 흐린 물결을 맑게 할 수는 없습니다.

국문학을 이처럼 지리멸렬하게 존속시키는 곳은 바로 대학입니다. 학생들은 아무리 하품이 나와도 학점을 따기 위해서, 학위를 따기 위해서 참아줍니다. 모든 시험의 권위, 심사의 권위는 가장 별볼일없는 지식을 가장 볼일 있게 만들어주지요. 논문이 아무리 지루하고 허무해도 전문(專門)이란 울타리에 가려져, 상호 불간섭·무비판으로 넘어갑니다. 제도적인 보호와 은폐로 '헛짓'과 '무의미'가 통하고 권위를 행사하는 꼴입니다.

이제 국문학의 산실인 국어국문학과로 눈을 돌려보지요. 이곳은 민족의 언어와 문학을 연구하고 교육하는 기지입니다. 따라서 국어국문학과는 대학의 중추로 인정받아 명실공히 자기 역할을 다해야 옳지만, 그렇지 못하더라도 어문계열(語文系列)에서는 중심학과로 되는 것이 마땅합니다. 그러나 현실적으로 그렇지 못한 사정은 우리 모두 통감하는 터입니다. 영어가 국어를 압도하는 것처럼 국어국문학과는 외관상으로도 영어영문학과에 뒤지고 있지요. 전국적으로 학과의 숫자, 학생의 숫자, 교수의 숫자, 모두 영문학과가 국문학과를 앞지르고 있는 것이 객관적 사실입니다.[1] 실로 모양이 우습게 된 것입니다. 매년 들어오는 학생들의 수준을 견주어보면 더욱 모양이 말이 아니지요. 영문학과는 이른바 인기학과로 꼽히는 데 반해서 국문학과는 '별로'가 된 것이 어제오늘이 아니며, 입시에서 두 학과의 점수분포는 실제로 큰 차이를 보이고 있습니다. 내가 소속한 한문학과는 더 한심해서 입시 때마다 허탈감이 들곤 합니다. 영문학과보다는 국문학과가 중시됨이 옳고, 한문학 또한 경시되어서는 안되겠지요. 결코 팔이 안으로 굽고, 사촌이 땅을 사니까 배 아파하는 수작이 아닙니다. '내외지분(內外之分)'이 있는 것이지요. 남보다 자기를 중요시함이 올바른 도리입니다. 주체적 자세가 모름지기 그래야지요.

국문학이란 용어 자체도 8·15 광복과 함께 회복된 것이요, 국어국문학과 역시 8·15의 선물입니다. 8·15에 의해 독립의 형식은 일단 회복되는 듯 보였으나 그 형식은 분단에 의해 불구가 되어버렸고 다시 대외의존적인 관계로 괴리되고 말았거니와, 세칭 비인기학과로 전락한 곳을 산실로 삼아서 지리멸렬한 국문학을 확대 재생산하고 있다고 보겠습니다.

---

1) 1984년 발행 『한국 대학연감』에 의하면 '어문학계' 소속 전국 국어국문학과와 영어영문학과의 학과수의 대비는 76:81로 나타나 있다. 거기다 영어과 및 영어학과가 4개 학교에 더 설치되어 있다. 그리고 몇 대학의 교수의 수를 도표로 제시하면 다음과 같다.

	서울대	연세대	고려대	성균관대
국어국문학과	25	8	12	9
영어영문학과	27	22	21	16

2. 국문학의 자세 확립과 현재적 임무

오늘의 국문학의 실태는, 문제가 국문학 내부에서 발생했거나 국문학 종사자들이 잘못한 결과로만 돌릴 수 없다고 봅니다. 우리의 삶을 규제하고 있는 한국적 현실과의 구조적 관련성에 의해 나타난 현상인 것입니다. 요컨대 대외의존적·종속적인 관계의 발전, 이와 유착된 비민주적 체제, 그로 인해 빚어진 비주체적 생활과 사고의 반영일 뿐이지요. 그렇다고 해서 우리에게 면책이 허용될 수는 없습니다. 남의 탓으로만 미루는 그것이 비주체적 자세입니다.

우리의 삶을 제약하고 왜곡시키는 힘이 거대하고 완강하다는 사실을 우리는 날이 갈수록 더 심각하게 느낍니다. 그러니 책상물림들이 정신 좀 차리고 나선다고 물러설 것 같으냐, 공연히 덤벼들지 말고 현실에 유리한 쪽으로 따르는 편이 신상에 좋다, 또 실상 그럴 수밖에 없지 않느냐는 순응주의 노선이 있습니다. 순응주의를 학문의 객관성·순수성을 내세워 합리화시킵니다. 혹은 오로지 연구실적에 몰두해서 질보다 양을 취하는 업적주의가 있습니다. 현대 자본주의적 생리에 민감하게 적응한, 적극적인 순응주의라 하겠지요. 이런 등등의 일체의 순응주의적 경향은 요컨대 '나'의 주체를 포기한 데서 나온 것입니다.

물론 학문연구는 정치적 해결을 직접 주도하는 것이 아닙니다. 더구나 국문학은 민중을 배부르게 하는 데 아무런 기여를 하지 못할뿐더러 정치운동과도 거리가 있습니다. 그렇다면 국문학연구는 일단 보류해두어야 할 것입니까?

여기서 구한말의 시대를 회고해보겠습니다. 우리 민족은 구체제의 질곡과 주권상실의 위기 속에서 지금 우리가 살아가는 20세기를 맞이하였습니다. 그때 민족위기를 타개하고 시대의 진운(進運)에 능동적으로 대처하려는 움직임으로, 의병항쟁과 애국계몽운동이 전개되고 있었습니다. 전자는 침략자를 물리적으로 구축하려는 '무투(武鬪)' 노선이요, 후자는 민족의 잠재적인 정치역량을 개발하려는 '문투(文鬪)' 노선으로 규정되는 것입니다. 물론 전자가 후자보다 적극적인 대응방식이며, 최후의 승리를 위해서는 불가피하고 확고한 수단임에 틀림없습니다. 그러나 후자의 문화운동에 의한 정신혁명과 민중의 각성을 동반하지 않은 투쟁 내지 혁명은 공허하고 허약하게 되기 마련이며, 설사 성공한다 해도 국민 일반에게 행복의 과일을 맛보게 하기 어려운 것입니다. 식민지로의 전락 역시 문화운동을 보다 광범하게 보다 활발하게 전개하지 못했던 데 내부적 요인이 있었다고 보겠습니다. 물론 지금 20세기 말의 상황은 그때와 여러모로 달라졌지만, 민족역량에 대한 원천적인 신뢰와 민족·민중의 각성을 요망하는 점에서는 마찬가지입니다. 아니 보다 더 절실히 요망되고 있습니다.

우리의 민족생활과 민족문화는 8·15 이후 오늘에 이르기까지 식민지 지배의 분해공작으로 받았던 상처를 치유하지 못한 채 더욱 엄청난 변질·왜곡을 당했습니다. 지금 목전에 펼쳐지는 인간 개개인의 모습들, 도시와 농촌의 면모들을 그때와 비교해본다면 과연 어떻게 비쳐질까요? 달라진 만큼 '좋아졌네, 좋아졌어'라고 맹렬히 찬미하는 소리를 귀아프게 들었었지요. 그리고는 민속(民俗) 혹은 문화재란 이름 아래 부분적으로 고립시켜 보존·모조(模造)하여 제 조상의 생활풍속을 (백인이 토인의 문화를 대하듯) 구경거리로 삼아놓고 만족해왔습니다. 자기상실의 보상심리인 동시에, 관광자원의 확보로 의미가 주어질 뿐입니다. 민족의 삶의 역사로부터 이미 괴리되었으므로, 민족화합에 의거한 통일의 길은 무진무진 멀고 어렵게 되어가고 있는 실정입니다.

우리가 달라지는 것을 좋아지는 것으로 무작정 느끼기 난감한 이유에는 또다른 하나의 측면이 있습니다. 과연 변형됨으로 인해서 그 결과가 민중에게 어떤 행복과 이익을 가져다주었는가 하는 점입니다. 지금까지 달라지는 과정은 대체로 민중의 희생·소외를 촉진하는 과정이었다고 해도 지나친 말이 아닙니다. 그러므로 오늘의 상전벽해의 변모는 민족모순을 심화시켰고 민중의 괴리를 극대화시켰던 것이라고 생각됩니다.

그렇다 해서 변혁을 거부하고 '조용한 아침의 나라'로 돌아가자고 고집하는 것은 아닙니다. 오히려 세계사의 신기운을 흡수하여 자기혁신을 감행해야 하며, 자기혁신으로 세계사적 변혁을 이끌어가야 할 것입니다. 이때 변혁은, 마땅히 민족주체적 방향으로, 민중의 삶의 요구를 실현하는 방향으로, 인간해방운동의 일환으로 되어야 합니다. 현단계에 있어서 민족주체성의 회복이 시급히 요청되는 것입니다. 진정 국문학의 할 일이 거기 있으며, 국문학이 당당히 설자리도 거기에 마련될 것입니다.

국문학도들은 우선 오늘의 현실을 나의 문제로 안아야 합니다. 그래서 국문학의 학문적 실천은 곧 '민족주체적 삶'을 회복하기 위한 노력에 하나로 합쳐지도록 되어야 할 것입니다. 국문학을 제대로 하는 것이 민족문제를 해결하는 일의 일부라고 하겠습니다.

성호(星湖) 이익(李瀷)은 한평생 초야에 묻혀 있었지만 이 세상을 자기의 책임〔以斯世爲己責〕으로 자각했다고 합니다. 다산(茶山) 정약용(丁若鏞)도 자기 아들을 훈계하는 편지에서 육상산(陸象山, 九淵)의 "우주간(宇宙間)의 일은 곧 나 자신의 일이요, 나 자신의 일은 곧 우주간의 일"이라는 말을 인용하여, "대장부는 하루라도 이 점을 망각해서 안되니 우리 인간 된 본분은 또한 스스로 범상한 것이 아니다"고 역설하였습니다. '나의 주체'를 '세계의 주체'로 실현하는 방도는 과연 무엇이겠습니까? 이에 대한 해답은 연암(燕巖) 박지원(朴趾源)에게서 듣겠습니다. 연암은 주장하기를, "한 사(士)가 독서를 하면 혜택이 세계에 미치고 공업(功業)이 영구히 드리워지니" 천하문명(天下文明)은 독서하는 사(士)의 참여로 이룩될 수 있다고 하였습니다. 즉 '나'를 '천하의 주체'로 통일시키는 길은 독서에서 출발하는 것으로 보았던 것입니다. 연암이 의미하는 사(士)는 지식인에 해당하며, 독서는 다름아닌 학문입니다. 참다운 독서=학문은 '나'의 주체성의 정립이 전제되어야 할 것이며, 학문의 실천은 '나'를 '역사의 주체' '세계의 주체'로 통일하는 과정이 되는 것입니다. 성호·연암·다산이 저 위대한 학적인 업적과 걸출한 문학작품을 남길 수 있었던 것은 무엇보다 이와같은 자세를 견지·실천했기 때문입니다.

우리 민족은 비교적 긴 역사에 풍부한 문학유산을 소유하고 있습니다. 미국은 현재 우리와 견줄 수 없을 만큼 큰 부자나라요 선진문화를 자랑하고 있는 터입니다. 그러나 역사경험으로 따지면 2백년 남짓하여, 저들의 문학사는 도저히 우리처럼 풍부한 역사적 내용과 다양한 형식의 발전으로 구성될 수 없습니다. 이러한 우리의 조건은 우리 자신의 정신적 자산이요, 창조의 원천입니다. 국문학은 이 민족유산을 퇴장(退藏)시키지 말고 가치를 정확하게 파악하고 생명력을 불어넣는 작업을 해야 합니다. 이것이 우리의 임무이겠지요. 그러자면 작품에 대한 정밀하고도 심오한 분석작업이 필요한데, 거기에는 시각(視覺)의 문제가 따릅니다. 시각은 본래 연구주체에 달려 있지요.

현실 속에서 행동하고 사고하는 '나의 주체'를 어떻게 정립할 것인가? 세계 속에서 민족의 현재와 미래를 어떻게 방향잡고, 나의 주체를 어디에 위치시킬 것인가? 거기서 민족의 문학유산을 바라보는 시각이 열릴 것이 아닌가. (『韓國文學史의 視覺』의 서문)

본인이 자신의 책 머리에 썼던 말입니다. 현재의 입장에서는 원칙적으로 '민족주체적 시각'을 확고히 관철하는 것이 정당한 도리라고 생각합니다. 이우성(李佑成) 선생은 "'나'의 주체가 역사의 주체로서의 위치에 서게 될 때 그 역사기술은 개인의 것이 아닌 역사 자체의 하나의 상(像)으로 형성될 것"(『韓國의 歷史像』序文)이라고 말한 바 있거니와, 우리 문학사의 상 역시 주체적 시각에 의해 고결한 영혼의 아름다움을 체득하고, 생활의 기쁨과 슬픔, 고통과 노여움을 공감할 수 있는 모습으로, 보다 풍성하고 보다 활기찬 모습으로 그려질 때 민족 자체의 상으로 될 것입니다.

국문학의 고유한 임무는 '이상 끝'이 아닙니다. 다음으로 민족교육·국민교양에 해당하는 부분을 제대로 감당해야 합니다. 앞서 이미 국어교육의 의의를 언급했던바, 국민 대중의 정신생활을 계도하는 일도 함께 중요합니다. 문학유산은 국문학자의 연구업적으로 분해될 성질이 아니라 민족의 정신적 자양분으로 살아나야 하는 것입니다. 연구분석도 실은 국민 일반이 잘 소화할 수 있도록 하는 공작인 셈입니다. 또한 민족의 고전에 흥미를 느끼고 쉽게 접근할 수 있도록 해설·번역·주석 등의 작업을 충실하게 진행해야 겠습니다. 이 경우 대중화의 이름 아래 고전에 담긴 혼을 제거하고 흥미본 위로 속화시키는, 근래에 범람하는 풍조를 우려하며 경계해야지요. 문학유산은 민족·민중의 정신을 고양시키고 각성시키는 데 좋은 교재이기 때문입니다.

끝으로 현재 이루어지고 있는 문학창작과 예술운동을 밑받침하는 일입니다. 문학유산은 새로운 창조의 원천이기 때문에 우리가 그것을 소중하게 생각하는 것입니다. 근래 작가·시인들의 탁월한 창작과 민중예술의 활발한 운동을 통해 전통의 창조적 계승·발전이 시도되고 있음을 봅니다. 이 새로운 문학예술운동은 60년대 말 이후 대두한 국문학 연구의 새로운 경향과 무관하지 않으며, 실제로 그 내용사상·창작수법에 국문학 쪽의 해석을 활용한 경우를 열거할 수 있습니다. 그런데 최근에 확산된 전위적 민중문예운동에 대해서 국문학은 당황해하고 주저앉은 듯합니다. 국문학도는 창조적 현장 앞에서 모른 척하거나 어정대지 말고 거기에 전문가적 지식을 제공하고 나아가서 그 움직임을 지도할 역량까지 갖추어야 함은 물론입니다.

현재 우리 문학의 진로는 민족문학의 건설에 있습니다. 민족문학은 민중의 생활현실을 민족형식 속에 담는 것이 우선 중요하다 하겠지요. 민족형식이란 반드시 고래의 고전적 형태만을 의미하는 것은 아니라고 봅니다. 예컨대 우리의 신문학은 서구의 시민문학을 섭취해서 형성된 것이지만, 이 역시 민족형식의 자기발전이며, 거기서도 민족형식을 도출할 수 있는 것입니다. 그리고 민족형식은 문예 방면에만 한정된 것은 아닙니다.

우리는 현대사의 엄청난 시련과 혼란을 역사적으로 해결하지 못한 상태입니다. 우리 앞에 밀어닥친 세계사적 영향은 우리의 구체적 환경에 적응하여 민족형식으로 용해되어야 할 줄 믿습니다. 민족통일과 민주화의 과제 역시 '민족주체적 삶'의 실천으로 실현되어야 할 것입니다. 우리의 모든 창조적 작업은 민족형식의 확충·발전에 이바지해야 되는바, 국문학도 여기에 적극적으로 기여함이 있어야겠습니다.

3. 학문연구의 실제에서 부딪치는 몇가지 문제

앞에서 국문학에서 주어진 임무는, 첫째 민족의 문학유산을 연구함에 있고, 둘째 민족교육·국민교양 분야에 주도적 역할을 담당해야 하며, 셋째 오늘의 새로운 창조에 이바지해야 할 것으로 보았습니다.

이 세 과제는 무엇이 더 중요하고 덜 중요하고를 가릴 성질이 아닙니다. 상호연관성을 가집니다. 첫째의 연구작업은 둘째와 셋째의 과제를 항상 염두에 두고 진행해야겠지요. 다만, 학문연구가 일차적인 일이요, 연구작업을 통해서 학적인 내실을 기해야 둘째와 셋째의 과제를 제대로 감당할 수 있을 것입니다.

학문연구는 주체적 자세만 확립하면 저절로 달성되는 그런 것은 절대 아닙니다. 자신의 심혈을 쏟아야 하는 정신노동, 한평생 각고의 노력을 거기에 기울여야 되는 것이지요. 우수한 물건을 제작하려면 기술의 축적·연마가 필요하듯 정신노동 역시 무릎을 썩이는 독서와 예리한 현실관찰을 통한 지식의 축적, 좋은 글을 쓰기 위한 정련(精鍊)의 과정을 반드시 요구하는 것입니다.

우리가 학문연구를 수행하자면 가지가지의 어렵고 복잡한 문제에 부딪치게 마련입니다. 무릇 세상사는 더욱 어렵고 복잡하지요. 그러나 거기에는 판결의 기준이 되는 법률 조문이라도 있는데 학문의 세계는 자고로 그런 규정을 따로 마련해둔 바가 없습니다. 그 성격 자체가 법률로 정하기란 용이치 않거니와, 사실 그런 것을 어디서 만들어놓고 규제하려 든다면 참으로 곤란하게 되겠지요. 그렇다고 무원칙이 상책이라는 식으로 나가면 그것도 곤란하겠습니다.

다음에 학문연구의 실제에서 기본적으로 제기되는 몇가지 문제점을 두고 생각해보기로 하겠습니다. 나는 여기서 학문방법상의 원칙적 방향을 제시하는 개념을 일부러 옛 학자들의 글 속에서 따오기로 합니다. 우리의 앞에서 위대한 학문을 이룬 민족의 스승들의 훌륭한 연구방법을 아무쪼록 배우고 또 응용해보자는 그런 취지에서입니다.

학문상에 있어서의 현실주의──'실사구시(實事求是)'

현실주의(리얼리즘)는 하나의 세계관이며, 문예창작에 있어서 기본원칙에 속하는 것입니다. 물론 역사적으로 볼 때 이것이 유일한 방법은 아니었지만, 세계문학의 많은 위대한 걸작들은 현실주의적 창작자세로부터 산출되었고 근대문학에 이르면 그것이 문예사조의 주류를 형성하지 않았습니까. 특히 우리가 지금 지향하는 민족문학은 현실주의를 튼튼히 견지함으로써 성취될 수 있다는 점을 그동안 창작의 실제와 이론을 통해서 확인하기에 이르렀습니다. 이 현실주의는 학문연구의 영역에도 적용되어야 할 것으로 봅니다.

현실주의는 예로부터 있었으나 현실주의란 이 단어는 생긴 역사가 오래지 않지요. 현실주의와 관련해서 '실사구시'라는 말을 음미해볼까 합니다. 이 말은 원래 『한서(漢書)』 「하간헌왕전(河間獻王傳)」에 처음 보입니다만, 중국에서는 청대(淸代) 이후 오늘에도 매우 중요한 의미를 갖는 개념으로 사용하고 있습니다. 우리나라에서도 이 말에 우리의 정신사적 내용이 함유되어 있지요.

실사구시를 강조한 것은 추사(秋史) 김정희(金正喜)로 알려져 있습니다. 그의 학문 성격을 실사구시학으로 규정하듯 말입니다. 추사는 실사구시 이 말은 "학문의 가장 중요한 길이다〔學問最要之道〕"라고 선언합니다. "만약 실제의 일에 근거하지 않고서 다만 공소(空疎)한 술(術)로써 방편을 삼으며, 그 옳은 것〔是〕을 구하지 않고 다만 앞사람들의 말로써 주장을 삼으면 성현의 도(道)에 배치되지 아니하는 것이 없다"고, 고거(考據)를 진리의 전당으로 들어가는 유일한 길로 확신한 것입니다(「實事求是說」). 이는 주로 경학상(經學上)에서 제기된 문제인데, 고거는 오직 훈고학적 방법을 가리킵니다. 추사에 있어서 실사구시는 곧 훈고학적 방법으로 청조 고증학과 궤도를 같이하는 것이며, 그 '무거불신(無據不信)'의 태도는 실증주의적이라 보겠습니다.

다산은 이 훈고학에 대해서 긍정적이 아니었습니다. 훈고학은 경전의 자의(字義)를 정밀하게 해독하여 성현의 본지(本旨)에 도달한다는 것인데, 자의 및 구절의 정확만으로는 그 근원에 이를 수 없다고 보는 것이지요. 말하자면 심층적·비판적 인식을 결여하고 있으며, 실천성·현실성이 배제되어 있다는 견해입니다. 다산의 훈고학 비판은 추사를 겨냥했던 것은 물론 아닙니다(청조의 漢學—훈고학을 존중하는 경향을 의식했던 듯함). 추사는 다산의 후배로 다산의 학문방법론을 계승하지 않고 오히려 다산이 비판했던 방법론을 채용했습니다. 추사의 방법론이 주자(朱子)의 경전해석을 맹신하는 종래의 태도, 이기(理氣)·성정(性情)의 문제를 둘러싸고 공소한 논쟁만 일삼는 풍조에 비추어 과학적 학문에 진일보한 것은 사실입니다. 그러나 결국 그의 실사구시는 현실로부터 이탈하여 '호고(好古)'에 침잠한 것도 사실입니다.

그런데, 실사구시는 추사보다 훨씬 이전에 이미 양득중(梁得中, 호 德村)이란 학자에 의해서 제창된 바 있습니다. 덕촌(德村)은 '실사구시' 네 글자는 구폐(救弊)의 요체라고 주장했던 것입니다. 실사구시는 그에 의해서 강렬히 정치적·현실적 배경을 가지고 사용되고 있지요. 그는 "의리(義理)를 가탁(假託)하고 허위(虛僞)를 숭식(崇飾)함으로 해서 오늘날 국가의 형편이 난망(亂亡)의 지경으로 빠졌다"고 현실진단을 합니다.

그 외침을 들어보면 아름답고 그 외모를 바라보면 의리를 표방해서 천고에 드문 것인 듯싶지만 근본이 없으니 무엇에 쓰며, 거짓이고 성실이 없으니 어찌 하리오! 이 곧 지금 세상의 대의리(大義理)로, 인심을 함몰시키고 세도(世道)를 파괴하는 창귀(倀鬼)가 되고 있는 것입니다. 신(臣)의 이른바 '의리로써 천하를 어지럽힌다'는 것이니 실로 천지가 생긴 이래 일찍이 없었던 변고입니다. (「辭召旨疏」, 『德村集』 권1)

양득중은 재야학자로서 영조의 부름을 받자 이같은 비판을 거듭하며 '실사구시'를 역설한 것입니다. "의리로써 천하를 어지럽힌다[以義理而亂天

下]"는 것은 대체 무엇을 가리키는가? 중국의 대진(戴震)이 속유(俗儒)를 비판하여 '이리살인(以理殺人)'이란 말을 썼거니와, 덕촌은 더욱 대담하게 "의리로써 천하를 어지럽힌다"고 한 것입니다. 그가 「명대의변(明大義辨)」에서 "저들의 이른바 대의(大義)를 밝히고 이적(夷狄)을 물리친다는 말은 곧 배우가 남의 의관을 빌려쓴 꼴이다"라고 보다 구체적으로 지적한바, 노론(老論)의 집권 이데올로기인 존명대의(尊明大義)의 북벌론입니다. 북벌 이데올로기는 전혀 현실성이 없는 허위로 가득 찬 것일 뿐 아니라 인심(人心)을 함몰시키고 세도(世道)를 파괴하는 창귀(倀鬼)라고 통렬히 공박했던 것입니다. 이 이데올로기 조작에서 탈출하자면 오로지 실사구시로 나아가야 한다는 것이지요. 이때 그의 실사구시는 상하의 모든 사람들이 각자 자신의 업무와 직분에 충실해서 오직 실사(實事)로 임무를 삼아 각기 그 참으로 옳음을 구하는 것이라는 의미입니다. 문제의 해답은 인간 한 사람 한 사람의 개인적 진실성에 돌려진 것입니다.

양득중은 정치현실에 대응하는 비판적 인식으로부터 실사구시를 제안했습니다. 비록 실사구시에 대한 그의 해석은 주자학적 실천론의 색채를 띠고 있지만, 비판성·현실성이 강하게 내포된 것입니다. 집권자에 의한 의리의 가탁, 허위의 조작은 저 옛날의 일만은 아닌 듯합니다. 이것은 명백히 현실주의로부터 위배되는 태도입니다.

무릇 객관적 존재의 실제 상태로부터 출발해야 하며, 거기서 올바른 방향 혹은 원리를 분석, 강구해야 합니다. 과학이란 이와 다른 것이 아니겠죠. 실사구시를 이런 의미로 써서 학문연구에 적용하자는 것입니다. 나 스스로 '공평무사'의 안목을 갖지 않고서는 실사구시가 되기 어렵겠지요. 그래서 다산은 학문하는 방도로서 '허심공관(虛心公觀)'을 일깨워주었습니다. 추사의 고거(考據)를 중시하는 태도는 당연히 받아들여야 합니다. 요는 그것이 '주의'로 흘러 실증을 위한 실증이 되고 방향감각을 상실하여 자질구레하게 되는 것을 경계하는 것이죠.

사실 지금의 국문학은 실증의 기초를 결여한 면이 너무도 많다고 봅니다. 자료의 정확한 밑받침이 없이 세워진 지식과 논리는 그것의 진보성만으로 면책될 수 없고 사상누각처럼 허약할 뿐입니다. 실사구시라는 말이 내포한 우리의 역사성, 즉 허위의 현실에 대한 비판적 인식의 태도와 함께 고거의 정신을 종합해서 섭취하는 것이 바람직하다고 보겠습니다.

이러한 실사구시의 원칙에 국문학에서 종래 쟁점이 되었던 두 가지 문제를 비추어 보겠습니다. 이미 해묵은 사안이지만 반성하는 뜻에서 거론하는 것입니다.

하나는 한문학을 우리 문학의 역사적 범위에 포함시키느냐의 문제. 한문학은 국문학이다, 아니다를 가지고 오랫동안 시비가 분분했습니다. 이 논쟁은 별다른 이론적인 성과도 얻지 못한 채 한문학만 자격 문제에 걸려서 연구대상 밖으로 계속 방치되었던 것이지요. 우리의 한문학은 이땅에서 살아온 나와 너와 우리들의 조상들이 생활과 사상, 정감을 표현한 것이라는 사실을 어느 누가 부인할 수 있겠습니까. 그것도 1,2백년이 아니오, 1,2천년을 말입니다. '한국문학은 한국어로 쓴 것이다. 한문학은 한자로 씌어졌다. 고로 한문학은 한국문학이 아니다.' 이 형식논리를 동원해서 오랜 역사의 실상이 거부되어도 좋을까요. 개념을 현실에서 구하지 않은, 즉 '실사'를 떠나서 '구시'를 한 결과입니다. 그 결과 한문학이 폐기처분을 당할 운명에 놓였을 뿐 아니라, 우리의 문학사 자체도 자기 역사로부터 유리된 나머지 지극히 빈약한 형상으로 그려질 수밖에 없었습니다. 국문학이 실사구시에 입각했던들 이런 시행착오는 진작 범하지 않았겠지요.

다른 하나는 평가기준의 문제. '우리나라에는 문학작품은 존재했지만 그것을 재단하기에 알맞은 자(尺)는 없다. 그러니 외국에서 자를 빌려다가 재는 것이 좋다.' 내가 대학에 다닐 적에 신물나도록 들은 얘깁니다. 이것은 국문학 연구를 서구이론에 의존하는 데 대한 변명이죠. '기술제휴'처럼 서구이론을 무분별하게 들여다가 민족유산을 한낱 소재로 이용해서 논문을 제작하는 것입니다. 국문학 연구마저 종속화된 측면이 아직도 분명히 없지 않지요. 작품의 평가는 어디서 자를 가져다 재는 것이 아니고, 작품에 즉해서, 작품의 구체적 이해와 분석을 통해서 도출되는 것입니다. 바로 실사구시의 방법입니다. 옛 어른들은 현대인과 상대도 안될 만큼 문학을 애호하고 창작을 왕성히 하였는데, 문학을 보는 그들의 안목이 어찌 없었겠습니까? 어디까지나 문학의 가치 척도는 문학을 보는 눈 속에 있습니다. 저 자신에게 속한 것이죠. 그런데도 제 집안에서 제 자신의 안목에서 구할 생각은 않고 밖에서 빌려오려고만 들었다니 아무래도 이상한 노릇입니다. 주체적 국문학의 정립을 위해서도 실사구시는 반드시 견지해야 할 원칙입니다.

민족유산의 계승 문제──'법고창신(法古創新)'

우리가 민족유산을 대함에 있어 반드시 경계해야 할 점이 있습니다. 무언가 하면 그것을 전면적으로 긍정해서도 옳지 않고 전면적으로 부정해서도 옳지 않다는 겁니다. 민족유산에 대한 전면적 긍정은 복고주의·국수주의로 흐르고, 전면적 부정은 민족허무주의로 떨어지기 때문입니다.

꾀꼬리는 노래가 아름답고 깃털이 곱지만 밑으로 똥을 눕니다. 독에다 쌀·누룩·물을 섞어 빚으면 이윽고 향긋한 술이 괍니다. 그것을 걸러서 향긋한 술[精粹]은 마시고 재강[糟粕]은 버리지요. 민족유산이라 해서 전부 좋고 값진 것만은 아니고, 진부하고 시답잖은 것이거나, 심지어 유해한 독소까지도 뒤섞여 있는 것입니다. 그러기에 옛 성현도 "책을 모두 믿으면 책이 없느니만 못하다[盡信書 不如無書]"고 준절히 깨우친 것 아닙니까. 우리 앞에 쌓인 시·문·소설 및 구비적 양식들을 살펴보면 거기에는 혹간 봉건윤리의 설교와 갖가지 아첨하는 내용이 널려 있고, 혹은 유한적·퇴영적·소비적 생활의식으로 얼룩져 있으며, 또 혹은 굴종을 강요하고 미신을 선전하고 있으며, 더러는 문자의 공교한 세공으로 장식품을 만든 것이고, 또 더러는 구역질나고 저질스러운 것인가 하면 거칠고 산만하고 황당하기 짝이 없는 것도 없지 않습니다. 민족유산을 다룰 때 '진짜[精粹]'와 '찌꺼기[糟粕]'를 제대로 분간하지 못하면 꾀꼬리의 아름다운 소리·깃털과 함께 구린 똥을 다같이 소중한 양 간수하고, 술지게미 먹고 취해 죽겠다는 수작이 되기 십상입니다. 신동엽(申東曄) 시인의 "껍데기는 가라! 사월도 알맹이만 남고 껍데기는 가라!"는 외침이 여기에도 해당된다 하겠습니다.

역사의 전환기에는 구사상·구문화의 청산작업이 반드시 요망됩니다. 중국의 경우 5·4운동으로 이 청산작업을 일단 수행했는데, 우리의 경우 고루한 사상과 진부한 문화에 대한 철저한 비판작업, 말하자면 구시대가 남겨놓은 찌꺼기를 대청소하는 일을 한번도 과감하게 해치우지 못한 채 우물쭈물 지나쳤습니다. 오직 있었다면 전면적 부정이었습니다. 전면적 부정은 진지한 비판을 동반할 수 없고 다만 단절이 있을 뿐입니다. 자기 과거와의 단절은, 마치 여자가 다른 남자와 재혼할 때 그런 것처럼 서구화의 불가피한 절차로 되었지요. 그런데 이것으로 끝나는 것이 아닙니다. 전면적 부정은 어떤 단계에 이르면 전면적 긍정으로 급선회하기가 또한 어렵지 않지요. 이것은 조금도 놀랄 일이 아닙니다. 최근 십수년 사이 회고적 민족주의의 등장에 발맞추어 '충효'의 부활, '뿌리찾기'와 가훈보급운동, 그리고 구문화의 무비판적 재현·보호가 전면적으로 나타나는 풍조를 보십시오.

국문학은 더욱더 복고적인 풍조에 편승해서 놀아나고 또 그것을 부추길 소지가 넓은 것입니다. 이미 눈앞에 그러한 작태가 짙게 드러나고 있습니다. 민속, 구비전승으로 경도된 쪽에서 다분히 그렇고 한문학 역시 그런 일면이 없지 않지요. 그러면 어떻게 해야 할까요? 여기에도 기본적으로 실사구시의 자세를 견지해야 하리라고 봅니다. 즉 실사구시에 입각해서 '진짜'와 '찌꺼기'를 가려내는 것입니다. 특히 민족유산의 계승 문제와 관련해서 연암의 작가정신이었던 '법고창신(法古創新)'을 본받을 필요가 있습니다.

우리 문학사의 현장에서 시인·작가들의 태도를 보면 대체로 '법고(法古)'와 '창신(創新)'이 대립되어 있었습니다. 많은 문인들은 '법고'에 치우쳤는데 어떤 문인들은 '법고'에 만족하지 않고 신의(新意)·신어(新語)를 강조했던 것입니다. 옛것을 숭상한 나머지 오로지 답습을 능사로 삼는 전반적인 추세에 비추어 '창신'으로 나가는 쪽이 우리에게 신선한 매력을 주는 것이 사실입니다. 그러나 '창신'은 경박으로 흘러 의고주의(擬古主義)를 튼튼히 극복할 수 없었습니다. 연암은 "법고를 주장하는 자는 옛 자취에 빠지는 병폐가 있고 창신을 주장하는 자는 불경스럽게 될 우려가 있다"고 양자를 모두 비판한 다음, "진실로 능히 법고를 하면서도 변통할 줄 알고 창신을 하면서도 능히 전아(典雅)하게 되면 지금의 글이 오히려 옛날의 글이 될 수 있다"고

하였습니다(朴趾源,「楚亭集序」). '법고'와 '창신'을 변증법적으로 통일한 논리라고 생각됩니다.

옛것은 지금에 쓰여짐으로써 진정한 의미를 갖는 법입니다. 그렇지 못하면 한낱 골동품이지요. 박고(博古)는 통금(通今)을 위한 것 아닙니까. '법고'는 창신의 과정상의 전제조건이요, '창신'은 법고의 목적으로 되는 것입니다. 앞서 국문학 연구의 목적은 오늘의 새로운 창조에 이바지함에 있다고 역설한 것도 같은 뜻입니다. '창신'의 전제조건으로 문학유산을 대하면 거기에 비판적 안목이 설정될 것입니다. 그렇다고 그것을 산출한 당시의 사정——역사배경과 분리시켜 분석하고 가치를 찾으려 해서는 안됩니다. 더더구나 민족의 고전을 사용화(私用化)하여 제멋대로 끌어다 붙인다든지 개변시킨다든지 해서는 정말 야단입니다. 이 모두 실사구시에 엄중히 위배되는 태도인 것입니다.

우리는 교조적·도식적인 해석방식을 반대합니다. 17세기 후반기에 출현했던 규방소설(閨房小說)을 예로 들어보겠습니다. 규방소설이란 사대부 부녀자들을 위해서 성립된 양식으로, 그 작자 역시『구운몽(九雲夢)』의 경우처럼 벌열(閥閱) 내지 상층 양반입니다. 이와 상응해서 내용표현 역시 사대부의 생활의식과 언어감각을 담은 것입니다. 그러나 거기에는 체제적 모순이 내재되어 있으며, 여성의 자아 각성과 감정 해방의 몸부림이 엿보이고, 민족어의 아름다움이 오롯이 나타나 있습니다. 윤선도(尹善道)의 시작품은 명백히 소극적 인생관을 기조로 삼고 있지요. 그렇다고 거기 담긴 언어표현의 풍부한 예술성까지 부정해버려서는 안될 것이며, 그 내용의 소극적인 인생관 속에서도 권력에 추종하지 않은 고결한 자세는 긍정해야 할 일면입니다. 그뿐 아니라 자연의 파괴·오염이 심각한 오늘의 현실을 돌아볼 때 자연과 화합하여 국토 산하의 미를 빼어나게 표현한 그의 시세계는 결코 소홀히 지나칠 성질이 아닙니다.

한문학은 외래적인 것이다, 양반적인 것이라고 몰아때리는 편견은 거의 불식된 듯합니다. 그러나 이 한문학을 아직 민족형식으로 살려내지 못하고 있습니다. 최근 이 분야의 집중적인 연구를 통해 민족·민중의 생활현실과

정서를 사실적으로 표출한 측면이 뚜렷이 부각되었으며, 국문문학보다 질적·양적으로 풍부하고 심오한 사상내용과 고도의 예술기교로 이루어져 있는 측면도 대개 공인된 사실입니다. 한문학은 외래적 양식이지만, 이미 민족화한 것으로 우리의 문학유산에서 절대적 비중을 차지하고 있습니다. 한문학은 민족유산 속에서 계승해야 할 큰 몫입니다. 그러므로 '법고창신'에 입각해서 한문문학과 국문문학의 이원성을 극복하고 새로운 차원의 민족형식으로 통일해야 할 것입니다. 이것은 일차적으로 한문학 연구에 주어진 특수한 과제입니다.

지금까지 '법고창신'이란 말을 민족유산의 계승 문제와 관련해서 적용시켰습니다. 이 개념은 우리 학문자세 자체에까지 도입해야 할 필요가 있습니다. 훌륭한 선학들의 학문방법이나 사상을 '법고'로 충분히 소화, 흡수해서 나의 학문으로 '창신'하는 것 말입니다. 종래 학문상에 '의양(依樣)'과 '자득(自得)'이란 말이 쓰인 바 있었습니다. 문자 그대로 의양이란 학습해서 본받는 태도를, 자득이란 스스로 터득하는 독조(獨造)를 가리키는 것입니다. 조동일(趙東一) 교수는 일찍이 여기에 착안해서 국문학의 방법으로 '자득지학'을 주장한 바 있습니다. 물론 외국이론에 대한 엉터리 의양이 횡행하는 학계의 현황에 비추어 자득을 강조하는 것 또한 필요합니다. 그러나 근본적으로 의양이 없이 참다운 자득은 이루어지기 어려운 것입니다. "책 만권을 독파하니 붓을 잡으매 신이 붙은 듯하더라〔讀書破萬卷 下筆如有神〕"고 시성(詩聖) 두보(杜甫)가 증언했듯 말입니다. 김명호(金明昊) 교수가 조 교수의 '자득지학'을 '의양지학'에 대립적인 개념으로 설정하고 '자득지학'을 주장한 논리를 비판하여, '의양'과 '자득'은 단순한 대립이 아니라 인식의 전 과정상의 단계로 파악한 것은 정곡을 얻은 견해로 생각됩니다(「국문학 연구 방법」,『韓國文學史의 爭點』, 集文堂 1986). 문제는 의양이 어떤 의양이냐에 있고, 의양이 참다운 자득으로, 자득이 투철한 의양으로 충실을 기하느냐에 있으며, 역사의 창조적 내일에서 최종적 답변이 주어집니다. 예로부터 학문실천의 최고의 경지로 일컬어진 '계왕개래(繼往開來)'는 법고창신의 방법론으로 도달할 수 있는 것입니다.

외국과의 교류·영향——'내수외학(內修外學)'

나는 위에서 학문의 주체적 확립을 역설하고 외국이론에 대한 무비판적인 수용의 태도를 공박하였으며, 민족전통의 계승관계의 측면을 주목하였습니다. 요컨대 주체성을 강조한 것입니다. 그러나 주체성은 보편성을 띠지 못하면 국수주의로 떨어지게 마련입니다. 또한 자기 과거의 계승이 중요하다고 해서 외국과의 교류와 국제적 영향의 측면을 소홀히 하면 결국 막히고 뒤처져 우물안 개구리처럼 될 것입니다. 더구나 우리는 지금 활동영역이 지구적·우주적으로 확장되는 시대에 처해 있습니다. 외국과의 교류·영향 관계를 어떻게 정립하느냐는 문제는 실로 중차대하다고 보겠습니다.

여기서 한가지 잊지 말아야 할 사항이 있습니다. 진정한 주체성은 과학적 인식의 기초 위에 선다는 점입니다. 이것은 그렇게 되어야 한다는 주장만이 아니라 역사 사실을 들어서 말하는 것입니다. 우리나라의 경우 주체적 자기인식은 중국중심의 세계관——화이론(華夷論)의 극복이 없이는 불가능했었습니다. 화이론의 최초의 이론적 극복은 담헌(湛軒) 홍대용(洪大容)의 유명한 '내외지분(內外之分)'에서입니다. 즉 안과 밖의 문제죠. 중국은 '안'(세계의 중심부)이요, 사이(四夷)는 '밖(변방)'이라는 생각을 이론으로, 절대적 명분으로 정립한 것이 저 화이론입니다. 담헌은 '안'은 고유하게 정해져 있는 것이 아니요, 각기 자기를 본위로 자기가 소속한 곳이 '안'이며, 나로부터 다른 쪽은 '밖'이라는 것입니다. 따라서 우리 민족에 있어서는 한반도가 '안'이므로 마땅히 이곳을 중심으로 세계를 파악해야 한다는 논리가 성립됩니다.

담헌이 당시로서는 대단히 획기적인 사상을 자신있게 펼 수 있었던 것은 우리가 딛고 서 있는 지구에 대한 과학적 지식으로 확신을 얻었기 때문입니다. 담헌은 바로 '내외지분'의 논리를 펴기에 앞서서 "중국인은 중국을 정계(正界, 정중앙의 지역)로 삼고 서양을 도계(倒界, 거꾸로 전도된 지역)로 생각하며, 서양인은 서양을 정계로 삼고 중국을 도계로 생각한다. 기실 하늘을 이고 땅을 밟고 있는바 어느 지역이고 모두 그러하니 옆으로 비껴난 곳도 없고 거꾸로 전도된 곳도 없이 어디나 균등하게 '정계'다"(「毉山問答」)라고 갈파했던 것입니다. 조선인으로서는 중국이 정계요 조선땅이 옆으로 빗나간 곳이 아니라 조선땅이 곧 '정계'라고 인식한 것이죠. 그래서 중국 역시 우리로서는 외국이며, 중국을 중심으로 시간과 공간을 파악해서는 옳지 않다는 생각에 도달했던 것입니다.

이처럼 자기에 대한 주체적 인식이 확립될 때 비로소 올바른 세계인식의 안목이 열립니다. 주관이 옳게 서야만 객관이 가능하다는 얘기죠. 홍담헌의 정신적 반려자인 박연암이 중국의 선진문물을 배우고 받아들이자고 주장한 것 역시 같은 맥락에서 이해되어야 할 사실입니다. 중국중심주의 세계관에 매몰되어서는 중국 또한 참으로 배울 수 없었습니다. 더구나 다른 외국에 대해서는 말할 것도 없었겠지요. 정다산이 유배지에서 자기의 두 아들에게 보낸 「계자서(戒子書)」는 학문의 방도를 구구절절 준절하고 성실하게 깨우친 내용입니다. 거기에 "십수년래 괴이한 일종의 의론(議論)이 있어 우리나라의 문학(광의의 개념으로 철학과 역사 일반까지 포함함——인용자)을 마구 배척한 나머지 무릇 선학들의 문집을 눈에 접하려고도 않는 데 이르렀으니 이는 큰 병통이다. 사대부 자제로서 국조고사(國朝故事)를 알지 못하고 선배들의 의론을 보지 않으면 비록 그 학문이 고금을 꿰뚫더라도 스스로 거칢을 면치 못할 것이다"라고 말하고 "다만 시집(詩集)은 긴급히 볼 것은 없고 소차(疏箚)·묘문(墓文)·서독(書牘) 등속을 널리 구해서 안목을 넓히고 또 『아주잡록(鵝州雜錄)』『반지만록(盤池漫錄)』『청야만집(靑野謾集)』 등의 서책을 불가불 널리 구독해서 박람해야 할 것이다"라고 하였습니다. 오로지 중국 고전에 매몰되어 자국의 역사와 자국의 지식을 도외시하던 당시 학풍에 대한 절실한 깨우침이지만, 지금 명색 학자라는 사람들이 다산이 언급한 그 서책들을 과연 찾아서 읽느냐를 생각할 때 우리를 또한 반성케 합니다. 그런데 다산은 당시 청조의 학자와 저서에 대해서도 비판적인 언급을 가하고 있을 뿐 아니라, 일본 학계에 대해서까지 관심을 둡니다.

일본은 근자에 명유(名儒)들이 배출되었으니 물부쌍백(物部雙栢, 荻生徂

徠, 1666~1728——인용자) 같은 이는 해동부자(海東夫子)의 일컬음을 받았으며 그의 문도들이 매우 많다. (…) 대저 일본은 본래 백제를 통해서 서적을 얻어 보아 처음에는 아주 몽매했으나 한번 강소(江蘇)·절강(浙江)과 직접 교통을 한 이후로 중국의 좋은 책들이라면 구입해 가지 않은 것이 없고 또 우리나라처럼 과거(科擧)의 폐단이 없기 때문에 지금 저들의 문학은 멀리 우리보다 뛰어나 우리로서 참으로 부끄러울 따름이다. (『示二兒』)

이같이 일본 학자들의 학문수준을 높이 평가한 이면에는 현재 중국의 진보된 학술에 완고하게 담을 쌓고 과문(科文)의 누습에 사로잡힌 우리나라의 고식적 학풍에 맹성을 촉구하는 뜻이 내포되어 있습니다. 어쨌든 다산이 우리는 소중화(小中華)요, 일본은 중원으로부터 멀리 떨어져 미개한 '왜놈'이라는 식의 편견에서 벗어나지 못했다면 그런 인식에 도달할 수 없었겠죠. 그리고 적대적인 나라에 대해서도 저들에게서 인정할 점은 솔직히 인정하는 자세가 귀하다고 하겠습니다.

한편 다산을 비롯한 개명된 의식을 지닌 지식인들은 서양학에 대해서까지 깊이 유의했던 사실을 우리는 주시할 필요가 있습니다. 박제가(朴齊家)가 홍담헌을 두고 지은 시에, "인생에 한번 서양배에 오른다면, 상객(商客)이 되는 것을 관내후(關內侯)[2]보다 좋다 여기리〔人生若上西洋舶, 估客優於關內侯〕"(「懷人詩」)라는 구절이 보입니다. 담헌은 서구세계를 동경한 나머지 자신이 직접 상선이라도 타고 서양으로 가는 수가 생기면, 비록 장사치가 되더라도 그 기회를 어떤 부귀영화와도 바꾸지 않겠다는 의미입니다. 그가 동경한 것은 서양의 과학문명이며, 그는 그것을 직접 가서 배우기를 간절히 소망했던 것입니다.

실학자들이 도달한 주체적 자기인식은 중국을 하나의 외국으로 객관화·상대화해서 바라보는 시각을 비로소 열리게 했을 뿐 아니라, 일본 그리고 나아가서 서구라는 새로운 문명권을 대하는 정당한 시각을 갖게 했던 것입니다. 서세동점(西勢東漸)의 세계사적 조류로부터 자기를 폐쇄적으로 고립

---

2) 관내후란 중앙 근기(近畿)의 제후로서 오늘날 서울시장에 해당한다.

시켜 자아를 유지할 수 없었던 것은 역사의 실제 경험으로 증명되고 있습니다. 만약 선각적 실학자들의 주체적 자기인식과 세계인식이 그때 정치적 실천으로 옮겨질 수 있었다면 제국주의에 짓밟혀 역사의 자주적 발전이 중단되고 왜곡된 불행한 사태를 일찍이 막았을 겁니다. 그뿐 아니고 동아시아 전체의 근대사의 방향은 사뭇 다른 양상으로 전개될 수 있었겠지요. 역사를 보는 데 '만약'은 부질없는 설정이라지만 이 경우는 두고두고 되새겨 역사의 교훈으로 명심해야 합니다.

우리는 개항 이후 서구화의 물결에 속수무책으로 휩쓸려 한 세기를 넘겼습니다. 이 서구화의 물결에 우리는 기왕에 어떤 영향을 받았고 지금 받고 있는지 새삼 긴 말을 요치 않습니다. 다만 다시 한번 확인할 점은 전면적이고 심각한 만큼 거기에 대항하는 우리의 자세가 중요하다는 것입니다. 주체성을 중언부언 강조한 이유의 큰 부분은 물론 여기에 있습니다. 그리고 우리의 주체성은 세계인식을 확보해야 한다는 것입니다. 그리고 또 적대적인 관계일수록 더욱 객관적으로 인식하고 좋은 점을 인정하는 다산의 자세를 배우자는 것입니다. 최근 백낙청(白樂晴) 교수가 우리의 외국문학 연구의 의미를 논하면서 '지피지기(知彼知己)'란 말을 원용한 것도 같은 맥락이라고 하겠습니다. 지금 우리는 서구 제국주의와 그 문화가 "이미 우리 속의 구석구석에까지 들어와서 정신과 몸뚱이를 마비시키고 있는 상태"에 처해서 "더더군다나 무엇에 의해 우리가 마비되어 있고 노예화되었는가를 알아야지, 그것을 모른다고 마비가 덜 된다거나 해방되는 것은 절대로 아닐 테니까" 적을 알고 나를 아는 '지피지기'는 우리에게 긴요한 과제입니다. 백 교수는 '지피지기'로부터 한걸음 나아가 '이이제이(以夷制夷)'를 말하고 있습니다. 제국주의 문화와의 싸움에 우리의 입장에서 그들 내부에 존재하는 반제적 요소를 활용하자는 것이죠. "미국이나 유럽 자체의 진보적이고 양심적인 세력과 진정한 국제적 유대를 이룰 수 있는 터전이 그들의 최고의 문학적 유산 속에서 발견"(「민족문학과 외국문학 연구」, 『우리 문학』 1호, 물레 1986)되므로 우리가 구체적으로 "진정한 국제적 유대"를 살려서 인류보편의 이상을 실현해보자는 생각입니다. '이이제이'라는 표현이 가당찮은 소리로 들릴

지 모르지만 연암에게서도 비슷한 발상을 찾을 수 있습니다. 연암은 「옥갑야화(玉匣夜話)」에서 허생(許生)의 입을 빌려 진정 북벌(北伐)을 하려면 우리나라의 지식인과 상인들을 중국의 강남(江南) 지역으로 파견해야 할 것이라고 말했습니다. 청황제(淸皇帝) 체제의 청산──동아시아 세계의 변혁을 실현키 위해서는 진보적 세력의 국제적 결속이 필요하다는 생각인 것입니다.

연암이 북학(北學)을 강조했듯 지금 우리는 시야를 세계로 확대해서 '외학(外學)'을 강조합니다. 서구는 물론이요, 동북구, 제3세계에 이르기까지 말입니다. 특히 서구문화는 분명히 우리에게 병을 주었지만 인류의 창조적 정신이 도달한 최고의 자산이요, 거기에 우리로서 아직 섭취해야 할 요소가 풍부하게 있습니다. 한편 제3세계의 역사체험은 우리에게 타산지석이며, 앞으로 세계사의 전진을 위해서 굳게 손을 잡아야 하기 때문에 서로 배우고 주고받는 유대가 중요합니다. 이때 '외학'은 어디까지나 '내수(內修)'의 바탕에서 이루어져야 하고 '내수'로 이용되어야 합니다. '내수외학'이란 말은 원래 애국계몽사상에 의해 도달한 개념인데 담헌의 '내외지분'의 논리와도 연맥되는 것으로 생각됩니다. 요컨대 '내수외학'으로 우리의 주체성이 세계성을 확보하고 우리의 창조적 노력이 인류보편의 문화의 발전에 기여하도록 해야 할 것입니다.

다음에 국문학 연구와 직접 관련해서 두 가지 점을 언급해두겠습니다.

첫째, 외국문학을 참조하고 문예이론을 도입함에 있어서 역사적·체계적 이해를 가져야 한다는 것입니다. 우리가 문학에 대한 안목을 기르고 이론의 심화를 기하자면 자국의 문학뿐 아니라 세계문학에 대한 폭넓은 식견을 가져야 하고 특히 서구의 문예이론 및 미학(美學)을 원용하는 것이 필요합니다. 그러나 단편적인 지식을 따다가 함부로 재단하고 끼워 맞추기로 들어서는 곤란한 노릇이지요. 무릇 어떠한 이론이든 그것을 배태한 배경이 있고 역사적 의미를 갖게 마련입니다. 외국이론을 적용하기에 앞서 그 이론을 정통하게 알아야 함은 물론, 그 이면까지 뒤집어 보아야겠습니다. 그리고 각국의 문학에 대해 고대로부터 현대에 이르는 과정을 체계적으로 이해하면 우리 문학사를 바라보는 데 많은 참고가 됩니다. 서구의 근대문학의 이론 내지 작품을 기준으로 삼아 우리의 옛 문학에 대해 이러쿵저러쿵하는 사례를 싫증나게 보아왔습니다. 말하자면 어린아이가 쓴 글과 성숙한 어른이 쓴 글을 평면적으로 비교한 꼴이죠. '지피지기'를 제대로 해야 외국문학의 지식이 국문학 연구에 적절히 이용될 수 있다고 하겠습니다.

둘째, 외학(外學)에 있어서 우리와의 역사적 관계를 신중히 고려해야 한다는 것입니다. 현실적 상황으로 보아 제3세계 문학에 대한 관심도 중요하지만 여기서는 보다 중국과 일본에 관해서 말하겠습니다. 이 두 나라는 우리와 지역적으로 가장 가까운 이웃이며, 우리와 역사적으로 한자문화를 공유하던 권역(圈域)입니다. 따라서 정신문화의 원천이 동일하고 서로의 교류·영향 관계가 밀접했습니다. 한자문화적·고전적 중압의 상태에서 이질적 서구문명과 접촉했다는 측면에서 또한 같은 환경에 처해 있었습니다. 중국의 고전은 오늘날도 동양 각국이 공유하는 정신유산으로서 인식하고 학습해야 할 대상이며, 중국문학사에 대한 관심은 다른 어느 외국문학보다 심화할 필요가 있습니다. 그리고 일본문학의 경우 근대 이후 관계는 더욱 냉철히 '지피지기'를 해야 하며, 근대 이전의 문학사 또한 우리와의 관련성·유사성을 염두에 두면서 유심히 살펴보아야겠습니다.

내용과 형식——'화이함실(華而含實)'

동서고금을 통해서 문학상의 논쟁은 대개 형식과 내용의 문제에서 벗어나지 않았다 해도 과언이 아닙니다. 문학의 방향을 어떤 식으로 정립하느냐는, 결국 이 양자에 걸리기 때문입니다. 그런 만큼 문제가 대단히 중요하고 대단히 복잡합니다. 이런 경우를 만나면 잘못 이론의 수렁에 빠질 우려도 없지 않으므로 사전적 지식을 원용해서라도 원칙을 확실히 해두는 편이 좋을 듯합니다.

내용은 사물 내부의 여러 요소의 총화이며, 형식은 그 내용의 존재방식이요 그 내용의 짜임입니다. 따라서 형식이 없는 내용은 있을 수 없으며 내용이 없는 형식도 있을 수 없습니다. 문예작품을 두고 말하자면, 현실생활 및 현실생활로부터 체득된 사상·감정이 내용을 이루는 요소인데 이른바 제재·주제·인물·사건 등은 내용에 속하는 것이요, 형식은 내용의 여러 요소를 적절히 결합하고 효과적으로 표현해서 일정한 형상을 그려내는 것인데 이른바 체재(體裁)·구성·언어표현 등은 형식에 속하는 것입니다. 양자는 이처럼 논리상으로 분석할 수는 있어도 작품 내에서는 하나로 통일되어 있습니다.

형식이 먼저냐 내용이 먼저냐는, 닭과 달걀의 경우처럼 선후를 가리기 어렵지만 내용을 위해서 형식이 존재하는 것입니다. 형식의 내용이 아니라 내용의 형식이 되는 것이죠. 즉 내용에 적합한 형식을 선택하여 형식이 내용을 활발하게 살려내야 한다는 의미입니다. 『장자(莊子)』에 "토끼를 잡으면 덫은 잊어버리고 뜻을 얻으면 말은 잊어버린다〔得兎忘蹄 得意忘言〕"는 문자가 있습니다. 덫은 토끼를 잡기 위한 도구요, 말은 뜻을 전달하는 수단이기 때문입니다. 형식주의자처럼 언어·기교에 집착해서 사상내용을 경시하는 태도는 토끼는 제쳐두고 덫만 챙기는 꼴입니다.

내용은 자기에게 알맞은 형식을 선택한다고 말했습니다. 따라서 내용의 변화는 형식의 변화를 불가피하게 만듭니다. 토끼를 잡는 데는 토끼덫이 필요하고 노루를 잡는 데는 노루덫이 필요하듯 말입니다. 혹은 토끼를 총을 쏘아서 잡을 수도 있겠지요. 형식은 현실조건이 변화함에 따라 변모하며, 때로는 와해되고 때로는 혁신되는 것입니다. 구형식의 개조, 신형식의 창출은 문학발전의 결정적 계기로 됩니다. 그리고 새로운 형식은 새로운 내용을 개발하는 작용을 하게 마련입니다. 한편 신형식은 구형식의 태내에서 배출되는 것이 일반적인 현상이기 때문에 계기적인 관계를 주목할 필요가 있습니다. 우리가 문학사를 인식함에 있어서 "뜻을 얻으면 말은 잊어버린다"지만 문자 그대로 망각해서는 안되고 내용과 형식의 상호관계를 항상 유의해야겠습니다.

15세기 말엽 김종직(金宗直, 1431~92)과 성현(成俔, 1439~1504) 두 문학가 사이에 사상성과 예술성의 문제를 놓고 일대 논쟁이 벌어진 바 있었습니다. 김종직은 나무의 뿌리가 튼실해야 잎과 꽃이 번성해질 수 있다는 주장을 편 데 반해서 성현은 잎과 꽃이 번성해야 줄기와 뿌리를 덮어 나무가 제대로 자라게 된다고 맞섰습니다. 한쪽은 '뿌리의 튼실' 즉 내용의 확충을 강조했고 다른 쪽은 '잎과 꽃의 번성' 즉 예술표현의 다양성을 중시한 것입니다. 양자의 견해는 모두 일리가 있습니다. 차라리 대립을 지양해서 뿌리와 나무라는 유기적인 전체로 통합되는 편이 좋겠습니다. 그래야만 꽃이 아름답고 열매가 알차게 영글 것이기 때문입니다. 아름다우면서 알차게 영그는 '화이함실(華而含實)'입니다.

'화이함실'이란 개념은 흔히 통용되었지만, 나는 이 문자를 원효(元曉, 617~86)의 『법화경종요서(法華經綜要序)』에서 취해왔습니다. 원효는 아름다우면서 알차게 영글기 위해서 '문교의심(文巧義深)'을 말하고 있습니다. '문(文)' 즉 언어표현은 교묘하고 '의(義)' 즉 사상내용은 심오해야 '화이함실'이 이루어지며, 그래야만 의도하는 바 극치에 도달할 수 있다는 것입니다.

내용과 형식은 우리가 연구의 결실로 발표하는 논문에도 응당 적용됩니다. 학술논문과 문예창작은 비록 사유방식은 서로 다르지만 내용에 상응하는 형식으로 짜임새있게 씌어져야 함에 있어서는 마찬가지라고 봅니다. 논문도 일종의 작품으로 만들어져야 합니다. 공자는 이르기를 "사(辭)'는 뜻이 통하면 그만이다[辭達而已矣]"라고 했습니다. 또 "말은 문(文)이 없으면 행해도 멀리 가지 못한다[言之無文 行而不遠]"고 일렀습니다. 이때 문은 표현의 묘를 의미하므로 표현형식을 강조한 것입니다. 앞의 말과 뒤의 말이 서로 모순되는 듯합니다. 그러나 '사달(辭達)'이 제대로 되려면 '문'을 구비해야겠으므로 실은 상통하는 말인 것입니다. 본디 말이란 뜻을 충분히 나타내는 데 있고 '문'은 그 말을 충분히 살려내는 데 있습니다. 그러므로 말이 없으면 아무리 좋은 뜻이 있은들 누가 알겠으며, 아무리 좋은 말이 있은들 문으로 아름답지 못하면 공간과 시간을 초월해서 멀리 행할 수 있겠습니까. 그래서 자고로 군자(君子)의 진덕수업(進德修業)에 '수사(修辭, 文辭를 닦음)'를 요목으로 설정했던 것입니다. 논문은 비록 문예가 아니고 학문의 일에 속하지만 일단 재미있게 읽혀지는 것이 되어야 합니다. 너무도 당연한 소리지만, 지금 상아탑 속에서 생산되는 논문이란 이름의 글들이 지루하고 꼴사나운 사례를 너무도 많이 보기 때문에 새삼 강조합니다. 한편의 완성된 작품, 한편의 감동을 주는 작품으로 논문을 만들기 위해서는 형식의 선택, 앞뒤 물샐틈없는 논리의 짜임, 언어표현의 정련 등 각고의 노력이 반드시 따라야겠습니다.

　이처럼 논문 작성시 형식에 대한 배려를 여러모로 각별히 하는 것이 요긴한 일이지만 역시 내용이 근본이요 먼저입니다. 내용이 부실한데 아무리 말재주를 부려본들 무엇하겠습니까. 감동적인 글은 결국 내용과 형식의 성공적 결합인데 당초 내용이 감동으로 확충되어 있어야 거기에 상응하는 형식이 따라오게 될 것입니다. 내용을 진실하고 참신하게 갖추고자 하는 노력, 그것이 다름아닌 이해와 고구의 과정입니다. 앞서 인용한 '수사'에는 곧바로 '입성(立誠)'이 결부되어 있습니다〔修辭立其誠〕(『周易』乾卦 文言). 진실이 없이 언사를 꾸미기로만 힘쓰면 곧장 허위로 떨어지기 때문입니다. 이런 따위를 조충소기(彫蟲小技)라고 대개 침을 뱉았지만 구시대의 문인들은 대체로 이 잔재주로 왕조를 장식하고 군주에게 아첨했던 것입니다. 현대문학에 있어서 형식주의에 편향된 여러 경향들 역시 역사와 사회 앞에서 책임을 망각하고 순응하는 인간자세와 무관하지 않은 것으로 생각됩니다.

　'입성'이란 어떻게 하는 것인가? 각기 시대가 요망하는 삶의 양식에 따라 결정되었으니 오늘날은 역사의 전망 위에서 자기의 주체를 확립하는 것이 되겠습니다.

〈『창비 1987』, 1987〉

인명 색인

사항 색인

실사구시의 한국학

초판 1쇄 발행 / 2000년 2월 29일
초판 5쇄 발행 / 2024년 5월 16일

지은이 / 임형택
펴낸이 / 염종선
편집 / 김정혜 · 김미정 · 장철문
펴낸곳 / (주)창비
등록 / 1986년 8월 5일 제85호
주소 / 10881 경기도 파주시 교하읍 문발리 184
전화 / 031-955-3333
팩시밀리 / 영업 031-955-3399 · 편집 031-955-3400
홈페이지 / www.changbi.com
전자우편 / human@changbi.com

ⓒ 임형택 2000
ISBN 978-89-364-8307-4 03800